KB202110

현대소설에 나타난
한국인의 일상과 심성心性

현대소설에 나타난
한국인의 일상과 심성心性

● **신성환** 지음

머리말

이 책은 한국 현대소설에서 형상화되는 한국인의 삶과 일상, 마음과 심성의 다채로운 풍경을 다룬다. 집과 일터, 가족과 연인과 친구와 동료 관계, 문화생활과 여가, 언어와 심리와 행동, 꿈과 환상 등의 면면들이 특정한 '심성(心性, mentality)'을 형성하며, 그렇게 빚어진 심성에 의해 영향 받는 양상을 분석한다. '소외와 공황, 노동과 사랑, 상실과 애도, 환상과 놀이', 네 가지 항목으로 구분하여 접근한다.

공동의 세계와 관계 속에서 함께 살면서 인간은 자기가 접하는 모든 것들을 아무 선입견 없이 인식하는 것이 아니라 어떤 필터를 매개로 인식한다. 역사적 시대, 경제 체제, 사회 조직, 문화 등이 인간이 겪은 체험과 사건을 인식하고 해석하는 틀을 만들어낸다. 인간은 자신이 어떤 행동을 할 것을 타인들이 기대한다고 믿으며, 그 믿음에 따라 행동한다. 친숙하게 알고 있는 준거와 기대 속에서 행동하는 것이다. 타인과 차별화되는 개인 저마다의 고유한 사유 방식도 존재하지만, 이 준거와 기대가 개인의 사유를 규정하는 중요한 토대가 된다. 일정한 습속과 태도, 품성과 품행, 특별한 심성을 내면화하는 동시에, 이를 바탕으로 타인 및 사회와 관계 맺고 반응한다. 인간이 살아가는 데에 없어서는 안 되는 마음의 구조이고 근거이자 방어기제로 소용되는 셈이다.

사회적 관계와 사회적 형세는 인간이 내리는 결정에서 핵심 변수다. 어떤 결정과 근거를 적절한 것으로 보이게 하고, 무엇이 옳고 그른지에 대한 척도를 구성한다. 이러한 사회문화적 결속은 사회를 지탱하는 가치관의 바탕이 되면서 유사한 집단 심성 구조를 만들어낸다. 집단 심성은 가족구조, 대인 관계, 가치 체계, 소비형태, 공동체 의식 등에서 특별한 양태를 보이며, 구성원에게 현저한 사회적·심리적 영향력을 발휘한다.

집단 심성은 사회의 지속성에 기여하지만, 또 부분적 혹은 전면적으로 변화되기도 한다. "1910년 12월을 전후로 해서 인간 본성이 변했다"는 버지니아 울프의 유명한 말은 이 변화를 지칭하는 선언이다. 사회적·심리적 환경이 은연중에 변화되는 것이 일상생활 속에서는 명확히 인식되지 않는다. 환경 변화에 대한 인식은 지속적으로 사후 조정된다. 근본적인 변화가 있었는데도 우리는 모든 것이 전반적으로 그대로라는 느낌을 갖는다. 독일의 사회심리학자 쾽케 아니첼와 하랄트 벨처는 사회적 가치와 사회적 기준선들이 근본적으로 변하는 것은 몇 십 년이나 한 세대가 아니라 단기적으로도 가능하다고 통찰한다. 전대미문의 사건일수록 바로 그것이 새롭기 때문에 잘 인식되지 않는다. 이런 현상을 '기준선 이동'이라고 부른다.

'기준선 이동'이 발생하면, 집단 심성에도 변화가 생긴다. 사회 구성원들은 달라진 심성 구조를 공유하면서 공동의 사회적 현실을 함께 만들어내며 도덕적 기준들을 재편성한다. 다른 사람에 대해서 정상적이라거나 비정상적이라고, 선하다거나 악하다고, 점잖다거나 괘씸하다고, 성실하다거나 게으르다고 여기는 느낌에도 확연한 변화가 생긴다. 역동적인 현대사를 겪어 온 한국사회 역시 '기준선 이동'의 국면들이 여러 번 있었다. 어제의 사회적 참사를 바라보았던 관점이 오늘의 참사에는 무용해지고, 오늘의 가난을 인식하는 가치판단이 어제의 가난과는 완전히 달라지기도 한다.

이 책에서는 다양한 한국소설들을 읽으면서 한국인의 집단 심성 구조에서 일종의 '기준선 이동'이 이루어지는 양상들을 포착하고 해명하고자 한다. 자본주의의 규칙, 노동, 사랑, 상실, 애도, 환상, 놀이 등의 차원에서 심성 구조가 변화되는 모습을 분석한다. 특히 이 책에서 주목한 소설들은 대개 서서히 사라져가는 어떤 좋은 세계와 인간의 모습을 애틋하게 응시하고 슬퍼한다. 더 이상 일상과 심성의 평화를 꾸리거나 지킬 수 없는 불안한 세계상을 예민하게 재현한다. 애초 문학은 언어의 힘으로 부재를 다룬다. 말은 현존성이 있다. 지금 말하는 이가 눈앞에 현존한다. 말은 마치 살아있는 생물처럼 화자와 청자 사이를 움직인다. 그에 비해 글은 현존성이 없다. 글은 지금 부재한 것을 기억하려고 한다. 데리다는 글쓰기를 자위행위에 비유한 바 있다. 현재 존재하지 않는 어떤 대상을 강렬하게 욕망하는 자위행위가 글쓰기와 유사하다는 것이다. 글은 현재 없는 것을 상상하며 기억하며 그리워하며 쓰여진다. 그런 면에서 문학은 애도하는 매체다. 가장 간절한 애도는 상실한 것을 또렷이 기억하는 일이다. 개인적으로도, 집단적으로도, 모든 의미 있는 상실에 대한 언어적·미학적 반응이라고 할 수 있다. 없음을 인정하고, 그것이 없는 세상을 받아들이며 감당하는 일이다.

왜 어떤 사람은 모든 것을 갖고 다른 어떤 사람은 아무것도 갖고 있지 않은지에 대한 불가해한 세상을 다룬다는 점에서, 소설은 근본적으로 비참과 수치에 빠진 인간을 고민하는 장르다. 좋은 것들의 상실을 직시하는 일은 필연적으로 그 모든 것들을 앗아가는 세계와 사회의 모순과 문제로 귀결될 수밖에 없다. 문학은 심미적인 기능 못지않게 직접적인 사회문제나 환경문제 등을 다룸으로써 독자들에게 문제를 인식하고 해결방안을 찾아내도록 움직이는 힘도 지니고 있다.

이 책에는 한국인들의 일상과 심성의 변화를 구체적이고 생생하게 형상화하고 있는 현대소설들을 분석한 글들을 수록하였다. 필자의 지속적인 연구 방향과 관심의 결과물이기도 하다. '1부 자본주의의 소외와 공황'에서는 자본주의 시스템의 부정적 가치관과 규칙이 구성원의 심성에 미치는 영향 관계를 살펴보

왔다. '2020년대 한국 소설에 나타난 가난의 심성구조 : 〈반려빛〉, 〈은의 세계〉, 〈미조의 시대〉'에서는 2020년대 한국 소설 세 편에 나타난 가난의 재현상을 인물의 심성 차원에서 분석함으로써, 가난에서 발생하는 불안, 우울, 자학, 수치심, 굴욕, 비참, 무기력, 불신, 자존감 상실, 체념, 심리적 탈진 같은 정서적인 문제가 특별한 심성을 형성하는 원리를 밝혔다. '"자본주의 리얼리즘"과 한국 소설의 상상력 : 윤고은 소설 세 편 읽기'에서는 자본주의 바깥의 어떤 대안을 상상하는 것조차 불가능하다는 '자본주의 리얼리즘'의 세계관이 윤고은 소설 인물들의 심성에 새겨지는 양상을 분석하고, 부재함으로써 존재하는, 자본주의에 대한 대안적 희망을 구상할 수 있는 가능성을 타진했다.

'2부 노동과 사랑'에서는 소설 인물의 일과 연애, 자립적 삶과 자아실현의 욕구들이 굴절되거나 위축되는 모습을 주목하였다. '2010년대 후반 소설에 나타난 여성 회사원 생활기 : 김세희와 장류진 소설 읽기'에서는 2~30대 사무직 여성의 직장 생활과 생존 체험을 다룬 김세희와 장류진 소설을 통해 직장 생활의 충실한 풍속도와 함께, 인물들의 '가만한' '체념'적인 태도가 일정한 세대 경험이나 세대 감각을 반영하고 있음을 논의했다. '세 가지 연애담, 이성애와 나르시시즘 : 〈무정〉 새롭게 다시 읽기'에서는 자기애와 나르시시즘의 차원에 주목하여 이광수의 〈무정〉을 새롭게 다시 읽고자 했으며, 주인공 이형식의 성장 서사를 나르시시즘의 성숙화 과정으로 보았다. 결국 이 다시 읽기를 통해 〈무정〉 이후 100년 동안 우리가 건강한 나르시시즘을 보장하는 공감적이고 반응적인 인간 환경을 구축했는지를 성찰하였다.

'3부 상실과 애도'에서는 사라지고 잃어버린 것들이 우리의 심성에 어떤 얼룩 같은 흔적을 남기는지를 탐색하였다. '환대의 존재론과 장소의 윤리 : 〈첫사랑〉, 〈상류엔 맹금류〉, 〈당신이 그동안 세계를 지키고 있었다는 증거〉'에서는 근접학과 '환대'의 개념을 바탕으로, 세 편의 한국소설에서 타자에 대한 관계적 사유가 나타나는 방식과 의미를 고찰하였다. 타자성에 대한 성찰과 질문을 통해 우리 시대가 내재한 환대의 가능성과 불가능성, 적대의 문제, 타자성에 대한 수용과 교감의 희망까지 살펴보았다. '편혜영 소설에 나타난 "장소상실"과 의미 : 집, 일터, 길의 공간 구조 및 인식'에서는 편혜영 소설 특유의 반문명적 사유가 공간적으로 축조되는 방식을 주목하여, 집과 일터와 길에서 장소성이 훼손되는 양상 및 의미를 살펴보고, 지리적 능력의 계발을 통한 장소성의 복원 가능성을 전망했다. '말할 수 없는 것과 불가능한 것을 말하기 : 4·16 세월호 참사를 다룬 네 편의 소설 읽기'에서는 세월호 참사가 소설의 의식과 감정에 어떤 영향을 끼쳤는지를 분석함으로써, 대내외적인 망각의 강제력과 맞서 싸우면서 기록으로 틈입하기 위해 고투를 벌이는 '기억의 윤리'가, 말할 수 없는 것과 불가능한 것을 말해야 하는 문학의 본질적 운명과도 일맥상통함을 밝혔다.

'4부 환상과 놀이'에서는 소설 인물의 심성과 연관하여 영화와 카메라, 놀이 공간에 대한 소설적 상상력을 살펴보았다. '실존 배우의 소설적 형상과 이미지 : 〈배삼룡 독트린〉, 〈변희봉〉, 〈나의 클린트 이스트우드〉'에서는 소설에 나타난 실존 배우의 형상과 이미지를 분석함으로써, 의식적으로 독자에게 정서적 개입을 전제하도록 유도하는 양상을 확인했다. 캐릭터와 배우가 혼연일체가 되는 상황을 관객들조차 자연스럽게 받아들이는 과정에서 배우가 영화에 얼마나 깊이 있게 스며들 수 있는지의 가능성도 보여주었다. '한국 소설에 나타난 카메라와 사진의 상상력 : 〈빛의 호위〉, 〈댈러웨이의 창〉, 〈이창〉'은 카메라의 속성과 성질, 사진의 사실성과 현실성 및 미학적 가능성을 숙고하는 소설들을 분석하여, 디지털 환경에서 변화하고 있는 사진의 경향에서부터 타인과 세계를 직접적으로 '보는(see)' 방식에 대한 관심과 성찰을 담고 있음을 밝혔다. '소설 속 놀이공간과 "재현의 공간" : 인문지리학과 르페브르의 공간생산이론'에서는 인문지리학의 방법론을 바탕으로, 김중혁 소설이 능률적이고 타율적인 공간인식을 거부하면서, 다양한 장소성을 복원하고 창조하려는 의지를 드러내고 있음을 분석하였다. 일종의 틈새 공간으로서 놀이공간의 미덕을 부각하거나, 기능적 공간을 의외의 방식으로 전유하여 새로운 장소성을 창출함으로써 '차이'와 '타자'에 대한 이해를 강조하는 양상도 검토했다.

이 책의 글들이 자칫 자족적이고 공허한 이론에 갇히지 않을 수 있는 방향은, 순전히 한국문학의 값진 성취라고 할 수 있는 해당 소설들을 정성들여 읽도록 유도하는 데에 있다. 언젠가부터 문학과 예술의 위기를 말하는 것을 넘어 읽기와 해석의 위기를 말하는 시대다. 언어와 상상력의 위기이기도 하다. 유발 하라리는 『사피엔스』에서 인류를 구분 짓는 가장 큰 특징은 언어 그 자체가 아니라 "눈앞에 존재하지 않는 것을 상상하는 능력"이라고 말했다. 상상력은 근육과 같다. 근육은 움직이지 않으면 쇠약해진다. 상상하며 읽는 능력 역시 근육처럼 단련해야 쇠퇴하지 않는다.

개인적 작업의 가장 오래되고 가장 언어적인 형식인 문학은 인간 조건의 개별성과 고유성과 독자성의 감각을 길러 준다. 그리하여 인간을 사회적인 동물에서 자율적인 '나'로 바꾸어준다. 고독하고 개인적인 공간에서 자신을 들여다보는 내면성을 통해 능동적으로 세계를 재구성하고 지각과 경험에 질서를 부여하는 과정이기 때문이다. 시간을 들여 타인을 이해하는 독서는 각자의 협소하기 그지없는 삶을 연결하여 더 크고 넓고 깊은 것으로 만든다. 당장의 편리함과 효율성을 넘어, 사색하는 생활이나 글 읽기에 깊이 몰입함으로써 얻게 되는 지속적인 자양분과 비교해 보면, 인터넷에서 얻는 산만한 즐거움들은 대부분 쉽게 사라져버린다. 미약하나마 진지하고 애정 어린 소설 읽기를 추동할 수 있는 글이 되기를 바란다.

2025년 2월

신성환

목차

1부 ─────── 자본주의의 소외와 공황

2부 ─────── 노동과 사랑

세 가지 연애담, 이성애와 나르시시즘 : 〈무정〉 새롭게 다시 읽기

3부 ──── 상실과 애도

환대의 존재론과 장소의 윤리 :
〈첫사랑〉, 〈상류엔 맹금류〉, 〈당신이 그동안 세계를 지키고 있었다는 증거〉

편혜영 소설에 나타난 장소상실과 그 의미 : 집, 일터, 길의 공간 구조 및 인식

4부 ──── 환상과 놀이

소설 속 놀이공간과 '재현의 공간' : 인문지리학과 르페브르의 공간생산이론

자본주의의 소외와 공황

2020년대 한국 소설에 나타난 가난의 심성구조

〈반려빚〉, 〈은의 세계〉, 〈미조의 시대〉

1. 시작하며 : 확장되고 지워지는 가난의 심성

국제통화기금(IMF) 관리 체제를 극복한 2000년대 중반 이후 한국사회는 비약적으로 경제가 발전하면서 전반적인 삶의 수준이 향상되고, 다양한 구성원들의 목소리를 전달할 수 있는 미디어와 공론장이 확대되고, 최소한의 복지와 구호 체계가 갖추어진 결과, 음식 · 주거 · 위생 · 안전 등 기본적인 생존의 조건은 어느 정도 해결된 듯 보였다. 편리하게 설계된 기술 환경과 SNS에 넘쳐나는 화려한 이미지들을 보면, 이제 가난은 낡은 문제처럼 간주된다. 그러나 가난은 일소되지 않았다. 오히려 삶의 전반적인 분야에서 다양한 결핍과 상실이 발생하고 있다. 빈곤가구 규모를 보여주는 상대적 빈곤율(균등화 중위소득 50% 이하 인구 비율)은 1995년 8.3%에서 2022년 14.9%로 급등했고, 소득 · 자산 불평등은 나날이 악화되고 있다. 삶의 모든 영역에서 양극화가 심화되고, 최고 수준의 노인 빈곤율과 청년 자살율, 세계 최저 수준의 출산율을 기록 중이다. 삶의 만족도(2020~22년 평균)는 5.95점(UN 산하 SDNS 조사)으로 OECD 평균(6.69)에 크게 못 미친다.[1] 가난한 사람들은 늘 존재하고, 좀처럼 줄지도 않는다(어쩌면 더 늘어난 것 같다). 기나긴 정체만 있을 뿐이다. 가난의 성격과 질도 달라진다. 이제 가난은 더이상 저소득만을 의미하지 않는다. 저마다의 현실 속에서 시간 빈곤, 문화 빈곤, 기술 빈곤, 교육 빈곤, 주거 빈곤 등 다양한 양상들로 출현한다.

가난이 경험되는 방식, 더 정확히 말하면 가난의 경험이 시간에 따라 달라지는 방식이 중요하다. 가난에 반응하고, 가난을 규정하고 인식하는 관점 역시 과거와는 차이를 보인다. 가난은 어디에나 있고 어디에도 없다. 사회학자 조문영의 언급처럼[2] 가난은 일종의 '과정'으로, 경계 없이 외연이 계속 확장된다. 사회의 통치방식과 사람들 사이의 관계 속에서 가난의 정의와 개념이 계속 달라지기 때문이다. 표면적인 경제 수치는 완만한 곡선을 그리고 상승했지만, 스스로 가난하다고 생각하는 이들의 숫자는 오히려 더 늘어났다. 가난한다는 인식과 감각이 물질적 결핍의 객관적 조건과 무관하게 강렬해졌다.[3] 2019년 20~60대 시민 5,027명을 대상으로 한 설문조사에서 응답자 50.63%가 "나는 가난하다"고 대답했는데, 이중 연봉 6000만원 이상이 11.35%(당해 고소득자 기준이 6100만원), 자가(自家) 소유자가 51.85%, 대학 졸업자가 64.39%에 달했다. 스스로가 상류층이라고 생각하는 비율은 1%에 불과했다. 2023년 한국청소년정책연구원이 19~34세 청년 4,032명을 대상으로 조사한 온라인 설문에서, 청년 3명 중 1명은 자신을 교육 빈곤층(27.8%), 주거 빈곤층(31.3%)으로 여긴다는 결과도 나왔다.[4]

경쟁지상주의와 능력주의 승자독식, 비교 우위의 위계 구조, 남 눈치 보는 문

---

1   OECD 38개국 중 한국보다 삶의 만족도가 낮은 나라는 튀르키예(4.6), 콜롬비아(5.6), 그리스(5.9), 세 나라 뿐이다. 이상은 '반기웅, 「삶의 질 올랐다지만…지갑 얇아지고 상대적 빈곤 늘었다」, 경향신문, 2024.2.22' 기사 참고.

2   조문영, 『빈곤 과정』, 글항아리, 2022, 6~7쪽 참고.

3   조문영, 앞의 책, 24쪽.

4   이현정, 「청년 3명 중 1명 "나는 교육·주거 빈곤층"」, 서울신문, 2023.5.15 기사.

화, SNS의 활성화, 미디어의 현실 교란 등의 조건은 가난의 하한선을 대폭 상승시켰다. 가난의 경험과 인식과 감각이 엇박자를 타면서 다양한 층위의 가난이 등장한다. '벼락거지'라는 말이 유행하고, 무지출 챌린지가 성행하며, 온라인 '거지방'에 이용자들이 몰리는 모습은 다양한 가난을 과시(?)하는 괴상한 현실을 보여준다.[5] 저마다 가난을 인증하는 양상은 가난이 절대적인 개념이 아닌, 상대적이고 비교적인 개념이 되었음을 드러낸다. 가난의 기준은 자원의 유무가 아니라 기분과 감정의 호오(好惡)가 되었다. 가난에 대한 인식이 크게 달라진 상황은 거꾸로 무엇이 가난하지 않은 삶인지를 가늠해 보게 한다. 언젠가부터 우리는 가난하지 않은 삶의 기준을 너무 높게 잡고 있다. 가난한 삶은 한없이 부풀어 오르고, 가난하지 않은 삶은 나날이 쪼그라든다. 가난을 정의하는 일이 중요한 이유는 그것이 가난을 바라보는 사회의 관점을 직접적으로 담아내고 있기 때문이다. 가난한 상태를 어떻게 정의하고, 가난한 이들을 어떻게 분류하느냐에 따라 그에 대한 사회적 대응도 달라지기 마련이다. 가난 개념이 왜곡될수록, 가난에 대한 사회적 대응도 실패할 수밖에 없다.

'가난'이 남발될수록 '진짜 가난'은 지워지고 은폐되고 무시된다. 진짜 가난은 움츠러든 것일 뿐 해결된 것이 아니다. '벼락거지'와 '거지방'과 '무지출 챌린지'와 '요노(YONO · You Only Need One)'를 떠들 때, 생존을 꾸려나가기 어려운 진짜 절박한 사람들은 보이지 않게 지워진다. 생활고와 질병으로 세상을 등지거나 기초생활보장제도 수급조차 신청할 사회적 역량이 없는, 절대적 가난에 시달리는 이들은 투명인간으로 증발한다. 한 끼의 단출한 식사를 인증하며 가난을 이야기할 때, 라면 한 개로 사흘 끼니를 대신하는 진짜 굶주림은 지워진다. 재테

---

5 '벼락거지'는 부동산 가격이 폭등하던 2020년에 나온 신조어로, 부동산이나 주식, 코인 등 자산 가격이 급등하자, 이렇다 할 자산 없이 성실하게 직장 생활만 하던 사람들이 상대적으로 가난해졌다고 느끼는 상황을 자조하는 말이다. 2023년 유행한 '거지방' '현금챌린지' '무지출 챌린지' 등은 얼마나 돈을 쓰지 않을 수 있을지에 도전하고 인증하는, 극단적 소비절약 경쟁 현상을 가리키는 말이다.

크를 위해 커피값 절약을 인증할 때, 당장의 일자리, 눈 뜨면 오르는 생필품 가격, 집을 나서면서 필요한 교통비에 전전긍긍하는 막막한 이들의 처지가 지워진다. 2020년대 판 박완서 소설 '도둑맞은 가난'이 횡행한다. 일본의 소설가 기리노 나쓰오는 "예전에는 가난하면 옷차림에서 알 수 있었지만 이젠 패스트패션이 있다. 가난이 눈에 보이지 않는다. 스마트폰을 가지고 있고 전화요금을 낼 수 있을 정도면 가난하지 않다고 생각해버린다"고 말했다.[6] 진짜 가난이 보이지 않는 사회야말로 위험하다. 산동네와 판자촌과 쪽방촌이 눈앞에서 사라진다고 해서 가난이 소멸된 것은 아니다. 가난한 이들의 주거지가 '지옥고'(반지하, 옥탑방, 고시원)로 옮겨가면서 잘 보이지 않게 된 것에 불과하다. 저가 의류를 걸치고, 편의점 삼각김밥으로 끼니를 때우고, 비좁은 방에서 소소한 유튜브 영상을 보면서 피곤을 달래도 그럭저럭 살아가는 것처럼 치부된다. 과거에는 사치품이었던 스마트폰을 이제 누구나 갖고 있지만, 과거보다 부유해져서가 아니다. 많은 사람들이 스마트폰을 뚫어져라 들여다보는 이유는 배달 주문 알림을 기다리거나 소액대출 중개 플랫폼을 들락거리기 위해서다. 우리는 점점 더 진짜 가난을 모르게 된다. 가난은 시간과 공간의 장벽 너머로 내팽개쳐진다.[7]

동시에 진짜 가난은 지독한 혐오의 대상이 된다. 가난한 척 하는 것은 미덕이고, 진짜 가난한 것은 죄악이다. "우리 모두는 부자가 될 권리가 있다"를 정언명제로 삼는 사회에서 부자가 될 권리를 행사하지 못하는 사람은 정상 시민으로 인정받지 못한다. 가난이 탈정치화되면서 가난은 게으름, 무능함, 어리석음,

---

6 기리오 나쓰오, 「아름다운 것만 보이려는 데 대한 문제의식, 데뷔작부터의 고민이다」, 씨네21, 2016.7.21.

7 사실 부(富)와 부자들도 잘 보이지 않기는 마찬가지다. 부의 중요한 특성 중에 하나가 겉으로 잘 드러나지 않는다는 것이다. 고급 주택, 외제차, 명품 옷과 고가 시계 같이 눈에 드러나는 것들은 대부분 자산이다. 누군가가 SNS에 명품을 인증하는 것과, 그 사람이 정말로 자기 돈으로 그 명품을 소유하고 있는지는 다른 문제다. 부자인 척은 할 수 있지만 실제 부자이기는 어렵다. 진짜 부자는 굳이 재력을 전시할 필요가 없다. 부동산이나 회사, 주식의 소유권은 겉으로 잘 드러나지 않는다. 대부분의 부자들은 부를, 과시하는 목적이 아니라 더 많은 돈을 벌어들이기 위한 수단으로써 사용한다.

무지함, 노력하지 않음을 의미한다. 능력 위주 사회에서 가난은 철저한 비난과 배제, 조롱과 멸시의 대상이 된다. 가난을 혐오하는 것은 결국 가난한 사람을 혐오하는 것이다. 가난은 단순히 돈의 문제가 아니라 사회적 병폐들이 복잡하게 엉킨 곡선의 매듭으로 존재하고 작동하지만, 혐오는 가난한 사람들을 직선으로 관통한다. 이런 분위기에서는 당사자마저 가난을 자신의 책임으로 돌리게 되고, 가난은 멸시받을 만한 상태이자 행위가 된다. '보편적 약자성'이나 '집단적 약자성'이 부정되는 경우도 잦다. 약자는 사회적 보호를 받아야 한다는 가치도 흔들리고, 역차별과 역공정이라는 반격에 시달린다. '시럽급여(실업급여)'를 받아 해외여행을 가거나 명품을 구매하는 청년, 저소득층 지원 음식 쿠폰으로 돈가스를 사먹은 기초생활수급자 아이에 대한 분노가 터져 나온다. 치솟은 임대료를 감당하지 못해 퇴거당하면서 발버둥치는 영세 세입자를 바라보면서 건물주의 소유권을 침해하는 범죄자라고 비난한다.

인류학자 오스카 루이스가 1950년대 멕시코시티 빈민 지역의 산체스 가족을 10년 넘게 관찰하고 연구해 펴낸 명저 『산체스의 아이들』(1961)[8]은 가난의 문제를 경제나 사회문제로만 국한하지 않고 집단 구조 내에 뿌리내린 하위문화와 습속, 정신적 성향으로 보았다. 가난한 사람들은 그 나름의 생활양식을 만들어내고, 자식들은 이를 습득해서 적응한다는 이야기다. 개인의 심리학적인 측면에 치중해서 사회 구조적 측면을 소홀히 했다는 비판도 있지만,[9] 이른바 '빈곤의 문화'라는 개념[10]을 제시했다는 데에 의의가 있다. '빈곤의 문화'는 대대로 전수되어 오는 생활의 구도(構圖), 견고하고 지속적인 생활양식을 뜻한다. 빈민들

---

8   '어느 멕시코 가족의 자서전'이라는 부제를 단 이 책은 "소설과 인류학 논문의 중간" 형태라고 지칭된다. 산체스네 가족 1인칭의 생생한 증언과 더불어, 이 가족의 시름 많은 살림살이와 빈곤에 대한 직접적이고 상세한 묘사를 통해 학술서의 객관성과 문학의 감동을 두루 갖추었다고 평가된다. 가난한 사람들을 숫자나 통계 같은 양화(量化)된 특성이 아닌 구체적이고 생생한 실체로 다룬 것이다.

9   오스카 루이스, 박현수 옮김, 『산체스네 아이들』, 이매진, 2013, 753쪽.

10   오스카 루이스, 앞의 책, 33쪽.

이 살아가는 데 없어서는 안 되는 구조이자 근거이자 방어기제다. '빈곤의 문화' 는 가족구조, 대인 관계, 가치 체계, 소비형태, 공동체 의식 등에서 특별한 양태 를 보이며, 구성원에게 현저한 사회적·심리적 영향력을 발휘한다.[11] 저자는 운 명주의, 무력감, 의존심, 열등감 등을 예시한다. 가난한 사람들은 자연스레 일 정한 습속과 태도, 품성과 품행, 즉 특별한 심성(心性, mentality)을 내면화하는 동 시에, 이를 바탕으로 사회와 타인과 관계 맺고 반응한다.

물질적·정신적 궁핍은 당혹감과 수치심을 부추긴다. 프랑스 사회학자 외젠 뷔레는 "가난이 안긴 도덕적 감정"은 '비참함'이라고 말했다. "오늘날에는 파산 했다고 털어놓는 것보다는 차라리 정신질환을 고백하는 것이 사회적으로 더 용 납받을 만한 행동이다."[12] 가난은 쪼그라든 삶과 심성으로 발현된다. 가난과 결 합된 정신적 취약성과 의지 부족, 집중력 저하, 부적응, 운명주의, 무력감, 게으 름, 체념, 의존심, 열등감 등의 심리적 문제가 그렇다. 가난한 사람들의 처지를 그들의 게으르고 무기력한 심성 탓으로 돌리는 인과관계가 통용된다. 품행의 심사장에서 가난이 논해진다. 가난을 개인의 도덕적 결함으로 문제화하고, 일 련의 품행, '신체적 도덕적 습성들의 집합'으로 간주한다. 경제적 의존을 도덕 적·심리적 의존과 자의적으로 연결하면서 "가난한 사람들은 가난 그 이상의 잘못된 무언가가 있다"는 암묵지를 만든다.[13] 실제로는 가난이 가난한 사람들에 게 특정한 심성을 강제한다. 사고방식을 바꾸고 잠재력을 온전히 발현하지 못

---

11 저자가 이같은 사회적·심리적 특성으로 든 것이, 사생활 보장의 불가능성, 알코올 중독, 다툼과 폭력, 어린이들을 대상으로 한 매질, 아내 구타, 이른 성경험, 처자 유기, 모계 중심의 경향과 모계 친척과의 친 숙함, 권위주의적 경향 등이다. 또한 만족이나 계획을 뒤로 미룰 능력이 없는 찰나주의와 어려운 생활형 편에 따르는 체념과 숙명론에 빠지기도 쉽다. 남성 우월 정신이 강해 사나이다운 것을 높이 평가한다. 지배계급의 가치와 제도에 비판적이고, 경찰을 증오하며, 정부나 고관들을 불신하고, 교회까지 냉소한 다. (오스카 루이스, 앞의 책, 35~38쪽 참고)

12 매슈 데즈먼드, 성원 옮김, 『미국이 만든 가난』, 아르테, 2023, 12쪽.

13 조문영, 앞의 책, 70~72쪽 참고.

하게 막는다. 가난으로 인해 결핍되고 위축된 심리 상태는 가난 극복을 위한 합리적인 판단, 장기적인 계획 설계, 실천 의지 등을 약화시킨다. 어떤 결정에 쏟아야 할 정신적인 에너지를 위축시켜서, 다른 모든 희생을 감수하고 가난 상태의 스트레스 요인(실직, 신용불량, 연체금, 채무, 주거 불안)에만 온 정신을 쏟게 만든다. 가난 앞에서는 누구든, 무분별해 보이고 심지어는 명백히 어리석은 결정을 내릴 수 있다. 행동과학자 엘다 섀퍼는 "가난함은 밤을 꼬박 새우는 것보다 사람의 인지능력을 더욱 감소시킨다[14]"고 언급했다. 가난에 사로잡혀 있을 때 우리는 삶의 나머지 부분에 마음을 쓸 여력이 없다. 가난은 안정과 안락만 박탈하는 것이 아니라 지적 능력 역시 앗아 간다. 가난은 구체적인 만성 통증으로도 나타난다. 과중한 노동과 열악한 환경이 야기하는 육체적 통증 뿐만 아니라 고통을 혼자 감당하는 과정에서 생기는 외로움과 우울, 불안과 두려움, 타인의 비하와 박대를 감당하는 열등감과 모멸감 등의 심리적 트라우마가 발생한다. 이처럼 가난은 "위축된 형태의 독특한 시민성[15]"을 내면화시키는 것이다.

이 글에서는 2020년대 한국 소설에 나타난 가난의 재현 양상을 인물의 심성 차원에서 분석하고자 한다. 현실에서 가난은 어디에나 있고 어디에도 없는 반면, 한국 소설은 지속적으로 보이지 않는 가난을 보이게 하는 상상력을 전개해 왔다. 소설은 근본적으로 비참과 수치에 빠진 인간을 고민하는 장르다. 세 편의 소설은 김지연의 〈반려빛〉(2023), 위수정의 〈은의 세계〉(2020), 이서수의 〈미조의 시대〉(2021)다. 모두 주거공간과 일터, 가족과 친구와 동료 관계, 문화생활과 여가, 일상적인 심리와 행동 양상 등이 가난의 조건 하에서 위축되고 비틀리는 양태를 인상적으로 다룬다. 가난에 처한 소설 인물들의 심성을 파악하여, 가난이 그들의 사회적 욕구와 인간적 발전, 인간관계를 추구하는 역량에 어떤 부

---

14 매슈 데즈먼드, 앞의 책, 60쪽.

15 매슈 데즈먼드, 앞의 책, 58쪽.

정적이고 파괴적인 영향을 미치는지를 살펴볼 것이다. 특히 가난에서 발생하는 불안, 우울, 수치심, 비참, 자학, 굴욕, 무기력, 불신, 체념, 자존감 상실, 심리적 탈진 같은 정서적인 문제가 특정한 심성을 구성하는 양상을 주목한다. 내면의 힘이 약화되면서 자신을 드러내거나 타인과 건강한 관계 맺기가 어려워지고 제대로 자기 역량을 발휘하기를 버거워하는 모습으로 나타난다. 나아가 가난에 대한 반응과 인식이 두드러지게 변화된 최근의 사회적 맥락과 어떻게 조응하고 있는지도 확인할 수 있다.

세 소설 모두 사회전반적인 불평등과 다차원적인 차별을 경험하는 여성 청년 주인공이 등장한다는 점도 공통적이다. 해방 후 부모보다 못살게 된 첫 번째 세대로 지칭되는 현재 청년 세대가 겪는 가난은 핵심적인 사회 모순으로 간주되고 있다. 경제학자 아마티아 센의 "빈곤은 단순히 재화의 부족이 아니라 자유로이 자신의 능력을 발휘하려는 기본 역량의 박탈로 규정할 수 있다[16]"는 언급을 감안하면, 청년 빈곤은 사회적 역할을 수행하기 위해 필요한 자원과 기회를 충분히 제공받지 못하는, '부자유'의 문제다. 저성장, 산업구조의 재편, 새로운 기술의 도입, 자동화와 전산화, 과잉 경쟁 등의 원인에 의해 양질의 일자리 수는 점점 더 줄어들고 국가의 공공영역에 대한 재정 지출도 줄어들고 있는 실정에서, 새롭게 경제시장에 진입하여 활동해야 할 청년세대는 가장 큰 피해자가 될 수밖에 없다. 세 소설은 이같은 가난한 청년의 삶과 심성을 매우 구체적이고 생생하게 재현하고 있다. 그동안 한국 문학 연구에서 '가난'은 빈번하게 다루어진 주제였지만, 사회현실의 일방적인 반영 상태로서의 모습에만 주목하는 한편, 연구의 틈새를 넓히는 시도들이 충분히 이루어지지 않았다. 무엇보다도 가난을 인식하는 사회적 관점과 태도가 뚜렷하게 달라진 최근의 양상과 더불어, 동시대의 가난이 빚어내는 특별한 심성의 양태를 주목한 연구는 희소한

---

16   강지나, 『가난한 아이들은 어떻게 어른이 되는가』, 돌베개, 2023, 38쪽.

편이다.[17] 2장에서는 〈반려빛〉에서 청년 채무가 인물의 사회적 위신과 자존감을 무너뜨리고 삶의 욕망과 통제력을 앗아가는 양상을 살펴보고, 3장에서는 〈은의 세계〉에서 유해하고 오염된 2등 가족이자 2등 시민으로 상정된 인물이 혐오와 배척의 대상이 되는 모습을 밝히고, 4장에서는 〈미조의 시대〉에서 노동과 주거 양 영역에서 선택권을 빼앗긴 채 정신적 학살을 감내하는 인물들의 면면을 분석하고자 한다.[18]

---

17 가난에 대한 선행연구는 주로 개별적인 소설가나 소설 작품을 대상으로 이루어져 왔는데, 2010년대 이후 이루어진 연구들을 살펴보면 다음과 같다. 1920년대 근대소설의 경제적 무능력자를 일제의 식민지 수탈 정책과 연관하여 살펴본 오연희의 논의(「한국 근대소설에서 무능력자의 형상화 양상과 그 의미-1910년대와 1920년대 대표 소설의 비교를 중심으로」, 『비평문학』 52집, 한국비평문학회, 2014), 1980년대 박완서 소설에 나타난 도시빈민의 형상과 가난의 이데올로기를 살펴본 조미희의 논의(「박완서 소설에 나타난 가난의 기원과 도시빈민의 양상」, 『한국언어문화』 62집, 한국언어문화학회, 2017), 이청준 소설의 윤리적 주체에게 가난이 수치심과 애착의 복합체로서 역설적 대상으로 규정된다고 본 서영채의 논의(「이청준의 소설에 나타난 가난과 부끄러움의 윤리성-단편 〈키 작은 자유인〉을 중심으로」, 『민족문학사연구』, 62호, 민족문학사연구소, 2016), 최서해 소설의 가난이 인간적 수치심과 모멸감으로 점철된 현실을 보여준다는 임일환의 논의(「굶주림의 일상화와 모멸감의 내면화-최서해 소설을 중심으로」, 『어문학논총』 36집, 국민대학교 어문학연구소, 2017), 1990년대 이후 소설에서 주변부 도시인들의 삶의 거처로 등장한 옥탑방의 표상과 주거빈곤의 문제를 다룬 박장례의 논의(「현대소설의 서울 옥탑방 표상」, 『서울학연구』 90호, 서울시립대학교 서울학연구소, 2023), 김숨 소설 속 노인의 불안정한 생활환경과 주거 공간을 연관지어 살펴본 황영경의 논의(「김숨 소설 속에 나타난 노인 거주 불안 양상」, 『인문사회21』 12(5), 인문사회21, 2021) 등이 있다. 특정 시기의 인물상이나 상황, 공간 등에 논의가 집중되어 있으며, 대개 당대의 사회역사적 환경과의 연관성을 규명하는 데에 주력하고 있다. 경제적 조건과 개인의 상호관계를 다루고 있긴 하지만, '심성' 차원에서 개인의 내면과 행동을 심층적으로 분석하고 있는 경우는 없다. 임지훈의 논의(「한국소설에 나타나는 '가난'의 의미」, 『글로벌 거버넌스와 문화』 4(1), 한양대학교 유럽아프리카연구소, 2024)는 이 글과 기본적인 방향성을 공유하는데, 2020년대 이후 나온 최은미의 「우리 여기 마주」, 이서수의 「헬프미 시스터」, 장은진의 「외진 곳」을 통해 가난이 개인의 문제를 넘어 팬데믹, 여성문제, 노동현실, 빈곤 비즈니스 등의 차원으로 나타나면서 사회구조적 문제를 포괄하고 있음을 밝혔다. 이와 함께 가난을 사회구조적인 차원에서 심층적으로 탐구한 조문영, 강지나, 매슈 데즈먼드, 오스카 루이스 등의 사회학적 논의에서 매우 유용한 시사점을 얻었다.

18 김지연의 〈반려빛〉은 『조금 망한 사랑』, 문학동네, 2014', 위수정의 〈은의 세계〉는 『문학동네』 27권 4호, 문학동네, 2020', 이서수의 〈미조의 시대〉는 『젊은 근희의 행진』, 은행나무, 2023'에 실린 작품을 활용하였다. 이후 본문을 인용할 경우는 ( ) 안에 해당 책의 쪽수를 명시한다.

2. 죽거나 망하지 않고 채무자로 살아가기 : 김지연의 〈반려빚〉

김지연의 〈반려빚〉은 전세 사기, 주거 곤란, 고립, 저임금 노동, 채무와 같은 청년 빈곤의 양상들을 흥미롭게 그려낸다. 특히 '반려빚'이란 생소한 조어를 만들어, 언젠가부터 '반려'라는 말이 어색하지 않을 정도로 청년과 한 몸이 되어 버린 채무 급증 현상을 다룬다.[19] '반려'는 짝이나 동무를 뜻하는 말로, 둘이 서로 의지한다는 커플의 의미도 띤다. 또 어떤 문서를 처리하지 않고 돌려준다는, 거절과 지연의 뜻도 있다. 정현은 반려로 믿고 동거했던 여자친구 서일에게 빚을 떠안게 되고, 빚을 반려 삼아 허덕이다가 세상과 타인에 의해서, 심지어 자기 스스로에게까지 반려되는 인물이다. 정현은 1억 6천의 빚을 진, 말 그대로 "망한" 처지다. 빚이 정현의 모든 생활과 소비 과정을 간섭하는 가운데, 빚 갚을 궁리를 하느라 거의 매순간 돈에 대해 생각하다보니 서일이 남긴 빚을 반려처럼 느낀다. 빚은 출근 방법에서 점심 메뉴, 저녁 준비와 배달 음식, 유튜브와 OTT 구독에 이르기까지 일상의 크고 작은 선택과 결정에 모두 개입한다. 선택의 여지를 협소하게 하고, 결정의 부담을 더 크게 한다. 개나 고양이를 싫어해서가 아니라 기를 때 드는 비용을 감당하지 못해서 아예 키우는 상상조차 하지 않는다. 연어를 싫어하는 게 아니라 연어의 가격이 두려워, 친구 선주가 사서 반반 나누자고 제안해도 원래 연어를 안 좋아한다고 둘러댄다. 부채에 시달

---

19   2023년 기준 19~39세의 청년 1238만여 명의 45.5%가 대출 경험이 있는 것으로 나타났다.(서민금융진흥원 청년금융실태조사) 평균 3.1건의 대출을 받았고 대출액은 평균 8000만 원 가량이었다. 전체 연령층에서 대출경험이 있는 사람은 40.1%이고 평균 2.4건의 대출을 받았다는 점을 보면, 청년층이 상대적으로 대출 의존도가 높음을 알 수 있다. 전체 청년 중 1.7%가 90일 이상 장기 연체했다. 2024년 3월 말 기준 자산대비 부채비율은 39세 이하 청년이 29.8%로 가장 컸다.(통계청) 40대는 22.6%, 50대는 16.8%, 60세 이상은 10.9%였다. 저축액 대비 금융부채 비율 역시 20~39세 이하 가구가 132.2%로 전 연령대 중 가장 높았다. 고금리와 고물가, 코로나 팬데믹 후유증, 경기 침체로 인해 일자리가 크게 줄어들면서 많은 청년들이 자산 형성은커녕 빚으로 연명하고 있는 것이다.(유하영, 「이자도 못 갚아요, 석 달 이상 연체자만 20만 명, 빚에 갇힌 청년」, 이투데이, 2024.12.24) 말 그대로 빚이야말로 우리 시대 청년의 '반려'다.

리면서 경제적 자존감과 통제 능력, 선택의 욕망조차 잃어버린다. 빚은 그야말로 인간의 영혼을 잠식한다. 인간으로서 살 '힘'을 강탈한다. 인생의 낙을 따지는 선주에게 정현은 "낙 없이 사는 사람도 있"다고 부정한다.

> 정현은 다 때려치우고 싶다거나 죽고 싶다 생각하다가도 그래도 저건 다 갚고 죽어야지…… 하는 생각을 했다. 죽으면 어차피 다 끝인데 그걸 왜 굳이 다 갚겠다는 걸까 싶기도 했지만 그래도 정현은 빚진 것 없이 깨끗하게 죽고 싶었다. 자신의 부채를 혈연들에게 떠넘기고 싶지도 않았다. 만약 그런 일이 벌어진다 해도 상속포기를 하면 그만이겠지만 아무것도 모르는 가족들이 정현의 속사정을 낱낱이 보게 되는 것이 싫었다. 늘 저거 어디 가서 사람 구실은 하고 살라나, 걱정하는 가족들에게 변변한 사람으로 보이고 싶어서 갖은 노력을 다 했는데 빚이 1억 6천이나 있다는 것을 들켜서는 안 됐다. 다른 가족들보다 장수를 하든가 변변한 사람으로 죽기 위해 빚을 다 갚든가 둘 중 하나는 해야만 했다. 하지만 한국에서 태어난 죄로 과로하며 살고 있으니 장수는 이미 물 건너간 것 같았고 살아 있는 동안 빚을 다 갚는 수밖에 없었다.
> 빚이야말로 정현이 잘 돌보고 보살펴 임종에 이르는 순간까지 지켜보아야 할 그 무엇이었다. 빚 역시 앞으로 수년간은 정현의 옆자리를 떠나지 않고서 머무를 것이고, 정현이 죽었나 살았나 그 누구보다도 계속 두 눈 부릅뜨고 지켜볼 것이다. 빚이야말로 정현의 반려였다. (78~79)

빚은 삶의 모든 영역에 깊숙이 침투하여 도저히 떼어놓을 수 없게 달라붙어 있고 집요하게 정현을 관찰한다.[20] 빚에 대해서 생각하는 것을 멈출 수 없다면, 간절히 사랑하는 사람에 대한 마음과 다를 바 없다. 정현은 가까운 가족과 지인에게 빚이 있다는 사실이 알려질까 봐 전전긍긍한다. 빚이 알려지는 순간 인간관계도 휘청할 것이다. 부모, 언니와도 언제든지 사이가 틀어질 수 있게 만드는

---

20 권희철, 「틈새 찾기」, 『조금 망한 사랑』, 문학동네, 2024, 318쪽.

게 빚이다. 모든 인간에게는 사회 안에서 구성되는 위신과 자존심, 자신의 존재에 대한 인식(정체감)이 삶에 필수적인 바탕이 된다. 이를 훼손하면서까지 경제적 도움을 호소하는 일은 위험하다. 가난에 대한 적극적인 의사 표현과 도움 요청은 위신과 자존심을 상하게 한다.[21] 정현은 또래보다 한참 낮은 신용 점수를 확인하면서 거듭 절망하고 자학한다. 신용에 살고 신용에 죽는 사회에서, 바닥을 친 신용도를 지닌 채로는 무책임하게 죽을 수도 없다. 연락을 끊은 서일에 대한 배심감에 치를 떨며 앞으로 어떻게 사람을 믿느냐고 한탄하지만, 경제적인 신용도를 보면 막상 "정현이야말로 그 누구보다도 신뢰 못할 인간"으로 판정된 상태다. 누군가를 믿고 안 믿고의 선택지조차 정현에겐 없다.

빚과 가난은 삶을 둘러싼 여러 장애물 중의 하나가 아니라 그 자체가 삶의 조건이다. 가난은 불편한 정도를 넘어 사회적 개체로서의 위신과 존재가 부정당하는 일이다. 이런 일이 반복되면 자아는 자신감을 상실하고 사회적 존재 가치가 없는 것처럼 느끼고 자신의 욕구에 대해 둔감해진다. 정현은 머리끝까지 화가 치밀었다가 자신이 무얼 잘못했나 자책하다가 그냥 심리적으로 위축되어 어떻게든 빚만 갚고 죽자는 생각을 한다. 가난에 대처하고 생존하기 위해서는 육체적·정신적 에너지를 많이 소비해야 한다. 즉 생존 자체에 에너지가 너무 많이 소모되므로 합리적인 판단을 하고 미래 지향적인 사고를 할 여력이 더 이상 남아 있지 않게 된다. 그래서 가난한 사람이 전략적 사고나 내면의 강인한 힘을 갖기는 매우 어렵다. 정현이 매일 자신의 에너지를 온통 투입하는 쪽은 오직 돈 생각, 돈 걱정, 그리고 자신을 그렇게 만든 서일에 대한 미움뿐이다. 인생의 낙이나 반려동물, 별미 메뉴, 엄마와 언니 안부에 신경을 쏟을 에너지가 없다. 피로감과 열패감에 침잠하여 자기 보호에만 급급해진다.[22]

---

21 강지나, 앞의 책, 94쪽.

22 강지나, 앞의 책, 259쪽.

'반려빚'은 상상친구를 가리키는 기발한 호칭이라기보다는, 음습한 유령처럼 정현에게 들러붙어 주변을 맴도는 존재다. 빚의 감옥 안에서 반려빚은 간수고 정현은 죄인이다. 정현은 반려빚과 자신을 견주와 반려견 관계에 비유한다. 꿈속의 산책에서 목줄을 끌고 다니는 주인은 의인화된 빚이다. 카페에 잠깐 들르자는 정현을 매몰차게 끌고 오는 쪽도 반려빚이다. 꿈에서까지 정현은 원하는 것을 주장하지도 못하고, "부피도 질량도 거의 없다시피 한 아주 작은 존재가 되고 싶다"고 자조한다. 빚이 정현의 정체성이자 삶의 동력이자 목표이자 치명적인 비밀이다. 삶과 관계에서 정현은 주도권이나 선택권이 미약하기 짝이 없다. 서일과 사귈 때에도 자주 부채감을 느끼고 자신이 부족해서 서일을 만족시키지 못한다는 생각에 사로잡히곤 했다는 사실을 감안하면, 그것이 정현의 천성 같기도 하지만 빚은 아예 정현이 완전히 소멸되고 싶다는 마음까지 들게 만든다. 애초 세상의 모든 관계는 채권-채무 관계, 채권자-채무자 관계다. 한 쪽이 다른 한 쪽을 지배하거나 종속된다. 사람들은 저마다 계산기를 두드리며 알게 모르게 서로를 착취한다. 연애 역시 마찬가지다. 빚주는 마음과 빚지는 마음으로 얽힌다. 누군가의 호구가 되거나, 누군가를 호구 잡는다. 정현은 항상 착취당하거나 호구되는 쪽에 있어 왔다. 애초 인간의 삶이 빚을 지는 일 없이는 꾸려질 수 없다. 삶 자체가 끝없는 경제적 불안으로 이루어져 있기 때문이다. 빚 권하는 사회에서 빚 지기는 너무 쉽다. 온갖 담보대출을 비롯한 금융상품들이 넘쳐나고, 신용카드도 손쉽게 발급된다. 빚 내기 쉬운 사회라는 것은 빚 없이 살기 어려운 사회라는 말이다. 매슈 데드먼즈는 양질의 거래에서 배척당한 빈민 집단에게 제공되는 고금리 대출 같은 악성 거래를 "약탈적인 포용"이라 지칭한다.[23] 선선히 빚을 내 주었다가, 높은 이자까지 합쳐 악착같이 뜯어낸다. 왜 그런 질 나쁜 대출을 받느냐고, 충동적이고 어리석다고 한탄하지만, 그 거래

23　매슈 데즈먼드, 앞의 책, 141쪽.

가 그들에게는 유일하게 가능한 선택지라는 점은 알려 하지 않는다. 채무는 개인의 선택과 실패의 문제로 환원되며, 불안과 자학과 우울과 자살 충동이 언제나 반려처럼 뒤따른다.[24]

가난은 트라우마를 남긴다. 누구도 치료해주려 하지 않기 때문에, 가난한 사람들은 각자의 방식대로 자신의 고통에 대처한다. 가난은 만성적인 통증일 뿐만 아니라 불안정이기도 하다. 상황이 점점 더 나빠질 거라는 끊임없는 두려움이다. 빚은 정현의 성격과 심성도 바꾸었다. 마음도 병들고 망했다. 부끄러움 많고 내성적이던 정현이 버스나 카페 같은 공공장소에서 감정을 주체하지 못하고 큰 소리치고 화내고 욕하는 인간이 되어 버렸다. "그간 자신이 선택했던 것들이 자신을 배반한 역사가 너무 길고 깊었기" 때문에, 더는 누구도 믿어서는 안 되고 자신의 감정과 기분조차 신뢰해서는 안 된다고 여긴다. 다시 나타난 서일은 여전히 거리낌없이 행동하면서, 빚을 '반려자'에 비유하는 정현에게 정색한다. 정현은 반려빚이란 말에 모욕을 느끼는 서일에게 모욕을 느낀다. 정현은 서일을 믿지 못하는 것에 더해, 서일에게 혹하는 자신도 믿지 못한다. 사람을 믿지 못하는 것이 아니라 돈을 믿지 못한다. 돈은 아무리 친밀했던 인간관계도 갉아먹고 부식시킨다. 정현은 서일에게 "자신의 세계가 어떻게 바뀌어버렸는지를" 토로한다. 자신의 세계관이 완전히 뒤바뀌어 버렸다고, 하지만 이제 더는 뒤통수 맞지 않을 테니까 다행일 수도 있다고 말한다. 서일이 남긴 빚을 악성 채무라고 보기도 어렵다. 서일이 사기 칠 목적으로 빌린 게 아니라, 동거하는 연인이라는 깊은 신용에서 정현이 차용증도 없이 빌려 준 것이다. 진짜 악성 채무자는, 서일이 이십대 내내 주말도 없이 일하면서 모았던 전세 보증금을 돌려주지 않는 집주인이다. 그러고나서 '법 대로 하자'고 들먹일 수 있는 사회는 애초 "원래 자신의 몫인 그 돈"을 주지 않거나 빼앗아가는 구조로 돌아가기 때문

---

24 전청림, 「망한 삶의 천재」, 『2024년 젊은 작가상 수상 작품집』, 문학동네, 2024, 243쪽.

에, 정현과 서일 같은 사람들은 망하는 길로 갈 수밖에 없다. 작가의 말마따나 "2024년도의 대한민국에서 사기를 당하지 않는 것, 무탈히 하루를 보내는 것은 순전히 운[25]"일지도 모른다.

> 어느 달엔가 정현은 나가야 할 돈이 13만 원 정도 부족했다. 사장이 직원들을 불러놓고 미안하다며 월급이 한 달 늦겠다고 고지한 달이었다. 그 말에 정현은 가슴이 철렁 내려앉았다. 퇴근하자마자 이직할 만한 곳을 찾아보았다. 이력서도 여기저기 넣었지만 당장 취직을 하기는 쉽지 않을 테니 한 달의 구멍이 생기는 건 어쩔 수가 없었다. 가지고 있던 현금을 아무리 긁어모아도 13만 원이 부족했다. 누군가에게 20만 원쯤은 빌릴 수도 있었다. 정현도 회사 동료에게 10만원을 빌려준 적이 있었다. 그때 그 동료에게 부탁을 할 수 있었다. 하지만 그도 이번 달 월급을 받지 못할 테니 사정이 어떨지 알 수 없었다. 아니면 선주에게 부탁을 해도 됐다. 선주가 아니더라도 정현을 가엾게 여기는 친구가 몇몇 있었다. 어쩌면 그 때문에…… 자신을 가엾게 보는 시선을 견디는 게 너무 수치스러워서 부탁하지 못했다. 가족들에게 손을 벌릴 수도 없었다. 아들 둘을 키우며 아파트 대출금을 갚으면서 사는 언니는 늘 돈 나갈 데가 많아 종종 정현에게 돈을 꿀 수 없을지 묻곤 했으니까. 부모에게는 자칫 잘못하면 채무 상황을 전부 들킬지도 모른다는 생각에 말을 꺼내기가 꺼려졌다. 그러느라 더 일을 키우게 되는지도 몰랐다. 호미로 막을 걸 가래로 막는다고 했나. 누구에게도 도무지 입이 떨어지지 않아서, 부탁을 해볼까 싶다가도 뭐라 운을 떼야 좋을지를 알 수 없어서 정현은 집에 있는 물건 중 돈 될 만한 것이 없나 뒤져보았다. 뭐든 팔아서 13만 원 정도는 만들어야 했다. 인터넷 중고 서점에 책이라도 팔려고 했는데 정현이 가진 거의 모든 책은 중고 서점에서도 취급하지 않는다고 했다. 정현은 자신이 좋아했던 것들은 죄다 이렇게 똥값이 된다는 사실을 받아들였다. (91~93)

어느 달에 13만원 구멍이 나자, 정현의 인생에 크나큰 타격이 가해진다. 불

---

25 김지연, 「작가노트: 운칠기삼」, 『2024년 젊은 작가상 수상 작품집』, 문학동네, 2024, 233쪽.

과 몇 만원이 부족하니, 빠듯했던 생활 자체에 균열이 발생한다. 2022년 10월 국회 기획재정위원회 국정감사에서 장혜영 의원이 이창용 한국은행 총재에게 질문하던 중 오열했던 장면이 화제가 된 적이 있다. 장혜영 의원은 특히 청년들이 많이 사용하는 '대출나라'라는 사이트를 아느냐고 물으며, "일종의 대부 역경매 사이트이고, 필요한 돈을 입력하면 대부업체들이 댓글을 다는데 한 달에 1만2000개가 올라온다. 이런 글이 늘어나는 추세인데 2020년엔 빌려달라는 돈이 대부분 100만~300만원 정도였는데 올해는 21만~40만원이다"라고 언급하며 말을 잇지 못했다.[26] 상당수 청년들이 주변에 21~40만원을 빌릴 사람이 없어서 절박한 마음으로 온라인 고금리 대출업체를 알아본다는 것이다. 달리 보면 소액대출이 증가한 이유는, 어떻게든 삶의 패턴과 균형을 무너뜨리지 않으려는 필사적인 노력 때문이라고 볼 수도 있다. 신용불량자가 되지 않기 위한 발버둥이다. 더 큰 돈을 빌리면 넉넉해지겠지만 갚을 수 없을 터이다. 그래도 청년세대가 갚을 수 있는, 삶이 망가지지 않을 딱 최저한도의 금액이 21~40만원 정도인 셈이다. 정현에게도 한 달 13만원이 부족한 것은 재난이다. 카드가 연체되고 신용점수는 더 하락하고 신용불량자로 전락할 수 있는 위기다. 그럼에도 불구하고 정현은 누구에게도 도움을 청하지 못한다. 13만원 적자와 함께 노출될 수치심과 굴욕감을 감당하지 못하기 때문이다. 소설 『상실의 시대』에서 미도리가 "부자의 최대 이점이 뭐라고 생각해? 돈이 없다고 말할 수 있다는 거야. 가령 내가 반 친구한테 뭘 좀 하자고 하면 상대는 이렇게 말한단 말이야. '나 지금 돈이 없어서 안 돼'라고 그런데 내가 그런 입장이 된다면, 절대 그런 소리를 못하게 돼. 내가 가령 지금 돈이 없어 그런다면 그건 정말 돈이 없다는 소리

---

26 이 내용은 '최정희, 「'대출나라' 아시나요?…이창용 "빚 상환 위해" vs 장혜영 "절박해진 것"」, 이데일리, 2022.10.7. 기사 참고.

니까. 비참할 뿐이지.[27]"라고 말한 것처럼, 정말 13만원이 부족한 사람은 13만원이 없다는 말을 하지 못한다. 자신의 비참함을 고스란히 노출하여 자존감을 무너뜨리는 일이기 때문이다. "사람들이 몰랐으면" 싶고, "멍청함을 들키고 싶지 않"다. 정현은 중고거래로 애플워치를 20만원에 팔아 7만원의 여유가 생긴다. 그래도 먹고싶은 사과조차 살 용기를 못 낸다. 반려빚의 눈치도 보일 뿐더러, 언제 또 13만원이 부족할지 모를 테니 말이다.

우여곡절 끝에 서일이 돈을 갚아서 채무를 말소하는 날이 오기는 한다. 빚을 갚은 후에도 더 나은 인간이 되는 것도 아니다. 그저 '나갈 돈'과 '들어올 돈'이 딱 들어맞는 0, 다시 원점으로 돌아온 것에 불과하다. 정현 이름으로 남은 전세보증대출금 8천은 여전한 반려빚이다. 빚을 청산한 기념으로 로또를 사던 중 번호 하나를 정하지 못해 서일에게 전화를 걸었다가 서일의 번호를 물려받은 초등학생과 우연히 통화를 하게 된다. 당첨되면 절반을 준다고 번호 하나를 골라달라고 하자 초등학생은 "왜 반이나 줘요?"라고 핀잔을 주며 끊어버린다. 야무지게 계산하는 초등학생 말마따나 너무 밑지는 거래다. 하지만 마지막 숫자가 주어져야 로또가 완성된다. 숫자 하나만 틀려도 꽝이다. 그렇다면 숫자 하나가 당첨금 절반 정도의 값어치는 한다고 볼 수 있다. 이건 인간적인 계산법이다. 숫자 하나당 1/6, 이것이 자본주의의 정확한 계산법이다. 이렇게 '절반'에 대한 계산법은 사람마다 다를 수 있다. 그리고 이제 타인과 세상을 가늠하는 서일의 계산법도 달라졌을 것이다. 삶의 반려, 삶의 절반이었던 서일에 대한 정현의 마음도 변화되었을 게 틀림없다. 이제 정현은 서일 덕분에 "자신의 부채마저도 줄 수 있는 것이라고 착각"하고 "아무런 값을 따지지 않고 셈하지 않"던 "어리석은 사람"이 아니라 "그 누구보다 열심히 셈하고 값을 따져보"는 사람이 되었다. 경제적으로 여유를 누렸던 1년의 휴가 같은 시간이 지나고, 정현은 "다시

---

27 무라카미 하루키, 유유정 옮김, 『상실의 시대』, 문학사상사, 2000, 108쪽.

허리띠를 조이는 삶으로 돌아"가 쪼그라들고 짓이겨진 마음으로 살게 된다.

> 정현이 빚을 다 갚고 얼마 지나지 않아 꿈에 반려빚이 나왔다. 반려빚은 정현에게 할 말이 있으니 잠깐 거실로 나와보라고 했다. 거실 소파에 앉아 주말 연속극을 보던 반려빚은 정현이 방에서 나오자 TV를 껐다. 정현은 우리 집에 소파나 TV가 있었나? 잠시 의문에 빠졌다. 하지만 꿈이었으므로 없던 것이 있는 것도, 있던 것이 없는 것도 다 용인되었다. 반려빚처럼, 있어서는 안 되는 것도 태연하게 있을 수 있으니까.
> 반려빚은 정현에게 헤어지자고 말했다. 정현은 등골이 오싹해졌다. 그 말이 가당치 않다고 생각했다. 아무리 있어서는 안 될 것이 있을 수 있는 꿈이라고 해도 그건 말이 안 됐다.
> 우린 진작 헤어졌잖아.
> 반려빚은 잠시 정현의 말을 곰곰 생각해보는 듯했다.
> 참, 그랬지.
> 반려빚은 짐을 싸기 시작했다. 코트 깃을 세우고 현관에 서서 정현과 작별 인사를 했다. 반려빚은 망설임 없이 단호하게 정현을 떠났다. 정현 역시 현관에 오래 서 있지 않았다. 찬장에서 소금을 꺼내 와 현관 밖에 팍팍 뿌렸고 문이 닫히자마자 걸쇠를 단단히 걸어 잠갔다. 다시는 얼씬도 못 하도록. 꿈속에서 정현은 마냥 홀가분했고 깨어서도 그랬다. 마침내 0이 된 기분. 정현은 그 이상을 바라는 것도 이상하게 무섭기만 해서 그저 0인 채로 오래 있고 싶었다. (104~105)

반려빚과 헤어지는 마지막 장면은, 정현의 마음 깊은 곳까지 들어와 있던 서일과 온전하게 이별하는 과정이다. 홀가분하고 깔끔한 이별이다. 반려빚과는 두 번 헤어진다. 빚을 다 갚았을 때 한 번, 그리고 꿈 속에서다. 소금을 뿌린 대상은 바로 서일, 그리고 서일에 대한 자신의 마음일 것이다. 사실 서일이 떠넘긴 빚 때문에 영 달라진 사람이 되면서, 이미 실질적으로는 서일과 헤어진 상태였을 것이다. 항상 그렇듯 진짜 이별은 조금 더 뒤늦게 온다. 〈반려빚〉은 "이 일을 해결할 수 있는 사람도 제도도 없"는 세상에서 '0'의 상태로 지속가능한 삶을 사는 것, 빚지지 않고 사는 것이 청년의 지난한 과제가 되어버린 사회를 보여준다. 반려빚의 외형이나 모습은 자세히 묘사되지 않는다. 차갑고 싸늘하고 무표정하고 냉담한 괴물의 모습보다는, 왠지 정현만큼 힘없고 희미하고 가녀리고 축축한, 투명한 그림자 같이 생겼을 것만 같다.

3. 오염을 유발하는 열등 시민으로 살아가기 : 위수정의 〈은의 세계〉

공동의 세계와 관계 속에서 함께 살면서 인간은 자기가 접하는 모든 것들을 아무 선입견 없이 인식하는 것이 아니라 늘 어떤 필터를 매개로 인식한다. 역사적 시대, 경제 체제, 문화 등이 인간이 겪은 체험과 사건을 인식하고 해석하는 틀을 만들어낸다. 인간은 자신이 어떤 행동을 할 것을 타인들이 기대한다고 믿고, 그 믿음에 따라 행동한다. 친숙하게 알고 있는 어떤 준거와 기대 속에서 행동하는 것이다. 사회적 관계와 사회적 형세는 인간이 내리는 결정에서 핵심 변수다. 결국 현실에서 부딪치는 과제들의 대부분을 일상적 작업과 습관 안에서 해결하려고 한다. 어떤 결정과 근거를 적절한 것으로 보이게 하고, 무엇이 옳고 그른지에 대한 척도를 구성한다. 이러한 사회문화적 결속이 집단적인 평판의 틀을 만들어낸다. 가난을 인식하고 가치 판단하는 구성원들의 태도도 마찬가지다. 유사한 평판의 척도를 공유하면서 공동의 사회적 현실을 함께 만들고 도덕적 기준들을 재편성한다. 다른 사람에 대해서 정상적이라거나 비정상적이라고, 선하다거나 악하다고, 점잖다거나 괘씸하다고, 성실하다거나 게으르다고 여기는 느낌에 확연한 변화가 생긴다. 가난한 사람을 육체적·정신적으로 괴롭히는 주요한 요소 중 하나는 나쁜 평판이다. 비틀린 인성, 불량한 품행, 게으른 습성, 어리석은 선택 등은 가난한 사람에게 흔히 덧씌워지는 조롱과 비난이다. 가난한 사람을 동등한 동료 시민으로 인정하지 않거나, 무조건적인 동정과 베풂의 대상으로 간주하는 관점도 그러하다. 그렇게 가난한 사람(들)의 세계와 물리적·정서적 거리를 두기 위해 안간힘을 쓴다. 임대아파트 둘레에 울타리나 담장을 두르듯이, 거리를 두면 가난도 이쪽으로 넘어오지 않을 것처럼 믿는다.

〈은의 세계〉의 배경은 고립과 격리, 거리두기가 일상화된 코로나 팬데믹 기간이다. 감염병 재난의 딜레마는 인간을 도구로 삼는다는 점이다. 감염의 위험을 막기 위해서는 오염된 인간을 피하고 격리하고 배제하고 자기만의 안전한 세계를 구축해야 한다. 감염병이 다른 재난과 다른 결정적인 양상은, 연대와 협력과 상호부조가 약화된다는 점이다. 팬데믹은 보고 싶지 않은 사람들을 더 쉽게 외면할 수 있는 환경과 조건을 제공했다. 막강한 바이러스 앞에서 인간은 별안간 엄청나게 취약한 존재가 되어 버렸다. 취약하기 때문에 또 다른 더 취약한 이들을 꺼리고 밀어낸다. 소설이 추락의 공포를 동반한 엘리베이터 정지 사고에서부터 시작하는 것은 의미심장하다. 건물 칠 층에서 갑자기 멈춘 엘리베이터에서 십 오 분간 갇혀 있었던 우연으로 만난 지환과 하나는 팬데믹 기간에 결혼한 신혼부부다.[28] 제목인 '은의 세계'는 일주일에 한 번 가사 도우미로 오게 된, 하나의 동생 명은을 가리키는 말이다. 우리가 어떤 사람의 이름을 붙인 '~의 세계'라는 말을 쓸 때, 보통 그것은 넓고 열려 있기보다는 좁고 폐쇄적인 성향을 뜻하는 경우가 많다. 자기만의 세계에 갇힌 양, 다가가기 어려운 경직되고 꽉 막힌 세계에 가깝다. '은의 세계'라는 표현도 그렇다. 지환과 하나가 도무지

---

28 비좁은 엘리베이터에 우연히 함께 갇힌, 진부한 만남이지만 지환과 하나는 이를 운명으로 받아들인다. 이 도입부의 주요한 목적은 '만남'보다는 추락의 공포를 드러내는 것 같다. 이 추락의 공포는 이후 하나의 사촌오빠인 경은의 아파트 추락사와 연결된다. 추락의 공포에 더해 접촉의 공포도 겹쳐진다. 팬데믹 초기에 엘리베이터 내부에서 감염되었다는 소문들이 성행했던 적이 있다. 하나는 경은의 추락사로 인한 트라우마를 지닌 것처럼 보인다. 이후 명은이 베란다에 몸을 기대어 아래를 내려다보자 날카롭게 경고하는 이유다. 그런데 사실 엘리베이터 안에서는 하나보다 지환이 더 공포에 질려 있었다. 상대적으로 지환이 위험에 대한 경계심과 불안에 더 예민한 사람이어서, 이후 충돌과 추락의 환상을 연이어 겪는 것이라고 볼 수도 있다.

이해하지 못하고 범접할 수 없는 명은의 세계를 이야기한다. 애틋한 것 같다가 이해가 될까 말까 하다가 멍청하고 답답하다가 급기야 '미친년'이 되어버리는, 단단하게 닫힌 명은의 세계다. 명은은 묘하게 거슬리는 인간이다. 왠지 껍껍하고 불길하고 서늘한 사람들이 있다. 가까이 있으면 기분 나쁜 얼룩이나 악취가 건너올 것 같은 이들이다. '명은'의 '은'자가 어떤 한자를 쓰는지는 나오지 않는다. 단단한 금속의 '은(銀)'일 수도, 은혜로운 '은(恩)'일 수도, 숨길 '은(隱)'일 수도 있다. 단단하기도 하다가 물러 보이기도 하는 양가적인 느낌의 단어다.

이 소설은 직장을 잃고 생계의 위기에 처한 가난한 명은이 아니라, 그녀를 바라보고 인식하는 언니 부부, 지환과 하나의 시선으로 진행된다. 두 사람은 상대적으로 팬데믹으로 인한 삶의 피해와 타격을 덜 받은 이들이다. 게임 업체와 성우, 온라인 업계에서 일하는 직업을 가졌기 때문이다. "온라인은 안전한 영역"이었고, "사람들은 집안에서 거의 모든 것을 향유하는 데 빠르게 익숙해"져서 온라인은 오히려 호황기를 맞았다. 팬데믹 역시 불평등한 재난이었다. 바이러스 자체가 불평등한 것이 아니라, 사회의 불평등한 지점을 파고들어 불평등하게 피해를 끼쳤다. 가장 고통받은 이들은 사회적 취약 계층과 하층 직업군이었다. 친구와 함께 운영하던 요가학원이 문을 닫는 바람에 빚을 지고, 청소업체에서 일용직으로 일하는 명은이 그렇다. 요가나 청소 모두 몸을 쓰는 일이면서 타인과 직접 접촉하는 일이다. 팬데믹 재난에서 지환과 하나의 세계보다, 명은의 세계가 훨씬 위태롭다. 지환과 하나는 이 재난에서 그나마 자신의 세계를 지킬 수 있는, 아니 재난으로 인해 일정한 이익도 얻는 인물들이다. 지환과 하나가 "시대가 그냥 그런 거야. 우리는 다행인 줄 알자"며 안도하고, 팬데믹 기간 동안 두 배 넘게 오른 회사 주식을 체크할 때, 명은은 작업복과 마스크로 중무장한 채 "청소와 소독을 한 번에 해 주는 서비스"를 고되게 수행하는 중이다.[29]

---

29 작가는 팬데믹이 전쟁과 닮은 점이 많은데, 명은과 같은 단지 '운이 없는' 부류에게는 더없이 잔혹한 반

코로나 팬데믹은 그전까지 사회적으로 충분한 대우를 받지 못하고 헐값으로 여겨져 왔던 노동 영역을 재평가하는 계기를 제공했다. 재난 상황에서 국민의 생명과 안전, 사회 기능을 유지하기 위해 필요한 일을 수행하는 노동 영역을 '필수노동(핵심노동)'으로 새로이 규정하였다. 의료, 사회복지, 돌봄, 핵심 공공서비스, 식품, 필수품, 공공안전, 교통(운송), 배달, 청소와 쓰레기 수거 등에 종사하는 이들은 '필수노동자'로 분류되었다. 그러나 '필수'가 그들을 더 귀하고 깍듯하게 대우하라는 뜻은 아니다. 사회와 타인에게 그들이 '필수'적으로 필요할 뿐이다. 팬데믹 내내 그들은 저임금, 업무상 재해, 장시간 노동에 따른 과로 등 열악한 근무조건은 물론 감염 위험에 직접적으로 노출되었다.[30] 명은이 프리랜서로 고용된 청소회사의 모토는 "깨끗하고 청결하게 청소해 드립니다"가 아니라, "당신을 지켜 드립니다"이다. '안티 바이러스'는 청소의 영역이 아니라 안전의 영역이다. 명은이 가장 많이 하는 일이 택배 소독이듯이, 청소보다는 '소독'이 더 중요한 목표다. 청소라는 노동 형태가 달라졌다. 청소노동의 목적과 기능, 소비자의 기대가 달라진 것이다. 문제는 이제 명은 같은 청소 노동자가 동일한 일당을 받으면서도 청소에 더해 안전 서비스까지 감당해야 한다는 점이다. 결과적으로 노동양은 훨씬 더 늘었지만 임금은 깎인 것과 다를 바 없다. 동시에 고객들에게는 언제든지 감염원이 될 수도 있는 위험한 외부인으로 의심되고 경계된다.

이리 와서 맥주 한잔하실래요? 머리를 묶고 헐렁한 민소매 티셔츠를 입은 남자

면, '운이 좋은' 부류에게는 새로운 부와 기회가 주어진다는 것이 그렇다고 말한다. 그러나 전쟁과 달리 팬데믹은, 바이러스라는 보이지 않는 적에 대항하는 형태로 사람들의 혐오와 차별에 면죄부를 부여하기 때문에 더 위험하다는 것이다. ('위수정, 『소설 보다: 봄 2021』, 문학과지성사, 2021, 136쪽' 참고) 문제는 가난한 사람들은 늘 '운이 없'는 존재라는 점이다. 운 역시 부유한 이들에게 쏠린다.

30 이 내용은 '한남진, 「팬데믹 속 필수노동자, 열악한 근무조건에 재해·과로 위험 수두룩」, 내일신문, 2021.7.27.' 기사 참고.

가 손짓했다. 지환은 웃으며 자리에서 일어났다. 연인으로 보이는 남녀가 가볍게 입을 맞추었다. 무리 중 누군가가 담배에 불을 붙였고 이어서 카악, 하고 가래침을 뱉었다. 옆에 앉은 이들이 그를 향해 거칠게 욕을 했다. 그러나 아무도 자리를 뜨지는 않았다. 지환은 고맙지만 너무 늦었다고 얼버무리고 자전거에 다시 올랐다. 마스크를 끌어올리고 뒤돌아 페달을 밟는데 사람들의 시선이 따라오는 것 같았다. 지환은 가능한 한 빨리 페달을 밟았다. 한참을 달린 후 마스크를 벗어 휴지통에 버렸다. 살 것 같았다. 아파트 단지가 눈에 들어왔을 때에는 깊은 안도감을 느꼈다. 지환은 길을 건너기 위해 단지 맞은편 횡단보도 앞에 멈추었다. 그때 빠른 속도로 달려오던 검은색 SUV가 지환을 그대로 치고 지나갔다. 지환은 무기력하게 그 속도와 무게를 온몸으로 받을 수밖에 없었다. SUV는 거침없이 지환을 통과해 도로 끝으로 사라지고 있었다. 지환은 이것이 진짜가 아니라는 것을 알았다. 그래서 팔을 들어 얼굴을 가리거나 눈을 감지도 않았다. 다만 미간을 조금 찌푸렸을 뿐이었다. 그러나 차갑고 육중한 금속 덩어리가 몸을 치고 지나가던 순간은 생생했다. 그 압도적인 힘이 육박해 오는 순간 느꼈던 물리적인 충격과 무기력함은 길을 건너 집으로 올라가는 동안에도 몸안에 남아 있었다. 지환은 이런 일이 어떻게 가능한 것일까 생각해보았다. 무섭거나 아프지는 않았고 오히려 묘한 쾌감이 남아 가슴이 뻐근하기까지 했다. (405~406)

명은이 처음으로 집에 다녀간 날 밤 지환은 "복부에 칼이 쑥 들어오는 서늘한" 환상을 경험한다. 이후에도 자동차나 덤프트럭이 빠른 속도로 자신을 치고 지나간다든지, 고층에서 추락해 머리가 깨지는 환상에 사로잡힌다. 공포스럽지만 동시에 어떤 후련한 쾌감까지 느껴지는, "자신이 즐기고 있는 것은 아닌지 하는 의문이" 들고 "은근한 흥분이 몸안에 퍼"지는 환상이다. 한강 산책로에서 스케이트보드를 타는 젊은 무리를 구경하던 지환은 그들이 입 맞추고 침 뱉는 모습을 목격하고 강한 두려움과 불쾌감을 느낀다. 껄렁한 젊은이들이 돌연 폭력적 행동을 취할지도 모르는 것보다 더 큰 두려움은 침이나 분비물과 접촉하는 일이다. 지환의 다른 환상들 역시 자신의 취약성을 환기하는 심리에서 비롯된다. 명은이 하나의 친동생이 아니라 어린 시절 부모를 잃고 나서 오빠와 함께 하나 집에 맡겨진 사촌이며, 명은의 오빠 경은이 고등학교 때 아파트 십이층에서 떨어져 사망했다는 이야기를 들은 후, 지환이 추락하는 환상을 겪는 것을 보아도 그렇다. "우리는 다행인 줄 알"지만, 혹시 다행이 아닐 수도 있다는, 불시에 경은처럼 땅에 곤두박칠 수도 있고 명은처럼 오염된 바이러스 대접을 받을 수도 있다는 불안감이 만든 환상인 동시에, 자신과 하나는 저들과 다르다는, 아직 추락하지도 감염되지도 않은 존재라는 안도감과 우월감에서 나온 증상일 것이다. 그것이 현실이 아니라 환상이라는 것을 명백히 알고 있기 때문에 자신들은 겪지 않아도 되고 겪을 처지도 아니라는 확신에서, 진짜 고통이나 트라우마가 아닌 야릇한 쾌감과 흥분이 발생한다.

일을 시작한지 얼마 되지도 않아서 명은은 청소 회사에서 잘린다. 청소를 제대로 못 했거나 물건을 훔친 게 아니라 부주의하게 마스크를 벗고 고객의 집을 오염시킬 뻔 했기 때문이다. 택배 안의 컵라면이 갑자기 너무 땡겨서 싱크대에 선 채로 먹다가 고객에게 들킨 것이다. "거지 같은" 이유지만, 그것이 팬데믹 시대의 룰이다. 오염의 공포야말로 타인의 일자리를 끊어낼 만큼 크다. 명절 선물도 챙겨주던 좋은 고객이었지만, 선의의 문제가 아니라 안전의 문제 앞에서는 너그럽기 어렵다. 명은의 해고 소식을 전하는 하나의 반응도 냉정하고 몰인정하기 짝이 없다. 명은에 대한 하나의 태도는 다소 종잡을 수가 없다. 지환에게 말하지 않는 비밀이 있는 것 같기도 하지만, 실은 좋은 가족으로 여기지 않는 눈치다. 명은과 경은 남매는 하나의 가족에게 골치덩어리, 열등 가족, 온전히 가족으로 받아들이지 못한 이들이다. 마치 실제 팬데믹 기간 동안 열등 시민으로 치부되어, 버려지고 방치되고 외면되었던 누군가들을 연상시킨다. 그들은 우선순위에 들지 못한다. 배가 난파하면 구명선의 가장 나중에 남는 자리에 태울까 말까 하는 쓸모없는 인간들이다. 지환은 취약한 타자로서의 명은이 자신과 하나의 세계를 취약하게 만들지도 모른다는 두려움에 젖어 있다. 명은이 간 후 소독제로 발코니를 닦고 온 집안에 뿌리면서 "큰 의미는 없고 단지 조심하라는 것뿐이라고" "스스로를 계속 설득"하다가 갑자기 화를 내고 욕설을 내뱉는다. 명은을 오염된 존재로 여기면서, 또 그렇게 생각하는 자신에게 환멸을 느낀다. 과거 경은이 도둑질을 하다가 도망치던 중 추락사했다는 이야기를 명은에게 듣고나자, 더더욱 경은의 동생인 명은을 오염된 존재로 상상한다. 명은은 지환과 하나의 깔끔하고 평온한 세계를 더럽히고, 이런저런 부스러기들을 도둑질해 가는 존재다. 지환은 명은의 "가방이 유난히 불룩한 것"을 보고 "안에 뭐가 들었는지 보고 싶"은 마음에 사로잡힌다. 경은과 명은은 사회적으로 오염된 이들, 가까이 하기 진절머리 쳐지는 이들, 지환과 하나의 사회적 청결을 위협하는 이들이다. 경은은 이미 죽은 사람이니까 소독이 끝난 존재겠지만, 명은은 아직 죽지 않은 사람이니까 아직 오염될 가능성이 있다. 티셔츠에 팬티만 입은 명은의 몸은 지환에게 성애적이고 유혹적이기보다는 생경하고 불쾌하게 느껴진다. 오히려 혐오하는 쪽에 가깝다.

하나 역시 명은을 오염된 존재로 여긴다. 하나에게 명은은 "남한테 소개시켜주긴 좀 그렇잖"은, "가족들은 최선을 다했는데 그렇게 일찍 집을 떠나고 결혼을 하고도 이혼을 하고 혼자 저렇게 살게 될 줄은 몰랐다고", "이해가 안 되는 구석이 많"고, "한 두 번도 아니고" "뭐 그런 게" 있는, "막 스마트한 편은 아니"고 "엄청 빠릿빠릿하고 그렇지는 않"은, "멍청"하고 "답답"한 편이었다가, 명은이 임신을 하고 낳을 거니까 돈을 달라고 하자 "미친년"이자, 배은망덕한 "검은 머리 짐승", "정신이 나간" "병신" 같은 존재로 비난된다. 사실 임신해서 아이를 낳겠다는 선택이 오염물로 취급될 이유는 없다. 성인 여성으로 자유롭게 선택하고 결정할 수 있는 일이다. 이제 명은이 안 오기로 했다는 소식에 지환도 반색한다. 지환의 환상을 들은 하나는 대수롭지 않게 "이게 다 전염병 때문"이라고 말한다. 코로나 팬데믹은 뜻밖에 우리 사회의 첨예한 문제와 모순들을 수면 위로 드러냈다. 그것은 빈부격차, 노동격차, 주거격차, 교육격차가 복합적으로 뒤엉킨 재난 불평등으로 나타났다. 원래 우리 사회에 존재했던 문제들을 팬데믹이 증폭해서 노출했을 뿐이다. 코로나 이전에도 우리 삶은 모순 투성이었으며, 가난한 사람들을 오염된 열등 시민으로 간주하고 혐오하는 상황도 다르지 않았다. 그저 모든 게 팬데믹 때문이라고 하면서 스스로를 속이고 있을 뿐이다. 가난한 사람들의 "결핍은 이들이 무신경해지는 이 세계의 어떤 지점을 드러[31]"낸다. 청결한 자와 오염된 자로 타자를 구분하여, 오염된 자의 세계를 배척하는 일은 팬데믹 이전에도 우리가 늘 하던 짓이다. 팬데믹 동안에 더 뻔뻔하게 그리 했을 뿐이다.

하나의 태도를 감안하면 부모를 잃고 큰아버지 집에 열등 가족으로 얹혀살다가 오빠를 잃은 후 이르게 독립한 명은이 어떤 물질적·심리적 고충을 겪어왔을지를 짐작하기는 어렵지 않다. 사촌 사이일지라도 본인의 의사와는 무관하게 한 집에 살게 되고 그것이 일방적인 시혜 관계였다면 친밀함보다는 이질적 존재라는 인식이 더 강하게 새겨졌을 것이다. 특히 경은이 죽은 후로 명은은 상상하기 힘든 외로움과 쓸쓸함을 안고 살아가야 했을 것이다.[32] 오빠가 추락한 십 이층과 비슷한 높은 데에 올라오면 "왠지 자꾸만 땅바닥이 보고 싶어"지는 이유다. 지환에게는 명은의 애매하고 어리숙하고 무심한 태도가 우울증이나 불안증이 동반된 경미한 광기처럼 보인다. 가난으로 인해 건강한 관계 형성과 욕구 발현의 기회가 수없이 좌절되고 박탈되면 누구나 문제행동을 보인다. 이는 가난한 개인이 겪는 개별적인 문제가 아니라 조건과 환경, 학습, 습속에 의해

---

31   백지은, 「부정도 탐색도 없이」, 『은의 세계』, 문학동네, 2022, 312쪽.

32   위수정, 『소설 보다: 봄 2021』, 문학과지성사, 2021, 141쪽.

만들어지고 반복되는 악순환의 고리다. 가난은 정신적 취약성을 유도하며, 무기력과 절망감이 내면화되고, 합리적 판단, 장기적인 계획 설계 능력, 실천 의지 등을 약화시킨다. 게으름, 체념, 무력감 등의 문제행동과 연관되어 부정적이고 나쁜 태도가 부각되면, 비난의 화살은 사회구조적인 문제가 아니라 개인에게 돌아가면서 강력한 사회적 낙인감이 주조된다. 내면의 힘이 부족하면 쉽게 좌절하고 역량을 발휘하거나 누군가와 건강한 관계를 맺기가 어렵다. 사람이 힘을 내고 노력을 하는 데에는 혼자만의 결심과 성취 욕구만으로는 부족하다. 다른 사람들이 나를 어떻게 보는가에 대한 인식, 내가 사회에서 어떤 역할을 하고 싶은가 하는 사회적 욕구가 인간의 발전과 성숙에 필수적이다.[33] 가난을 경제적 조건으로만 규정짓지 않고, '수치스럽고 유해한 사회관계'까지 포괄하여 접근해야 할 이유다. 명은이 수치스럽고 유해한 존재가 아니라, 명은을 둘러싼 사회관계가 수치스럽고 유해하다. 목소리가 부족하고, 존중받지 못하고, 존중받지 못하는 경험이 누적되고, 굴욕과 수치와 낙인에 시달리고, 권리를 제대로 주장하지 못하고, 의지할 만한 가까운 이들이 없고, 자신을 대표해 줄 정치인을 갖지 못한 사회적 고통을 느끼는 상황이 가난이다. 결국 가난은 인정되고 존중되는 존재인가 하는 점에서 존엄과 인권의 문제다.

하나는 자신 가족이 "검은 머리 짐승을 거두"어 "최선을 다했는데" 명은이 사고 칠 때만 언니라고 찾는다고 "내가 왜 개 언니"냐며 분개한다. 명은은 끊임없이 의존을 원한다는 점에서 인간 이하의 "검은 머리 짐승"으로 격하된다. 사실 의존은 인간의 생존과 실존에 있어 고유한 양태임에도 불구하고 사회적 문제로, 가난한 사람의 품행과 습속을 감시하고 관리하는 기제로 작동한다.[34] 우리의 삶은 헤아릴 수 없는 많은 방식으로 구체적인 타격을 입는다. 그런 면에서

---

33   강지나, 앞의 책, 38쪽.

34   조문영, 앞의 책, 10쪽, 64~67쪽.

인간에게 필요한 것은 독립보다는 상호의존이다. 의존적 개인과 자율적 독립적 개인이 따로 있는 것이 아니라 다양한 사람들이 상호 의존을 통해서 인'간(間)'을 형성하는 모습을 드러낸다.[35] 그러나 가난한 사람의 의존은 치명적인 결함으로 간주된다. 가난이 뼛속까지 뿌리깊게 찌든 '낙인으로서의 의존'이 오염의 표지[36]로 명시된다. 경제적 의존을 도덕적, 심리적 의존과 자의적으로 연결하면서 '가난한 사람들은 가난 그 이상의 잘못된 무언가가 있다'는 암묵지를 확정하게 하는 것이다.

> 지환은 명은을 다시 봐야 한다는 사실이 편하지 않았다. 오후 두시가 훌쩍 넘어 명은에게서 연락이 왔다. 놀이터에 있어요.
>
> 지환은 캔 커피를, 명은은 수박바를 들고 나란히 그네에 앉았다. 명은은 지환이 내민 봉투를 말없이 한 손으로 받아 확인하지도 않고 가방에 대충 넣었다. 무슨 말을 꺼내야 좋을까 생각하고 있는데 명은이 먼저 입을 열었다.
>
> 애인이 무슨 공장에, 같이 일하러 가재서요.
>
> 애인이라는 단어가 지환에게 무척 낯설게 들렸다.
>
> 뭐 만드는 공장인데?
>
> 몰라요, 뭐 만들겠죠 공장이니까.
>
> 안 힘들겠어?
>
> 뭐라더라, 마스크? 휴지? 하여간 그런 거.
>
> 지환은 고개를 끄덕였다. 놀이터 바깥에 난 길로 선글라스를 낀 채 유모차를 밀며 지나가는 남자가 보였다. 유모차 바깥으로 개의 하얀 머리가 보였다. 개는 혓바닥을 빼물고 헥헥거리며 둘을 번갈아 쳐다보았다. 명은과 지환도 개를 바라보

---

35 조문영, 앞의 책, 74쪽.

36 자립을 숭배하고 복지 의존을 경멸하는 정치 이데올로기는 가난한 사람들에게 특정한 편견을 부과하는 담론 권력으로 자리잡는다. 사회에 과도하게 의존하는 복지는 마약이자, "인간 정신의 교묘한 파괴자"다. 1980년 미국정신의학협회가 "의존성 인격장애"를 공식적인 정신병으로 지정한 것처럼, 의존은 긴급한 치료가 필요한 질병으로 취급된다. (매슈 데즈먼드, 앞의 책, 153쪽 참고)

았다. 선글라스를 낀 남자는 둘 쪽으로 잠깐 고개를 돌렸으나 무엇을 보는지는 알 수 없었다. 명은이 개에게서 시선을 떼지 않은 채 물었다.

오빠, 오빠는 다음에 뭐로 태어나고 싶어요?

지환은 명은이 자신을 오빠라고 불러 당황했다. 그러나 의연한 척 당장 떠오르는 대로 대답했다.

피아니스트

피아니스트로 태어날 수가 있어요? 명은이 의아하다는 듯 물었다. 그건 나중에 되는 거 아니에요? 배워서.

아, 그게 또 그런가? 그럼, 처제는?

처제라고 불러놓고 명은을 처제라고 부르는 게 맞나 처음으로 의문이 들었다. 명은은 대답이 없었다. 수박바가 녹아 바지에 빨간 물이 떨어졌다. 명은은 별일 아니라는 듯 손으로 쓱 닦고는 손가락을 핥았다. 왜 대답 안 해? 지환이 웃음을 섞어 물었다.

네?

명은은 무슨 말을 하는 건지 모르겠다는 눈빛으로 지환을 바라보았다. 그러다 손에 들고 있던 막대를 휙 던져버리고는 발을 굴러 그네를 밀어올렸다.

혼자 있는 사람 같았다. (414~415쪽)

빌려달라던 돈을 전해 주기 위해서 지환은 놀이터에서 명은을 만난다. 명은과의 만남을 불편해하는 지환의 모습은 애초 무의식적으로 명은과 거리를 두고 있었음을 증명한다. 이제 '처제'라고 부르는 것조차 의문을 품는다. 처제의 자격에 미달한, 혹은 어울리지 않는다고 여기기 때문이다. 지환이 '애인'이라는 단어를 무척 낯설게 생각하는 이유도, 애초 명은은 애인이 없을 것이고, 애인 같은 살가운 관계를 타인과 맺지 못할 것이라는 전제에서 비롯된다. '피아니스트로 다시 태어나고 싶다'는 지환의 대답은 틀렸다. 명은 말처럼 피아니스트는 나중에 배우고 노력해서 되는 거다. 애초 명은은 사람과 개를 보면서 무엇으로 다시 태어나고 싶냐고 물었다. 사람, 개, 고양이, 나무, 고등어, 꿀벌 등등의 대답을 기대했을 것이다. 그러나 지환은 당연히 사람을 전제하고 피아니스트 운운한다. 동문서답이다. 이렇게 말이 안 통하는 지환에게 명은도 제대로 말대꾸해 줄 수 없을 것이다. 그래서 "혼자 있는 사람" 같다. 오히려 명은을 혼자 있게 내버려 둔 건 불편해 하고 동문서답하는 지환 자신이다. 사회인류학자 메리 더글러스는 오물이 있는 곳에는 반드시 체계가 존재한다면서 '오물' 개념의 상대성을 강조했다. 가령 신발은 그 자체가 더러운 것이 아니라 식탁 위에 올려졌을 때 더럽다. 이같은 상대성은 오물에 관한 관심이 어떤 사람이나 사물을 오물로 만드는 질서에 대한 질문임을 시사한다. 분류를 흐리게 하거나 얼룩을 남기거나 혼란스럽게 하는 사람, 사물, 사건, 행동은 불순하다고 여겨진다는 말이다.[37] 오염된 자로 분류된 이들은 늘 명은처럼 혼자 있었다. 혐오와 차별이 그들을 혼자 있게 한 것이다. 19세기 말과 20세기 초 미국 도시들은 "꼴사나운 걸인들"이 공공장소에 있지 못하게 금지하는 "흉물 방지법(ugly laws)"을 통과시켰다. 20세기 전반기에는 부랑죄와 배회 금지 법령을 이용해서 가난한 사람들을 공원 벤치와 길거리 모퉁이에서 쫓아냈다.[38] 가난을 범죄로 몰아가거나 아예 공공의 시선에 안 보이게 배척한다. 지환이 안도하듯이, 명은이 지방 어디든 안 보이는 곳으로 가 버려야 자신의 안전과 정상성이 오염되지 않게 지킬 수 있을 것이다. 그래서 '은의 세계'는 절대적 '을의 세계'다. 지환과 하나가 한 번도 속해 보지 않은, 앞으로도 영영 속하지 않을 흉물스러운 저 쪽 세계 말이다.

---

37 Douglas, Mary, *Implicit Meaning: Selected Essay in Anthropology*, London: Psychology Press, 1999, p.272.

38 매슈 데즈먼드, 앞의 책, 57쪽.

4. 선택이 부재한 노동자와 세입자로 살아가기 :
이서수의 〈미조의 시대〉

가난이 지워지고 은폐되는 시대에서, 특히 여성의 가난은 더 잘 안 보인다. 여성은 임금, 고용, 상속 등에서 분명한 차별을 당하지만, 남자의 경제력에 의존하는 존재로 여겨지는 탓에 여성 빈곤은 심각한 문제로 받아들여지지 않는다. '여자는 경제력을 갖춘 남자와 결혼하면 된다'는 식의 안일한 인식도 여전히 팽배하다. 가난한 여성에게 주어지는 일자리 역시 거의 노예노동에 가까울 정도로 헐값으로 취급될 뿐더러, 공식화되거나 주목되어 관심의 대상이 되는 경우도 드물다. 그 결과 여성의 경제적 자립을 어렵게 만드는 구조는 개선되지 않으며, 가난한 여성들은 생계를 위한 결혼에 내몰리거나 저임금 일자리를 전전하면서 어렵게 삶을 꾸려나간다.[39] 여성의 노동도 잘 보이지 않는다. 코로나 집단 감염이 일어나고 나서야 우리는 절대 다수가 여성인 콜센터 노동자들의 작업 환경을 목격할 수 있었다. 청소노동자들은 회사 직원들이 출근하기 전이나 퇴근한 후에 청소하기 때문에 근무시간에는 잘 보이지 않는다. 아니, 아예 보여도 보이지 않는 투명인간처럼 취급받는다. 급식노동자들도 잘 안 보인다. 음식을 퍼 주는 손만 보인다. 간병노동자들 역시 그들이 돌보는 요양원의 노인들만큼이나 잘 보이지 않는다. 여성 노동자가 투명인간이 되는 것은, 여성 노동이 투명화된다는 것이다.

〈미조의 시대〉의 미조는 지금 두 가지 난관에 처해 있다. 하루빨리 직장을 잡아야 하고, 아버지가 남긴 유산 5천만원으로 '무려 서울에서' 엄마와 함께 살 집

---

39 2024년 12월 통계청 발표 '2017~2022년 소득이동 통계 개발 결과'를 보면, 2022년 소득 분위 하향 이동한 비율은 남성 16.8%, 여성 18.0%로 여성의 이동성이 더 높았다. 여성의 상향 이동성은 2020년을 제외하면 계속 감소하는 추세다. 여성이 더 쉽게 가난해진다는 말이다.(이주희, 「부러진 계층 사다리, 빈곤층 10명 중 7명은 가난 지속」, 시사저널, 2024.12.18)

을 구해야 한다. 고용불안과 주거불안은 떼려야 뗄 수 없게 얽혀 있다. "정규직 회사원이었다면" 고작 5천만원으로 둘이 살 집을 구하지 않고, 대출을 신청해 볼 수 있었을 것이다. 고용 불안과 주거 불안은 어느 쪽이든 해결되지 않으면 반복될 수밖에 없는 악순환의 굴레가 되어 조여 온다.[40] 그동안 미조가 일을 안 하고 놀고 있던 것도 아니다. 소설의 첫 장면에는 미조가 면접을 보는 상황이 나온다. 사십대 후반의 남자 면접관은 미조에게 이직과 퇴사가 잦은 이유를 설명해 보라고 말한다. 미조가 회사를 자주 옮겨 다닌 이유는 독박 간병을 할 수밖에 없어서였고, 회사가 재정난에 처하면 제일 먼저 해고되기 때문이었고, 유일하게 합격한 회사가 통근시간만 하루 네 시간이 걸려서였고, 애초 계약직인 듯 아르바이트인 듯 불안정한 고용 계약을 맺었기 때문이었다. 그럼에도 불구하고 면접관은 이해하지 못하는 눈치다. 차라리 이해하려고 싶어 하지 않는 것 같다. 왜 간병인을 쓸 수 없고, 왜 부당하게 알바로 강등되는 회사에서 일할 수밖에 없고, 왜 그렇게 먼 회사를 다녔는지 알려고 하지 않는다. 이 모든 것이 미조 탓이나 되는 양 힐난하던 면접관도, 이 회사에 들어오면 10년이 지나도 똑같은 일을 해야 하며 승진이나 월급 인상은 없을 것이라고 당연한 듯이 이야기한다. 미조 역시 그러면 그렇지 하고 받아들인다. 어느 회사에서나 듣던 소리와 다를 바 없기 때문이다. 미조의 선배 언니 수영은 자신이 전혀 원하지 않는 가학적인 웹툰을 10년째 그리면서 나날이 얼굴은 어두워지고 탈모에 꼴초가 되는 중이다. 회사에서 우울증과 울음은 흔하디흔한 일이다. '그런 일을 왜 계속해'라는 말은 어리석기 짝이 없는 질문이다. 그런 일밖에 없으니 계속할 수밖에 없는 것이다. 미조 역시 "어딜 가나 똑같다, 다 마찬가지"라고 말하고 듣기를 반복한다. 다 똑같다면 어떤 선택도 무의미하다. 밤거리에서 남자들에게 수상한 전단지를 나누어주는 중년 여자만이 "다 됩니다, 다 돼요"라고 말할 뿐이다.

---

40   소유정, 「시대의 초상」, 『미조의 시대』, 은행나무, 2023, 328쪽

어딜 가나 여성 노동은 헐값으로 팔리고, 피로와 수치와 모멸감만 넘쳐난다. 1장에서 말했듯이 가난이 "자유롭게 자신의 능력을 발휘하려는 역량의 박탈"을 뜻한다면, 자유의 상실은 가난의 또다른 상태다. 선택지가 충분치 않아 착취당하는 삶이 곧 가난이다.

> 집으로 돌아오는 내내 우리는 말이 없었다. 엄마는 지친 듯 눈을 내리깔았고 나는 그제야 엄마의 속눈썹에 맺힌 감정을 보았다. 우리는 가난해도 너무 가난했다. 하지만 둘 다 그걸 인정할 수 없었는데 자존심 때문만은 아니었다. 서울에서 우리가 함께 살 집을 구하기에 턱없이 부족한 5천만원은 아버지가 평생 동안 모은 재산이었다. 우리는 그걸 너무나 잘 알았기에 절대로 기죽지 않겠다고 다짐했는지도 모른다. 하지만 서울의 집값은 아버지의 유산을 하찮은 것으로 만들어버렸다. 어느새 아버지는 6평 남짓한 반지하방의 전세금만 남겨준 사람이 되어 있었다. (30~31쪽)

5천만원으로 엄마와 함께 살 전셋집을 구하는 과정에서도 선택지는 지극히 협소하거나 아예 없다. 값싼 노동값은 주거 비용을 감당하기엔 턱없이 못 미친다. 집을 보러 가는 과정은 자신의 가난을 실감나게 확인하는 일에 다름 아니다. 돈에 맞추어 보러 간 집들의 수준이 거울처럼 미조와 엄마의 가난을 비추어주며 비참과 수치에 사로잡히게 한다. 어떤 이들에게 주택은 재산을 증식시켜주지만, 어떤 이들에게는 재산을 탕진시킨다. 7년 전 아버지가 유산으로 남겼던, 평생 동안 모은 재산인 5천만원은 참 큰 돈 같았지만, 미조와 엄마가 "아무 곳에도 앉지 못할" 보잘것없는 액수에 불과하다. 상품으로만 거래되는 집이 생명과 생존의 자리로 들어설 틈은 없다. 경제적 능력이 거주할 자격을 결정하고 집을 획득할 수 있는 유일무이한 기준이 되는 세상에서, 가난한 가족은 이사를 기회가 아니라 위기, 심지어는 트라우마로 경험할 때가 많다.[41] 재개발로 인해 살던 집에서 쫓겨나가는 미조네처럼 어쩔 수 없이 힘든 상황에서 허둥지둥 이사한다. 가난은 단지 돈이 부족한 게 아니라 충분한 선택지가 부재한 상태를 의미한다. 처음부터 안전하지 않아 보였던 전세사기를 당하거나, 수해가 나면 목숨을 잃을 위험이 상존한 반지하방을 구하는 등, 가난한 세입자들이 착취적인 주택 조건을 받아들이는 것은 그들이 더 나은 조건을 감당할 능력이 안 되어서가 아니다. 더 나은 조건이 그들에게 제시조차 되지 않을 때가 많아서다.

중증 우울증 판정을 받은 엄마는 노트북에 단상 같은 것을 일기처럼 기록하기 시작하다가 이윽고 시 쓰기에 골몰한다. 귀가한 미조에게 그날 쓴 시를 들려주는 일이 엄마의 유일한 낙이다. 공허한 언어들, "부대찌개, 체코, 종이컵, 장롱, 개미, 떡, 수족관, 게" 등의 단어들을 공상하고 조립하며 쓴 시다. 엄마가 미조에게 듣고 싶은 것은 그것이 시 같다는 말 뿐이다. 당장 집에서 쫓겨나게 생겼는데도, 영 무용하고 쓸데없는 일을 하고 있지는 않다는 것, 그래도 시를 쓰고 있다는 것으로 자존감을 유지하는 듯 보인다. 그렇게 본다면 엄마 나름의 진지한 노동이다. 심한 우울증의 경우, 자기 내면의 세계로 침잠하여 타인과 제대로 된 소통을 못 하지만, 엄마는 자신의 내면에서 길어올린 언어들로 시를 써서 딸에게 대화를 건다. 엄마는 나날의 감정을 어떤 식으로든, 일기인 것 같기도 하지만 스스로 시라고 생각하는 언어형식을 통해서 표현하고자 한다. 엄마의 시는 현실을 꿰뚫는 어떤 희미한 직관이 있다. "떡집에서 못 팔고 버린 떡 같은 하루"라는 구절이, 면접을 망치고 돌아온 미조의 마음을 대변하는 것처럼 말이다. 집을 보러 갔다가 허탕 치고 돌아온 날 밤 엄마는 "도시의 주인이 나의 발끝에 불을 놓았다"고 쓴다. 미조는 "시 같다고 하면 우리의 하루가 시적으로 변하는지, 시 같지 않다고 하면 우리의 하루는 어떻게 되는지" 궁금해 하지만, 엄마의 언어들은 좁은 방 1평을 할애해 키우고 있는 '고구마 줄기'처럼 무해하다. 민

---

41 매슈 데즈먼드, 앞의 책, 16쪽.

들레 홀씨처럼 가볍고 부드럽다. 그래서 현실에 제대로 안착하지 못한다. 현실은 그야말로 유해한 것들 투성이이기 때문이다.

미조야, 여기 이 여자 좀 봐.

언니가 가리킨 사진 속 인물은 가발을 만들고 있는 단발머리의 젊은 여성이었다.

언니랑 닮았어,

우리는 함께 웃었고, 손을 잡고 걸었다. 어쩜 머리 모양까지 똑같을까. 우리는 한참 동안 그 여성에 대해 얘기했다. 반세기 전 언니와 머리 모양이 똑같고, 얼굴도 닮은 여성이 이곳에서 가발을 만들고 있었다는 것에 대해. 짓궂은 운명의 수레바퀴 운운하는 촌스러운 말은 주로 언니가 했고, 나는 그 시절의 헤어스타일이 지금 봐도 어색하지 않은 것을 놀라워했다. 그 시절의 힙스터였을까? 주로 어디에서 놀았을까? 언니는, 모르지, 모르는 일이야, 계속 그렇게만 말하더니 횡단보도 앞에 멈추어 섰을 때 떨리는 음성으로 말했다. 미조야, 난 저 사진을 보고 더 이상 내 탓을 안 하게 됐다.

무슨 탓?

넌 내가 나쁜 일을 한다고 생각하지?

나는 대답하지 않았다. 언니가 하는 일은 세상을 조금 더 나쁘게 만드는 일인지도 모른다고, 그렇게 생각한 적은 있다고 말하려다가 하지 않았다.

네가 무슨 생각하는지 알아. 하지만 나는 더 여자처럼 시대가 요구하는 걸 만들고 있는 거야. 시대가 가발을 만들어야 돈을 주겠다고 하면 가발을 만드는 거고, 시대가 성인 웹툰을 만들어야 돈을 주겠다고 하면 그걸 만드는 거야. 그렇게 단순한 거야, 마찬가지인 거야……(중략)…… 미조야, 어 그거 아니? 인간을 육체적으로 학살하는 것은 시간이지만, 정신적으로 학살하는 것은 시대야.

뭐라고? 나는 내가 무슨 말을 들은 건가 되짚어보았다.

나의 정신을 죽이고 있는 건 시대라고 이 시대. 사람들이 좋은 웹툰보다 나쁜 웹툰에 더 많은 돈을 쓰는 이 시대가 내 머리카락을 빠지게 하고 있어.

저절로 언니의 정수리로 시선이 갔다. 원형탈모증이 진행 중인 그곳의 공백은 더욱 커져 있었다. (35~37)

미조는 수영 언니와 함께 구로의 역사가 새겨진 벽을 본다. 1960년대 가발공장의 여공들, 1970년대 공업단지공장, 1980년대 한국수출산업공단, 2000년대 G-밸리의 풍경이 프린트되어 있는 벽이다. 무언가를 만들던 젊은 여성들의 값싼 노동의 역사이기도 하다. 오래전부터 여성들은 끊임없이 노동하고 있었다. 수십년 전에 가발을 만들던 여성과 성인 웹툰을 그리는 수영의 모습이 겹쳐진다. 수영은 시대가 요구하는 노동을 한다고 자위하지만, 사실은 그런 노동을 해야 돈을 주니까 어쩔 수 없이 하는 것이다. 노동에서 어떤 보람이나 가치를 찾기보다는 그저 돈 때문에 한다. 가난을 경멸하고 노동을 찬양하는 사회적 논리는 동전의 양면이다. 그 논리대로라면 노동하면 가난을 벗어날 수 있어야 한다. 문제는 그녀들의 노동을 터무니없이 싼 값에 박리다매하고 있다는 점이다. 가난과 노동은 대립축에 있는 것이 아니라, 서로가 서로를 옭아매고 있다. 가난에서 벗어나려고 노동하지만, 노동할수록 더 가난해진다. 노동자를 싸게 부려먹는 행태가 반복되는 것이야말로 가난한 사람들의 불리한 환경을 지속시키는 결정적인 동력이다. 사회학자 제럴드 데이비스의 언급대로 "우리 조부모에게는 커리어가 있었고 우리 부모에게는 일자리가 있었다면 우리에게는 단발적인 업무가 있을 뿐이다.[42]" 쪼개지고 찢겨지고 연결되지 않은 일자리, 그 회사에서 일하고 있지만 그 회사에 고용되지 않은 상태가 예사다. 노동자들은 날이 갈수록 자신들이 받는 돈보다 훨씬 많은 가치를 기업에게 제공하고, 고용주들은 노동자들을 쥐어짤 새로운 방법을 꾸준히 모색한다. 터무니없이 낮은 임금을 받으면서도 그 사실을 인지조차 못한다. 노예노동에서 무임금 가사 노동까지 '저렴한 노동'은 경제 성장을 끊임없이 유지해야 살아남는 자본주의 체제의 불문율

---

42 Gerald Davis, T*he Vanishing American Corporation: Navigating the Hazards of a New Economy*, Oakland, Calif: Berrett-Koehler, 2016, p.144.

이 된지 오래다.[43] 저임금이 자연의 섭리인 양 여겨지면서, 외주화, 기술혁신에 따른 신종 노동착취가 전형적인 풍경이 된다. 아무런 특전이나 고용 안정성도 없는 불량한 저임금 일자리, 불확실성이 심각하게 두드러진 일자리, 손쉽게 교체될 수 있는 소모품 취급받는 일자리들만 범람한다. 노동자에게 위험하고 모멸적인 저임금은 일종의 산업재해나 다를 바 없다. 노동자를 천천히 학살하는 재해다. 수영 언니는 누군가와 친해지려면 그 옆에 가만히 누워 보던 사람이다. 그 사람 옆에서 완벽하게 무방비한 상태로 있어도 마음이 불편하지 않으면 친해도 되는 사람으로 간주한다. 사실 수영 언니는 원래 다른 사람과 같이 못 자는 예민한 사람인데도 말이다. 그런 사람이 수십 년전 가발 노동자의 사진을 바라보면서 시대를 탓하고 원망하고 있다. 미조와 수영이 살고 있는 시대가 육체와 정신을 한데 싸잡아 죽이고 학살하고 있는 것이다.

과중한 노동과 저임금, 업무에 대한 낮은 자존감은 구체적인 통증으로 발현된다. 회사인지 병원인지 헷갈릴 지경이다. 기계처럼 웹툰을 그리다가 목, 손목, 허리 디스크가 와서 사무실 구석에 매트를 깔고 잠시라도 누워있지 않으면 다시 일을 할 수가 없다. 미조는 휴게실에 누워 있는 "젊은 여성들로 가득한" 지독한 풍경을 떠올린다. 모두 다 아프면서 노동하는 생활이다. 디스크로 죽지는 않지만 평생 고통받는다는 말처럼, 그녀들의 가혹한 노동은 영원히 끝나지 않고 계속 반복될 것이다. 가난은 육체적 통증을 유발하고 고통을 저 혼자 감당하는 과정에서 트라우마를 남긴다. 가난은 물질적 결핍과 만성통증과 우울증과 중독 등 겹겹이 누적된 형태일 때가 많다. 가난의 고통은 곡선의 형태로 얽히고 휘감고 짓누른다. 미싱을 돌리고 가발을 만들던 시대로부터 훨씬 세월이 흘렀지만 여성 노동의 고통은 별로 개선되지 않았다. 과거 여공들이 육체적으로만 힘들었다면, 현재 수영은 여성을 가두고 고문하는 변태적인 성인 웹툰을 그려

43　라즈 파넬 · 제이슨 W.무어, 백우진 · 이경숙 옮김, 『저렴한 것들의 세계사』, 북돋움, 2020, 31쪽.

야 하는 노동의 연속에서 정신적으로도 마모된다. 자신이 하고 있는 일이 나쁜 노동, 사회에 해를 끼치는 노동이라는 인식 때문에 더 괴롭다. 듣는 미조까지도 "귀를 막으며 그만 좀 하라고 외"칠 정도로 정신적으로 탈진케 하는 노동이다. 수영은 특히 웹툰을 더 잘 그리는 사람이어서 수치심과 당혹감이 더 가중된다. 여성 캐릭터가 고문당하고 강간당하는 장면을 훨씬 더 잘 그리기 때문이다. 독창성과 근면함에는 보상이 주어져야 마땅하지만, 가난한 노동자의 독창성과 근면함은, "그림을 잘 그려서 망했다던" 수영의 말처럼 오히려 스스로를 갉아먹고 망친다. 인력사무소 거리를 헤매던 미조는 계단 난간에 붙어 있는 구인공고를 본다. 양돈장, 배추밭, 모텔, 굴 양식장, 고물상, 꽃게잡이 배 등 온갖 밑바닥 노동의 목록이 나열된다. 비자 없는 외국인 노동자와 부부를 환영한다는 공지를 보면 아예 합숙을 권하는 듯 하다. 집 없고 의지할 데 없어 온통 노동에만 혹사시킬 수 있는 이들을 원하는 것 같다.

이사 문제를 상의하기 위해 미조가 아무리 전화를 해도 안 받던 오빠 충조와 어렵게 만난다. 10여년째 공시생으로 살고 있는 충조는 무위도식자다. 민들레 홀씨처럼 삶에 정착하지 못한 낙오자다. 그는 노동의 핵심을 제대로 응시하지 못한다. 전국 유명 맛집을 기행하면서 블로그에 방문일지와 별점을 올리지만, 그런 식당들 역시 누군가의 지속적이고 반복적인 노동으로 꾸려나간다는 사실을 알려 하지 않는다. 공단의 거대한 건물과 공장들을 방문해 사진을 찍으면서 '스팀펑크' 운운하며 하나의 풍경이나 스펙터클로 소비한다. 그 안에서 이루어지는 노동을 보지 못한다, 보려 하지 않는 것 같다. 미조가 "이런 공단이 어떤 의미인지 알고나 좋아하라고 멋지다니, 그냥 멋져서 구경만 하고 온다니. 그게 말이나 되는 소리야? 오빠는 그런 말도 못 들어봤어? 그 쇳물 쓰지 마라"고 일갈하는 이유다. 그는 눈앞의 가난을 외면하고 무시하고 망각한 채 맛있고 거창한, 먼 것만 보려 한다. 세계와 사회의 껍데기만 보면서 사는 인간이다. 엄마는 그렇게 아끼던 고구마 줄기를 싹둑 잘라 30센티미터만 남기고, 더 열악한 집으로 이사 갈 준비를 한다. 폐지 줍는 게 시를 쓰는 것보다는 나을 것 같다고 말하면서도, 엄마는 계속 시를 쓸 눈치다. 지금 할 수 있는 일이 그것 뿐 같다. 미조는 구직 사이트를 들락거리고, 엄마는 시를 쓰고, 수영은 천변을 걷는 것이 그냥 그녀들의 삶 자체다. 미조가 새로운 일자리를 구할 수 있을른지, 엄마와 함께 살 만한 맞춤한 집을 구할 수 있을른지 소설은 어떤 섣부른 희망이나 기대도 비치지 않는다. 그녀들의 삶이 더 나아질 것 같지는 않다. 그냥 시를 쓰고 술을 먹고 개천가를 걸으며 견딜 뿐이다. 「미조의 시대」는 가난한 여성들의 고단하고 슬픈 노동을 이야기한다. 일종의 노동소설이라고도 볼 수 있겠지만, 파업이나 투쟁 같은 뜨겁고 열정적인 현장이 아닌, 밋밋하고 답답하고 단조롭기 짝이 없는 힘없는 노동의 세계를 다룬다. 미조의 시대는 우리 모두의 시대지만, 특히 엄마에서 언니, 미조로 이어지는, 몸도 마음도 지독하게 병들어가며 노동해 온 취약한 여성들의 시대다.

5. 맺으며 : 가난한 사회 속의 취약한 개인

2015년~2016년 사이에 스웨덴의 난민 어린이들 사이에서 '체념 증후군(resignation syndrome)' 환자가 169명 발생했다. 체념 증후군은 심리적 충격이나 트라우마에 의해 발생하는 질환으로, 아이들이 신체적인 기능을 완전히 멈추고 침대에 누워 식물인간처럼 지내는 증세를 보인다. 난민 가족들은 본국의 위협에서 가까스로 벗어나 스웨덴으로 도망쳐 왔는데, 갑자기 아이들이 언제 끝날지 모르는 잠에 빠진다. 길게는 3년 넘게 혼수상태로 깨지 않는 아이를 아무리 흔들고 꼬집고 배 위에 차가운 얼음을 올려놓아도 소용이 없다. 결정적인 점은 이들 가족들이 스웨덴 정부로부터 망명 신청을 거부당했다는 것이다. 아이들이 잠에서 깨어난 것은 의학적 치료가 아니라 난민 신청이 최종 승인된 이후였다. 체념증후군은 우울증 환자들의 수면 장애(의지 부재 상태에서 잠으로 도피하는)와 유사하다. 몸이 고통을 반영하고 스스로 만성수면 상태를 처방한다. 난민 아이들의 몸이 참혹한 현실을 견디기 위해서 과거에는 존재하지 않았던 증상을 '발명'해 낸 셈이다. 체념 증후군은 억압적인 사회구조가 몸과 정신에 어떻게 깊이 새겨지고, 몸과 정신이 어떻게 변화하는지를 인상적으로 보여준다. 난민 문제와 우울증의 공통점은 모두 사회문화적 구조에서 비롯된다는 점이다. 난민 신청이 받아들여지거나 억압과 스트레스 요인이 해소된다면 회복될 질환이다.[44] 체념하고 우울한 개인이 문제가 아니라 체념과 우울을 강제하는 구조가 문제다.

가난한 사람들은 일종의 공동체 내의 난민이라고 할 수 있다. 그들은 난민 못지않은 억압과 위기와 고립에 처해 있다. 인간의 기본 역량과 욕구를 위축시키는 가난은 꿈을 말살하고 능력을 파괴하고 인간의 잠재력을 탕진시킨다. 가난한 사람은 차별과 경멸의 시간을 끊어내는 대신 감수하는 경우가 많고, 자신의 고통을 공적으로 문제 삼는 법을 배우지 못한다. 사회적 지지체계가 약하고, 문제를 해결할 수 있는 여타의 다른 수단이 없다. 사회는 가난한 사람들에게 곧잘 도덕적 품성까지 요구하지만, 물질적 궁핍 상태에 결박된 이들이 여유를 갖고 자신, 가족, 이웃을 향해 마음을 열기란 녹록치 않다. 노동자와 청년과 여성과 중산층과 자영업자를 대표하겠다는 정치 세력들은 많지만, 가난한 이들을 대표하겠다는 정치인은 아무도 없다. 기본적 역량이 박탈되고 욕구 실현이 번번이 좌절되는 사람은 내면의 불안정성으로 인해 생존과 안정을 유지하는 게 급급하기 때문에 밖으로 에너지를 돌리지 못한다. 빈곤층이 중요한 순간에 합리적인 판단을 하지 못하고 미래를 위해 현재의 절제와 성실을 실천하지 못하는 이유

---

44 체념증후군에 대해서는 '김관욱, 『몸, 살아내고 말하고 저항하는 몸들의 인류학』, 현암사, 2024, 3장', '정희진, 「체념의 힘」, 경향신문, 2024.10.22', '김유라, 「삶에 먹혀버릴 때, 체념 증후군의 기록」, 아트인사이트, 2020.12.30', '황임경, 「몸은 곧 드라마다」, 제주의소리, 2024.12.30' 참고.

다. 가난은 인간이라는 자존을 훼손하고 사회적 존재로서의 인간의 기능을 망가뜨린다.[45] 매슈 데즈먼드는 가난한 이들에게 하루하루 발등의 불을 끄며 살아가는 일에 많은 에너지를 쓰도록 요구함으로써 얼마나 많은 날것의 재능과 아름다움과 총명함을 낭비하는지 생각해 보라고 묻는다. 그의 주장에 따르면 미국에서 부유한 가정 아이들이 소득분포 하위 절반에 속한 가정의 아이들보다 발명가가 될 가능성이 10배 더 높다. 이것은 내적인 능력의 차이가 아니라 환경적인 요인 때문이다. 잠재력을 완전히 실현할 수 있었더라면 엄청난 기여를 했을 수도 있는 "'잃어버린 아인슈타인들'이 많다." 가난은 더 나은 삶을 살 수도 있었던 사람들을 왜소하게 만든다. 얼마나 많은 예술가와 시인이, 얼마나 많은 외교관과 선지자가, 얼마나 많은 정치 지도자와 정신적 지도자가, 얼마나 많은 간호사와 엔지니어와 과학자가 가난 때문에 재능을 펼치지 못했을까를 상상해 보자는 말이다.[46] 궁핍한 인간은 자유로운 인간이 아니다. 가난이 사라지면 우리는 더 자유로워진다.

오스카 루이스가 "사람들이 이제는 빈곤이라는 것이 무엇인지 완전히 잊어버려 불우한 사람들을 느끼지도 못하고 그 사람들과 이야기하지도 못하게 되어버린 것은 아닐까?"[47] 라는 C. P. 스노의 질문을 인용한지도 이제 64년이 되었지만, 가난에 무감각하고 무관심한 시대는 여전하다. 사회는 이러저러한 빈곤의 기준을 설정하여 누가 빈자인지를 가려내고 결과로서의 빈곤만을 처리하려고 하지만, 가난한 사람이 진정으로 어떤 사람인지는 주의깊게 들여다보려 하지 않는다. 가난은 점점 더 어두운 그림자 속으로 숨는다. 가난이 보이지 않는다고 해서 모든 사람들이 잘 살고 있는 것은 아니다. 노동, 주택, 금융, 문화, 복지 등

---

45   강지나, 앞의 책, 261쪽.

46   매슈 데즈먼드, 앞의 책, 292~293쪽.

47   오스카 루이스, 앞의 책, 32쪽

의 모든 부분에서, 누군가의 가난을 통해 이익을 보는 사람들도 존재한다. 기리노 나쓰오의 말처럼 "보고 싶지 않고 보여주고 싶지 않은 것이지만 존재하고 있다는 것을 보여주는 게[48]" 문학의 역할이다. 이 글에서는 2020년대 한국 소설 세 편에서, 가난에 대한 반응과 인식이 어떻게 재현되고 있는지를, 특히 인물의 심성 차원에서 분석하였다. 가난이 개인의 도덕적 결함이나 지성의 부족, 품성의 타락에서 비롯된 것이 아니라, 그들을 둘러싼 유해하고 수치스러운 환경과 관계의 문제라는 점, 그리고 가난한 개인이 아니라 가난한 사회 속에선 우리 모두 취약할 수밖에 없는 존재라는 사실을 살펴보았다. 누구도 가난을 선택한 적은 없고, 가난한 사회가 그들을 선택한 것에 불과하다.

---

48 기리노 나쓰오, 앞의 글.

'자본주의 리얼리즘'과 한국 소설의 상상력
윤고은 소설 세 편 읽기

1. 시작하며 : '자본주의 리얼리즘'의 소설적 상상력

코로나19 팬데믹이 세계를 휩쓴 지 일 년을 넘긴 2021년 1월 25일, 국제구호개발기구 옥스팜(Oxfam)이 발표한 경제 보고서 제목은 '불평등 바이러스(The Inequality Virus)'였다. 보고서에서는 바이러스가 사람을 차별하지는 않지만 바이러스와 만난 자본주의가 차별과 격차를 심화시킨 양상을 극명히 보여준다. 10억 달러 이상을 보유한 세계 억만장자들은 2020년에 무려 3.9조 달러를 벌었지만, 저소득국과 빈곤층의 삶은 더 깊은 나락으로 떨어졌다. 세계은행(WB)은 팬데믹으로 인한 불평등이 심화되고 있음을 우려하면서, 만약 이대로 양극화가 이어진다면 오는 2030년까지 빈곤인구가 약 5억 명 가량 늘어날 것이라고 예측했다.[1] 2020년 12월 기준 서울 아파트 평균 매매가격은 전년 동기보다

---

1 옥스팜 보고서에서는 "코로나19로 인해 세계는 사상 최대의 불평등 증가를 목격하고 있다"고 밝혔다. '메가 리치'라고 불리는 부자들은 이미 코로나19로 인한 충격에서 벗어난 반면, 저소득층이 팬데믹으로부터 회복하기까지는 10년이 넘는 시간이 걸릴 것이란 분석이다. 팬데믹이 본격화된 2020년 3월 전 세계 부유한 억만장자 1000명의 자산은 70%까지 줄었지만, 같은 해 11월에 다시 99.9%까지 자산을 회복했다. 또한 79개국 295명의 경제학자를 대상으로 한 설문조사에서, 응답자의 87%는 이번 코로나19로 자국의 소득불평등이 높아지거나 극도로 심화될 수 있다고 예상했고, 78%는 부의 불평등 역시 증가 또는

21.3% 오른 10억 4299만원이고, 같은 해 코스피(KOSPI)는 30.8% 올랐다.[2] 코로나 팬데믹으로 경제가 직격탄을 맞았다고 하지만 모든 집단과 부문이 공평하게 피해를 입은 것은 아니다. 생존 자체가 관건인 사람들이 넘쳐 나지만, 부동산과 주식 시장은 역대 최고가를 구가한다. IT와 바이오 기업, 온라인 유통업체와 플랫폼 기업, 비대면 산업은 기록적인 호황을 누리고 있다.

무분별한 자연 개발과 자원 착취가 깊은 원시림 속에 존재했던 미지의 바이러스를 불러내 재앙을 초래한 것처럼, 거의 모든 지구적 재난이 세계 자본주의 활동을 통해 발생되고 확산되었다는 점은 분명하다. 기후 위기와 멸종, 산불, 미세먼지와 전염병 등의 생태적 재난부터, 난민과 디아스포라, 불황과 취업난, 경제적 불평등과 부의 독점 등 사회적 재난에 이르기까지 그 토대에는 고삐 풀린 시장 권력이 존재한다. 그럼에도 불구하고 코로나 팬데믹에 대한 각국의 대응이 '경제 방역'이라는 슬로건 하에 경기 부양과 시장 회복, 소비심리 진작에 집중되고 있다는 점은 역설적이다. 수백만 명의 사망자가 쏟아지고 있는 것 못지않게, '시장이 공포에 떨고 있다'는 두려움이 더 강력한 위기감을 발산한다. 시장주의자들은 코로나 이전의 일상으로 돌아가자고 역설하지만, 재난 이전은 재난을 낳은 곳이지 재난을 극복한 곳이 아니다. 이는 슬라보예 지젝(Slavoj zizek)이 건넨 고약한 농담,[3] 초콜릿 과잉 섭취로 생긴 변비를 고치기 위해 초콜릿 맛 변비약을 복용하는 부조리한 상황을 연상케 한다. 코로나 팬데믹으로 인한 사회경제적 고통은 생소한 감염병에서 비롯된 새로운 고통이 아니라, 애초 익숙한 자본주의 시장 시스템에 내재한 기존의 모순을 더 강도 높게 반복하면서 가중되는 고통이다. 가장 큰 고역과 희생을 치르고 있는 이들은 원래부터 자본주

급등할 것이라고 답했다. (손미정, 「코로나 격차, 부자들 곳간은 넘치는데…팬데믹이 낳은 '빈익빈 부익부'」, 헤럴드경제, 2021.2.1.)

2   김현예, 「벼락 부자, 벼락 거지」, 중앙일보, 2021.2.5.

3   슬라보예 지젝, 이현우 외 옮김, 『폭력이란 무엇인가』, 난장이, 2011, 75쪽 참조.

의 시스템에서 취약하기 짝이 없었던 불완전 고용 노동자, 단기직과 임시직, 일용직 노동자, 돌봄 영역과 대면 서비스 업종 노동자, 소상공인과 자영업자, 세입자와 주거난민, 노인과 청년 및 여성들이다. 우리가 진정으로 주목해야 할 대상은 자연적·우발적 존재인 바이러스가 아니라 바이러스의 창궐과 확산을 극도로 악화시키는 자본주의 시장 시스템인 것이다.

사실 재난은 그 이전에는 보이지 않았던, 혹은 정교하게 은폐되었던 시스템의 치부를 폭로한다. 재난이 예외적으로 노출한 시스템의 가장 취약한 지점을 목격하게 하고, 이에 대한 사회정치적 대응의 가능성을 모색하게 한다. 살아남기 위해서 변해야만 하는 재난의 시기에, 평소라면 엄두도 내기 힘든 커다란 변화와 개혁을 만들어낼 수 있다. 그러나 과거 미국과 유럽 선진국들이 대공황과 2차 세계대전의 재난을 극복하는 과정에서 새로운 사회계약을 만듦으로써 빈부 격차가 크게 줄어드는 극적인 평등화를 경험한 데에 반해, 코로나 팬데믹은 부유한 나라와 가난한 나라, 부자와 빈자의 양극화를 더욱 가중하는 실정이다. 코로나 팬데믹에 대한 대응은 세계 자본주의 체제를 추호도 부정하지 않는 전제에서 이루어진다. 언젠가부터 시장은 바이러스나 감염병과 마찬가지로, 현재 인간의 힘으로는 도저히 어찌 할 도리가 없는 철저하게 불가항력적인 '자연화'된 토대이며 환경이자, 이미 국가와 사회의 틀을 뛰어넘은 것으로 여겨지기 때문이다.[4] 팬데믹으로 인해 극적으로 가시화된 시장권력의 모순은 개선되기는커녕, 오히려 "국가와 시장이 '이중주'로 사회를 재편하는 과정"[5]을 통해 시장과 기업에게 더욱 유리한 방식으로 나아갈 위험도 있다.[6]

---

4 국가 단위를 초월하는 시장권력이 출현한지도 오래다. 2020년 8월 애플은 미국 상장기업 중 가장 먼저 시가총액 2조 달러를 돌파했다. 애플의 시총을 국가경제(GDP)와 비교하면 미국·중국·일본·독일·인도·영국·프랑스·이탈리아에 이어 세계 9위다. 서방 국가들로 구성된 G7에 당당히 입성할 수 있는 수준이다. 바야흐로 '제국'은 국가에서 기업의 영역으로 옮겨가고 있다고 해도 과언이 아니다.

5 서재정, 「포스트 코로나19, '멋진 신세계 2.0'?」, 창비주간논평, 창비, 2020.5.6.

6 울리히 벡 역시 '위험사회' 개념을 통해 이러한 정황을 시사한다. 위험은 더 이상 부정적인 것이 아니라

코로나 팬데믹을 '자연의 복수'라고 규정하며 "우리가 자연에 했던 짓을 자연이 그대로 우리에게 하고 있[7]"다고 자책할 때, 우리는 이미 바이러스 이전부터 파국 속에서 살아왔음을 인정하는 꼴이다. 코로나 팬데믹은 부주의한 의료 참사가 아니라, 우리가 만들고 영위해온 자본주의 시스템의 자기모순이 확연하게 드러난 정치적 사건이다. 문제는 파국을 파국으로 감지하지 못하고, 현재의 연장으로서의 미래밖에 가늠하지 못하고, 어떤 새로운 일도 일어날 수 있으리라고 상상하지 못하는 상태다. 이 경제 시스템을 바꾸지 않고 기회비용만 따져 한시적 위기를 넘기려는 조치는 무력하고 비참한 대응에 불과하다.[8] 여기서 유용하게 상기할 수 있는 개념이 바로 마크 피셔(Mark Fisher)의 '자본주의 리얼리즘(Capitalist realism)'론이다. "자본주의의 종말을 상상하는 것보다 세계의 종말을 상상하는 것이 더 쉽다[9]"는 프레드릭 제임슨(Fredric Jameson)의 말을 인용하며 시작하는 피셔의 『자본주의 리얼리즘』은 "자본주의가 유일하게 존립 가능한 정치·경제 체계일 뿐 아니라 이제는 그에 대한 일관된 대안을 상상하는 것조차 불가

오히려 '시장기회'이고, 이 위험으로 피해를 입는 사람과 이윤을 얻는 사람들 간에 적대감이 발생한다는 것이다. (울리히 벡, 홍성태 옮김, 『위험사회』, 새물결, 2014, 93쪽.

7   슬라보예 지젝, 강우석 옮김, 『팬데믹 패닉』, 북하우스, 2020, 104쪽.

8   지젝은 2020년 출간한 『팬데믹 패닉』에서, 팬데믹으로 인해 초유의 근심거리가 된 경제가 "지속될 수 없는 항구적 자기 팽창을 요구하는 전 지구적 자본주의 경제, 성장률과 이윤 가능성에 목매는 경제"이며, '재난 자본주의'가 아닌 '재난 공산주의'의 전망이 필요하다고 주장한다. 지젝이 말하는 '공산주의'는 낡은 공산주의나 막연한 이데올로기, 개인을 억압하고 공동체의 집단성을 내세우는 권위주의의 논리가 아니고, '공산주의적'으로 보이는 조치들, 가령 재난지원금 지급, 기본소득 논의, 부채 상환 유보, 보건의료 부문의 국유화 검토, 식량과 의료 물품의 공적 관리 등 "생산과 분배의 조정이 시장의 조절력 바깥에서" 국가가 적극적으로 개입하여 조절하고 관리하는 체제이다. 이 새로운 공산주의는 경제를 통제하고 규제하는 과정에서 "필요하다면 국민국가의 주권에 제한도 가할 수 있는 전지구적 형태의 조직"이자 "규제 없는 자유시장식 지구화의 형태가 아닌 상호의존과 증거에 기초한 집단행동의 우선성을 인정하는 또다른 형태의 지구화"를 지향한다. 결국 코로나 팬데믹 이후 인류가 맞게 될 상시적인 바이러스 세계에서 국가의 공적 기능을 키우고 시민의 생명과 생존을 함께 추구할 수 있는 평등한 공동체를 구상할 필요성을 주장하는 것이다. (슬라보예 지젝, 앞의 책, 14, 28, 61, 88, 128쪽 참조)

9   마크 피셔, 박지철 옮김, 『자본주의 리얼리즘 - 대안은 없는가』, 리시올, 2018, 11쪽.

능하다[10]"는 감각과 함께, 자본주의가 우리의 삶뿐 아니라 생각의 지평과 사회적 상상력까지 완전히 장악한 사회적 조건을 문제시한다. 대안의 부재는 자본주의 자체를 하나의 자연이자 환경으로 받아들이게 만든다. 그리하여 '자본주의 리얼리즘'은 자본주의만이 유일하게 바람직한 체계라는 확고한 믿음, 어떤 만연한 분위기에 가까워진다.[11]

피셔는 자본주의가 우리의 무의식까지 스며든 이데올로기적 환경을 진단하고, 자본주의가 스스로를 유일하게 유지 가능한 체계로 내세우지만, 실제로는 모순과 비일관성으로 가득 차 있다고 주장한다. '대안은 없는가'라는 책의 부제가 암시하듯, 자본주의가 드러낼 수밖에 없는 균열을 파열로 이끌 수 있는 전략의 가능성을 모색한다. 반면 자본주의의 대안이나 바깥을 상상할 수 없는 상태는 이 균열을 또다른 자본주의의 방식으로 봉합하려고 한다. 2008~2009년 금융위기 당시 문제의 원흉인 월가 금융자본을 개혁하기는커녕 오히려 천문학적인 규모의 돈을 쏟아부었던 금융구제안이 대표적인 사례다. 금융 자본주의가 자본과 가진 자들의 탐욕이 집약된, 숫자와 기호로 이루어진 사상누각에 불과하다는 균열이 드러났음에도 불구하고 기이하게도 또다른 막대한 숫자와 기호를 보강하여 이를 봉합한다. 무릇 어떤 체제의 외부를 상상할 수 없다는 것은 그 체제 자체도 제대로 사고할 수 없는 것과 같다. 체제 바깥에 대한 탐구의 결과물은 곧 체제 내부에 대한 고민과도 직결되기 때문이다. 그럼에도 불구하고 "이 매끈하고 견고한 자본주의 시스템은 외부 뿐 아니라 틈조차 없을 것만

---

10 마크 피셔, 앞의 책, 11~12쪽.

11 피셔 스스로 '자본주의 리얼리즘'은 자신이 고안한 독창적인 용어가 아니라 1960년대 독일의 팝 아티스트 그룹과 1984년 광고학자 마이클 셔드슨이 먼저 사용한 용어라고 밝힌다. 두 경우 모두 사회주의 리얼리즘을 패러디한 것으로, 자신은 이를 더 포괄적이고 과도하게 사용한다고 말한다. '자본주의 리얼리즘'은 문화의 생산뿐 아니라 노동과 교육의 규제도 조건 지우며, 사고와 행동을 제약하는 일종의 보이지 않는 장벽으로 작용하는 것으로 본다. (마크 피셔, 앞의 책, 36쪽 참조)

같다[12]". 코로나 팬데믹은 다시금 영원히 건재할 것으로 보였던 자본주의의 심각한 균열을 노출하고 있다. 균열난 틈 바깥을 내다보려는, 닫힌 세계에서 열린 세계의 가능성을 추구하려는 사고와 활동이 필요하다. 이는 체제 끝이나 바닥을 확인하면서 절망하는 것을 멈추고, 체제의 외부를 적극적으로 상상하는 일이다.

이 글은 이러한 문제의식을 바탕으로 하여 '자본주의 리얼리즘'의 세계관, 그리고 이를 극복하기 위한 전략으로서 희망의 균열 내기 전략이 한국 소설의 상상력에서 어떻게 드러나고 있는지를 분석하고자 한다. 자본주의 시스템의 단단한 통 안에 갇힌, 빈곤하다 못해 부재한 사회적·대안적 상상력이 소설 속에서 어떻게 구현되어 있는지를 살피고, 또 역으로 부재함으로써 존재하는 희망의 징후를 탐색할 것이다. 우리 삶의 기반들을 송두리째 흔들어 놓은 코로나 팬데믹 국면에서 뉴노멀이 새로운 야만이 아닌 진정으로 새로운 일상이 될 수 있는 가능성도 시사받을 수 있으리라고 판단한다. 대상 텍스트는 윤고은의 소설 세 편 〈부루마불에 평양이 있다면〉, 〈Q〉, 〈월리를 찾아라〉다. 다소 과장하자면 이 세 소설은 마치 피셔의 '자본주의 리얼리즘' 담론의 소설적 판본으로까지 읽을 수 있는 것처럼 여겨진다. 윤고은 소설의 핵심적인 상상력이 '자본주의 리얼리즘'의 세계관과 뚜렷하게 등치된다고 하겠다. 즉 독특한 공간적 상상력을 통해, 무한증식하는 자본주의의 탈영토화 현상과 함께 대안이 부재하는 유일한 체제로서의 자본주의의 속성을 주목한다. 각 소설에서 등장하는 '북한, 리버씨티, Q시'는 일종의 가상공간으로 재현되면서, 성역 없는 자본주의 체제의 전면적인 확장과 심화 양상을 보여준다.

윤고은 소설은 "현실과 상상의 돌려막기, 현실과 환상의 대위법, 현실의 무

---

12   김세정, 「외부 없는 세계의 여행 서사 – 2000년대 해외여행서사에 나타나는 억압과 탈주」, 『현대소설연구』 76집, 한국현대소설학회, 2019, 137쪽.

게에 짓눌린 상상[13]", "시스템을 상대로 섀도우 복싱을 하는 작가[14]", "다분히 비일상적인 어떤 상상력을 다분히 일상적인 감각과 접합하는 힘이 있"고 "환상마저 포섭해버리는 자본주의의 흉악한 모습[15]"이 두드러지게 나타난다고 평가된다. 대개 현실과 환상의 경계를 자유롭게 넘나들면서 현실도 환상도 아닌 중간지대를 다루고 있지만, 무엇보다도 "현실과 환상 사이에 놓인 빗금이 아니라 환상을 여전히 현실에 얽매어놓는 중력의 엄연함[16]"을 강조한다. 이 현실과 중력이야말로 '자본주의 리얼리즘'의 논리를 집약한다. 윤고은 소설의 상상력은 현실을 지배하는 자본과 상품화의 논리를 정확히 관통하여, 자연화된 환경으로서의 '자본주의 리얼리즘'의 조건을 강조한다. 특히 하나의 독창적인 아이디어를 활용하여 중간지대를 설정하고 이를 중심으로 서사를 전개해 나가는데, 현실을 뛰어넘는 것처럼 보여도 현실은 사라지지 않고 억압과 질곡의 실체로 작동한다. 다시 말하면 환상조차 자본주의(의 상품 논리) 안에 포섭되어 자본주의 바깥을 상상할 수 있는 힘을 잃어버리고, 현실을 크게 해체하거나 초월하거나 전복하는 기능을 하지 못하고, 현실 안에서 안전한 수준으로 전개되는 것이다. 역설적으로 이러한 한계를 노출함으로써 오히려 자본주의의 논리를 폭로하고 전복할 수 있는 틈을 슬며시 제시하기도 한다.[17] 이같은 윤고은 소설의 특성이 가

---

13 정실비, 「쓰나미, 쓰레기, 그리고 이야기」, 『실천문학』, 실천문학사, 2014.2. 435쪽 참조.

14 강지희, 「낭만적 거짓과 잉여적 진실」, 『알로하』, 창비, 2014, 288쪽.

15 김녕·안지영·이지은·한설, 「소복한 밤과 우정의 동상이몽」, 『문학동네』 94호, 문학동네, 2018, 326쪽.

16 한영인, 「잔존하는 잔열」, 『부루마불에 평양이 있다면』, 문학동네, 2019, 199쪽.

17 윤고은 소설은 주로 2013년 출간한 장편 〈밤의 여행자들〉을 대상으로 논의가 집중되고 있으며, 이 글에서 선정한 세 단편들에 대한 선행연구는 산발적인 비평의 논의를 제외하고는 찾기 어려웠다. 이 글에서는 윤고은 소설 미학을 본격적으로 다루기보다는 마크 피셔의 '자본주의 리얼리즘' 담론과 연관지어 해명하는 것을 주된 목적으로 한다. 우선 '자본주의 리얼리즘' 개념을 활용하여 임성순 소설을 분석함으로써 표면적으로는 이 이데올로기를 공고히 하는 듯하지만, 근본적인 무의식적 차원에서 이를 비판하고 있다고 본 정은경의 연구(「자본주의 리얼리즘과 문학 - 임성순의 '회사 3부작'을 중심으로」, 『비평문학』 73집, 한국비평문학회, 2019)에서 값진 단서를 얻었다. '자본주의 리얼리즘'으로 대표되는 마크 피셔의 문화비평 관점을 개괄한 이택광의 논의(「자본주의 리얼리즘에서 애시드 공산주의까지 - 마크 피셔의 문

장 선명하게 드러나는 세 소설을 구체적으로 분석하는 과정에서 '자본주의 리얼리즘'의 관점들을 다양하게 활용하도록 하겠다.[18] 2장에서는 통일조차 투기적 욕망을 부추기는 비즈니스 기회로 인식하는 〈부루마불에 평양이 있다면〉을 살펴보고, 3장에서는 외부도 중심도 없는 자본주의의 담장에 갇혀 고갈된 소설적 상상력을 보여주는 〈Q〉를 분석한 후, 4장에서는 '리버씨티'라는 자본주의의 폐쇄적 미로에서 이음새를 탐색하는 〈월리를 찾아라〉를 해명하고자 한다.

2. 투기 욕망을 정당화하는 불가항력의 게임 : 〈부루마불에 평양이 있다면〉

피셔는 '자본주의 리얼리즘'을 지탱하는 핵심 원리를 '비즈니스 존재론'이라고 명명한다. 그것은 모든 영역을 비즈니스로 만들어버리는 상품구조[19]를 말한다. 자본주의의 등가체계는 모든 사회문화적 대상에 화폐 가치를 부여한다. 인격적 가치를 교환가치로 용해시켜 버렸으며 수많은 자유를 단 하나의 파렴치

화비평」, 『오늘의 문화비평』, 오늘의문예비평사, 2020.12)도 유용하게 참고하였다. 윤고은 장편 〈밤의 여행자들〉에 나오는 재난의 상품화 양상을 주목한 한만수의 논의(「'카지노 세계'에 연민은 없다 – 2000년대 금융자본주의와 한국소설의 대응」, 『현대소설연구』 68집, 한국현대소설학회, 2017)와 정실비의 논의(앞의 논문」), 여행서사와 다크투어리즘의 관점에서 본 임정연의 논의(「여행서사의 재난 모티프를 통해 본 포스트모던 관광의 진정성 함의」, 『비교한국학』 27집, 비교한국학회, 2019)와 김세정의 논의(앞의 논문), 재난과 파국적 상상력을 다룬 한국 소설들 중 한 편으로 다룬 김지혜의 논의(「재난 서사에 담긴 종교적 상징과 파국의 의미」, 『현대문학이론연구』 70집, 현대문학이론연구학회, 2017)와 전성욱의 논의(「'세계의 끝'에 관한 인식과 그 서사화의 유형학 – 2000년대 이후 한국소설의 재난·종말 서사」, 『동남어문논집』 38집, 동남어문학회, 2014)와 오혜진의 논의(앞의 논문)도 살펴보았다. 또한 윤고은 소설에 대한 잡지 계간평(박인성·이재원·황현경·신샛별, 「그래도 소설은 계속된다 – 2012년 겨울의 한국소설」, 『문학동네』 74호, 문학동네, 2013)/김녕·안지영·이지은·한설, 앞의 글/류수연, 「이상한 나라의 그녀들」, 『실천문학』, 실천문학사, 2014.8)/권오룡, 「파도가 된 '당신'을 위한 헌사 – 윤고은의 '알로하'에 대하여」, 『본질과 현상』 33호, 본질과현상사, 2013)들도 참고했다.

18 해당 소설들은 각각 『부루마불에 평양이 있다면』, 문학동네, 2019'와 『알로하』, 창비, 2014'에 실린 작품을 활용하였다. 이후 인용문에서 명시한 쪽 수는 모두 두 단행본에 근거하였다.

19 마크 피셔, 앞의 책, 37쪽.

한 상업 자유로 바꾸어 놓는다. 윤고은 소설에서는 '혼밥 훈련 학원(《1인용 식탁》)', '음주 통화 전문 콜 서비스 센터(《해마, 날다》)', '지하철 독서 홍보 활동(《요리사의 손톱》)', '산책용 반려견 대여 서비스(《Q》)', '재난 지역 패키지 여행 상품(《밤의 여행자들》)' 등 도무지 상품화하기 어려운 대상이나 활동을 교활한 비즈니스 모델로 만든 사례들이 즐겨 등장한다. 〈부루마불에 평양이 있다면〉에서 다루는 통일 역시 이 비즈니스를 운용할 수 있는 새로운 영토를 확보하는 행위에 다름 아니다. 우연히 하와이 경품 항공권에 당첨된 '나'는 에어앤비에서 저렴한 숙소를 찾다가 '알리'라는 집주인과 연락이 닿는다. 기이하게도 남한 사람을 거절하고 북한 여행자만을 골라 받으려 하는 알리의 속셈을 알아차린 '나'는 여자친구의 이름으로 북한 남자 행세를 하며 예약에 성공한다. 하와이에 도착해 만난 알리는 북한의 부동산 시장에 대해 지대한 관심을 보이며 주인공에게 개성 신도시에 투자할 것을 강력히 권고한다. 그전까지는 북한은 물론이고 아파트 청약이나 분양에도 문외한이었던 '나'에게 분양가 평당 팔십만원의 개성시범단지는 처음엔 그저 "부루마불 게임 같은 느낌"의 황당한 제안으로 들린다.

1980~1990년대 유행했던, 미국 모노폴리 짝퉁 보드게임인 부루마불은 일종의 땅따먹기 방식으로, 집이나 호텔 등의 건물을 지을 수 있는 보드 위의 토지를 최대한 사들여 상대를 파산시키는 게임이다. 돈이 돈을 벌고, 부동산이 부동산을 늘리는 그야말로 투기 자본주의를 재현한 게임이라고 할 수 있다. 게임 출시 당시에는 냉전 시기였기 때문에 모스크바, 베이징 같은 사회주의권 도시는 나오지 않는데, 부루마불 게임판에 평양이 포함된다는 것은 북한도 이러한 자본주의 투기 활동의 무대가 된다는 말이다. 북한이 '불량국가'의 낙인을 벗고 부루마불로 대표되는 이른바 '정상국가'들로 이루어진 세계자본주의 안에 포함된다는 것은, 2018년 4월 27일 남북정상회담이 견인한 남북 화해 분위기와 함께 과열되었던 북한 투자에 대한 세속적 관심을 연상케 한다. 하와이의 자칭 수

학자이자 부동산업자인 알리는 북한의 완전한 비핵화가 이뤄지면 미국 기업의 북한 투자가 허용될 것이라는 미국 국무장관의 발언이나 "가진 돈 전부를 북한에 투자하고 싶다"는 월가 투자의 대가 짐 로저스의 전망을 떠올리게 하는 인물이다. 같은 해 북미 정상회담까지 이어지자 북한 투자에 대한 기대가 높아지면서, 파주 연천 등 민통선 부근 부동산이 들썩였던 분위기도 이와 무관치 않다. 70여년이 넘게 지속되어 왔던 분단의 해소와 화합보다 더 중요한 것은 통일 이후 개성이나 평양에 조성될 아파트에 투자함으로써 얻을 수 있는 부루마불식 일확천금의 욕망인 것이다.

  분단의 해소를 남북 상생의 방향이 아닌, 북한의 풍부한 천연자원과 노동력 획득, 새로운 시장의 출현과 투기 자본의 활성화 등으로 인식하는 태도는 북한 체제의 특수성을 전혀 고려하지 않고 남한 위주의 일방적인 자본주의의 발상을 벗어나지 못하는 관점이다. "규제가 풀린 북한 쪽으로 외국 자본부터 물밀 듯이 들어갈" 것을 우려하여 알리의 독촉처럼 하루라도 빨리 "You have to", 분양 경쟁에 참여하는 것이야말로 이 호기를 놓치지 말고 자본주의 게임의 승자가 될 수 있는 방법으로 여겨진다. 대미 협상을 통해 국제 제재를 풀고 개혁개방을 모색하는 북한의 입장에서도 외부 자본의 유입은 필수적인 요소이지만, 세계화된 자본에 의한 수동적인 공략 대상으로 간주되어 "자본의 식민화의 위험을 내포하고 있는[20]" 일이기도 하다. 북한을 철저히 비즈니스의 무대로 간주하는 "부루마불적 상상력"은 북한 내부와는 전혀 상관없는, 순전히 남한의 투기적 프레임일 뿐이다. 통일 역시 무슨 기업 합병처럼 인지하는 태도는 당연히 남한 자본주의 체제가 그대로 북한 체제를 흡수하는 것을 전제로 한다. 북한은 남한 자본주의와 다른 이질적인 장소가 아니라, 곧 도래할 자본주의화를 가정한, 남한 자본주의의 닮은꼴 혹은 식민지로 치부된다. 이렇듯 "자본주의에 대한 과잉 동일시

---

20 한영인, 앞의 책, 201쪽.

[21]"에 빠져 자본주의 바깥을 헤아려 볼 수 없는 상태에서는 자본주의 남한과 사회주의 북한이 통일되어 자본주의도 사회주의도 아닌 이제까지 우리가 가 보지 못한 어떤 새로운 체제로 전환될 수 있음은 상상조차 할 수 없다.

　서울로 돌아온 '나'와 구 년째 연애 중인 선영 역시 이 부루마불 놀이에 자연스레 동참한다. "전세집이나 수도권의 미분양 아파트를 찾기에도 역부족"인 경제적 조건 때문에 선뜻 결혼을 결정하지 못했던 그들은 "이제는 남한이 아니라 북한까지 고민해봐야 하는" 상황에 자조하지만, 서울에서 아파트 구하는 불가능에 도전하기보다는 개성이나 평양 아파트 분양을 노리는 것이 더 현실적이라고 생각한다. 누군가에게는 분단 상황 자체가 재난이고, 다른 누군가에게는 분단이 해소되고 통일이 되는 혼란스러운 상황이 재난일 터이지만, 또 누군가는 이 두 재난을 비즈니스로 이용하고, '나'와 선영은 작은 반사이익이라도 얻기 위해 북한 아파트 분양에 도전한다. 통일이 언제 될지 모르는 것이 흠이긴 하지만, 모든 투자는 일정한 리스크를 무릅쓰고 선제적으로 해야 고수익을 낼 수 있는 법이다. 주인공이 개성 아파트 모델하우스를 구경하면서 듣는 호객의 언어들은 통일이나 개성, 평양이라는 말들만 걷어내고 나면 남한의 어느 부동산 중개업자에게서나 들을 수 있는 닳고닳은 자본의 수사학들이다. "통일이 아니라 분양"이며, "통일과 별개의 개념으로 생각"해야 하며, "로얄층은 벌써 마감이 임박했고" 어쩌다가 "통일이란 호재가 생기면 그야말로 대박 나는 거고" "통일이 되든 안 되든 피 받고 팔면 되"니, 설사 통일이 되지 않더라도 "집값은 무조건 뛴다"는, 남한의 부동산 불패신화를 여실히 재생산하는 말들이다.

　　　내가 이해한 바로는 이랬다. 북한에서는 이미 외국인들의 아파트 투자가 알게 모르게 진행되어 왔고, 그 역사는 꽤 오래되었다. 해외에 있는 북한 사람들은 물

21　마크 피셔, 앞의 책, 29쪽.

론이고 외국인들, 그리고 발 빠른 남한 사람들도 북한의 아파트 분양에 관심을 갖고 있다. 다만 북한 사람이 아니면 집을 구매할 수 없기 때문에 주로 타국에 나와 있는, 혹은 자주 드나드는 북한 사람의 명의를 이용하는 것이다. 나처럼 이런 일에 무감한 사람들은 DMZ를 우리 영토의 말단처럼 느끼고 있지만 사실 그곳은 말단이 아니라 심장부다. 지금은 한반도의 한가운데를 허리띠처럼 졸라매고 있지만 그 허리띠가 느슨해질 때가 오면 그 일대는 가장 뜨거운 개발 지역이 되는 것이다. 그래서 어떤 사람들은 벌써 파주며 연천이며 포천의 땅을 사 들이고 있다……(중략)……

"저 상담하러 오는 사람들이 대부분 이산가족들인가요?"

내 말에 상담원이 웃음을 겨우 참는 것처럼 보였는데, 어찌 보면 오히려 화를 삭이는 표정처럼 보이기도 했다. 그녀는 이렇게 말하는 것으로 내 질문에 대한 답을 대신하려 했다.

"국가 차원에서 하지 못한 그 어려운 일을, 분양은 해 냅니다." (55~57쪽)

국가가 못 하는 일을 '분양', 투기의 욕망은 해 낸다는 것은 북한의 개혁개방이나 통일 모두 자본주의라는 무자비한 이윤기계가 작동한 최적의 결과물이라는 말과 같다. 그러나 분명한 것은 2018년부터 이루어진 남북 화해와 협력의 움직임은 북한이 남한 체제의 경제력을 선망하거나 남한이 북한에 투기 욕망을 적용한 경제적 동인이 아니라, 순전히 오랜 단절과 극단의 대치상황을 극복하고자 한 남북 양쪽의 정치적 결단에서 시작되었다는 점이다. 또한 그 목적은 한 체제가 다른 체제로 흡수됨으로써 소멸하는 것이 아니라, 두 체제가 맺고 있는 관계를 새롭게 '전환'시키는 것이다. 지금 현실적이라고 이야기되는 것이 한 때는 불가능한 것(남북 화해)이었고, 한때 가능했던 일이 이제는 비현실적이라 여겨지게 된 것(전쟁)을 상기한다면, 결국 그것은 다시 상상력의 문제다. 70년 넘는 시간 속에서 우리의 의식과 삶 속에 깊게 뿌리를 내리고 있던 분단 감옥의 문을 열고 바깥 세상에 대한 상상력을 펼치는 것이 필요하다. 분단 너머를 새롭게 상상하고 기획해 나가기 위해서는 올바른 미래를 판단하고 그릴 수 있는, 지금까지와는 다른 셈법이 필요한 것이다. 그러나 소설의 인물들은 기존의 천편일률적인 부루마불식 셈법을 고수하고 있다. 이는 피셔가 말한대로, 어떤 맹목적 믿음이나 만연한 분위기에 더 가까운 '자본주의 리얼리즘', 외부성을 완벽히 통합한 자본주의가 생각할 수 있는 것들의 지평을 빈틈없이 장악하여 사람들의 꿈조차 식민화하고 "욕망과 갈망, 희망 등을 선제적으로 구성하고 형성하는 사태[22]"를 여실히 보여준다. 이제까지 없었던 남북의 새로운 관계를 상상하기보다는, 개성이나 평양에 조성될 아파트 단지를 상상하는 것이 훨씬 수월하고 달콤할 것이기 때문이다.

한편 〈부루마불에 평양이 있다면〉은 막연한 '통일'이라는 집단적 미래와, 닿을 듯 닿기 어려운 '결혼'이라는 사적 미래를 저울질하는 평범한 30대 남녀의 이야기이기도 하다. 한국사회가 부과하는 결혼의 무게는, 분단을 넘어 통일로 가는 길만큼이나 무겁고 부담스러운 난관이 드리워져 있다. '나'는 아파트 모델하우스를 구경하러 다니면서 점점 더 구체적인 결혼의 청사진을 그려 보게 된다. 그동안 선영이 모델하우스 데이트를 졸랐던 이유도 사실은 결혼을 정면으로 마주보자는 신호였던 셈이다. 그래서인지 구 년 전 선영과 마음을 확인한 출발지로 돌아가 보려고 했지만, 완전히 지형이 바뀐 동네에서 길을 잃고 구백 미터를 후진해서 겨우 빠져 나온다. 구 년의 연애를 하면서도 앞으로 나아가기보다는 꾸준히 후진해 온 것, 결혼을 고민하는 순간 더 깊숙이 후진하는 모습은 서울에서 결혼을 하고 집을 마련하고 아이를 낳고 하는 일이 통일이 되는 일, 개성과 평양에 남한 건설사가 지은 아파트가 들어서는 일보다 더 불가능하고 까다롭다는 것을 뜻한다. 두 사람은 "북한에서도 최고 멋쟁이들이 산다는" 평양 2차 분양 신청서를 낸다. 평양에서도 신혼부부 우선권이 있어서, 선영의 이

---

22 마크 피셔, 앞의 책, 23쪽.

름으로 당첨된다. 이것이 타율적인 권태기를 맞아 갈등했던 남녀 주인공이 서로에 대한 진정성을 확인하고 더 성숙한 단계로 나아가는 해피엔딩으로 볼 수 있을지는 의문이다.

> 물론 문제는 여기, 지금, 당장이었다. 예기치 않은 투자 때문에 우리의 예산은 더 줄어들었고, 전셋집이나 수도권의 미분양 아파트를 찾기에도 역부족이었다. 우리가 집을 산다면 발코니 같은 서비스 면적 정도가 우리 몫 아닐까. 대부분은 은행 몫일 것이다. 내가 알리에게 '사실 나는 남한의 아파트에 관심이 있다. 그러나 예산은 부족하다. 어떤 방안이 있을까?'라고 쪽지를 보낸 건, 단지 부동산 전문가인 알리가 어떤 말을 할지가 궁금해서였다.
> 돌아온 건 확실히 정답이었다.
> '은행에 가라' (74쪽)

남한에서 집을 마련하는 확실한 방법은 돈을 준비하면 된다. 알리가 충고하듯 은행 대출이 그 지름길이다. 하지만 현재 보유하고 있는 현금에, 대출까지 동원해서도 수도권에 아파트를 마련하기가 어렵다면, 차라리 언제 올지 모르는 통일을 대비해서 훨씬 투기성 높은 평양 아파트에 투자하고 이른바 '존버'하는 일이 현명할지도 모른다. '나'와 선영은 지난 구 년 동안의 연애를 솔직히 대면함으로써 사랑과 결혼에의 의지를 확인하지만, 그 의지가 실현되는 순간은 기존 자본의 운동이 통일과 같은 돌발적인 격변에 처할 때에야 가능할 것이다. 부루마불 바깥에 존재하는 대상에, 부루마불 식의 배팅을 했기에 그들은 높은 리스크를 지닌, 그래서 성공할 경우 인생 역전할 수 있는 모험을 걸었다. 부루마불에 평양이 들어가는 날에야 게임의 수혜자가 될 수 있으므로, 부루마불 판 자체는 영원히 이상없이 효율적으로 잘 운영되어야 한다. 부루마불 판이 깨지면 배팅도 무위로 돌아가고 아무것도 남지 않기 때문이다. 그런 면에서 이들은 부루마불을 하는 게이머라기보다는 부루마불이라는 구조에 의존하는 공모자인 셈이다. 피셔의 말처럼 "자본주의가 나쁜 것이라고 믿는 동안에도 우리는 계속해서 자유롭게 자본주의적 교환에 가담할 수 있다[23]". 우리가 완벽히 좋은 상황에서 살고 있지는 않을 수도 있지만 운 좋게도 완전히 나쁜 상황에서 살고 있지도 않다는 인식은 현실적으로 자본주의만이 유일하게 바람직한 체계라는 '믿음'을 갖게 만든다. 이 매끈하고 견고한 시스템은 외부 뿐 아니라 틈이나 이음새조차 없을 것 같다. "누군가가 그것을 옹호하지 않더라도 완벽하게 굴러간다[24]"는 것이 그 명백한 증거다. 우리의 자본주의가 완벽하지는 않고 다소 부당하긴 하지만, (북한처럼) "피로 얼룩진 독재나 스탈린주의 같은 범죄는 아니[25]"기에 이 정도의 욕망은 정당하게 여겨진다. 화폐가 아무런 내재적 가치가 없는 무의미한 징표일 뿐이라는 사실을 알지만 마치 화폐가 신성한 가치를 지니고 있기라도 한 듯이 행동하는 것처럼, 평양 아파트 분양권은 지금은 아무런 가치가 없는 종이 쪼가리에 불과하지만 통일이라는 일대 사건이 벌어지는 순간 대박을 안겨줄, 그래서 유예되는 미래를 역전시킬 신성한 가치를 지니는 것이다. 그렇게 "사랑하는 사람과 함께" 하는 지금도, 앞으로의 미래도 모두 지구적 자본의 투기성에 복속된다.

3. 자본주의의 '중심 없음'과 고갈된 소설의 상상력 : 〈Q〉

〈Q〉에서는 자본주의 시스템의 이음새와 외부를 상상할 수 없는 무능이 소설 쓰기의 곤경과 직접 연결되는 상황이 흥미롭게 그려진다. 이 소설에서 부루마

---

23 마크 피셔, 앞의 책, 32쪽.

24 마크 피셔, 앞의 책, 31쪽.

25 마크 피셔, 앞의 책, 17쪽.

불판이라고 할 만한 무대는, 오래 전에는 공장지대였다가 현재 문화산책도시로 탈바꿈하고 있는 Q시다. "돈이 다 이판으로 몰리고 있는" '문화산책도시 프로젝트'가 진행됨에 따라, 각종 공사와 재개발 사업이 활발하게 벌어지고 뉴타운 조성과 부동산 가격 상승에 대한 기대가 한껏 치솟는다. 소설가인 주인공은 Q를 배경으로 한 장편소설 집필을 의뢰받아 여기서 구 개월을 지내게 된다. 소설이 완성되면 곧바로 영화와 뮤지컬로 제작될 예정이라는 소식이 돌면서, Q시의 많은 사람들이 주위에 몰려들어 숱한 제안과 조언을 쏟아낸다. 문제는 아직 써 놓은 분량이 전체의 십 분의 일도 채 되지 않았음에도 불구하고, "많은 것들이 소설보다 먼저 말로 튀어 나와" 인물이며 배경을 미리 선점해 버린다는 점이다. 음식점, 카페, 초등학교, 영화관, 산책로, 시장 등 곳곳에서 그들의 공간이 소설에 나올 수 없는지를 문의하는가 하면, 언제든지 말만 하면 소설 배경으로 쓸 만한 산이고 개울이고 거리를 미리 만들어 줄 수 있다고 구슬린다.

> "아저씨가 글 다 쓰면 우리 집 값 오를 거라고 했어요."
> 그의 가슴이 저기 소장까지 철렁 내려앉았다. 아이는 뜻을 알고 하는 말인지 아닌지 모르지만 시세니 투자니 대출이니 하는 단어들을 알사탕처럼 굴렸다. 아이가 길 건너편에 있는 아파트 단지를 가리켰다. 지은 지 이십년은 되었을 법한 5층 아파트들이었다. 아파트를 대출받아 산 아이네도 그랬지만, 그 아파트 양 옆으로 보이는 허허벌판이 그를 더 짓눌렀다. 전에는 없던 공백이었다. 그 공백이 장 속에 들어찬 것처럼 속이 허했다.
> 허허벌판 만들기는 이미 착수된 듯했다. 그는 도시 곳곳에서 허허벌판과 마주쳤다. 아무래도 그의 분홍 포스트잇 발언과 연관이 있는 것 같았다. 공사는 그의 소설보다 훨씬 빠른 속도로 진행되었다. 사람들의 기대감은 그의 펜이나 발이 걷는 보폭보다 훨씬 더 큰 간격으로 치솟았다. 선배의 말처럼 모든 돈이 이 판으로, 그러니까 이 문화산책도시 예고편으로 몰리고 있었다. 최근 들어 이 도시에서 직업을 바꾸는 사람들이 생겨나고 있다는 것도 그에게는 마감일만큼이나 부

담스럽게 다가왔다. 은퇴 후 전재산을 Q의 부동산에 투자한 사람들도 생겨났다고 했고, 대출을 받아서 투자한 사람도 있다고 했다. 카페나 레스토랑, 갤러리를 만드는 사람들도 생겨났다. 그가 도시 안에서 무언가를 하려고 할 때, 때맞춰 벌어지는 모든 일들은 우연이 아니었다. 단지 들킨 것뿐이었다. 모두가 그를 관찰한다고 그는 믿고 있었다. (244~245쪽)

　　주인공이 '허허벌판'을 입에 올리자 도시 곳곳에 허허벌판이 생긴다. 집을 팔아 허허벌판을 사는 사람들까지 나타난다. 현실이 소설을 앞지르기 시작하는 것이다. Q시의 현실을 소재로 삼아 소설을 쓰는 것이 아니라, 먼저 생겨난 현실이 소설의 내용을 좌우한다. Q시의 모든 사람들이 지켜보고 있는 상황이니 이러한 압박과 강요에서 결코 자유로울 수 없는 노릇이다. 그리고 이 모든 흐름은 로데오거리 조성으로 귀결된다. Q시 관계자의 말마따나 "로데오거리가 핵심"이며, "롤모델"이자 미리 잡아 둔 "문학적 기반"이다. Q시의 고유한 지리적·문화적 특성은 간과되고 오로지 부동산 가격과 임대료를 상승시킬, 관광과 쇼핑, 예술이 어우러진 상권의 조성만이 최대의 목표이다. Q시의 상징인 해바라기를 형상화하여 새로 만든 경기장의 모습은 "조금만 비틀면 홍수처럼, 화산처럼 그동안 축적된 신음과 이 도시의 숨들을 터쳐 나오게 할", "무언가를 꽉 틀어막고 있는 밸브" 같아 보인다. 그것은 아이의 입에서도 스스럼없이 내뱉게 하는 '시세'니 '집값'이니 하는 돈에 대한 해바라기적인 갈망, 즉 강렬한 투기적 욕망에 다름 아니다. Q시의 전폭적인 기대와 지원을 받고 있는 소설에서 로데오거리야말로 가장 핵심적인 창조물이어야 한다. 이처럼 〈Q〉는 "글을 쓰는 일조차 자본의 운영으로부터 자유로운 행위가 될 수 없음[26]"을 직시한다. 주인공의 소설에 들어가도록 이미 결정되어 있는 현실은, Q시에 원래부터 존재하던

26　강지희, 앞의 책, 289쪽.

자연과 환경이라기보다는 Q시를 유명하게 만들어 경제적 가치를 널리 알리기 위한 또다른 부루마불식 셈법이라고 할 수 있다.

시간이 가도 소설은 좀처럼 진척을 보지 못한다. 소설에 써야 할 내용들을 기록한 포스트잇은 점점 더 방대해지지만 Q시의 지명과 사람들을 더 알면 알수록, 오히려 주인공의 "말의 변비"와 "장의 변비"는 나날이 심각해진다. "정작 그의 소설은 텅 비었는데, 그 안에 들어가야 할 재료들은 그의 공간을 뒤덮은 채 새로운 이야기를 쓰고 있었다". Q시의 명물인 개 산책 공원은 주인공의 지지부진한 글쓰기 과정과 중첩되는 장소다. 이 공원은 산책자의 취향에 따라 함께 산책할 개를 대여해 주는 시스템이다. 산책, 그리고 반려견과의 교감 역시 하나의 비즈니스로 취급된다. 그런데 언젠가부터 주인공이 개의 목줄을 조절하며 산책하기보다는, 개가 목의 힘으로 주인공을 옥죄고 끌고 다니는 기분을 느낀다. 주인공이 소설을 쓰기보다는, 소설이 주인공을 끌고 다니는 것처럼 말이다. 그는 멈춰 있지만 개가, 소설이 "그의 질긴 손목줄을 끌어당긴다". 위협적이고 냉담한 코치가 산책용 개들을 훈련시킬 때 사용하는 커다란 지팡이에 주인공은 공포와 불안을 느낀다. 규칙을 어기고 산책 중 똥을 싼 개에게 벌을 주던 코치의 눈빛과 표정 앞에서 그는 마냥 주눅이 든다. Q시와 산책 공원의 규칙을 어기고 프로답지 못한 똥 같은 소설을 싸 내놓으면 그 역시 혹독히 처벌받을 것이 분명하다. 아침 여섯시부터 밤 아홉시까지 업무 시간에는 철저히 배변 시점을 조절해야 한다. 그렇지 않으면 산책로에서 똥을 싸는 바람에 구조조정된 개의 경우처럼, 환불 요청이 들어올 것이기 때문이다. 〈Q〉의 결말부에서 궁지에 몰린 주인공이 개의 목줄을 동아줄처럼 부여잡고 자본의 욕망으로 팽창하는 도시를 벗어나기 위해 뜀박질하지만 결국 공원 안을 탈출하지 못하는 것처럼, 글쓰기 역시 이 자본주의의 단단한 담장 안을 벗어날 수가 없다.

사실 자본주의 사회에서 소설을 쓴다는 것 자체가 어쩌면 프로들의 업무시간에 똥을 싸는, 그래서 도태될 수밖에 없는 일 같기도 하다. 소설이건 무엇이건 도시의 욕망을 충족시키는 데에 기여하지 못한다면 '똥 싼 개'처럼 즉각 퇴출될 운명이다. 주인공이 과거 거주했던 A와 C, P 지역 모두 뉴타운이 조성되고 집값이 상승하자 쫓겨나듯 이사를 갈 수밖에 없었다. 그가 거쳐 온 모든 동네들에서 부동산 가격이 뛴 게 아니라, 인상된 집세를 감당하지 못한 그가 다른 곳으로 밀려난 것이다. "예술가의 동선과 부동산의 관계"는 단순히 그가 세입자 처지였기 때문에 벌어지는 일들이었다. Q시 역시 성공적으로 재개발이 완료되면, "그와 관계없는 잔치를 뒤로하고 짐을 꾸"려야 할 터이다. 피셔의 말처럼, 한때 소설과 영화는 현실에 대한 대안적 상상 행위의 연습이었고, 여기서 묘사한 세계의 균열과 틈은 "다른 삶의 방식이 출현할 수 있는 서사적 구실로 작용[27]"했다. 그러나 자본주의 리얼리즘의 간명한 슬로건, '대안은 없다'는 인식은 문화의 생산 영역에서도 깊고 만연한 고갈의 느낌, 불모의 느낌, 예술가를 꼼짝 못하게 하는 곤경을 조장한다.[28] 대안의 가능성이 소진함으로써 어떤 진정한 참신함도 만들어 낼 수 없는 문화가 우리 시대의 주된 조류가 되었다. 어떤 독립적이고 비주류적인 문화적 모색들도 자본주의 내부의 스타일로 흡수된다.[29] 산책용 개 훈련소의 개들이 "불규칙한 욕구를 반납하고 규칙적인 생활을" 준수함으로써, "예고되지 않은 상황"이나 "약속되지 않은 상황을" 절대 만들지 않는 것처럼 말이다. 돌발적인 배변이나 무기력한 변비조차 철저히 약물로 통제된다.

---

27 마크 피셔, 앞의 책, 12쪽.

28 마크 피셔, 앞의 책, 21~22쪽 참조.

29 "반항과 논쟁의 오랜 몸짓들이 마치 처음인 것처럼 끊임없이 반복된다. '대안적' 또는 '독립적'이라는 표현은 주류 문화 외부에 있는 어떤 것을 가리키지 않는다. 오히려 그것은 주류 내부의 스타일, 사실상 바로 그 지배적인 스타일이다. MTV에 대한 항의만큼 MTV에 더 좋은 일은 없다. 그 결과 '회고에만 몰두하며 어떤 진정한 참신함도 만들어 낼 수 없는 문화'가 우리 시대의 주된 조류가 되었다. (마크 피셔, 앞의 책, 23쪽 참조)

주인공과 함께 'Q 문화산책도시 프로젝트'에 참여하는 인력들은 모두 Q로 시작되는 번호로 지칭된다. "구청장은 Q1, 동장들은 Q4부터 Q6까지, 그리고 위원회장은 Q8"이다. Q의 뒤에 붙는 숫자들은 한없이 늘어나 언젠가부터 Q86에까지 이르고 주인공 역시 Q 몇 번으로 통칭된다. 순서도 얼굴도 직위도 모두 뒤섞여 누가 누군지도 구별하기 어렵다. 아니, 굳이 그들을 구분하고 각자의 역할과 책임을 따질 필요도 없다. 주인공의 소설은 Q시의 수많은 Q들의 기대와 욕망이 집약된 집단 창작물이다. 모든 Q들이 소설 쓰기의 총괄 관리자이고, 그들의 집단적인 의지가 소설의 내용을 구성해 나간다. 주인공은 소설 쓰기의 중심 주체가 아니라 그저 Q들의 집단 의지를 중개하여 최대한 비즈니스적으로, Q를 가장 잘 팔 수 있는 쪽으로 디스플레이하는 편집자에 불과하다. 피셔는 '자본주의 중심 없음'을 언급하며, 사람들이 소비자로 호명되고 정부 자체가 일종의 상품이나 서비스로 간주되는 상황을 제시한다.[30] 후기 자본주의는 마치 총괄하는 관리자가 존재하지 않는 것처럼 여겨진다. 현재 우리가 지배 권력에 대해 가장 먼저 떠올리는 이미지는 모호하고 설명할 수 없는 이해관계 속에서 무책임하게 행동하는 기업 같은 것이다. Q시 역시 '문화산책도시 프로젝트'를 총괄하는 단일한 책임자가 존재하지 않는 것처럼 보인다. 그저 순서도 얼굴도 직위도 뒤섞인 모든 Q들이 '문화산책도시 프로젝트'를 위해 무언가 열심히 하고 있을 뿐이다. 총괄하는 관리자가 없다는 것은 '문화산책도시 프로젝트'가 성공적으로 완수되는 경우 생기는 이윤을 누군가 독점하는 것이 아니라 이 프로젝트와 연관된 모든 Q들이 공유함을 뜻한다. 그런 면에서 모든 Q들은 이 비즈니스 프로젝트와 혼연일체다. '비즈니스 존재론'이야말로 이 시스템의 중심 법칙이며, 모든 Q들이 각각 이 비즈니스의 구심체이다. 사실 국가 경제가, 기업 경제가 잘 되어야 (주식과 부동산이 뛰고) 모두가 잘 산다는 명제는 우리에게 너무도 익

30　마크 피셔, 앞의 책, 109쪽 참고.

숙한 주문이다. 누가 불확실한 리스크를 감수하고 선제적으로 투자하느냐에 따라 계산서에 적힌 배당액이 다소 달라질 뿐이다.

피셔는 자본주의의 중심 없음을 가장 밀접하게 경험하는 사례로 콜센터를 든다. "콜센터의 그 미친 듯한 카프카적 미로, 어떤 기억 없는 세계[31]"이다. 콜센터에 대한 불쾌한 경험은, 이 조직이 실제로 무언가를 판매하지도 못하면서 이윤을 만드는 데만 혈안이 되어 있는 곳이라는 점에서 비롯된다. 상담원을 바꿔가며 똑같은 세부 내용을 여러 번 반복해 들어야 할 때의 답답함, 책임자가 없기 때문에, 제대로 아는 사람도 없고 문제를 해결할 수 있을 때라도 그럴 권한이 있는 사람이 없기 때문에 무력하게 기다리면서 쌓여 가는 노여움 등, 이런 상황에서는 분노를 터뜨리는 것 외에는 할 수 있는 일이 없다. 이런 분노는 허공을 향해 가해지는 공격, 자신과 마찬가지로 체제의 희생자이지만 그에 대한 연대의 가능성은 없는 누군가를 향한 공격으로 표출된다. 분노에 적절한 대상이 없듯 분노가 초래하는 공격 역시 아무 효과도 낳지 못한다. 〈Q〉에서 주인공의 소설 쓰기가 봉착한 난관, 즉 불안과 공포, 압박감과 스트레스, 망연함과 공허함, 질식감과 공황심리, 소화불량과 답답함 등은 모두 이러한 콜센터에서 맞닥뜨리는 불쾌감과 유사하다. 주인공은 자신의 소설 쓰기를 비즈니스로 강요하는 책임 있는 주체를 특정하여 그에게 반박하거나 호소할 수도 없다. 비즈니스는 체제(Q시)의 '목적'이 아니라 아예 체제(Q시)의 '존재론'이기 때문이다. 책임 주체는 어느 누구가 아닌 Q시의 모든 Q들이다. 모두에게 책임이 있다는 것은 사실은 결국 아무에게도 책임이 없다는 말과 다름없다. 거기에 아무 것도 없다는 의미가 아니다. 오히려 책임을 질 수 없는 무엇이 거기에 있다는 것이다. 자본주의에서는 원인과 결과가 불가사의하고 헤아릴 수 없는 방식으로 결합되어 있기 때문이다. Q1에서 Q4로, Q4에서 Q19로, Q19에서 Q43으로, Q43에서

---

31 마크 피셔, 앞의 책, 108쪽.

Q86으로, 계속 도달할 수 없는 최종 담당자를 찾아 부질없는 통화를 할 수밖에 없다. 모든 Q들, 모든 상담원들이 현재 통화중이니 하염없이 기다리거나 아니면 끊고 괴로운 침묵으로 돌아가야 한다. 다음과 같은 〈Q〉의 결말에서, "모든 산책로의 출발점과 도착점은 같"기 때문에, "출발도 도착도 아닌, 그래서 아직 거리 측정도 표시도 되지 않는" 곳으로 뛰어가는 주인공의 모습은 'O'의 폐쇄된 세계 외부로 벗어나려 하지만 결국은 고작 'Q'에 그치고 마는, 완전한 탈출도 완전한 안주도 아닌 어정쩡한 상태를 보여준다.

> 코치가 옐로우 카드처럼 저만치 서 있다. 코치의 팔이 수직으로 올라가더니 다시 땅으로 내려온다. 쿵, 지팡이가 내는 소음이 산책로를 타고 밀려온다. 지팡이의 휘어진 머리가 그의 몸을 옭아맬 거 같다. 그는 개의 목줄을 동아줄처럼 부여잡고 뛴다. 쿵, 쿵, 지팡이 소리가 가까워질수록 그의 속도도 빨라진다. 보폭이 커진다. 910, 900, 890…… 그의 산책이 지워진다. 그의 활자가 지워진다. 지금 이 순간도 팽창하는 도시를 벗어나기 위해, 그는 뛴다. 그의 뜀박질과 심장박동처럼 활자들이 지워진다. 모든 산책로의 출발점과 도착점은 같다. 그는 출발도 도착도 아닌, 그래서 아직 거리 측정도 표시도 되지 않은 미완성의 산책로로 숨어든다. CCTV가 모르는 척, 끔벅, 눈을 감았다 뜬다. (258쪽)

4. 자본주의의 미로에서 이음새를 상상하기 : 〈월리를 찾아라〉

자본주의 자체가 하나의 자연이자 환경으로 받아들여짐으로써 자본주의 바깥을 상상할 수 없는 상태는 자본주의가 유일한 게임임을 현실적으로 수용하고 그 안에서 최대한 합리적으로 선택하고 행동하는 것이 최선으로 여겨지게 한다. 이런 상황에서 피셔는 "철통처럼 이음새 없는 자본주의[32]"에 어떻게 저항할

---

32 이택광, 앞의 글, 240쪽.

수 있을지를 고민한다. 그것은 자본주의 리얼리즘에서 '리얼'한 것은 사실상 아무 것도 없다는 것, 자본주의가 유일하게 유지 가능한 사회 체계이기는커녕 자신이 약속하는 바를 결코 지킬 수 없는 실패한 체계임을 폭로하고 비판하는 일이다. 이는 자연적인 굳건한 질서처럼 보이는 '비즈니스 존재론'을 해체하는 것이다. 〈월리를 찾아라〉는 앞의 두 소설과는 다르게 자본주의 시스템의 희미한 이음새를 포착하여 비집고 나가려는 발상을 드러낸다. 캐릭터 분장 아르바이트로 생계를 유지하는 스물일곱살의 청년 제이는 모처럼 고액 일당을 주는 리버씨티의 '월리를 찾아라' 이벤트에 '월리'로 고용된다. 아홉 시간 동안 월리 복장을 한 육십 명이 동원되어 사과 유통사의 홍보 이벤트를 수행하는 일이다. 여기서 인상적인 점은 홍보 이벤트가 벌어지는, "천안과 대전 사이에" 있다는 '리버씨티'라는 공간이다.

거대한 홍보 공간인 리버씨티는 백화점 일곱 개를 합친 규모이지만, 그 안에서는 아무것도 판매하지 않았다. 사람들의 지갑은 리버시티를 나간 후에 열렸다. 그 가능성을 위해 어마어마한 쌤플과 체험써비스가 리버씨티를 가득 채웠다. 모두 무료였다. 방송 프로그램이나 설문조사, 또 플래시몹이나 써프라이즈 행사가 자주 일어나는 곳이기도 했다. 이곳을 그냥 걷는 것만으로도 오늘과 내일의 트렌드를 읽을 수 있다고들 했다. 돈 한 푼 들이지 않고도 먹고 보고 즐길 거리가 많아 좋은 데이트 코스기도 했다.

"그리고 거기서는 말이야, 한명이 재채기를 하고 또 한명이 재채기를 하면, 다른 한명도 재채기를 한다더군. 그러니까, 재채기 충동이 없는 사람도 말이야. 알아서 에취 한다는 거지."

"왜요?"

"난들 아나. 근데 그렇게 된다더군. 뭐랄까, 무의식적으로 전염이 되는 거 아니겠어? 아니면……"

"아니면?"

"의식적으로 전염이 되거나." (78~79쪽)

그림 : where's wally?

　거대한 홍보 공간인 리버씨티는 모든 상품을 구경하고 체험할 수 있지만 막상 아무것도 판매하지 않는 곳, 너무 많은 이벤트가 벌어져 심심할 틈이 없는 곳, 실제 소비 행위는 이루어지지 않지만 소비의 강렬한 자극은 넘쳐나는 곳, 소비하고픈 욕망을 무상으로 충전해 주는 곳, 재채기가 재채기를 부르듯 엄청난 규모와 속도로 전염되는 소비의 바이러스로 넘실대는 곳이다. 아무 것도 팔지 않지만 실은 모든 것을 파는 곳이다. 여기서 제이는 또 월리 캐릭터로 분장하고 자기를 판다. 육십 명의 월리들이 리버씨티 곳곳을 돌아다니다가 이를 발견한 사람들이 입구에서 받았던 '좋아요' 스티커를 붙여주면 월리는 사과 한 알 교환권을 주는 이벤트이다. 각자 갖고 있는 교환권 백 장을 다 주면 월리의 일과는 끝이다. 잘 알려져 있다시피 1987년 영국의 일러스트레이터 마틴 핸드포드(Martin Handford)가 만든 〈Where's Wally?〉는 일종의 어린이 시각 훈련 교재로, 다양한 장소에서 수백 명의 군중들 속에 포함되어 있는 월리 캐릭터를 찾는 숨바꼭질 놀이를 제공한다. 대개 월리는 많은 군중들 속 교묘하게 섞여 있어서 찾기가 만만치 않다. 무개성적이고 획일적인 군중들 속 한 명인데도 불구하고 눈에 잘 띄지 않는다는 것은 그만큼 월리가 평범하고 볼품없고 매력없는 캐릭터라는 증거이다. 무궁무진한 이벤트와 캐릭터가 넘쳐 나는 현실 세상 속에서도 제이 같은 별 볼일 없는 청년 역시 남들 눈에 도드라져 보일 리가 만무하다.

흥미로운 설정은 '좋아요' 스티커를 받기 위해 경쟁하는 월리들의 모습이다. 마치 더 많은 '좋아요' 버튼을 클릭해 달라고 갈망하는 SNS 관계, 호기심과 관심을 끄는 것이 직접적인 수익을 창출하고, 대중의 주목을 받는 것이 경제적 성패의 주요 변수가 된 '주목경제(Attention Economy)'의 적나라한 속성을 반영한 것처럼 보인다. 윤고은 소설의 상당수 인물들이 "대개 상품의 의인화된 형태[33]"로 나타나는 측면이 있다는 평가처럼, 온갖 이벤트와 캐릭터들이 주목을 쟁취하기 위해 아수라장을 벌이는 리버씨티는 상품 자체가 아니라 상품을 홍보하고 상품을 대리하는, 나아가 아예 상품화된 인간들이 경쟁하고 소비되는 공간, 인정투쟁과 관심 경쟁이 일상화된 우리 사회의 알레고리가 된다. 손쉬운 이벤트 같았지만 월리로 분장한 제이를 눈여겨보는 사람들도 거의 없는 데다가, 같은 월리들 뿐만 아니라 메텔, 해리포터, 뽀로로 등 온갖 다른 캐릭터들과 경쟁을 해야 하는 처지임이 드러난다. "가장 눈에 잘 띄는 월리만 정답이 되고, 발견되지 못하는 월리는 결국 군중의 몸체만 불려줄 뿐인 것"이다. 그런데 시간이 갈수록 전전긍긍하던 제이에게 다가온 다른 월리 한 명이 '월리를 찾아라' 이벤트의 진짜 비밀을 알려준다. 이번 행사 중에서 가장 근성 있는 월리 한명을 챔피언으로 뽑아 리버씨티 관리직급 정규직을 시켜준다는 것이다. 그래서 육십 명이 아니라 어마어마한 숫자의 월리들이 피 튀기는 싸움을 벌이는 중이며, 다른 월리의 스티커를 갈취하는 일까지 생긴다. 제이 또래의 청년은 물론이고 일흔 먹은 할아버지, 심지어 제이를 리버씨티에 데려다 준 행사업체 소장까지 챔피언 경쟁에 참여하고 있다.

33　한영인, 「세계의 불안을 견디는 두 가지 방식」, 『창작과비평』 172호, 창비, 2016, 268쪽.

월리 복장을 한 제이에게 아무도 관심을 쏟지 않는 모습은 마치 현재 청년들에게 무관심하기 이를데 없는 한국사회를 보는 것 같다. 게다가 월리는 훨씬 더 튀고 매력 있는 다른 캐릭터들과 경쟁을 해야 하는 처지다. 실제로 청년들의 취업 활동 역시 일종의 캐릭터 경쟁이나 다를 바 없다. 끊임없이 자신을 특별하고 우수하고 개성적인 캐릭터인 양 포장하고 과장하고 어필해야 하기 때문이다. 모든 사람들이 특별하다면 결국 아무도 특별하지 않다는 말이다. 게다가 썩 만족스럽지 않은 단기 일자리를 두고도 같은 청년 세대뿐만 아니라 중장년, 혹은 노인들하고까지 경쟁해야 한다. "군중 속에 섞여 있지만 숨어있지 말고 적당히 노출되어야" 하는 그 미묘한 존재감을 드러내기가 쉽지 않다. 월리로 분장한 이들이 월리는커녕 자기 자신조차 찾을 수는 없는, "자기 부재의 정체성[34]"은 월리들끼리 완력으로 스티커를 약탈하는 아비규환의 폭력으로까지 이어진다. 착취당하는 자들끼리 서로를 약탈하고, 을과 을이 다투고 경쟁하는 양상은 우리 사회에서 결코 낯선 풍경이 아니다. 제이 역시 심한 구타를 당하고 몇 개 안 되던 스티커도 빼앗기고 엉망이 된 채 내팽겨쳐진다.

수많은 월리들이 범람하면서 오히려 "월리 아닌 사람을 찾기가 더 쉬울 것" 같고, 모든 월리들의 표정이 다 똑같아서 "누가 맞고 누가 때리는 것인지 구분할 수 없"는 상황에서, 다른 사람들에게 인정받고 자기 존재를 확인할 수 있는 실감은 사라져 버린다. 자기 고유성을 상실하고 다른 누구로 얼마든지 대체 가능한 존재가 되는 것과 동시에, 자기를 증명할 수 있는 유일한 수단은 고작 몇 개의 '좋아요' 스티커가 전부다. 문제는 이 스티커 수가, 한 월리가 다른 월리보다 월등하게 탁월하다는 것을 확증하는 분명한 기준이 될 수 있는가 하는 점이다. 심지어 다른 월리의 것을 구매했거나 갈취했을 수도 있다. 피셔는 노동자들의 성과를 평가하고 애초에 정량화하기 힘든 노동 형태를 측정하려는 자본주의

---

34 박인성 · 이재원 · 황현경 · 신샛별, 앞의 글, 36쪽.

시스템의 충동이 불가피하게 추가적인 관리를 요구한다고 본다. 노동자들의 성과나 실적은 직접 평가되지 않는다. 오히려 감사를 통해 가시화되는 성과나 실적의 표상이 평가된다. 자본주의는 실제적인 성취보다 성취의 상징들에 더 많은 가치를 부여한다. 따라서 노동은 그 자체의 공식적인 목표보다는 표상을 생산하고 조작하는 쪽으로 방향을 맞추게 된다.[35] 호감과 관심, 욕망과 같은 정서를 측정하는 '주목도' 역시 일종의 표상과 상징이다. 증권거래소에서 기업의 가치가 한 기업이 '실제로 하는 일'보다는 그 기업의 미래 실적에 대한 직관과 믿음에 기반해서 생성되는 것처럼 말이다. 피셔는 자본주의가 다른 어떤 사회 체계에서도 전례가 없었을 정도로 사람들의 기분에 의존하고 그것을 재생산한다고 주장한다. 망상과 자기 확신이 없으면 자본주의는 제대로 기능할 수 없다. '좋아요'로 표상되는 '주목'에 목숨을 걸고, 세상의 만인이 자신을 좋아한다는 자기애에 도달하는 것이 유일한 과제다.

주체의 노동이나 활동 자체가 아니라, 그것에 대한 외부의 반응인 '좋아요' 숫자가 더 높은 평가를 받는다는 것은 결국 노동과 활동의 '실재'가 소거되어 버린다는 뜻이다. 피셔는 '자본주의 리얼리즘'에 대항하는 한 가지 전략으로 자본주의가 우리에게 제시하는 현실의 기저에 있는 실재(들)를 환기시키고 은폐된 것을 정치화하는 방법을 제시한다.[36] 그 실재 중 하나가 바로 '청년의 정신 건강'이라는 쟁점이다. 피셔는 영국, 미국, 오스트리아 등의 나라에서 실행된 신자유주의적 자본주의 양식과 청년들에게서 일종의 '정신적 돌림병'인 정신 건강 질환이 증가하는 연관성을 해명한다. 신자유주의가 이전의 복지국가 모델을

---

35 마크 피셔, 앞의 책, 76~78쪽 참조.

36 피셔는 이 실재의 또다른 하나의 사례로 환경 재앙을 든다. 기후 위기 문제를 제기하는 것은 자본주의가 유일하게 존립 가능한 정치·경제 체계가 결코 아니며 사실상 인간의 환경 전반을 파괴할 운명이라고 주장하기 때문에 중요하다는 것이다. 자본주의와 생태 재앙의 관계는 우연하거나 부수적인 관계가 아니다. 자본의 "끊임없이 시장을 확장해야 할 필요", 자본의 "성장이라는 불신"은 자본주의가 바로 그 본성상 지속 가능성에 관한 어떤 통념과도 대립한다는 것을 드러내 준다. (마크 피셔, 앞의 책, 39~42쪽)

대체함에 따라 공적 영역이 민영화되고 '장기적인 것'이 근절되었고, 사회의 전 영역이 '개인화'와 '유연화'라는 명령에 종속되었다. 이런 변화는 개인들에게 참기 어려울 정도의 압력을 가하며, 이를 반영하듯 정신 질환을 겪는 이의 비율이 비약적으로 상승해 왔다. 그토록 많은 사람, 특히 그토록 많은 청년이 아프다는 사실을 어떻게 용인할 수 있느냐는 질타이다. 정신적으로 고통받는 사람의 수가 의미심장하게 증가했다는 사실은 자본주의가 제대로 작동하는 유일한 사회 체계이기는커녕 내재적으로 고장 나 있다는 증거다. 피셔가 개인의 책임이나 의학적 문제로 돌려지는 정신 건강 문제를 정치적으로 의제화해야 한다고 주장하는 이유다. 최근 심각한 사회적 우려의 대상이 되고 있는 '코로나 블루'나 '코로나 레드'의 우울증과 울분이 바이러스의 복수 때문이 아니라, 그동안 은폐되어 있었지만 이번 코로나 팬데믹으로 인해 돌발적으로 노출된 자본주의 시스템의 경제적 모순과 고통에서 비롯된 문제라는 점은 부인할 수 없다. 이러한 징후들이 모두 고립된 우연적인 문제가 아니라 하나의 체계적인 원인 즉 자본의 효과라고 재단언해야 하는 것이다.[37]

특히 피셔는 자신이 대학에서 만난 영국 학생들이 반성적 무기력에 빠져 있음을 지적한다. 그들은 현실이 나쁘다는 것을 알고 있지만, 그 이상으로 자신이 할 수 있는 일이 아무 것도 없다는 사실 또한 안다. 영국 청년들의 반성적 무기력은 광범위한 병리 현상들과도 연관된다. 우울증은 고질병이다. 그들은 우울증적 쾌락이라 부르는 상태에 빠져 있는데, 이는 쾌락을 구하는 것 말고는 다른 무엇도 할 수 없는 무능으로 이루어져 있다.[38] 양극성 장애 역시 자본주의에 고

---

37 "우울증이 세로토닌 수치의 저하로 생기는 것이 사실이라 하더라도 왜 특정한 개인들의 세로토닌 수치가 낮은지는 여전히 설명되어야 할 문제이다. 이는 사회적이고 정치적인 설명을 요구한다. 자본주의 리얼리즘에 도전하기 위해서는 정신질환을 재정치화하는 일이 시급한 과제이다." (마크 피셔, 앞의 책, 70쪽)

38 마크 피셔, 앞의 책, 45쪽.

유한 정신 질환이다. 호황과 불황을 끝없이 오가는 자본주의는 그 자체로 근본
적이고 환원불가능하게 양극성이어서 흥분 상태의 조증과 우울증적 침잠 사이
에서 주기적으로 휘청거린다. 교육과 훈련은 평생 동안 이어지면서 무한히 지
연되는 양식이 되었고, 이제 청년들은 끊임없이 이 회사 저 회사, 이 역할 저 역
할을 전전하며 주기적으로 새로운 기술을 배우도록 요구받는다. 청년들에게는
취업 상태와 실업 상태가 번갈아 이어진다. 일련의 단기 일자리에 고용되어 있
어 미래를 계획할 수도 없는 처지다. 전면적인 불안정성을 뜻하는 "프리캐러티
(Precarity)[39]"로 사는 법에 익숙해져야 한다. 삶의 동기를 부여받지 못하고 생존에
급급한 상태에서 청년에게 가장 부족한 것은 자기 자신의 고유한 존재감, 타인
에게 인정받음으로써 스스로를 귀히 여기는 자존감, 스스로의 존재와 노동에서
보람을 찾는 자긍심이다. 자본주의에서 의무, 신뢰, 헌신 등의 가치는 이미 철
지났다고 여겨지는 것들이며, 어떤 장기적인 정체성을 성립하고 유지하기도 어
려워진다. 모두가 폭력과 배신을 자행하면서 챔피언이 되기 위해 분투하지만,
도대체 "가장 근성 있는 월리"가 어떻게 선발되는지조차 아무도 모른다. 그저
심란한 아귀다툼만 계속될 뿐이다.

　제이의 여자친구인 '장'이 겪은 결혼식 하객 역할 대행 아르바이트 경험도 자
기 고유성을 확인하지 못하는 상태를 여실히 보여준다. 신부의 부케를 받는 역
할을 맡았다가, 갑자기 자신이 안 나가면 어떻게 될까 궁금해서 나가지 않자,
다른 하객 누군가가 부케를 대신 받고 결혼식은 무사히 끝난다. 결국 알게 된
것은 자신이 얼마든지 대체 가능한 존재이기에 "내가 없어도 잘 돌아가네"와
그날 수당은 없다는 사실이다. 제이가 처음 스티커를 받는 순간 "나 여기 있다,
나 여기 살아 있어"라고 소리치고 싶었던 것도 월리로나마 다른 사람들에게 고
유한 개인으로 인정받고 싶은 욕구를 드러낸다. 과거 제이는 '김정민'이란 제조

39　마크 피셔, 앞의 책, 65쪽.

자 이름이 박힌 고동빵을 계속 먹다가 그 김정민이 궁금해서 찾아보려고 시도한 적이 있었다. 빵 제조사에 전화를 걸자 빵 안에 이물질이 들어있다는 클레임으로 착각한 회사에서는 김정민인지 아닌지 모를 한 남자를 보내 변상하고 합의를 요구한다. 자신이 특별히 좋아하던 고동빵을 만든 김정민과 관계 맺고 싶어 하던 제이에게 고객 불만관리 센터는 즉각적인 문제 해결만을 원한다. 기업과 소비자의 의사소통은 오히려 생산 유통 소비 과정의 효율성을 방해한다. 소비자가 기업에게 대화를 건다는 것은 무엇인가 문제가 생겼다는 신호이기 때문이다. 가급적 기업과 소비자가 대화하지 않는 것이 시스템이 잘 돌아간다는 증거이다. 선의나 인간애, 접촉과 연결의 욕구는 시스템을 교란하는 불필요한 요소다. 식품회사가 원하는 쪽은 익명으로 남아있는, 고객 불만 센터에 웬만하면 전화하지 않는, 너무 많아서 특정되지 않고 눈앞에 보이지 않는 소비자일 것이지, '김정민 씨와 관계맺고 싶어 하는 제이'가 아니다.

그런데 〈월리를 찾아라〉에서 제이가 리버씨티를 빠져나오는 데에 성공하는 결말은, 앞서 〈Q〉의 마무리에서 입구와 출구가 겹쳐지는 지점에서 주인공이 전전긍긍하는 장면과는 사뭇 달라 보인다. 지팡이를 두고 온 화장실로 다시 들어간 제이는 두 개의 입구 중 자기가 들어온 곳이 어느 쪽인지, "데깔꼬마니처럼 완벽하게 대칭되는 구조"의 칸들 중 어디가 자신이 머물렀던 곳인지 헷갈려 한다. 우리 사회의 알레고리로서 재현되는 리버씨티 안에서 지리감각을 잃고 제대로 된 방향을 찾지 못하는 것이다. 미로가 난감한 이유는 그 공간들이 획일적으로 닮아 있고 지루하게 반복되기 때문이다. 미로 속에서 사람은 공간과 고유하고 특별한 관계를 맺지 못하고 소외된다. 미로는 순전히 사람을 길을 잃게 하려고 만든 곳이다. 어떤 세계의 바깥을 가늠하기 위해서는 먼저 그 세계 안의 구조를 확실히 알아야 한다. 세계 내부를 모르는 주체가 세계 외부를 상상하기는 불가능하다. 리버씨티 안에서 길을 잃은 제이가 리버씨티 밖으로 탈출하기에는 요원해 보인다. 하지만 이 소설에서는 제이에게 올바른 방향을 인도해 주는 '장'의 존재가 있다.

> 육중한 유리 회전문이 돌아가는 속도는 느렸다. 제이는 마음이 급해서 회전문을 재촉했지만, 회전문은 제이를 그 안에 가둔 채로 작동을 멈췄다. 그는 회전문이 만드는 네 개의 구획 중 하나에 갇혀 이리도 저리도 움직이지 못했다. 회전문을 더 세게 밀어보았지만, 문은 꼼짝도 하지 않았다. 잘 닦인 회전문에 자신의 모습이 비쳤다. 줄무늬 티셔츠는 그에게 조금 컸다. 그의 것이 아니었다. 제이는 눈을 감고 회전문에 온 체중을 실었다.
>
> 그때 누군가 저 밖에서 회전문에 노크를 했다. 장이었다. 장은 제이를 보며 양손을 머리 위로 올리는 시늉을 했다. 제이가 장을 따라 양손을 머리 위로 올렸고, 제이의 손이 떨어지자 곧 회전문이 다시 움직이기 시작했다. 제이는 그제야 회전문에 붙어 있는, 손을 대지 말라는 문장을 읽을 수 있었다. 장은 제이를 안아주었다. 제이의 몰골은 말이 아니었다.
>
> "전화 꺼져 있어서 걱정했잖아. 집으로 가자. 일단 밥부터 먹고."
>
> 장의 말에 제이는 배고픔을 느꼈다. 벌써 리버씨티 밖은 어두컴컴했다. 장은 노련한 가이드처럼 움직였다. 장이 물었다.
>
> "그 안에서 대체 뭘 한 거야?"
>
> "월리를 찾아다녔지."
>
> "네가 월리라며?"
>
> 그들은 리버씨티에서 멀어졌다. 그렇지만 제이에게는 반쯤 열려 있던 그 화장실 문이 자꾸 따라붙었다. 그 안에 무엇이 있었는지 그는 알지 못했다. 한참 걷다가 문득 생각이 난 듯 줄무늬 티셔츠와 지팡이 따위를 벗어던졌을 뿐이다.
>
> (100~101쪽)

장의 노련한 가이드에 따라 제이는 리버씨티를 탈출하는 데에 성공한다. 회전문에 갇혀 옴짝달싹 못하다가 손을 떼어야 문이 움직이고 빠져 나올 수 있음을 깨닫는다. 이 무시무시한 경쟁 트랙에서 벗어나는 방법은 손을 떼는 것, 시스템 밖으로 나오는 방법밖에 없다. 이와 함께 월리 복장을 벗어던지고 "너 없으면 나는 안 돼"라고 고백했었던 장에게 유일하게 고유한 제이로 돌아온다. 장은 리버씨티라는 시스템을 빠져나오는 방법, 전혀 빈틈 없어 보이던 이 시스템에도 이음새가 존재하고 있음을 인지하는 인물이다. 과거 결혼식 하객 대행 아르바이트 경험을 통해 이 시스템의 고장난 원리를 먼저 각성한 존재인 셈이다. 그런데 이 리버씨티 바깥의 세계가 리버씨티와는 다른, 어떤 대안적인 모습을 취하고 있는지는 미지수이다. 리버씨티 안의 문제와 모순들이 완전히 해결된 세계라고 보기도 미심쩍다. "자기 정체성을 찾고 존재를 확인받는 인간적인 치유[40]"가 이루어지는 곳, 따뜻한 포옹과 함께 허기를 채워주고 숨통을 틔워주는 곳 정도로 간주되지만, 리버씨티와는 영 상관없이 이곳에서만 영영 머물 수 있을지는 의문이다. 앞으로 또다른 리버씨티에 진입하기까지 잠시 쉬어 가는 대피소, 잠정적인 휴식과 충전을 수행하는 힐링의 자리일 수도 있다. 피셔가 미완의 유고에서 언급한 '애시드 공산주의(Acid Communism)'는 일종의 정치적 실험을 지향한다.[41] '산성(酸性)'을 뜻하는 'acid'가 암시하듯, 자본주의 이외에 다른 대안은 없다는 주장을 부식시키는 산성과 같은, 발본적인 발상의 전환이 필요하다는 주장이다. 산성의 신맛이 우리의 정신을 자극하고 일깨우며 또 강렬하게 다른 맛을 압도하는 것처럼 말이다. 그것은 상상하지 않으려는 것을 상상하고, 생각하지 않으려는 것을 생각하는 태도이다. 자본주의(리버씨티) 바깥의, 대안을 생각하지 않으려고 하는 것까지 생각하는 것이다. 자본주의는 생각과 상상을 멈추고, 출구 없는 리버씨티 안을 활보하며 수많은 이벤트를 즐기면서 연달아 재채기를 따라 하는 것이 전부라고 강권하는 체제이기 때문이다. 비록 일

---

40   박인성 · 이재원 · 황현경 · 신샛별, 앞의 글, 39쪽.

41   '애시드 공산주의'에 대해서는 '이택광, 앞의 글, 244~247쪽' 참조.

시적인 해방으로도 여겨지지만 〈월리를 찾아라〉의 결말부, 제이와 장의 탈출이 의미심장한 이유다.

5. 맺으며 : '자본주의 리얼리즘'의 균열

전혀 빈틈이 없어 보였던 자본주의 시스템을 흔들어놓은 코로나 팬데믹은 "어떤 일도 일어날 수 없는 상황에서 갑자기 다시 한 번 무엇이든 가능해지는[42]" 뜻밖의 조짐을 드러낸다. 실상 코로나 팬데믹 이전 정상적으로 운영되는 듯 여겨졌던 자본주의 자체가 이미 재난이었다는 진실, 깊은 삼림 안쪽에 거주하던 바이러스를 불러낸 동력이 이윤 창출에만 매몰된 자본주의 경제체제라는 사실, 따라서 자본주의의 표면적인 '리얼리즘'에 리얼리즘 같은 것은 없다는 인식을 일깨운다. 재난의 카운트다운은 이미 오래전부터 시작되었으며, 코로나 팬데믹은 카운트다운의 가속도를 강화했을 뿐이다. 자본주의와 시장 메커니즘의 지옥을 관통하면서 나타난 혼란과 고통들은 예전의 매끄러운 일 처리 방식으로는 도저히 감당할 수 없으므로, 우리가 살아왔던 사회의 가장 기본적인 특성들을 재점검하고 자본주의 바깥의 완전히 새로운 조치들을 도입하는 가치 전환을 요구한다.

윤고은의 장편 〈밤의 여행자들〉에서도 재난은 자본주의와 긴밀하게 결부되어 있다. 이 소설에서는 자본주의 시스템의 작동을 잠시나마 멈추는 것으로 간주되는 재난조차 비즈니스로 전환하여 재난 여행 상품을 판매하는 설정이 등장한다. 또한 상사의 성희롱과 정리해고의 불안에 시달리며 자리를 지키기 급급하던 여행사 '정글'의 직원 요나의 현실 자체가 이미 재난 상황이었음을 묘사한다. 급기야 요나는 퇴출 여행 후보지 '무이'에서 대규모 가짜 재난을 기획하여

---

42   마크 피셔, 앞의 책, 135쪽.

궁지를 벗어나려고 하지만, 예정된 일정보다 조금 앞서 진짜 재난인 거대한 쓰나미가 발생하여 모든 것을 휩쓸어 버린다. "취소는 가능하나 환불은 안 된다"는 여행사의 절대적인 지침에서 예외 조건은 "본인 사망 시는 환불 가능"이다. 이 야멸찬 조항은, 우리가 자본주의와 맺은 사회계약은 자연법칙처럼 절대불변이며 오로지 계약자 을이 죽음으로써만 벗어날 수 있다는 '자본주의 리얼리즘'의 극단을 보여준다. 쓰나미라는 진짜 재난이 발생하여 가짜 재난을 무산시키기는 하지만, 그렇게 폐허가 된 '무이'는 앞으로 더 거창한 재난 여행 상품이 되어 날개돋친 듯 팔릴지도 모른다. 요나를 비롯해서 재난으로 사망한 자들의 목숨값은 다시 자본주의 시스템에 차곡차곡 환불될 터이다. 그런데 〈밤의 여행자들〉의 결말에서는 '무이'에서 '악어'라고 불리우던 최하층민들이 가짜 재난을 피해 숲으로 피신했다가 진짜 재난에서도 살아남는 모습이 나온다. 자본주의라는 기획된 재난이든, 쓰나미라는 자연적 재난이든 단순히 무기력하게 순응하기보다는 어떤 식으로는 "살아남기 위한 노력과 공동체의 유지라는 희망의 불씨[43]"를 남긴다. 특히 인공적인 관광지에서 떨어져 있는 맹그로브 숲의 생명력은 자본주의화된 체제 바깥에서 다른 방식으로 생존하고 연대하는 대안적 삶의 가능성을 흐릿하게나마 제시한다.

유발 하라리(Yuval Noah Harari)는 『사피엔스』에서 인류를 구분 짓는 가장 큰 특징은 언어 그 자체가 아니라 "눈 앞에 존재하지 않는 것을 상상하는 능력[44]"이라고 말한다. 외부성을 완벽히 통합한 듯 보이는 자본주의의 외부를 상상하는 일을 멈추지 않는 것이야말로 피셔의 주된 질문이자 목표라고 할 수 있다. 소설은 이런 대안적 상상 행위의 연습이고, 자본주의가 표방하는 상투적인 슬로건과는 다른 언어를 숙고하거나 창안하고, 자본주의가 만들어냈지만 만족시킬

---

43   오혜진, 앞의 논문, 341쪽.
44   유발 하라리, 조현욱 옮김, 『사피엔스』, 김영사, 2015, 45쪽.

수 없는 욕망의 차원을 다루면서 우리 세계를 외삽하거나 우리 세계가 악화된 모습을 그려낸다. 피셔가 글쓰기는 결코 자본주의적인 것이 아니며, 자본주의는 심오하게 반문자적이라고 주장[45]하는 이유 역시 이러한 소설의 속성과 연관된다. 〈부루마불에 평양이 있다면〉과 〈Q〉가 그러하듯이, 윤고은 소설의 인물들이 자본주의 상품 논리에 철저히 포획되어 자본주의 바깥을 상상할 수 있는 힘을 잃어버린 듯 보이지만, 이러한 공백 상태를 그대로 드러내거나 자본주의가 권하는 약속이 결코 지켜지지 못할 것을 암시하면서 '자본주의 리얼리즘'의 공황 상태를 폭로하는 것처럼 말이다. 즉 자본주의에 대한 맹목적 미혹이 오히려 역설적으로 자본주의 바깥에 대한 최대의 매혹으로 인도하는 것이다. 그리하여 묵시록조차 자본주의자에 의해 기록되는 우리 시대에 이르러, 〈월리를 찾아라〉가 (나름의 한계를 지님에도 불구하고) 희미하게라도 보여주듯이 이음새가 없는 세계에서 이음새를 상상하는 소설이 현재의 연장과 단절 사이의 지점을 불확실하게 교차하는 것만으로도 '자본주의 리얼리즘'에 균열을 낼 가능성을 내포한다.[46]

---

45 마크 피셔, 앞의 책, 52쪽.

46 따라서 현재 사회정치적 담론 영역에서는 '기본소득, 대안화폐, 협동조합, 사회적 기업, 적정기술, 공유경제' 등 자본주의의 대안에 대한 논의가 활발하게 이루어지는 데에 반해, 문학의 경우 더 이상 자본운동을 포착하는 힘을 잃어버리고 대안에 대한 상상과 모색이 부재하다는 평가는 지나치게 박한 것이라고 할 수 있다. (한만수, 앞의 논문, 225, 232쪽 참고) 문학이 다른 사회 영역에 미달되는 예외라고 하기보다는, 그저 문학은 문학의 고유한 방법으로 일하고 있을 뿐이다.

노동과 사랑

2010년대 후반 소설에 나타난 여성 회사원 생활기
김세희와 장류진 소설 읽기

1. 시작하며 : 한국형 '오피스 노블'의 가능성

    2015년 개봉한 영화 〈오피스〉는 이른바 '총성 없는 전쟁터'라 불리우는 살벌한 직장 생활의 면모를 적나라하게 보여준다. '총성'은 없지만 폭력과 살육, 희생자와 시신은 즐비하다. 직장 내 인간관계와 권력구도, 직장인의 애환과 고충을 소재로 다룬다는 점에서는 2014년에 큰 인기를 얻었던 TV 드라마 〈미생〉과 동일하지만, 〈오피스〉가 취한 장르는 뜻밖에도 스릴러와 호러다. 이 영화는 이제 한국 호러 영화에서 살인마와 괴물이 등장할 최적의 장소는 다름아닌 도심의 '사무실(오피스)'이라고 단언한다. 더구나 그것이 터무니없는 도시괴담의 수준이 아니라 동시대 회사원 집단이 현실에서 겪는 구체적인 고역과 충격에 기초하고 있기 때문에 더욱 더 사실적인 공포를 전달한다. 직장 안 여러 인물들의 스트레스와 히스테리, 노이로제와 폭력충동이 결부되면서 끔찍한 오피스 참극이 벌어지는 것이다.

    영화는 대기업 마케팅 팀을 배경으로, 가족을 살해하고 실종된 김병국 과장의 과거 회사 생활과, 이미례 인턴을 비롯한 현재 회사 동료들에게 벌어지는 사건을 교차하면서 진행된다. 김 과장의 존속살인에서 시작해서 사내 연쇄 살인 사건으로 이어지면서, 무시무시한 회사의 실상이 여실히 드러난다. 하루하루 갑질과 왕따, 과잉경쟁, 초과노동, 부당해고, 인턴제도 등의 가혹한 긴장관계를 견디는 과정 속에서, 해고와 재계약 거부라는 직장판 사형을 선고받은 인물들은 궁지에 몰려 가족과 동료들에게 흉기를 휘두른다. 공교롭게도 영화 개봉과 같은 해 9월 13일 노사정 위원회는 회사가 저성과나 근무불량을 이유로 노동자들을 자유롭게 해고할 수 있고, 노동자들의 동의 없이도 노동자들에게 불리한 사규를 도입할 수 있는 합의안을 도출한 바 있다.[1] 정규직이든 인턴이든 상시적인 해고 위협에 시달리며 근무 성과와 윗사람 눈치 보기 경쟁에 내몰리게 된 것이다. 흥미로운 점은 김 과장과 이미례 인턴에 대한, "너무 열심히 일"해서 "없어 보인다"는 상사와 동료들의 냉소다. 인맥도 스펙도 학력도 외모도 센스도 부족하기 때문에, 오직 열심히 일만 할 수밖에 없는 처지라는 조롱이다. 애초 노력이나 열정, 성실함 같은 덕목은 가련한 약자에게 주어지는 미끼에 불과하다. 이런 상황에서 착실한 회사원이 광기어린 살인마로 변모하는 모습은 낯설지 않은 사회적인 공포를 환기한다.

〈오피스〉에서 잔혹한 살인의 희생자가 되는 상사나 동료들이 죽어 마땅한 악인처럼 보이지 않는다는 점도 흥미롭다. 회사 내에서 저마다 이해관계와 지위가 다른 까닭에 선과 악의 경계를 모호하게 교차할 뿐이다. 그들은 '권위적인 고위 간부, 우유부단한 중간관리자, 까칠한 사수, 이기적인 동료, 착취당하는 인턴'이라는 누구나 공감할 만한 구도 속에서 예외 없이 제 역할을 수행하고 있다. 반면 드라마 〈미생〉에 나오는 영업3팀은 마치 형제적 혈연을 연상케 하는 퍽 감성적인 집단으로 그려진다. 부하 사원들을 가족처럼 챙기면서 보호자

---

1   황진미, 「'오피스', 성실하면 없어 보이는데 괴물조차 될 수 없는」, 엔터미디어, 2015.9.14.

와 책임자 역할을 동시에 수행하는 인간적인 오 과장[2]은 일종의 온정적 가부장이나 다정한 맏형 같은 모습으로 묘사된다. 이 드라마가 고단한 직장인의 일상과 비정규직의 고충을 사실적으로 다루면서도 매우 정서적인 판타지를 제공하는 이유이다. 그런 면에서 〈오피스〉와 〈미생〉의 거리는 생각보다 멀지 않다. 처음부터 개별적인 인물들이 선인과 악인, 살인자와 희생자로 정해져 있는 것이 아니라, 직장이라는 조직 속에서 선한 역할을 하는 이와 악한 역할을 (해야) 하는 이들로 나뉘며, 그 과정에서 원한과 증오와 질투와 불만과 멸시가 발생한다. 〈오피스〉에서 고어적 살인극이 벌어지던 '오피스'가 새로운 인력으로 충원되고, 가해자인 이미례도 다시 순종적인 인턴사원으로 돌아오면서 봉합되는 식으로 마무리되는 것은 의미심장하다. 이미례는 「미생」의 영업3팀 같은 더 나은 부서로 발령받을 기대를 품고 다시금 한 시간 반이 넘는 출근길을 감내하며 정규직 전환을 위해 성실하게 노력할 것이기 때문이다.

　최근 회사 생활을 소재로 한 영화나 드라마가 활발히 제작되고 각광받는 상황에서 〈오피스〉는 매우 극단적인 방식으로 한국 직장인 사회의 치부를 폭로한다. 〈오피스〉가 호러 장르를 자의적으로 선택했다기보다는, 한국 직장 사회가 호러 자체를 닮아 있는 것 같기도 하다. 한국 직장인의 약 22%가 고 위험 스트레스 집단으로 분류되고,[3] 직장에서 질병을 앓아 치료받은 경우 중에서 정신적 질병이 68.4%에 달하고,[4] 2018년 한국노동연구원 보고서에 따르면 5년간 직장 내 괴롭힘을 경험한 직장인은 66.3%이며,[5] 직장인 74.2%가 수면 부족 현

2　정영희, 장은미, 「흔들리는 젠더, 변화 중인 세상」, 『미디어, 젠더 & 문화』 30권3호, 한국여성커뮤니케이션학회, 2015, 167쪽.

3　김경은, 최라영, 「비정규직 사원 직업적응과 갈등 과정의 자기 성찰적 의미 드라마 〈미생〉 내레이션 중심 탐구」, 『공공사회연구』 7권1호, 한국공공사회학회, 2017, 111쪽.

4　이현정, 「병 얻어오는 직장인들, 산재 68%가 '정신적 질병'」, 서울신문, 2019.12.10.

5　이혁, 「직장인 10명 중 6명 직장 내 괴롭힘 경험, "그래도 참고 견딥니다"」, 파이낸셜뉴스, 2018.5.1.

상을 호소하는데 실제로 직장인 하루 평균 수면 시간은 6시간 6분으로 2016년 OECD 회원국 평균 수면 시간(8시간22분) 보다 무려 2시간 16분이 더 적은[6] 것이 현실이다. 직장의 인간관계 대부분은 자신이 소속된 조직 내에서 이루어지며, 상사, 동료, 부하와의 대인관계 요인들이 활력이나 스트레스 요소로 작용할 수밖에 없다. 직장에서 경험하는 스트레스의 주된 원인은 구성원들과의 사이에서 발생하는 긴장, 반감, 성가심 등의 관계 갈등에서 비롯된다. 특히 업무와 무관한 개인적 취향이나 선호도, 가치관, 대인 습관 등의 충돌로 인해, 업무에 투입해야 할 에너지가 관계 갈등에 낭비되는 것이다.[7]

우석훈은 『민주주의는 회사 문 앞에서 멈춘다』에서 세계적으로 유례가 드물만큼 지독한 한국의 직장 괴롭힘과 갑질 문화를 지적하면서, 군대식 모델의 상명하복 문화를 극복하는 것이 직장 민주화의 방법이라고 주장한다. 때로는 가족 같고 때로는 조폭 같은 회사, 일도 해야 하고 정치도 해야 하는 회사, 사장님과 팀장님에 선배님까지 모시는 회사에서 한국 직장인들이 겪는 고통에는 일 자체만이 아니라 일하는 '과정'에 발생하는 조직의 고통들이 포함되어 있다는 것이다.[8][9] 저자는 그 기원을 박정희 시대의 병영 문화로까지 거슬러 올라가지만, 사실 1997년 IMF와 2008년의 글로벌 경제위기를 통과하면서 신자유주의

---

6 한영준, 「명절도 못 쉬고.. 임원은 다른 나라 얘기」, 파이낸셜뉴스, 2020.1.30.

7 김경은 · 최라영, 앞의 글, 111~112쪽.

8 우석훈, 『민주주의는 회사 문 앞에서 멈춘다』, 한겨레출판, 2018, 257~278쪽 참고.

9 한국 기업의 이러한 분위기는 외부인의 시각으로 보아도 매우 이질적이고 특별하게 비추어진다는 점에서 세계적으로 유례가 없다 할 만하다. LG전자 프랑스 법인장을 지낸 에리크 쉬르데주는 2003년부터 2012년까지 10년간 경험했던 한국식 기업 문화와 경영 방식을 회고하면서, 효율주의와 성과주의에 매몰된 위계적이고 군사적인 한국 기업의 모습을 지적한다. 그는 한국 기업에 이토록 강력한 위계질서가 확립될 수 있었던 것은 가정, 학교, 사회, 국가에 이르기까지 동일한 서열구도가 자리하고 있기 때문이라고 설명한다. 회사에 맹목적으로 헌신하면서 하루 10~14시간씩 근무하고, 상사는 직원들을 냉혹하게 감시하고, 가치 없는 평가와 징계가 이루어지고, 종교집회 같은 회의와 연수가 이어지는 한국 대기업을 가리켜 "한국인은 미쳤다!"는 경악을 한다. (에리크 쉬르데주, 권지현 옮김, 『한국인은 미쳤다!』, 북하우스, 2015 참고)

2부 노동과 사랑   **97**

의 보편적 환경이 정착되고 개인의 무한 노력과 책임이 강조되는 시대적 맥락과 직결되어 있다. 또한 정보와 지식 서비스 산업 중심으로 노동구조가 변화되면서 정규직 노동이 크게 감소하고, 이른바 '불완전' 노동에 해당하는 복잡다양한 임시직과 계약직 노동이 증가하는 조건에서 사회적 양극화가 심화되고 중산층이 흔들리고 청년실업이 증가하는 현상도 낳고 있다. 여기서 정부와 기업은 합리화와 유연화라는 그럴듯한 말로 상시적인 구조조정의 가능성을 열어 놓음으로써, 회사가 구성원들을 더욱 종속시킬 수 있는 조건을 구축하였다. 회사원들은 피고용인이라는 처지로 실업과 해고의 최전방에 노출되어 생존경쟁에 골몰한다. 기본적으로 같은 상황에 놓인 회사원들끼리도 함께 결집하여 무엇인가를 도모하기보다는, 경쟁과 대립, 성취와 승진을 위해 외롭게 전력한다.

주목할 점은 이와 같은 상황과 경험을 회사원이라는 '하나의 집단'이 동질적으로 겪는다는 것이다. 매우 집단적인 사회 경험인 셈이다. 직장인으로서의 삶과 애환이 파편적으로 산개되기보다는, '직장인 세계'라는 큰 범주로 묶을 수 있다. 자본주의의 심화로 인한 비인간적 요소가 강화됨에 따라 직장인의 존재성 또한 첨예하게 규정된다. 따라서 개인이 아니라 일종의 사회적 유형으로서의 직장인, 직장인의 사회 존재적 기반, 직장인으로서의 자의식과 그 존재적 속성에 대한 심층적인 성찰이 가능하다. 전쟁터, 나아가 지옥으로까지 비유되는 직장인들의 극적인 세계가 대중문화의 흥미로운 탐색 대상이 되는 이유이다. 문학의 경우 1930년대 말 독일에서 신즉물주의의 새로운 장르로 등장한 '회사원 소설(Angestelltenroman)'은 자본주의의 모순된 경제구조에 종속된 회사원의 삶을 사실적이고 객관적으로 묘사하는 동시에 이들을 통해 현대인들의 위상을 탐구했다.[10] '회사원'은 독일 제2제국 시기(1871~1918)에 형성된 새로운 사회계층으

---

10 크리스티안 마이어호퍼, 「돈의 가치와 신즉물주의: 1930년경 회사원소설에 대한 소론」, 『독일어문화권
    연구』 24집, 서울대학교 독일어문화권연구소, 2015, 306쪽.

로, 사무실이나 관청, 상점 등에서 속기, 타자, 행정, 관리 또는 판매와 영업 같은 업무를 담당했다. "20세기 초 자본주의가 심화되면서 수치상의 증가와 함께 기존의 임금 노동자와는 다른 면모의 사회층을 구성한 이 집단은 특히 바이마르 공화국 시기에 큰 주목을 받았다.[11]"[12]

회사원은 자본주의의 발전을 존재 근거로 삼기 때문에, 회사원을 다룬 문학 작품들은 자연스레 자본주의와의 관련성을 문제시할 수밖에 없었다. '그레고르 잠자(Gregor Samsa)'라는 봉급생활자이자 영업사원을 통해 직장과 가정에서 소외되고 시스템의 마모된 부품처럼 대체 가능하고 버려지는 인간의 삶을 그린 카프카의 〈변신〉(Franz Kafka, 1912)은 회사원 소설의 원형으로 꼽힌다. 탁상시계에 집착하면서 위장병과 신경쇠약에 시달리고, 직장 동료들과 인간적인 교류 없이 오로지 실적만으로만 평가되고, 비인간적인 고객과의 관계에 고통받으며, 사장 눈 앞에 사표를 집어던지는 통렬한 상상에 사로잡히곤 하던 잠자는 어느날 갑자기 커다란 갑충으로 변신함으로써 실존적 정체성을 송두리째 잃어 버린다. 일자리를 잃은 후 가족들에게 짐이 되자 벌레가 된 온 몸으로 끝없는 수치심과 죄책감, 굴욕감과 박탈감을 겪는다. 변신이라는 환상적 설정은 평소 잠자가 갖고 있던 노이로제, 대인관계 장애, 인지 장애, 자기파괴 욕구 등의 증상과 중첩

---

11 조한렬, 「1930년대 직장 생활기로서 한스 팔라다의 소설 소시민, 이제 어떻게 하지?」, 『카프카 연구』 41집, 한국카프카학회, 2019, 87쪽.

12 "산업 발전에 힘입어 독일의 회사원은 1907년과 1925년 사이에 200만 명이 증가했다. 전체 취업 인구에서 보면 회사원의 비율이 6%에서 10.9%로 증가한 셈이었다. 회사원들은 생산직 육체노동자들과는 달리 깨끗한 사무실에서 일하며 노동자들보다는 임금도 더 많이 받았다. 급속한 산업화 과정에서 노동자들의 수가 증가하자 사업주들은 회사원들이 노동자들을 효과적으로 관리해 주고, 사업주들의 근간이 되어주기를 원했다. 회사원들이 사회적으로나 경제적으로 노동자들보다는 사정이 훨씬 나았지만, 그렇다고 신분이 확실히 보장된 것은 아니었다. 그들 역시 상황에 따라 노동자와 마찬가지로 해고될 수 있었다. 회사원들은 생존에 대한 지속적인 불안과 실업에 대한 염려 등으로 인해 고용주에 종속적인 관계에 놓일 수밖에 없었다.(장희권, 「회사원 이야기의 원형(原型)으로서의 카프카의 〈변신〉」, 『독어독문학』 151집, 한국독어독문학회, 2019, 67쪽)" 문제는 1930년대 말 독일의 경제 상황이 상당히 심각했다는 점이다. 세계 최고 수준의 실업률에 임금은 삭감되고, 사회 보장체계는 무너졌으며, 세금은 가파르게 올랐다. 이 시기 회사원 소설이 실패와 전락, 소외와 절망으로 점철된 것은 이런 사회적 배경과 무관하지 않다.

되면서, 절망적인 현실을 자폐적으로 탈출하려는 심리와 연관된다.[13] 그리고 잠자가 겪는 회사와 피고용인 간의 폭력적 예속관계, 사물화와 비인격화, 업무 부적응과 자존감의 결여, 심리적 불안과 압박감, 자아상실과 환각은 103년 후 〈오피스〉의 을씨년스러운 사무실에서 이미례 인턴이 경험하는 열패감 및 절망감과 정확히 일치한다. 단, 전자는 가족의 안락을 위해 스스로 사라졌다면, 후자는 자신을 비참하게 하는 이들과 공간을 피로 물들게 한다는 점이 다르다.

〈변신〉이나 1930년대 독일 회사원 소설이 보여주듯이, 결국 '회사'란 곧 자본주의 구조 자체를 의미하고, 회사원들은 이 자본주의 시스템에 연루되어 있는 모두라고 할 수 있다. 인간의 사회적 실존이 직업을 통해 규정되는 상황에서 직업과 고용형태, 인간관계, 정체성 등이 서로 불가분의 관계에 놓이게 된다. 자본주의의 직업은 자본주의적 사회성과 정체성, 인간관계를 주조하는 틀이 된다. 자본주의적 직업은 다양하게 분화되고 전문화되면서 "개인의 실존과 생계를 위한 필요노동의 의미를 넘어 그의 정체성을 구성하는 관습적 틀로 기능하고, 직업이라는 틀에 의거해 개인의 욕구와 능력, 경제적 사회적 지위 등이 평가[14]"된다. 한국 소설의 경우, 독일처럼 하나의 장르로서 정립된 '회사원 소설'의 범주를 설정하기는 어렵다. 가장이자 직장인으로서 하루하루 고달픈 도시의 일상을 살아가는 '소시민'을 다루는 한국 소설들에서도, 회사는 그의 사회적 삶과 관계를 규정하는 여러 조건이나 배경들 중 하나로 간주되곤 했다. 자본주의의 사회적 초상을 구성하는 직장이라는 구조를 정면으로 응시하는 작품들을 찾기는 쉽지 않다.

이와 같은 문제의식을 바탕으로 이 글에서는 2010년대 후반을 사는 2~30대

---

13 더 자세한 내용은 '장희권, 앞의 글, 84쪽' 참고.

14 조규희, 「노동을 통한 자기실현이 불가능한 세대의 문학: 독일 현대소설 〈파저란트〉, 〈미래의 젊은 역군들〉의 예」, 『세계문학비교연구』 47집, 세계문학비교학회, 2014, 219쪽.

여성 회사원의 생활을 사실적으로 서술하는 두 작가, 김세희와 장류진 소설을 분석해 보고자 한다. 직장 생활은 삶의 기운과 정수를 온통 쏟아 넣는 매우 중요한 영역이다. 사회적 자아를 시연하는 직장이야말로 현대인이 가장 많은 시간을 보내는 공간이며, 여기서 만나는 사람들은 부모, 형제, 연인, 친구 못지 않게 한 개인의 삶의 성격과 질에 큰 영향을 미친다. 직장 생활에 대한 온갖 이야기, 일화와 사건들이 온오프라인에 넘쳐나면서 많은 이들의 공감과 호응을 받는 이유이기도 하다. 이야기 속 인물과 현실의 나의 처지가 서로 다르지 않다는 깨달음에서 오는 느슨한 연대감이나 애틋한 동병상련의 정서가 만들어진다. 같은 1980년대 후반 출생인 김세희와 장류진 작가가 각자 짧지 않은 직장 생활 경험을 거쳤고, 또 일과 직장을 주제로 다룬 소설을 활발하게 창작하고 있는 것도 이런 직장인 생활밀착형 이야기로서 이해할 수 있다. 청년세대로 묶일 수 있는 작가들이 직접 쓴 청년의 일터 이야기라는 점도 주목된다. 그들의 직장 생활과 생존 체험을 통해 청년기의 핵심 과제들을 다루기에, 일정한 세대 경험이나 세대 감각의 차원에서도 해명할 수 있을 것이다. 두 작가 모두 '일터의 젊은 여성', 2~30대 사무직 여성 회사원을 주인공으로 내세워 직장 생활에 대한 충실한 풍속도를 그려낸다. 모두 테크기업이나 지식정보산업 분야에서 일하는 사무직 여성 회사원이다. 자연스레 2010년대 후반 한국사회에서 여성으로 살아가기 때문에 감수해야 하는 수많은 조건들도 드러난다.

형식적으로 보아도 이 글에서 다루는 작품들이 회사를 중심 무대로 삼아, 철저히 회사에서의 시간과 공간에 집중한다는 점도 특기할 만하다. 무엇보다도 회사가 인물의 핵심적 삶의 배경이 되고 있는 것이다. 회사 생활을 통해, 회사가 대표하거나 대리하고 있는 사회의 어두운 속성을 인지하고 자신의 취약함을 여실히 확인하는 과정에서 한국사회를 구성하는 본질적 원리를 보여준다. 다소 비약하자면, 적어도 소재적인 차원에서는 일종의 '회사원 소설', '오피스 노블

(Office novel)'이라고 완곡하게 명명할 수 있을 것 같다. 문제는 해당 소설들이 회사 생활의 면면들을 충실하게 서술하고 있는 데에 비해, 이에 대한 소설적 관점을 어떻게 잘 드러내느냐 하는 점이다. 현실을 리얼하게 담아내는 만큼 이 문제적 현실에 대한 문학적 성찰을 잘 수행하느냐 여부이다. 2장에서는 김세희의 〈가만한 나날〉과 〈드림팀〉을, 3장에서는 장류진의 〈일의 기쁨과 슬픔〉과 〈잘 살겠습니다〉를 분석하고자 한다. 〈가만한 나날〉과 〈일의 기쁨과 슬픔〉이 직장에서 벌어지는 문제적 사건을 중심으로 다룬다면, 〈드림팀〉과 〈잘 살겠습니다〉는 직장에서 만나는 문제적 인간에 초점을 맞추고 있는[15] 점도 흥미롭다.

2. 체념과 불안의 '가만한' 생활감각 :
김세희의 〈가만한 나날〉과 〈드림팀〉

김세희의 첫 소설집 『가만한 나날』은 주로 20대 중후반에서 30대 초반 여성의 취업, 연애, 결혼, 독립 등 청년기의 핵심 과제라고 할 만한 국면들을 다루고 있다.[16] 사회 초년생이 이른바 어른의 세계로 들어가는 과정에서 겪는 어려움과

---

15 논의의 방향을 설정하는 데에 독일의 '회사원 소설' 개념에 대한 선행 연구를 참고하였다. 회사원 소설의 개념과 등장 배경에 대해서는 장희권과 크리스티안 마이어호퍼의 논의, 1930년대 회사원 소설의 전개에 대해서는 조한렬의 논의, 회사원 소설의 현대적 변형에 대해서는 조규희의 논의에서 시사점을 얻었다. 한국 직장인 사회의 현실에 대해서는 우석훈과 에리크 쉬르데주와 한병철(『피로사회』, 문학과지성사, 2012)의 단행본 및 다양한 언론 기사를 참고하였다. 김세희와 장류진은 2019년에 첫 소설집을 낸 젊은 작가들로, 아직 본격적인 학술 연구를 찾기 어려운 것이 사실이다. 문예지에 두 작가의 작품들을 언급한 계간평을 찾아 보았으며(김녕·안지영·이지은·한설, 「우리 시대의 악: 또 하루, 날이 저물고」, 『문학동네』 25권4호, 문학동네, 2019/「재현, 그리고 그밖의 다른 것들」, 『문학동네』 26권1호, 문학동네, 2019/이병국, 「지금, 이곳의 우리는」, 『문학동네』, 26권2호, 문학동네, 2019), 소설 인물들이 내면화한 현실 인식의 한계를 해명하는 과정에서 정은경의 논의(「자본주의 리얼리즘과 문학-임성순의 '회사 3부작'을 중심으로」, 『비평문학』 73집, 한국비평문학회, 2019)와 오길영의 논의(「합당한 수상작인가? : 김세희 소설집 『가만한 나날』과 이소호 시집 『캣콜링』」, 『황해문화』 105호, 새얼문화재단, 2019)를 유용하게 참고하였다.

16 김세희, 『가만한 나날』, 민음사, 2019.

불편, 민망함과 불안, 긴장과 이질감을 부각하는 것이다. 소설집에 실린 작품들은 대략적으로 입사 초년생의 이야기(〈가만한 나날〉, 〈드림팀〉, 〈감정연습〉), 연애에서 결혼으로 넘어가는 단계에 있는 남녀의 이야기(〈그건 정말로 슬픈 일일 거야〉, 〈현기증〉, 〈우리가 물나들이에 갔을 때〉, 〈얕은 잠〉)로 양분된다. 그들이 막 진입하려는 기성 세계는 대개 선배나 상사, 남자들의 "넌 잘 모르지만, 세상이 그래"(〈현기증〉)라거나 "왜냐면, 사람이 그렇거든"(〈드림팀〉)이라는 등의 대사를 통해 압축적으로 드러난다. 이미 완고하게 정해진 관계의 질서와 평판의 법칙이 있고, 신입자는 마땅히 그것을 따르고 준수해야 한다고 여겨진다. 문제는 그 질서와 법칙이 도무지 불합리하고 부조리하고, 심지어 부정의하고 비인간적이기까지 하다는 점이다. 젊은 여성 직장인이나 예비신부인 주인공 '나'들은 이에 의문을 품고 '가만히' 곱씹는 것으로 반응한다.

〈가만한 나날〉은 현재 삼십대인 여주인공 경진이 스물여섯에서 스물여덟까지의 첫 직장 생활을 회고하는 형식으로 서술된다. 대학을 졸업하자마자 얻은 첫 직장은 블로그 후기로 광고를 대행하는 마케팅 회사였고, 경진은 '채털리 부인'이라는 가상인물로 분하여 개인 블로그인 양 일기를 작성한다. 거래처 상품들을 실제로 자신이 사용한 것처럼 후기를 올림으로써 자연스럽게 홍보를 수행하는 것이다. 다른 입사 동기들에 비해서 이 일이 적성에 맞는 경진은 열정적으로 일하고, 인정도 받고, 성과도 낸다. '채털리 부인'이라는 캐릭터를 만들어 독자들에게 전혀 의심받지 않도록 삶의 디테일을 구축하고, 포털의 감시와 제재를 교묘하게 피하면서 광고가 아닌 척하는 블로그 후기를 작성하여 검색 상위순위에 올리는 기술을 익히며, 경진은 "이것이 경제구나"라며 "세상의 이치를 목도한 사람"의 "경이로움과 체념"을 느낀다. 그러나 '채털리 부인'이라는 존재가 새빨간 거짓말이듯, 세상이 거짓과 허위, 돈과 효율만을 위해 돌아가며, 진실이나 인간미 같은 것은 하등 중요한 고려 요소가 아니라는 우울한 원리를 알

아버린 셈이기도 하다.

문제는 경진이 이러한 회사 업무를 너무도 의욕적으로 수행한다는 점이다. 첫 출근을 앞둔 일요일, 거리에서 우연히 만난 선배의 충고에 따라 "나는 프로야, 나는 프로페셔널해"라는 말을 주문처럼 외우며, 블로그 후기 작성이 문학 전공자인 자신에게 최적의 일이라는 성취감을 구가한다. 경진은 머리와 손끝을 써서 무언가를 열심히 생산해 내면서 돈을 받는다는 것에서 자신이 쓸모 있는 존재라는 느낌을 실감하고 열정적으로 일한다. 사실 '열정' 같은 수식어는 '일', '노동'이라는 단어와 썩 잘 어울리지 않는다. 열정을 쏟을 곳은 차라리 일이나 노동이 아니라 일과 노동 이외의 삶인 것 같다. 이병국의 지적[17]처럼 이런 경진의 모습은 '규율사회'에서 '성과사회'로, '복종적 주체'에서 '성과 주체'로 변모한 시대에서, '해서는 안 된다'나 '해야 한다'가 아니라 '할 수 있다'를 최상의 가치로 삼는 긍정적 인간형에 가깝다.[18] 성공을 위해서 가장 강조되는 것이 바로 긍정의 정신이다. 사회와 기업의 요구를 수용하면서 자기를 착취하는 개인은 오직 자신의 능력과 성과를 통해서 주체로서의 존재감을 확인하려 한다. 그러다가 스스로 설정한 요구에 부응하지 못하여 생기는 좌절감은 우울증과 신경증, 극도의 피로와 탈진을 낳는다.

> 몸은 고되지만 의욕만은 최고로 가득한 나날이었다. 팀 안에서, 그리고 사무실 안에서, 내가 능력 있는 직원으로 여겨지고 있다는 걸 느꼈다. 고백하자면, 나는 적성에 맞는 일을 찾았다고 생각했다. 운이 좋게도 한 방에 말이다. 나는 전공 수업을 즐겁게 들었고, 1학년 때는 소모임에 가입해 초보적인 수준이지만 시와 소설, 소논문 형식의 글도 몇 편 썼다. 글을 완성하는 일은 재미있었다. 그러나 문학의 세계에 푹 잠기는 일은 내게 일어나지 않았다. 시의 아름다움을 감상

---

17   이병국, 앞의 글, 499~500쪽 참고.
18   한병철, 앞의 책, 24~25쪽, 82~83쪽 참고.

할 수는 있었다. 어디가 어떻게 아름다운지도 설명할 수 있었다. 그러나 거기까지였다. 아마도 한편으로 실용적인 기질을 타고난 모양이었다. 한층 더 깊은 문학의 세계로 들어가려 할 때마다 번번이 그 실용적인 목소리가 나를 막아섰다. 그렇게까지 분석할 필요가 있어? 그게 그렇게 중요한 문제야?

어쩌면 그랬는지도 몰라. 나는 생각했다. 내 안의 실용적인 목소리가 무의식중에 예술적 욕망을 억눌렀던 건 아닐까? 이곳이야말로 돈을 벌면서 창작의 욕망까지 만족시킬 수 있는, 내게 '최적화'된 직장이 아닐까? 나는-순진하게도-그런 생각을 했다.[19]

경진은 스스로를 문학적 글쓰기가 아니라 실용적 글쓰기에 어울린다고 확신한다. 그런데 사실 '채털리 부인' 가짜 블로그야말로 완벽한 허구의 글쓰기에 해당한다. 이는 문학이냐 실용이냐가 아니라 모든 글쓰기를 돈 벌기에 동원하는 회사의 문제이지, 경진 개인의 성향이나 스타일과는 거리가 멀다. 팀장은 신입들을 교육하면서 블로그 마케팅에서 중요한 것은 상상력이라고 강조한다. 상상력과 열정으로 무장한 인재를 환영한다는 요즘 기업들의 채용 광고가 자연스레 연상된다. 경진은 동기들에 대해 은근한 우월감에 사로잡힌다. 두 동기 중 성과를 내지 못하는 예린은 노골적으로 찬밥 취급을 받다가 1년을 못 채우고 퇴사하고, 매사에 불만을 입에 달고 사는 홍성식은 열심히 일하는 건 미련한 짓이라고 비아냥대면서도 꾸역꾸역 회사를 다닌다. 회사와 업무를 비웃고 조롱하지만 궁극적으로는 회사에 충실히 복종하는 홍성식은 그 역시 회사의 일부일 뿐만 아니라, 비성과자들을 냉대하는 회사보다 더 비겁하고 기만적으로 보인다. 회사에서 커다란 동기로 작용하는 것은 능동적 목표보다 낙오의 공포이다. 경진은 "저러지 않아서, 그러니까 일을 잘 해서 다행"이고, 처음부터 동기들과 거리 두기를 잘 했다고 안도한다. 어차피 동기들도 경쟁자이니까 자신의 성과

19 김세희, 앞의 책, 110~111쪽.

만 잘 관리하면 되는 것이다.

무슨 이유에서인지 '채털리 부인' 블로그가 불량 블로그로 분류되어 실질적인 휴면 상태에 들어간지 얼마 되지 않아서, 과거 상품 후기를 올렸던 가습기 살균제 '뽀송이'가 많은 사람들에게 치명적인 위해를 끼쳤다는 사실을 알게 된다. 참혹한 고통을 겪으면서 판매 기업과 집단 소송을 벌이고 있는 사람들이 '채털리 부인'을 걱정하는 메시지를 보내지만, 경진은 심지어 자신이 언제 후기를 올렸는지도 기억하지 못한다. 경진은 그저 주어진 업무에 최선을 다한 것이었고 그 결과가 가져올 파장을 짐작조차 못했다. 자신의 열정과 선의와는 상관없이, 열심히 한 일 때문에 가해자가 될 수 있다는 사실이 경진을 괴롭게 한다. 조심스럽게 팀장에게 이야기를 꺼내 보지만, 팀장은 "그거 진짜 나쁜 놈들"이고 "어떻게 그런 일이 있냐"며 개탄하고는 심드렁하게 지나쳐 버린다.

> 그러나 그걸로 대화는 끝이었다. 그는 걸음을 빨리했고, 나는 점점 멀어지는 그의 작은 뒤통수와 목, 좁은 어깨를 보며 뒤에서 따라 걸었다. 별생각 없이 충동적으로 꺼낸 말이었는데, 막상 그가 그냥 걸어가 버리자 순간 터무니없을 정도로 몹시 서운한 마음이 들었다. 복도에 혼자 버려진 것 같은 기분이었다.
> 왜 이래? 뭘 원했던 거야?
> 나는 당혹스러워 스스로 다그쳤다.
> 그때 나는 그가, 적어도, 대화를 더 이어 주길 바랐던 것 같다. 내 기분을 알은척해 주길 바랐다. 같은 일을 하는 사람과 얘기해 보고 싶었고, 그것만으로도 숨통이 트일 것 같았다. 나보다 더 삶의 경험이 많은 이로부터 내가 미처 생각지 못한 관점의 말을 듣길 기대했다. 아마도 우호적이지만 균형 잡힌, 그런 말을. 내가 아직 나이가 어려 모르는, 그런 게 있을 것 같았다.[20]

---

20 김세희, 앞의 책, 126쪽.

자본주의와 회사 시스템에서 하나의 부품으로 작동하는 개인들은 그저 각자 최대한의 합리성을 추구했을 뿐이지만 그것이 누군가의 피해와 고통에 공모하는 일이 되어 버린다. 열심히 일할수록 나쁜 일에 연루된다. 경진이 작성한 후기가 누군가의 삶을 무너뜨렸다고 해서, 경진 개인이 전적으로 책임져야 할 잘못이라고 탓하기도 어렵다. 그저 이 시스템이 작동하는 방식일 뿐이다. 시스템이 애초 그렇게 디자인되었기 때문이다. 결국 포털의 검색 알고리즘 방식이 변화되면서 회사도 망하고 블로그 마케팅 팀도 해체된다. 또다른 시스템의 논리에 의해서 허무하게 일자리를 잃어버린 셈이다. 이후 여러 회사를 옮겨 다니면서, 경진은 "『채털리 부인의 연인』을 읽을 수 없게" 되고 "좋아한다고 말하지 않는" "그런 사람"이 된다. 여기서 말하는 "그런 사람"은 예전과는 다른 사람임에는 틀림없지만, 더 나은 사람이라고 보기도 어렵다. 고만고만한 "그런 사람"일 것이다. 금세 죄책감을 덮어 버린다는 점에서 경진 역시 팀장과 큰 차이가 없다. 덮는 속도만 다를 뿐이다. 첫 직장이 화제에 오를 경우 적당히 함구하는 태도는 그 기억을 부끄러워 함이겠지만, 다음, 또 다음 직장이 첫 직장보다 훨씬 더 윤리적이거나 공익적이거나 이타적인 곳 같아 보이지도 않는다. 시스템의 모순적인 속성을 알고 자신의 행동에 책임을 질 수 있는 윤리적 주체가 되었다기보다는, 자신과 시스템이 분리될 수 없음을 알고 도저히 이 시스템을 어찌할 수 없다는 체념과 포기의 제스처에 가깝다. 쓰라린 첫 직장 경험을 통해서 복잡하고 섬세한 정념을 통과하지만, 사태의 핵심에 정면으로 부딪치기를 두려워하는 소심함은 어쩔 수 없다.[21] 이 소심함을 미덕이라고 보기는 아무래도 어렵다.

　　〈드림팀〉 역시 20대 여성의 첫 직장 생활을 다루지만, 여기서 더 주목하는 것은 첫 상사와의 관계이다. 주인공 선화는 면접에서 자신에게 높은 점수를 주고,

---

21　오길영, 앞의 글, 412쪽.

팀장으로서 자신을 세세하게 챙겨주는 은정에게 자매애에 가까운 깊은 친밀감을 느낀다. 같은 지방대 출신인 데다가 자신의 신입 시절과 꼭 닮았다는 공통점으로, 은정은 마치 큰 언니 같은 살가운 태도로 선화에게 직장 생활의 노하우와 팁들을 전수한다. 부모에게 늘 구박과 무시만 당하던 선화에게, 은정은 자신을 인정하고 격려하는 진짜 가족 같은 존재였고, 단지 직장 선배로뿐만 아니라 삶의 전범으로서 그녀를 따르고 싶어하게 된다. 마치 "비교 대상도 없었고, 그럴 생각조차 없었"던 "첫사랑" 같은, 인생에서 처음 만난 상사인 셈이다. 유치원에서 이상 행동을 보이는 아이를 키우면서도 회사 일에 조금의 불편이 끼치지 않게 필사적으로 노력하는 은정의 모습을 지켜보며 복잡한 불안감을 느끼기도 한다.

언젠가부터 선화는 은정이 오히려 자신에게 심리적 장애물이 되고 있다는 생각을 하게 된다. 선화가 고시원에 거주한다는 것을 절대 비밀로 하라거나, 반바지를 입고 출근한 선화를 나무란다거나, 이런저런 음식들을 연이어 가져준다든지 하는 식으로 사사건건 (애정을 빙자한) 참견을 일삼는 은정을 점점 더 불편하게 여기기 시작한다. 무엇보다도 회사 생활에 온갖 금기를 정해 놓고 다른 팀이나 팀원들에게 공격적으로 구는 은정에게 "꼭 이렇게 해야만 할까?"라는 의심이 생긴 것이다. 업무를 마치 전쟁이나 대결처럼 수행하면서도, 회사와 타인의 평판에 철저히 종속되어 자신의 태도를 철저히 검열하는 은정에게서 선화는 어떤 참을 수 없이 답답한 자신의 미래 모습을 떠올리게 된다.

> "나는 회사에서 많은 걸 받았어. 준이 태어났을 때 육아 휴직도 1년이나 갔다 왔고, 우리처럼 작은 회사에선 육아 휴직 주면 타격이 커. 그래도 사장님은 한마디도 안 하셨어."
> "너무 회사 입장에서만 생각하시는 거 아니에요? 육아 휴직은 법으로 정해져 있는데요."

"그래. 근데 자기도 알잖아, 한국 사회가 그렇잖아."

그녀는 항상 한국 사회가 그렇다고 했다. 또는 사회생활이 그렇잖아. 사람들 시
선이 그렇잖아. 남자들이 다 그렇잖아. 한국 사회에선 아직 여자는…… 선화는
복도에 서서 창문 너머로 그녀를 바라보았다. 거북목으로 모니터를 들여다보는
그녀의 옆얼굴, 너무 익숙한 풍경이었다. 여기 있으면 팀장님처럼 될 것 같아요.
선화는 생각했다. 전 팀장님처럼 살기 싫어요. 팀장님도 싫고 팀장님 인생도 싫
어요. 팀장님은 영원히, 아무 변화도 없이 여기서 일하시겠죠. 근데 전 아니에요.
전 싫어요.[22]

　　은정은 "그렇잖아"라는 체념적 긍정을 반복하면서 여성 직장인으로서 당하
는 차별과 억압을 선화에게도 내리 전달하며 자존감을 빼앗는다. 지방대 출신
의 워킹맘으로서 자신을 고통스럽게 옭아매었던 불합리한 성과사회의 질서와
법칙을 부하직원인 선화에게 고스란히 강요하고 내면화하는 것이다. 이는 자기
착취의 성과사회에서 자신을 피해자인 동시에 가해자로 만드는 일이다. 남성-
정규직 중심 조직문화가 지배적인 회사에서 소수의 여성만이 남성 정규직과 비
슷한 안정된 고용조건을 누리고 있으며, 돌봄 노동까지 도맡는 여성 사원들을
무능력하거나 헌신도가 낮은 인물로 간주하여 배제하거나 주변화하는 것은 익
히 알려진 사실이다. 또한 능력 있는 여성을 견제하는 남성 우위조직에서 특히
여성 관리자에게 "여성처럼 보이되 남성처럼 행동하라"는 역설적 요구[23]는 은
정처럼 일상적인 업무 과정에서도 과도한 공격성을 드러내고 가장하게 만든다.
선화는 이런 공격적인 업무 스타일이 원래 사회생활의 법칙이 아니라 은정 역
시 처음 일을 시작할 때 그렇게 배웠을 뿐이며 다른 방식으로 사람을 대하지 못
하는 것이라고 생각한다. 결국 선화는 은정을 벗어나기 위해 퇴사와 이직을 결

22　김세희, 앞의 책, 150~151쪽.

23　정영희, 장은미, 앞의 글, 173쪽.

정하지만, 송별회식 자리에서까지 은정은 선화를 평가절하고 잘못된 선택임을 상기시킨다.

김세희의 다른 소설들에서도 젊은 여성 주인공에게 직장의 질서와 법칙을 읊어대는 남자 상사나 남자 친구들이 곧잘 등장한다. 가령 〈감정연습〉에서 상미가 첫 출근해서 대표에게 들은 말은 "당신은 B급이라 뽑았다"이다. A급 남자는 금세 이직할 것이므로 오래 근무할 사람을 뽑았다는 말이다. 하지만 인턴 경쟁 상대였던 남자보다 상미의 평가가 훨씬 좋았다는 점을 본다면 단지 여자라는 이유만으로 B급이 되어 버린 셈이다. 〈드림팀〉에서도 은정은 선화에게 "그냥 제일 성실할 것 같아서 뽑았다고", "자기처럼 약한 스타일은 큰 회사 가서 못 버텨", "정말 자기가 잘될 거라고 생각 못 했어"라는 말들을 반복한다. 한국 사회에서 여성들이 남자들에게 들을 법한 모욕적인 발언들, 여성들의 발목을 묶고 행동을 제어하고 통제하는 말들, 그것은 곧 남자들의 목소리인 동시에 기성세대와 사회의 목소리를 그대로 대변한다. 여성 직장인의 적응과 인내, 복종을 강조함으로써 직장 내 여성 차별 문제를 구조가 아닌 개인의 책임으로 환원시키는 전형적인 수사학이다. 선화는 이직하고 한참이 지난 후, 퇴사한 은정과 만나 어색한 대화를 나누지만 끝내 마음을 풀지 못한다. 은정은 "난 네가 날 버렸다고 생각했어"라고 호소하지만, 선화는 아직 하루에도 몇 번씩 자신 안에 있는 은정의 목소리와 싸우며 자신이 혹시 후배들에게 은정처럼 하고 있는 것은 아닌가 두려워하는 처지이다. 한때 '드림팀'으로 불리우던 은정과 선화는 그야말로 악몽에서나 나올 법한 진저리치는 악연으로 귀결된다.

〈가만한 나날〉과 〈드림팀〉은 인생의 여러 '첫'들, 첫 직장에서 겪는 첫 업무와 첫 상사와의 경험이 청년에게 어떤 특수한 사정과 맥락 안에서 이루어지는지, 그리고 그들의 내면에 어떤 아득한 파문을 남기는지를 응시한다.[24] 2~30대

---

24 신샛별,「우리의 모든 처음들」,『가만한 나날』, 민음사, 2019, 298쪽.

독자들에게 위로와 공감을 주는, 다정하고 따뜻한 소설이라는 평가와도 무관하지 않다. 이는 '88만원 세대'나 'N포 세대' 같은 극적인 호칭과는 거리가 먼, 오히려 '소확행'이나 '미니멀리즘', '워라밸', '욜로' 등의 용어와 가까운 핍진한 일상을 닮아 있다. 즉 전체 소설집의 제목이기도 한 '가만한 나날'의 '가만하다'라는 형용사가 소설들 전체를 꿰는 특정한 정서를 담아낸다. 여기서 '가만하다'는 "움직이지 않거나 아무 말도 하지 아니한 상태에 있다"의 뜻보다는 "움직임 따위가 그다지 드러나지 않을 만큼 조용하고 은은하다"에 가까워 보인다. 완벽하게 무력한 상태는 아니고 미세하게 움직이기는 한다는 말이다. 작은 뒤척임이나 낮은 웅얼거림, 소소하고 은밀하고 내성적이고 소심하게, 가만가만 생각하고 행동하는 태도이다.[25] 겉으로 드러내놓고 반항하지는 않지만, 경진이 뻔뻔할 정도로 무감한 팀장의 반응을 곱씹으며 '가만히' 불쾌감과 혐오감을 느끼거나, 선화가 은정의 강퍅한 업무 방식을 접하며 꼭 그렇게 해야만 하는지 라고 '가만히' 의구심을 품는 것처럼 말이다. "주어진 현실의 막막함을 건드릴 수 없는 대상으로 정해놓고 그 벽 앞에서 힘들어 하거나 서로 부딪치는 인물들의 내면 묘사에 힘을 쏟지만 신산한 세태 묘사에 그친다는[26]" 지적이 존재하는 이유이다. 소설들이 일관되게 다루는 감정이 날것 그대로의 자기연민과 조바심, 불안과 긴장으로 점철되는 것이다.

사실 사회 초년생이 겪는 직장 생활의 우여곡절, 다양한 일화와 사건들은 온오프라인을 막론하고 쉽게 접할 수 있는 이야기들이다. 직장생활의 고단함과 인간관계의 고충 등 자신의 직장생활과 유사한 사연에 공감하거나, 다른 분야

25　김세희 작가는 '가만하다'는 뜻을 "겉으로 보면 가만한 나날, 즉 특별한 일이 없는 평온한 나날이지만 실제로는 그렇지 않을지도 모른다는 역설적 의미와 긴장감이 느껴졌으면 했다"고 설명한다. "만약 우리가 한 일이 타인과 세상에 미친 영향과 결과를 전부 알 수 있고 알고자 한다면 결코 가만한 나날일 수는 없을 것"이며 "다른 한편으로는, 우리가 분주히 보낸 하루하루가 큰 구조 안에서 볼 때 가만히 있는 것과 다를 바 없게 되는 상황이다"라는 것이다. (김세희 소설가 인터뷰, 「뉴스페이퍼」, 2019.3.14.)

26　오길영, 앞의 글, 410쪽.

나 업종의 직장에서 벌어지는 이야기를 듣는 것은 분명 흥미로운 경험이다. 물론 직장에서 겪는 미묘한 감정들은 사회문제와도 결부되어 있고 얼마든지 소설이 다룰 소재가 된다. 문제는 이를 어떻게 소설적으로 쓰느냐이다. 즉 소설이라는 장르 안에서 소설의 언어로 쓰고 있느냐 하는 점이다. 김세희 소설은 직장의 세세한 풍속도를 다루는, 일종의 청년 세대의 사회생활 보고서와 인간관계 관찰일지로 읽혀진다. 아무래도 직장의 '삶'을 다룬 소설이라기보다는 직장의 '생활'을 토로하는 일기나 보고서에 가깝게 느껴진다. 어떤 인물의 일상을 총체적이고 심층적으로 다루는 것이 '삶'이라면, '생활'은 그의 일상의 표면, 1차원적인 나날의 이모조모를 제시하는 것이다.

〈가만한 나날〉과 〈드림팀〉의 인물들은 직장에서 마주친 사건과 인물들에 대해 깊이 성찰하기보다는, 피부반응적으로 긍정하거나 부정하는 태도, 그야말로 '가만한' 정도로만 생각에 담았다가 내놓는 것처럼 보인다. 그들은 자신이 소속된 직장의 업무와 인간관계에 대해 즉각적인 호오(好惡)와 쾌불쾌(快不快)만 '가만히' 곱씹을 뿐, 그것이 돌아가는 구조적 원리를 이해하려 하거나 근본적으로 회의하려는 의지를 갖고 있지 못하다. 주어진 업무와 인간관계와는 다른 새로운 방식을 고려하거나 상상하지도 못한다. 그저 못내 받아들이거나 포기한다. 소설집에 실린 다른 소설 〈그건 정말로 슬픈 일일 거야〉에서는 평범한 직장생활이 아닌 대안적 삶을 사는 선배 부부가 나오지만 어쩐지 어색하고 촌스럽고 시대착오적인 낙오자 같은, 실패한 모습으로 그려진다. 〈감정연습〉에 나오는 직장인들은 김정일이 죽었다는 뉴스를 접하자, 그저 "비상사태인데 단축 근무 안 하나?"는 기대를 품을 뿐이다. 직장인이 아닌 다른 삶도, 기존과는 다른 직장의 모습도 상상하지 못한다. 지금여기와는 다른 삶과 세계를 가정할 수 없는 인물들의 모습은 곧바로 소설 언어와 그것으로 재구성되는 소설 속 세계를 다소 납작하게 만든다. 사건과 인물에 대한 정보를 직접 전달하는 신변잡기식 기록의 언어로는 수월하지만, 사건과 인물을 재현하는 소설의 언어로 깊이 있게 숙고하는 데에까지는 이르지 못하는 것이다.[27]

3. '워라밸'과 '소확행'의 손익감각 : 장류진 〈일의 기쁨과 슬픔〉과 〈잘 살겠습니다〉

장류진 소설 역시 2~30대 사무직 여성을 등장시켜 직장 생활에 대한 세심한 풍속도를 펼쳐낸다.[28] 여기서 직장은 터무니없는 갑질이 정상적인 업무로 이루어지듯이, 세상의 비정함과 불공정함, 부당함이 집약된 곳이다. 직장 생활에서 가장 중요한 것은 자본주의의 교환논리, 돈의 논리이며, 장류진 소설의 인물들은 매우 충실한 자본주의의 욕망과 소비 주체, 이른바 솔직한 '속물들'이라고 할 수 있다. 그들은 "축의금 5만원, 창틀 청소는 1만원 추가, 연봉 2663만원" 같은 구체적인 액수와 비용을 거리낌없이 이야기한다. 돈이 매우 중요한 감각이자 기준이며, 사람의 가치를 돈으로 환산하는 일을 너무도 자연스럽게 받아들인다. 사람의 능력은 연봉으로, 인간관계는 축의금이나 조의금 액수로 명쾌하게 판가름난다. 또한 직장을 주된 공간 배경으로 삼고 있으면서도, 직장 바깥의 삶을 지향하는 인물들의 모습도 잘 보여준다. 다시 말해 '워크(work)'만이 아닌 '워라밸(work-life balance)'을 다룬다. 인물들은 직장 내에서의 인정과 성공을

---

27 한편 같은 소설집에 수록된 〈현기증〉의 원희가 겪는 '현기증'은 인상적이다. 동거하는 연인인 원희와 상률은 원룸에서 더 큰 집으로 이사하는 과정에서 이런저런 민망하고 수치스러운 상황에 맞닥뜨리고 여기서 원희는 현기증을 느낀다. 원희의 현기증은 동거에서 결혼 단계로 이행하는 과정에서, 불편한 현실을 인정하는 순간 엄습하면서 지금 자신이 어떤 상황에 처해 있는지를 비교적 냉정하고 엄격하게 각성하는 순간이다. 그래서 이 현기증은 우울증이나 정신분열의 징조가 아닌, 고단하고 혼란스러운 일상의 병리 상태에서 벗어나 잠시 상황을 투명하게 인지하는 꽤 긍정적인 각성의 순간으로 여겨진다. 다른 소설 인물들의 수동적인 태도에 비해서는 훨씬 진전된 인식 상태라고 할 수 있지만, 이 역시 일정한 당혹감과 이물감 정도를 동반하는 정도이며 유의미한 각성 상태로까지 나아가지는 못한다.

28 장류진, 『일의 기쁨과 슬픔』, 창비, 2019.

갈망하기보다는 직장 바깥에서의 시간을 즐겁고 행복하게 지내는 것이 더 중요하다고 여긴다. 직장에서의 성취에만 몰두하기보다는 휴가를 내고 가는 해외여행이나 공연·전시 관람 등의 문화적 취향으로 자신의 존재를 확인한다. '워라밸'은 '일과 삶의 균형'이라는 사전적 의미를 넘어, 여성 회사원이 자기 삶을 지켜내려는 절박한 존재 증명으로 간주된다.

〈일의 기쁨과 슬픔〉은 2019년 온라인으로 먼저 발표되어 40만 넘는 조회수를 기록하며 큰 화제를 모을 정도로 많은 독자들에게 공감을 받았던 작품이다. 갑질, 과로, 노동 소외, 열정 박탈 등의 문제들을 다루면서, 일의 '기쁨'은 잃어버리고 일의 '슬픔'만 만연한 한국사회의 직장문화를 가감없이 전달하고 있다. 소설은 주인공이 일하는 판교 테크노밸리에 위치한 앱 개발 스타트업 기업의, '스크럼'을 빙자한 아침 조회시간으로 시작된다. '스크럼'은 미국 실리콘밸리에서 수평적이고 평등한 조직 문화를 위해 만든 회의 방식이지만, 이름만 빌려왔을 뿐 실질적으로는 사장이 일장연설을 늘어놓는 시간으로 허비되는 실정이다. 동등한 업무 환경을 만들자는 취지로 사장부터 직원까지 영어 이름만을 쓰면서 소통하고 있지만, 이 역시 연장자나 상사가 말 놓기에 더 쉬운 조건이다. '스크럼'과 영어 호칭 사용을 한다고 해서 갑자기 실리콘밸리처럼 선진적인 조직이 되는 것은 아니다. 무슨무슨 '글로벌'이나 '크리에이티브' 운운하면서도 실제로는 후진적이기 짝이 없는 위계질서와 군대논리로 운영되는 한국 기업들의 허울뿐인 조직문화를 떠오르게 하는 서두이다.

사장은 회사의 중고거래 앱인 '우동마켓'에 대량의 판매 글을 도배하는 '거북이알'이란 사용자를 조사해 보라는 특명을 주인공 안나에게 내린다. 사장이 '거북이알'을 꺼려 하는 이유도 막연히 파충류에 대한 개인적인 혐오 때문이다. 아무 논리도 이유 없이, 그저 사장 마음대로 이것이 회사라는 조직이 돌아가는 메커니즘이다. 주인공이 구매자로 위장하고 만난 '거북이알'은 세련된 정장을 단정하게 차려입은 여성으로, 알고 보니 근처 유비 카드사의 차장이다. 그녀가 포장도 뜯지 않은 온갖 새 상품들을 중고거래로 파는 이유는 더 기가 막히다. 유비카드사 회장의 심기를 거스른 탓에 월급을 카드 포인트로 받게 되자 할 수 없이 포인트로 구입한 물건들을 '우동마켓'을 통해 되팔아 현금으로 바꾸었다는 것이다.

"정말 너무한 거 아니에요? 그게 말이 되나요?"

거북이알이 웃으면서 말했다. 이 에피소드는 사내에서 반년 정도 회자될 작은 규모의 사건이라는 거였다. 일년짜리, 오년짜리, 십년 내내 구전되는 더한 사건들도 많다고 했다. 그런 자리에 있는 사람들은 우리 같은 일반 회사원들과 사고 구조가 아예 다르기 때문에 그들의 논리나 행동에 의문을 갖지 않는 편이 좋다는 것이었다.

"이상하다는 생각을 안 해야 돼요. 그 생각을 하기 시작하면 머리가 이상해져요."

그달 25일, 월급이 들어오지 않았다고 했다. 거북이알은 유비카드 포인트를 조회할 수 있는 홈페이지에 접속했다. 회장의 한마디에 정말로 월급이 고스란히 포인트로 적립되어 있었다. 그 커다란 숫자를 보는 순간, 거북이알은 심장께의 무언가가 발밑의 어딘가로 곤두박질쳐지는 것만 같은 모멸감을 느꼈다고 했다.

"회사에서 울어본 적 있어요?"

나는 잠시 생각에 잠겼다가 고개를 저었다……(중략)……

굴욕감에 침잠된 채로 밤을 지새웠고, 이미 나라는 사람은 없어져버린 게 아닐까, 하는 마음이 되었다고. 그런데도 어김없이 날은 밝았고 여전히 자신이 세계 속에 존재하며 출근도 해야 한다는 사실을 마주해야 했다. 억지로 출근해서 하루를 보낸 그날 저녁, 이상하게도 거북이알은 결국 아무것도 달라지지 않았다는 사실을 깨닫게 되었다. 포인트로 모닝커피 마시고, 포인트 되는 식당에서 점심 먹고, 포인트로 장 보고, 부모님 생신선물도 포인트로 결제했다. 그렇게 일주일을 더 보내고 나서 그녀는 모든 것을 한결 편하게 받아들일 수 있었다.[29]

---

29   장류진, 앞의 책, 50~51쪽.

유비카드사 조운범 회장은 '사장 마음대로'의 끝판왕이다. 그러고도 인스타그램 셀럽으로 행세하면서 소탈한 모습을 공유하고, 특히 클래식 공연 협찬을 활발하게 진행하여 대중의 주목을 받는 인물이다. 거북이알은 회장의 지시로 많은 클래식 팬들이 고대하는 러시아 연주자의 첫 내한공연을 성사시켰지만, 회장보다 먼저 공연 공지를 했다는 이유로 미움을 받아 좌천인사를 당하고 급기야 월급을 포인트로 받기에 이른다. 문제는 월급을 카드 포인트로 지급하는 황당한 갑질이 대기업의 업무 체계 내에서 무리없이 공식적으로 수행된다는 점이다. 회장이나 사장에게 과도한 결정권이 있는 것도 문제이지만, 너무도 원활하게 그 결정행위가 체계적으로 이루어지는, 갑질도 정상적인 업무 수행이 되는 현실이 해괴한 것이다. 이런 비상식적인 조 회장이 SNS 스타가 되어 대중의 숭배를 받는 현상도 이상한 데다가, 세계적인 수준의 클래식 공연을 좌지우지하는 문화권력까지 지녔다는 것도 씁쓸하다. 자본주의의 왕이나 영주 같은 권력을 발휘하여, 백성과 주민들에게 고단한 일상을 달래줄 클래식 공연 같은 문화를 은혜롭게 베풀어 주는 셈이다. 거북이알이 이 난관을 나름 수용해서 그럭저럭 살아가는 상황도 흥미롭다. 결국 현금이나 카드 포인트나 일정한 교환 가치를 갖는 수단이다. 포인트를 다시 현금으로 바꾸어야 하는 과정이 번거로울 뿐이다. 현금 소비를 해서 카드 포인트를 보상받는 것이 아니라, 포인트를 사용해서 현금을 받는, 전후관계가 뒤집혀도 그럭저럭 돌아가는 게, 어쨌든 무한 소비를 찬양하는 자본주의 시스템인 것이다.

회사로 복귀하기 위해 안나와 함께 판교 거리를 걷던 거북이알은 괴상한 육교를 언급한다. 길 건너편으로 넘어가기 위한 시설이 아니라 도로와 평행하게 놓여 있는 육교이다. 판교 테크노밸리의 랜드마크인 엔씨 소프트사의, 가운데가 'ㅁ'자로 뻥 뚫려 있는 거대한 건물과 더불어 "SF영화에서 본 비정한 우주도시" 같은 이곳은 철저히 인공적인 풍경으로 이루어져 있다. 육교는 원래의 목

적을 상실하고 그냥 육교라고 전시
되기 위해 설치된, 도무지 알 수 없
는 시설이다. 가운데가 관통된 공허
하기 짝이 없는 건물이나, 아무 용
도도 의미도 가치도 미학도 갖지 못
한 육교는 여기서 일하는 모든 직장

그림 : 판교 테크노밸리 육교

인들의 심리 상태 같아 보인다. 안나는 "네모반듯한 하늘을 가로지르는 무언가"
를 상상하지만 그것도 찰나의 순간일 뿐이다. 거북이알에게도 가장 아름다운
대상은 있다. 그것은 "사무실 나서는 순간부터는 회사 일은 머릿속에서 딱 코드
뽑아두고 아름다운 생각만 하고 아름다운 것만" 보자는 마음으로 찾는 거북이
사진과 거북이 동영상, 반려동물로 기르는 거북이 두 마리이다. "퇴근하고 나
면 회사 생각을 안 하게 되"고, 우아하고 느긋하게 움직이는 거북이만 보고 행
복해 하는 삶은 말 그대로 '워라밸', 일하는 삶과 일하지 않는 삶을 철저히 분리
시킨 결과라고 할 수 있다. 회사의 시간과 회사 밖의 시간은 완강하게 상호 배
제되고 대립된다. 삶은 연장된 것이 아니라 단절된 것이다. '일(work)'과 '삶(life)'
의 '균형이나 평형을 맞추는 것(balance)'이 아니라, 서로 철저히 독립된 영역으로
'분리하는 것(division)'이라는 점에서 결코 하나의 온전한 삶으로 통합된다고 하
기 어렵다.

사실 야근하려고 남아 있던 건 아니었다. 루보프 스미르노바 리사이틀 예매가 9
시부터 시작이었는데 집에 도착하면 9시를 훌쩍 넘길 것 같았다. 아예 회사에
서 시간을 때우다가 예매에 성공한 다음 마음 편히 퇴근할 생각이었다……(중
략)…… 이번에는 카네기 홀 사진을 모다운 폴더를 열었다. 그중 화질이 좋은 몇
장을 채팅방에 보냈다. 그러자 또 금방 사진이 한 장 도착했다. 그랜드피아노에
턱을 괴고 있는 조성진의 프로필 사진이었다. 여백에는 삐뚤삐뚤한 글씨로 이렇

게 쓰여 있었다.

감사합니다, 선생님. 사시는 동안 적게 일하시고 많이 버세요.

9시가 되기 전까지 해야 할 일이 또 있었다. 몇 달 전 예매해두었던 조성진 홍콩 리사이틀이 벌써 다음 달이었다. 공휴일과 주말, 그리고 아껴둔 연차를 하루 붙여서 3박 4일을 놓고 공연도 볼 것이다. 항공권 예매 사이트에 접속한 다음, 홍콩행 왕복 티켓을 결제했다. 조금 비싼가 싶었지만 오늘은 월급날이니까 괜찮아, 라고 생각했다.[30]

　　회사에 복귀한 안나는 동료에게 "자기가 짠 코드랑 자신을 동일시하지" 말라는 뼈있는 조언을 건넨 후, 사무실에 늦게까지 남아 있다가 사장에게 야근하는 것으로 오해받는다. 그녀는 아까의 조언 내용을 스스로 증명하듯이, 야근이 아닌 공연 예매를 위해 회사에 남아 있었다. "적게 일하시고 많이 버세요"라는 자본주의 시대의 지혜로운 처세법을 실현하듯이 잘 놀 수 있는 휴가 계획을 짜는 것으로 소설은 마무리된다. 결국 안나는 "네모반듯한 하늘을 가로지르는 무언가" 출구를 통해 바깥을 탐색하기보다는, '소확행(소소하지만 확실한 행복)' 같은 지극히 사적인 행복[31]을 좇는 것을 택한다. 조성진 홍콩 리사이틀을 보러 가기 위해 항공권을 결제할 때, 비싼가 싶지만 "오늘은 월급날이니까 괜찮아"라고 생각하며, 소비할 수 있는 자신의 능력에 기꺼워 하는 모습도 보인다. 그녀의 '워라밸'에서 '라(life)'를 구성하는, "아름다운 생각만 하고 아름다운 것만 보"는 대상은 다름아닌 문화적 취향이다. 일과 삶을 냉철히 분리하는 관점에서 보면, 일하는 시간은 클래식 공연이나 해외여행 같은 문화적 취향을 즐기기 위해 불가피하게 들여야 하는 비용 같은 것이다. 그러고보면 또 그런 문화적 취향을 향유

30　　장류진, 앞의 책, 62~63쪽.

31　　정은경, 「자본주의 리얼리즘과 문학-임성순의 '회사 3부작'을 중심으로」, 『비평문학』 73집, 한국비평문학회, 2019, 260쪽.

할 수 있도록 기회를 제공해 주는 것은 조운범 회장 같은 자본주의의 권력자이다. 단 항공료와 관람료는 스스로 지불해야 한다. 이 거대한 협잡 같은 세계 속에서 적어도 문화적 취향은 주체적으로 선택하고 향유한다는 믿음 역시 왠지 허탈해 보인다.

장류진 소설의 여성 직장인들은 무엇보다도 '워라밸'이나 '소확행', '욜로', '덕질' 등의 가치를 중시하는 모습을 보인다. 문제는 그녀들 대부분이 아직 출산을 경험하지 않은 고학력 정규직 지식 노동자로 설정되어 있다는 점이다. 특별한 학력과 전문성을 갖추지 못한 평균적인 2~30대 여성이나 출산 이후 경력이 단절된 3~40대 여성의 현실은 나오지 않는다. 2010년대 후반 여성 노동 시장의 현실은 이와 상당히 다르다. 여성 고용 차별, 남녀 임금 격차(2018년 남성 대비 여성 64.8%), 경력 단절 등의 현실을 보면 대부분 여성 노동자들은 계약직, 비정규직, 단기직, 파견직, 알바 등의 질낮은 노동형태에 분포되어 있다. 저임금 노동자 비율은 여성이 남성보다 3배 높고(2018년 각각 27.5%와 9.6%), 2018년 기준 임시직 비율은 여성이 40.6%, 남성이 27.3%이다. 문화적 취향을 향유하는 '워라밸'이나 '소확행'도 일정한 소비 능력이 뒷받침되어야 가능하다. 하지만 일자리와 생존이 문제인 대다수 여성 노동자들에게 해외 리사이틀 같은 기회는 '소소하고 작은' 수준이라기보다는 감당하기 어려운 사치재다.

〈잘 살겠습니다〉는 결혼식으로 대표되는 교환경제의 불편한 현실을 다룬다. 대기업 전략기획팀에서 일하는 주인공은 사내 연애를 거쳐 결혼을 앞두고 지인들에게 청첩장을 돌리는 중이다. 같은 여대 출신이자 동기인 빛나 언니가 청첩장을 주지 않아서 서운하다고 연락해서, 점심을 함께 하자는 약속을 잡는다. 알고 보니 빛나 언니도 곧 결혼을 앞두고 있다고 밝혀 식사를 대접하면서 이런저런 상담까지 해 주었는데, 막상 빛나 언니가 결혼식에 오지도 않고 축의금도 하지 않은 것을 알고 기분이 상한다. 뒤늦게 연락해 온 빛나 언니에게 점심을 얻어 먹긴 했지만, 무성의하게 책상에 두고 간 빛나 언니의 청첩장을 보고 분통을 터뜨린다. 결혼식은 그동안 자신이 맺어 온 인간관계를 검토하고 정의하고 평가하고 조정하는 중대한 계기이다. 어떤 범위나 그룹의 사람들에게까지 청첩장을 줄지, 청첩장 모임을 어떤 집단까지 할지, 축의금 액수를 예측하여 결혼식 비용을 어떻게 산정할지 등의 고민이 따른다. 다른 사람의 결혼식에 갈 때도 그렇다. 가야 하는지 말아야 하는지, 축의금만 보낼지 직접 가서 낼지, 축의금 액수를 얼마 할지 등등. 한 번 산정된 금액은 관계의 기본값이 되어 다음번 경조사에 적용될 것이므로 신중해야 한다. 이 미묘하고 디테일한 계산법을 따르다 보면, 불쾌해지는 경우가 생기기 마련이다. 〈잘 살겠습니다〉는 구차하고 민망해서 심지어 자기 일기장에도 쓰기 어려울 만한, 축의금의 생활경제학을 은밀하게 훔쳐보는 야릇한 즐거움을 준다.

그런데 빛나 언니는 이런 상식적인 계산법하고는 거리가 먼 인물이다. 주인공이 보기에 그녀는 "모르는 게 너무 많았다". 무엇보다도 자본주의를 사는 핵심적 태도인 교환의 상식이 없다. 정확하게 금액과 숫자를 따져가며 관계를 유지하는 원리를 잘 모르거나 혹은 모른 척 하고 자신의 잇속만 챙기는 모습으로 보인다. 애초 주인공은 같은 대학 출신이지만, 삼수에다 변변한 스펙도 없는 빛나 언니가 같은 회사에 들어왔다는 것에 은근히 자존심을 상해 왔었다. 게다가 빛나 언니는 눈치도 염치도 없고 처세도 못 하고 부주의하고 경제 감각이 부족하고 세상사에 어둡고 자신을 너무 쉽게 내보이고 순진한 건지 순진한 척 하는 영악한 건지 잘 판단이 안 되는지라 멀찍이 거리를 두려 하는 관계였다. 빛나 언니가 "속없지만 혐오스러운 사람으로 그려지지는 않는다"는 평[32]이 무색하게 어떤 혐오의 느낌이 전혀 없는 인물이라고 보기에는 개운치 않다. 특히 그녀의

---

32   김녕 · 안지영 · 이지은 · 한설, 「재현, 그리고 그밖의 다른 것들」, 『문학동네』 26권1호, 문학동네, 2019. 3. 444쪽.

"전혀 언니 같지 않"은, 애처럼 말하는 목소리나 엉덩이까지 오는 긴 머리, 자주 울컥 눈물부터 보이는 성격과 현재 감정을 직접적으로 노출하는 메신저 프로필 사진 등을 묘사하면서 "직장 생활에 어울리지 않는"다는 주인공의 평가가 그러하다. "총무과 라푼젤"이란 별명으로 불리우면서도, "머리가 바람에 흩날리며 찰랑거리는 느낌이 너무나도 좋다"며 아침마다 오분씩 지각하는 빛나 언니를 한심해 하고 평가절하하는 것이다. 유아스러운 미숙함이나 세상 물정 모르는 무지에 비해, "아침마다 한시간씩 고데기로 머리를 펴고 출근한다는 소문"처럼 외모나 옷차림을 눈에 띄게 치장하고 다니는 여성을 향한 조롱이나 혐오 정서가 은연중에 담겨 있기 때문이다. 여기서는 같은 여성 인물의 시선을 통해서 그려지며 어느정도 완화되는 것 같지만, 남성 동료들과 치열하게 경쟁하는 여성 직장인 그룹 내에서도 일정하게 배척받는 여성 유형으로 여겨진다. '직장은 전쟁터인데 전투복이나 아니라 드레스를 입고 오는 여성'에 대한 비아냥 같기도 하다. 같은 여성인 자신은 능력과 실력으로 인정받으려고 분투하는데, 보호본능을 일으키는 순진무구한 모습으로 부당한 이익을 누리려 하는 빛나 언니 같은 여성에 대한 경계와 멸시가 분명히 존재한다. 그 과장된 외모와 제스처가 명백히 남성 상사나 다른 남성 동료를 겨냥한 것이라고 가정하기 때문이다.[33]

> "네가 이년 동안 백오피스에 있어서 그랬나 봐."
> 그래, 그게 맞는다고 치자. 그러면 나는 왜 이년 동안 거기에 있었을까. 이력서

---

33 다음과 같은 작가의 인터뷰 내용에서 빛나 언니라는 인물을 어떤 의도로 형상화했는지 유추할 수 있다. "사회생활 하는 공간에서 여성들끼리 연대하고 싶은 마음이 있지만, 정말 어느 순간에는 같은 여성이고 편을 들어주고 싶은데도 '아, 이해가 안 간다' 싶은 행동을 하는 사람이 있어요. 당연히 겉으로는 티를 안 내도 속으로 미워했던 순간이 있었던 것 같아요. 속으로 미워했던 사람들을 용서하고, 미운 행동에 대해 용서하고, 또 용서 받기도 한 것 같아요. 제가 미워했던 것에 대해 용서받기도 하고, 누군가에게는 제가 이해할 수 없는 사람 '빛나 언니' 같은 사람이었을 수 있기 때문에 용서받고, 그런 마음으로 썼던 것 같습니다." (임나리, 「'판교 리얼리즘' 장르의 개척자 등판, 장류진 인터뷰」, 『채널예스』, 예스24주식회사, 2019.11.4)

에 빼곡했던 내 모든 경력이 전략기획팀으로 가고 싶다고 말하고 있었는데. 내가 일을 못해서 그랬나. 그런데 시켜보지도 않고 어떻게 알까. 무엇보다 지금은 같은 부서에서 같은 일을 하고 있는데 왜 연봉 차이가 이렇게 많이 나야 할까. 구재가 일을 잘해서? 대체 얼마나 잘하길래? 딱 천삼십만원어치만큼?

"지금 뭐라고 했어?"

"축의금 가지고 뭘 그렇게까지 해. 그까짓 오만원 내가 내준다고"

"내가 지금 돈 때문에 이러는 것 같아? 그깟 오만원 아끼려고 내가, 이러는 것 같아?"

어째서인지 나는 숨을 몰아쉬고 있었다.

"빛나 언니한테 가르쳐주려고 그러는 거야. 세상이 어떻게 어떤 원리로 돌아가는지. 오만원을 내야 오만원을 돌려받는 거고, 만이천원을 내면 만이천원짜리 축하를 받는 거라고 아직도 모르나본데, 여기는 원래 그런 곳이라고 말이야. 에비동에 새우가 빼곡하게 들어 있는 건 가게 주인이 착해서가 아니라 특 에비동을 주문했기 때문인 거고, 특 에비동은 일반 에비동보다 사천원이 더 비싸다는 거. 월세가 싼 방에는 다 이유가 있고, 칠억짜리 아파트를 받았다면 칠억원어치의 김장, 설거지, 전 부치기, 그밖의 종종거림을 평생 다 갖다바쳐야 한다는 거. 디즈니 공주님 같은 찰랑찰랑 긴 머리로 대가없는 호의를 받으면 사람들은 그만큼 맡겨놓은 거라도 있는 빚쟁이처럼 호시탐탐 노리다가 뭐라고 트집 잡아 깎아내린다는 거, 그걸 빛나 언니한테 알려주려고 이러는 거라고, 나는."[34]

주인공은 빛나 언니에게 얻어먹은 밥값에서 지난번 자신이 사 준 밥값을 제한 나머지, 정확히 12,000원짜리 선물을 축의금 대신 전달하겠다고 선언한다. 사실 모든 인간관계를 철두철미한 기회비용으로 계산하는 주인공을 무조건 비난할 수도 없는 노릇이다. 만만한 인간이 되는 순간 밀려난다는 두려움으로 점철된, 오랜 직장생활 속에서 자연스레 체득한 노하우이기 때문이다. 주인공은

---

34 장류진, 앞의 책, 27~28쪽.

여성 직장인에게 주어지는 이런저런 불이익들을 감내해 왔다. 핵심부서에 발령받지도 못하고, 회사 내 평판 때문에 가고픈 부서를 적극적으로 어필하지 못하고, 그저 엄청난 헌신과 노력을 경주해 왔다. 이런 부당한 상황을 통과하면서 절대 손해 보지 않으려는 원칙을 체화한 것이다. 그런데 문제는 그것이 자신과 다른 방식으로 사는 빛나 언니를 무슨 인격적 결함이라도 있는 것처럼 취급하는 충분한 이유가 될 것인가 하는 점이다. 세상 물정 모르는 빛나 언니에게 "세상이 어떻게 어떤 원리로 돌아가는지"를 가르쳐주려고, 딱 언니가 자신에게 쓴 만큼의 돈을 선물로 돌려주고 그래도 천원이 남길래 축하 카드를 사서 써 준다. 결국 주인공의 직장생활이 옳고 정상이며, 빛나 언니의 그것은 그릇되고 비정상이라는 것을 추호도 의심하고 있지 않은 셈이다. 주인공이 자신의 삶의 방식과 직장 생활의 원칙을 한 번도 성찰하거나 의심해 본 적이 없다는 반증이다. 무조건적인 자기 긍정과 절대화에서 비롯되는 확신이다. 회사라는 공적 영역에서 이루어지는 끈끈한 여성 연대까지는 기대하기 어렵더라도, 여성의 눈에 비추어지는 부정적 여성, 즉 여성 간의 적대적 관계를 강조하는 것[35]은 여성의 특별한 직장생활을 통찰할 수 있는 관점을 제공하지 못한다.[36]

뜻밖에 빛나 언니는 "손 편지에 담긴 진심"을 기뻐하며 눈물까지 흘리고, 주인공은 작은 충격을 받는다. 정확한 액수로 이루어지는 교환경제의 논리를 넘어서는 어떤 일방적인 감정의 전달이기 때문이다. 그러나 이로 인해 주인공이 전혀 달라질 것 같지는 않다. 그냥 "빛나 언니는 잘 살 수 있을까. 부디 잘 살 수

---

35 김미라, 「포스트페미니즘 드라마의 서사와 정치적 함의-TV드라마 〈검색어를 입력하세요 WWW〉를 중심으로」, 『한국극예술연구』 65집, 한국극예술학회, 2019, 343쪽.

36 직장에서의 여성의 능력과 성취만 강조하게 되는 경우 궁극적으로는 직장의 남성적 위계질서에 온전하게 편입하지 못한 여성들의 문제를 불평등 구조가 아닌 여성 개인의 미숙함이나 부족함, 열정 부족 등의 문제로 환원한다는 한계도 발생한다. 가령 소설집에 실린 「도움의 손길」에서는 직장 여성인 젊은 고용주와 가사 도우미인 중년의 피고용인이 나오는데, 둘 사이의 갈등을 플랫폼 노동자인 가사 도우미의 특별한 고용형태나 노동 구조가 아닌, 순전히 무례하고 오지랖 강하고 불성실한 가사 도우미 여성 개인의 인성 문제에서 비롯되는 것으로 묘사한다.

있으면 좋겠는데" 걱정하며 빛나 언니에 대한 미움이 약간 줄어들었을 뿐이다. 오히려 빛나 언니가 '매리지블루'라며 주인공을 포옹하거나 SNS 프로필에 손 편지 사진 올리는 행위에서 어떤 진정성을 느끼기보다는 자기 감정을 통제 못 한다고 한탄한다. 중요한 것은 명쾌하게 계산되는 12,000원 같은 소액이 아니 라, 더 커다란 층위에서 이루어지는 문제이다. 주인공은 밥값이나 축의금은 명 료하게 셈하지만, 1030만원 연봉 차이에 대해서는 약간의 짜증과 함께 무심코 넘어가 버린다. 주인공이 더 화를 내고 문제제기를 해야 할 쪽은 빛나 언니가 아니라 더 크고 높은 곳에 있는 이들로 보인다. 남녀 사원의 업무 배치 및 이동, 업무 평가, 임금 불평등 같은 문제들은 밥값과 축의금 계산법에 밀려 배경처럼 뒤로 물러선다. 밥값과 축의금에서 시작하여 이런 큰 숫자에까지 도달하지 못 하고, 큰 숫자는 멀찍이 물러서고 밥값과 축의금 쟁탈전만 관심사가 된다. 실용 적으로 보아도 자신이 어쩔 수 있거나 교정 가능한 것에는 분노하겠지만, 감히 그렇지 못하는 것에는 포기하고 침묵하는 게 더 유리할 테니 말이다.

『일의 기쁨과 슬픔』에 실린 작품집 해설에서는, 수록된 소설들이 "한국 문학 이 오랫동안 수호해왔던 내면의 진정성이나 비대한 자아가 없다. 깊은 우울과 서정이 있었던 자리에는 대신 정확하고 객관적인 자기 인식, 신속하고 경쾌한 실천, 삶의 작은 행복을 소중히 여길 줄 아는 마음이 있다[37]"고 평한다. 작가 역 시 "한때 젊은 세대가 잘못된 사회 구조에 저항해야 한다는 담론이 있었지만, 제 주변을 보면 실제로 저항할 힘이나 기회가 없었다"면서 "저항보단 순응하고 어떻게든 살아보려 하는 세대 같다. 우리 세대를 관통하는 정서는 '체념' 같다[38]" 고 말한다. 이 '체념'은 앞에서 언급한, 김세희 소설의 '가만한' 상태와 일맥상통 한 태도이다. 하지만 〈잘 살겠습니다〉의 주인공을 보면 왠지 '가만한' '체념'이

---

37 인아영, 「센스의 혁명」, 『일의 기쁨과 슬픔』, 창비, 2019, 215쪽.

38 백수진, 「청첩장 줄까 말까, 커피값 아낄까 말까… 다 내 얘기네」, 조선일보, 2019.10.28.

라기보다는, 자본주의와 직장 시스템에 대한 적극적인 공모나 편승, 신봉, 혹은 충실한 대변자 같은 모습을 보인다. 분노하고 원한을 품으면 망가질 수밖에 없으니까, 그냥 체념하고 포기하고 망각하고 당장의 작은 기쁨, 소확행을 찾아 나서자는 태도이기도 하다. 이는 "정확하고 객관적인 자기 인식"보다는 협소하고 말초적인 자기 인식, "신속하고 경쾌한 실천"보다는 약삭빠르고 이해타산적인 행동, "삶의 작은 행복"보다는 삶의 올바른 비전을 잃고 행복의 부피와 질이 악화된 상황에 더 가깝다. 소설의 인물들은 자신이 사는 방식이 올바르지 않고 최선이 아니라는 것을 잘 알지만, 할 수 없이 계속 그렇게 산다. 냉소나 성찰과는 거리가 멀고, 그저 포기나 체념, 수긍과 자족의 단계에 이른다.

"'하이퍼 리얼리즘'이라는 수식이 아깝지 않은 디테일한 묘사[39]"라는 언급처럼, 두 소설이 직장 생활에 대한 충실한 풍속도를 보여주고 있는 것은 사실이다. 2010년대 후반을 살아가는 직장인으로서 '맞아 맞아, 마치 내 얘기 같다'면서 공감하면서, 소설 속 인물과 현실의 자신의 처지가 서로 다르지 않다는 깨달음에서 오는 느슨한 연대감도 구성될 법 하다. 그럼에도 불구하고 현실은 리얼하게 담아내지만 현실에 대한 관점은 분명히 드러나지 않는다. 앞에서 말한 대로 인물들에게서 "한국 문학이 오랫동안 수호해왔던 내면의" 사색이나 성찰, 스스로에 대한 객관적인 거리는 찾아보기 어렵다. 어떤 문학적 태도는 취하고 취하지 않는 것이 선택항이 아니라, 애초 그 태도가 존재하는 것이 기본값일 수 있다. 익숙한 직장인의 생활을 재확인하게 하지만, 직장인의 생활을 관통하는 삶의 통찰이나 비전까지는 닿지 못한다. 사용자의 터무니없는 갑질과 남녀 연봉 격차를 한탄하지만, 금세 소비의 '분수(分數)'를 가늠하면서 문화비용을 지출하는 쾌락을 누리거나 무능한 동료의 셈법을 비난하고 손익을 맞추는 방식으로

---

39 김녕·안지영·이지은·한설, 「우리 시대의 악: 또 하루, 날이 저물고」, 『문학동네』 25권4호, 문학동네, 2019, 452쪽.

반응할 뿐이다. 이같은 즉흥적이고 맹목적인 욕망 충족의 바탕에는 추호도 자신과 자신이 속한 시스템의 가치체계를 의심하려 하지 않는, 무비판적인 절대화가 깔려 있다.

4. 맺으며 : 체념과 무능의 심성

김세희와 장류진 소설은 2~30대 여성 회사원의 경험과 인생 감각을 다루고 있다는 점에서 하나의 세대 정서를 공유하고 있다고 볼 수 있다. 또한 디테일의 생생함과 탁월한 가독성은 한때 유행했던 '~ 직장 대나무숲' SNS 계정이나 직장인 혹은 퇴사자가 운영하는 비밀 블로그에 등록된 직장 생활의 드라마틱한 사연들을 접하는 느낌을 준다. 단, 삶에 대한 깊이 있는 성찰보다는 표면적인 일상과 즉흥적인 감정을 나열하는 생활기에 가까운 모습이 눈에 띈다. 회사를 중심 무대로 삼되, 청년 여성이 겪는 인간관계와 여가, 연애, 결혼 등의 삶 전반을 다루는 것도 주요한 특징이다. 이같은 항목들은 대개 직장 생활을 통해 규정된 삶의 조건들과 연관된다. 인물들은 회사원으로서, 회사원답게, 회사원의 기준에 맞추어 관계 맺고 연애하고 결혼하고 여가 활동을 하는 것이다. 회사는 삶의 세세한 방식과 패턴, 목표와 지향, 처세법과 금기, 손익계산과 자기계발법, 나아가 누구를 좋아하고 싫어할지, 누구를 모방하고 지양할지, 어디서 무엇을 하면서 쉬고 놀지 등등을 자연스레 내면화시킨다. 이러한 '회사 인간들'을 2010년대 후반기에 등장한 '직장인 리얼리즘', '회사원 소설', '오피스 노블' 등의 명칭으로 부를 수 있는지는 아직 의문이다. 장르적 규정은 무리겠지만, 소재나 인물에 바탕한 특정한 유형의 소설로 가늠할 수는 있을 것 같다.

특히 해당 소설 인물들이 보이는 '가만한' '체념'적 태도는 여러모로 의미심장한 구석이 있다. 마크 피셔(Mark Fisher)는 『자본주의 리얼리즘』에서, 자본주의라는 체계 자체를 극복할 수 있다는 희망이 눈에 띄지 않는 것, 자본주의가 유일하게 존립 가능한 정치경제 체제이며 대안이 있을지도 모른다는 생각마저 할 수 없는 상태를 '자본주의 리얼리즘(Capitalist Realism)'이라는 개념으로 설명한다.[40] 자본주의가 사람들의 삶뿐 아니라 생각의 지평까지 잠식했기 때문에 오늘날 우리는 자본주의 이후의 사회가 어떤 모습일지, 그런 사회가 오기나 할지 상상조차 하지 못한다는 것이다. "자본주의의 종말보다 세계의 종말을 상상하는 것이 더 쉬"운 시스템 내에서 사회적 상상력은 앙상하게 위축된다. '재벌 대기업의 종말보다는 국가의 종말을 상상하는 것이 더 쉬울' 듯한 2010년대 후반 한국사회에서, 김세희와 장류진 소설의 인물들도 회사를 지배하는 원칙과 논리를 별다른 반박이나 비판 없이 그대로 수용하고 있다. 회사원과 청년의 무력한 조건을 반영한 것이겠지만, 스스로 조금도 다치지 않겠다는 이해타산적 태도가 존재하지 않는다고 보기 어렵다.

문제는 '자본주의 리얼리즘'이 사회나 구조는 물론이고 개인의 사고와 행동을 제약하는 강고한 장벽으로 기능한다는 점이다. 그것은 개인이 거부할 수 없는 '유일한 믿음체계'이자 '초개인적 정신구조'가 된다. 모든 가치는 '성과'와 '돈'이라는 등가체계 속에서 작동한다. 개인은 무기력과 우울, 혹은 쾌락을 추구하는 것 외에는 아무것도 하지 못하는 무능의 상태에 빠진다.[41] 실제로는 모순과 비일관성으로 가득한 자본주의가 자신의 약속을 지킬 수 없는 실패한 체계임을 인식하고, 자본주의가 만족시킬 수 없었던 욕망들을 회복하는 시도를 해야 하지만, 적어도 해당 소설들에서는 전복적 상상이나 욕망의 재발견은 물론이고,

---

40 마크 피셔, 박진철 역, 『자본주의 리얼리즘』, 리시올, 2018, 11~32쪽 참고.

41 마크 피셔는 이를 '쾌락주의적 우울증'이라고 명명한다. 일반적으로 우울증을 특징짓는 것은 무쾌락 상태지만, 오늘날의 우울은 쾌락을 추구하는 것 말고는 다른 무엇도 할 수 없는 무능으로 이루어져 있다는 것이다. 따라서 그토록 많은 사람, 특히 많은 청년이 아프다는 사실은 자본주의가 제대로 작동하지 못한다는 명백한 증거 중 하나이며, 개인의 책임으로 돌려지는 정신 건강 문제를 정치적으로 의제화해야 한다고 주장한다. (앞의 책, 45쪽)

투명한 인식 차원까지도 도달하지 못한다. 경진은 타인의 안전을 위협하지 않는 윤리적인 노동과 상품을(《가만한 나날》), 은정은 수평적이고 인간적으로 협업하는 동료 관계를(《드림팀》), 안나는 일의 기쁨을 앗아가고 슬픔만 축적되는 갑질과 초과노동에 반항하기를(《일의 기쁨과 슬픔》), 축의금 액수와는 비교도 안 될 거대한 손해에 대한 문제제기를(《잘 살겠습니다》) 감히 상상조차 할 수 없는 것이다. 대신 그들이 몰두하는 것은 깊은 자책과 체념에 빠져 자신의 경험을 부정하거나 옆의 누군가를 적대시하고 증오하고, 일하는 시공간과 일하지 않는 시공간을 철저히 배제하면서 삶을 분리하고, 아니면 그나마 문화적 취향을 누리며 작은 쾌락을 얻는 일이다. 이처럼 김세희와 장류진 소설은 직장 생활과 노동을 통해 자기실현이 불가능해진 청년 회사원들의 모습을 정직하게 보여주는 데에만 머문다는 한계를 지닌다. 회사원으로서의 삶의 조건을 깊이 성찰하는 과정에서, 회사를 통해 연결된 자신과 사회와의 관계를 재구성하는 탐색 속에서 비로소 본격적인 '회사원 소설'과 '오피스 노블'의 가능성도 성립될 수 있을 것이다.

세 가지 연애담, 이성애와 나르시시즘

〈무정〉 새롭게 다시 읽기

1. 시작하며 : 〈무정〉의 자기애와 나르시시즘

① 형식은 물끄러미 하늘을 쳐다보았다. 저 반작반작하는 별에서 내려오는 듯한 서늘한 바람이 사람의 입김 모양으로 이따금이따금 형식의 더운 낯으로 스쳐 지나간다. 형식의 물 끓듯 하던 가슴은 얼마큼 서늘하게 된 듯하다.

저 별들은 언제부터나 저렇게 반작반작하는가, 또 무엇 하러 저렇게 반작반작하는가. 누가 이 별은 여기 있게 하고 저 별은 저기 있게 하여 이 모양으로 있게 하는고. 저 별과 별 사이로 보이는 아무것도 없는 컴컴한 허공으로 바로 날아올라 가면 어디로 갈 것인고. 형식은 동경서 유학할 때에 폐병 들린 선생에게 천문학 배우던 생각을 하였다. 그 선생이 매양 '여러분에게 천문학자 되기는 권하지 아니하거니와 밤마다 하늘을 바라보는 사람이 되기는 간절히 권하오' 하고 기침이 나서 타구에 핏덩이를 토하던 생각이 난다. 뒤숭숭한 세상 생각에 마음이 괴로울 적에 한번 끝없는 하늘과 수없는 별을 바라보면 천사 만려가 봄눈 스러지듯 하는 것이라고 형식도 말로는 하였었다. 그러나 그는 아직 하늘을 바라보지 아니치 못하도록 마음이 괴로워본 적이 없었다. 그러나 지금에 그는 그 천문학 선생의 하던 말을 깊이깊이 깨달았다. 형식은 기쁨을 못 이기는 듯

'무궁한 시간의 일 점과 무궁한 공간(空間)의 일 점을 점령한 인생에게 큰일이라면 얼마나 크고 괴로운 일이라면 얼마나 괴로우랴' 하였다. 그리고 한 번 다시 하늘을 우러러보고 고개를 숙여 기도를 올렸다. (176~177쪽)[1]

② "당신은 행복해질까, 샬롯?"

"오, 제리, 달에 대해서는 묻지 말기로 해요. 우리는 저 별들을 가졌잖아요.(Don't ask for the moon, we have the stars)"

– 영화 〈가라, 항해자여 *Now, Voyager*〉(1942) 중에서

③ City of stars, (별들의 도시에서)

Are you shining just for me? (당신은 날 위해서만 빛나는 건가요?)

City of stars, (별들의 도시에서)

There's so much that I can't see. (눈에 안 보이는게 너무 많아요)

Who knows? (누가 알겠어요?)

Is this the start of something wonderful and new? (이게 아름답고 새로운 무언가의 시작일까요?)

Or one more dream that I cannot make true? (아니면 내가 이룰 수 없는 꿈이 하나 더 생겨버린 걸까요?)

– 영화 〈라라랜드 *LaLa Land*〉(2016) 중 'City of stars'

〈무정〉의 45장, 청량사에서 배명식과 김현수에게 유린당한 박영채의 무참한 광경을 직접 목격하고 돌아온 하숙집에서 이형식은 격심한 감정적 동요에 사로잡혀 밤잠을 못 이룬다. 영채의 어여쁜 외모를 떠올리며 황홀해 하다가 이미 처녀성을 잃었으리라 생각하여 낙담하고, 선녀 같이 순결한 김선형을 그리며 웃다가 귀신 같은 영채의 얼굴이 오버랩되자 흠칫 놀라 진저리친다. 뒤숭숭한 마

1 　이광수, 김철 책임 편집, 〈무정〉, 문학과지성사, 2005. (이후 명시하는 작품의 본문과 쪽 수는 해당 판본을 대상으로 함)

음을 떨치고자 마당에 나오니, 낮 동안의 격노와 동반되었던 소낙비 지나간 자취도 없이 밤하늘은 유난히 맑다. ①에서 형식은 밤하늘과 별을 올려다보면서 평정심을 되찾고 나름의 기쁨까지 경험한다. 〈무정〉 전편에 걸쳐 반복되듯이, 형식의 1인극 마냥 쉼없는 독백과 상념과 주저와 공상과 응시와 각성으로 이어지는 45장은 결국 일정한 심리적 봉합으로 마무리된다. 폐병 걸린 선생의 충고는 과학적이고 객관적이고 실증적인 시선이 아닌, 미학적이고 주관적이고 정서적인 눈으로 별을 보기를 권한다. 그것은 분명 천문학자의 엄밀성이 아닌, 무지하고 순박한 범인(凡人)의 겸손함에 닿아 있다. 광대무변(廣大無邊)한 하늘과 별 앞에서 일개인의 애욕(愛慾)과 번민은 돌연 참을 수 없는 가벼움으로 부유한다. 하늘과 별로 대표되는 압도적인 우주의 원리 앞에서 영채와 선형 중 "이 손을 잡을까 저 손을 잡을까" 망설이며 감히 운명을 선택한다고 희롱했던 형식의 처지란 가당찮기 그지없다. 그러나 마음이 괴로운 나머지 하늘을 바라볼 수밖에 없다는 말은 다시 말해 하늘과 별에서 자신이 원하는 어떤 가치를 찾고자 하는 태도이기도 하다. 이는 가치중립적인 외부 세계에 자신의 미학과 주관과 정서를 투영하는 행위이며, 적어도 인식 대상(하늘과 별)보다 인식 주체(형식)가 우위에 있는 구도에 다름 아니다. 즉 대상에 몰두하기보다는 자기에게 몰두하는 태도인 셈이다. '자기 별 찾기'의 오래된 전통이 암시하는 것처럼, 자기 자신을 가치와 경험 구성의 판단기준으로 사용하는 성향은 근본적으로 나르시시스트(narcissist)의 속성이다. 이후 영채를 찾지 못하고 평양에서 돌아오는 기차 안에서 형식은 "이제야 자기의 생명을 깨달았다" 하며 더할 수 없는 기쁨에 사로잡혀 스스로를 다시 북극성(北極星)에 투사한다. "크기로나 빛으로나 위치(位置)로나 성분(成分)으로나 역사(歷史)로나 우주(宇宙)에 대한 사명(使命)으로나 결코 백랑성(白狼星)이나 노인성(老人星)과 같지 아니하고 북극성(北極星) 자신(自身)의 특징(特徵)이 있음과 같이, 자기도 있고 또 자기는 다른 아무러한 사람과도 꼭 같지 아니한 지(知)와 의지(意志)와 위치(位置)와 사명(使命)과 색채(色彩)가 있음"을 깨닫는 것이다. 무한한 생명력을 발견하며 근대적 인식 주체로 발돋움하는 이 유명한 장면을 볼 때, 옛날부터 방위의 기준이 되어 길 잃은 항해자와 나그네의 친근한 벗이었던 북극성을 충만한 자기긍정의 투사체로 삼는다는 점에서 마찬가지로 나르시시즘(narcissism)을 품고 있다.

②의 영화는 아예 별과 항해자의 익숙한 비유를 전면에 내세우면서, 한 불우했던 여성이 자존감을 회복해 가는 과정을 흥미롭게 그린다. 보스턴의 상류 집안 출신 여성 샬롯은 폭군 같은 어머니에게 30여 년간 시달리다가 신경쇠약에 걸리고, 명망 높은 정신과 의사인 재퀴드 덕분에 요양원으로 피신한 후 서서히 자신감을 회복하고 독립적인 여성으로 거듭난다. 못생기고 수줍었던 노처녀가 몇 달 간의 정신과 치료를 통해 화려하고 매력적인 미녀로 변신하는 통속적인 설정은 그녀의 얼굴을 불필요하게 방해했던 안경을 깨뜨리는 장면으로 절정에 달한다. 샬롯에게 필요한 최적의 정신 치료는 자기애를 회복하는 일이며, 그것은 스스로를 사랑할 수 있는 외모를 만드는 미적 성형과 일치한다. 그렇게 자기애를 되찾은 샬롯은 유부남 건축가 제리와 만나 사랑에 빠지지만, 샬롯의 엄마를 꼭 닮은 제리의 아내를 감히 밀어내고 불륜과 결혼으로까지 가지는 않는다. 영화의 마지막 장면에서 샬롯과 제리는 다정하게 밤하늘을 바라보며 ②의 대사를 나눈다. 샬롯의 대답이 있고난 후 카메라는 굳이 달은 없지만 별들이 반짝이는 밤하늘을 찬찬히 비추어준다. 이루어질 수 없는 사랑의 신파극보다는 차라리 자기애적 해피엔딩에 가까운 결말이다.[2] 부도덕한 불륜이라는 손가락질을 당함으로써 로맨스가 매도되고 자기애가 훼손되기보다는, 사랑(제리에 대한 대상 사랑과 샬롯의 자기 사랑 모두)에 관한 한 가장 아름다운 현재를 빙결(氷結)하는 것이야말로 해피엔딩이기 때문이다. 그래서 달을 갖지는 못할지라도 별은 가졌다

---

2   정한석,「그 (여)자는 무엇을 원하는가」, 씨네21, 2014.11.13 참고.

는 것에 더없이 만족하자는 대답은 일종의 행복한 한탄이다. 무릇 항해자들에게 영원히 결백하게 빛나는 저 별은 곧 샬롯의 나르시시즘이 집약된 상징인 것이다.

③에 나오는 별은 〈무정〉과 〈가라, 항해자여〉에 비해서 훨씬 더 노골적으로 자기애를 부추기고 확장하는 대상으로 활용된다. 〈라라랜드〉는 미국식 낙관주의와 도피주의가 전경화되는 뮤지컬 장르를 통해 꿈의 도시 헐리우드(city of stars)에서 대중 스타(star)를 꿈꾸는 젊은 남녀의 사랑과 욕망을 그린다. 여기서 별은 미아와 세바스찬; 두 남녀가 서로를 반영하는 대상이기도 하지만 영화와 음악이라는 둘의 꿈을 투사하는 지향점이기도 하다. 즉 사랑과 성공이라는 목표를 추구하는 분투의 과정에서 자신이 바라는 미래의 모습으로 구상화되는 것이다. 의미심장한 것은 미아와 세바스탄의 대상 사랑과 자기 사랑이 의식적이든 무의식적이든 그리 구분되지 않은 채 진행된다는 점이다. 상대가 자기 타입이 아니므로 관심이 없다고 누누이 주장하면서도 그들이 서로에게 빠져드는 이유는 외롭게 꿈을 추구하는 상대의 애틋한 모습을 확인하고 부터이다. 미아가 세바스탄에게 매혹되는 결정적인 순간은 그가 아무도 관심을 갖지 않는 가운데 레스토랑에서 고독하게 피아노를 치는 모습을 보았을 때이다.[3] 세바스찬이 대중의 취향에 부합하는 음악활동으로 성공을 거두자 미아가 그에게 꿈을 포기했다고 비난하는 상황을 볼 때, 미아가 사랑한 것은 자신과 유사한 꿈을 꾸는 세바스찬이었지 세바스찬 자체가 아니었음을 짐작할 수 있다. 세바스찬이 더 이상 자신의 자아 이상과 일치하지 않는 순간 불화와 반목은 시작된다. 그것이 무모할지라도 꿈꾸는 이들을 한없이 찬양하는 이 순진한 영화는 은연중 가사에 실린 불안감이 암시하듯이 궁극적으로 두 마리 토끼, 사랑과 성공을 동반 성취하는 관계는 존재하지 않는다는 씁쓸한 사실을 전달한다. 미아와 세바스찬은

---

3 이 내용에 대해서는 '김경욱, 「라라랜드, 망가진 삶을 위로하다」, 프레시안, 2011.1.12' 참고.

결국 헤어지지만 각자의 꿈은 이루었고 그래서 행복하다. 나르시시즘은 충족되었고, 별들의 도시(city of stars)는 여전히 아름답다. 달(대상 사랑)은 갖지 못했지만 별(성공으로 더욱 극대화된 자기애)을 가진 것만으로 이 영화는 확실한 해피엔딩이다.

1917년 1월 1일부터 6월 14일까지 총 126회에 걸쳐 '매일신보'에 연재된 〈무정〉으로 인해 우리는 이제 근대소설 100년이라는 시간 감각을 갖게 되었다. 무수하게 엇갈리고 상반된 논의를 불러일으킨 그동안의 연구 성과의 축적에도 불구하고, 〈무정〉은 근대소설의 효시이자 완성, 과거와 현재를 가르는 어떤 기념비로 공인되면서 부득이하게 신화화되었기에 적극적인 해석이 어려워진 구석이 있다. '최초'라는 수식어가 붙으면서 자연스럽게 그 최초성에만 주목하게 된 셈이다. 시대를 구분하는 기준이 된 작품의 운명이 감당해야 할 특별함과 차별성이 오히려 〈무정〉을 일정한 대표성과 전형성에만 주목하게 하여, 논의를 심화하고 새로운 문제성을 발견하기 어렵게 만들기도 했다. 근대성과 계몽성이라는 전제로만 접근하여 문학으로서의 〈무정〉을 하나의 지적 체계로 분석하려 하는 방법론이 대표적이다. 〈무정〉의 창작 동기는 민족주의와 자유주의적 이념을 계몽하기 위한 의도에서 쓰여진 것[4]이라는 이광수의 분명한 진술에 의거하여, 소설로 알지만 소설로 읽지 않는 역설도 이러한 성향에서 자유롭지 않다.

여기서는 〈무정〉을 둘러싼 외적 조건에 일단 거리를 두고, 전체 텍스트를 꼼꼼히 다시 읽으면서 인물과 인물 관계의 내적 조건을 중심으로 접근하려고 한다. 누가 보더라도 〈무정〉에서 서사적 비중이 가장 큰 인물이 형식이라는 점은 틀림없다. 형식 역시 '한국인의 대표적인 존재'나 '한국적 인간상'으로 명명되면서 그 다면적이고 복합적인 얼굴이 간과된 측면이 있다. 〈무정〉에 내재한 100년의 시간을 아울러, 형식에게서 발견할 수 있는 현재적 연속성을 타진해 볼 필요가 생긴다. 긍정의 대상인 동시에 부정의 대상이었던 근대의 화신 형식은 〈

---

4   김영민, 『한국근대소설사』, 솔, 1997, 473쪽.

무정〉의 시대에 필요했던 인물이자 또 지금 필요로 하는 어떤 인간성을 갖춘 인물이라고 할 수 있을까? 일제 무단통치기를 살던 24살 청년 형식이 단군 이래 청년에게 가장 호의적이지 않다는 우리 시대에 어떤 힘과 에너지를 제공해 줄 수 있을까? 100년보다 훨씬 더 거슬러 올라간 봉건적 과거를 현재의 부정적 준거로 명명하는 유행어들이 성행하는 지금, 당대의 지식인들이 〈무정〉 속에서 들었던 미래의 목소리와 역사적 사명감, 혁신의 의지와 용기가 현재 우리가 찾고자 하는 어떤 희망과 만날 수 있는 가능성은 있는가? 〈무정〉의 인물이 갖는 내면의 논리구조를 다시 구성해 보는 것으로부터 탐색을 시작할 것이다. 적어도 〈무정〉과 〈무정〉의 인물들이 시대를 넘어 우리를 매료시키는 이유는 소재나 주제가 아니라 그것을 드러내는 인물의 형상화가 갖는 문제성이라고 보기 때문이다.

이러한 의문들을 감안하면서 이 글은 자기애와 나르시시즘[5]이라는 차원에 주목하여 이광수의 〈무정〉을 다시 읽는 시도를 취한다. 이는 〈무정〉이라는 소설이 결국 자기애를 찾는 과정이자 결론이며, 애타게 자기애를 찾아 나선 어떤 이의 이야기라고 보는 전제에서 기인한다. 〈무정〉의 주인공 이형식을 ①에서 명시한 것처럼 나르시시즘의 주체로 설정하여 일정한 성장의 서사로 이를 해명하되, 미국의 심리학자 하인즈 코헛(Heinz Kohut)의 자기 심리학(Self psychology)의 관점과 방법론을 적용하여 나르시시즘의 성숙화 과정으로 이해하려고 한다. 또한 형식의 나르시시즘의 구체적인 구현 모습이 ②와 ③의 양상과 유사한 속성을 보이고 있음도 밝힐 것이다. 이를 통해 궁극적으로는 따뜻한 지지와 존중의 관계에 근거한 성숙한 자기 사랑 및 공감의 중요성과 가치를 정립하는 것으로 결론을 맺고자 한다. 이형식의 정신세계를 분석하는 작업은 〈무정〉이 사실

---

5 여기서는 '나르시시즘'과 '자기애'를 별다른 구별 없이 같은 개념으로 계속 사용할 것이다.

상 허구적 소설이라는 장치를 빌린 작가 자신의 자서전이라는 사실[6]을 고려해 보면 자연스럽게 일정한 거리를 두고 이루어지는 이광수 자신의 정신적 경험을 해명하는 일이기도 할 것이다. 또한 간략하게나마 영채와 선형 역시 유사한 방법론으로 살펴볼 계획이다. 논문의 제목에서 명시한 '세 가지 연애담'에서 앞의 두 개는 형식을 상수로 둔 삼각관계의 연애 구도, 즉 '형식-영채', '형식-선형'의 연애담이며, 나머지 하나는 형식(과 영채, 선형)에게서 두드러지게 나타나는 나르시시즘을 가리킨다. 특히 세 번째 연애담인 나르시시즘이 형식의 성장 서사의 중요한 동력이 되고 있음을 규명하려는 목적을 갖는다. 2장에서는 나르시시즘의 개념과 양상 및 코헛의 자기심리학 이론을 개괄한 후, 3장에서는 형식의 나르시시즘의 면모와 특성을 사제관계와 삼각연애관계에 연관지어 분석하고, 4장에서는 영채와 선형의 면모, 삼랑진 역 대단원 장면에서 구체적으로 작동되는 나르시시즘의 성숙화 여부와 가능성을 탐색해 볼 것이다.[7]

2. 하인즈 코헛의 자기심리학과 나르시시즘

널리 알려진 나르키소스(Narcissos) 신화에서 유래한 '나르시시즘(narcissism)'을 옥스퍼드 영어사전에서는 "병적인 자기 사랑 또는 자기 감탄"으로 정의하고 있다.[8] 정신분석학에서 '자기애'를 뜻하는 용어인 나르시시즘은 흔히 자기 자신을

---

6   김윤식, 『이광수와 그의 시대 1』, 솔, 1999, 566쪽.

7   그동안 〈무정〉과 관련해서 축적된 많은 선행연구들을 종합적으로 참고하되, 특히 감정의 내면구조를 중심으로 형식을 분석한 이수형의 논의, 인식적이고 윤리적인 측면에서 활용된 감정의 역할에 주목한 김현주의 논의, '정'을 둘러싼 인식틀과 연관된 연애의 계몽적 성격을 다룬 김지영의 논의, 사제관계로서의 애정관계 형성과 연애의 근대적 의미를 살펴 본 정혜영의 논의에서 좀 더 구체적인 시사점을 찾을 수 있었다.

8   나르키소스에 관한 옛 신화를 심리적 장애와 결부시켰던 최초의 인물은 19세기 후반의 의학자인 해브록 엘리스(Havelock Ellis)였다. 그는 당시에 성도착증으로 간주되던 동성애를, 남성이나 여성이 적절한 이성을 사랑하지 않고 자신을 투영하는 다른 남성이나 여성을 사랑하는 자기 사랑의 병리현상으로 보았다. '나르시시즘'은 엘리스의 작업을 논평하는 중에 독일의 정신과 의사 폴 네케(Paul Näcke)가 만든 용어로,

모든 경험 구성의 판단기준으로 사용하는 성향, 극단적인 개인주의나 이기심, 타인이나 사회적 유대에 대한 관심의 결여, 자기 중심 세계의 강화, 자신의 능력과 특수성을 과대평가하거나 지나친 자기 몰두적 태도 등을 뜻하는 말로 통용된다. 사실 자기애가 반드시 문제가 되는 것은 아니고 일반적으로는 심리학적인 건강성을 유지하는 선에서, 자기표현적이고 자기중심적이며 자신의 목소리를 중시하는 강한 개성을 지닌 인간성 등으로 순화하여 해석할 수도 있다. 지그문트 프로이트(Sigmund Freud)는 자기애를 인격적 장애의 일종으로 명시하면서, '일차적(근원적) 나르시시즘(primary narcissism)'과 '이차적 나르시시즘(secondary narcissism)', '자아 리비도(ich..libido)'와 '대상 리비도(objeklibido)'를 분명히 구분한다. 일차적 나르시시즘은 어린아이가 자기 자신만을 생각하며 즐거워하는 정상적인 발달단계로, 부모가 깊은 관심과 애정을 주면 아이는 자신이 소중한 존재라는 것을 느끼게 되고 일차적인 자기애를 갖게 된다. 일차적 나르시시즘은 아직 원시적이고 미숙한 단계에 불과하며, 현실적이고 객관적으로 외부대상을 보게 되면서 보다 성숙한 형태의 사랑인 대상 사랑으로 나아가야 한다. 또한 자아 리비도는 자기의 육체, 자아, 정신적 특징이 리비도의 대상이 되는 것이며, 대상 리비도는 외부 대상에게 리비도가 흘러가는 것이다. 인간의 성숙 단계에서 대상 리비도가 가장 크게 발현되는 시기는 사랑을 할 때이다. 자기 자신을 포기하고 대상을 향해 리비도를 집중시키는 시기이다.[9] 그러나 대상 사랑이 실패하면 외부 세계로부터 리비도를 회수하여 자기 자신이나 자신의 육체에 재투자하게 되는데,[10] 이는 일차적 나르시시즘과 유사한 상태이자 자기 자신을 주요한 사랑

자기 육체를 성적 대상의 육체처럼 느끼는 사람의 태도를 뜻한다. (제레미 홈즈, 유원기 옮김, 『나르시시즘』, 이제이북스, 2002, 7~9쪽 참고)

9   지그문트 프로이트, 윤희기 옮김, 「나르시시즘에 관한 서론」, 『무의식에 관하여』, 열린책들, 1997, 48~49쪽 참고.

10   제레미 홈즈, 앞의 책, 11쪽.

대상으로 취하는 퇴행적이고 병리적 현상으로 이를 이차적 나르시시즘이라고 말한다. 자아 리비도와 대상 리비도는 어느 한 쪽의 리비도가 많이 발현되면 다른 쪽을 향한 리비도는 그만큼 부족하게 된다. 즉 자기 사랑과 대상 사랑은 다른 하나를 위해 다른 하나는 포기되어야 하는 관계인 셈이다. 이같은 견해에 따른다면 동성애도 리비도가 외부의 타인보다는 내부의 자신에게로 향하는 이차적 나르시시즘의 예로 볼 수 있다.[11]

하인즈 코헛은 '자기(self)'의 새로운 이해에 기초한 '자기심리학(Self psychology)'을 주창한다. 프로이트의 주장과는 달리 자기 사랑인 나르시시즘과 대상 사랑은 연속선상에 놓인 것이 아니라, 각각 그 나름대로의 특징들과 병리현상들을 가지면서 일생을 통해 지속되는 두 가지의 서로 다른 발전선상에 놓인 것으로 본다. 부모의 자식 숭배, 자기 자신과 자기 세계에 대한 어린아이의 흥분감, 그리고 정상적인 희망, 포부, 야망, 이상 등의 모든 현상들이 긍정적인 나르시시즘의 영역에 속한다고 봄으로써 나르시시즘의 건강한 측면을 강조한다. 결과적으로 나르시시즘은 성장해감에 따라서 바람직한 자기 존중과 실질적인 목표를 추구하게 하는 지속적인 토대가 된다. 자기애는 성장과정에서 필수적인 것이며 평생 계속되는 것이다. 경직된 대차대조표처럼 타인에 대한 사랑이 증가하는 것이 반드시 자신에 대한 사랑이 줄어드는 것은 아니다. 자기 사랑과 대상 사랑은 둘 다 각각 타인과의 관계 속에서 이루어지며 일생 동안 발달적 측면에서 상호적으로 함께 작용한다. 프로이트의 나르시시즘이 자기관심, 자기집중, 자기몰두와 관련된다면, 코헛의 나르시시즘은 자기와 대상간의 관계들의 속성에 그 초점이 있다.[12] 다시 말해 코헛의 관점은 나르시시즘을 병리적 현상으로만 파악하는 차원을 넘어서 그 구조와 발달이 인간 누구에게나 보편적으로 존재하는

---

11 제레미 홈즈, 앞의 책, 50쪽.
12 홍이화, 「나르시시즘, 지독한 자기사랑?」, 『기독교사상』 618집, 대한기독교서회, 2010, 276쪽.

인격구조의 한 부분이며, 인간의 삶에 활력과 자존감을 제공하는 귀중한 바탕이 됨을 밝힘으로써 나르시시즘의 개념을 확장하는 데에 기여[13]했다고 하겠다.

이차적 나르시시즘은 이른바 "나르시시즘의 상처"로부터 유래하며 종종 부모의 무관심이나 학대에서 기인한다. "우리는 네가 사랑스럽다고 생각하지 않아!"와 같은 외부의 평가가 개인의 나르시시즘에 주어질 때 자기 사랑에 빠짐으로써 최소한의 희망과 동기 부여를 유지하게 된다.[14] 자기의 발달과정에서 부모의 공감적 보살핌이 크게 결여될 때 아이는 자기애적 외상을 입게 되어, 자기의 결함, 원초적 자기애에 고착된다. 자기에게 과도하게 몰두함으로써, 특히 외부의 충격에 약하고 수치심에 대한 반응이 취약하다. 결국 아이의 자기가 얼마나 건강하게 성장할 수 있는가 하는 것은 어머니가 아이의 자기애적 욕구에 얼마나 공감적으로 반응해 주느냐에 달려 있다. 코헛은 성숙한 나르시시즘의 전제 조건으로 자기의 일부로 경험하는 대상, 즉 '자기대상(self object)'과의 관계를 전제한다. '자기대상'이란 신조어는 타인이 완전히 자아의 일부도 아니고 그렇다고 해서 완전히 분리된 것도 아닌 친밀한 관계의 특수성을 묘사하기 위한 용어이다. 자기대상은 자신 신체의 일부분처럼 경험 가능한데, 가령 아이가 어느 정도 조절할 수 있는 자아의 연장으로 여긴다는 점에서 부모들은 아이의 자기대상들이다.[15]

코헛은 무엇보다도 인간을 관계적인 존재로 이해하며 외부대상과의 관계를 어떻게 경험하느냐에 따라서 자기의 구조가 만들어진다고 보았다.[16] 코헛이 말

13 이만홍, 「정신분석적 자기심리학에서의 나르시시즘 이해」, 『정신병리학』 4권1호, 한국정신병리진단분류학회, 1995, 22쪽.

14 제레미 홈즈, 앞의 책, 13쪽.

15 제레미 홈즈, 앞의 책, 53~54쪽 참고.

16 안인숙·이지영·유희주·최은영, 「Kohut의 자기심리학과 Hoekema의 인간 이해」, 『한국기독교상담학회지』 23권1호, 한국기독교상담학회, 86~87쪽 참고.

하는 자기는 객체로서 단독으로 존재하기보다 자기대상과의 관계의 틀로 존재하며, 다음의 세 가지 축으로 구성된다. 첫 번째는 '과대적 자기(grandiose self)'로, 아이는 칭찬하고 긍정하고 인정하고 수용해주는 경험을 통해서 "나는 완벽하다"고 인식하고 자신에 대한 자존감과 타인에 대한 존중과 공감을 보일 수 있는 건강한 응집적 자기를 구축한다. 두 번째는 '이상화된 자기(idealized self)'로, 아이가 좀 더 자라면서 자기보다 더 크고 위대한 자기대상을 통해서 "당신은 완벽하고 나는 당신의 일부분이에요"라는 인식 아래 자기도 그러한 모습의 일부가 된 것처럼 느끼게 된다. 이러한 역할모델을 자신의 삶의 가치와 이상으로 내면화하는 과정을 경험하면서 스스로를 달래주고 위로하는 능력을 기르게 되며 자기애로 인한 긴장을 조절할 수 있게 된다. 세 번째는 '쌍둥이 자기대상(alter ago)'으로, 아이가 자기대상을 통해서 자신과 비슷한 존재를 경험하고자 하는 욕구이다. 부모들의 행동을 그대로 흉내냄으로써 자기가 좀 더 강화되는 것을 경험한다. 궁극적으로 과대적 자기, 이상화된 자기, 쌍둥이 자기가 응집적으로 형성되면 자신의 주변 환경과 놀이할 수 있는 상상력을 가지게 되고, 타인의 경험에 공감할 수 있고, 자신이 전능하지 않고 영원하지 않은 유한성을 가진 존재임을 수용하게 되고, 자기애적 망상에서 벗어나 죽음의 불가피성을 수용할 수 있는 지혜를 가진 존재가 된다.[17]

또 하나 흥미로운 개념은 '최적의 좌절(optimal frustration)'이다. 이는 부모의 공감 실패나 욕구 충족의 지연으로부터 오는 좌절을 극복하고 정신적 육체적으로 스스로를 달래어가는 기능을 의미한다. 자기대상으로서의 부모가 항상 완벽할수는 없기 때문에 어느정도 잘못된 공감을 할 수 밖에 없다. 이러한 불가피한 공감적 반응들의 실패를 아이는 겪게 되는데 이는 절대적으로 해로운 것이 아니다. 자기의 정상적이고 최적의 발달을 위해서 아이는 심리적으로 받아들일만

---

17 하인즈 코헛, 이재훈 옮김, 『자기의 분석』, 한국심리치료학회, 1999, 39쪽 참고.

한 수준의 좌절을 경험할 필요가 있는데 이것이 바로 '최적의 좌절'이다. '최적의 좌절'의 경험 속에서 아이는 자신의 현실적 한계나 과대적 환상과 욕구에 대한 포기를 받아들이는 것을 배우며, 자신이 이상화했던 자기대상에 대한 현실적 한계를 인정하게 된다. 결국 시기적절하게 잘 선택된 부모의 최적의 공감적 반응은 아이의 자기구조의 구축에 매우 중요한 역할을 하는 것이다.[18] 또 이렇게 자기대상이 해주던 기능을 내재화하여 아이의 심리구조가 형성되는 과정을 '변형적 내재화(transmuting internalization)'라고 한다. 코헛에 의하면 인간은 요람에서 무덤까지 평생 자기의 자기대상을 필요로 하는 존재이다.[19] 인간은 모두 인정받고 반영받는 경험, 이상화하는 이들과의 융합을 통해 힘을 제공받는 경험, 자기와 본질적으로 닮아 있는 다른 사람들의 말없는 현존의 경험 등과 같은 자기대상의 경험을 평생 요구한다. 외부대상으로부터 충분한 사랑과 관심, 공감을 갈망하지만, 외부대상이 이를 충족시켜 주지 못하면 응집적인 자기를 형성할 수 없고 자신의 잠재력을 발휘하지 못하는 비극적인 존재이다.[20] 그런 면에서 부족한 나르시시즘은 과도한 나르시시즘만큼이나 문제가 있다.

무엇보다도 코헛은 '공감(empathy)'을 나르시시즘의 형성과 치료에 매우 중요한 요소로 여기고 있다. 어린 시절 부모의 공감 결여야말로 나르시시즘이 성숙하지 못하고 병적으로 남게 되는 중요한 이유가 되기 때문이다. 코헛은 공감을 밖에서의 객관적이고 관찰자적인 태도를 유지하면서 상대방의 내면의 세계를 경험하려는 대리적 내성이라고 정의[21]한다. 타인의 느낌과 생각, 소망을 잘 지각할 수 있게 되고 그것들을 이해하고 공감할 수 있는 능력이자 성숙한 자기애의 증거이다. 공감은 모든 정신치료, 인간성숙의 기본 전제인 동시에 모든 인간

18 홍이화, 『하인즈 코헛의 자기심리학 이야기』, 한국심리치료연구소, 2011, 73~76쪽 참고.

19 하인즈 코헛, 이재훈 옮김, 『정신분석은 어떻게 치료하는가』, 한국심리치료학회, 2007, 84쪽.

20 안인숙·이지영·유희주·최은영, 앞의 책, 88쪽.

21 하인즈 코헛, 앞의 책, 253쪽.

관계를 성장시키는 자양분[22]이다. 성숙한 자기애로의 변형을 가능하게 하는 중요한 열쇠는 바로 자기애적 자기의 자기대상이 공감적으로 기능하는 역할이다. 자기대상의 공감적 역할은 인간이 심리적으로 필요로 하는 산소의 기능과도 같다.[23] 성숙한 자기대상의 경험은 자기를 지지하고 이해하고 돌보아 주는 자기대상의 기능을 하는 사람에 대한 경험을 말한다. 이는 성인의 삶 속에서 경험하는 가족, 친구, 연인, 직장, 그리고 자신이 속해 있는 집단의 문화적 자원 등의 자기대상 환경을 통해서 가지게 되며 그렇게 자신의 자기대상을 성숙하게 선택하고 사용함으로써 자기구조를 강화하게 된다는 것이다.[24] 공감의 경험은 관계 속에서 본질적인 것이며 공감 안에서 자신의 필요보다 상대방의 필요를 기꺼이 우선시하며 그것에 응답해 줄 수 있는 능력을 획득한다. 우정, 사랑, 결혼 등 성숙한 자기-자기대상 관계의 특질은 서로가 서로의 자기구조의 일부가 된다는 점에서 서로의 자기 경험을 튼튼하게 유지하고 배양하며 향상시키는 성숙한 자기대상 경험이 된다. 성인의 일상적 삶의 전반에서 성숙한 자기대상은 다양하게 선택되고 경험될 수 있는데 그것은 사람들뿐만 아니라 학술적 연구, 예술적 창작 혹은 문화와 사상과 같은 형태로도 경험할 수 있다.[25]

3. 사제관계와 연애관계에 반영된 형식의 자기애적 욕구와 취약성

이광수 소설의 한계는 "자기 자신에 대한 자홀(自惚)" 때문이라는 김남천의

22 Kohut H, The search for the self, ed. by Orn-stein P, New York, International Universities Press, Inc, 1978.

23 홍이화, 「자기사랑을 위하여: 건강한 나르시시즘」, 『기독교사상』 628집, 대한기독교서회, 2011, 264쪽.

24 하인즈 코헛, 이재훈 옮김, 『정신분석은 어떻게 치료하는가』, 2007, 한국심리치료학회.

25 홍이화, 앞의 책, 267쪽.

인상적인 지적[26]은 대개 이광수 소설의 주인공들이 자기 황홀, 나르시시즘에 빠져 있다는 해석으로도 받아들여진다. 특히 〈무정〉의 형식은 햄릿형 인물로 지칭될 만큼 우유부단한 인물이자 심리의 추이가 매우 극단적이고 과도한 속물근성이나 나르시시즘에 사로잡혀 있는 것으로 여겨진다. "약하고 줏대 없는" "기괴하고 모순된 행동"에 "무슨 일이든 자기의 뜻대로 행하지를 못하고 바람에 기울거리는 갈대와 마찬가지로" "자기 딴에는 자기는 선각자려니 하고 있"지만 "어떤 때는 어린애나 일반으로 좌우하는 성격의 주인"이며 심지어 "가련한 희극 배우"라는 김동인의 폄하[27]는 물론, "한 사태에 대해 논리적으로 사고하고 행동하지 못하"고, "항상 연민, 동정, 초조, 부끄러움 등의 애매모호한 감정적 어휘로 채색"된다는 평가,[28] "합리적 계몽주의자라고 하기보다는 오히려 낭만주의적 감성이 다분한 인물"[29]이라는 단정은 형식의 문제적 면모를 여실히 드러낸다. 제목인 '무정(無情)'이 형식이 속한 시대의 풍경이라기보다는 오히려 형식 자신을 지칭하는 속성인 양, 〈무정〉 전반을 걸쳐 타인에 대한 무정하고 교만한 태도, 자기에 대한 열망과 오만한 자신감, 유치한 나르시시즘, 극심한 감정적인 동요, 유아적 공상과 망상, 심리적 불안 상태가 반복되면서 조증과 울증의 히스테리로 진단할 수 있을 만큼 감정의 양극단을 왕복하는 모습을 보인다. 그러나 이와 같은 결함과 한계가 역설적으로 형식을 매력적인 인물이자 흥미로운 탐색 대상으로 자리매김하는 것도 사실이다. 남보다 예민한 감수성과 신경을 소유하고 있었기 때문[30]이라고 볼 수도 있겠지만, 형식의 미숙성이야말로 미숙한 시대의 미숙성, 무정한 시대의 무정함이라는 문제적 관계를 보여주는 증거이자, 〈

26   김남천, 「춘원 이광수 씨를 말함」, 『김남천 전집』 1, 박이정, 2000, 162쪽.

27   김동인, 「춘원 연구」, 『김동인 전집』 16, 조선일보사, 1988, 50~60쪽 참고.

28   김윤식·김현, 『한국문학사』, 민음사, 1991, 123쪽.

29   이철호, 「〈무정〉과 낭만적 자아」, 『한국문학연구』 23집, 동국대학교 한국문학연구소, 2000.

30   이수형, 「1910년대 이광수 문학과 감정의 현상학」, 『상허학보』 36집, 상허학회, 2012, 190쪽.

무정)의 서사구조 자체가 "어른 없는 사회"의 "어린애"가 어른으로 나아가는 도정을 그리고 있기 때문이다. 다시 말해 형식이 과도기적인 혼란 속에 있었음을 자각하고 진정한 의미에서 '어른'으로 성장하기 위해 더 깨고 각성하기 위해 더 배우러 떠나는 결론으로 필연적으로 귀결되기 위함이다.

〈무정〉의 서사 구성이 보이는 중요한 특징은 바로 사건의 전개가 인물들의 각성이나 해방 등을 중심으로 이루어지며, 이 각성은 사랑의 문제와 관련하여 자기 자신의 감정과 존재를 인정하는 데에 핵심이 있다[31]는 점이다. 그런데 이 사랑과 각성의 양상은 '형식-영채, 형식-선형'의 구도처럼 대상 사랑뿐만 아니라 자기 사랑의 형태로도 나타난다. 자기 사랑에서 대상 사랑으로의 이동을 정상적인 발전 단계로 보고 자기 사랑으로의 회귀를 병리적 퇴행으로 인식하는 프로이트의 관점과는 달리, 자기 사랑과 대상 사랑이 밀접하게 결부되어 동반된다는 코헛의 논리에 의거하여 형식은 물론 영채, 선형까지도 일정한 자기 사랑의 성향을 드러내는 것이다. 특히 형식의 나르시시즘은 그의 미숙함이나 분열성을 드러내는 구체적인 성향으로 그려지는 듯 보이지만, 달리 보면 나르시시즘이야말로 그의 불완전성이 연원되고 반영되는 핵심 정수라고 할 수 있다. 고아였던 한 외로운 소년이 근대의식을 선취한 엘리트로서의 강한 자의식을 간직하고 교사에서 지도자로 성장해 가는 각성의 서사가 자기 사랑과 대상 사랑의 균형, 건강한 자기대상 관계와 공감, 지혜를 얻어 가는 나르시시즘의 성숙화 과정과 일치하는 셈이다. 물론 이 과정은 순차적이고 단계적인 것이 아니라 나선형의 방식으로 이루어진다. 소설 전반에 걸쳐 지속적으로 형식의 각성이 동반되기는 하지만 종종 각성 전과 다를 바 없는 수준으로 돌아가거나 오히려 역행하는 경우도 빈번하게 발생하기 때문이다. 궁극적으로 이 성숙의 체험은 형식의 자기애적 상처가 치유되고 자기애적 욕구가 반영되는 과정이기도 하다.

---

31 박상준, 「〈무정〉의 계몽주의 재고」, 『동남어문논집』 38집, 동남어문학회, 2014, 224쪽.

형식은 외롭게 자라났다. 형식은 부모의 사랑이든가 형제자매의 사랑도 모르고 자라났다. 그뿐더러 형식에게는 사랑하는 동무도 없었다. 나이 같고 성미가 서로 맞는 동무의 사랑은 여간 형제자매의 사랑에 지지 않는 것이라. 그러나 형식은 일정한 처소에 있지 아니하여 그러한 동무를 사귈 기회가 없었고 또 불쌍하게 돌아다닐 때에는 동무 될 만한 아이들이 형식을 천대하여 동무로 여겨주지를 아니하였다……(중략)…… '나는 소년 시대를 건너뛰었어!' 소년 시대를 보지 못한 형식의 마음은 과연 적막하였다. 그는 항상 말하기를 '나는 인생의 한 권리를 빼앗겼다'고 하였고 또 '그리고 그 권리는 인생에게 가장 크고 즐거운 권리라' 한다. 이러한 말을 할 때마다 형식은 적막한 생각을 이기지 못하여 길게 한숨을 쉰다. (257~259쪽)

형식은 학생들을 지극히 사랑하였다. 그가 학생들에게 대한 일언일동은 어느 것이나 뜨거운 사랑에서 아니 나옴이 없었다. 형식은 어린 학생들의 코도 씻어주고 구두끈과 옷고름도 매어주었다. 어떤 교사들은 형식의 이렇게 함을 비웃기도 하고 심지어 형식이가 학생들을 끔찍이 사랑하는 것을 좋지 못한 뜻으로까지 해석하였다. 더구나 형식이가 이희경을 특별히 사랑하는 것은 필연 희경의 얼굴을 탐내어 그러는 것이라 하며 어떤 자는 형식과 희경의 더러운 관계를 확실히 아노라고 장담하는 자도 있었다. 그래서 형식도 어떤 친구에게 충고를 받은 일도 있었고 희경도 동창들 사이에 좋지 못한 조롱을 받은 일도 있으며 희경이가 우등을 하는 것은 형식의 작간이라고 험구를 하는 자도 있었다.

그러나 형식은 여전히 학생들을 사랑하였다. 만일 학생들 중에 사람의 피를 마셔야 살아나리라 하는 병인이 있다 하면 형식은 달게 자기의 동맥(動脈)을 끊으리라고까지 생각하였다. 그 중에도 이희경 같은 몇 사람에 대하여서는 남자가 여자에게 대하여 가지는 듯한 굉장히 뜨거운 사랑을 깨달았다. (259~260쪽)

조실부모(早失父母)하고 떠돌면서 마음에 맞는 동년배와의 교류를 경험한 바 없는 형식은 그나마 외부의 시혜에 의존하여 근대 학문을 익혀 경성학교 교사가 된다. 그는 어린 시절 부모를 비롯한 타인과의 공감적 관계를 제대로 누리지 못한다. 그의 외로움과 적막함은 적절한 자기대상을 갖지 못한 결핍이라고 할 수 있다. 아이는 자기대상(부모)과의 경험을 통합 또는 융합하여 응집된 건강한 자기를 형성해 간다. 칭찬과 인정을 받고자 하는 아이의 욕구를 부모가 공감적으로 반영하여 받아주면, 이 과시적 자기가 발달하여 건강한 자존감과 희망과 포부를 갖는 성숙한 자기애로 변화되는 것이다. 성숙한 자기애는 창의력과 타인에 대한 공감능력, 긍정적이며 긴장과 갈등을 심리적으로 조절하는 자기의 특징들을 말한다.[32] 그러나 형식은 이와 같은 마땅한 관계의 권리를 경험하지 못하고 취약한 자기애에서 벗어나지 못한다. 김동인을 비롯한 논자들의 지적처럼 제대로 내면을 통제하지 못하는 형식의 유아적인 심리 상태 역시 이와 관련된다. 과도한 자기애적 요구와 지나친 자기주장으로 나타나는 자기 장애(self disorders)의 주된 원인은 어린 시절 자기애적 욕구에 대해서 자기대상의 공감적 반응이 결핍되었거나 최적의 좌절을 경험하지 못한 데에서 비롯된다.[33] 형식이 상실한 소년시대는 이같은 왜곡되고 결손된 상태로 그의 내면에 침잠해 있는 것이다.

교사라는 직업에 대한 형식의 자부심과 지극한 제자 사랑은 자신의 결손된 과거를 보상하려는 무의식적 태도로 보인다. 그는 제자들을 통해서 자신의 불우한 소년 시절의 공감관계를 충만하게 회복하려고 한다. 자신의 일부로서의 자기대상이라 할 만한 제자들을 사랑하고 또 그들에게 사랑받고자 하는 자기애적 욕구는 세간의 질시와 의혹의 원인이 되기도 한다. "가르치는 자리에 있는 사람은 배우는 자를 한결같이 사랑할 필요가 있나니"라는 형식의 일갈에도 불

---

32 김준, 「하인즈 코헛의 인간이해와 기독교상담」, 『복음과 상담』 20집, 한국기독교상담학회, 2013, 19쪽.

33 김혜신, 「자기심리학에 의한 자기애적 인격장애 사례 연구」, 『한국기독교상담학회지』 24권4호, 한국기독교상담학회, 2013, 55쪽.

구하고, 형식과 애제자의 사이를 불온하다고 확신하는 사람이 있고 이를 또 형식도 명백히 의식하면서 모른체 하고 어떤 경우 그것은 이성애에 가까울 정도라고 인정한다는 점에서 분명히 형식의 제자 사랑은 과도한 측면이 있다. "부모의 사랑이나 형제의 사랑이나 동무의 사랑도 맛보지 못하고 하물며 여자에게 대한 사랑은 꿈도 꾸어보지 못한" 형식 안에 이십 년 동안 갇혀 있던 사랑이 폭발적으로 분출하는 것은 자기애적 상처를 달래기 위한 방법이기도 하다. 형식은 제자들이 "나의 부모요 형제요 아내요 동무요 아들"로 "나의 전정신(全精神)을 점령"했다고 일기에 쓴다. 자기애와 동성애간의 밀접성에 대한 논쟁적인 관점은 차치하더라도, 제자들을 생물학적인 육친이나 이성애적 연인으로까지 상상하는 것은 그들을 자기의 연장으로 여기는 자기대상화와 부합한다. 형식은 학생들이 자기가 가르친 말을 끌어 쓰거나 자기가 가르친 방법을 사용하는 것을 보면 더할 수 없이 기뻐하는 모습을 보인다. 형식이 독서를 열심히 하는 이유 중 하나도 학생들에게 책의 내용을 알려주기 위해서이다. 형식의 말과 지식은 그대로 학생들의 그것이기도 하고, 또 학생들의 말과 지식은 그대로 형식에게서 기원된 것이기도 하다. 말과 지식을 고리로 자기(형식)와 자기대상(학생들)이 통합된다. 그가 바라는 것은 학생들에게 학문적 부모에 가까운 존재가 되는 것으로 보인다.[34]

〈무정〉의 다양한 인물관계의 핵심이 사제(師弟), '교사와 학생'의 관계로 설정되는 것은 민족의 선각자이자 교사로서의 이광수의 계몽담론이 그 자신의 이데

---

34 형식과 하숙집 노파와의 관계도 일종의 사제관계로 여겨진다. 삼년 동안 동거동락하면서 객이 아니라 가족과 같이 지내는 형식과 노파의 관계에서, "노파는 이 세상에 친구도 없었고 글도 볼 줄 모르는 사람이라. 지식을 얻을 데는 형식밖에 없었다. 그러므로 노파가 지금 가지고 있는 지식은 대개 형식의 위로하는 말에서 얻은 것이라. 형식의 말은 노파에게 대하여는 철학(哲學)이요 종교(宗敎)였다……(중략)…… 이러므로 형식은 노파에게서 제가 하던 말을 도로 들으면서도 큰 위로를 받았다." 노파의 말을 자신의 말로 확인할 때 기쁨을 느끼는 형식의 모습은 공감하고 반영하고 동조하는 자기-자기대상관계로서의 사제관계를 잘 드러낸다.

올로기이자 창작방법론 범주의 내적 형식으로 기능[35]한 것으로 볼 수 있다. 〈무정〉의 텍스트 안팎을 아우르고 있는 사제관계는 특히 작품 내에서 '형식-선형, 형식-영채, 월화-영채, 병욱-영채'의 구도로 반복하여 나타나는데, (다소 논쟁적인 동성애 논의까지 포괄한다면[36]) 모두 교육과 연애가 한데 결합된 관계로 이해할 수 있다. 교사의 입장에서 본다면 이른바 교육이야말로 학생들을 '작은 자기'로 만드는 특별하고 공인된 자기몰두 행위라고 볼 수 있다. "자기가 조선에 있어서는 가장 진보한 사상을 가진 선각자로 자신"하고 "여러 교사들 중에 학생들에게 영향을 많이 주기로는 남들도 형식이라고 허락하고 형식 자신도 그렇게 확신"하며 "'언제나 저들을 나만큼이나마 가르치는가' 하는 선각자의 책임을 깨닫고" "내 말을 알아듣고 내 뜻을 이해(理解)하는 자가 몇 사람이 없구나 하는 선각자의 적막(寂寞)과 비애(悲哀)를" 통감하는 형식의 자기황홀과 자긍심이 교사로서 학생을 대할 때 가장 충만하게 채워지는 것도 이와 일맥상통하다. 그렇게 아끼는 희경에게조차 형식은 사실상 그의 한계와 부족함을 눈여겨 가늠하여 재보면서 자신과의 격차를 확인하고 우월감을 만끽하고자 한다.

그런데 이러한 자기애적 자존감은 일거에 무너진다. 영채와의 사연이 추문으로 변질되면서 학생들의 야유와 조롱을 받게 된 형식은 견디기 어려운 모욕감과 수치심을 겪으면서 학교를 그만둔다. 이는 마치 연인에게 실연당하는 것과 유사한 광경과 심정으로 묘사된다. "형제로 자녀로 아내로 사랑하는 자로 알아오던 학생들을 영구히 떠나는가 하면 미상불 슬프기도" 하고 "정신적 아우와 아들이 되어 마치 자기가 오매에 그네를 잊지 못하는 모양으로 그네도 자기를

---

35 박종렬, 「〈무정〉의 계몽담론과 대중문학적 시학」, 『한국문학이론과비평』 16집, 한국문학이론과 비평학회, 2002, 29쪽.

36 〈무정〉의 등장인물들간에 동성애적인 모티브가 교묘히 숨겨져 작품의 내면을 구성하고 있다거나 형식의 쉽게 동요하는 마음과 감정은 여성적인 성격이 암호화되어 내재된 것이라는 지적이 그러하다.(한승옥, 「동성애적 관점에서 본 〈무정〉」, 『현대소설연구』 20집, 한국현대소설학회, 2003, 23~24쪽 참고)

잊지 아니하리라 하였"지만 "오늘이야 비로소 사년급 학생들의 눈에 비친 자기를 분명히 깨"닫고 "자기가 전심력을 다하여 사랑하여오던 자가, 또는 자기를 전심력을 다하여 사랑하거니 하던 자가 일조에 자기를 사랑하지 아니하는 줄은 깨달을 때에 그 슬픔"을 겪으며 "내가 무엇 하러 이 모양으로 살아왔는고" 후회하면서 목숨의 뿌리를 잃어버린 양 중이 되겠다고 푸념한다. 제자들과의 자기대상관계가 사실상 자신만의 욕망에 불과했고 제자들이 자신을 이상화된 자기로 인식하지도 않았다는 사실을 알게 되자 돌연 인생의 목적을 상실해 버린다. 다른 학생들은 물론 희경조차도 "애초부터 형식을 존경하지도 아니하였고 다만 끔찍이 친절하게 굴려 하는 젊은 교사라 할 뿐"이었기 때문이다. 소설에서는 교사로서의 형식의 실패를 그가 진보한 점이 있고 정성은 있었지만 "사람의 마음을 보는 법이 어두웠다"는 데에서 원인을 찾는다. "세상 사람의 마음은 다 자기의 마음과 같아서 자기가 좋게 생각하는 바는 깨닫기만 하면 다른 사람에게도 좋게 보이려니 한" 것이다. 형식의 실패는 아직 자기대상으로서의 학생들의 '마음'을 얻지 못한 탓이다. 일방적으로 자기애적 욕구를 그들에게 투영하고 반영하려고만 했지 성숙하고 진정한 상호반응적 공감관계까지는 도달하지 못한 것이다. 〈무정〉의 후일담이라고 할 만한 126장에서 이후 희경이 학문적 자질과 재능을 펴 보지도 못하고 요절하거나 오만했던 제자 종렬이 북간도에서 실종된 사정을 보면, 경성학교 제자들이 형식에게는 일종의 오인된 혹은 나쁜 자기대상이었고 응당 그 대가를 치렀다는 사실을 짐작할 수 있다.

코헛에 따르면 외부 대상으로부터 적절한 공감과 적절한 좌절을 겪으면서 정상적이고 건강한 나르시시즘을 형성하는 것은 당연히 개별적이면서도 필수적인 발달과정이다. 반면 취약한 나르시시즘을 가진 사람은 한편으로는 특별하다고 느끼고 싶어 하는 보편적인 욕구와 다른 한편으로는 현실에 적응해야 한다는 피할 수 없는 욕구라는 두 가지 극단적인 면을 함께 지닌다. 그의 특별함을 불확실하게 만드는 아주 사소한 거절, 또는 가혹한 운명이 예정된, 일상적이 거나 또는 특별한 재난, 그리고 충격에 쉽게 상처를 입는다.[37] 또한 자신의 자존 감을 정상 수준으로 통제하지 못하게 될까 봐 불안해 하는 흥분, 혼란, 수치감, 우울, 열의와 의욕의 상실, 신체나 정신 상태의 불편함[38] 등에 쉽게 사로잡히며 내적 공허감과 무력감에 빠질 수도 있다. 선형과 함께 미국 유학을 떠나는 기차 안에서 죽었으리라 믿었던 영채와 맞닥뜨리자 선형과의 혼인을 포기하든지 중이 되든지 하겠다며 갈팡질팡하던 형식을, 신우선이 가리켜 말한 "노보세(上 氣)[39]"야말로 〈무정〉 전반에 걸쳐 형식이 끊임없이 반복하는 심리상태이다. 영채 나 선형은 물론이고, 우선이나 경성학교 학생들, 김장로 부부, 기생 어미 노파, 계향 등 외부의 시선과 대우, 평판에 대해서 지극히 날카롭고 예민하게 반응하 면서 내면의 천국과 지옥을 왕복하는 형식의 전전긍긍은 처량하면서도 한심할 정도로 계속된다. 아래 장면에서 살펴볼 수 있듯이 영채가 기생일까 아닐까를 따지며 유쾌와 불쾌, 매혹과 혐오의 양 극단을 교차하면서 유치한 환상과 백일 몽에 빠져 현실감까지 잃어버리는 모습은 거의 코믹하기까지 할 정도이다. 여 기서 진정 우스꽝스러운 것은 인생이 아니라 형식 일 개인의 모습일 뿐이다.[40]

> 형식은 아까 품었던 영채에게 대한 불쾌한 감정을 다 잊어버리고 눈앞에 보이는
> 영채의 모양에 대하여 한참 황홀하였다. 형식의 눈앞에 보이는 영채가 '형식씨,

37　제레미 홈즈, 앞의 책, 26쪽.

38　이만홍, 앞의 책, 18쪽 참고.

39　'몹시 흥분함', '피가 머리로 올라감'이라는 뜻의 일본말이며, 제대로 감정을 제어하지 못하는 혼란 상태 를 의미한다.

40　본문에서 인용한 것처럼 〈무정〉 전반에 걸쳐, 형식의 공상과 환상은 유치할 수준의 내용과 형식으로 반 복되어 나타난다. 이 역시 형식의 미숙한 나르시시즘의 징후라고 볼 만하며, 다음의 언급을 참고할 수 있다. "과장스러운 환상은 청소년기의 나르시시즘에는 정상적이지만, 그것들은 아주 잘 숨겨진 상태로 성인이 된 뒤에도 지속되는 경우가 있다. 그것은 대개 수치심으로 채색되어 있으며 나르시시즘적 정서 의 중요한 측면이다."(제레미 홈즈, 앞의 책, 22~23쪽 참고)

저는 세상에 오직 당신을 믿을 뿐이외다. 형식씨, 저를 사랑하여주십시오. 저는
이 외로운 몸을 당신의 품속에 던집니다' 하고 눈물 고인 눈으로 형식을 쳐다보
는 듯 하다. 형식은 마음속으로 '영채씨, 아름다운 영채씨, 박선생의 따님인 영
채씨, 나는 영채씨를 사랑합니다. 이렇게 사랑합니다' 하고 두 팔을 벌리고 안는
시늉을 하였다. 형식의 생각에 영채의 따뜻한 뺨이 자기의 뺨에 와 스치고 입김
이 자기의 입에 와 닿는 듯하였다. 형식의 가슴은 자주 뛰고 숨소리는 높아졌다.
옳다, 사랑하는 영채는 내 아내로다. 회당에서 즐겁게 혼인 예식을 행하고 아들
낳고 딸 낳고 즐거운 가정을 이루리라 하였다.

그러나 영채는 어디 있는가. 지금 어디 있는가. 형식은 또 불쾌한 마음이 생긴다.
영채가 어떤 남자에게 안겨 자는 모양이 눈에 보인다. 형식이 영채의 자는 방에
들어가니 영채는 어떤 사나이를 꼭 꺼안고 고개를 번쩍 들고 형식을 보며 히히
히 하고 웃는 모양이 보인다. 형식은 '여보, 영채, 이것이 웬일이오' 하고 발길로
영채의 머리 차는 양을 생각하면서 정말 다리를 들어 모기장을 탁 찼다. 모기장
을 달았던 끈이 뚝 끊어지며 모기장이 얼굴을 덮는다. 형식은 벌떡 일어나 모기
장을 집어 던지고 궐련을 붙였다. 노파는 벌써 잠이 든 듯하고 서늘한 바람이 무
슨 냄새를 띄워 솔솔 불어온다. 형식은 손에 든 궐련이 다 타는 줄도 모르고 멍
멍하게 마당을 바라보더니 무슨 생각이 나는지 마당으로 뛰어나온다. 교동 거리
에는 늦게 돌아가는 사람의 구두 소리가 나고 잘 맑은 여름 하늘에는 별이 반작
반작한다. 형식은 하늘을 바라보다가 휙 돌아서며 혼잣말로

"참 인생이란 우습기도 하다." (71~72쪽)

"대체 자기는 누구를 사랑하는가. 선형인가, 영채인가. 영채를 대하면 영채를
사랑하는 것 같고 선형을 대하면 선형을 사랑하는 것 같다". 끊임없는 애정과
관심을 희구하면서 무정과 유정을 넘나드는 형식의 우유부단한 연애담이 〈무
정〉의 핵심적인 갈등구조임에는 분명하다. 그런데 〈무정〉의 전개 방식에서 흥
미로운 것은 이와 동반하여 지속적으로 유보되는 말, 약속, 확인 등의 장치들이
다. 의도적인 말 끊기와 진실 은폐 등은 일종의 서사적 지연 전략이라고 할 수

있다. 당시로서는 파격적일 정도로 긴 작품 분량과는 달리 〈무정〉은 6월부터 8월까지 한 달 보름 동안에 걸친 이야기이며, 세 주인공의 사랑과 갈등, 화해 등 일련의 사건들은 시간에라도 쫓기듯이 일주일도 안 되는 시간에 걸쳐 신속하게 일어난다. 그러면서 중간중간 특정한 약속과 말과 확답이 계속 지연되며 진실은 최대한 뒤늦게 폭로된다. 칠 년만에 형식을 찾아온 영채는 장황하게 자신의 지난 사연을 늘어놓다가 결정적으로 자신이 기생된 사정에 대해서는 침묵하고 돌아 나간다. 그렇게 여학생 모양이기도 하다가 기생 같기도 한 영채의 정체야말로 소설 전반부를 통해 내내 형식을 괴롭힌다. 그러다가 경성학교에서 배명식 학감이 안달하고 있다는 기생 계월향의 이야기를 듣고 그녀가 혹시 영채가 아닐까 하는 근거없는 예감에 사로잡혀 청량사에서 겁탈당하는 영채를 목격하고서야 기생임을 확실히 알게 된다. 미묘한 것은 청량사에서도 옷이 찢어지고 상처입은 모습을 목격할 뿐, 실제 영채가 배명식과 김현수에게 순결을 잃은 것인지 아닌지는 확실히 명시되지 않는다는 점이다. 형식보다 앞서 방을 엿본 우선이 했던 "모 따메다(벌써 틀렸다)"는 한탄만이 순결을 잃었다는 유일한 증거로 추측될 뿐이다. 영채가 처녀인지 아닌지 "이 비밀을 가지고 오래 두고 형식의 마음을 괴롭게 하리라"는 우선의 속내도 의심스럽기는 마찬가지이다. 자살을 결심하고 평양으로 떠난 영채를 따라갔지만 끝내 생사를 확인하지 못하고 돌아오는 상황 역시 크게 다르지 않다. 물론 신문연재소설의 특성 상 중요한 정보를 적절히 감추고 노출하는 방식으로 독자의 궁금증과 기대심리를 촉발시키면서 해소하는 전략의 일환이라 볼 수도 있다. 활극을 방불케 하는 청량사의 소동, 유학을 떠난 기차에서의 형식-선형과 영채의 우연한 조우 등은 소설의 극적인 효과를 강화하기 위한 것이기도 하다. 더불어 영채의 기생 여부, 순결 여부, 생사 여부에 관한 정보 노출을 자꾸 지연하는 것은 이형식의 내면 탐구를 핵심으로 하는 〈무정〉의 서사적 목적을 위해 형식의 내적 혼란과 번민을 극대화하는 동력을 제공하기 위함이다. 선형과의 약혼이 성사된 후에도 자신에 대한 사랑 여부를 묻는 형식의 질문에 선형이 (진심어린) 답변을 지연하는 것도 유사한 상황이다. 이는 형식과 선형의 결혼이 완료형이 아닌 진행형으로 끝나는 〈무정〉의 결말부까지 이어진다.

애초 형식을 거두어 준 은인인 박진사도 어떤 확실한 언급으로 형식과 영채의 결혼을 확약한 것이 아니었다. 형식이 특별히 박진사의 사랑을 받자 여러 동창들이 장차 박선생의 사위가 되리라 하여 농담과 시기 삼아 조롱하거나, "박진사가 자기로 사위 삼으려는 뜻이 있는 줄을 대강 짐작"했을 정도에 불과했다. 영채의 입장에서도 "부친께서 '너는 형식의 아내라 되어라' 하신 말씀을 자라나서 생각하니 다만 일시 농담이 아니라 진실로 후일에 그 말씀대로 하시려 한 것이라 하고 내 몸이 가루가 되더라도 부친의 뜻을 아니 어기리라 하였"던 것이지 분명한 약조나 유언도 아니었다. 문제는 역설적이게도 분명한 약속이 없었기에 더 강력한 주문이 된다는 점이다. 애초 약속이 없었기에 파기할 것도 없기 때문이다. 약속이 미루어지기에 파기도 미루어질 수밖에 없다. 약속은 결별의 가능성을 내포하고 있으니, 애초에 약속이 없었다면 헤어질 가능성도 없을 것이다.[41] 확실한 약속이 없었기에 확실한 결별도 없으면서, 계속 관계는 유보되고 지연될 수 있다. 어린 시절 부모와 형제와 동년배에게서 충분한 사랑과 관심, 공감 관계를 경험하지 못한 형식의 취약한 자기애가 그나마 의지하고 반응할 수 있었던 이들이 박진사 가족과 영채였다고 볼 때, 비록 칠 년만에 만났어도 영채는 여전히 형식의 자기대상에 해당한다고 할 수 있다. 영채의 기생됨과 순결 여부의 폭로 지연 역시 영채에 대한 형식의 자기대상 관계를 계속 유지하는 장치가 된다. 영채가 죽었음을 형식이 내심으로 인정한 후에야 선형과의 약혼과 유학이 일사천리로 진행되는 것도 의미심장하다.

41　대리언 리더, 구계원 옮김, 『사랑할 때 우리가 속삭이는 말들』, 문학동네, 2016, 17쪽.

프로이트는 자기애의 경우 사랑의 대상이 어떻게 나타날 수 있는지 다음과 같은 간략한 도식을 제시한다. "①현재의 자신 ②과거의 자신 ③자신이 바라는 미래의 모습 ④한때 자신의 일부였던 사람[42]" "남의 처녀를 대할 때마다 생각하는 버릇이니 형식은 처녀를 대할 때에 누이라고밖에 더 생각할 줄을 모르는 사람이라"는 언급이 암시하듯이, 형식의 누이콤플렉스는 이성에게 느끼는 본능적인 성적 욕망과 끌림을 순화하고 정신적 사랑을 강조하는 태도이기도 하지만, 거꾸로 육친처럼 자기화한 존재에 대한 자기애적 욕구를 반영하기도 한다. 그리고 잠시나마 안정적 공감관계를 누렸던 박진사 가족과의 과거 생활 속에서 친누이보다 더 누이에 가까운 쪽은 영채였을 것이다. 영채는 과거 일시적인 행복을 경험했던 박진사 가족과의 생활을 상기하는 동시에 그 시절 형식 자신의 일부(자기대상)이기도 했으며, 또 형식의 공상 속에서 그려지는 미래의 화목한 가정 속 아내의 형상이기도 하다. 이 자기대상 관계가 계속 유지되려면 현재 영채의 구원자는 마땅히 형식 자신이어야 한다. "영채와 자기는 이상하게 같은 운명을 지내오는 듯하다 하였다. 그리고 영채가 더욱 정다워지는 듯함을 깨달았다. 영채는 자기의 아내를 삼아 일생을 서로 사랑하고 지내야 하리라 하였다" 억울하게 아버지와 오빠들이 투옥된 후 거리를 방랑하다가 낯선 남자에게 성적 위협을 당했던 영채의 사연은 그 훨씬 전 평양 거리를 헤매다 당할 뻔한 어린 형식의 경험과 쌍둥이 같이 일치한다.

> 옳다, 그렇다. 나는 영채를 구원할 의무가 있다. 영채는 나의 은사의 따님이요 또 은사가 내 아내로 허락하였던 여자라. 설혹 운수가 기박하여 일시 더러운 곳에 몸이 빠졌다 하더라도 나는 그를 건져낼 책임이 있다. 내가 먼저 그를 찾아다니지 못한 것이 도리어 한이 되고 죄송하거늘 이제 그가 나를 찾아왔으니 어찌

---

42 지그문트 프로이트, 앞의 책, 69~70쪽.

모르는 체 하고 있으리오. 나는 그를 구원하리라, 구원하여서 사랑하리라. 처음에 생각하던 대로 만일 될 수만 있다면 나의 아내를 삼으리라……(중략)…… 아까 영채의 태도는 과연 아름다웠다. 눈썹을 짓고 향수내 나는 것이 좀 불쾌하기는 하였으나 그 살빛과 눈찌와 앉은 태도가 참 아름다웠다. 더구나 그 이야기할 때에 하얀 이빨이 반작반작하는 것과 탄식할 때에 잠깐 몸을 틀며 보일 듯 말 듯 양미간을 찡그리는 것이 못 견디리만큼 어여뻤다. 아까 형식은 너무 감격하여 미처 영채의 얼굴과 태도를 비평할 여유가 없었거니와 지금 가만히 생각하니 영채의 일언일동과 옷고름 맨 모양까지도 못 견디게 어여뻐 보인다. 형식은 눈을 감고 한 번 더 영채의 모양을 그리면서 싱긋 웃었다. (69~70쪽)

내가 저녁 때에 일을 마치고 집에 돌아오면 영채는 나를 기다리고 기다리다가 내가 오는 것을 보고 뛰어나오며 내게 안기리라. 그때에 우리는 서양 풍속으로 서로 쓸어안고 입을 맞추리라. 그러다가 이윽고 아들이 나렷다. 영채와 같이 눈이 큼직하고 얼굴이 동그스름하고 나와 같이 체격이 튼튼한 아들이 나렷다. 그담에 딸이 나렷다. 그담에는 아들이 나렷다.
그러나 영채가 만일 지금껏 아무것도 배운 것이 없으면 어쩌나. 내 마음과 내 사상을 알아줄 만한 공부가 없으면 어쩌나. 어려서 글을 좀 읽었건마는 그동안 칠팔 년간이나 공부를 아니 하였으면 모두 다 잊어버렸으렷다. 아아, 만일 영채가 이렇게 무식하면 어쩌는가. 그렇게 무식한 영채와 행복한 가정을 이룰 수가 있을까. 아아, 영채가 무식하면 어쩌나. 이렇게 생각하매 지금까지 생각하던 것이 다 쓸데없는 듯하여 불현듯 서어한 마음이 생긴다. (51~52쪽)

형식의 자기대상으로서의 영채는 형식과 유리된 독자적 개인이 아니라 형식과의 관계 속에서 구성된다. 즉 형식의 자기구조 속에서 의미를 갖는 존재가 되는 것이다. 형식이 갈망하는 대상은 영채라는 이성(異性)이 아니라 '영채를 구원하는 자기'의 형상이다. 형식의 욕망은 영채와 자신의 관계, 피구원자라는 구원자라는 관계에 초점이 맞추어져 있다. 직설적으로 말하자면 형식이 사랑하는 것은 영채가 아니라 영채를 구원하는 자신이다. 이 구원의 자기구조 속에서만 영채는 사랑받을 만한 대상이 된다. 이 자기구조 관계를 강력하게 <u>스스로</u> 내면화한 후에야 영채의 미모, 얼굴과 태도의 아름다움이 눈에 들어오는 수순은 의미심장하다. 자기구조 관계가 성립되어야 "가만히 생각하니" 예뻐 보이는 것이다. 자신과 영채의 행복한 미래를 상상하는 장면 또한 형식의 자기구조 안에서 형상화된다. 근대적 지식 엘리트의 가정답게 서양 풍속으로 사랑하고 돌보는 일부일처제 가정이 그것이지만, 여기서 의외의 혹은 필연적인 균열이 생긴다. 수준 높은 사상과 이념을 지닌 자신과 영채가 지적으로 어울리지 않을 수 있다는 의구심과 함께 달콤했던 공상은 불길한 걱정으로 바뀐다. (기생이 되었을지도 모를) 현실의 영채가 자신의 이상에 부합하는 영채에 미달할 수 있기 때문이다. 이 역시 형식이 욕망하는 것은 영채보다는 근대식 부부관계라는 자기구조이다.[43] 형식은 내내 '정신생활', '영적 만남' '내면의 미' 등을 강조함으로써 상대가 자신과 같은 교육을 받은 존재여야 한다는 점을 강조한다. 연애는 영육의 조화인데, 구식 부인과는 대화가 통하지 않아서 겨우 육체적 만족만 취할 수 있을 뿐[44]이라는 것이다. 비슷한 정신적 수준으로 맺어지지 않고 영적 결합이 부재한 남녀관계를 매음 혹은 야합이라고까지 비판하는 형식의 결혼관에 비추어 볼 때, 신식 교육을 받지 못한 영채는 적절한 상대가 되지 못한다. 형식에게 필요한 것은 단지 아내가 아니라 정신적으로도 영적으로도 교육적으로도 평등하게 아내

---

43 "이광수는 구식 결혼제도를 비판하면서 결혼을 생식, 성욕(色)의 도구라고 간주하고, 이에 대한 대타의식에서 정신적 사랑, '오누이적 사랑'의 형태를 제안하고 있다. 이것이 육체적 사랑의 소거를 의미하는 것은 아니고 정신적 사랑이 제1조건이고, 이를 바탕으로 육체적 사랑이 이루어져야 하는데 이때 육체적 관계는 건강하고 순결하며 성숙한 남녀의 신체가 결합하는 것이어야 한다는 것이다. 형식이 여러 번 영채의 육체의 순결성에 대해 궁리하면서 '순결하다'는 결론이 나올 때마다 그녀와 결혼하겠다고 생각한 것도 이와 관련된다.(이영아, 「이광수의 〈무정〉에 나타난 '육체'의 근대성 고찰」, 『한국학보』 106집, 일지사, 2002, 162쪽 참고)" 그렇다면 이와 같은 전제에 비추어 볼 때에도 영채가 기생이라면 형식의 결혼대상으로는 엄연한 부적격자가 되어 버린다.

44 최혜실, 「〈무정〉에 나타난 근대성, 사랑, 성」, 『여성문학연구』 1집, 한국여성문학학회, 1999, 167쪽.

와 사랑하고 소통할 수 있는 깨어 있는 남편으로서의 자기이다. 게다가 이윽고 구원자와 피구원자라는 환상적 자기구조는 지극히 현실적인 조건 앞에서 금세 무력하게 해체된다. 영채가 장안의 풍류남자가 저마다 침을 흘리고 덤빈다는 계월향이라는 기생이고, 그녀를 기생에서 빼내기 위해서는 천 원은 필요하다는 말을 듣자 형식은 낙담과 자조감과 수치심에 사로잡힌다. 구원해 주려도 구원해 줄 수 있는 경제력이 없는 것이다. "천 원! 천 원이 어디서 나는가"라고 거듭 한탄해도 빈한한 자신의 처지로서는 옴짝달싹할 수가 없다.

> 공평한 눈으로 보건댄 영채의 얼굴이 차라리 선형보다 나았을 것이다. 그러나 선형을 천하제일로 확신한 형식은 영채를 제이로 생각할 수밖에 없었다. 게다가 선형은 부귀한 집 딸로서 완전한 교육을 받은 자요 영채는 그동안 어떻게 굴러 다녔는지 모르는 계집이라. 이 모든 것이 합하여 형식에게는 영채는 암만 해도 선형과 평등으로 보이지를 아니하였다. 다만 선형은 자기의 힘에 밎지 못할 달 속에 계수나무 가지요 영채는 자기가 꺾으려면 꺾을 수 있는 길가에 행화 가지 였다. 그러므로 형식이가 제일로 생각한 선형을 버리고 제이로 생각하는 영채를 취하려 하였던 것이라. 그러다가 영채가 대동강에 빠지고 게다가 김장로가 혼인 을 청하매 형식은 별로 주저함도 없이 약혼을 허하였고 또 슬퍼함도 없이 영채 를 잊어버리려 하였던 것이다.(403쪽)

현실적으로도, 그리고 심리적으로도 영채는 오히려 형식의 자기애와 자기애로 구성된 자기구조를 위협하고 불안하게 한다. 영채가 실종되고 경성학교 교사직을 그만둔 후 중이나 되어 "당장 이 생활을 온통 내던지고 어디 사람 없는 외딴 것에 들어가서 숨고 싶은" 수치심에 사로잡혀 있던 형식에게 선형과의 약혼 제안이 오는 것은 매우 시의적절하다. 아직 선형에 대해서 제대로 아는 것이 거의 없음을 스스로 인정하면서도 형식은 "영채가 마침 죽은 것은 다행이다 하는 생각까지" 하면서 "'미국 유학!' 형식의 마음이 아니 끌리고 어찌하랴. 사랑하던 미인과 일생에 원하던 서양 유학! 이중에 하나만이라도 형식의 마음을 끌만하거든 하물며 둘을 다!" 환호하고 전신이 아프도록 기쁨을 깨닫는다. 급기야 "이제는 내가 이러한 대문으로 출입할 사람이 아니로구나 하였다. 자기는 갑자기 귀해지고 높아진 듯하였다". 영채로 인해 위축되었던 형식의 자기애는 김장로 부부가 천애고아인 자신을 알아봐주고 인정해 주고 고평(高評)해 주어 귀한 딸과 함께 미국 유학까지 선사함으로써 일거에 회복된다. 이상적인 여성은 사랑받지만 욕망의 대상은 되지 않으며, 타락한 여성은 욕망의 대상은 되지만 사랑받지는 않는다는 원리가 자연스럽게 구현된다.[45] 영채냐 선형이냐는 선택은 둘 중 누가 더 형식의 자기애를 강화하는 대상인지에 따라서 결정될 뿐이다. 결국 '형식-영채, 형식-선형' 간의 이성애적 사랑보다 중요한 것은 형식의 순전한 자기애 자체이다.

4. 인물들의 자기애적 성숙화와 '공감'의 대단원

분량의 차원으로 보더라도 〈무정〉의 내용 대부분은 형식의 갈등과 영채의 수난으로 이루어진다. 영채야말로 소설에서 가장 극적으로 전환되는 인물이기도 하다. 〈무정〉에서는 제목이기도 한 '무정'이라는 단어가 총 24번 등장하는데, 이 중에서 17번이 영채의 고통스러운 삶을 나타내고자 사용된다. 그리고 이 17번의 '무정' 중에서 14번이 영채를 대하는 형식의 모습과 관련된다. 다시 말해 이 소설에서 가장 '무정하다'고 인식되거나 지칭되는 인물은 형식이며, 그 대부분이 영채를 향한 태도와 연관된다.[46] 결국 형식의 갈등의 중요한 측면은 영채

---

45 대리언 리더, 앞의 책, 41쪽.

46 하숙집 노파와 형식의 대화를 묘사한 다음 장면은 이러한 양상을 여실히 보여준다.

에게 무정하다는 외부의 평판과 또 내면의 자책감을 떨쳐내고 극복하기 위한 과정에 할애된다. 구원자로서의 자기 이상은 이러한 평판과 자책감과 깊이 관련되어 있는 셈이다. 그런데 앞에서 언급한대로, 영채의 입장에서도 어린 시절 아버지 박진사로부터 명백한 혼인 약속을 들은 적은 없다. 성립되지 않은 약속이 오히려 형식에 대한 영채의 갈망을 지속시키는 역설적 기능을 한다. "이전 부친께서 농담 삼아 '너 형식의 아내 되랴' 하던 말"이 강력한 주문처럼 이후 수난으로 점철된 영채의 삶에서 "천애지각으로 표류하면서도 일찍 형식을 잊어본 적이 없"도록 지표가 된 것이다. "영채의 아버지가 영채의 어렸을 때에 가르친 『열녀전』과 『내칙』과 『소학』은 과연 영채의 일생을 지배한 것"에 더해, 성립되지 않은 혹은 지연된 혼인 약속은 형식의 아내라는 자기 이상을 가정하여 "나는 일생을 형식에게 바치고 달리 남자를 보지 아니하리라고 굳게 작정"하게끔 만든다.

> 영채는, 어찌 하여 그 아버지와 두 오라버니를 구원하지 못할까, 옥에서 나오게
> 할 수가 없을까, 아주 나오게는 하지 못하더라도 옷이라도 좀 깨끗이 입고 음식이
> 나 맛나는 것을 잡수시도록 할 수가 없을까, 들으니 감옥에서는 콩 절반 쌀 절반
> 두고 지은 밥을 먹는다는데, 아버지께서 저렇게 수척하심도 나 많은 이가 음식이
> 부족하여 그러함이 아닌가, 옛날 책을 보면 혹 어떤 처녀가 제 몸을 팔아서 죄에
> 빠진 부모를 구원하였다는데 나도 그렇게나 하였으면………(중략)……… 내가

"그렇게 십여 년은 그립게 지내다가 찾아왔는데 그렇게 무정하게 구시니까."
'무정하게'라는 말에 형식은 놀랐다. 그래서
"무정하게? 내가 무엇을 무정하게 했어요?"
"무정하지 않구! 손이라도 따뜻이 잡아주는 것이 아니라……"
"손을 어떻게 잡아요?"
"손을 왜 못 잡아요? 내가 보니까, 명채……"
"명채가 아니라 영채에요."
"옳지, 내가 보니깐 영채씨는 선생께 마음을 바친 모양이던데, 그렇게 무정하게 어떻게 하시오. 또 간다고 할 적에도 붙들어 만류를 하든가 따라가는 것이 아니라……" 하고 형식을 원망한다.(285~286쪽)

이제 옛날 처녀의 본을 받아 내 몸을 팔아 돈만 얻으면 아버지와 오라버니는 옥에서 나오시렷다, 옥에서 나오시면 나를 칭찬하시렷다, 세상 사람이 나를 효녀라고 칭찬하고 옛날 처녀 모양으로 책에 기록하여 여러 처녀들이 읽고 나와 같이 울며 칭찬하렷다. 그러나 내가 내 몸을 팔아 부모와 형제를 구원하지 아니하면 이 어른과 세상 사람들이 다 나를 불효한 계집이라고 비웃으렷다………(중략)……… 이리하여 영채는 기생이 된 것이라. 영채는 결코 기생이 되고 싶어서 된 것이 아니요, 행여나 늙으신 부친을 구원할까 하고 기생이 된 것이라. (62~63쪽)

영채에 대한 형식의 그것처럼, 영채 역시 구원자(자신)와 피구원자(아버지와 오빠들)라는 자기구조 관계를 내면화한다. 영채가 욕망하는 대상은 아버지와 오빠들이 아니라 '옛날 책의 어떤 처녀'처럼 부모를 구원하는 자기이다. 이는 명백한 자기애적 지향이라고 할 수 있다. 순결성에 대한 영채의 집착도, 형식의 평가대로 봉건 이데올로기에 구속된 "낡은 여자"이자 "'순결열렬(純潔熱烈)'한 구식여자(舊式女子)"인 탓도 있겠지만, 순결을 잃는 순간 더 이상 형식의 상대가 될 수 없다는 전제에서 비롯된다. 자신의 몸으로서의 순결을 지키는 것이 아니라, 장차 형식의 아내될 몸으로서의 순결을 지키려는 것이다. 자기애의 강력한 욕망 중 하나는 타인의 욕망의 대상이 되는 것이다. 그러나 순결을 잃는 순간 영채는 더 이상 형식(타자)의 욕망의 대상이 될 수 없다. 연인은 무의식적으로 자신을 상대와 동일시하기에 자신의 문제되는 면에 대한 상대의 혐오감을 상상하고 걱정한다. 사랑에 빠진 사람이 상대의 몸보다 자신의 몸에 더 집착하는 이유이다. 바로 상대의 입장에서 자신을 욕망한다. 영채의 이상적 자기애의 대상은 현재 자기가 아닌 미래 형식의 아내로서의 자기를 향해 있다. 그렇다면 청량사 소동에서 영채가 분명히 순결을 잃은 것인지 아닌지 여부를 미지수로 남겨 놓는 것도 납득 가능하다. 형식의 눈에 직접 목격된 이상 순결 상실 여부는 혼인 약속 여부와 마찬가지로 더 이상 중요하지 않다. 그렇게 치욕적인 모습을 보인

순간, 이미 육체적 순결도 (실제로는 육체적 순결보다 더 결정적인) 정신적 순결도 회복할 수 없도록 훼손된 것이다. 자살을 결심하고 평양으로 떠나면서 형식에게 남긴 편지에서 "아내가 되어는 정절을 깨트린 대죄인"으로 스스로를 자책하는 모습도, 자신이 바라는 미래의 모습으로서의 형식의 아내라는 자기애적 대상의 상실을 명시하고 있다. 결국 자살은 더럽혀진 자신의 몸에 스스로 응분의 죄를 묻고 처벌한다는 점에서, 충만한 자기애를 영 망친 것들을 일소하는 일종의 자기애적 완성이라고 할 수 있다. 사랑받을 가능성이 없는 대상은 (그것이 설령 자기 자신일지라도) 스스로 파괴함으로써 자기애는 지킬 수 있는 것이다. 사랑의 불가능성이야말로 역설적으로 그 사랑의 고귀함을 말해준다. 자신의 생명을 포기하는 행위를 통하여 자신의 사랑을 지키고자 하는 것은 가장 극단적인 방식의 나르시시즘이다.

사실 영채의 자살 결심은 평양에서 처음 기생이 된 영채가 마음 깊이 의지했던, 일종의 자기대상 관계라고 할 수 있었던 계월화에게서 받은 영향이자 모방이라고도 볼 수 있다. 과도한 자기애를 지닌 듯 보이는 계월화는 유명한 기생이지만 "매우 자존하는 마음이 있어서 여간한 남자는 가까이 하지도 아니" 하면서 "자기의 얼굴과 재주를 높이 믿"고 "나밖에 깬 사람이 누구냐"면서 "우리가 날마다 만나는 사람들은 죽은 사람들"이기에 "천지에 사람 같은 사람을 볼 수가 없"다고 한탄한다. 그러다가 선각자이자 교육자인 평양 패성학교 함상모 교장의 연설을 듣고 온 날 자신이 찾던 사람을 비로소 만났다고 깨닫지만 "그는 잠시 만날 친구요 오래 이야기하지 못할 친군 줄을 알았다"며 대동강에 몸을 던져 자살한다. 기생인 자신으로는 도저히 함교장의 상대가 될 수 없음을 알기 때문이다. 타인을 욕망하지만 그 타인의 욕망의 대상이 될 수 없을 바에야 구태여 실패를 확인하기보다는 스스로 그 욕망의 작동을 멈추어 적어도 자기애는 보존할 수 있다.

첫째 영채씨는 속아 살아왔어요. 이형식이란 사람을 사랑하지도 아니하면서 공연히 정절을 지켜왔어요. 부친께서 일시 농담 삼아 하신 말씀 한마디 때문에 칠팔 년 헛된 절을 지킨 것이외다. 사랑하지 않는 사람을 위해서, 피차에 허락도 아니 한 사람을 위해서 절을 지키는 것이 헛된 일이 아니야요? 마치 죽은 사람, 세상에 없는 사람을 위해서 절을 지키는 것이나 다름이 있어요? 영채씨의 마음은 아름답지요, 절은 굳지요, 그러나 그뿐이외다. 그 아름다운 마음과 그 굳은 절을 바칠 사람이 따로 있지 아니할까요……(중략)……… 영채씨는 지금까지 꿈을 꾸고 지내셨지요, 허깨비를 보고 지내셨지요, 얼굴도 잘 모르고 마음도 모르는 사람에게 어떻게 마음을 허합니까. 그것은 다만 그릇된 낡은 사상의 속박이지요. 사람은 제 목숨으로 삽니다. 제가 사랑하지 않는 지아비가 어디 있겠어요. 허니간 영채씨의 과거사는 꿈입니다. 이제부터 참생활이 열리지요.

영채는 이 말을 듣고 놀랐다. 열녀라는 생각과 틀리는 것 같다. 그러나 그 말이 옳은 것 같다. 과연 지금토록 일찍 형식을 사랑한 적은 없었고 다만 허깨비로 제 마음에 드는 사람을 만들어놓고 그 사람의 이름을 형식이라고 짓고 그러고는 그 사람과 진정 형식과 같은 사람으로 생각하고 그 사람을 찾는 대신 이형식을 찾다가 이형식을 보매 그 사람이 아닌 줄을 깨닫고 실망하고 나서는 아아, 이제는 영구히 형식을 보지 못하겠구나 하고 실망한 것이라. 이렇게 생각하매 영채는 잘못 생각하였던 것을 깨닫는 생각과 또 아주 절망하였던 중에 새로운 광명이 발하는 듯하였다.(339~340쪽)

영채의 연약한 자기애적 상황, 즉 자기 이상과 현실의 불가피한 균열은 평양행 기차에서 만난 병욱을 통해 새로운 국면을 맞는다. 〈무정〉 중반부에 등장하는 또 하나의 사제관계라고 할 수 있는 두 사람의 구도는, 계월화와는 다르게 영채의 성숙한 이상적 자기대상으로서 병욱을 설정할 수 있게 한다. 영채의 자살 결심을 돌리기 위한 병욱의 설득은 흥미롭게도 주로 박진사의 성립되지 않는 약속, 그리고 그 약속으로 인해 영채가 정립했던 형식과 형식의 아내라는 자기 이상이 얼마나 공허한 것인지를 폭로하는 데에 집중된다. 코헛이 말하는 이른바 '최적의 좌절', 자신의 현실적 한계와 과도한 환상에 대한 욕구를 겸허하게 인정하는 동시에 자신이 지나치게 이상화했던 자기대상에 대한 한계 역시 수용하는 생산적 인식을 일깨우는 셈이다. 형식과 형식의 아내되기에 집착했던 영채의 과거사를 단호하게 기만과 꿈으로 규정하는 병욱을 통해서 영채는 광명에 비유되는 각성을 경험한다. 헛된 자기애적 환상에 사로잡혀 "알 수도 없는 정절이라는 집을 짓고 그 속을 자기 세상으로 알고" 있다가 비로소 "그 집이 다 깨어지고 영채는 비로소 넓은 세상에 뛰어"나와 "자유로운 사람이 되고 젊은 사람이 되고 젊고 어여쁜 여자가 된" 것이다. 또한 "부친께 대한 의무 외에, 이씨에 대한 의무 외에도 조상께, 동포에게, 자손에게 대한 의무가 있어요. 그런데 영채씨가 그 의무를 다하지 아니하고 죽으려 하는 것은 죄외다"는 병욱의 말에서 알 수 있듯이 한때 영채의 자기대상이었던 월화의 취약한 자기애적 행위로서의 자살을 부정하는 일이기도 하다. 이후 "영채가 보기에 병욱은 언니라기보다 어머니라 함이 적당할 듯하였다"는 인식처럼, 영채에게 병욱은 훨씬 수준높게 이상화된 자기대상으로 정립된다. 이를 통해 영채의 나르시시즘은 건강하고 성숙한 단계로 상당부분 진화하는 모습을 보인다고 할 수 있다.

한편 소설의 전체 비중으로 보면 형식과 영채에 비해서 선형은 상대적으로 적게 다루어지는 인물이다. 선형의 공간은 대개 집안에 국한되어 형식과 영채에 비해서 동선도 매우 협소한 편이다. 형식과 사제관계로 설정된 이유도 정신적 사랑을 강조하려는 설정이었겠지만 실생활 속에서 남녀간의 자유연애가 아직은 많은 제약을 받았던 당대의 완고성에 대한 배려[47]라고도 볼 수 있다. 미국유학을 계획하면서 아직 알파벳도 모르는 것처럼, 선형은 "모든 것과 자기와는 전혀 관계가 없는 것이어니 한다. 아니! 차라리 그는 그 모든 것이 자기와 관계

---

47   정혜영, 「근대를 향한 시선-이광수 〈무정〉에 나타난 '연애'의 성립과정을 중심으로」, 『여성문학연구』 3집, 한국여성문학학회, 2000, 47쪽.

가 있는지 없는지 생각하려고도 아니" 할 정도로 백지(白紙) 같은 미숙한 인물이다. 부모의 살가운 돌봄과 공감을 받고 자랐지만 아직 외부 세계와 성숙한 관계성을 맺을 정신을 갖추지 못했기에, "아직도 인생의 불세례를 받지 못하였"고 "속에 있는 '사람'은 아직 깨지 못하였다". 그녀는 아직 부모 이외에 적절한 자기대상을 소유해 보지 못한 상태이다. "선형은 물론 일찍 그러한 남자를 본 적도 없고 그러한 자가 있단 말도 못 들었거니와 하여간 자기가 미국서 대학교를 졸업하고 돌아올 때에는 반드시 그러한 남자가 자기의 동행이 되리라 하였"고 "그 사람과 따뜻한 가정을 짓"고 "벽돌 이층집에 나는 피아노 타고" 살기를 꿈꾸지만, 그녀 자체로 "장차 '사람'이 되려 하는 재료"인 것처럼 상대 남자의 형체도 아직 불확실하기만 하다. 부모의 명에 의해서 약혼자로 맞은 형식에 대해서도 호감은커녕 멸시의 마음을 갖고, 그의 보잘 것 없는 외모와 초라한 이력을 반복해서 곱씹는 모습을 보인다.[48] 소설의 전개와 더불어 백지에 내용을 채우듯, 선형은 "형식의 좋은 점만 골라 보려" 하면서 상상의 "형식의 얼굴을 만들기"를 계속한다. 결국 이 모든 과정은 선형이 형식을 자기대상으로 수용하고 정립하기 위한 단계로 볼 수 있다.

> 또 선형은 생각하였다. 자기는 과연 형식을 사랑하는가. '아내가 되었으니까 지아비를 사랑하느냐, 사랑하니까 그 지아비의 아내가 되었으냐' 하던 말과 '만일 사랑이 없다 하면 약혼은 무효지요' 하던 형식의 말을 생각하였다. 만일 그렇다 하면 부모의 명령은 어찌하는가. 내가 형식에게 사랑이 없다 하면 '나는 형식에게 사랑이 없어요. 그러니까 부모께서 정해주신 이 혼인은 거절합니다' 할 수 있을까. 그렇게 하는 것이 옳은 일일까. 아니다, 그럴 리가 없다. 혼인은 하나님께서 주장하신 신성한 것이니까 사람의 마음대로 할 수가 없는 것이다. 그러니까

---

48 〈무정〉이 개화 지식인과 신여성의 능동적 자유연애를 주창했지만 실제로는 자유연애나 사랑이 구체적으로 실현되지 못한 소설이며 자유연애를 흉내낼 뿐이라는 비판은 이러한 점에서 비롯된다.

형식의 말은 잘못이다. 형식의 말은 깨끗지 못한 말이다. 그러나 자기는 형식의 아내다. 결코 사람의 손으로 어찌할 수 없는 형식의 아내다.

선형은 일어나서 방 안으로 왔다 갔다 하다가 암만해도 마음이 정치 못하여 다시 책상에 기대어 기도를 올렸다.

"하나님이시어, 죄 많은 딸의 죄를 용서하시고 갈 길을 밝히 가르쳐주시옵소서. 시험에 들지 말게 하옵시고" 하고 잠깐 주저하다가 "제 지아비를 정성으로 사랑하게 하여주시옵소서."(374쪽)

선형의 복잡한 내면을 엿볼 수 있는 이 흥미로운 장면에서, 그녀가 진정으로 저어하는 것은 형식을 사랑하는지 아닌지 여부가 아닌 약혼이 깨지는 일임을 알 수 있다. 사랑이 깨지는 것보다 약속이 깨지는 것이 더 두려운 것이다. 약속이 지연됨으로써 욕망이 지속되는 영채의 경우와는 달리, 선형에게는 약속 자체가 욕망의 대상이 된다. 이 약속은 부모와 하나님의 도덕률이기 때문이다. 선형의 기도처럼 선형이 의존하는 것은 형식과의 사랑이 아니라 하나님과의 약속이다. 기도로 쟁취될 수 있다고 믿는 사랑은 이미 진짜 사랑이 아니다. 선형은 형식에 대한 자신의 마음이 "물에 빠진 사람에게 대한 동정과 비슷한 것"이라고 여기며, "부부간의 사랑은 이래서는 아니 된다, 저 사람이 살아야 나도 산다, 저 사람이 행복되어야 나도 행복된다. 저 사람과 나와는 한 몸이다……이러한 사랑이라야 한다"고 생각한다. 사실 이렇게 선형이 지향하는 부부관계야말로 진정하게 성숙한 자기대상 관계, 서로 닮고 반영하며 이상화함으로써 융합하는 수준높은 자기대상의 관계일 것이다. 그러나 약속(약혼)은 선행되지만 사랑은 지연된다. 성례를 공부가 끝나는 5년 후로 잡는 것 역시 시간적 유예를 확보함으로써 이러한 이상을 실현해 가기 위해서라고 볼 수 있다. 이는 "형식이가 퍽 자기를 사랑하여주니 자기도 힘껏 형식을 사랑하여주어야 되겠다 하는 생각"처럼 의식적인 노력이 필요한 것으로 그려진다. 그리고 유학행 기차에서 형식과 영채의 관계를 알게 되자 그때까지와는 달리 격렬한 심적 동요와 분노, 질투와 공포를 느끼는 상황은 선형이 최초로 겪는 '최적의 좌절'의 도입 경험 정도라고 하겠다.

이제 살펴볼 것은 소설의 대단원이자 소설의 핵심 인물들이 모두 모이는 삼랑진 수해 장면이다. 민족애와 민족계몽의 시급한 임무를 앞세워 수다한 개인적 감정의 불화를 안이하게 봉합한, 모든 정념과 감정적 문제가 민족을 위한 대의로 수렴되는 경직된 이념적 결말의 본보기로 폄하되기도 하지만, 해당 결론부는 궁극적으로 세 인물의 자기애적 도정이 각각 일정하게 의미있는 지점에 도달하는 동시에 성숙의 비전을 노정하는 부분이라고 볼 수 있다. 기차 안에서 극심한 심적 갈등과 동요를 겪던 형식, 영채, 선형은 수해(水害)라는 압도적인 재난과 또 그것에 의해 고통받는 사람들을 접하고, 위로받을 이들이 아닌 위로하는 이들의 자리로 적극 이동한다. 임신한 젊은 부부와 그들의 어미를 구제하고 수재민을 위한 음악회를 개최하는 경험을 통해서 "너와 나라는 차별이 없이 온통 한몸, 한마음이 된 듯" 연대감을 공유하는 것이다. 코헛의 자기심리학 이론의 핵심은 결국 인간의 소중한 개별성이 타인들과의 관계 속에서 근본적으로 어떻게 발생하고 성장하느냐 하는 문제이다. 즉 나르시시즘을 정신적으로 병들고 미성숙한 사람들에게서 발견되는 그릇된 것으로 보지 않고 대상과의 관계 맺기를 포함한 성공적인 삶을 위한 전제조건이라고 본다.[49] 이 성숙한 나르시시즘을 추동하는 가장 중요한 동력으로 제시하는 것이 다름아닌 '공감(sympathy)'이다.

"그러면 어떻게 해야 저들을……… 저들이 아니라 우리들이외다…… 저들을 구제할까요?" 하고 형식은 병욱을 본다. 영채와 선형은 형식과 병욱의 얼굴을 번

---

49 제레미 홈즈, 앞의 책, 51쪽.

49 제레미 홈즈, 앞의 책, 51쪽.

갈아 본다. 병욱은 자신 있는 듯이

"힘을 주어야지요! 문명을 주어야지요!"

"그리하려면?"

"가르쳐야지요! 인도해야지요!"

"어떻게요?"

"교육으로, 실행으로"

영채와 선형은 이 문답의 뜻을 자세히 모른다. 물론 자기네가 아는 줄 믿지마는 형식이와 병욱이가 아는 만큼 절실(切實)하게, 깊게, 단단하게 알지는 못한다. 그러나 방금 눈에 보는 사실이 그네에게 산 교훈을 주었다. 그것은 학교에서도 배우지 못할 것이요 큰 웅변에서도 배우지 못할 것이었다. (461~462쪽)

'저들'이 바로 '우리들'이고 '우리들'이 바로 '저들'이라는 단단한 연결감, 상관없었던 사람들이 모두 상호의존적인 존재라는 사실이야말로 공감에의 각성에 다름 아니다. 홍수로 집을 잃고 비에 젖은 가엾은 사람들의 슬픔과 고통에 대한 공감이 형성되면서 저들과 우리들, 조선 민중과 자신들을 상상의 공동체로 묶어내는 것이다. 공감은 타인의 경험 안으로 들어가서 그 사람의 입장에서 그 사람을 이해하고 확인하며 그 경험에 반응하는 것이다. 그것은 학교에서도 웅변에서도 배울 수 없는, 인위적인 교육이나 지식과 정보의 차원이 아니라 직접 타인의 경험 속으로 몰입하여 진심으로 바닥에서 꼭대기까지 동행하려는 태도이며, 방금 비참한 삼량진 수해 광경을 통해 그들이 얻은 교훈이라고 할 수 있다.[50][51] 이를 통해 그들은 "우리가 지금 차를 타고 가는 돈이며 가서 공부할 학

---

50 코헛은 성숙한 자기대상의 경험은 뜻밖에도 예기치 못한 순간에서 경험될 수 있다고 언급한다. 지속적인 자기대상 관계도 중요하지만 이와 같은 돌발적이고 우연적인 관계맺기의 경험도 얼마든지 유용한 것이다. 형식 등이 우연히 접한 삼량진 수해 현장도 바로 이와 같은 예기치 못한 자기대상 경험이라고 할 수 있을 것이다. (홍이화, 「자기사랑을 위하여: 건강한 나르시시즘」, 『기독교사상』 628집, 대한기독교서회, 2011, 268쪽 참고)

51 김현주 역시 인물들이 자기중심주의를 극복하고 다른 사람들과 '완전한 동감'을 형성하는 것이야말로 〈무정〉의 진정한 목표라고 명시한 바 있다. (「1910년대 '개인', '민족'의 구성과 강점의 정치학」, 『현대문

비를 누가 주나요? 조선이 주는 것입니다. 왜? 가서 힘을 얻어 오라고, 지식을 얻어 오라고, 문명을 얻어 오라고" 하는 인식까지 도달한다. 코헛은 공감의 역할을 심리적 산소에 비유한다. 인간이 육체적으로 산소가 없는 환경에서 살아 갈 수 없는 것처럼 자신에게 공감적으로 반응하지 않는 심리적 환경에서는 살아 갈 수 없다는 것이다.[52] 그리고 인간은 이러한 공감을 삶에서의 다양한 자기-자기대상 관계들 속에서 상호적 소통을 통해 경험하고 서로 주고받으며 살아갈 수밖에 없는 존재이다. 자기대상 관계를 통해 인간은 타인과 세계와의 관계 속에서 자신을 자리매김한다. 이 성숙한 자기대상 관계는 친구, 동료, 가족, 연인 같은 사람은 물론이고 공동체나 집단 및 문화, 예술, 학문, 사상 같은 형태로도 경험된다. 형식 일동에게 그것은 민족이라는 육체, 그리고 과학과 교육과 문명이라는 이념으로 확보된다. 이러한 자기대상을 통해 그들은 외부 세계와 적극적으로 연루된다. 그들과 외부세계(수해민, 조선 민중, 민족)는 별도로 독립하여 존재하여 각자 부족하였지만, 그들이 그렇게 외부세계와 연결됨으로써 그들과 외부세계, 모두 완벽해지는 것이다. 세계에 필요한 존재, 세계를 완성시키는 존재가 되었다는 사실이 중요하다.

삼량진에서 경험하는 공감에의 각성은 그곳에 도달하기 전 기차 안에서부터 애초 차근차근 준비되어 온 것이기도 하다. 기차 안에서 영채와의 뜻밖의 만남이 있고나서 형식은 "문명의 세례를 받은 전 인격적(全人格的) 사랑"에 대해 오래 생각한다. "서로 이해(理解)함이 없이 참사랑이 성립될 수 있을까. 내 영혼은 과연 선형을 요구하고 선형의 영혼은 과연 나를 요구하는가"는 자문은 타인의 느낌과 생각, 소망을 잘 지각하고 이해하고 공감할 수 있는 공감의 능력에 대한 문제의식이다. 그것은 삼량진에서 젊은 부부에게 그러했듯이 자신의 필요보다

　　학의 연구』 22집, 한국문학연구학회, 2003, 277쪽 참고)

52　하인즈 코헛, 이재훈 옮김, 『자기의 분석』, 한국심리치료학회, 1999, 253쪽.

상대방의 필요를 더 우선하여 응답해 줄 수 있는 능력이기도 하다.[53] 인간은 모두가 관계 속에서 인정받고 이해되어야 하며 사랑도 마찬가지이다. 전인격적인 사랑은 곧 전인격적인 인정과 존중에서 비롯된다. 삼랑진에서 영채, 병욱, 선형 다른 세 사람을 호명하면서 형식이 다시 스승의 자리로 복원되는 상황은 이와 같은 깨달음이 선행되었기 때문일 것이다. 코헛에 따르면 자기애와 공감은 결코 대립적인 것이 아니다. 성숙한 자기애에서 공감이 나오고, 또 공감을 통해 성숙한 자기애가 촉진된다. 그렇게 형식, 영채, 선형은 공감에의 각성을 통해 나르시시즘의 성숙화 단계의 한 지점에 도달하는 듯 보인다.

이와 더불어 '영채-형식-선형'의 삼각관계도 연대에 바탕을 둔 공감의 관계로 변모한다. 형식 스스로 선형과 자신의 관계를 '오라비와 누이'라고 반복해서 규정하거나, "삼랑진 역에 내린 "형식이가 세 누이를 데리고 가는 것 같다"는 표현은 이와 연관된다. 영채냐 선형이냐 '대체 누구를 사랑하느냐'는 사적인 질문은 "장차 무엇으로 조선 사람을 구제할까"하는 계몽의 의지로 환원된다. 그런 면에서 〈무정〉은 결국 미완의 사랑 이야기이다. 성장서사의 특성에 따라 성장의 결과가 아닌 성장의 계기와 동력을 보여줄 뿐 완벽히 달성된 성장의 형태

---

53 영채를 찾으러 평양행 기차에 동행한 기생어미 노파에 대한 형식의 감정이 변화하는 추이도 이와 같은 '공감'의 가치의 발견이라고 할 수 있다. 영채의 집을 처음 찾아갔을 때 노파의 박대에 수치심과 분노를 경험했던 적이 있던 형식은 처음에는 노파를 혐오하다가 서서히 연민과 가족적 친밀감을 느끼게 된다. 이는 겁탈당한 후 자살하기 위해 평양으로 가 버린 영채의 가련한 처지에 진정으로 슬퍼한 노파의 모습을 본 까닭이다. "노파의 일생에 남의 일을 위하여 이처럼 진정으로 슬퍼하고 걱정하고 마음이 괴로워하기는 처음이라. 노파는 어제 저녁에 진정으로 영채를 알고 울던 생각을 하였다. 그때에 영채가 생각하던 바와 같이 노파가 진정으로 남을 위하여 눈물을 흘린 것은 그때가 처음이었다……(중략)…… 그때에 노파가 영채의 뺨에다 자기의 뺨을 대고 엉엉 소리를 내어 울 때에는 노파의 마음은 진실로 '참사람'의 마음이었었다……(중략)…… 그리고 저 노파도 역시 사람이라, 나와 같은, 영채와 같은 사람이라 하는 생각이 나서 노파의 괴로워하는 모양이 불쌍히 보인다.(200~201쪽)", "그리고 노파의 얼굴을 보니 마치 어머니나 누이를 대하는 듯 사랑스러운 생각이 난다. 노파가 영채의 죽으려는 결심을 보고 일생에 처음 참사람을 발견하고 영혼이 깨어 일생에 처음 진정한 눈물을 흘리면서 영채를 구원할 양으로 멀리 평양에까지 내려오는 것이 기쁘기도 하고 고맙기도 하였다. 형식은 노파에게 대하여 정다운 마음을 이기지 못하여 담요 끝으로 노파의 배를 가려주었다.(211쪽)" 짐승 같고 더러운 계집이라고 생각했던 노파에게서 진심으로 영채의 불행에 공감하는 모습을 발견하고는 강한 동질감과 연대감을 느끼는 것이다.

까지 보여주지는 못하는 것이다. 자기애이든 이성애이든 완료형이 아닌 진행형으로 남겨둔다. 삼랑진 4년 후의 상황을 담고 있는 후일담에서조차 형식과 선형이 결혼했다는 말은 끝내 명시되지 않는다. "아아, 우리 땅은 날로 아름다워진다"라는 환희처럼, 아름다워진 것은 그들의 사랑이 아니라 조선이요 조선민족이다. 민족 구제라는 동맹은 가져오되 로맨스(이성애)는 가져오지 않는 전략을 취하는 것이다. 여기에 사랑이 없다는 것쯤은 그들도 모두 알고 있다. 이성애보다는 자기애, 사랑보다는 동맹이다. 그래도 자기애가 충족되고 완성되면 될 일이다. 〈무정〉은 사랑 이야기인데도 불구하고, 아이러니하게도 1장의 〈라라랜드〉처럼 그들은 사랑을 빼고는 대부분을 다 이룬다. 다시 〈가라, 항해자여〉의 마지막 대사를 빌려 오자면, "달(사랑, 이성애)에 대해서는 묻지 말기로 해요. 우리는 저 별들(동맹, 자기애)을 가졌잖아요".

5. 맺으며 : 자기애가 넘쳐나는 시대에 〈무정〉을 다시 읽는다는 일

1장에서 살펴본, 나르시시즘과 별의 관계에 대한 해석도 코헛의 관점에 따라 다시 일정하게 수정해 보자. 우리가 밤하늘을 바라보는 이유는 유난하게 독보적으로 반짝이는 별을 찾아 자기애를 전적으로 투영하고자 하는 마음만은 아닐 수 있다. 어쩌면 그것은 다른 모두도 보고 있는 별을 자신만의 것으로 선취하는 것이 아니라, 자신이 보고 있는 별을 다른 모두도 보고 있다는 것을 알기 위함이다. 우리는 우주의 아름다움과 순수함을 보며 우리가 자연으로부터 얼마나 단절되었는가보다는 얼마나 연결되었는가를 깨닫는다. 우리가 분리되고 단절된 자아들이라기보다는 완전한 전체의 부분이며, 불가피하게 상호연결된 자아들이라는 것을 이해한다. 인간은 개체적인 존재성과 함께 우주적인 관계 속에서 공존하며 필연적인 목적성을 가지고 있는 존재이기 때문이다. 코헛에 따르면 나르시시즘은 정신병리학적인 현상이 아니라 대부분의 현대인들에게서도 나타날 수 있는 자연스러운 현상이자 건강한 자기개발과 발전에 긍정적으로 작용하는 성향이다. 인간은 지속적으로 채워져야 하는 존재이며, 또한 지속적으로 다른 사람의 인정, 받아줌, 존중의 공감을 필요로 한다. 무엇보다도 나르시시즘이 외부 세계와의 관계 속에서 창출되며 또 관계 속에서 발달하고 성숙할 수 있다는 주장을 전개했다는 점이 중요하다고 볼 수 있다.

이 글은 이광수의 〈무정〉의 주요 인물이 지닌 내면의 논리구조를 나르시시즘의 차원에서 분석해 보았다. 흔히 심리적 분석 방법론의 편향으로 지적되기도 하는, 시대와 사회적인 맥락을 소거하여 자칫 개인의 영역으로만 문제를 환원하여 해석의 폭을 오히려 협소하게 제한하지 않았나 하는 점도 전적으로 부인하기는 어렵다. 그러나 앞에서 살펴 보았듯이 모든 자기구조란 결국 타인과 세계와의 관계 속에서 결정적으로 성립된다는 점에서, 나르시시즘을 개인의 좁은 심리 영역에 가두지 않고 외부와의 관계 속에서 성숙하게 발전하는 것으로 보고자 하였다. 무엇보다도 낡고 오래된 시간의 틈새에 쌓인 먼지를 털고 100년의 시간이라는 중압감에서 벗어나 〈무정〉을 다시 읽는 과정에서 새로운 재미와 갈망을 찾아보는 것이 목적이었다. 이를 통해 우리가 〈무정〉을 여전히 다시 읽어야 하는 어떤 이유와 동력을 취득하고자 하였다. 크리스토퍼 래쉬(Christopher Rash)는 현대의 주요한 문화적 특징으로 자기애를 제시한다. 자기애적인 사회란 과거를 문화적으로 폄하하고 계속해서 자기애적 요소들을 부추기는 속성을 지닌다. 넘쳐나는 자기애적 인간들은 불안에 시달리며, 휴식하지 못하고 끊임없이 뭔가를 갈망하는 상태에서 살아간다. 순간을 위해 살고 전통을 쌓지 못하며, 이리저리 떠돌고, 자존감을 확인하기 위해 타인을 필요로 하고, 세상을 하나의 거대한 거울로 생각하는 사람들이다.[54] 그렇다면 이러한 자기애적 사회를 사

---

54 리처드 채식, 임말희 옮김, 『자기심리학과 나르시시즘의 치료』, 눈, 2008, 35~37쪽 참고.

는 자기애적 인간으로서, 구태여 자기애라는 잣대로 100년 전의 인간, 혹은 최초의 근대적 인간을 해명하려는 의도는 충분히 유용한 것일까? 문제는 나르시시즘 자체가 아니라 그것이 어떤 나르시시즘인가 하는 점일 것이다. 코헛은 특히 건강한 나르시시즘을 유지시킬 수 있는 공감적이고 반응적인 인간환경을 강조한다. 다시 개인과 인간이 아니라 환경과 사회로 돌아온다. 〈무정〉이 제공한 100년의 시간을 보내면서 우리는 그러한 충만한 인간 환경을 구축했는가, 아니면 100년 전보다 더 망쳐 버렸는가? 그 곤란한 의문을 풀기 위해서 우리가 할 수 있는 일은 〈무정〉의 삼랑진 장면을 다시 반복해서 읽어야 할 뿐이다.

상실과 애도

환대의 존재론과 장소의 윤리
〈첫사랑〉, 〈상류엔 맹금류〉,
〈당신이 그동안 세계를 지키고 있었다는 증거〉

1. 시작하며 : '적절한 거리'와 '환대'

미국의 문화인류학자 에드워드 홀(Edward T. Hall)은 인간이 공간을 인지하고 사용하는 방식이 문화와 연관되는 특성을 '프록세믹스(proxemics)'라는 용어로 해명한다. 그는 저서 『숨겨진 차원』을 통해, 현대사회에서 갈수록 심각해지는 문화 갈등의 한 원인이 개체간의 거리, 즉 공간을 지각하는 방식의 문화적 차이에 있다고 보고, 동물행동학의 연구 성과 등 다양한 실험과 관찰을 활용해 인간이 공간을 이용하는 방식을 설명한다.[1] '근접학'이라는 말로 번역되는 프록세믹스는 한 마디로 '적절한 공간을 유지하는 것'에 대한 논의이다. 이 적절한 공간을 유지하는 방법은 특정한 개인과 집단이 점유하는 공간들 사이에 서로 일정한 '물리적 거리(physical distance)'를 두어야 한다는 말이다. 가령 한 개인의 근접학적 욕구, 즉 적절한 공간을 소유하고 유지하려는 욕구는 타인과의 적절한 물리적

---

1   Edward Hall, 최효선 옮김, 『숨겨진 차원』, 한길사, 2017, 21~23쪽 참고.

거리가 무너지는 경우에 위협감과 스트레스를 느끼게 된다.[2] 각자 고유한 공간을 점유하고 또 타인과 적절한 거리를 유지하는 것이 인간의 생존과 활동에 있어서 필수적인 요소인 셈이다.

인간에게는 동료들 간에 거리를 유지하는 일정한 방식과 패턴이 존재한다. 이는 일종의 '영토성'이라고 부르는 행동인데, 감각을 사용하여 공간이나 거리를 구별하는 것이다. 구체적으로 어떤 거리를 선택하느냐는 교류 상황, 즉 상호작용하는 개별자들이 어떤 관계인지, 어떻게 느끼는지, 무엇을 하고 있는지에 달려 있다. 홀은 인간관계를 나타내는 다양한 거리를 '밀접한 거리, 개인적 거리, 사회적 거리, 공적 거리'의 네 가지 유형으로 분류한다.[3] '밀접한 거리'는 45cm 이내의 거리로, 가족, 연인, 최고의 친구들에게만 일시적으로 허용되며 시각, 체온, 숨과 냄새 등이 밀착된다. '개인적 거리'는 45cm에서 1m 20cm 사이로 일상에서 가족과 친구, 직장 동료들과 소통할 때 유지하는 거리이며 상대방을 잡거나 만질 수 있다. 낯선 사람이 개인적 거리 안으로 불쑥 들어오면 거부감과 불쾌감을 느끼기 마련이다. '사회적 거리'는 1m 20cm에서 3m 60cm까지로, 회의나 강의실 등에서 사적이지 않은 사람과 나름 정중한 격식을 갖추고 사무적으로 대화할 수 있는 거리이다. 회의실 탁자 간격 정도의 거리이고, 서로 닿지 않기 때문에 낯선 사람이 들어와도 어느 정도 허용 가능하다. '공적인 거리'는 3m 60cm 이상으로 모르는 사람들과 유지하는 거리이며, 주로 시각으로 서로를 인지한다.

누구나 외부의 위협이나 타인의 방해로부터 자신의 자리를 지키기 위해서

2   김대군, 「경계윤리 정립을 위한 소고」, 『윤리연구』, 91, 한국윤리학회, 2013, 100쪽.
3   물론 이 네 가지 거리는 홀이, 다접촉 문화권이라고 할 수 있는 미국 동북부 해안지역 중산계급의 성인들을 대상으로 관찰하고 인터뷰한 자료를 토대로 설정한 것이므로, 비접촉 문화권 등 다른 문화권의 경우에는 다른 사회적 조건을 고려하여 탄력적으로 적용할 필요가 있다. 한 문화권에서는 '밀접한 거리'가 다른 문화권에서는 '개인적 거리'나 '사회적 거리'로 간주될 수도 있고, 그 반대의 경우도 가능하다.(Edward Hall, 앞의 책, 175~195쪽 참고)

일정한 거리를 원하기 마련이다. 또한 친밀한 사람과는 가깝게, 불편한 사람과는 가급적 멀리 떨어져 있고 싶어 하는 것이 자연스러운 속성이다. '밀접한 거리'나 '개인적 거리'는 자아를 보호할 수 있는 최소한의 경계를 설정해주는 기준이라고 할 수 있다. 원래 모든 생명은 서로 거리가 필요하다. 심지어 식물 씨앗도 간격을 두고 뿌린다. 사실 인간관계의 허다한 갈등은 이 거리를 제대로 판단하거나 존중하지 않아서 발생하는 경우가 많다. 사람 사이에 생기는 불편함, 불안, 공포, 혐오감, 서운함, 분노는 대개 상호 간의 거리 조절에 실패하는 데에서 비롯된다. 전혀 친숙하지 않은 사람이 '밀접한 거리'나 '개인적 거리' 안으로 들어오면 큰 불쾌감이 발생한다. 반대로 친밀한 상대라고 판단해서 해당 거리에 들어갔는데 상대가 거북해 하고 싫어하는 인상을 보이면 섭섭하고 원망스럽다. 가족이나 연인 사이라도 계속해서 '밀접한 거리'만을 우기면 갈등이 생긴다. 또한 근접학의 거리감각은 동일한 문화권일지라도 성별·세대·계급에 따라 차이를 갖는다. 예를 들어 남성과 여성은 벤치에 앉는 방식이나 테이블을 사용하는 방식, 대화를 하는 방식 등에서 미묘한 차별성을 드러낸다. 노인이나 젊은이 역시 마찬가지이다. 서로 간의 이러한 차이를 이해하고 인정하는 것이 원만하고 예의바른 관계를 유지하는 데에 반드시 필요하다.[4]

　근접학의 거리감각은 단순히 물리적 차원뿐만 아니라 심리적 차원에도 고스란히 적용된다. 물리적 경계를 지키는 일은 심리적 안정감을 구현한다. 상대의 물리적 거리를 존중하는 것은 곧 상대의 내적 영역을 존중하는 일과 같다. 내가 당신의 외적·내적 영역을 침범하거나 무시하지 않겠다는 메시지를, 적절한 거

4　개인 중심 문화와 집단 중심 문화 사이의 차이도 뚜렷하게 나타난다. "어떤 문화권에서는 명확한 경계가 안정감을 주고 안전을 확보하게 하지만 다른 문화권에서는 뚜렷한 경계보다는 모호한 경계 속에서 관계성을 갖는 것이 더 편안함을 준다. 미국 문화에서는 개인들 간의 연결을 가치 있는 것으로 보지 않는다. 개인들은 다른 사람들로부터 독립을 유지하려고 한다. 이에 비해서 많은 아시아 문화권에서는 서로 연결된 개인을 기본으로 본다. 그래서 다른 사람에게 참여하고 조화롭게 상호의존하는 것을 최적의 거리로 여긴다"(김대군, 앞의 글, 99쪽)

리를 유지함으로써 보여주는 것이다. 홀의 근접학을 미디어 분야에서 확장 · 적용한 로저 실버스톤(Roger Silverstone)은 '적절한 거리(proper distance)' 개념을 "물질적 · 지리적 혹은 사회적 항목만이 아니라, 상호관계의 산물인 윤리적 항목"[5]으로 정의한다. '적절한 거리'란 미리 확정된 것이 아니라, 우리가 타인과 마주할 때 존재하는 권력의 특성과 비대칭성에 따라 매순간 구성되고 조정되어야 한다는 것이다. 그것은 "타인과의 상호작용 속에서 의존성과 독자성을 동시에 인식하는 윤리적 거리이자, 우리가 마주하는 타인들과의 유동적 관계 속에서 드러나는 내 안의 혹은 상대방의 타자성의 속성에 따라 끊임없이 재구성되(어야 하)는 일시적인 것"[6]이다. 이러한 관점을 전제한다면 근접학의 네 가지 거리도 절대적인 것이 아니라, 각각의 다양한 상황과 국면에서 얼마든지 유동적으로 조정될 수 있고 조정되어야 한다. 그때그때 상대의 조건과 상태, 심리를 신중하고 사려깊게 이해하고, 유연하게 거리를 조정하는 태도가 필요하다.

결국 홀과 실버스톤이 강조하는 '적절한 거리'란 타인에게 꼭 필요한 정도와 수준의 자리를 허용하고 인정해 주어야 한다는 인식이다. 상대가 위치한 자리를 인정하고 존중하는 것은 그 사람의 자아와 삶의 방식을 존중해 주겠다는 태도이다. 그 자리는 육체가 거하는 물리적 자리인 동시에 영혼과 자존감이 깃든 정신적 자리이기도 하다. 자신과 타인의 적절한 거리를 유지하고, 타인의 자리와 경계를 존중하는 공동체는 개인의 인권과 인격권을 온전히 보장하는 곳이라고 할 수 있다. '적절한 거리'는 '환대(hospitality)'의 개념과 직접 연결된다.[7] '환

---

5   Silverstone, Roger, "Proper Distance: Towards an Ethics for Cyberspace." Gunnar Liestol, Andrew Morrison and Terje Rasmussen eds. Digital Media Revisited: Theoretical and Conceptual Innovations in Digital Domains. Cambridge, MA: MIT Press, 2003, p.7.

6   채석진, 「미디어, 일상, 환대-매개된 타자와 적절한 거리 만들기」, 『문화와 정치』 4(3), 한양대학교 평화연구소, 2017, 15~16쪽.

7   최근 국내외적으로도 다문화주의 및 이와 관련된 관용과 인정, 그리고 세계시민주의에 기반을 둔 '환대'의 개념 및 가능성이 주요한 가치로 부각되고 있다. "지난 수십 년 동안 전 세계적으로 사회적 · 경제적 ·

대'야말로 상대와 타인에게 '적절한 거리'를 두고 자리를 제공하는 일이기 때문이다. 김현경은 『사람, 장소, 환대』에서 "환대는 자리를 주는 행위"[8]라고 정의한다. 사람이 된다는 것은 자리/장소를 갖는 것이다. 김현경은 이 책에서 사람됨의 조건을 다각도로 조명하면서, 우리는 환대에 의해 사회 안에 들어가며 사람이 된다고 명시한다. 김현경이 사람됨의 조건에서 특히 강조하는 것은 바로 '성원권'이다. 그것은 생물학적 인간에서 사회적 관계를 행사할 수 있는 사람으로 인정받는 권리다.[9] 타자의 자리를 인정한다는 것은 그 자리에 딸린 권리들을 인정한다는 뜻, 나아가 권리들을 주장할 권리를 인정한다는 것이다.

사람과 자리/장소를 근원적으로 연관된 개념으로 보고, 타자성의 수용과 교감에 대한 윤리적 항목으로 환대를 제시하는 것이 이 책의 요점이다. 물리적으로 말해서 사회는 하나의 장소(place)이기 때문에 사람의 개념 또한 장소의존적이다. 사회의 구성원이 된다는 것은 곧 이 장소에 대한 권리를 갖는다는 것, 손님이자 주인으로서 환대받을 권리와 환대할 권리를 갖는다는 것이다.[10][11] 여기서 환대와 '적절한 거리' 개념을 연결짓는 이유는 환대의 구체적인 행위가 상대

정치적 약자에 대한 폭력이 광범위하게 확산되어 왔다. 이를 비판하고 바로 잡고자 하는 시도들 속에서 영미 및 유럽의 인문사회학 분야에서는 윤리적 주체로서의 인간을 복원하려는 '윤리적 전환'이 진행되었다. 이 과정에서 '환대'는 주요한 윤리적 항목이자 개념으로 자리 잡았다. 환대에 대한 논의는 결국 '이방인,' 즉 타자를 어떻게 대할 것인가에 대한 성찰이다" (채석진, 앞의 글, 6쪽)

8   김현경, 『사람, 장소, 환대』, 문학과지성사, 2015, 26쪽.

9   안상원, 「지금 여기에 '사람이 있는가」, 『이화어문논집』 40, 이화어문학회, 2015, 243쪽.

10   김현경, 앞의 책, 289쪽.

11   여기서 말하는 '장소'는 인문지리학의 핵심 개념이자 지리학의 상상력의 토대를 강조할 수 있는 중요한 키워드이다. 인문지리학에서는 '공간(space)'과 '장소(place)'를 서로 대립적인 개념으로 인식하는 것이 일반적이다. 공간은 말 그대로 텅 비어 있지만, 여기에 인간에 의해 의미가 채워지면 장소가 된다. 장소가 특수하고 예외적인 속성을 가지며 주관적이고 개성적이고 독특한 것을 담고 있는 개념이라면, 공간은 보편적이고 일반적인 것을 담아내는 개념이다. 장소는 무기질이나 균질공간이 아니며, 사람들의 감성과 결부되어 의미로 가득한 공간이다. 공간이 어떻게 강한 인간적인 장소가 되는 것인가를 연구하는 것이 인간주의 지리학의 임무이다. 이에 대한 내용은 '졸고, 「인문지리학의 시선에서 본 새로운 도시 인식과 상상력」, 『한국언어문화』 45, 한국언어문화학회, 2011, 201~203쪽' 참고.

와 타인에게 적절한 거리를 둠으로써 자리/장소를 확보해주는 방식으로 이루어지기 때문이다. 그리고 이 거리두기를 통해 상대와 타인에 대한 인간적 예의와 존중, 배려와 유대를 표현한다. 문제는 현대사회에서 누구나 안정적인 자리/장소를 유지하기가 점점 더 어려워지면서 곧바로 사람 노릇하기도 요원해진다는 점이다. 구체적으로 말해서 우리를 사람으로 인정하는 이들이 있는 자리/장소에서 벗어날 때 우리는 더 이상 사람이 아니게 된다.[12] 장소 상실이 보편화되는 시대일수록 인간적인 장소들이 사라지면서 환대의 가능성 역시 심각하게 악화된다. 결국 서로 진정한 사람 노릇을 하기 위해서는 다양한 환대의 장소들을 상상하고 만들어 나가는 동시에, 이 환대의 장소들을 어떤 적절한 거리로 조성하고 유지할 수 있는지를 고민해야 한다.

이 글은 '적절한 거리'와 '환대'의 개념을 바탕으로, 최근 한국소설에서 타자에 대한 관계적 사유가 나타나는 형상화 양상과 그 의미를 고찰해 보고자 한다. 최근 범세계적으로 약자에 대한 혐오와 배제, 정치적 위축과 참여 민주주의의 약화, 사회문화적 소외와 불안이 만성화되고 있는 현실을 통찰할 수 있는 보편적 윤리의 가능성을 '환대'의 태도에서 탐색할 수 있다고 판단한다. 우리 사회에서도 다양하고 전면적인 형태로 발생하고 있는 불평등의 영역을 줄이고 환대와 성원권의 영역을 더욱 넓힐 필요가 있다는 점도 연구의 현실적인 동력으로 작용하였다. 따라서 각 소설 속에서 드러나는 타자성에 대한 성찰과 질문을, 자리/장소를 제공함으로써 '사람됨'을 인정하고 인정받는 환대의 윤리와 연관하여 다루어 볼 것이다. 그 과정에서 특히 자크 데리다(Jacques Derrida)와 김현경이 강조한 '무조건적 환대'의 개념과 지향을 적극 활용해 보고자 한다. 이후 구체적인 소설 분석 과정에서 이 관점을 자연스레 발견하고 도출할 예정이다. 타자성에 대한 사유와 환대의 윤리를 살펴보는 작업은 해당 소설의 핵심적인 주

---

12 김현경, 앞의 책, 57쪽.

제의식을 확인하는 것이자, 최근 한국소설이 지향하고 있는 이상적인 타자 관계와 공동체에 대한 문학적 비전을 포착하는 일이 될 것이다. 분석 대상 작품은 백수린의 〈첫사랑〉, 황정은의 〈상류엔 맹금류〉, 이종산의 〈당신이 그동안 세계를 지키고 있었다는 증거〉, 세 편이다.[13] 이 소설들은 우리 시대가 내재한 환대의 가능성과 불가능성, 적대의 문제를 예민하게 부각하는 동시에 타자성에 대한 수용과 교감의 희망까지 진지하게 탐구하고 있다. 특히 세 작품 모두 특정한 자리/장소와 직결된 환대와 적대의 구체적인 양상을 보여준다는 점이 흥미롭다.[14]

13　세 작품은 각각 '백수린, 〈첫사랑〉, 『본질과 현상』 41, 본질과현상사, 2015', '황정은, 〈상류엔 맹금류〉, 『제5회 젊은 작가상 수상작품집』, 문학동네, 2014', '이종산, 〈당신이 그동안 세계를 지키고 있었다는 증거〉, 『문학동네』 86, 문학동네, 2016' 수록분을 활용하였다. 이후 표기하는 페이지는 해당 출처를 바탕으로 하였다.

14　근접학이나 '환대'의 개념을 적용하여 문학작품을 분석한 선행연구 사례는 그리 흔하지 않다. 소설이나 시에 나타난 표면적 징후나 부분적 상상력을 환대의 개념이나 비전과 연결하여 단편적으로 분석한 논의들이 대부분이다. 〈코끼리〉, 〈유랑가족〉, 〈거대한 뿌리〉 등의 소설에서 이주민과 내국인이 만나는 접경지대에서 정체성을 재구성해 가는 한국인 주체를 다룬 연남경의 논의(「한국현대소설에 나타난 접경지대와 구성되는 정체성」, 『현대소설연구』 52, 한국현대소설학회, 2013), 김수영의 시쓰기가 철저한 자기 부정과 이방인으로서의 존재성을 바탕으로 진정한 환대의 방식을 고민했다고 분석한 손종업의 논의(「김수영 시에 나타난 주체와 환대의 양상」, 『국어국문학』 169, 국어국문학회, 2014), 2000년대 초반 박민규, 윤성희, 신경숙, 강영숙 등의 소설에서 타자를 받아들이는 주체의 윤리적 모델로서의 환대의 양상을 밝힌 복도훈의 논의(「유머와 기적, 환대와 사상」, 『실천문학사』, 실천문학사, 2006 여름호), 『토지』의 영산댁의 보살핌과 환대의 실천적 행위를 타자지향적인 삶의 의미로 분석한 김연숙의 논의(「〈토지〉의 영산댁이 보여주는 관계적 사유와 환대의 윤리」, 『아시아여성연구』 57(2), 숙명여자대학교 아시아여성연구원, 2018), 고전 「변강쇠가」에서 장소를 회복하고 성원권을 회복하려는 시도를 포착한 서유석의 논의(「공포와 혐오, 환대의 가능성으로 읽어보는 유랑민 서사」, 『우리문학연구』 60, 우리문학회, 2018) 등을 통해 환대의 가치가 주제의식, 인물, 갈등구조 속에서 나타나는 선례를 참고하였다. 또한 대상 소설에 대한 심층적인 이해를 위해, 백수린 소설에 나타난 개인과 공동체 간의 불화와 상호작용을 다룬 신샛별의 논의(「공화적 개인주의자를 위하여」, 『오늘의 문예비평』, 오늘의 문예비평, 2017년 가을호), 백수린 소설이 '네이션'의 희미해진 경계 속에서 살고 있는 개인의 고독한 소통을 드러내고 있다고 본 이경진의 논의(「외국어로 말 걸기」, 『창작과비평』 42(2), 창작과비평사, 2014), 황정은 소설을 청년세대의 가난과 고립, 생존주의와 윗세대와의 관계성 등을 통해 탐구한 차미령의 논의(「2010년대 소설의 사회적 성찰」, 『문학동네』 82. 문학동네, 2015), 황정은 소설의 상처받은 인물들이 변화해가는 과정이 작가의 내적 변모과정과 닮아 있음을 해명한 박신영의 논의(「고통에서 벗어나는 언어행위」, 『한국학논집』 69, 계명대학교 한국학연구원, 2017), 황정은 소설에서 약자와 소외계층을 대표하는 인물들이 공간 및 타인과의 갈등 관계를 통해 어떤 존재론적 질문을 던지고 있는지를 다룬 한지혜의 논의(「황정은 소설의 작

2. '목소리'와 '선택권'의 박탈로 이루어지는 박대 : 〈첫사랑〉

백수린의 〈첫사랑〉은 러시아문학 전공 대학원생인 주인공이 아르바이트를 계기로 영과 담, 두 대학동기를 N백화점 1층에서 만나면서 시작한다. 대학 졸업 후 오래간만에 만난 그녀들은 무슨 일을 하는지도 모르면서 각자의 속셈을 갖고 이 자리에 나온 참이었다. 백화점 관계자와 만날 약속이 약간 어긋나기도 했지만, 결국 그녀들이 맡게 된 일은 백화점 VIP 고객들에게 발송할 초대장인 아크릴판을 세척하는 작업이었다. 백화점 꼭대기 층 회의실에서 고단하고 지루한 세척 작업을 하면서 자연스럽게 예전 학교 다니던 시절의 소소한 기억들과 선후배 동기들 이야기를 주고받는다. 사실 주인공은 몇 년만에 연락이 닿은 J선배와 만나는 자리에 입고 나갈 봄 원피스를 구입하는 데에 보탤 생각으로 영의 아르바이트 제안에 응했고, 담은 직장에서 재계약에 실패하고 쉬고 있던 처지였으며, 영 역시 N백화점으로 이직한 짝사랑했던 옛 직장 선배를 만날 기대를 품고 온 것이었다. 소설은 하루 동안의 아르바이트와 J선배에 대한 애틋한 기억을 교차하면서 전개된다. 그리고 이 하루는 J선배가 부재한 가운데에서도 주인공이 자신의 긴 첫사랑을 마침내 종료하는 시간이기도 하다.

땅값이 가장 비싼 시내에 위치한 N백화점은 과거 세 사람의 민망한 기억과 연관된 곳이기도 하다. 대학 일학년 때 언젠가부터 동기들이 모두 대동단결하듯 들고다니던 명품 가방을 사기 위해 큰 마음을 먹고 들어갔다가 실패하고 돌아나온 곳이다. 그녀들은 힘들게 돈을 마련하여 백화점 명품관을 방문했지만 왠지 도무지 어울리지 않은 장소에 불시착한 기분이었고, 매장 안에 들어가 보지도 못한 채 구입을 포기한다.

중 인물 연구」, 고려대학교 석사학위논문, 2017) 등도 살펴 보았다. 한편 '적절한 거리'와 '환대'에 대한 사회학적 논의에 대해서는 각주에 명시된 관련 단행본 및 논문 등을 적극 활용하였다.

영이 쳐다보는 곳에 우리가 찾던 가방이 진열되어 있었다. 동기들이 메고 있을 때는 내 눈에 그저 그렇게 보이던 가방이었는데 유리 벽 너머 진열되어 있는 가방의 존재는 뭐랄까 압도적이었다. 은은한 조명 아래 고혹적으로 떨어지는 가방의 라인, 고급스러워 보이는 가죽 스트랩과 금색 펜던트. 매장 안의 모든 것들이 반짝반짝 빛났다. 하얀 장갑을 낀 점원들이 우리 쪽을 흘깃 보았다. 그들의 자세는 진열장 위의 가방처럼 반듯했고 얼굴은 무표정이었다. 주눅 들어야 할 필요가 전혀 없다는 것을 알면서도 기가 죽었다. 점원들은 우리가 이런 데 매일 드나들어본 존재가 아니라는 것을 한눈에 간파했을 거였다.

"들어가나 보자"

오기가 생겨 내가 담과 영을 잡아끌었다. 그러나 영은 그 자리에 붙박인 듯 서 있었다. 주먹을 꼭 쥔 채. 그때 영은 무슨 생각을 하고 있었을까. 놀랍게도 영이 거의 울 것 같은 표정을 짓고 있어서 나는 아무 말도 하지 못한 채 영의 옆에 서 있었다. 유리 진열장의 바깥쪽. 누군가가 우리를 스치고 매장 안으로 들어갔다. 매장의 직원들이 웃으며 고개를 숙였다. (167~168쪽)

내가 그토록 우울했던 까닭이 무엇인지는 정확히 알 수 없었지만 그것이 가방을 사고 못 사고의 얄팍한 문제 때문이 아니었다는 것만은 분명했다. 내가 넘을 수 없는 문턱들이 세상에 존재한다는 깨달음 때문만도 아니었다. 창백한 형광등 빛 속에, 다가갈 수 없는 유리벽 안쪽을 노려보며 주먹을 꼭 쥔 채, 울 것 같은 얼굴로 서 있는 영과 담과 나를 생각할 때면 느껴지던 그 이상한 감정은 내가 살아온 세상이 실은 결코 넘지 못하는 문턱의 이쪽 편에 불과할지도 모른다는 열패감도 아니었다. 그렇지만 신입생들이 다 같이 우르르 몰려가 듣던 전공필수 과목이 끝나고 텅 빈 강의실에 홀로 앉아 있거나 하굣길, 모두가 한 방향을 바라보며 신호가 바뀌기를 기다리는 횡단보도 앞에 서 있다 보면 문득문득 나의 존재가 지닌 밀도라는 것이 얼마나 희박한가 하는 생각이 들었다. 나는 이제 겨우 스무 살을 지나고 있을 뿐이었고 살아가야 할 날이 살아온 날들보다 훨씬 많았는데 그것은 정말 피로한 일이었다. (171~172쪽)

처음에는 동기 한두 명에서부터 시작해서 학기말에 이르자 거의 모든 동기들이 들고다니던 명품 가방은 사실 주인공의 취향과도 거리가 멀었지만 "한 방향으로 헤엄치는 물고기떼들로부터 이탈한" 듯한 소외감에 작정하고 백화점을 방문한 참이었다. 그런데 동기들이 들고 다닐 때에는 엄청 비싼 백 같아 보이지 않았던 그것이 명품관 진열창 안에서는 압도적인 위용을 과시한다. 일상에서 사용되던 것과 명품관에 전시된 것은 같은 물건이면서도 완전히 다른 가치를 가진 것처럼 여겨진다. 명품관에 전시됨으로써 강력한 욕망, 혹은 도달하기 어려운 "울 것 같은" 욕망의 대상이 되는 것이다. 간절히 욕망하는 순간 그 대상은 그만큼 더 멀어진다. 무엇보다도 백화점은 그녀들을 반기지도 환대하지도 않는 공간이다. 주인공이 그토록 우울했던 것은 끝내 가방을 못 사고 돌아왔기 때문이 아니라, 그곳에서 자신의 존재감이 매우 희박하게 느껴졌다는 이유 때문이다. 아무도 자신의 존재를 인정하거나 알은 체 하지 않는다는 것, 그것은 이른바 제대로 사람 대접을 받지 못한다는 말이다. 한없이 개방적으로 보이는 명품관은 사실은 환대받을 자와 그렇지 못한 자를 가르는 공고한 문턱을 내재하고 있다.

환대는 이방인이 다른 삶, 다른 세계로 들어가는 문턱, 경계의 문제와 관련되어 있으며 이방인을 받아들이는 주체의 삶, 문턱, 경계의 문제이기도 하다.[15] 환대 행위 속에서 문턱과 경계는 허물어져 버린다. 명품관이 주인공에게 상기시킨 문턱은 전적으로 상품을 구입할 수 있는 능력 및 자격과 관련된다. 능력이 비용을 지불할 수 있는 경제적 자본이라면, 자격은 향기롭고 환한 명품관에 어울리는 외양과 행동거지를 갖추었느냐에 달려 있다. 능력보다 더 중요한 조건은 자격인 듯 보인다. 명품관에 들어오는 순간 "행동거지 하나하나가 부자연스러"워지고 "강물을 유유히 헤엄치는 민물고기들 틈에 어쩌다 불시착한 세 마리

---

15 복도훈, 앞의 글, 183쪽.

의 쭈꾸미" 같아진 그녀들은 통장 잔고와는 상관없이 이미 환대받을 자격을 상실한다. 데리다가 『환대에 대하여』에서 주장하는, 칸트의 '조건적 환대'를 넘어서는 '무조건적 환대'는 "신분이나 소속을 전혀 알 수 없는 낯선 이방인에게 아무 조건 없이 자신의 공간을 개방하는 행위"[16]를 뜻한다.[17] 데리다에 따르면 '무조건적 환대'는 환대의 주체이자 대상인 이방인의 이름을 묻거나 밝히려 들지도 않는다. 누구든 주인을 찾아온 손님에게 이런저런 조건과 계약을 내세우지 않는다. 사실 환대하거나 환대하지 않을 사람을 선택하고 결정하는 권리는 환대할 수 있는 사람에게 있음[18]은 분명하다. 그런데 이 신원확인 과정은 어느정도 폭력적인 행위를 내재하는 것이다.

그런 면에서 〈첫사랑〉의 명품관은 누구나 자유롭게 들어올 수 있는 무조건적 환대의 공간 같지만, 그곳에 계속 머물만한 사람인지 아닌지를 스스로 판단하고 결정하게 만든다. 그것은 불청객에게 알은 체 하지 않거나 말을 걸지 않는 행위로 나타난다. 진정한 환대는 문턱이나 경계를 개방하는 차원을 넘어서, 문턱이나 경계 안으로 들어온 이방인들에게 마땅한 대접을 하고 자리/장소를 제공하는 일이다. 문턱이나 경계 안으로 들어온 이방인들에게 알은 체를 하고 이곳에 그들이 존재할 만한 가치가 있음을 상기시켜 주는 것이다. 명품관은 주인

---

16 "절대적 환대는 내가 나의 집을 개방하고 이방인에게만이 아니라 이름 없는 미지의 절대적 타자에게도 줄 것을, 그리고 그에게 장소를 줄 것을, 그를 오게 내버려 둘 것을, 도래하게 두고 내가 그에게 제공하는 장소 내에 장소를 가지게 둘 것을, 그러면서도 그에게 상호성을 요구하지도 말고 그의 이름조차도 묻지 말 것을 필수적으로 내세우는 일이다"(Jacques Derrida, 남수인 옮김, 『환대에 대하여』, 동문선, 2004, 70~71쪽 참고)

17 데리다는 칸트의 환대 개념을 비판적으로 검토하면서 이를 '조건적 환대'로 규정한다. "'조건적 환대'는 일정한 조건 내의 이방인, 가령 자신의 정체성과 소속을 밝힐 수 있는 이방인에게만 한정된다. 이러한 조건적 환대는 타자가 우리의 규칙, 삶에 대한 규범, 우리 언어, 우리 문화, 우리 정치체계 등등을 준수한다는 조건을 내걸고 환대를 제의하는 것이다. 이에 비해 '무조건적 환대'는 소속이나 신분을 전혀 알 수 없는 절대적으로 낯선 방문자에게 아무 조건 없이 자신의 공간을 개방하는 것을 뜻한다"(최병두, 「다문화 사회의 윤리적 개념들과 공간」, 『한국지역지리학회지』 23(4), 한국지역지리학회, 2017, 706쪽 참고)

18 Richard Kearney, 이지영 옮김, 『이방인, 신, 괴물』, 개마고원, 2004, 122쪽.

공과 친구들을 들여 보내주기는 하지만 오히려 그 안에서 그녀들을 소외시키고 무시하고 인정하지 않음으로써 스스로 문턱 바깥으로 퇴장하게 만든다. 그녀들에게 친절하고 가깝게 다가가야 할 '적절한 거리'를 지키지 않는 것이다. 이는 환대의 반대말인 '적대'는 아닐 지라도 '적대의 다른 얼굴'이라고 할 만하다.

현재 N백화점을 다시 찾은 그녀들의 처지 역시 과거와 별반 다르지 않다. 약속 장소인 1층 로비에 뒤늦게 나타난 백화점 관계자는 "여기가 아니라 사무실 전용 엘리베이터가 있는 로비에서 기다리셨어야죠"라고 힐난한다. 어색하게 서 있던 그녀들을 흘깃 바라보는 다른 고객들의 불편한 시선은 여전히 그녀들이 이곳에서 환대받지 못함을 의미한다. 모든 인간관계가 구매자/판매자, 고객/점원으로 구성된 자본주의의 축도 같은 백화점에서 실업자와 휴학생 신분인 그녀들은 고객용 엘리베이터를 탈 자격이 없다. 주인공은 "일 학년 때는 우리가 이렇게 백화점 꼭대기에 앉아서 아크릴판이나 닦고 있을 줄은 상상도 못 했는데"라고 농담하지만, 사실 과거의 그녀들과 지금의 그녀들은 백화점 안에서 똑같이 투명인간 취급을 받는다. 지독한 세척액 냄새 때문에 회의실 창문을 열려 하지만 자살 방지 차원에서 창문을 폐쇄했다는 경고를 듣는다. 회의실은 그녀들에게 관대하게 내어준 자리/장소라기보다는 오히려 세척 작업을 끝마치기 전에는 나갈 수 없게 만드는 감금 공간에 가깝다. 백화점에서 가장 극진하게 초대받고 환대받을 사람들은 긴급히 소집된 아르바이트생인 그녀들이 아니라, 지금 그녀들이 힘겹게 닦고 있는 아크릴판 초대장을 받을 VIP 고객들이다.

모든 것은 결국 '선택'의 문제다. 총장은 그렇게 말했다.
우리는 지금 어디로 가고 있습니까? 지난 겨울 내내 본관 앞에 걸려 있던 현수막에는 그런 문구가 쓰여 있었다. 학생회에 속한 학생들끼리 문장의 어미를 '있습니까?'로 정할지 '있나요'로 정할지를 놓고 잠시 의견충돌이 있었다는 이야기를 건너건너 들었다. 어미 따위가 흐름을 바꾸는 데 영향이나 미 치겠냐는 생각을

누군가는 했겠지만, '있습니까'와 '있나요'의 차이에 대해서 그들은 무심하지 않
았다. 학생들의 농성이 계속되어도, 인문, 사회대의 몇몇 학과들만 대상으로 하
던 통폐합의 논의는 오히려 영화과와 영상과, 텍스타일 디자인과와 공예과의 통
폐합 계획으로까지 번져 갔다. 농성은 어차피 금세 수그러들 거였고 관건은 취
업률과 효율성이었다. (179쪽)

실직자인 영과 담 못지않게 현재 주인공의 상황 역시 불안하기는 마찬가지
이다. 대기업이 학교를 인수하면서 인문사회계열의 학과들을 통폐합하는 대대
적인 학제 개편안이 추진되는 상황에서 주인공이 다니는 노문과도 구조조정 대
상이기 때문이다. 대학까지 잠식한 취업률과 효용성, 경쟁과 투자 같은 단호하
고 분명한 언어들과 맞서기엔, "어디로 가고 있습니까?" 혹은 "어디로 가고 있
나요?" 등의 뜬구름 잡는 듯한 문장들은 무력하고 물렁해 보이기만 한다. 총장
은 이를 '선택'의 문제라고 규정한다. 어차피 저항하는 제스처만 보이다가 말
뿐, 통폐합은 차질 없이 진행될 것이고 노문과와 같은 비효율적인 학과들은 자
리/장소를 상실할 것이 뻔하다. 그와 함께 대학 공동체 내에서 주인공의 존재
감도 백화점에처럼 희박해지거나 사라질 것이다. 선택할 수 있는 자와 선택할
수 없는 자, 선택하는 자와 선택당하는 자의 구도는 대학을 비롯한 한국사회의
분명한 위계질서로 작동한다. 총장은 선택하는 자이며, 통폐합 학과 학생들은
선택당하는 자이다. 심지어 학생들은 현수막 문장의 어미 중 무엇이 더 '효율적'
일 것인지 제대로 선택하지 못하는 모습을 보인다. 아르바이트 중간에 백화점
직원과 중국집에 가 점심을 먹고 난 후, 주인공은 다른 사람들이 모두 자장면을
시켰는데 자신만 짬뽕을 시켰다는 이유도 영에게 핀잔을 듣는다. "남들이 자장
면을 먹으면 너도 자장면을 먹을 수 있어야 사회생활도 한다"는 말이다.

데리다는 환대의 문제에서 이방인이 "자신의 언어가 아닌 주인의 언어로 자
신의 말을 번역해야 하는 강요를 받게 되"[19]는 것이 폭력이 시작되는 지점이라

고 말한다. 언어로 대표되는 규칙과 규범에 대한 순응을 조건으로 자신의 영토 안에 초대하거나 거하는 것을 허용하는 것은 조건적 환대에 불과하다. 진정한 환대는 이방인이 스스로 자신의 고유한 언어와 그 언어로 현상되는 마땅한 자리/장소를 선택할 수 있도록 하는 것이다. 환대의 윤리는 반드시 이방인이나 타자의 삶으로부터 구현되는 권리에 대한 사유를 동반해야 한다. 관용의 대상으로 존재하기를 허용하는 것이 아니라 권리의 주체나 민주주의의 주체로 공존할 수 있어야 하는 것이다. 다시 말해 이방인이 '현재 여기에 있다'는 사실 하나로 자신의 권리를 주장함으로써 주체가 되는 방식을 수용해야 한다.[20] 이는 실버스톤의 '적절한 거리' 개념을 확장하여 닉 콜드리(Nick Couldry)가 제시한 '목소리(voice)'에 대한 논의와도 일맥상통하다.[21] 콜드리는 '목소리'란 자신의 장소를 이야기하는 인간의 능력으로, 이를 없는 것처럼 다루는 것은 그들을 사람이 아닌 것으로 대하는 것이라고 말한다. '목소리'는 "자신에 대한 서사를 제공함으로써 자신의 존재를 세상에 새겨놓는 인간의 능력"[22]을 뜻한다. 콜드리의 주장은 결국 열악한 조건에 있는 이들이 자신의 현실에 대해 발언하는 목소리를 경청하고 인정할 수 있는 '적절한 거리'를 만들어야 한다는 것이다. 〈첫사랑〉에서 구조조정을 밀어붙이는 대학 당국은 상대의 언어와 자리/장소를 박탈함으로써 그들의 '목소리'와 이를 통해 구현되는 성원권을 부정한다. 상대를 선택할 수 없는 자, 선택당하는 자로 규정하는 것은 결국 그들의 자리/장소에 대한 권리

---

19 "데리다는 '소크라테스의 변명'에서 소크라테스가 법정 연단에서 재판소의 언어, 법/권리, 고발, 변호의 수사학에 대해 문외한이라는 점에서 스스로를 '이방인'이라고 선언했던 것을 언급하면서, 외국인은 환대의 의무, 비호권, 그 한계와 기준 및 치안 등의 법의 언어 앞에서 이방인이라는 점을 강조한다." (Jacques Derrida, 앞의 책, 64쪽)

20 홍태영, 「타자의 윤리와 환대, 그리고 권리의 정치」, 『국제지역연구』 27(1), 서울대학교 국제학연구소, 2018, 103쪽 참고.

21 이 내용은 'Couldry, Nick, Why voice Matters: Culture and Politics after Neoliberalism, Los Angeles: Sage, 2010, p.1' 참고

22 Butler, Judith, Giving an Account of Oneself, New York: Fordham University Press, 2005, p.36.

를 인정하지 않겠다는 태도이다. 이는 그들의 사람됨을 부정하고 모욕과 굴욕의 상태로 몰아넣는 박대에 다름 아니며, 콜드리가 말하는 '목소리의 위기'라고 할 만한 상황이다.

주인공이 언어와 목소리, 선택권과 성원권을 잃음으로써 상실할 위기에 처한 자리/장소는 바로 J선배에 대한 첫사랑의 선연한 기억과 경험들이 스며든 곳곳이다. J선배와 담소를 나누던 향기로운 벚나무 그늘, J선배에게서 즈브랏스부이 쩨나 랏 브스뜨레체 같은 문장을 배우던 과방, J선배가 바래다주던 대학가 밤의 골목길, J선배의 연구실이 있던 문과대 사 층 복도 등등 "발뒤꿈치를 들고 엄마에게 쓰다듬어달라고 머리를 들이미는 아이처럼 선배에게 자꾸 묻고만 싶었던" 대학 안팎의 장소들이 그러하다. 학과 통폐합이 진행되면 그런 경험적 토대가 되었던 장소들, 환대가 자연스레 이루어지고 장소 자체가 자신의 대상이었던 세계가 파괴될 것이 분명하다. 나아가 대학 내에서 이루어지는 성원권 박탈은 곧바로 대학 바깥의 사회에서도 행해지는 박대와 무관하지 않다. '효율성'과 '경쟁' 같은 언어들은 곧바로 사회의 날선 목소리이기도 하다. 주인공들의 자리/장소가 '효율성'과 '경쟁' 같은 문턱을 침입한 것이 아니라, 그런 문턱이 주인공들의 자리/장소를 침범한 것이다. 대학원생인 주인공이 백화점 VIP 발송용 아크릴판을 세척하는 아르바이트를 하는 설정은 이와 같은 조건을 여실히 보여준다. "그 무엇도 침범할 수 없을 것 같은 견고한 얼굴"을 하고 "푸슈킨을 처음 읽었을 때, 존재에 빛이 깃드는 느낌이 들었"다던 "작은 기척에도 반응하는 늙은 기린처럼 고요하고 섬세한 사람"이었던 J선배가 무슨 사연이 있었는지 러시아 유학을 포기하고 후배들을 찾아다니며 미심쩍은 영업을 한다는 소문의 주인공이 된 것도 마찬가지이다.

　　밤거리를 오래 걷다가 집에 돌아오니 방음이 잘되지 않는 외벽을 타고 누군가의 집에서 늦은 밤 세탁기 돌리는 소리가 들려 왔다. 기분 탓인지 온몸에서 알코올 냄새가 나는 것 같았다. 나는 겉옷을 벗어 빨래바구니 속에 던져 넣었다. 책상 위에 올려둔 휴대 전화로 문자 메시지가 도착했다는 진동음이 울렸다. 그것은 조교장이 보내온 공지 문자 메시지겠지만 만날 약속을 잊지 않았는지 확인하는 선배의 메시지일 수도 있었다. 나는 메시지를 확인하는 대신 서랍장을 열어 갈아입을 속옷을 챙겼다. 서 랍에서는 마른 버섯 냄새가 났다. 이상한 냄새잖아, 하고 속으로 중얼거리다가 문득 어떤 생각이 떠올라 나는 책장 두 번째 칸에서 『첫사랑』을 찾아 꺼냈다. 책을 펼치니 책갈피에는 한때 가볍고 향긋했던 하얀 꽃잎이 바스러질 듯 말라진 채 끼워져 있었다. 그 뒤로 한 페이지를 넘기자 오래전 푸른색 펜으로 내가 밑줄 그은 문장이 눈에 띄었다. 무심한 사람의 입으로부터 들었노라, 죽었다는 소식을. 그리고 나도 또한 무심한 사람의 얼굴과 같은 표정으로 이를 들었노라. 그 문장을 읽는데 알 수 없는 어떤 이유에서인가 눈물이 났다. 아르바이트비는 월말에 입금될 예정이라고 했다. (183쪽)

이 소설은 첫사랑이 아직 완전히 완결되지 않은 상태에서 시작되어 소설이 끝나면서 비로소 사랑도 종말을 맞는다. 현재 시점에서 J선배는 끝내 등장하지 않지만, 소설 이후에도 주인공이 다시 그를 만날 것 같지는 않다. 아르바이트비 지급일조차 J선배와의 만남을 허용하지 않는다. 첫사랑의 종식과 함께 러시아 문학으로 상징되는 어떤 정체성, 그리고 J선배의 전락이 동시에 이루어진다. 주인공은 내내 마치 선택장애 증세가 있는 것처럼, 사랑이든 진로이든 메뉴이든 좀처럼 명쾌히 선택하는 모습을 보이지 못한다. 그저 더 목소리 강한 사람이나 주인의 선택에 복종할 뿐이다. J선배에 대한 마음도 끝까지 누구에게도 털어놓지 못한다. J선배 역시 자신의 자리/장소와 삶의 방식을 선택하지 못하는 사람이 되었으리라 짐작된다. 투르게네프의 소설 〈첫사랑〉의 한 구절, 그의 죽음을 무심히 듣는 화자의 태도는 바로 주인공의 그것이다. J선배의 상징적 죽음과 함께 그렇게 첫사랑도 마침표를 찍는다.

3. 규칙 위반을 벌하는 혐오의 자리, 〈상류엔 맹금류〉

황정은의 〈상류엔 맹금류〉는 하루 동안의 수목원 나들이에서 벌어지는 섬뜩하고 오싹한 파국을 다루는 소설이다. '상류'와 '맹금류'라는 비교적 분명한 상징성을 띠는 제목을 사용하지만, '계급'이나 '불평등' 같은 단어를 직접 명시하지 않으면서도 우리 시대의 잔혹한 약육강식의 룰을 적나라하게 보여준다. 그것은 강자가 약자를, 악인이 선인을, 기망(欺罔)하는 이가 기망당하는 이를 착취하는 구도이다. 전체적으로는 주인공이 옛 남자친구 제희와 그 가족을 회상하는 방식으로 구성된다. 제희네 가족은 서로에 대한 애정과 신뢰로 굳게 맺어진 선하고 온순한 이들이며, 주인공 역시 언젠가는 자연스레 그들에게 소속되기를 믿어 의심치 않는다. 사실 제희네 가족의 단단한 가족애는 고통스러운 역경 속에서 형성된 것이다. 과거 시장에서 큰 장사를 하다가 계모임에서 사기를 당해 막대한 채무를 떠안게 되었지만, 멀리 달아나지도 않고 가족이 흩어지지도 않고 꽁꽁 뭉쳐 빚을 갚아 나갔다. 그렇게 제희 가족은 조금도 부정적이거나 기만적인 방법으로 살지 않았기에 스스로에 대한 자부심과 자존감을 잃지 않았다. 그런데 뜻밖에 주인공은 제희 가족을 부도덕하다고 평가한다.

> 나는 부도덕하다고 생각했다.
> 제희네 부모님과도 잘 지냈고 존경심도 가지고 있었으나 그 시점의 선택에 관해서는 그런 생각을 하지 않을 수가 없었다. 두 사람은 빚을 전부 갚기도 전에 늙어버렸고 제희네 누나들과 제희가 그 몫을 나누어 받을 수밖에 없었으니까. 맏딸인 큰 누나는 진학을 포기하고 전철역에서 보세 의류를 팔았다. 그녀는 수입의 일부를 빚을 갚는 데 보태고 또다른 일부로는 빚의 이자를 갚는 데 보태고 남은 일부로는 생활하는 데 들어가는 비용을 보댔다. 그녀가 결혼한 뒤로는 둘째, 셋째, 넷째, 제희 순이었다. 제희네 누나들 가운데 대학에 진학한 사람은 단 한

명도 없었고 결혼해 사는 누나들을 비롯해서 모두가 형편이 그만그만했다.
나는 그것을 골똘히 생각해 볼 때가 있었고 그때마다 좀 사나운 심정이 되었다.
제희네 부모님은 왜 도망가지 않았을까. 왜 새로운 곳에서 새롭게 시작하지 않
았을까. 자식들에게 부끄럽지 않은 부모가 되고자 하는 것은 자신들의 욕심일
뿐이라는 생각은 안 해보았을까. 빚을 떠안으면서 딸들에게 짐을 지운 것이라는
생각은 해 본 적이 없었을까? 자신들의 양심과 도덕에 따랐지만 딸들의 인생을
놓고 봤을 때는 부도덕한 선택이 아니었을까. (14쪽)

　'부도덕하다'는 평가는 다소 애매하다. 제희 부모는 타인에게 속아 전재산
을 날리고 무고한 피해를 입었으면서도 다른 타인을 기망하려고 하지 않았다
는 점에서 오히려 존경할 만한 도덕심을 보여주었다. 그러나 가족, 자식들에게
까지 '도덕적'이었느냐고 묻는다면 사정은 달라진다. 인생을 희생하면서 고통
을 분담하여 빚을 갚아 나가는 바람에 누나들은 대학도 진학하지 못하고 고만
고만한 형편을 꾸려갈 수밖에 없었다. 결과적으로 타인에 대한 도덕과 양심은
지켰지만, 자식들의 삶은 지키지 못한 셈이다. 자식들에게 있어서 그것은 규범
과 윤리가 아니라 생활과 삶에 속해 있는 진짜 현실이었다. 주인공의 '부도덕하
다'는 말은 일반적이고 보편적인 윤리의 차원이 아니라 삶의 윤리에 의거한 평
가인 것이다. 어쨌든 세상의 법칙이라는 것이 있기 마련인데, 그 법칙과 유리된
윤리나 도덕은 무용할지도 모른다. 윤리적인 불행보다는 비윤리적인 안락이 더
나은 선택지 같다. 어렵게 빚을 거의 다 갚고 나니 마치 기다렸다는 듯이 또다
른 불행이 닥쳐 제희의 아버지가 폐암에 걸려 긴 투병생활에 돌입한다. 그 무렵
늦여름 제희가 갑자기 수목원에 가자고 제안하고, 주인공과 제희, 제희 부모 네
사람이 모처럼 나들이를 가게 된다. "원시림이 잘 보존되어 있는 큰 수목원"은
도시와 삶의 현장, 인공적 생활 바깥에 위치한 장소이자, 왠지 자연에서 연상되
는 상쾌하고 아늑한 느낌보다는 "원시림"이라는 단어에서 풍기듯 불안과 음험

함, 날것 그대로의 적나라한 사건이 벌어질 것 같은 예감을 주는 곳이다.

출발에서부터 제희 어머니와 아버지 사이에는 이런저런 불협화음이 발생하고, 제희는 필요 이상으로 무거운 짐을 끌고 가다가 카트에 다리를 다쳐 절룩거린다. 제희 가족에게 수목원은 산책과 휴식의 장소가 아니라 팽팽한 긴장과 동요, 성가신 노동의 장소가 된다. 나들이 내내 제희 어머니는 평소와는 다르게, 그동안 쌓였다는 듯이 아버지에게 온갖 불만과 푸념, 원망을 늘어놓고, 제희와 주인공은 간신히 평정을 가장하고 견딘다. 쉬이 지쳐버린 그들은 어디든 돗자리를 펴고 쉬면서 도시락을 먹고 싶어 하지만 마땅한 자리를 찾지 못하다가 겨우 계곡과 시내 사이에서 맞춤한 자리 한 곳을 발견한다. 그런데 주인공은 거의 공포에 가까운 심정에 사로잡혀 그 자리를 꺼리고 거부한다.

> 나는 당황했다.
> 여기는…… 안 되지 않을까요? 이렇게 하면 안 되지 않을까요? 혼자 중얼거리듯이 물으며 안절부절 서 있었다. 저기 앉으면 된다고 하는데 내 눈엔 앉을 만한 곳이 보이지 않았다. 젖은 흙이 달라붙은 채로 축 늘어진 나무들은 음산해 보였고 햇빛도 들지 않았다. 돌들 위로는 물에 휩쓸렸다가 쌓인 채로 썩어가는 잎들이 달라붙어 있었다.
> 나는 거기 내려가는 게 싫었다. 그렇게 행동해서는 안 되는 공공의 장소라는 검열도 작동했으나 무엇보다도 직관적으로 그 장소가 싫었다. 나는 그것에서 분명히 뭔가가 비참하게 죽었을 거라고 생각했다. 그렇지 않으리란 법은 없었다. 수목원이지만 본래는 숲이니까. 눈물이 날 정도로 그리로 가고 싶지 않아서 다른 곳을 찾아 보자고 나는 말렸다. 제희가 좀 거들어주기를 바라며 돌아보았으나 제희는 카트에 기대서 체념한 듯 계곡을 내려다보고 있었다. (28쪽)

주인공을 엄습하는 강렬한 거부감은 단순히 그 장소가 풍기는 음산함 때문만은 아니다. 사실 그날 적지않은 사람들이 수목원을 방문했고 그들 중 상당수가 제희네 가족을 앞질러 갔다. 그런데 왠만하면 자리를 잡고 앉거나 쉴 만한 장소로 여겨지는 그 곳을 누구도 점유하고 있지 않은 점은 이상하기 이를 데 없다. 무언가 단단히 잘못된 장소가 아니라면 누군가가 먼저 앉아 쉬고 있어야 한다. 한참 뒤늦게 도착한 그들을 위해 좋은 자리/장소가 남아 있을 리가 없다. 마치 불행을 등에 지고 사는 듯한 제희 가족들에게 그런 행운을 기대하기는 어렵다. 게다가 다른 방문객들은 모난 눈길로 그들을 바라보고, 관리인으로 보이는 사내가 "여기는 국립공원이고 여기서 이런 행동을 해서는 안 된다"고 경고하기까지 한다. 어색한 분위기 속에서 도시락을 먹고 조금 더 위쪽으로 올라가던 그들은 맹금류 축사라고 적힌 안내판을 발견한다.

> 제희네 부모님은 비탈 위쪽을 단념하고 근처 식물원이나 둘러보자고 말했다. 피곤해 보였고 나들이에 관한 의욕도 사라진 것처럼 보였다. 느리게 이동했다. 나는 비탈을 다 내려온 곳에서 아까는 보지 못했던 안내판을 보았다. 맹금류 축사라고 적힌 안내판이 화살표 모양으로 비탈 위쪽을 가리키고 있었다. 뒤처진 채로 그 앞에 한동안 서 있다가 일행에게 돌아갔다.
> 위쪽에 맹금류 축사가 있더라고 나는 말했다. 똥물이에요.
> 저 물이 다, 짐승들 똥물이라고요. (30~31쪽)

아까 그들이 앉아 있던 자리는 상류에 위치한 맹금류 축사에서 흘러 내린 분비물이 쌓이는 곳이었다. 그들은 똥물로 세수를 하고 손을 씻고 목을 축이면서 시원하다고 생각했던 것이다. 제희 가족에게 허용된 장소는 그렇게 맹금류의 똥물이 흐르는 자리뿐이다. 그것은 불운이나 착각에서 비롯된 것이라기보다는 원래부터 세상이 그들에게 점지해 놓은 자리/장소라고 할 수 있다. 그곳은 마치 제희 가족을 벌주기 위한 자리/장소로 준비된 것 같다. 자리/장소를 갖고 그곳을 지키는 일은 존재에 대한 인정을 요구하는 투쟁이다. 마찬가지로 자리/장소에 대한 권리를 부정하는 상징적 행동들(내쫓기, 울타리 둘러치기, 문 걸어잠그기, 위협이나 욕설 등)은 상대방의 존재 자체에 가해지는 폭력이기도 하다.[23] "여기 당신을 위한 자리는 없다", "당신은 이곳을 더럽히는 존재이다", 나아가 "당신이 있을 자리는 바로 이 더러운 곳이다" 등등. 김현경은 메리 더글러스(Mary Douglas)의 관점을 빌어, 사람의 성원권이 일종의 '오염'과 연관된다고 주장한다.[24] 더글러스는 더러움을 '자리(place)'에 대한 관념과 연결시킨다. 더럽다는 것은 제자리에 있지 않다는 것이다. 가령 신발은 그 자체로 더럽지 않지만 식탁 위에 두기는 더럽다. 음식이 그 자체로 더러운 건 아니지만, 밥그릇을 침실에 두거나 음식을 옷에 흘리면 더럽다. 사람도 마찬가지이다. 흑인 전용 구역에 들어간 백인은 자신이 오염의 위험에 노출되어 있음을 느낀다. 반면에 백인 전용 구역에 들어간 흑인은 그 자신이 오염원이다. 이와 같이 더러움은 "우리의 정상적인 분류체계에서 밀려난 잔여적 범주"로 규정되며, 소중한 분류체계에 모순과 혼란을 초래하는 대상 혹은 관념에 대한 거부 반응과 연관된다. '대변은 무서워서가 아니라 더러워서 피한다'는 속설처럼, 더럽다는 것은 혐오의 대상이 되기 때문이다. 인종, 계급, 세대, 성별적 약자에게 가해지는 혐오는 고스란히 그들의 성원권과 주체적 권리, 권리에 대한 권리를 무력화하는 힘으로 작동한다.[25]

제희 가족은 맹금류의 똥물처럼 경원시되고 거부되고, 나아가 혐오되기까지 한다. 그 이유는 관리인의 말에서 유추할 수 있듯이 규칙을 어겼기 때문이

---

23 김현경, 앞의 책, 285쪽.

24 이에 관련된 내용은 '김현경, 앞의 책, 72~80쪽'과 'Mary Douglas, 유제분 · 이훈상 옮김, 『순수와 위험』, 현대미학사, 1997, 69~72쪽'을 참고

25 가령 공간적인 차원에서 성리학적 세계관은 여성에게 '안'을 남성에게 '밖'을 할당한다. 그러면서 여성이 집 밖을 마음대로 나다니는 것을 금기시한다. 가부장주의는 무엇보다도 '집구석에 처박혀 있지 않고' '싸돌아다니는' 여자에 대한 혐오담론 속에서 확인된다. '김여사'나 '된장녀'에 대한 비난과 조롱이 그것이다. 그리하여 그녀들은 사회의 정상적이고 모범적인 구성원으로서의 권리를 박탈당한다. (김현경, 앞의 책, 75~76쪽 참고)

다. 그들은 약육강식의 사회적 룰을 따르지 않았기 때문에 똥물에 처 박혔다. 착하고 온화하고 타인에게 무해하게 윤리를 지키며 살려 한 제희 가족이 차지 할 수 있는 자리/장소란 악하고 잔인하고 타인을 속여 잡아먹는 맹수 같은 이 들이 남긴 배설물, 똥통 같은 곳뿐이다. 우리 시대에서 선의와 윤리란 전혀 환 대받을 수 없는, 무능과 어리석음의 다른 이름이기 때문이다. 어빙 고프만(Erving Goffman)은 정상적인 육체의 상실이 불구의 육체만을 의미하지 않는다고 말한 다. 당대 사회가 인식하고 요구하는 '사람'의 범주에서 벗어난 상태는 모두 육 체의 상실이라고 보아야 한다는 것이다.[26] 과거 제희 아버지는 막대한 빚의 일 부라도 갚아 보려고 일본으로 건너가 일 년 정도 불법적으로 체류하면서 기를 쓰고 돈을 벌었던 적이 있었다. 귀국한 그는 머리카락이 거의 사라진데다가 너 무 늙고 마르고 쇠약해져서 도무지 제대로 된 인간의 모습을 하고 있지 않은 상 태였다. 일 년 동안 무슨 일을 해서 어떻게 돈을 벌었는지도 기억하지 못했다. 그야말로 그는 남에게 사기를 당하면 당한 만큼 또다른 남한테 갚아주어야 한 다는 룰을 따르지 않은 벌로 육체의 상실에까지 이른 셈이다. 그래서 아예 사람 같지 않은 형체로 돌아온다. 급기야 폐암까지 걸려 점점 더 육체성을 상실해 가 는 아버지를 대하는 제희의 태도도 의미심장하다. 수목원에서 아버지를 심한 말로 몰아 세우는 어머니에게 제희는 "몸도 아픈 사람한테 자꾸 그러면 가혹하 잖아요"라고 말린다. "아버지한테"가 아니라 "몸도 아픈 사람한테"라고 지칭 한다. 마치 가족이 아닌 제 3자, 이미 가족 바깥에 내어놓고 거리를 둔 사람처 럼 말한다. 아버지로서의 고유성이 아닌 환자라는 보편성을 내세우며, 환자한 테 그렇게 심하게 굴면 안 된다는 가장 일반적인 상식과 윤리를 이야기하는 것 이다.

제희는 이름을 말하고 불릴 때마다 '재희'가 아닌, "아이 말고 어이"인 '제희'

---

26   Erving Goffman, 윤선길 · 정기현 옮김, 『스티그마』, 한신대학교 출판부, 2009, 13~39쪽 참고.

라고 일러주곤 한다. 곧잘 이름을 잘못 불리우는 사람, 쉽게 오해되는 이름을 지닌 사람은 스스로의 정체성까지 흔하게 오해되거나 대수롭지 않게 취급되는 일에 익숙해진다. 그래서 이름을 똑바로 가르쳐주는 것으로 자신의 존재감을 인지시켜야 하는 사람이 바로 제희, "아이 말고 어이"인 제희이다. 이름과 육체가 느슨하게 붙어 있는 사람이 바로 그 고유한 사람으로 환대받기는 쉽지 않다. 게다가 여자에게 친절하고 참을성 많고 목소리 작고 체념적이고 유순한 제희가 맹금의 룰이 절대시되는 사회 속에서 자신의 고유한 말과 행위를 통해 현상할 수 있는 자리/장소를 잡고 분명한 사람 노릇하기는 더더욱 어려워 보인다. 수목원 나들이는 주인공과 제희가 결별하는 결정적인 계기가 된다. 이날의 경험을 통해 주인공은 무언가 깊은 진실을 알아 버리는 것 같다. 제희 가족 안으로 들어가서 소속된다는 것은 그 똥물로 함께 들어가는 일이라는 사실 말이다.

> 이따금 생각해볼 때가 있다.
> 차라리 내가 제희네 부모님에게 적극적으로 동조하고 흔쾌히 그 비탈에서 내려서서 계곡 바닥에 신나게 돗자리를 깔았다면 어땠을까. 그 편이 모두에게 좋지는 않았을까. 그러는 게 옳지 않았을까.
> ……(중략)……
> 어째서 제희가 아닌가.
> 그럴 땐 버려졌다는 생각에 외로워진다. 제희와 제희네. 무뚝뚝해 보이고 다소간 지쳤지만, 상냥한 사람들에게.
> 최근에 나는 텔레비전을 통해 우연하게 그 수목원을 다시 보았다. 나와 살고 있는 사람은 수목원의 규모에 감탄하여 거기 가보고 싶다고 말했다. 나는 제희의 뒤를 따라 터벅터벅 걸었던 가로수 길을 멍하니 보고 있다가 거기 간 적이 있다고 답했다. 언제 누구와 갔느냐고 묻는 것처럼 그가 나를 바라보았으나 더는 아무 말도 하지 못했다.
> 나는 그날의 나들이에 관해서는 할 말이 많다고 생각해왔다.

모두를 당혹스럽고 서글프게 만든 것은 내가 아니라고 말이다. (32~33쪽)

주인공이 그저 모른 척하고 제희 가족에게 그들이 처한 자리/장소가 똥물이라는 사실을 자각시켜 주지 않았을 수도 있다. 그녀가 그토록 매정하고 가차없이 그 사실을 공표한 이유는 도무지 제희네 가족을 견딜 수 없었기 때문일지도 모른다. 약하고 선한 사람들이 불가피하고 당연하게 감내해야 할 패배와 전락의 삶을 도저히 받아들이지 못했기에, 맹금의 룰이 더욱 옳다고 여겼을 수도 있다. 주인공이 그날의 파국에 대해서 할 말이 많은 이유는, 모두를 슬프게 만든 잘못은 자신이 아니라 바로 선한 이들을 무능하고 어리석다고 박대하는 포식자의 룰에 있기 때문일 것이다. 제희 가족이 사회에서 최소한의 '조건적 환대'라도 받기 위해서는 적어도 이 포식자의 룰을 따르겠다는 동의를 했어야 했다. 자본주의의 규칙과 규범은 공공연하게 약육강식의 룰을 체화한 지 오래이다. 그러나 제희 가족은 야반도주하거나 더 약자를 등치는 대신 감히 도덕과 양심을 앞세우는 과욕을 범했고, 따라서 '조건적 환대'조차 받는 것이 불가능하다. 반면 데리다가 강조하는 '무조건적 환대'는 신분이나 소속을 묻지 않고 낯선 타자와 이방인에게 아무 조건 없이 '자기-집'의 문턱을 허물고 개방하는 순수한 맞아들임이다.[27] 장소를 상실한 약자에게 어떤 조건과 제한 없이 자리/장소를 마련해 주는 보편적 윤리에 가깝다. 김현경이 "환대는 공공성을 창출하는 일"[28]이라고 말하는 이유이다. 그리고 이 공공성을 창출하는 환대의 방식이야말로 누구도 더 이상 당혹스럽고 서글프게 만들지 않고, 상냥한 제희 가족에게 마땅히

---

27 서윤호, 「난민의 몸: 현실, 규범, 환대」, 『건국대학교 몸문화연구소 학술대회 자료집』 22, 건국대학교 몸문화연구소, 2018, 57쪽 참고.

28 "환대는 공공성을 창출하는 것이다. 아동학대방지법을 만드는 일, 거리를 떠도는 청소년들을 위해 쉼터를 만드는 일, 집 없는 사람들에게 주거수당을 주고 일자리가 없는 사람에게 실업수당을 주는 일은 모두 환대의 다양한 양식이다."(김현경, 앞의 책, 204쪽)

쉴 편안한 자리/공간을 마련해 주는 일일 것이다.

4. 극진한 환대의 장소와 돌봄의 상호작용 :
〈당신이 그동안 세계를 지키고 있었다는 증거〉

이종산의 〈당신이 그동안 세계를 지키고 있었다는 증거〉는 각주에서 소설 제목이 '당신이 그동안 지구를 지키고 있었다는 6가지 증거'라는 기사명에서 차용했음을 밝힌다.[29] 선의와 호의의 작은 행동들이 지구 환경을 보존하는 데에 기여한다는 기사의 내용을 볼 때, 이 소설 역시 어떤 목적의식적인 행동의 윤리를 피력하고 있음을 미리 짐작할 수 있다. 기사의 '지구'가 소설에서는 '세계'로 대체됨으로써, 단순히 물리적 공간이 아닌 특별한 가치가 체화된, 어떤 고유한 성질을 갖는 '유니버스(universe)'를 지향하는 제목이 된다. 그곳은 따뜻한 호의와 관심과 인정과 환대와 돌봄이 존재하는 장소이며, "쉽사리 물러나지 않을 작고 무거운 돌" 같은 사랑이 마음 안쪽에 단단히 박혀 있는 사람들이 있는 유니버스이기도 하다.

술김에 벌어진 말싸움 중 '네가 세계를 지키고 있었다는 증거를 찾겠다'고 선언한 사람은 은이다. 은과 지완은 연인이며, 지완은 우울증 치료를 받고 있는 중이다. 소설은 지완이 왜 우울증을 앓고 있으며, 그런 지완과 은이 어떻게 만나 어떻게 연애하게 되었는지에 대해서 구구절절 밝히지 않는다. 현재 '눈과 앞'이라는 이름의 카페에서 일하는 은의 입장에서만 지완과의 관계를 담담하게 서술하고 있을 뿐이다. 이를 통해 지완이 매주 금요일마다 우울증 상담을 받고 있으며, 그래서 은에게 금요일은 우울한 날이고 그럼에도 불구하고 토요일 아침

---

29 「허핑턴포스트」 2015년 12월 8일자 이 기사에서는 평범한 사람들의 소소하고 일상적인 행동들이 지구를 지키는 선의의 행동들이 될 수 있음을 보여준다. '못생긴 채소 잘 먹기, 옥상에 작은 정원 가꾸기, 좋은 음악 듣기, 종이 가방 사용, 천연 에너지 사용' 등의 생활지침이 그것이다.

이면 다시 지완에 대한 사랑이 은에게 고요히 자리잡게 된다는 사실을 알 수 있다. 어쩌면 독자가 궁금해 할 것 같은 지완의 우울증의 원인과 병세에 대해서 소설은 그저 무의미하고 대수롭지 않다는 식으로 넘어간다. 그보다 더 중요한 것은 지완의 우울증에 반응하는 은의 태도이다. 지완의 우울증에 이입하여 자신에게도 마음의 병이 옮겨질까 봐 내심 두려워하기도 하고 때로는 지완이 없는 삶을 상상하기도 하지만, 오히려 무거운 마음을 디딤돌 삼아 밝은 곳으로 올라가는 법을 배웠다고 애써 자평하기도 한다.

지완의 우울증에 대한 단서는 세상에 대한 은의 이물감을 통해 간접적으로 드러난다. 주변을 주의깊게 바라볼수록 세상은 점점 더 수상쩍게 보인다. 어떤 합리적이고 이상적인 질서나 법칙도 없이 사람들을 괴롭히기 위해서 존재하는 것 같은 세상이 천연덕스럽게 잘 돌아간다는 것이 납득되지 않는다. 오히려 이런 삶과 세계를 잘 받아들이고 머물러 있는 다른 사람들이 신기해 보이기까지 한다. 그러다가 이러한 생각이 지완의 평소 그것과 너무도 비슷하다는 사실을 깨닫는다. 지완이 바라보는 방식과 느낌대로 세상을 바라보자, 세계는 자신으로부터 성큼 물러서 버리고 지완이 속한 어둠 속으로 한 걸음 끌어당겨진 듯한 난감한 기분에 사로잡힌다.

> 사람들로 꽉 차서 서로를 밀고 누르는 출퇴근 지하철에서 매일 살인사건이 일어나지 않는 것도 이상한 일 같았다. 세계를 증오하는 사람들이 그토록 많은데 세계는 어떻게 아직까지 유지되고 있는 걸까. 삶이 그토록 사람들을 괴롭히는데 사람들은 어떻게 삶에 머물러 있는 걸까.
>
> 미래는 불투명하고 과거는 삶에 수많은 흠집을 내놓았다. 어떤 결핍은 평생 사라지지 않고 어떤 사람들은 결핍을 채우기 위해 무언가에 매달린다. 일에 매달리거나 사람을 만나거나 범죄를 저지르거나 뭔가를 만들면서 의미를 찾는다. 하지만 그런 일들에 무슨 소용이 있을까. 사람들은 결핍을 채우려다 어리석은 일

들을 하고 만다.

은은 지난밤에 꼬리에 꼬리를 무는 그런 생각들을 하다가 그것이 지완이 평소에 하는 말과 너무도 비슷하다는 것을 깨닫고 깜짝 놀랐다. 은은 우울증 환자의 가족이나 친구가 환자의 고통에 이입하여 힘들어하다가 마음의 병을 옮는 일이 많다는 얘기를 들은 적이 있었다. 은은 내심 그것을 두려워하고 있었다. 자칫하면 지완을 끌어당기고 있는 어둠에 같이 끌려가서 영영 살아있는 것들의 세계로 돌아오지 못할지도 모른다. 은은 뉴스를 보다 동반자살사건이 나오면 채널을 돌리거나 자리를 피해버리고는 했다. (133~134쪽)

결핍된 세계에서 결핍 없이 살 수 있는 사람이 오히려 비정상이다. 세계를 증오하면서도 그런 세계를 견디고 사는 사람들에게 결핍은 필수적이다. 이 결핍을 채우고 혹은 망각하기 위해서 무언가에 몰두해 보지만, 이는 종종 어리석은 행동으로 귀결되곤 한다. 그에 비해 깊은 우울로 침잠한 지완은 차라리 인간적이다. 은이 일하는 카페 손님으로 온 중학교 동창 경선 역시 과거 심각한 결핍에 사로잡혔던 인물이다. 오래간만에 만난 경선은 얼마전 결혼을 했다며 이런저런 생활의 계획을 늘어놓는다. 중학교 시절 경선은 자신이 팔이 세 개인 채로 태어났고 수술을 해서 팔 하나를 잘라냈다고 했었다. 그래서인지 항상 무언가 결여된 존재라는 생각을 벗어날 수 없고 어떤 옷을 입어도 맞지 않는 것처럼 느낀다는 것이다. 이 말을 듣고 은은 충동적으로 자신도 어려서 장애가 있었고 잃어버린 게 있다는 거짓말을 한다. 그리고 그 거짓말로 경선과 은은 강력한 유대감을 얻었다. 경선의 결핍에 대한 공감이 자신에게 없는 결핍까지 만들 정도로 큰 힘을 발휘한 것이다.

그러나 오래간만에 만난 경선이 말하는 생활과 계획에 대한 이야기는 은에게 묘한 상실감은 안긴다. 경선이 그러했듯이 시간의 흐름과 함께 자연스레 접하는 크고 작은 불행들은 결핍을 더욱 분명하고 숙명적인 것으로 만들기 마련이며, 이후의 삶은 그 결핍과의 지난한 힘겨루기에 다름 아닐 터이다. 다시 만난 경선은 여전히 그 결핍을 떨쳐내지 못한 것으로 보이지만, 예전에 빛을 잃은 둘 사이의 우정은 결핍에 대한 유대감 역시 퇴색케 한다. 경선의 결핍을 강하게 공감할 수 없게 되면서 은에게 경선은 이제 과거의 그 경선이 아니게 된다. 따라서 그렇게 멀어진 경선은 도리어 은에게 결핍의 대상이 되는 것이다. 과거 경선의 황당한 고백을 내치거나 무시하지 않고 사려깊은 공감의 거짓말을 했던 은에게 지금 결핍으로 가득찬, 결핍에 대한 숱한 작용과 반작용으로 유지되는 것 같은 어지러운 세상에 머물 수 있게 하는 것은 바로 지완의 존재감이다. 지완의 결핍을 못내 인정하면서, 그를 어둠 속이 아닌 밝은 곳으로, 살아 있는 것들의 세계로 잡아당겨 오는 큰 힘을 충전하는 것이다. 그렇기에 은에게 지완은 세계를 지키는 소중한 존재이다.

> 경선을 오래 괴롭히던 불안이 여전히 눈에 일렁거리고 있는 것을 발견한 탓이었다. 익숙한 무게감이었다. 지완과 있으면서 은은 무거운 마음을 디딤돌 삼아 밝은 곳으로 올라가는 법을 배웠다. 아주 밝은 곳까지 올라갈 수 있는 것은 아니다. 완전한 어둠 속에서 약간의 빛이 비치는 곳으로 한 걸음 올라가는 정도였다. 그것만 해도 꽤 큰 힘이 필요하다. 은은 힘을 내서 밝게 웃었다. (142쪽)

무엇보다도 이 소설에서 가장 인상적인 요소이자 소설의 주제의식을 뚜렷하게 형상화하고 있는 설정은 바로 은이 일하는 작은 카페 '눈과 앞'의 장소성이다. 조용한 단골들 위주로 운영되는 이곳에 은은 강한 애착을 갖고 생활한다. 은은 손님들과 그들의 취향과 습성에 대해서 특별히 잘 기억한다. 손님이 뭘 주문했는지 어떤 표정으로 어떤 말을 하고 어떤 옷을 입었는지 같은 것들을 꼼꼼히 기억하고 잘 잊지 않는다. 대부분의 손님들을 마음에 들어하기 때문에 마냥 친절하고 상냥하게 대하면서 이런 자신의 일을 좋아한다. 이 카페는 오직 한 명

뿐인 손님을 위해 만든 메뉴도 있을 정도이다. 여사장과 은 모두 처음 온 손님들에게도 선의의 관심을 갖고 불편하지 않을 정도로 배려하면서 최선의 보살핌을 베푼다. 손님들 역시 카페를 좋아하는 친밀함을 적극적으로 표현하면서도 사장과 은에게 깍듯한 예의를 지킨다. "인위적으로 색을 넣은 것보다 더 찬란한 빛깔을 지닌 싱싱한 야채"처럼, 카페에서 이루어지는 관계는 어떤 과장되고 가식적인 느낌 없이 자연스럽고 진솔하다.

카페 '눈과 잎'은 말 그대로 주인과 손님이 서로 따뜻하게 환대하는 장소이다. 앞에서 거듭 언급했듯이 '환대'는 상대에게 자리를 주는 행위이고, 우리는 환대에 의해 사회 안에 들어가며 사람이 된다.[30] 우리를 사람으로 만들어주는 것은 추상적인 관념이 아니라 우리가 매일매일 다른 사람들로부터 받는 대접이다. 이 카페는 손님들에게 각자의 자리/장소를 줌으로써 그들에게 온전한 '사람 대접'을 한다. 이곳에서는 모두가 특별하게 대접받는다. 처음 온 손님이건 단골손님이건 은과 사장은 가장 '적절한 거리'를 구성하고 유지함으로써, 그들 모두를 인지하고 배려하고 존중한다. 먹성 좋은 이를 위해 그만의 특대메뉴를 만들어주고, 말수가 적은 손님에겐 철저한 침묵을 보장하며, 수줍은 이가 더 머물 수 있도록 디저트를 챙겨주고, 초면의 손님이 불편하지 않게 과도하지 않은 친절을 베풀며, 활발한 이에게는 격의없이 어울려 주고, 어색한 사이의 어른과 아이에겐 평상시에는 먹기 어려운 사치스러운 음식을 제공하는 식이다.

> 문언씨는 지하철 역사에서 일하는 기술자였다. 희고 통통한 문언씨의 볼이 밥을 먹은 뒤의 열로 분홍빛이 된 것을 보고 은의 마음이 움직였다. 밤을 새워서 일한 탓인지 피곤해 보이는 것도 신경이 쓰였다. 문언씨가 다른 날보다 한두 마디를 더 하는 것은 아마 그 피곤 탓이리라.

---

30 김현경, 앞의 책, 26쪽.

"아이스크림 드실래요?"

은은 문언씨의 배가 꽉 찼을 것을 알면서도 물었다. 뭐라도 조금 더 챙겨 주고 싶은 마음이었다. 문 언씨는 애매하게 웃고 있었지만 분명 먹고 싶은 얼굴이었다. 문언씨는 일주일에 한두 번은 오는 단골이면서도 항상 처음 오는 손님처럼 수줍었다. 은은 수줍은 사람들을 좋아했다. 은은 그것이 아마 자신이 약한 사람이기 때문일 것이라고 생각했다. 은은 수줍은 사람들의 조심스러운 태도에 편안함을 느끼는 편이었다.

"드세요. 조금만 드릴게요."

은은 망설이는 얼굴로 서 있는 문언씨를 뒤로 하고 카운터 안쪽에 있는 주방으로 들어갔다. 등뒤로 "그럼 조금만 주세요. 조금만" 하는 문언씨의 목소리가 들렸다. (138~139쪽)

은은 평소에는 과묵한 문언씨가 피곤한 근무를 마치고 조금이라도 더 카페에서 머물며 쉴 수 있도록 디저트를 챙겨 준다. 세심하고 다정한 은은 손님들의 개별적 성격과 취향에 맞추어 '적절한 거리'를 유지한 채 그들을 돌본다. "손님들이 만드는 박자 때로는 그 리듬과 박자에 맞추어 춤을 추는 것 같은 기분"으로 말이다. 그렇게 모든 이들이 세심하고 정성스러운 환대를 받고 있다는 느낌을 받음으로써, 카페를 각자의 고유한 자리/장소로 여길 수 있도록 배려하는 것이다. 절대적인 환대는 "신원을 묻지 않는 환대, 보답을 요구하지 않는 환대, 복수하지 않는 환대"[31]로 정의된다. '눈과 앞'에서는 누구도 상대의 신상을 캐묻지 않고 과도한 보상을 주고받지 않으며 수평적 관계로 서로를 대한다. 이러한 환대 속에서 주인은 손님이 되고 손님은 주인이 된다. '눈과 앞'의 단골 손님들 모두 이곳을 자신의 고유한 자리/장소로 수용하면서 그 마음을 자연스럽게 표현한다. 사실 '눈과 앞'의 이와 같은 분위기는 사장이 어린 시절 겪었다는 사연과도 관련

---

31 김현경, 앞의 책, 242쪽.

을 맺는다. 친언니처럼 자신을 따르던 이웃집 아이가 실종되어 끝내 다시 찾지
못한 이후부터 옆에 있는 사람이 갑자기 사라질 지도 모른다는 불안증이 생겼다
는 이야기이다. 이 결핍의 경험은 모든 사람을 귀하게 여기고 마땅한 자리를 주
고 또 정당한 대접을 해야 한다는 관계의 원리를 체화한 계기로 작용한다.

  안정적인 직장을 잡으면 카페를 떠나기로 사장과 약속했지만, 은은 자신이 새
로운 자리에서 다시 시작하기를 진심으로 바라고 있는지 확신하지 못한다. 언젠
가는 떠나야 할 곳이지만 아직은 아니라고 생각한다. 카페가 있는 거리에서 한
참 떨어진 곳에 새 지하철 역사가 생기면서 이곳은 점점 더 적막하고 쇠락해진
다. 대부분의 인근 가게들이 신역사가 있는 쪽으로 이사를 가고, 곧 구역사가 닫
히면 더 이상 카페도 유지하기 어려울 상황이 올 것이다. 카페 맞은 편 공장에서
화재가 발생하고, 손님과 함께 불구경을 하던 은은 새빨간 불길이 모든 것을 태
워버릴 것 같아 두려움이 든다. 따뜻한 호의와 관심과 인정과 환대가 존재하는
작은 유니버스, 카페 '눈과 앞'으로 대표되는 환대의 장소들은 점점 더 사라지고
있으며, 그와 비례하여 세계는 더 결핍되어 갈 것임에 틀림없다. 은은 카페가 문
을 닫으면 "이 거리에 구멍이 난 것 같을" 것이라고 생각한다. 은에게는 세계 자
체였던 이 작은 카페, 이 환대의 장소를 떠나 제대로 된 '사람 대접'이라고는 요
원한 바깥 세계로 편입될 자신감과 용기를 은은 아직 갖지 못하고 있다.

> 은은 어제 연기가 깔렸던 거리에 서서 오늘 카페를 다녀간 사람들을 떠올렸다.
> 잠깐 치솟은 불을 본 것이 평생에 가장 큰 구경거리일 사람도 떠올렸다. 한 사람
> 의 세계 안에서 얼마나 많은 일들이 일어나는지, 어떤 것들이 사라지고 어떤 것
> 들이 끝내 지켜지는지.
> 거리 끝에 서 있는 사람이 세계를 지키고 있다는 증거는 아직 찾지 못했다. 하지
> 만 지완이 은 쪽으로 걸어와 서로의 얼굴이 가까워졌을 때, 은은 자신의 가슴에
> 박혀 있는 돌이 뜨거워지는 것을 느꼈다. 동시에 언젠가는 그의 몸에 생생한 증

거를 던질 수 있으리란 것을 확신했다. 그 증거는 무언가 살아 있는 것이리라. 두 사람은 어제의 연기가 물러간 거리에서 손을 잡고 집으로 돌아갔다. (147~148쪽)

데리다가 언급하듯이 환대는 '가로지르기(traverse)'와 밀접하게 관련된 행위이다.[32] 가장 극진한 환대는 타자와 이방인을 융숭하게 받아들이는 태도를 넘어서, 환대의 주체 역시 이방인에 지나지 않는다는 사실을 깨닫는 일이다. 타자의 타자는 바로 나 자신이기 때문이다. 다시 말해 자신이 주인인 동시에 손님이기도 하다는 사실을 아는 일이다. 이는 관계에 있어서의 자율성이나 주체성 대신 근본적인 의존성을 상기하며, 서로에 대한 윤리적 책임감을 토대로 하는 환대의 가능성을 구현한다. 타자를 사람으로 인정한다는 것은 그의 가치를 인정하는 것이 아니라, 가치에 대한 질문을 괄호 안에 넣은 채 그를 환대하는 일이다. 결국 이것은 타자를 그 어떤 인식론적 이해가 아니라, 존재론적인 공감으로부터 받아들였기에 가능한 것이다.[33] 가령 "당신이 없다면 나는 누구인가"하는 질문에서 "당신을 잃어버렸을 때 당신의 일부 흔적이었던 나도 사라짐"[34]으로 귀결되는 인식이다. 〈당신이 그동안 세계를 지키고 있었다는 증거〉에서 은과 지완의 관계는 지극한 공감과 유대를 통해 맺어진 상호 돌봄의 존재론을 보여준다. 특히 문턱 안 이쪽 빛이 아닌, 저쪽 어둠의 영역에 침잠하고 있는, 일종의 이방인이라고 할 만한 지완에 대해 은이 수행하는 돌봄은 조건 없고 절대적인 환대의 실천적인 가능성을 구현한다. 지완과의 상호작용 속에서 자신 안에도 존재하는 어둠에 끌려가는 것을 느끼면서 또 동시에 이 어둠을 발판으로 삼아 밝은 곳으로 올라가는 힘을 얻는 것이다. 타자와의 경계를 해제하는 보살핌의 윤리

---

32 데리다, 앞의 책, 124쪽 참고.

33 김현경, 앞의 책, 222쪽 참고.

34 Butler, Judith, Precarious Life: The Powers of Mourning and Violence, Verso, 2006, p. 151.

를 통해 타자의 영토에 유폐되어 자신의 존재를 부인당하는 사람들에게 도움의 손길을 뻗치는 일, 그들을 인지하고 인정하는 일, 그들에게 '절대적으로' 자리를 주는 환대는 우정이나 사랑 같은 단어가 의미를 갖기 위한 조건이다.[35] 결국 카페 '눈과 앞'의 주인과 손님들이, 손을 잡은 지완과 은이 모두 '당신이 그동안 세계를 지키고 있었다는 증거'이다. 이 소설은 환대의 장소와 그곳에서 이루어지는 돌봄의 상호작용이 끝내 지켜져야 할 중요한 가치라고 말한다. 불안에 떠는 태도를 극복하여 상대와 타인의 결핍을 인정하고 그들이 인정받을 자격이 능히 있음을 확신하여 절대적으로 환대하는 것, 그들 모두에게 자리를 주고 그 자리의 불가침성을 선언하는 일이 바로 그것이다.

5. 맺으며 : 환대를 통한 공존과 상생

자리/장소를 갖지 못하는 사람들, 자신들이 속한 곳이나 있어야 할 곳이 어디인지 알 수 없는 사람들, 머물고 점유할 수 있는 위치를 이 세계 안에서 발견할 수 없는 사람들이 점점 늘어나고 있다. '장소상실(placelessness)'은 이제 대부분의 사람들에게 실질적인 위협으로 다가오는 실정이다.[36] 현대 사회는 모두가 각자의 고유한 자리/장소에서 '사람'으로 현상할 수 있는 조건을 만들어준 것처럼 보이지만, 자리/장소를 침탈하고 압수하고 부정당한 수많은 이들이 일시적인 자리/장소를 전전하면서 모욕과 굴욕의 상태에 처해 있다. 데리다가 강조하는 '절대적 환대'란 결국 타자와의 상호성과 의존성을 바탕으로 공적 영역과 사적 영역 모두에서 자리/장소를 상실한 사람에게 아무 조건 없이 자리/장소를 마련해 주는 행위이다. 그리하여 환대의 자리/장소는 가장 적극적으로 타자와 관계

---

35   김현경, 앞의 책, 204쪽.

36   김현경, 앞의 책, 281쪽.

맺고 새로운 관계를 만들어내는 곳이 되어야 한다. 또한 환대가 기본적으로 문턱 바깥의 이방인과 타자에게 자리/장소를 제공하고 그곳에 머물기를 인정함으로써 문턱 안쪽으로 초대하는 행위이긴 하지만, 사실 이미 문턱 안에 들어와 있으면서도 진정한 의미의 성원권을 갖고 있지 못한 사람들(약자와 소수자)에게도 적용되어야 함이 마땅하다. 따라서 '절대적 환대'를 실현하기 위해서는 끊임없는 시도가 필요하며, 동시에 성원권을 얻지 못한 이들이 어떻게 스스로 자신의 자리/장소를 만들 수 있을지에 대한 사유가 이루어져야 한다. 이와 같은 환대의 존재론적 윤리는 사회적 정의와 평등, 다문화적 공존을 실현해야 할 작금의 한국사회에 의미 있는 시사점을 제공해 줄 것이다.

이 글에서는 근접학의 '적절한 거리' 개념에서부터 출발하여 깊이 숙고한 '환대'의 가치 지향이 최근 한국소설에서 독창적으로 드러나는 방식과 의미를 분석해 보았다. 특히 데리다와 김현경이 강조한 '무조건적 환대', '절대적 환대'의 존재론적 윤리가 소설 속 타자에 대한 사유와 구체적인 자리/장소에 대한 상상력으로 어떻게 형상화되는지를 집중적으로 살펴보았다. 다원적 가치를 수용하는 새로운 패러다임을 정립하고 확산해야 할 현재 우리 사회의 조건을 고려할 때, 해당 소설들은 동시대에 가능한 환대의 비전 및 타자와 약자와 함께 추구할 공존과 상생의 가능성을 문학적으로 구현하고 있다. 〈첫사랑〉에서는 타자의 언어와 자리/장소를 박탈함으로써 '목소리'와 성원권을 부정하는 박대의 폭력성을 다루었고, 〈상류엔 맹금류〉는 맹금의 룰로 대표되는 규칙과 규범을 준수하지 않음으로써 자리/장소에서 내처지고 사람됨을 부정당해 혐오의 대상이 되는 비극적 인물들을 보여주었다. 반면 〈당신이 그동안 세계를 지키고 있었다는 증거〉에서는 주인과 손님의 근본적 의존성을 상기하면서 서로에 대한 상호돌봄의 책임을 구현하는 지극한 환대의 장소를 보여줌으로써 타자와 이방인, 약자들에게 마땅히 주어져야 할 자리/장소에 대한 권리를 사유해 보았다.

편혜영 소설에 나타난 장소상실과 그 의미
집, 일터, 길의 공간 구조 및 인식

1. 시작하며 : '장소성' 개념과 편혜영 소설의 공간 의식

바람에 출렁이는 바다의 파도가 조개껍질이 덮혀 있는 바닥을 휩쓰는 것처럼, 우리 종족이 전 영토를 장악했던 때가 있었습니다. 그러나 지금은 거의 잊혀져 버린 종족의 위대함과 더불어, 그 시절은 지나가버린 지 오래되었습니다. 나는 우리의 때 아닌 몰락을 두고두고 생각하지 않을 것이며, 그것을 슬퍼하지 않을 것이며, 몰락을 재촉한다고 내 창백한 얼굴의 형제들을 비난하지 않을 것입니다. 우리는 거의 다른 두 종족으로 구성되어 있습니다. 우리 사이에 공통점은 거의 없지요. 우리에게 조상들의 유골은 신성하고 조상들의 최후의 안식처는 신성한 대지입니다. 한편 당신들은 당신 조상들의 무덤에서 멀리 떨어져서 방황하고 있으나, 외관상 별로 유감스러워하지 않는 듯합니다. 이 나라 모두가 나의 종족에게는 신성합니다. 모든 언덕, 모든 계곡, 모든 평원과 숲은 내 종족의 어떤 아름다운 기억이나 슬픈 경험들로 신성시되어 왔습니다. 장엄한 위세로 고요한 바닷가를 따라 태양 아래에서 더위에 지쳐 묵묵히 누워있는 듯한 바위조차 내 종족들의 삶과 연결되어 있는 과거의 기억으로 떨리고 있습니다. 당신의 발 아래에 있는 바로 그 흙먼지는 당신의 발걸음보다는 우리의 발걸음에 더 사랑스럽게 반응합니다. 그것은 우리 조상들의 유골이기 때문입니다. 그리고 우리의 맨발은

공감하는 감촉을 느낍니다. 왜냐하면 토양에는 우리 혈족의 생명이 풍부하기 때문이지요.[1]

1877년 워싱턴의 주지사 스티븐스에게 토지를 양도해야 했던 인디언 추장의 감동적인 연설은 오랫동안 영위해 온 땅에 대한 애착이 무엇인지를 실감케 한다. 고향에 대한 애착은 범세계적인 현상인 듯 보인다. 장소에 애착을 갖게 되고 그 장소와 깊은 유대를 가지는 것은 인간의 중요한 욕구이다. 우리가 장소에 내린 뿌리는 바로 이 애착으로 구성된 것이며, 이 애착이 포괄하고 있는 친밀감은 단지 장소에 대해 세부적인 것까지 알고 있는 것만이 아니라 그 장소에 대한 깊은 배려와 관심에서 비롯된다. 깊지만 잠재의식적인 애착은 친숙함과 편안함, 양육과 안전의 보장, 소리와 냄새에 대한 기억, 오랜 시간 동안 축적되어 온 공동의 활동과 평온한 즐거움에 대한 기억과 함께 온다. 반면 백인들은 이 땅과 어떤 의향이나 관계도 갖지 않는다. 어떤 역사도 약속도 없다. 그들이 마주치는 어떤 것도 그들을 과거나 미래로 데려가지 않으며, 그 자체를 넘어서는 생각을 이끌어 내는 것도 없다.[2] 백인들은 땅을 경험하기보다는 땅을 넓혀가는 데에 주력할 뿐이다. 그들은 이동식 포장마차(covered wagon) 가옥과 같이, 집을 '가지고 다닌다.' 여차하면 이동할 수 있고 새로운 장소의 낯설음으로부터 얼마든지 자신의 집을 단절시킬 수 있다. 컨테이너 주택, 조립식 주택,[3] 하우스 트레일

---

1 Clarence R. Bagley, "Chief Seattle and Angeline", The Washington Historical Quarterly, vol. 22, no. 4, pp.253~255.

2 Hoggart R, The Uses of Literacy, 1959, p.159.

3 심지어 밴스 패커드(Vance Packard)는 철저한 자본의 메커니즘으로 운영되는 가상의 도시 코누코피아 시(Cornucopia City)를 묘사하면서, 매년 봄과 가을 집 청소 때마다 부수고 다시 세울 수 있는 종이 주택을 예시한다. 플라모델(plamodel) 같은 이 도시는 인간의 목적이 아닌, 폐기와 재생산을 갈구하는 자본주의 시스템에 기여한다. 여기에서는 주거 생활의 체험 자체가 과잉, 잉여, 초과되는 폐기물화의 과정이다. 무엇보다도 '종이로 만들어진 도시'에 살면서 안정적인 삶의 의미 체험을 한다는 일은 불가능하다. (Vance Packard, "The Waste Makers", Harmondsworth, Penguin, 1961, pp.15~16 참고)

러(house trailer), 캠핑카와 같은 이동식 집에서는 땅을 응시할 수는 있겠지만 땅과 구체적인 관계를 맺을 수 없다. 컨테이너 주택 안의 인간은 '사는 주체'가 아니라 '적재(積載)되는 객체'가 되는 것이다.

베르그송 이전부터 공간은 죽은 것, 고정된 것, 비변증법적인 것, 정지된 것으로 간주되었던 반면 시간은 풍요롭고 비옥하고 생생하며 변증법적인 것으로 이해되었다는 푸코의 언술[4]처럼, 한동안 공간은 단순히 역사발전이 이루어지는 터전이거나 그 피동적인 결과물로 취급되어 오곤 했다. 그러나 공간은 사회적으로 구성되면서 동시에 사회를 구성하는 실천의 형식으로서, 인간의 상호작용 속에서 의미가 생성되고 공유되는 장이다. 공간과 사회는 하나가 다른 하나를 일방적으로 결정하거나 기계적으로 반영하는 것이 아니라 변증법적으로 맞물려 있다. 인간은 사회적 존재인 동시에 공간적 존재이다. 사회는 공간적으로 생산되며, 공간은 사회적으로 생산된다. 공간은 말 그대로 '텅 빈 사이(空間)'가 아니라, 다중적인 사회경제관계들이 역동적으로 교차하는 네트워크이다. 삶의 공간을 가꾸어나가면서 타인과 관계를 맺고 무엇인가를 만들어가는 행위는 매우 중요한 경험이다. 더 나은 삶의 조건으로서의 공간을 만들기 위해서는 공간을 잘 이해하려는 체계적이고 심층적인 노력이 필요하다.

인간이 특정한 공간과 관계를 맺고 의미를 부여하는 방법에는 두 가지가 있다. 첫 번째는 공간에 이야기를 덧붙이는 방법이다. 모든 특별한 공간에는 어떤 이야기가 있다. 공간을 자궁 삼아 다양한 이야기들이 탄생하고 그런 이야기들이 모여서 우리의 삶을 이룬다. 두 번째는 몸과 공간이 밀착되는 양상이다. 몸과 구체적으로 감응하지 않는 공간은 추상화된다. '지금-여기-몸'이 일체되어 결합할 때 비로소 온전한 삶의 정체성이 수립된다. 그런 면에서 인디언들과는 달리 백인들은 땅과 총체적이고 직접적인 관계를 맺지 못한다. 공간에 대한

---

4   이무용,『공간의 문화정치학』, 논형, 2005, 31쪽 재인용.

이야기도, 몸과의 직접적 관계성도 없기 때문이다. 사람들은 동물세계에서는 상상할 수 없는 복잡한 방식으로 공간과 장소에 반응한다. "자신의 주변세계를 관찰하는 사람은 누구나 어느 정도는 지리학자[5]"라는 데이비드 로웬탈(David Lowenthal)의 발언은 주목할 만하다. 지리학은 사람들에게 그들이 속한 세계에 대한 짜임새 있는 서술을 제공한다. 모든 사람은 태어나고, 자라고, 지금도 살고 있는, 또는 특히 감동적인 경험을 가졌던 공간과 깊은 관련을 맺고 있으며 그곳을 의식하고 있다. 이러한 관계가 개인의 정체성과 문화적 정체성, 안정감의 근원이자, 세계 속에서 우리 자신을 외부로 지향시키는 출발점을 구성한다. 개인은 자신의 공간과 별개가 아니라, 그가 바로 공간[6]인 셈이다.

우리 시대의 불안은 근본적으로 공간과 관련을 맺는다.[7] 사람들은 평상시에는 공간과 장소를 잘 의식하지 않고 살아간다. 공기를 의식하지 않으면서 살아가지만 갑자기 공기가 오염되거나 탁해질 때 그 강렬한 존재성을 각성하는 것처럼, 공간과 장소를 소거시킨 채 인간의 삶을 이야기하는 것은 불가능하다. 삶의 본질적인 부분과 맞닿아 있으면서도 일상적으로는 잊혀져 있던 공간과 장소를 들추어냄으로써 우리가 미처 보지 못했던 삶의 본질을 목격할 수 있다. 현대 자본주의 사회에서 인간과 공간의 관계성은 점점 더 악화되고 왜곡된다. 이는 의미 있는 장소와 관련맺고자 하는 인간의 뿌리 깊은 욕구가 위협당하는 현실에서 비롯된다. 현대 사회의 장소는 두 가지 방식으로 인간을 추방한다. 먼저, 원해서가 아니라 어쩔 수 없이 더 나은 삶의 조건을 찾아서 장소를 떠나는 경우가 있다. 다음으로 인간은 원래 장소에 그대로 있지만 장소 자체가 물리적, 심리적으로 변형·훼손되는 경우이다. 전자의 경우가 장소에서 인간을 축출한다

5   David Lowenthal, "Geography, experience and imagination", Annals(Association of American Geographers) 51, 1961, p.242.

6   Matore G, "Existential space", Landscape 15(3), p.6.

7   Michel Foucaul, "Of other spaces", Diacritics vol. 16, 1986, p.22.

면 후자는 인간에게서 장소를 강탈해간다. 두 경우 모두 장소와의 긴밀한 연루감을 상실하고 장소 정체성을 형성할 힘을 박탈당한다는 점은 동일하다.

'장소성'은 인문지리학, 인간주의 지리학[8]의 핵심 개념이자 지리학의 상상력의 토대를 강조할 수 있는 중요한 키워드이다. 일반적으로 지리학에서는 '공간(space)'과 '장소(place)'를 서로 대립적인 개념으로 인식한다. 공간은 말 그대로 텅비어 있지만, 여기에 인간에 의해 의미가 채워지면 장소가 된다. 장소가 특수하고 예외적인 속성을 가지며 주관적이고 개성적이고 독특한 것을 담고 있는 개념이라면, 공간은 보편적이고 일반적인 것을 담아내는 개념이다. 각 개인에게 의미 있는 요소가 아닌 모든 사람에게 제공되는 평균적인 의미를 찾고자 할 때 지리학자는 공간이라는 용어를 사용한다. 가령 우리가 일상적으로 지나다니는 공원은 그곳에 산책나온 사람에게는 유희의 '공간'이지만, 헤어진 연인과의 기억을 지니고 있는 사람에게는 추억의 '장소'가 되는 셈이다. 장소는 사람에 의해 쌓여진 의미층위가 두껍지만, 공간은 공식적이고 의례적인 만남이 이루어지며 의미층위가 얇다. 장소는 무기질이나 균질공간이 아니며, 사람들의 감성과 결부되어 의미로 가득한 공간이다. 장소에 관한 연구는 공간에 관한 기존의 연구가 일상생활 공간에서의 인간의 이성이나 감정, 구체적 실천과 경험의 문제를 무시했음을 비판한 데에서 비롯되었다. 공간이 어떻게 강한 인간적인 장소

8　1970년대 초반부터 본격적으로 부각된 인간주의 지리학은 논리실증주의적인 공간지리학에 대한 반발로서, 인간의 가치와 자유 등의 문제를 지리학의 궁극적인 지향점으로 삼아야 한다고 보는 인간 중심주의적 연구 경향을 말한다. 인간주의 지리학은 도시공학, 건축공학, 토목공학 등 기능적 공간 조직과 관련된 공학적 차원보다 철학, 역사학, 인류학, 사회학, 지리학, 행정학, 문화학 등 인문사회과학적 차원의 접근을 중시한다. 계량적인 수학적 사고로 공간적 조직을 모형화하고 규칙성을 발견하고자 했던 실증주의 지리학과는 달리, 인간주의 지리학은 지리학이 인간에 대한 성찰을 담고 있어야 한다고 주장한다. 인간의 느낌, 감정의 총체로서의 지리학을 표방하여, 특히 장소에 대한 의미와 느낌을 중요시한다. 객관주의적 실증주의 지리학의 공간 개념에 대응하여, 주체적·주관적으로 파악하고 경험하고 또 살아 있는 존재로서의 공간, 즉 실존적 공간 개념을 제시한 데에서 인간주의 지리학의 성과를 들 수 있다. 인간주의 지리학의 대두 배경은 '최병두 외, 『인문지리학개론』, 한울, 2008, 66~70쪽'과 '전종환 외, 『인문지리학의 시선』, 논형, 2008, 76~81쪽' 참고.

가 되는 것인가를 연구하는 것이 인간주의 지리학의 임무인 것이다.

'장소성' 개념에 대한 집중적인 논의는 인간주의 지리학의 대표적인 학자로 꼽히는 투안(Yi-Fu Tuan)과 에드워드 렐프(Edward Relph)에 의해서 이루어졌다. 투안은 '장소애(topophilia)'라는 용어로 일상인들의 감성과 결부된 공간 체험을 설명한다.[9] '공간'은 움직임, 개방, 자유, 위협으로, '장소'는 정지, 안전, 안정, 애정으로 비유된다. 무차별적인 공간에서 출발하여 우리가 공간을 더 잘 알게 되고 공간에 가치를 부여하게 됨에 따라 공간은 장소가 된다. 공간은 장소보다 추상적인 것이고, 인간의 경험이 녹아들 때 장소가 되는 것이다. 그리고 어떤 지역이 친밀한 장소로서 우리에게 다가올 때 우리는 비로소 그 지역에 대한 느낌, 즉 장소감(sense of place)을 가지게 된다. 투안은 인간의 육체가 공간감과 장소감을 형성하는 토대라고 간주한다. 따라서 그는 인간의 생물학적 사실들에서 기인하는 공간과 장소의 경험을 기술하고, 인간이 공간과 장소에 의미를 부여하고 그것을 조직하는 방식을 이해하고자 한다.

에드워드 렐프(Edward Relph)가 주장하는 핵심적인 문제의식은 '장소의 진정성(authenticity)'이다.[10] 그는 장소와 장소경험의 주체인 사람의 상호성을 통해 만들어지는 고유한 특성을 '장소의 정체성(identity)'이라고 부른다. 장소 연구란 곧 장소의 정체성을 연구하는 일이다. 또한 진정한 장소감을 일으키는 장소와 비진정한 장소감을 일으키는 장소의 두 유형을 구분한다. 이 둘을 나누는 기준은 인간이 장소와 맺는 관계, 즉 장소 경험이 능동적이고 주체적인가 아니면 수동적이고 강제적이거나 관습화된 것인가, 다시 말해서 인간이 장소로부터 소외되어 있는가의 여부이다. 장소를 내부인으로 경험할수록, 그것도 의식적으로 경

---

9   투안에 대해서는 'Yi-Fu Tuan, 구동회 · 심승희 옮김, 『공간과 장소』, 대윤, 1995', '신명섭, 「투안의 문화적 공간론」, 『공간이론의 사상가들』, 한울, 2001' 참고.

10   이에 대한 보다 자세한 설명은 'Edward Relph, 김덕현 외 옮김, 『장소와 장소상실』, 논형, 2005', '심승희, 「에드워드 렐프의 현상학적 장소론」, 『현대공간이론의 사상가들』, 한울, 2005' 참고.

험하기보다는 무의식적으로 경험할수록 진정한 장소 정체성이 된다. 반면 매스 미디어에 의해 만들어져 일방적으로 주입된 피상적이고 대중적인 장소경험일수록 비진정한 장소의 증거이다.

렐프는 장소가 진정성을 상실했거나, 심각하게 훼손된 상태를 '장소상실(placelessness)'이라고 명명한다. 그는 오늘날의 장소와 장소경험의 특징을 이 장소상실로 규정한다. 특히 이는 '장소의 획일화'와 '상품화된 가짜 장소의 생산'의 두 가지 양상을 보인다. 전자는 장소를 기능성, 효율성, 공공성의 입장에서만 바라보는 것이다. 주로 기술과 계획 부문에서 두드러지게 나타나는데, 여기서 장소는 의미가 제거된 균질적이고 등질적인 공간으로, 오로지 효율성 측면에서만 측정되고 평가될 뿐이다. 두 번째는 대중소비사회에 의해 조장되는 무의식적인 태도로서 상품화된 장소에 대한 대중적 소비 욕망이다. 가령 키치화된 장소로서 관광지나 박물관, 디즈니화된 장소들이 그러하다. 디즈니랜드는 틀에 박힌 관광 건축물과 인공 경관에 의해 역사 · 신화 · 현실과 환상의 초현실적 조합으로 생겨난 대표적인 '가짜 장소'라고 할 수 있다. 이에 대한 렐프의 대안은 의미 있는 장소들의 생활 세계를 설계하는 접근을 공식화하고 응용해서 장소상실을 극복하는 것이다. 인간에게 생활리듬과 방향성, 그리고 정체성을 부여하는 다양한 장소를 창조해내는 일이 구체적인 실천 방안이 된다.

자본주의적 제 장소의 기원과 장소의 정체성을 탐구하는 일은 곧 자본주의 사회의 본질을 이해하는 첩경이 된다. '장소성'에 대한 강조는 서구 근대화 과정에서 급속하게 진행된 시공간적 압축으로 인해 장소의 파괴 및 소멸 또는 탈귀속화가 급속하게 촉진되고 장소 정체성이 상실하게 되었음을 지적한다. 일상생활이 이루어지는 장소는 이제 지역(국가)간 거리를 초월한 다국적 자본의 침투와 대중매체를 통한 획일적 상품 문화의 확산으로 그 특수성을 잠식당하고 이로 인해 정체성을 형성할 힘을 잃어버릴 위기에 처하게 되었다. 결국 장소의 정체성과 진정성, 장소애와 장소감을 복원하기 위해서는 장소가 가지는 특수성에 기초하여 '차이'와 '타자'에 대한 이해를 강조해야 한다. 여기서 '차이'는 배타적 대립이나 양적 격차를 의미하는 것이 아니라, 특수성·다원성·이질성 등을 의미하는 다원주의적 관점을 말한다. 이러한 차이에 대한 주장은 근대화 과정에서 파편화되고 탈중심화된 주체의 회복과 더불어 타자와 그들의 장소에 대한 인정과 올바른 인식을 강조하는 데에 기여한다.[11]

이 글의 목적은 편혜영 소설에서 구현되는 장소에 대한 인식과 체험, 장소 정체성의 복원 가능성을 살펴보고자 하는 것이다. 편혜영 소설은 획일적이고 타율적인 공간에 대한 민감한 자의식과 더불어, 인문지리학의 '장소성'에 대한 지향을 다양한 양상으로 표출하고 있다고 판단되기 때문이다. 편혜영 소설은 흔히 반문명의 메시지를 바탕으로 완전히 균질화되어버린 현대사회의 "동일성의 지옥[12]"도를 형상화하는 것으로 평가되곤 한다.[13] 동일한 공간에서, 동일하게 분절화된 시간표를 지키며, 동일한 식사를 하고, 동일한 의복을 입고, 동일한 독

---

11 최병두, 『근대적 공간의 한계』, 삼인, 2002, 184~185쪽.

12 김형중, 「동일성의 지옥에서」, 『저녁의 구애』, 문학과 지성사, 2011, p.243.

13 그동안 편혜영 소설에 대해서는 인간과 문명사회에 대한 전복적인 상상력의 형상화(류보선, 「침묵하는 주체, 말하는 시체」, 『문학동네』 45호, 문학동네, 2005/남진우, 「세계의 일식: 편혜영 소설의 상상세계」, 『문학동네』 52호, 문학동네, 2007/김아름, 「2000년대 한국소설에 나타난 환상적 상상력」, 조선대 석사학위논문, 2011), 반문명적 사유가 드러나는 미학적 방식(박혜경, 「문명의 심연을 응시하는 반문명적 사유: 천운영·윤성희·편혜영의 소설」, 『문학과 사회』 70호, 문학과 지성사, 2005/박진, 「달아나는 텍스트들: 김중혁, 편혜영, 김유진의 소설」, 『문예중앙』 111호, 랜덤하우스중앙, 2005/강유정, 「체제의 음모를 누설하는 악취의 세계」, 『오늘의 문예비평』 62호, 세종출판사, 2006), 새로운 도시 인식(김예림, 「두 도시 이야기: 김애란과 편혜영 읽기」, 『오늘의 문예비평』 68호, 산지니, 2008) 등을 살펴 본 논의가 있다. 특히 소설 속 공간이 축조되는 양상에 대한 분석은 각각의 논의에 단편적으로 포함되어 있는 정도인데, 김청우(「드러남과 회귀에 관한 지형학적 상상력」, 『어문논총』 21호, 전남대학교 한국어문학연구소, 2010)는 편혜영의 첫 번째 작품집에 수록된 「저수지」와 「아오이가든」을 대상으로 세계 인식의 붕괴가 공간의 감춤과 드러남, 감염과 회귀의 구조로 이루어지고 있음을 지적한 바 있다. 본 논문에서는 편혜영의 두 번째(『사육장 쪽으로』)와 세 번째 작품집(『저녁의 구애』)에 수록된 9편의 작품(〈금요일의 안부인사〉, 〈사육장 쪽으로〉, 〈토끼의 묘〉, 〈통조림 공장〉, 〈동일한 점심〉, 〈소풍〉, 〈관광버스를 타실래요?〉, 〈정글짐〉, 〈첫 번째 기념일〉)과 〈서쪽으로 4센티미터〉를 대상으로 논의를 진행한다.

서를 하고, 동일한 교통수단으로 출퇴근하는 삶, 그래서 어떤 차이도 없고, 차이가 없으니 상처도 없고, 그래서 어떤 굴곡도 없이 과거와 현재와 미래가 완전히 동일해지는 나날의 연속이 바로 동일성의 지옥이다. 중요한 것은 이 섬뜩한 동일성이 대개 특정 공간을 중심으로 배태되고 표출된다는 것이다. 즉 특유의 반문명적 사유가 공간적으로 축조되는 방식을 주목하고자 한다. 신형철의 지적[14]대로 작가는 특히 공들여 어둠, 파국, 짐승의 세계를 인상적으로 '미장센 세팅'한다. '만국박람회, 서쪽 숲, 저수지, 동물원, 사육장, 통조림 공장, 고속도로' 등의 공간이 그러하다. 정확한 공간 정보가 제시되지는 않지만 강력하게 인물들을 장악하는 견고성을 지닌다. 인물들은 그저 그 공간의 도저한 메커니즘에 따라 작동하는 부품이나 요소에 불과한 듯 보인다. 사실 타율화된 도시 공간과 인간 소외라는 주제는 진부할 정도로 픽 익숙한 것이다. 여기서 변별성을 찾고자하는 방법이 인문지리학과 문학의 학제간 논의이다. 투안과 렐프의 인문지리학 방법론을 활용하여 편혜영 소설에 반영된 '장소'에 대한 체험과 인식 및 의미체계를 분석하려는 것이다. 특히 '안주하는 장소로서의 집·일터'와 '이동하는 장소로서의 길'이라는 두 축을 중심으로 논의를 전개하고자 한다.

2. 복제되는 공간과 복사되는 삶 : 집과 일터

대부분 어느 곳에서나 인간 집단은 그들 자신의 고향을 세계의 중심으로 간주하는 경향을 보인다. 그러한 장소 개념은 당연히 집에 최상의 가치를 부여한다. 집은 천문학적으로 결정된 공간체계의 중심에 있다. 집은 우주구조의 초점이다. 집은 정감어린 기록의 저장고이며 영속적이다. 집을 포기한다는 것은 상상하기 어렵다. 그래서 고향과 집에서의 추방은 가장 가혹한 형벌로 간주된다.

---

14 신형철, 「섬뜩하게 보기」, 『사육장 쪽으로』, 문학동네, 2007, 239쪽.

장소는 운동 속에서의 정지를 지향한다. 인간은 집에서 멈춘다. 그리고 이 사실은 장소에 대한 인간 정서의 깊이를 더해 준다. 집에서는 사소한 것들이 강한 정서를 만들 수 있다. 슈타크(Freya Stark)는 "보다 작고 친밀한 것에서, 기억은 어떤 사소한 것, 어떤 울림, 목소리의 높이, 타르 냄새, 부두가의 해초…… 등을 가지고 가장 매혹적인 것을 엮는다. 이것은 확실히 집의 의미이다. 집은 매일매일이 이전의 모든 날들에 의해 증가되는 장소이다[15]"고 말한다. 집이라는 장소와 나날의 삶은 실재로 느껴진다. 실재는 숨쉬는 것처럼 눈에 띄지 않는 친밀한 일상생활이다. 그것은 우리의 총체적 존재, 우리의 모든 감각과 관련되어 있다. 반면 집을 떠나는 여행은 사라지는 일시적인 경험이며 비실재적이다. 수백, 수천 킬로미터 떨어진 어떤 곳에 가서, 나와 내 조상과 전혀 상관없이 살아오던 사람들이 만들어놓은 굉장한 건축물을 배경으로 사진 몇 장을 찍고 돌아오는 경험은 마치 컴퓨터 안의 가상현실처럼 혼돈스럽기만 하다.

'장소감'은 원래 '차이'의 소산이다. 각자가 장소에 부여한 의미의 차이에 따라서 장소성을 갖게 되는 것이다. '장소감'이란 내부에 있다는 느낌이고, 개인의 특정한 경험이 녹아든 공간이다. 집안에서도 사람은 자신만의 장소, 예를 들면 독방에서부터 구석, 선반, 서랍을 갖게 된다. 확실히 이렇게 물리적으로 경계지어지고, 다른 사람들이 그 경계를 존중해 주는 장소들은 우리 모두에게 중요하다. 이런 장소들은 우리의 개별성을 표현해주기 때문이다. 중요한 것은 이 장소가 나에게 고유하고 사적인 곳이라는 느낌이다. 문자 그대로 '장소애(場所愛)', 즉 "강렬하게 개인적이고 심오하게 의미있는 장소와의 만남[16]"이다. 한 장소에 뿌리를 내린다는 것은 세상을 내다보는 안전지대를 가지는 것이며, 사물의 질서 속에서 자신의 입장을 확고하게 파악하는 것이며, 특정한 어딘가에 의

---

15   Freya Stark, "Perseus in the Wind", John Murray, 1948, p.55.

16   Yi-fu Tuan, "Topophilia", Landscape 11, 1961, pp.29~32.

3부 상실과 애도   **217**

미있는 정신적이고 심리적 애착을 가지는 것이다.[17] 장소의 정체성은 '나는 어디에 있는가? 혹은 나는 어디에 소속되어 있는가?'라는 질문을 통해서 '나는 누구인가?'를 대답한다. 다양한 일상생활은 어떤 장소에 놓여져 있는가에 따라서 다르게 나타난다. 집에 있을 때의 나와 학교에 있을 때의 나, 사회적으로 다른 사람과 관계를 맺고 있을 때의 나는 기본적으로 '나'이지만, '동일한 나'는 아니다. 본질적으로 우리가 어떤 장소(위치)에 들어가는가에 따라서 우리의 행동은 이미 정해진다. 장소가 인간의 삶, 나아가 자아 정체성까지도 형성할 수 있는 핵심 요소인 것이다.

장소 정체성에 대한 가장 큰 위협은 강요된 획일성과 표준화이다. 현대 도시의 질서감은 차이보다는 동일성과 반복에 근거한다. 하루하루의 삶이 역동적으로 변화하는 삶은 도시인의 그것이 아니다. 이곳이나 저곳이나, 오늘이나 내일이나 차이 없이 동일한 것이 평화로운 도시의 일상이다. 현대 도시 공간은 자본주의 경제가 전개되는 장이자 자본 축적의 물적 토대이며, 자본주의 경제 체제나 활동의 배경으로서 생성·발전한다. 공단이나 주거 단지, 그 외의 다양한 사회 간접 시설과 인공적으로 조성된 새로운 물리적 환경, 즉 건조 환경의 구축을 통해 도시화가 실현되고 규정된다. 회색 콘크리트 더미에 불과한 고층 빌딩촌과 천편일률적으로 조형된 아파트 단지들, 시야를 폭력적으로 압도하는 도로들. 이와 같이 건조한 도시 환경은 무미건조하면서도 억압적인 위압감을 준다. 현대 도시의 사회공간은 어떤 삶의 준거나 소속감도 제공할 수 없을 정도로 탈장소화되고, 그 속에서 살아가는 현대인은 정신분열적인 개인주의자 또는 방황하는 유목민으로 특징지어질 뿐이다. 획일적인 주거공간에서 살아가는 사람들의 생활양식도 획일적이 될 수밖에 없다. 다른 가구와는 배타적으로 분리되기 때문에 사회, 공간적으로도 폐쇄적이다. 이웃간에 생동감 있는 교류는 상실되

---

17 Edward Relph, 앞의 책, 2005, 95쪽.

고 상호 고립된 생활양식 하에서 주변에 대한 무관심, 개인주의, 소외감을 증폭시키기 마련이다.

현대도시에서는 어쩔 수 없이 타인과 공유하는 공간들이 존재할 수밖에 없다. 아파트로 대표되는 공동주택은 공유공간임에도 불구하고 역설적으로 개방성보다는 폐쇄성, 공동체적 관계보다는 상호 소외된 개인적 활동을 조장한다. 원래 공동주택은 개별가구의 주거공간뿐만 아니라 공동으로 사용하고 관리하는 공유공간으로 구성된다는 점에서 공동체적인 관계를 전제로 한다. 인간관계는 점점 더 희박해지는 데에 반해서 물리적인 연관성은 점점 더 커진다. 윗집의 마루는 곧 아랫집의 천장이고, 얇은 벽으로 방들이 구획된다. 그러나 어떤 문제가 생길 때 구성원들 사이에 사회적인 관계가 제대로 형성되어 있지 않기 때문에 소통을 통한 해결책을 이끌어내기는 어렵다. 〈금요일의 안부인사〉에서 같은 아파트 단지에 사는 세 남자, '조'와 '김'과 '박'은 우연한 계기로 만나 매주 금요일 자정마다 카드 게임을 한다. 정기적으로 모이면서도 그들은 서로의 연락처를 모른다. 굳이 연락을 나눌 일도 없고 자연스럽게 금요일마다 김의 집에 모일 뿐이다. 그들이 카드 게임을 시작한 것도, 막상 모였지만 달리 나눌 말도 할 일도 없었기 때문이다. "돈을 따기 위해서나 친목을 다지기 위해서가 아니라 단지 침묵 속에 앉아 쉬기 위해 게임을 선택한 것[18]"이다. 그저 일주일이 끝났다는 느낌만을 어렴풋하게나마 공유할 뿐이다. 카드 게임을 선택한 이유는 그것이 '우연'에 의지한 행위이기 때문이다. 은행원인 '박'의 생각대로 우연만큼 민주적인 것은 없다. 우연은 개인적인 능력이나 노력도, 선천적이거나 후천적인 부의 정도도 고려하지 않는다. 점점 투기화되는 현실의 경제 시스템 역시 이성이 아니라 우연으로 증폭된다는 것도 공감한다. 세 남자는 아파트 상가에서 우연히 만났고 우연히 금요일 모임을 하게 되었으며 또 스스로를 우연에 내맡긴 채 소소

---

18 편혜영, 〈금요일의 안부인사〉, 『사육장 쪽으로』, 문학동네, 2007, 157쪽.

한 카드 게임을 벌이는 것이다.

세 남자의 공통점이라고는 같은 아파트 단지에 사는 것뿐이다. 그들 사이에는 논의해야 할 것도 없고 진지하게 나눌 고민도 없다. 금요일 자정 무렵에 알아서 각자 '김'의 집으로 모이는 것이 유일한 약속이다. 매 금요일이 거기서 거기이고, 똑같은 자리에 앉아 익숙한 게임을 반복한다. 회사원인 '김'은 치킨집 주인인 '조'에게 양계장 구조가 아파트와 유사하다고 얘기한다. 아파트처럼 층층이 세워진 닭장에서 닭들은 부리가 잘린 채 비대해지는 몸을 견디다 못해 자기 발등을 찍고 다른 닭의 몸통을 찍는다. 사실 '김'은 파티션으로 칸칸이 나눠진 자신의 좁은 사무실이야말로 닭장 같다고 생각한다. 닭똥 냄새에 코를 틀어막고 자신의 발등을 쪼는 것 같은 직장에서 얼마나 버틸 수 있을지 암담해 하기도 한다. 닭장 속에서 기상해서 또다른 닭장 속으로 출근하고 다시 닭장 속으로 돌아오는 것이 '김'의 일상 전부이다. '조'가 운영하는 프랜차이즈 치킨 체인점 역시 천편일률적인 닭장과 다를 바 없다. 본사가 제공하는 똑같은 인테리어로 장식된 가게에서 똑같은 요리법에 따라 똑같은 시간에 맞추어 계속해서 닭을 튀겨내기만 하면 된다. 어느 아파트 상가에나 있음직한 치킨 집 유리창 밖으로 지나가는 사람들은 거의 구별하기가 힘들게 비슷하고, '김'과 '박' 또한 금요일 밤이 아닌 대낮에 아파트 근처가 아닌 다른 곳에서 만난다면 몰라볼 게 분명했다.

이와 같이 '획일화되고 표준화된 공간은 도시 바깥으로까지 무자비하게 확장된다. 이 과정에서 각 지역의 고유한 자연적·사회경제적 특성(자연환경, 입지 조건, 지역 산업구조, 생활 문화 등)은 무시된 채 거의 획일적으로 공간 설계가 이루어진다. 〈사육장 쪽으로〉의 배경이 되는, 도시 근교의 주택단지가 바로 여기에 해당한다. 전형적인 도시인인 주인공 남자는 "전원주택이야말로 진정한 도시인의 꿈이 아니겠느냐"고 허세를 떨며 도시 외곽의 전원주택단지로 이사온다. 그러던 중 예상치 못한 파산 상태에 맞닥뜨려 재산 압류를 예고하는 경고장이 집으로 날아든다. 게다가 더 참기 어려운 것은 어딘지도 모를 사육장에서 끊임없이 들려오는 불길한 개 짖는 소리였다.

> 집들은 얼핏 목조인 듯 보였으나 실은 철제 뼈대를 세워 지은 것이었다. 철제는 목조에 비해 평당 건축비가 훨씬 쌌다. 집터를 고르고 나자 집을 짓는 데는 열흘이 채 걸리지 않았다. 조립식 자재를 사용하여 거대한 레고블록을 쌓듯 모서리를 맞춰 나사를 조이고 자재를 끼워넣는 게 공사의 전부였다. 그렇게 지어진 탓인지 집들은 같은 공장에서 생산된 공산품처럼 똑같아 보였다. 자세히 보면 창의 위치라든가 외벽의 모양이 조금씩 달랐지만 멀리서 보면 모두 똑같다고 말할 수 있었다. 흰 자갈이 깔린 마당에 파라솔이 놓이고 낮은 화단은 격자형의 울타리로 둘러싸였다. 똑같은 크기의 새장 모양 우체통이 울타리의 미닫이문 옆에 세워졌다. 날씨가 좋은 주말 저녁이면 이웃들은 대개 파라솔 밑에서 비슷한 부위의 고기를 구워먹었다. 그들 가족은 상추쌈을 입에 넣다 말고 눈이 마주친 이웃에게 손을 흔들어 주었다. 이웃들도 파라솔 아래에서 비슷한 각도와 횟수로 손을 흔든 다음에야 상추쌈을 입에 넣었다.[19]

전원주택단지의 똑같은 풍경들은 출근시간이면 더 가관이다. 단층주택의 가장들이 도시로 출근하기 위해 일제히 차에 올라타며, 아내들도 일제히 울타리에 기대서서 출근하는 가장을 향해 손을 흔든다. 가장들은 날마다 비슷한 시간에 차를 타고 출근을 하기 위하여 같은 시각에 잠에서 깨어나고 그러기 위해서 날마다 비슷한 시간에 잠자리에 든다. 그래서 그들에게는 졸음이나 식욕, 성욕 따위도 비슷한 시간을 지키며 찾아온다. 새롭게 조성된 주거 공간들에는 어떤 고유한 역사나 정체성도 존재하지 않고, 건물 집합소나 다를 바 없다. 특정

---

19 편혜영, 〈사육장 쪽으로〉, 앞의 책, 43~44쪽.

한 지역의 정체성은 역사적 배경, 이름, 성격, 형태, 환경, 숨은 전설 등이 함축되어 구성되기 마련이다. 사람들은 그곳에서 지역과 인간, 타인과 나, 과거와 현재의 시간적·공간적 교감을 얻어 정신적·물질적으로 풍요로운 삶을 살게 된다. 그러나 〈사육장 쪽에서〉의 주택단지는 장소의 정체성보다는 사용기능에 목적이 있고, 고정적 시간을 점유하기보다는 사용하기 위해 거쳐가는 일시적인 공간으로 기능한다. 중화학공장 단지를 폐기한 자리에 들어선 그곳은 맥락과 조화, 고유한 질서가 없으며, 부동산 신상품으로 채워진 유령의 도시일 뿐이다. 이는 "새하얀 철제 단층주택들이 도미노칩처럼 일정한 간격으로 늘어서 있는 것[20]"처럼 볼품없는 건물들이 옆으로 길게 나열된 형태가 된다. 마치 유명 상품을 모방한 위조품처럼 외형은 그럴듯하지만 자세히 들여다보면 인간의 참다운 삶은 존재하지 않고 삶을 감금시키는 공간이 된다. 즉 획일적이고 일렬로 배치된 인공 공간에 갇혀 늙어 죽을 때까지 죽음의 시간을 기다려야 하는 곳이다. 산뜻한 전원주택 안에 갇힌 채 치매에 걸려 죽어가는 주인공의 노모처럼 말이다. 결국 〈사육장 쪽에서〉의 주택단지는 다음에 제시되는 암울한 도시의 모습과 소름끼치도록 닮아 있다.

> 구별할 수 없을 정도로 똑같이 생긴 수많은 주택들이 나무도 없는 공동의 불모지에, 획일적인 도로를 따라 일정한 간격으로 열 지어 자리잡고 있다. 동일한 텔레비전 프로그램을 시청하면서, 동일한 냉장고로부터 취향과 상관없이 같은 기성식품을 먹는, 중심 대도시에서 제조되어 공통적 형태를 갖고 내외적 모든 면에서 일치하는 동일 계층, 동일 소득, 동일 연령 집단의 사람들이 거주하는 탈출이 불가능한 저질 환경이자 환상을 보존하기 위한 도피처[21]

---

20   편혜영, 앞의 책, 58쪽.

21   Lewis Mumford, "The City in History", London: Secker & Warburg, 1961, p.553.

렐프는 이안 나이른(Nairn 1)의 용어를 차용하여 '서브토피아(subtopia)'라는 공간 개념을 제시한다.[22] 서브토피아는 목적이나 관계에 어떤 패턴도 가지지 않고 인위적 구조물을 아무 생각 없이 섞어 놓은 곳이다. 이는 무작위로 위치한 점과 지구의 집합이라고 할 수 있는데, 각 점이나 지구는 하나의 목적만을 수행하며 각각 주변 환경으로부터 고립된 채 오로지 도로하고만 연결되어 있다. 끝없이 이어진 똑같은 주택 단지들이 그 전형적인 사례이다. 결과적으로 각 지역의 지역성을 구별하는 것이 불가능하게 된다. 모두 비슷해 보이고, 비슷하게 느껴지기 때문이다. 똑같이 생긴 집들이 야산을 등지고 신작로를 따라 늘어선 〈사육장 쪽으로〉의 주택단지와 일치한다.

도시학자들은 시민의 활동 동선의 흐름도표, 동선 교차로 형성되는 매듭, 유동률 등을 분석하여 도시의 기능과 상황을 점검하고 발전 잠재성을 측정한다. 활동의 동선이 단순한 일직선이거나 매듭이 너무 얽혀 유동성이 빈약하다면, 그곳 시민의 삶은 집과 일터를 반복하는 무기력한 것이 된다. 승용차를 이용할 수밖에 없는 지역에서는 더 심하다. 외곽 도시들은 도로를 중심으로 형성된다. 활동 동선의 흐름도 무기력하게 집과 일터만을 반복한다. 원래 근접성의 원리는 교통수단의 하나로 동선을 연결하는 것이 목적이 아니라, 모든 사회 분야의 다양하고도 활발한 활동을 형성하는 장소를 구성하는 것이다. 집에서 도보로 가능한 거리에 교육(학교, 도서관, 체육시설 등), 문화(극장, 연극, 음악, 전시장 등), 상가(쇼핑, 음식점, 카페 등), 복지(노인정, 병원, 진료소 등), 사회성(광장, 놀이터, 산책로, 공원 등)의 장소가 분배되어야 한다. 〈사육장 쪽으로〉에서 집과 일터의 동선은 고속도로를 두 시간을 넘게 달려야 이어진다. 집과 일터를 제외한 지역은 온통 황량한 도로나 들, 암흑 자체이다. 주민들이 생활세계의 공감대를 형성할 만한 사회문화 공간이 전무한 것이다. 이처럼 획일적인 주택단지의 출현은 각각의 역사적 흔적

---

22   Edward Relph, 앞의 책, 2005, 223~225쪽 참고.

을 지닌 지역의 경계를 허물어뜨리고 정체성을 잃은 채 지역과의 교류가 완전 차단된 섬을 대량 건설하는 것과 다름 없다. 〈사육장 쪽으로〉의 주인공이 꿈꾸던 전원주택에서의 새로운 삶은 파국적 결말로 마무리된다. 갑자기 나타난 사나운 개들에게 물어뜯긴 아이와 가족을 태운 채 주인공은 무턱대고 고속도로를 달린다. "도시 전체가 사육장"이라 할 만큼 사방에서 개 짖는 소리가 악몽처럼 난무하고, 마침내 자신이 찾는 것이 "사육장인지, 아이를 치료할 병원인지, 아니면 아이를 물어뜯은 개인지"조차 헛갈리게 된다. 그렇게 그는 언젠가는 닿으리라고 생각하며 계속해서 사육장 쪽으로 달린다.

어디에서도 출구를 찾을 수 없는 막막함은 〈토끼의 묘〉[23]에서 좀 더 명철하고 건조하게 그려진다. 이 소설은 어느 도시로 6개월 파견 근무를 온 주인공이 공원에서 버려진 토끼를 주워 오면서 시작한다. 그는 자기가 온 도시에 대한 정보를 정리하고 문서화하여 보고하는 일에 종사한다. 그것은 아무 의미도 없고 효용성도 없으며 단조로운 매뉴얼에 따라서 기계적으로 반복하는 작업이다. 심지어 틀린 정보를 기록해도 무사통과된다. 선배의 말대로 자신을 "지시하는 사냥감을 단지 잡아오기만 하는" 사냥개라고 생각하면 된다. 그가 일하는 사무실은 거대한 벌집처럼 칸칸이 나뉘어 마치 기호나 좌석번호로 구분된 커다란 공연장과 같은 공간구조이다. 하나같이 검은 재킷과 흰 와이셔츠를 입고 근무하는 사무원들의 책상 배치를 두고 상상의 오목 놀이를 하는 것이 주인공의 유일한 유희이다. 그리고 알 수 없는 이유로 실종된 전임상사가 머물던 숙소를 방문하여 문을 두드리는 것이 일상사가 된다. 그러다가 그는 TV 뉴스에서 방영된 살인 예고 동영상에서 본 익명의 남자의 방과 자신의 숙소, 그리고 다른 직원들의 숙소까지 모든 구조가 동일하다는 사실을 알게 된다.

---

23 편혜영, 〈토끼의 묘〉, 『저녁의 구애』, 문학과 지성사, 2011, 9~34쪽.

한 곳에 고정해놓고 찍은 동영상은 흔들림 없이 잘 보였는데, 간혹 웃통을 벗고 식칼을 휘두르던 사내가 담배를 피우기 위해서나 화장실에 가기 위해 일어서면 텅 빈 방이 그대로 드러났다. 그는 그 방을 보며 왠지 낯익다는 느낌을 받았다. 가구의 생김새와 색깔, 배치 방식 그리고 특징 없이 희기만 한 벽지까지. 그것은 그가 살고 있는 숙소의 가구나 벽지와 완전히 같았다. 심장이 열렬히 박동하기 시작했다. 그가 머물고 있는 숙소는 28층 건물이었다. 각 층에는 스물다섯 가구가 살고 있었다. 이웃에 누가 사는지 알 수 없었다. 선배가 소개한 집이었고, 어쩌면 사무실에서 이곳에 사는 사람이 더 있을지도 몰랐다⋯⋯ 그는 목소리를 낮춰 말했다. 동영상에 나오는 집 말이죠. 제가 사는 것과 완전히 똑같아요. 그의 말에 고개를 숙인 채 일에 몰두하고 있던 담당자가 천천히 고개를 들었다. 이렇게 말씀드리면 위안이 되실지 모르겠지만 제가 사는 곳과도 같아 보였어요. 그건 이 도시에서 1인 거주자들이 사는 곳은 대개 비슷하게 생겼다는 말이에요. 그는 확실히 담당자의 말에 위안을 받았다. 그럼에도 기분이 나아지지는 않았다.[21]

28층의 건물 각층 25가구의 모든 방의 구조가 거울에 반사하듯 동일하다. 동영상 속의 남자는 그 모두일 수도 있고 누구도 아닐 수도 있다. 파견 기간이 종료될 즈음 주인공은 적당한 후배에게 전화를 걸어 예전 실종된 선배와 비슷한 어조와 내용의 말로 파견 근무를 권유한다. 그리고 후배가 파견 오는 날부터 무단 결근한 채 숙소에 틀어박혀 회사에서 하던 일을 그대로 반복한다. 출근을 하지 않았는데도 월급날이 되면 이상없이 급여가 입금된다. 이번에는 다른 누군가가 주인공의 문을 두드리면서 허망한 주절거림을 쏟아붓고 가곤 한다. 파견 근무 종료 날 주인공은 공원에 다시 토끼를 버리고 도시를 떠난다. 누군가는 토끼를 버리고 또 누군가는 그것을 주워 키울 것이며, 누군가는 실종되고 또 누군가는 자신도 이해 못할 일을 하면서 도시에서 살아갈 것이다.

〈토끼의 묘〉의 주인공이 파견근무 기간 동안 머무는 숙소는 개별성과 고유성

---

24 편혜영, 앞의 책, 24~27쪽.

을 상실한 임시적인 거처에 불과하다.[25] 그곳은 뿌리를 내리기보다는 잠시 스쳐 지나가는 일시적인 지점이며, 애착이나 친밀감이 스며들 여지가 없다. 집이라는 장소와의 긴밀한 연루관계를 상실함으로써, 장소가 아니라 공간으로 역행한다. 파견이라는 명목으로 이동하는 현대판 방랑자들에게 집은 '거주를 위한 기계'로 전락하며 "자전거나 냉장고, 자동차를 바꾸는 듯이 거주하는 기계도 자주 바꿀 수 있다[26]". 집의 임의성과 상호교환 가능성은 집의 중요성이 감소함으로써 가능해졌으며 동시에 집의 의미 축소를 촉진한다. 집은 그저 옷 보관소 혹은 택배 받는 곳으로 전락한다. 집은 단순히 어쩌다 우연히 살게 된 가옥이 아니다. 집과 주택은 다르다. 그것은 어디에든 있는 것이나 교환될 수 있는 것이 아니라, 무엇으로도 대체될 수 없는 의미의 중심인 것이다. 새 집을 짓는다거나 새로운 땅에 정착한다는 것은 매우 근본적인 일로서, 세계를 다시 세우는 것과 맞먹는다. 수많은 실존철학자들이 사용하는 비유처럼, 현대인을 집 잃은 존재로 묘사하는 것은 정서적이고 실존적인 맥락을 상실한 처지를 적나라하게 표출하기 위해서이다. 일터 역시 마찬가지이다. 도시의 오피스 건물들은 무장소적으로 획일화되어 있다. 안에 들어가면 건물들은 "돌과 강철로 만들어진 우물 모양의 굴[27]"과 같아 보이면서 어떤 도시인지 식별할 수 있는 단서가 거의 없다.

〈통조림 공장〉에서는 현대 사회의 유연한 대량생산 및 자동화시스템의 논리를 통조림 공장이라는 독특한 공간으로 집약한다. 여기서는 공장 내에 사택이 부속되어, 집과 일터가 하나의 동일한 공간에 위치한다. 근대적 공간 체계에서는 자연스럽게 집과 일터가 분리된다. 즉 일터가 각종 소음, 먼지, 냄새를 풍기던 시대에는 위생적 이유 때문에서라도 집과 일터가 별도의 공간에 자리할 수

---

25   편혜영 소설의 많은 주인공들이 파견 근무 중이라는 사실은 의미심장하다. 대개 그들은 자신도 이해하지 못할 이유나 지시에 의해서 어디론가 파견되지만, 원래의 장소로 돌아오지 못하는 것이 보통이다.

26   Elliade M, "The Sacred and the Profane", Harcourt, Brace and World, 1959, p.56.

27   Camus A, Noces suivi de L'Ete, 1959, p.70.

밖에 없었다. 일터는 그야말로 고단한 노동과 고역의 공간에 다름 아니었으며, 집으로 돌아온다는 것은 곧바로 휴식과 위안의 시간을 의미했다. 그러나 매끈한 금속성 통조림처럼 세련되고 쾌적한 노동 환경에서는 굳이 일터와 집을 분리해야 할 필요를 초래하지 않는다. 오히려 집과 일터가 가까울수록 노동 생산성은 강화된다. 불필요한 출퇴근 시간에 소요되는 심신의 피로를 줄일 수도 있고, 잔업이나 비상 상황에서는 언제든지 즉각적인 호출이 가능하기 때문이다. '일터를 집과 같이'라는 이상적인 슬로건이 자연스럽게 현실화된다. 〈통조림 공장〉의 두 공장장 역시 일터가 집이고 집이 곧 일터이다.

직원 모두에게 비호감의 대상이었으며 늘 술에 쩔어 살고 '수위'라는 조롱 섞인 별명으로 불리었던, 독신자용 사택에서 혼자 살던 공장장이 갑자기 실종되자 이를 둘러싼 온갖 추측과 의혹들이 넘쳐 난다. 다들 공장장을 싫어했지만 딱히 미워할 수 없었던 이유는 공장장의 일과와 식사가 자신들의 그것과 다르지 않았기 때문이다. 그들이 점심시간마다 씹고 있는 통조림의 맛처럼 삶은 너무 자명했다. 그들의 지나버린 미래는 공장장의 현재와 다름없을 것이었다. 통조림 만드는 일에 대해 묻는 형사에게 박은 그저 똑같은 일이 계속 반복된다고 대답한다. 그것은 꿈속에서까지 반복되는 밀봉 작업이다.

> 여기 있으면 하루 종일 벨트 위로 속을 벌린 깡통이 돌아가는 걸 봐야 해요. 어지럽죠, 빙빙 돌아요. 귀에서는 날벌레가 윙윙거리며 날아요. 자꾸 귀를 후벼파게 되지요. 귀에 피딱지가 마를 날이 없어요. 어지럽게 윙윙거리고 귀가 간지러운 게 매번 골똘히 궁리하는 일이라면 못 했을 거예요. 벨트 앞에 서서 그저 익숙한 각도대로 몸을 움직이기만 하면 돼요. 몸이 기계의 일부가 되어가는 거죠. 왠지 뿌듯해요. 자랑스럽지는 않지만.[28]

---

28   편혜영, 〈통조림 공장〉, 앞의 책, 223쪽.

흥미로운 것은 공장 직원들 누구나 몰래 통조림에 무엇인가를 담아 밀봉해 본 경험이 있다는 점이다. 여자친구에게 줄 반지, 아이들 장난감, 집문서, 편지, 현금, 심지어 죽은 개나 고양이까지 깡통에 담아 밀봉한다. 공장장 역시 늘 무엇인가를 밀봉해 왔다. 누구에게나 은밀하게 밀봉할 만한 것들은 있기 마련이다. 한 번 넣어두면 통조림 깡통 자체를 파손하지 않는 한 발각되지 않는다. 똑같이 생긴 통조림 깡통을 보고는 그 안에 무엇이 들었는지 결코 알아낼 수가 없다. 공장장의 실종 이유도 그렇다. 사고인지 자살인지, 가출인지 불륜인지, 깡통 안에 꽁꽁 밀봉된 물건처럼 도무지 알 수가 없다. 길게는 5년까지 달하는 유통기한만 유지되면 통조림 안의 음식물은 상하지 않는다. 지루하고 타성화되고 반복적인 나날일망정 그럭저럭 유지되면 사람들은 무너지지 않고 견딜 수 있다. 그러다가 한순간에 깡통이 파손되어 변질되거나 부패되면 가차없이 폐기되어 버린다. 부패된 식품처럼 취급되는 사람들은 우리 주변에서 얼마든지 찾아 볼 수 있다. 공장장이 끝내 발견되지 않자, 박이 그 업무를 맡아 사택으로 짐을 옮긴다. 직원 중 가장 먼저 출근했다가 가장 늦게 퇴근하고 잠을 푹 자기 위해서 습관처럼 폭음을 한다. 전원을 끄고 사택의 정적 속에 누워 있으면 깡통 속에 잠긴 숨죽은 꽁치나 고등어가 된 기분에 사로잡힌다. 자신에게 '수위'라는 별명이 붙었다는 것을 모른 척 하고, 통조림을 반찬과 안주 삼아 밥과 술을 먹는다. 전임 공장장과 같은 공간, 같은 동선을 공유함으로써 박은 공장장의 삶의 패턴을 그대로 체화하는 셈이다.

〈동일한 점심〉의 주인공 남자에게 공간은 더욱 더 완강한 자동성을 강제한다. 그의 일상은 그가 일하는 대학 구내 복사실의 성격과 매우 흡사하다. 그것은 어제의 낮과 오늘의 낮, 오늘 밤과 내일의 밤이 똑같이 복사되는 삶이다. 규칙적인 기상 시간, 비슷한 복장, 같은 시간에 출발하는 출근 지하철, 언제나 일정한 복사실의 영업 시간이 그러하다. 유일하게 중요한 일과라면 정오에 인문대 구내식당의 정식 A세트를 먹는 것뿐이다.

> 서둘러 복사실 문을 열었고 몇 권의 책을 제본했고 제본해놓은 책을 팔았고 책
> 과 자료의 일부를 복사해줬고 자꾸 종이가 걸리는 복사기를 손봤고 정오가 되어
> 정식 A세트를 먹었다. 그 후에는 틈틈이 영화를 봤고, 영화를 보다 졸았고, 몇
> 페이지인가 복사를 했고, 종이가 걸리는 복사기를 손봤고, 제본해놓은 책을 팔
> 았고 몇 권의 책을 추가로 제본했다. 구내식당의 정식 A세트를 기준으로 그의
> 하루는 데칼코마니처럼 오전과 오후가 동일하게 반복되었다. 오전과 오후뿐만
> 이 아니었다. 자정을 기준으로 하면 어제와 오늘이, 주말을 기준으로 하면 지난
> 주와 이번주가, 연말을 기준으로 하면 작년과 올해가 같았다. 그러므로 모든 미
> 래는 과거와 동일한 시간일 것이다. 현재가 과거와 같듯이 미래는 현재와 같을
> 것이다. 언제나 같다는 것. 그 때문에 그는 낮게 한숨을 내쉬었으나 이내 언제나
> 같아서 다행이라 생각하며 한숨을 거둬들였다.[29]

포스트모던 인문지리학에서는 구조-인간 간의 관계에 대한 관심과 함께 공
간적 현상의 시간적 변화도 민감하게 다룬다.[30] 개개의 장소·공간·지역 속에
퇴적되어 있는 시간은 단선적으로 흐르는 '역사적인 시간(historical time)'을 의미
하지 않는다. 각각의 장소·공간·지역에 체화되는 시간은 각 장소·공간·지
역의 특성을 반영하는 '공간화된 시간(spatiallized time)'이며, 다선적(多線的)인 시간
이다. 개개의 장소·공간·지역이 서로 다른 특성을 나타낼 수 있었던 것도 각
각의 장소·공간·지역에서 시간이 서로 다르게 흐르고 있기 때문이다. 공간화
된 시간은 모든 지역에 똑같이 적용되는 절대적이고 역사적인 시간이 아니다.
각각의 장소·공간·지역적 특성에 따라 다르게 움직이는 상대적이고 맥락적

---

29 편혜영, 〈동일한 점심〉, 같은 책, 83쪽.
30 전종한, 「역사지리학 연구의 고전적 전통과 새로운 노정-문화적 전환에서 사회적 전환으로」, 『지방사와
    지방문화』 5호, 학연문화사, 2002, 215쪽.

인 시간이다. 쾌적한 카페에서의 시간과 매몰된 갱도에서의 시간은 동일한 시간이 아닌 것이다. 다양한 '공간화된 시간'을 경험하지 못하고 동일한 시간대만을 영위한다는 것은, 결국 특정한 한 공간에만 얽매여 있다는 말이다. 매일 낮과 매일 밤이 다르게 흘러간다는 사실을 잊고 항상 같은 시간에 같은 자리를 고수하는 「동일한 점심」의 주인공에게는 공간과 더불어 시간까지 규칙적으로 복사된다. 지하 복사실에서는 시간도 동일하게 흐른다. 밥은 배가 고프면 먹는 것이 아니라 시간이 되면 먹는다. 정오가 되면 밥을 먹으니, 이윽고 정오가 되면 저절로 배가 고파지게 되는 것이다. 어제 무엇을 먹었는지도 기억하지 못하고 또 어차피 오늘 먹은 것도 곧 잊을 것이다. 그는 공간과 관계 맺기보다는 공간에 지배된다. 그는 복사실에 부려진 복사기나 복사용지, 제본된 책더미나 다름없이 하나의 부속물에 불과할 뿐이다. 종이에 살갗을 베는 일이 유일하게 상처가 되는 곳에서 복사광의 온기에 위로받으면서, 10원 단위의 거스름돈을 꼬박꼬박 내어주면서 그는 그렇게 복사실이라는 공간의 일부로 스며든다.

3. 목적 없는 배회와 지역성의 박탈 : 길

장소의 혼과 장소감을 훼손하는 세계는 어떤 방식으로든 빈곤해진다. 공간과 진정한 관계를 맺지 못하는 현대인은 정체성과 방향감각을 상실한다. 고정된 자리가 없이 부유하는 공간들은 위치(location)가 결여되어 있기 때문이다. 질서 잡힌 장소의 안정감으로부터 텅 빈 공간의 현기증을 느끼는 세계로 추방된다. 집을 나가 거리를 배회해 보아도 나아질 것은 없다. 편혜영 소설에서 즐겨 등장하는 공간 이미지 중 하나는 미로(迷路)이다. 집과 일터 바깥으로 나선 인물들은 곧 미로와 맞닥뜨린다. 인물들은 그곳에서 자주 길을 잃는다. 미로에서 길을 잃는 이유는 똑같은 길이 반복되기 때문이다. 미로는 차이가 없는 무구분 상태, 낯익고 동일한 것들의 반복이 만들어내는 지리 감각의 손상에 해당한다. 차이에 근거한 지각 체계가 무너짐으로써, 미로는 위협적인 무의미의 공간이 된다. 크레타 섬을 무대로 한 그 유명한 신화적 모험담에서 실제로 테세우스를 가장 곤혹케 만든 괴물은 황소 머리를 한 미노타우로스가 아니라, 명장(明匠) 다이달로스가 치밀하게 만든 미궁인 것이다. 그리고 편혜영 소설의 주인공들에게는 괴물 같은 미궁을 벗어나게 해 줄 '아리아드네의 실타래'가 좀처럼 주어지지 않는다.

토드 스노우(Todd Snow)의 말처럼 "옛 길은 기본적으로 장소가 연장된 것이기 때문에, 길이 통하는 모든 장소의 성질을 나누어 가지고 있었다[31]". 그런 면에서 옛 길은 하나의 장소라고 할 수 있다. 그러나 장소와 장소간의 사이 공간이 확장되면서 길은 장소의 영역을 벗어나 공간으로 흡수되어 버렸다. 새로운 길은 인간의 교통수단이 연장된 것에 불과하며, 온통 자동차를 위한 도로가 되어 버렸다. 이 길은 장소들을 연결시키지 않고 주변 경관과도 관련이 없다. 새 길은 일반적으로 도시와 도시를 연결하는 것 같지만, 우선적인 요구 조건은 장소를 연결시키거나 장소로 이끄는 것이 아니라, 출발지로부터 막연하게 어딘가로 가는 것이다. 옛 길은 도시에서 출발해서 다른 도시로 이끌어 준다. 새 길은 어디에서나 출발하지만 아무 곳에도 도달하지 못한다.[32] 편혜영 소설의 인물들이 헤매는 길은 대개 거대한 일직선상의 고속도로이거나 특색 없이 연결된 국도이다. 고속도로는 경관과 함께 발전하기보다는 오히려 경관을 위압하고 가로질러서 경관을 토막내기 때문에 그 자체로 무장소성의 표현이다. 끝없는 도로가 끝없이 격자를 이루고 있고, 구별할 수 없는 근린지구를 이루는 싸구려 건물들이 무한히 뿌려져 있다. 대부분의 공간이 자동차의 동선을 중심으로 바둑판 모양

---

31   Todd Snow, "The New Road in the United States", Landscape 17, 1967, p.15.

32   Todd Snow, 앞의 책, p.14.

으로 마구 잘려버린다. 과거에는 있었을지 모르는 공동체 정신을 파괴하는 끝없는 고속도로에 의해 난도질당한 끝없는 평원[33]이 펼쳐진다. 국도 역시 마찬가지이다. 시작도 끝도 없는 미로처럼 확장된 도로는 어느 곳으로든 들어가고 나갈 수 있다. 장소의 고유성보다는 동일성을 경험하게 한다. 질서정연하고 단일하고, 사물들이 예측 가능한 방식으로 펼쳐져 있으며 어떤 부조화나 의외성도 없다. 정말로 흥미롭거나 도전적이거나 오랫동안 방문객의 인상에 남을 것이 없다. 공간이 내 앞에 있지만 나와는 무관하게 존재한다는 것을 실감한다. 눈길을 끄는 것은 아무 것도 없다. 아무 것도 보지도 경험하지도 못한다. 효율적인 기능을 수행하는 겉만 번지르르한 기호와 사물들만이 있을 뿐이다.

〈소풍〉에서 여행을 나선 남녀 주인공은 짙은 안개 속 고속도로에서 길을 잃는다. 주말이면 근교로 차를 몰고 나가 여행을 하고 돌아오는 삶을 꿈꾸다가 어렵게 시간을 내서 출발한 참이었다. 도시인을 대상으로 조사한, 숨겨진 관광지 일위에 꼽힌 W시로 가기 위해서였다. 하지만 멀미가 심한 여자에게 일곱 시간이나 걸리는 여행은 즐겁기보다는 차라리 고역 같은 일이었다. 여행에서 돌아오면 다른 때보다 배는 더 피곤한 일주일을 보낼 걱정도 만만치 않았다. 일정한 속도로 비슷한 풍경의 고속도로를 달리는 일은 지루하기 짝이 없다. 먹색으로 틀어박힌 산과 건물의 윤곽이 희미하게 보일 뿐, 안개 낀 고속도로에는 어디든 시선 둘 곳이 없다. 안개에 가려 이정표도 보이지 않는다. 지도를 살펴 보아도 온갖 낯선 지명만이 가득하다. 그저 앞차를 따라 끝없이 이어진 길을 천천히 달릴 뿐이다. 앞차의 미등이 없다면 달려가는 곳이 고속도로가 아니라 지옥이라고 해도 믿을 것 같았다. 게다가 속도를 줄이지 않는 트럭이나 트레일러 같은 덩치 큰 차들이 두 남녀의 차를 위협한다.

33　Banham R, Los Angeies: The Architecture of Four Ecologies, 1973, p.161.

얼마 가지 않아 대형 차가 다시 나타났다. 이번에는 남자의 차와 나란히 달렸다. 차선을 바꾸려 할 때마다 대형 차가 끼어들었다. 간신히 차선을 바꾸면 대형 차도 차선을 바꾸어 쫓아왔다. 차의 움직임이 격해질수록 여자의 멀미는 더욱 심해졌다. 도로를 달리는 차라고는 오직 대형 차와 남자의 차뿐인 것 같았다. 달리는 두 대의 차를 안개가 무겁게 내리눌렀다. 두 차의 성난 운전자가 뿜어내는 열기도 안개를 가라앉히지는 못했다. 안개는 좀처럼 걷힐 기미가 없었다.[34]

타원형의 탱크를 지닌 유조차는 무언가 지독한 위험물을 실은 듯 위협적이다. 대형 차를 피해 국도로 들어서지만 불빛 하나 없이 시커먼 산으로 둘러싸인 길은 너무 어두워서 고요했고 고요해서 두려웠다. 엎친 데 덮친 격으로 갑자기 어둠 속에서 튀어나온 무언가를 치고는 서둘러 그곳을 떠난다. 또다시 만난 탱크로리와 아슬아슬하게 추격전을 벌이던 차는 제 속력을 이기지 못하고 가드레일을 들이박고 만다.

고단한 일상을 탈출하는 기분으로 떠난 여행은 그야말로 악몽이 된다. 가까스로 억눌러 왔던 서로에 대한 긴장과 불만이 폭발하고 불의의 교통사고로까지 이어진다. 알 수 없던 여자의 허기는 강렬한 구토로 변한다. 그들은 함께 있기 위하여 W시라는 괜찮은 장소를 찾아다닌다. 그러나 결코 W시에 도착하지 못하고 각자의 길을 가게 된다. 그런 장소는 결코 찾을 수 없으며, 단지 그런 장소가 존재하는 척할 뿐이다. 여기가 아니라면, 다른 어느 곳에 있겠지라는 식으로 말이다. 허공에 매달린 이정표를 읽어보아도 모두 처음 보는 지명이다. 이정표는 언젠가 도착할 도시의 이름을 알려줄 뿐, 지금 여기가 어딘지는 철저히 함구한다. 이는 글짓기 교사인 여자가 그토록 혐오하는 진부한 비유법처럼, 도로를 둘러싼 경관이 도무지 서로 구별이 되지 않기 때문이다. 자동차를 타고 지나치면서 도로에서 일정 거리를 두고 보게 되는 경관은 부조리할 정도로 권태롭

---

34 편혜영, 〈소풍〉, 『사육장 쪽으로』, 문학동네, 2007, 26~27쪽.

고 단조롭다. 이른바 경관의 서브토피아는 모두 비슷해 보이고 비슷하게 느껴진다. 직접 경험할 수 있는 공간 질서가 거의 없다. 서브토피아가 직접 경험을 토대로 한 것이 아니라, 지도나 계획 같은 다소 현실과 멀고 추상적인 방법으로 개발되어 왔기 때문이다. 무작위로 위치한 점과 지구는 하나의 목적만을 수행하며 각각 주변 환경으로부터 고립된 채 오로지 도로하고만 연결되어 있다. 그런데 이 도로 역시 인접 가로를 제외하고는 주변 지역 경관으로부터 고립되어 있다. 도로 · 휴게소 · 주차장 · 주유소 · 진입로는 자동차에 타고 있지 않은 사람들에게는 아무것도 제공하지 않는다. 거기에는 쉴 곳도, 걸어 다닐 길도, 인간적인 제스처도 없다.

〈서쪽으로 4센티미터〉의 주인공 남자 '조'에게는 일터 자체가 고속도로이다. 고속도로 시설물 훼손 상태를 점검하고 보수 여부를 확인하는 일이 직업이기 때문이다. '조'는 이러한 자신의 직업에 어느 정도 만족한다. 자신의 일은 그저 왕복 700킬로미터에 달하는 고속도로를 달리기만 하면 되는 것이라고 생각한다. 일단 달리기만 하면 모든 일이 해결되었다. 고속도로라는 컨베이어 벨트에 놓인 상품과 다를 바 없이, 라인은 계속 흘러가고 설혹 문제가 발생하더라도 잠깐 멈추었다가 이내 흘러가기 마련이고, 그러다가 자동적으로 업무가 종결되는 것이다.

> 고속도로에서는 풍경의 생김새를 세밀하게 구분하여 기억할 필요가 없다는 것이 좋았다. 업무상의 이유로 주목해야 하는 풍경조차 차이를 알아보기 힘들 만큼 고속도로의 풍경이라는 것은 단조로웠다. 현대식 가구 단지, 창고와 공장들, 거기서 나온 물건을 유통시키려고 주차장에 서 있는 화물 트럭들, 얕은 산의 리기다소나무와 소규모 유실수 농원, 황량한 농경지와 그 뒤로 보이는 아파트 단지 혹은 조립 가구 같은 전원주택 단지. 그 조합은 고속도로가 뻗어 있는 한 조금씩 패를 바꿔가며 계속되었다. 지루하지는 않았다. 얼마나 시간이 흘렀는지

어디를 가고 있는지 생각하지 않아도 되고 문득 돌아보았을 때 조금도 낯설지 않다는 건 좋은 일이었다. 달리다 보면 모든 일이 이미 다 일어난 일처럼 느껴졌다. 고속도로에서 그는 어제 달린 길을 달렸고 어제 본 풍경을 보았고 어제 내렸던 지점에서 오줌을 눴으며 어제 먹었던 것을 먹는 것으로 날마다 익숙한 자신을 만났다. 그럼으로써 미래의 자신에게도 조금씩 익숙해져갔다. 인생은 그런 식으로 그와 낯을 익혔다.[35]

고속도로에 일단 들어서면 함부로 길을 돌릴 수도 없다. 돌아가려면 반드시 정해진 거리만큼 주행해야 하는 법이다. 고속도로는 완벽하게 질서정연하고 공평한 세계이다. 이렇게 정해진 길 이외의 다른 길로 빠질 필요가 없다는 것이 오히려 위안이 된다. 그런데 어느 날 순찰대원 동료에게 전해 들은 12중 연쇄 추돌사고에 대한 이야기가 깊이 매몰되어 있던 '조'의 어떤 감정을 자극한다. 그것은 추돌 차량 중 다섯 번째 차량의 운전자가 돌연 실종된 사건이다. 보험사 영업사원이었던 운전자는 가족과 불화도 없고 직장을 잃은 것도 아니고 지은 죄나 빚도 없는데도 갑자기 병원에서 걸어 나가 사라졌다. '조'는 불현듯 자신도 언젠가는 우연한 교통사고에 휘말려 그가 없어도 태연히 계속될 이 세계로부터 사라져 버리거나 사라지고 싶은 순간이 닥쳐올지도 모른다는 생각을 한다. 그것은 갑자기 세계가 적나라하게 어두운 틈을 벌리고 그 틈으로 질서정연했던 삶이 한순간에 빠져나갈 수도 있다는 막연한 두려움이다.

사실 '조'는 평상시 고속도로에서 벌어지는 사고들과 자신은 무관하다고 여겨왔다. 그러나 사고는 언제고 닥칠 수 있다. 가장 질서정연하다고 생각하는 고속도로야말로 어쩌면 가장 위험하고 두려운 곳이다. '조'는 그저 가능성 높은 위험에 둔감해졌을 뿐이며 이런저런 이유를 들어 두려움을 위장해 온 것이다. 그는 오래전 사귀었다가 헤어진, 회사까지 찾아와 몇 시간 동안 울음을 쏟

---

35 편혜영, 〈서쪽으로 4센티미터〉, 『2011 작가가 선정한 오늘의 소설』, 작가, 250~251쪽.

아내서 자신을 곤란하게 한 여자를 떠올린다. 그리고 우는 여자를 달래지도 않고, 여러 차례 인터체인지를 빠져나가 여자에게 가고 싶은 것도 참아야 했던 단호함의 정체를 숙고한다. 여자는 항상 먼 미래에 대해 너무 많은 계획을 말했고 '조'는 냉담하게 대하기만 했다. 그는 여자와 먼 미래를 계획하는 것으로써 오히려 그들이 그 계획으로부터 얼마나 멀리 있는가를 실감할 뿐이었다. 그것이 참을 수 없이 답답하고 싫었다. '조'는 실종 사건이 일어난 Y대교 갓길에 차를 세웠다가 가드레일과 충돌하는 사고를 당한다. 사고 직후 전방에서 갓길을 걸어가는 한 사내를 목격하지만 아무리 기다려도 사내는 나타나지 않는다.

〈서쪽으로 4센티미터〉에서 특히 흥미로운 부분은 다음과 같은 지진에 대한 설명이다.

> 여자에 대한 소문이 사내를 휩쓸었을 때에도 그는 여전히 육중한 평정심을 잃지 않았다. 여자가 결별이라는 큰 지진을 겪어 삶의 위치에서 3미터 쯤 일탈했을 텐데도 그는 침식과 융기를 겪지 않는 대지처럼 굳건히 제 자리를 지켰다. 그는 얼마 전 있었던 먼 나라의 지진이 진앙지를 원래 위치로부터 서쪽으로 약 3미터 옮겨 놓았고 지진의 피해를 하나도 받지 않은 인접국의 수도를 약 4센티미터 가량 옮겨 놓았다는 뉴스를 들은 적이 있었다. 그는 대륙의 이동에 대해서는, 지진이나 해일 등의 자연 현상을 제외한다면, 그것이 아주 오랜 시간에 거쳐 서서히 일어나는 것이라는 사실 밖에는 아는 바가 없었다. 그러나 대륙과 달리 인생에서는 누구든 갑작스럽게 3미터쯤 자리를 옮길 만한 일은 곧잘 일어난다는 것을 알고 있었다. 여자에게는 그 일이 일어난 것이고, 그에게는 아직 일어나지 않은 것이었다.[36]

'조'는 Y대교에서 사고를 겪은 후 어쩐지 뭔가가 조금 달라진 느낌에 사로잡

---

36 편혜영, 앞의 책, 263~264쪽.

힌다. 그것은 실종된 사내와 헤어진 여자도 겪었음직한, 조금 옆쪽으로 옮겨 선 듯한 기분이다. 이전에는 어렴풋이 느끼고만 있었던 불안, 즉 인생이라는 것이 고속도로 마냥 공평하고 정연하고 이성적인 게 아니라는 각성, 지금의 삶이 그 다지 지속할 가치가 없다는 생각이다. 삶에서 최선을 다해 획득한 것들을 일거에 빨아들이는 세계의 적나라한 틈을 대면하는 순간인 것이다. 이와 같이 갑자기 엄습하는 섬뜩한 파국의 징후는 편혜영 소설에서 종종 '지진'이라는 상황으로 출현한다. 아무리 미약할지라도 파국은 공간의 변화에서 감지된다. 〈분실물〉에서 중요한 업무 관련 서류를 지하철에서 잃어버린 사무원이나, 〈저녁의 구애〉에서 근조 화환을 배달하러 간 길에 뜻하지 않게 죽음과 대면하는 남자 역시 지진의 징조를 이야기한다. 세상이 주춤할 정도로 강진이었음에도 불구하고 그저 가벼운 현기증처럼 치부하는 사람들에게는 별다른 사건으로 인식되지 못한다. 그러나 주인공들에게 지진은 예상치 않게 봉착하게 되는 어떤 국면, 가차없이 주인공들의 일상에 치명적인 균열을 가하는 역할을 수행한다. 지진은 세계 자체를 이동시키면서 익숙한 지리 감각에 혼란을 주기 때문이다.

　사람들이 주변 환경을 어떻게 인지하는지에 대한 관심이 지리학에 인지연구를 접목함으로써 나온 개념이 심상지도(mental map)이다. 심상지도는 인간이 주변 공간 또는 장소에 대해서 마음속에 가지고 있는 지도 형태의 구조화된 이미지 내지는 정보, 또는 그러한 지도를 말한다.[37] 이는 우리의 마음속에 간직하고 있는 지도이며, 환경지각이나 인지지도와 유사한 의미로 사용된다. 사람들은 주변의 환경에서 얻게 되는 시각적 요소를 마음속에 지도의 형태로 정리하는 것이다. 실제로 집이나 일터 같은 특정 공간과 장소는 개인적 경험에 근거한 이미지의 집합체로 여겨진다. 마음속의 공간이나 장소는 각 개인에 의해 만들어

37　심상지도에 대한 더 자세한 설명은 '신용철, 「도시와 이미지」, 『도시 해석』, 푸른길, 2006, 247~261쪽 참고'

지지만 실제 그 곳의 구조와도 밀접한 관련이 있다. 시간이 지남에 따라 공간과 장소는 변화하면서 이에 대한 사람들의 심상지도도 변화하기 마련이다. 새로운 길과 건물이 생기거나, 있던 길과 건물이 넓어지기도 좁아지기도 없어지기도 할 것이다. 그런데 이러한 변화 과정이 점차적이고 자연스러운 것이 아니라 급격하고 타율적일 경우, 기존의 심상지도에 의해서 파악된 이미지는 혼란을 겪게 된다. 지진은 말 그대로 기존의 물리적인 지리 환경이 손상되는 불의의 사건이다. 그것은 현실의 지도이건 심상지도이건, 지도의 지시대상인 실제 지리 환경의 변화를 초래한다. 아무리 미미한 지진일지라도 기존의 공간감과 장소감에 일정한 변화를 야기한다. 인물들의 회의와 불안은 곧 지리감각의 손상이 초래한 관성적 인지 체계의 재고에 다름 아닌 것이다.

〈관광버스를 타실래요?〉와 〈정글짐〉의 길 역시 일터의 연장이다. 〈관광버스를 타실래요?〉는 상사의 지시에 따라 정체불명의 자루를 누군가에게 전달하기 위해 출장을 간 두 사무원의 이야기이다. 최종 목적지는 모른 채 필요할 때마다 문자메시지를 통해 지시를 받으면서 고속버스를 타고 이동한다. 상사에게서 받은 관광버스 승차권을 놓고 잠시 단체관광에 대한 대화를 나눈다. 이동하는 내내 과연 자루 속에 들어있는 것이 무엇일까 하는 궁금증에 시달리지만 상사의 당부대로 차마 자루를 열어 보지 못한다. 자루를 전달하는 데 얼마나 시간이 걸릴지도 알 수 없고, 사무실에 두고 온 일거리 걱정에 고심하기도 한다. D시에서 B군으로 또 G읍으로 가서 흉가나 다를 바 없는 어느 집에 도착해 하룻밤을 지내고나니 감쪽같이 자루가 사라졌음을 발견한다. 터미널에서 회사가 있는 도시로 가는 고속버스를 기다리던 그들은 관광버스 한 무리를 발견하고는 충동적으로 그 중 한 대에 올라탄다. 관광버스의 목적지도 어딘지 알 수 없고 앞으로는 고속도로만 끝없이 이어져 있다. 사실 출장 역시 일종의 여행이지만, 일상적 일터로부터의 일탈이라기보다는 일터의 확장에 해당한다. 회의와 회의, 결재와 결재, 거래처와의 약속과 약속으로 이어지는 지루하고 반복적인 업무나 문자메시지의 지시에 의해서 기계적으로 이동하는 일이나 별반 다를 바가 없다. 복잡한 서류 업무나 자루 전달 모두 도무지 스스로도 납득할 수 없는 일이기는 마찬가지인 것이다. 그것은 목적지에 무엇이 있는지도 모른 채, 서로에게 흙탕물을 튀기면서 비 오는 어두운 밤길을 걷는 일과 유사하다. 그러면서도 왠지 자루를 옮기는 일이라서 다행이고 어쩐지 낯설지 않다는 생각이 든다. 이는 일종의 단체관광 같기도 하다.

> 단체로 갈 데가 많은가 봐. 난 단체관광은 질색이야. 유적지나 산업 단지로 가는
> 것 말이야. 똑같이 생긴 관광버스가 줄지어 도로를 달리다가 관광지나 쇼핑센터
> 에 서잖아. 관광객들이 줄지어 사진을 찍고 다시 우르르 몰려 관광버스를 타고,
> 관광지에서 우르르 내려서……
> 일종의 순환선 같은 거네?
> 출발지로 되돌아온다는 점에서는.[38]

〈정글짐〉에서 회계원인 주인공은 감사를 회피하기 위한 목적으로 위장 출장을 간다. 말은 출장이지만 실은 꽤 유명한 외국의 관광도시로 여행을 가는 셈이다. 따로 수행해야 할 업무도 없고 단지 시간만 보내다 오면 된다. 곧 돌아오는 것이야말로 그가 바라는 바이며, 명목상의 출장이 끝나면 두 번 다시는 한가로운 시간을 갖지 못할 터였다. 그러나 관광지에서의 하루하루가 갈수록 그는 알 수 없는 불안과 긴장, 초조감에 시달린다. 회계 업무를 오래 해 오는 동안 그에게 돈과 시간은 조직적으로 관리하고 효율적으로 절약해서 사용하는 것이었지 소비하며 낭비하고 허비해 버리는 것이 아니었다. 이처럼 무의미하게 방치된 시간을 견디지 못하는 것이다. 그에게는 관광도 잘 짜여진 패키지 여행 프로그

---

38 편혜영, 〈관광버스를 타실래요?〉, 『저녁의 구애』, 문학과지성사, 2011, 98쪽.

램처럼 조직적이고 기계적인 것이 안도감을 주었다. 무엇보다도 관광도시 역시 별다른 감흥을 주지 못한다. 비슷한 모양의 주택과 건물들이 죽 늘어서 차이를 잘 구별할 수 없는, 주소가 아니라면 숙소도 제대로 찾을 수 없는 곳이다.

> 언젠가 다른 나라에서 발행한 가이드북에서 그의 모국을 이 도시에 비유한 것 읽은 적이 있었다. 그 역시 노동에 지친 듯 피곤해 보이는 얼굴과 화난 표정의 사람들이 많고 싸우듯 목소리가 크며 즉흥적이고 뜨거운 기질의 사람이, 특히 상점 주인들 중에 많다는 유사점을 단 하루만에 찾기는 했으나 딱히 두 도시만의 공통점이라 할 만한 것은 아니었다. 그가 생각하기에 어느 도시에서건 온화한 얼굴로 천천히 걷는 사람들은 길을 모르는 관광객과 할 일 없는 노인들이었다. 그는 관광객답게 천천히 걸었다. 4차선 도로를 사이에 두고 1층에 상점이 있는 야트막한 건물이 양쪽으로 늘어서 있었다. 조금만 뒷길로 걸어 들어가면 과거의 건축 양식이 그대로 살아 있는 건물과 고대로부터 전해진 유적이 있었다. 그 아름다움과 경이로움은 전적으로 쇠락하는 느낌에서 나왔다. 도시는 유적을 가졌다기보다는 폐허를 방치하고 있는 듯했고 노쇠한 과거를 유지하느라 미래를 유예시키는 느낌이었다. 그 때문에 이국적인 풍경 속에서도 들뜨기보다는 마음을 차분하게 가라앉힐 수 있었다.[39]

가이드북을 강박적으로 들여다보면서 명소를 찾아다니는 관광은 마치 하루 종일 장부를 정리하고 복잡한 숫자로 채워진 계약서를 읽는 것과 비슷하게 골치 아픈 일이었다. 숙소에 돌아오면 마치 보고서를 작성하듯 그날 다닌 곳과 먹은 음식, 보잘것없는 쇼핑내역 등을 작성하고 꼼꼼히 챙겨 받은 영수증을 첨부한다. 여행이 계속될수록 애초의 생각대로 소비하고 즐기기는커녕 더 엄격하고 인색하게 구는 자신에게 환멸을 느낀다. 여행은 지루하고 산만했고 무의미한 산책만 계속된다. 급기야 어느날 숙소에서 돌발적으로 현지인과 몸싸움을 벌인

---

39 편혜영, 〈정글짐〉, 앞의 책, 166~167쪽.

후, 일정표와 가이드북도 소지하지 않은 채 무턱대고 바깥으로 나와 내내 걷는다. 날이 지고 숙소에 돌아가려 하지만 엇비슷하게만 보이는 골목길을 계속 헤맨다. 문득 이 도시에서는 통계적으로 열 명 중 한 명이 길을 잃어 헤매는 사람이라는 신문 기사를 떠올리며, 다른 사람들은 어떻게 모두 똑같아 보이는 거리와 골목에서 제대로 길을 찾아가고 있는 것인지 기이해 한다. 어쩌면 모두들 태연히 길을 찾는 듯 보여도 골목 저 끝에서 미로 같은 길을 탓하며 다른 길을 찾아 헤매고 있을지도 모르는 일이었다. 지친 그는 작은 공원의 정글짐에 앉아 친구들에게 놀림을 받지 않으려고 두려움을 무릅쓰고 정글짐을 올랐던 어린 시절을 회상한다. 어른이 되어 좋았던 것 중 하나가 친구들과 어울려 놀기 위해 억지로 정글짐 같은 것에 오르지 않아도 된다는 것이었지만, 이제 다시금 정글짐 꼭대기에 올라가 벌벌 떨고 있는 심정을 느낀다. 재미도 없는 놀이판에 위태롭게 던져진 기분이다.

여행이나 관광 역시 반복적인 서류 작업이나 회계 업무와 같은 일터의 논리를 그대로 닮아 있다. 그 결과는 피상적이고 진부한 장소 정체성으로 나타난다.[40] 낯설고 이국적이어야 할 관광지가 획일적이고 기계적인 일터의 성격과 같아진다. 획일적인 상품과 장소는 획일적인 욕구와 취향을 가지고 있다고 여겨지는 사람들을 위해서 창조된 것이며, 역으로 사람들이 획일적인 욕구와 취향을 가지게 된 것은 이러한 획일적인 상품과 장소에 의한 것이다. 그런 사람들이 원하는 것은 달라지는 것이 아니라 똑같아지는 것이다. 랠프는 경이와 미, 역사적 흥밋거리를 가지는 모든 장소들을 발가벗기려고 경쟁적 쟁탈을 벌이는 관광업이 글자 그대로 장소를 회복 불가능하게 파괴하고 있다[41]고 주장한다. 관광은 동질화시키는 힘이며 그 결과는 어디에서나 똑같다. 그 결과란 관광을 유발

---

40 Edward Relph, 앞의 책, 134쪽.

41 Edward Relph, 앞의 책, 207쪽.

시킨 국지적, 지역적 경관의 파괴이다. 식별하기 어려운 거짓 지리적 다양성은 프랑스나 스페인의 해변을 마이애미나 와이키키의 경관과 다른 점이 별로 없게 만든다. 틀에 박힌 관광 건축물과 인공 경관, 가짜 장소로 대체되는 것이다. 〈정글짐〉의 관광도시가 세계의 어느 다른 관광지의 모습을 그대로 답습하고 있는 것처럼 말이다. 이러한 관광지들은 무장소적으로 획일화되어 있다. 서로 너무나 비슷해서, 그것이 어느 도시, 어느 지역에 있는지를 거의 구분해낼 수가 없다. 그 자체가 대량생산된 공간인 것이다.

관광의 경관은 흔히 '타자 지향 건축물[42]'로 전형화된다. 이는 의도적으로 외부인, 구경꾼, 통행인, 무엇보다도 소비자들을 지향해서 지은 것이다. 이런 건물들은 그 안에서 살아가고 일하는 사람들에 대해서는 아무 것도 말해주지 않는다. 그 대신 이국적인 장식, 저속하게 화려한 색깔, 그로테스크한 장식을 사용하고, 전세계에서 가장 인기 있는 장소의 스타일이나 이름을 무차별적으로 빌려 옴으로써, 꺼릴 것 없이 자신을 휴가지나 소비지라고 선전하는 장소가 된다.[43] 쇼핑이나 유흥지구, 도시 변두리 간선 도로를 따라 늘어선 상가, 그리고 거의 모든 관광센터는 마치 규칙처럼 키치적이고 타자 지향적인 장소가 있다. 가이드 여행이나 패키지 관광 프로그램에서 장소에 대한 개인적이고 진정한 판단은 거의 항상 전문가나 일반적으로 알려진 의견에 묻혀 버린다. 〈정글짐〉에서 업무 보고서를 쓰듯 하루의 관광 내역을 기록하는 주인공의 모습은 렐프가 지적하는 바와 같이 장소에 대한 관광객의 진정하지 못한 태도와 유사하다.[44] 관광객에는 관광이라는 행위나 수단이 방문하는 장소보다 더 중요해진다. 그들은 단순히 안내책자에 표시된 별표가 몇 개인지만 확인하고 서둘러 다음 장소로

---

42 Jackson J. B. "Other-directed architecture", in Landscape: Selected Writings, 1970, pp.64~65.

43 Edward Relph, 앞의 책, 203~204쪽.

44 Edward Relph, 앞의 책, 188~193쪽 참고.

떠난다. 다양한 장소를 경험한다기보다는 그곳을 수집하는 것에 불과하다.[45]

　벤야민은 19세기 파리를 걸으면서 느끼는 도취감을 언급한 바 있다. 삶에 있어서 가장 큰 즐거움 중 하나가 '플라너리(flânerie)', 즉 걸으면서 도시를 배회하는 것이라고 말한다. 이 플라너리가 의미하는 것은 거리가 주는 모든 풍경을 향유하면서 뜻하지 않은 발견의 기쁨을 느끼는 순간을 말한다. 도시에서 산책을 한다는 것은 도시가 풍경으로 펼쳐지고 방으로 감싸는 것이다.[46] 몸이 도시를 지각하는 근거이며, 세계에 대해 열린 구조로 관계한다. 따라서 우리가 어느 곳을 걷는다는 것은 몸의 감각으로 그곳을 알아가는 것이라고 할 수 있다. 길을 걷는 사람이 자신과 도시, 혹은 가로나 동네와 맺게 되는 관계는 무엇보다도 먼저 어떤 정서적인 관계인 동시에 신체적 경험이다. 도시를 걷는 경험은 우리의 몸 전체의 반응을 촉발하기 때문이다.[47] 산책, 뜻밖의 일, 발견을 위하여 개방된 불확정의 공간들은 아름답다. 그것은 광폭한 속도에 몸을 맡기는 것이 아니라 우아하고 느린 속도감을 만끽하는 것이다. 느림과 기억, 빠름과 망각은 정비례한다. 시각뿐만 아니라 청각·후각·미각·촉각의 감수성을 자유롭게 펼치는 장소 경험, 즉 온 몸으로 느끼고 부대낄 수 있는 육체적 장소의 생성이 필요하다.[48] 「정글짐」의 주인공은 미로 같은 공간을 배회하기는 하지만, 공간과 1:1로 직접적인 연루 관계를 맺지는 못한다. 추상적으로 경험하지만 구체적으로 지각하지는 못하는 것이다. 그는 하나하나 고유한 풍경으로서가 아닌, 가이드나 지도에

45　어디로 가느냐는, 간다는 행위와 방식보다 중요하지 않다. 장면이 자꾸 바뀌는 쇼처럼 번갈아 오고 갈 뿐이다. 활동적인 관광객일수록 훨씬 더 멀리까지 이국적인 곳으로 여행지를 넓혀간다. 그리스의 흥미로운 곳에 대해서는 카탈로그에서 읽었기 때문에 그리스로 가야 할 아무런 이유가 없다고 생각한다. (Briggs A, "A sense og place", in The Fitness of Man's Environment Smithsonian Annual Ⅱ, 1968, p.81 참고.)

46　Walter Benjamin, 조형준 옮김, 『아케이드 프로젝트 1』, 새물결, 2005, 965쪽.

47　David Le Breton, 김화영 옮김, 『걷기 예찬』, 현대문학, 2005, 187쪽.

48　이무용, 앞의 책, 127쪽.

서의 추상적인 기호로 공간을 인지한다. 일터에서나 관광지에서나 모두 물적
공간 속에서 몸의 접촉을 통해 이루어지는 삶은 더욱 위축되거나 사라지는 것
이다.

4. 맺으며 : 지리적 능력의 복원과 공간의 장소화

> 많은 유럽인들은 오스트레일리아 경관이 획일적이고 특색이 없다고 말해왔다.
> 그러나 원주민들은 전혀 다른 방식으로 그 경관을 바라본다. 원주민들은 그 경
> 관의 모든 특색을 알고 있으며, 각 경관은 의미를 지니고 있다. 따라서 유럽인이
> 알아보지 못하는 차이를 원주민은 지각한다. 이러한 차이는 세부적이거나 마술
> 적이고 비가시적인 경관일 수 있다. 특히, 상징 경관은 이미 지각된 물리적 공간
> 보다 훨씬 차이가 크다. 모든 나무, 모든 얼룩, 모든 구멍과 틈은 각기 의미를 지
> 닌다. 그래서 유럽인에게는 텅 빈 땅이, 원주민에게는 뚜렷이 드러난 차이들로
> 가득 차 있어서 풍요롭고 복잡할 수 있다.[49]

오스트레일리아의 북서부 경관에 대한 원주민과 유럽인의 관점 차이를 아모
스 라포포트(Amos Rapoport)는 위와 같이 설명한다. 오직 물질적 목적과 기능의
측면에서만 공간을 바라볼 때에는 의미를 발견할 수 없다. 반면 원주민들에게
는 사소한 바위와 나무일지라도 풍요로운 의미와 경관으로 가득 차 있으며 조
상과 영혼으로 경험된다. 장소에 대한 태도는 사람에 따라 매우 다르게 나타난
다. 종종 똑같은 장소도 상이한 사람에 의해서 다르게 느껴진다. 모든 개인은
특정 장소에 대해 독특한 이미지를 지닌다. 모든 사람들이 그 장소에 대한 자신
의 이미지에 색깔을 칠하고 독특한 정체성을 부여하는 개성 · 기억 · 감정 · 의

---

49   Amos Rapoport, "Australian aborigines and the definition of place", Environmental Design, 1972,
    pp.3~4.

도를 자기 나름의 방식대로 조합하기 때문이다. 올바른 장소 정체성은 이와 같은 차이의 정체성에서 비롯된다.[50]

특정한 장소의 내부에 감정 이입적으로 들어간다는 것은 그 장소를 의미가 풍부한 곳으로 이해하며 그 곳과 자신을 동일시하는 것이다. 장소의 정체성은 위치나 외관상의 특성일 뿐 아니라, 내부자가 긴밀하게 연관된 하나의 완벽한 개성이다. 그러한 장소의 정체성은 자동적으로 나타나는 것이 아니라, 장소의 본질을 관찰하고 이해할 수 있도록 스스로를 훈련시킴으로써 성취될 수 있다. 장소의 인상에 대해 마음을 열고 심정적으로 공감한다면, 그 장소는 활짝 열리면서 진짜 본질을 드러내는 것이다. 그러기 위해서는 뚜렷한 지리적 능력을 개발하는 것이 필요하다[51] 지리적 능력이란 특정 장소에 존재하는 개인이며, 동시에 광범위한 환경적 · 사회적 힘으로 이루어진 네트워크의 한 부분으로 존재하는 우리가 삶의 직접성(immediacies)을 깨닫는 능력을 말한다. 여기서 직접성이란 관찰자가 세계의 중심에 서며, 매개를 거치지 않고 대상을 직관하는 것을 말하고, 특히 이성보다는 감수성을 통한 생명 현상에 대한 체험적 관찰을 의미한다. 이런 관점에서 장소는 집이나 지역 이상의 것이며, 우리가 외부 세계를 내다보는 거점이기도 하다. 그것은 우리 시대와 장소에 대한 정직한 목격자가 되기 위해서 눈과 마음을 활짝 열어놓는 것이다.

〈첫 번째 기념일〉에서는 이처럼 장소에 대한 감성을 기적적으로 재생시키는 한 남자가 등장한다. 그것은 하나의 '시선의 혁명', 이른바 '대관람차의 시선'이라고 말할 수 있다. 주인공 남자가 택배 배달원으로 일하는 소도시는 어디에서

---

50 지리학계에서도 흔히 모더니즘을 대변하는 개념으로서의 공간에 대비하여 포스트모더니즘을 상징하는 용어로 장소를 거론한다. 전자는 지역성 유사성을 토대로 모델이나 법칙을 세움으로써 지표를 설명할 수 있다는 생각에서 사용되어 왔고, 후자는 지역적 차이에 초점을 두고 지표를 다양한 모양 및 색깔을 가진 일종의 휴먼 모자이크(human mosaic)로 읽어내고 이해할 수 있다는 입장의 용어이다. (전종한 외, 『인문지리학의 시선』, 논형, 2005, 278쪽.)

51 Edward Relph, 앞의 책, 7~8쪽.

나 철거 · 재건축 · 리모델링 등 끊임없이 공사가 진행 중이다. 그는 항상 피로하고 고독한 상태로 오밤중까지 물건을 배달하는 일을 반복한다. 여기 아닌 다른 곳을 꿈꾸면서, 틈만 나면 증명사진을 찍고 이력서에 붙여 다른 도시로 보내보지만 늘 헛수고이다. 보잘것없이 간략한 내용의 이력서 역시 비루한 그의 현재와 미래를 설명해 줄 뿐이다. 상품의 순환으로 유지되는 기계적인 자본주의 메커니즘의 최전선이라고 할 만한 직종인 택배 배달이나, 제한된 공간에서 끊임없이 수익을 창출하는 재개발 논리 모두 행위와 장소의 주체가 되어야 할 사람들을 대상으로 전락시키기는 마찬가지이다. 도시 곳곳에서는 모두 비슷한 외형의 아파트 공사 중이며, 이곳에서 오래 산 남자도 종종 배달지를 혼동하곤 한다. 도시 한편에서 진행되는 놀이공원 신축 공사도 비슷하다. 시민을 위한 공적 시설이라기보다는 철저히 자본의 논리에 따라 휴일과 여가를 파는 공간에 불과하다. 놀이공원의 관심은 롤러코스터이고 회전목마이지 그것을 탄 사람이 아니다. 남자는 계속 부재중인 상태로 물건을 주문하는 한 여자에게 호기심을 갖는다. 그녀가 주문한 상품 목록을 통해서 그녀의 신상을 추측하고 상상한다. 그리고 철거가 진행되는 그녀의 아파트 안에서 처음 대관람차의 거대하고 둥근 불빛을 발견하고 홀린 듯 그것을 바라본다. 짜릿한 속도감이나 스릴도 없는, 놀이공원에서 가장 인기없는 기구인 대관람차는 남자의 별볼일 없는 처지와도 유사하다. 하지만 대관람차를 함께 탈 만한 친밀한 사람을 만나지 못한 그에게는 아직 이질적인 대상에 그칠 뿐이다.

남자는 수취인 불명으로 쌓여가는 물건들을 선물처럼 생각하고 하나씩 뜯어본다. 물건의 용도를 궁리하며, 또 그것을 사용할 여자의 모습을 상상하면서, 자신의 이력서 빈칸에 물건 목록들을 기재해 나간다. 결국 이 물건들 때문에 여자가 일하는 놀이공원에서 그녀를 만나게 된다. 관람차 시범 운행을 담당한다는 그녀는 대관람차가 매번 같은 속도로 돌지만 탈 때마다 운행시간이 조금씩 달라진다고 말한다. 항상 같은 날을 살지만 매우 미세하고 가볍게 조금씩 다른 일상을 영위하는 주인공처럼 말이다. 앉을 곳이 마땅치 않자 그들은 움직이는 곤돌라 안에 올라타 대화를 나눈다. 그렇게 남자는 생애 최초로 누군가와 함께 대관람차를 탄다. 대관람차가 조금씩 위로 올라갈수록 그는 쉴새없이 그녀에게 질문을 쏟아내고 싶은 욕망에 사로잡힌다.

> 지상은 거대한 빛이 덩어리로 뭉쳐져 아름답게 빛났다. 불빛 속에는 트럭을 타고 끊임없이 낯선 이들에게 물건을 배송하는 그가 있었다. 하루 종일 물건을 싣고 다니느라 그의 얼굴은 마분지 상자처럼 딱딱했다. 무표정하거나 살짝 입꼬리를 올린 사람의 증명사진을 열심히 찍어주는 사진사도 있었다. 사진사는 인화기가 뽑아낸 경직된 얼굴을 일정한 간격으로 잘라내고 있었다. 챙이 넓은 모자를 쓴 채 공사 현장에 앉아 졸고 있는 주인 여자의 모습도 보였다. 회전관람차의 문을 걸어 잠그고 하염없이 타이머를 들여다보며 운행시간을 체크하는 여자도 있었다. 그는 그 모두를 향해 손을 흔들었다.[52]

 여자와 어딘가 같은 방향을 함께 바라보는 것, 그것은 하나의 기이하고 기적 같은 공감을 공유하는 경험이다. 대관람차 안에서 남자는 자신의 전 생애가 담긴 이력서를 여자에게 주려고 한다. 그리고 앞으로 여자의 이름으로 뭔가를 주문하고 싶고, 물건이 올 때마다 여자에게 주기 위해서 관람차를 타러 오게 되리라고 생각한다. 대관람차의 시선, 즉 세상을 전혀 다른 조감도로 보는 시선 속에서 그는 성숙하고 충만한 의미를 획득한다. 그래서 이제까지 아무런 기념할 만한 것도 없이 살아온 남자에게는 아름다운 '첫 번째 기념일'이 되는 것이다. 그것은 자신이 살고 있는 공간과 장소에 대한 하나의 획기적인 '개안(開眼)'에 비유할 만하다. 의미 없는 공간은 혼돈스럽고 방향감각이 없고 두렵기까지 하다.

---

52   편혜영, 〈첫번째 기념일〉, 『사육장 쪽으로』, 문학동네, 2007, p.227.

위치를 파악하는 데 참고가 될 수 있는 인간화되고 친숙한 지점이 없기 때문이다. 인간답다는 것은 의미 있는 장소로 가득한 세상에서 산다는 것이다. 이는 곧 자신의 장소를 가지고 있으며 잘 알고 있다는 뜻이기도 하다. 주인공의 개안은 곧 일정한 지리적 능력을 획득하는 것과 같다. 그는 대관람차의 시선을 통해 그동안 무의미하게만 생각했던 자신의 공간에서 삶의 다채로운 사연들과 만남을 발견한다. 그것은 공간에 어떤 적극적인 의미를 부여함으로써 장소화하는 일이기도 하다.

말할 수 없는 것과 불가능한 것을 말하기

4 · 16 세월호 참사를 다룬 네 편의 소설 읽기

1. 시작하며 : 애도하는 매체로서의 문학

19세기 말에서 20세기 초까지 파리의 오래된 거리와 풍경을 즐겨 찍었던 프랑스의 사진 작가 으젠 앗제(Eugène Atget)의 작품들은 사람이 별로 나오지 않는 것으로 유명하다. 그는 번화한 도심보다는 구석진 골목을 더 좋아했고, 주로 사람이 없는 새벽이나 이른 아침에 사진을 찍었다. 그래서 사진 대부분은 여린 빛과 뿌연 안개를 배경으로 아직 잠에서 깨어나지 않은 여명의 도시를 몽롱하게 담아내고 있다. 그의 사진에서 공통적으로 나타나는 정념은 이른바 '부재(不在)'와 '부동(不動)'의 미학이라고 할 만하다. 무언가가 비어 있고 어떤 움직임도 없다. 행인 없는 골목과 도로, 나들이객 없는 공원, 마부도 승객도 없는 합승마차, 운전수 없는 차, 버려진 무게화차, 손님도 점원도 없는 상점

그림 1 : 으젠 앗제, '일식'

등 그가 보여주는 도시는 마치 세입자를 찾지 못한 빈 집처럼 적막하고 쓸쓸하다.[1] 일찍이 발터 벤야민(Walter Benjamin)이 그의 사진을 '인적이 없는 범행 장소'[2]라고 표현했을 정도로, 수상하고 불안한 고적함이 물씬 느껴진다. 그런데 역설적으로 앗제의 사진을 완성시키는 것은 '인적 없음', 즉 '정지된 부재함'이다. 바로 그것이 보는 이들을 홀리게 하는 결정적인 푼크툼(punctum)이다. 그런 면에서 앗제의 사진은 '아주 없는' 것이 아니라 '있지 않는' 것의 세계를 다룬다고 볼 수 있다. 벤야민처럼 '범행 장소'에 비유한다면, 아마도 범인은 범행 전부터 슬하게 이 골목을 드나들면서 예행연습을 했을 것이고, 또 범행 후에는 범죄심리학의 철칙처럼 반드시 다시 돌아와 흔적을 확인했을 것이다. 범인의 부지런한 출현이 있었기에 지금의 부재는 오히려 팽팽한 긴장감을 준다. 앗제 역시 바로 이 풍경을 포착하기 위해서 몇 번이고 이곳에 와서 무거운 카메라와 촬영 장비를 설치하고 기다렸을 것이다. 맘에 드는 이미지가 나올 때까지 몇 시간이고 며칠이고 기다렸을 수도 있다. 그리고 마침내 세상으로부터 이 풍경을 훔쳐서 보존하는 데에 성공했고, 100여년 후의 우리는 지금 바로 그 장물(贓物)로서의 이미지를 보고 있는 셈이다.

앗제의 사진은 평소 사람들 앞에 나서는 것을 좋아하지 않았고 평생 가난한 무명 사진작가로 살다 죽었던 그의 삶을 그대로 반영한 것이기도 하다. 그의 소박하지만 매혹적인 기록 사진들은 시간을 초월하여 옛 파리의 풍경을 현재에까지 생생하게 전달한다. 사진 속 고도(古都) 파리의 풍경들은 이제는 존재하지 않지만, 그 역시 '아주 없는' 것이 아닌 '있지 않는' 것의 세계에 속해 있다. 어쩌면 예술이란 이처럼 정지를 영원으로 인도하여 망각에 저항하는, '있지 않음'의 간

1 　이경률, 「으젠 앗제 사진에 나타난 기록과 창작의 딜레마」, 『프랑스문화예술연구』 18, 프랑스문화예술학회, 2006, 179~205쪽 참고.

2 　발터 벤야민, 반성완 옮김, 『발터 벤야민의 문예이론』, 민음사, 1983, 252쪽.

곡한 정서의 세계를 창출하는 운명을 타고 난 것인지도 모른다. 무릇 한 시대와 사회, 혹은 한 인간의 삶에도 강렬히 내려앉았다가 불현듯 사라지지만 영원히 '있지 않는' 것의 영역에 속하게 되는 어떤 기억들이 있다. 앗제의 사진과 마찬가지로, 풍경이나 장면 속에서 텅 빈 부재와 부동으로 존재하지만 그럼으로써 그 풍경과 장면을 가장 그것답게 만들어주는 기억 말이다.

4·16 가족협의회가 주최하고 4·16 기억저장소가 주관한 '세월호 참사 1주기 사진전 : 빈 방(2015.4.7)' 또한 부재의 흔적으로 오히려 강력한 존재성을 일깨우는 간절한 시도를 담는다. 곧 그것은 '아주 없음'의 세계를 '있지 않음'의 세계로 되돌리고자

그림 2 : 노순택, '10반 이단비 방'

하는 필사적인 노력이다. 15명의 사진가가 찍은 희생 학생 54명의 방은, 2014년 4월 15일 주인이 문을 열고 나갔던 순간부터 지금까지 비어 있다. 모든 것은 1년 째 그대로다. 다만 '주인 잃은 침대'와 '주인 잃은 책상', '주인 잃은 교과서', '주인 잃은 컴퓨터', '주인 잃은 옷걸이'만 덩그러니 남아 부재하는 이의 존재성을 뚜렷이 증거하고 있다.[3] 빈 방들은 기억의 총체로서 3차원의 공간이다. 희생된 아이들은 그들이 남긴 흔적으로 가득한 방 안에서 지속되는 존재성을 드러낸다. 아이들은 이 방에서 웃고 울고 호흡하고 자고 꿈꾸고 생각하고 놀면서 십수 년을 지내 왔을 것이고, 아이들을 잃은 부모는 숱하게 방문을 열고 들어와 아이들의 눈짓과 목소리와 냄새가 밴 흔적을 닳고 닳게 쓰다듬고 품었을 것이며, 사진가는 영원히 사라지지 않을 유일무이한 한 컷을 포착하기 위해서 문가

---

3 이와 함께 희생 학생들의 목적지였던 제주에 위치한 '기억공간 re:born'에서는 2015년 4월 16일부터 학생들의 유품 사진을 전시하는 기획전을 열었다.

에서 오래 기다렸을 것이다. 그런 면에서 이 빈 방들은 죽음을 증언하기보다는, 삶을 증언하는 공간이 된다. 그래서 이 사진들은 으젠 앗제의 그것처럼, 부재와 부동이 유일한 실재적 모습이 되는 지점을 우리에게 선사하고 있는 것이다.[4]

    2014년 4월 16일 인천을 출발해 제주로 가던 여객선 세월호가 전남 진도군 인근 바다에서 침몰, 수학여행 중이던 안산 단원고 학생을 비롯해 탑승객 476 명 가운데 299명이 사망했다. 세월호 참사는 그 이전까지 발생한 어떤 재난이나 재해들과도 동일시하기 어려운, 쉽게 떨쳐내기 어려운 막심한 국민적 고통과 상실감을 안겨 주었다. 한국전쟁 이후 가장 많은 인명 피해가 발생했던 1995년 6월 삼풍백화점 붕괴사고(사망 501명, 실종 6명)보다 세월호 참사가 훨씬 더 큰 충격으로 다가온 이유는, 희생자 대부분이 어린 학생들이라는 점과 더불어 20년 전과는 비교하기 어렵게 발전한 미디어 환경에서 비롯된다. 세월호 참사는 각종 영상을 통해 시시각각 재난의 발생과 경과 상황을 생중계로 지켜 본 거의 최초의 경험이었다고 할 수 있다. 처음 속보가 나온 이후 배의 우현이 기울기 시작해 선미가 완전히 바닷속으로 잠길 때까지의 2시간 30여분을 시작으로, 구조작업이 진행되는 과정이 몇 주에 걸쳐 공중파 TV에서 종일 생중계로 방송되었다. 침몰 직전 구조된 172명을 제외하고는 단 1명도 구하지 못한 구조과정을 시청하는 일은 차마 견디기 어려운 고역이었다. 사실상 그것은 숱한 목숨들이 죽어가는 현장을 고스란히 목격하는 일에 다름 아니었다. 구조 및 수색 작업은 지독히도 더디게 진행된 반면, 이와 함께 밝혀지기 시작한 참사 관련 의

---

4   단원고 2학년 희생 학생들이 다니던 교실을 계속 보존해야 한다는 주장도 이와 유사하다. 자식을 잃은 250여 학부모들은 자기 아이들의 수다와 웃음과 말썽과 한숨이 깃든 교실을 그대로 보존하고 싶어 한다. 아이들에 대한 기억의 쇠퇴에 저항할 수 있는 매개의 공간으로 교실은 남아 있어야 한다는 것이다. 아무리 뛰어난 비유나 상징을 동원한 추모 공간도 생생한 교실에는 미치지 못하기 때문이다. 반면 학부모들 일부와 학교 운영위원회의 생각은 다르다. 그들은 희생자 학부모들을 이미 학교와 인연이 끊어진 사람들로 본다. 그들은 또 학교는 살아 있는 아이들의 오롯한 공간이 되어야지 죽은 아이들을 기리는 장소가 되어서는 안 된다고 주장한다. 이 논쟁은 보존과 기억의 관계, 공간의 용도와 의미에 대한 매우 진지한 문제의식을 던져 준다.

혹과 검은 커넥션은 한없이 거대하게 확산되었다. 많은 사람들이 그 고문 같은 영상 체험을 통해 심각한 좌절감, 무력감, 실망감, 자괴감, 죄책감, 우울감에 시달렸다.

세월호 참사에 대한 지독한 영상 체험은 많은 사람들이 쉬이 그것을 잊지 못하리라는 예측을 가능케 했다. 그것은 그동안 속도와 경제만을 향해 미친듯이 질주하던 한국사회를 호되게 넘어뜨린 함정이자 구멍이었다. 그 구멍이야말로 한국사회의 총체적 부실과 중층적 문제들이 결합된 본질이었으며, 권력의 억압이 아니라 권력의 무능에 대해서 성찰하게 하고, 우리가 그동안 미처 몰랐거나 모른 척 했던 한국사회의 어떤 부재와 부동이 집약된 지점이었다. 구멍은 웬만해서는 쉽사리 메워지지도, 무심히 외면하기도 어려울 듯 보였다. 그러나 시간이 지나면서 서둘러 구멍을 봉합하자고 주장하는 목소리들이 득세하기 시작했다. 세월호 참사를 초래했던, 부재와 부동을 대표하던 가치와 지향들이 거꾸로 참사를 수습하고 또 망각하려는 논리로 전환되었다. 사실상 그때부터 세월호 참사는 '기억'의 문제가 되었다. 그것을 기억하느냐 그렇지 않느냐, 그것을 말하느냐 그렇지 않느냐의 격렬한 입장 투쟁이 된 것이다. 세월호 참사를 추모하는 리본이나 플래카드에 가장 많이 써 있던 글은 '기억하겠습니다', '잊지 않겠습니다'라는 다짐의 문장이었다. 기억은 마치 정언명령처럼 주어진 의무 같았다. 기록 보관, 추모비, 추모탑, 추모공원, 기념관과 전시관, 박물관, 묘역 등 참사를 잊지 말고 오래 기억할 갖가지 방안들이 첨예하게 고민되었다.

세월호 참사에 대한 또 하나의 편향적 접근은 희생자들에 대한 기억과 애도

---

5 비정규직 선장 고용, 내부 구조의 불법 변경, 과적, 침몰 후 구조 과정의 혼선, 언론 보도의 왜곡과 선정성, 각종 소셜 미디어의 부정확한 보도와 음해의 언어들 등은 더께처럼 누적된 한국 사회의 총체적 부실과 그동안 사회 전반적으로 가벼워지고 희미해진 생명의 존귀함에 대한 윤리감의 망실이 더해진 것이다. (고명철, 「세월호 참사 이후 한국문학의 불온한 정치사회적 상상력을 위해」, 『계간 시작』 50, 천년의시작, 2014, 50~51쪽)

를 지극히 사적이고 인간적인 것으로 제한하는, 무비판의 애도 행위를 유도하는 것이다. 이는 세월호 참사를 우연적이고 불가피한 '사고'로 몰아가면서, 사적인 비극과 죽음으로 개별화하는 방식이다. 이에 따라 개개인의 기억으로 분산되고 파편화되어, 당사자들이 심리적이고 정신적인 차원으로 극복해야 할 문제로 전락한다. 한풀이 굿과 같이 넋을 기리고 산자의 슬픔을 달램으로서, 희생자의 죽음을 인정하고 가슴에 묻는 방식이 그것이다. 이는 무엇보다도 자연재해가 아니라 인재에서 비롯된 집단적인 죽음이 지닌 사회적이고 정치적인 맥락을 현저하게 탈색시킨다. 김진영은 애도에 담긴 두 가지 의미를 언급한다.[6] 지금까지 맺어온 관계를 상실한 것에서 비롯된 슬픔 작업이 하나이고, 그 관계의 문제점도 함께 성찰하면서 새로운 관계를 맺어가는 것이 다른 하나라는 것이다. 특히 사랑하는 사람의 죽음 앞에서만 열리는 새로운 사유의 가능성을 강조한다. 애도는 결코 삶과 죽음을 경계 짓고 단절시키는 것이 아니라 서로를 넘나들면서 새로운 관계를 형성하는 것이다. 희생자들을 죽은 어떤 것으로 고정시키려는 시도 역시 그들에게 "가만히 있으라"고 하는 요청과 다를 바 없다. 사회적 지지와 공감에 대한 요청, 죽음의 이유를 밝힐 것을 요구한다는 점에서 애도의 주체는 무기력함에 빠져 있기보다는 적극적이며 공격적이다.

'기억의 정치학(the politics of memory)'이나 '기억투쟁' 같은 용어와 이들 개념을 중심으로 표출되는 강력한 문제의식이 더 이상 낯설지 않은 현재[7]에, 세월호 참

---

6   김진영, 「정치적 애도가 본질이다」, 『나들』, 한겨레신문사, 2014.5.

7   기억의 위상과 역할을 조명하는 역사 문화적인 접근들은 지난 십수년 간 매우 큰 학문적인 관심을 받아 왔다. 역사학과 문화사, 사회학, 여성학, 인류학, 영상학, 문학과 예술 등의 영역에서 기억의 사회문화적인 구성이나 기억의 재현과 정치학, 그리고 역사기억의 위상 등을 둘러싼 다수의 논의와 연구 작업들이 매우 활발하게 진행되어 왔다. 역사학의 분야 이외에도 집합기억과 대중기억, 문화적인 기억의 위상과 역할, 기억의 문제를 유기적으로 풀어내는 다수의 작업들이 존재한다. 이러한 결과 '기억의 정치학'과 '기억투쟁'이라는 용어는 문화연구자를 포함한 인문학 영역의 연구자들과 문화산업 제작자들에게도 더 이상 낯설지 않으며, 기억을 질료로 활용하는 작업들은 학계의 범위를 넘어서 문화예술계, 그리고 언론계에서도 상당한 주목을 받고 있다. 이에 대한 자세한 설명은 '이기형, 「영상미디어와 역사의 재현, 그리고 '기억

사 역시 어느 순간부터 기억과 망각의 날선 투쟁의 영역으로 수용되었다. 죽음과 애도가 사적인 차원을 넘어 공적이고 정치적인 의미를 띠고 있는 까닭은 역사 자체가 죽음에 대한 의미 부여나 기억/망각을 통해 구성되는 면이 있기 때문이다. 애도의 정치는 기억/망각의 정치와 밀접하게 관련되면서 어떤 죽음을 기억, 기념하고 어떤 죽음을 망각할 것인가 하는 문제를 제시한다.[8] 그러나 국가는 사회구조적인 문제가 양산한 희생자들에 대한 섬세한 행정(예우와 애도)은 커녕 재발방지를 위한 진상 규명에 대해서까지 입을 막고 망각을 강요한다. 공동체가 유지되기 위해서는 반드시 필요한 애도라는 공통감각[9]조차 사라진 사회에서 통합을 위한 상호 이해는 원천적으로 불가능할 수밖에 없다. 그래서 기억하겠다는 것은 단순한 추모의 언술이 아니라 죽음의 진실을 절대로 잊지 말고 억울한 원한을 풀어달라는 간절한 요청이자 현실의 상황을 명심하는 '맹세의 언술'[10]이 된다.

소설 역시 으젠 앗제와 '빈 방' 사진들이 '아주 없음'의 물리적 부재의 세계를 '있지 않음'의 정서적 존재의 세계로 변환하는 것과 동일한 작업을 하는 예술이다. 소설은 있을 법한 허구라는 소설적 개연성으로 실재의 구멍을 채우고자 한다. 물론 그 구멍을 말끔하게 메울 수는 없으며, 또 기만적으로 봉합하는 일과도 거리가 멀다. 그런 면에서 앗제나 '빈 방' 사진, 소설은 모두 기억의 육체성을 빚어내는 일종의 기억투쟁을 수행한다. 세월호 참사에서 기억의 문제가 더욱 중요한 이유는, 참사에 대한 '공식적 기록'이 기록의 생성단계에서부터 철저히 왜곡되거나 은폐되고 망실된 상태라는 점이다. 처음부터 관련 기록이나 정보가 주도면밀하게 독점 관리되었으며, 참사가 발생한지 일 년 반이 넘은 2015년 11

의 정치학」, 『방송문화연구』 22(1), KBS 방송문화연구소, 2010, 58~64쪽' 참고.

8   권창규, 「어떤 죽음을 어떻게 슬퍼할 것인가」, 『진보평론』 61, 진보평론, 2014, 32쪽.

9   전성원, 「애도의 정치학 혹은 정치의 부재에 대하여」, 『플랫폼』, 인천문화재단, 2014.11, 14쪽.

10   이동연, 「리멤버 미: 세월호에서 배제된 아이들을 위한 묵시론」, 『문화과학』 78, 문화과학사, 2014, 22쪽.

월 현재까지도 사건의 실체에 대해서 추가로 밝혀진 것이 아무것도 없다. 이 공식적 기록을 위해 세월호진상조사특별위원회가 온갖 난관과 방해를 뚫고 어렵게 출범했지만 예산과 절차 문제에 발이 묶이며 아직까지 어떤 실질적인 조사도 추진하고 있지 못한 실정이다. 세월호유가족협의회와 시민사회가 힘을 합쳐 만든 '4·16 기억저장소'[11]와 같은 특이한 이름이 붙은 기구만 보아도 그러하다. 원래 저장되는 것은 기록이며, 기억은 품어 안고 간직하는 것이다. 기억을 저장한다는 낯선 명칭처럼 세월호 참사에서는 기억이 기록을 대신하여 사실의 복원에 안간힘을 써야 하는 과잉 임무를 부여받는다. '기억'은 비상하고 절박하며 특별한 지위를 강제적으로 떠맡게 된다. '기억을 기억'하고 그 '기억을 기록'하는 수밖에 없기 때문이다.[12]

　세월호 참사는 우리 시대 문학이 피해갈 수 없는 테마임에 분명하다. 문학 역시 세월호 참사에 대해 해석과 재현을 시도할 수 있는 믿을 만한 공식기록, 즉 '사실'이라는 텍스트를 가지고 있지 못한 처지는 동일하다. 1차 정보의 총체적인 은폐, 망실, 왜곡, 조작 상황에서 작가도 정보 자체를 발견하고 증언해야 하는 괴상한 상황[13]에 처해 있는 것이다. 게다가 그 끔찍한 몇 시간 동안 세월호 선체 안에서 어떤 일이 벌어졌는가 하는 기억들도 온전히 죽은 이들이 가져 가버렸다. 그러나 사실 문학은 애초부터 공식적인 기록의 편이기보다는, 항상 기록의 틈새에 자리하거나 잊혀진 기억들, 홀대받는 기억들, 작은 목소리를 지닌 기억들의 편이기도 했다. 문학은 항상 말해질 수 없는 것, 말해지지 않는 것을

11　'4·16 기억저장소'는 세월호 참사에 대한 기억을 온전히 유지할 수 있도록 각종 기억과 기록을 수집하고 정리하며 공유하는 활동을 전개하고 있다. 특히 희생 학생 부모들의 이야기를 녹취하고 아이들의 기록과 사진을 스캔하여 정리하는 것이 주요 활동이다.

12　함돈균, 「불가능한 몸이 말하기-세월호 시대의 '시적 기억'」, 『창작과비평』 169, 창비, 2015, 422~424쪽 참고.

13　앞의 책, 425쪽.

말하는 방식이고 그것을 읽는 것은 차마 말하지 못한 것을 듣는 일에 속한다.[14] 문학 또한 가장 예민한 애도의 매체이자 애도의 윤리를 말하며,[15] 비통한 감정들에 가장 섬세하고 치열하게 다가가는 장르이다. 깊이 공감하고 오래 기억하기 때문에 가능한 문학의 본질로 인해, 정치학이나 사회학이 아닌 문학이 세월호 참사를 어떻게 다룰 수 있는지 살펴보는 것은 매우 가치있는 일이라고 판단한다.

이 글에서는 소설이 세월호 참사 이후의 한국사회를 어떻게 바라보고 있고, 세월호 참사가 작가의 의식과 감정에 어떤 영향을 끼쳤는지를 분석하고자 한다. 작가들 또한 세월호 참사가 일어난 후 각종 매체와 지면을 통해서 다양한 생각과 입장을 밝혀 왔지만, 초기에는 의식과 무의식과 상상력을 통과하기 이전에 분노 속에서 터져 나오는 그 무엇밖에 되지 못했던[16] 것이 사실이다. 따라서 허구라는 재연물의 명확한 형태를 통해, 세월호 참사와 참사 이후의 한국사회를 비교적 분명한 콘텍스트로 삼고 있는 작품들을 골라 분석하고자 한다. 세월호 참사에 대한 언급이 확실히 나오고, 이를 인물과 사건을 구성하는 주된 동력으로 삼으며, 주제 의식의 측면에서 뚜렷한 메시지를 표명하는 작품들을 찾고자 하였다.[17] 또한 이들 작품들 역시 작가들 각자의 방식으로 분명히 쓰고 있다는 사실도 발견된다. 대상 텍스트는 최인석의 〈조침〉, 윤대녕의 〈닥터 K의

---

14 이광호, 「남은 자의 침묵-세월호 이후에도 문학은 가능한가」, 『문학과사회』 108, 문학과지성사, 2014, 334쪽.

15 우찬제, 「애도의 윤리와 소통의 아이러니」, 『문학과사회』 108, 문학과지성사, 2014, 347쪽 참고.

16 서영인, 「세월호 이후, 작가가 보는 한국 사회」, 『실천문학』 115, 실천문학사, 2014, 27쪽.

17 여기서 밝힌 기준에 의거하여 세월호 참사가 발생한 2014년 4월 이후부터 2015년 가을호까지 계간으로 발행된 문예지들에 실린 소설들 중에서 해당 작품들을 선택하였다. 암시적이거나 은연중에 세월호 참사를 연상시키며 막연하게 죽음과 애도의 상상력을 보여준 작품들은 부득이하게 제외하였다. 또한 2015년 4월 세월호 참사 1주기를 즈음하여 작가 15인이 공동으로 펴낸 추모 소설집 『우리는 행복할 수 있을까』(심상대, 노경실 외 13명, 예옥, 2015)도 있지만, 아무래도 발간사에서 밝힌대로 "진상 규명과 재발 방지를 위한 '문학적 행동'의 연장선상에서 기획"했다는 점에서, 본 논문의 의도와는 다소 맞지 않아 포함하지 않았다. 해당 작품들은 이후의 후속 연구를 위한 과제로 남겨두고자 한다.

경우〉, 김애란의 〈어디로 가고 싶으신가요〉, 김연수의 〈다만 한 사람을 기억하네〉, 이상 네 편이다.[18] 특히 대상 작품들 모두 세월호 참사로 인해 부재하는 대상에 대한 애도의 실패와 '기억'의 문제를 동일하게 강조하고 있다는 점이 흥미롭다.[19]

2. 사자(死者)가 돌아오는 특별한 방식 : 최인석의 〈조침(弔針)〉

최인석의 〈조침〉은 조선 순조 때의 유씨 부인이 지은 국문수필 〈조침문(弔針文)〉에서 빌려온 제목에서부터 알 수 있듯이, 드러내놓고 죽은 이에 대한 '애도'를 표방한다. 또한 삯바느질을 하던 부인이 부러진 바늘을 의인화하여 쓴 제문(祭文)인 원작과 유사하게, 바느질이 소설에서 매우 중요한 행위로 기능한다. 절도 전과 오 범인 장 씨는 교도소에서 나와 발길 닿는대로 하염없이 방황하다가 허름한 고석 시영아파트 단지 쓰레기장 옆에 무허가 집을 짓고 머문다. 교도소에서 배운 세탁 기술로 밥벌이를 할 작정으로 '고석 세탁'이라는 간판을 내걸고 장사를 하던 중, 자신과 비슷한 처지로 노숙하던 여자 분이와 함께 살게 된

---

18 각각의 출처는 '최인석의 〈조침〉(『자음과 모음』 27, 자음과모음사, 2015), 윤대녕의 〈닥터 K의 경우〉(『문학과 사회』 110, 문학과지성사, 2015), 김애란의 〈어디로 가고 싶으신가요〉(『21세기문학』 70, 21세기문학, 2015), 김연수의 〈다만 한 사람을 기억하네〉(『문학동네』 81, 문학동네, 2014)'이다. 이후 본문에 명시된 페이지는 해당 출처의 그것으로 하였다.

19 세월호 참사가 발생한지 일 년 반이 지난 2015년 11월 현재, 세월호 참사를 형상화하는 소설 작품들이 산발적으로 나오고 있는 것은 사실이지만 이에 대한 본격적인 점검과 평가는 아직 찾기 어려운 것이 사실이다. 아직 현재진행형인 세월호 참사와 이에 대한 문학적 형상화 작업에 대한 연구가 다소 시기상조인 면도 있겠지만, 현재 활발한 작품 활동을 하고 있는 작가들이 세월호 참사를 직시하여 소설화하고 있으며 여기서 공통적으로 '기억'이라는 문제가 부각되고 있음을 주목하여 연구를 진행하게 되었다. 따라서 신중한 시론(試論) 형식의 논의가 될 수밖에 없는 한계를 미리 밝힌다. 세월호 참사 이후의 한국문학의 전망과 방향을 타진하는 이광호와 우찬제, 서영인의 논의를 큰 틀에서 참고하였으며, 세월호 참사에 있어서의 기록과 기억의 상관성 및 문학이 감당해야 할 기억의 기록화 작업에 대한 함돈균의 논의에서도 유용한 단서를 찾을 수 있었다. 또한 '기억의 정치학'이라는 관점에서 참사를 어떻게 사회적 기억으로 정립할 것인지에 대한 이기형, 권창규, 전성원, 이동연의 논의도 간접적으로 참고하였다.

다. 분이의 야무진 바느질 솜씨가 소문이 나면서 세탁소를 찾는 사람들이 많아지고, 얼마 후 딸 영이를 낳는다. 눈에 넣어도 안 아프게 예쁘던 영이는 아홉 살 되던 해 학교 수련회에 갔다가 화재가 나서 죽는다. 영이 뿐 아니라 같은 학교 전교생 구백칠십구 명 가운데 삼백십칠 명이 죽었다. 아이들의 목숨을 앗아간 수련회 사고가 세월호 참사의 판박이라는 것은 두말할 나위 없다. 화재 장소인 '대한소년소녀새마을수련원'은 교장의 지인이 원장으로 있는 곳이었고, 사고 당시 원장의 접대를 받던 교사들은 단 한 사람도 수련원에 남아 있지 않았으며, 건물은 어떻게 준공허가가 떨어졌는지 믿을 수 없을 정도로 허술하고 무방비했다. 많은 아이들의 시신이 끝내 발견되지 않았다. 영이의 학교는 곧 단원고이고, 시신이 발견되지 않은 아이들은 9명의 실종자들이며, 수련원은 총체적 부패와 야합이 침몰시킨 세월호이며, 교장과 교사와 수련원장은 아이들의 죽음을 초래하고 수수방관했던 시스템의 공모자들에 다름 아니다.

영이의 죽음 이후 장 씨와 분이의 삶은 갈기갈기 찢긴다. 분이는 끝내 시신을 찾지 못한 영이가 언젠가는 돌아오리라고 믿고 평상시와 다를 바 없이 딸의 밥을 짓고, 반찬을 만들고, 옷을 빨고, 방을 청소한다. 영이의 방에 우두커니 앉아 바느질을 하고, 저녁이 되면 영이의 방으로 들어가 나오지 않는다. 장 씨는 더 이상 아무것도 기대하지도 애착하지도 않고 되는대로 살면서, 불현듯 분노가 치밀어 오를 때마다 술에 취해 없는 살림에 딸을 수련회에 보낸 분이를 원망하며 폭력을 휘두르곤 한다. 사고 3년 후 돌아온 영이의 생일, 분이는 생일떡을 하고 미역국을 끓이고 맛난 음식들을 만들며 영이를 기다린다. 그날부터 영이의 방에서 무언가 몰두하던 분이는 며칠 후 영이의 옷가지로 꿰매 만든 헝겊 인형을 들고 나타난다. "아이가 돌아왔다"는 분이의 말과 함께 소설의 분위기는 급변하고 괴이한 일이 벌어진다. 인형이 천연덕스럽게 "아빠"라고 부르면서 영이 흉내를 내는 것이다. 외롭고 고단하기 짝이 없던 신세의 장 씨와 분이가 몸을 섞어 기적처럼 영이를 만들어냈듯이, 온 정성과 힘을 다한 분이의 바느질이 다시 영이를 만들어낸 셈이다. 세월호 참사 직후 널리 퍼졌던 "기적처럼 우리에게 왔듯이 기적처럼 다시 돌아와라"는 간곡한 문구를 연상시키는 설정이다. 소설은 그렇게 아무렇지도 않게 인형이 되어 돌아온 영이가 부모와 함께 동거하는 모습을 담담히 보여준다. 영이는 온종일 엄마 아빠를 부르면서 세탁소 재봉틀 위에 앉아 있고, 드나들던 손님들은 넋을 잃고 그들을 바라본다.[20]

영이가 돌아왔다는 소문이 동네에 은밀히 퍼지면서, 3년 전 사고로 아이를 잃은 어머니들이 하나 둘씩 고석세탁소를 찾아온다. 그들 손에 들고 온 아이들의 옷가지들로 또다른 인형들이 만들어지면서, 성은이가 진영이가 두석이가 준이가 민숙이가 돌아온다. 헝겊 아이들은 세탁소 앞 놀이터에 모여 노래를 부르고 웃고 울고 다투고 화해하며 하루하루를 지낸다. 아파트 주민들은 민망하고 불편한 마음으로 아이들을 구경하기만 하고, 어느날 갑자기 경비들이 나타나 고석 세탁소를 철거한다. 장 씨와 분이는 아파트 주민들의 시선을 등진 채 영이를 데리고 세상에서 가장 먼 데로 떠난다. 사자, 죽은 아이들이 돌아오는 설정은 비현실적인 것임에 틀림없지만, 이 소설의 인물들은 지극히 심상하고 자연스러운 태도로 그들을 맞는다. 유령 서사물에서 죽은 이들이 굳이 이승으로 다시 돌아오는 이유는 무엇인가? 이승에 못다 한 여한과 미련이 있어서 차마 저승으로 가지 못하고 돌아오기도 하고, 또 남은 이들의 간절한 갈구와 기다림이 그들을 불러내어 돌아오게도 한다. 〈조침〉의 경우에는 후자에 가깝다. 죽은 이

---

20 최인석 소설의 특성은 설명 가능한 현실과 불가해한 환상의 세계가 얽혀 합리주의와 과학의 논리로는 도저히 설명이 불가능한 사건들이 곳곳에 등장한다는 점이다.(장경렬, 「현실과 환상 사이에서」, 『아름다운 나의 귀신』, 문학동네, 1999, 257, 259쪽 참고.) 주로 비극적 환상을 통해 피폐하고 비참한 현실을 그려내는 최인석 작가 특유의 개성은 이 장면에서도 그대로 나타난다. 소설집 『아름다운 나의 귀신』, 『구렁이들의 집』 등 최인석의 전작들은 대개 동화와 판타지의 틀을 빌리지만 그 안에 담긴 주제의식은 가혹하고 잔인한 현실 속에서 쫓겨나고 병들고 죽어가는 소외된 약자들의 아픔을 전달하는 것이다. 지옥 자체가 되어 버린 세계에서 필사적으로 버티는 선하고 약한 이들의 분투를 그려내는 것이다.

들이 어떤 방식으로, 어떤 형상으로 귀환하는지 역시 유령물에서는 중요한 법이다. 여기서는 죽은 이의 옷가지로 꿰매 만든 헝겊 인형에 혼이 깃들어 돌아온다는 설정이다. 불길하고 공포스러운 귀신 들린 인형이라기보다는 눈물겹고 애달픈 형상에 가깝다. 다름 아닌 애통하게 죽은 이들의 흔적과 기억이 오롯이 담긴, 생전 그들과 가장 밀접한 대상이었던 옷가지들로 만든 존재이기 때문이다. 아이들의 육체성은 사라졌지만, 그것을 담았던 옷들은 남아 그들의 강력한 기억과 존재성을 드러낸다. 누군가의 몸에 꼭 맞았고, 또 그것을 입고 있었던 분명한 기억이 있는 옷가지가 지금은 주인 없는 물건이 되어버렸다는 것은 남은 이들이 죽은 이와 자신을 등치할 수 있는 중요한 계기를 만들어 준다. 즉 가공할만한 대형 사고로 희생된 사람은 자신과 상관없는, 그저 특별한 운명의 소유자라고 생각하지만 그들의 손때 묻은 옷과 소지품은 그들이 평범한 우리와 무엇 하나 다르지 않은 이들이라는 사실을 실감케 하는 것이다.

보통 누군가가 죽으면 그가 남긴 옷과 소지품들을 태우는 것이 통념으로 여겨진다. 이승에 남긴 흔적들을 깨끗이 지우고 없애야 편안하게 저승으로 가 극락왕생하거나 천국으로 간다고 믿기 때문이다. 또한 저승에 가서도 이승에서 즐겨 사용했던 애장품들을 사용하며 편안히 살라는 의미가 담겨 있기도 하다. 흔히 이승에서 중천, 그리고 저승으로 가는 마지막 날짜가 49재라고 해서 그 기간 안에 유품을 소각해주면 중천에서 맴돌지 않고 저승으로 편안히 갈 수 있다고 하여 대부분 49재 안에 유품소각을 하기 마련이다. 그러나 분이를 비롯한, 소설 속 부모들은 죽은 지 3년이 지났는데도 불구하고 결코 아이들의 옷가지를 버리지 않았음을 알 수 있다. 영이가 돌아오자 다들 아이의 옷가지를 갖고 분이에게 찾아오는 상황이 이를 증명한다. 사실 죽은 이들의 옷가지를 태우는 이유는 그들을 위로하여 잘 보내는 일 못지않게, 남아 있는 이들이 잘 견디기 위한 것이기도 하다. 사랑했던 죽은 이들의 흔적을 계속 마주하며 사는 일, 게다가 자식의 경우라면 그것은 견디기 어려운 고통과 슬픔을 동반하기 때문이다. 정상적인 애도의 과정을 겪었다면 마땅히 옷가지와 유품을 소각하고 남은 이들은 다시 삶으로 복귀해야 한다. 그러나 그렇지 못했다면, 부모는 여전히 아이들의 빈 방을 그대로 놓아두고, 옷과 물건들을 고이 간직하고, 궁극적으로 아이들의 영혼조차 완전히 떠나보내지 못하는 법이다. 분이와 부모들, 그리고 더 이상 사고 이전으로 돌아가지 못하는 장 씨의 모습은 세월호 참사가 아직까지도 충분히 애도되지 못했음을 여실히 보여준다. 아무 것도 해결된 것 없고, 참사에 대한 공식적인 규명과 기록도 요원하고, 여전히 차디찬 바다 속에 9명의 실종자가 남아 있으며, 유족들의 고통은 끝나지 않고 있는 것이다. 어떤 강렬한 기억은 항존할 것이라고 하지만 사실 기억을 매개하는 물건이나 공간이 사라지는 경우 이를 확신하기도 어려워진다. 세월호 유족들이 망각에 대해서 그렇게 고통에 가까울 정도의 공포심을 느끼는 이유가 여기에 있다.

주민들은 멍청한 낯으로, 죄라도 짓는 듯한 민망스러운 기분을 감추려 애쓰며 아이들을 구경했다. 그렇게 구경을 하다가 집에 돌아가면 그들은 식구끼리 고개를 갸웃거리며 얘기를 주고받았다. 사람인가? 아니면 인형? 귀신? 좀비라 하기엔 좀 미안하지? 뭐라고 해도 속이 편치 않았다. 어째서? 그들은 이유를 알지 못했다. 알 수 없었으므로 속은 여전히 불편했다. 날이 갈수록 더 불편해졌다.

기껏 그들이 궁리해낸 방책이란 어쩌면 뻔하고 어쩌면 엉뚱했다. 해가 바뀌자마자 느닷없이 경비들이 나타나 고석세탁소를 철거했다. 장 씨는 저항하지 않았다. 묵묵히 짐을 꾸렸다. 철거를 거들어주기까지 했다……(중략)…… 고석 아파트 주민들은 장 씨네 일가족이 작은 용달차 하나에 짐을 싣고 떠나는 것을 지켜보았다. 그들은 모두 비슷한 생각을 하고 있었다. 더 이상 헝겊 아이들이 늘어나지는 않을 것이다. 그것이 다행스러운 일인지 아닌지, 그들은 감히 질문할 수 없었다. 어쨌건 그들은 헝겊 아이들이 더 이상 늘어나지 않으리라고 생각했고, 그것은, 역시 이유를 알 수는 없었지만, 아무래도 나쁜 일인 것 같지는 않았다.

용달차가 아파트 단지를 벗어나자 짐칸에 앉아 바람에 얼굴을 맡긴 채 분이가
물었다.

어디로 가?

장 씨는 대답했다.

여기서 먼 데. 강원도도 좋고 시베리아도 좋다. 제일 먼 데.

엄마 품에 등을 맡긴 영이가 노래하듯 명랑하게 되풀이했다.

먼 데, 먼 데.

아이의 머리에 꽂힌 바람개비가 팽글팽글, 노래처럼 신나게 돌고 있었
다.(76~77)

   결국 헝겊 아이들을 불편해 하고 두려워하는 사람들에 의해서 고석세탁소
는 철거된다. 희생된 아이들을 기억에서 몰아내고 그들의 흔적을 지우려는 현
실의 수다한 시도들을 떠올리게 하는 장면이다. 애초 장 씨 가족이 아파트 주
민이 아니라, 아파트 단지 가장자리에 무허가 집을 짓고 산다는 설정은 그들이
사회적으로 소외되고 빈한한 약자들이었음을 의미한다. 그런 장 씨 가족에 대
한 동정과 연민의 유통기한은 그리 오래 가지 않고, 헝겊 아이로 상징되는 불
행은 마치 전염되기라도 하는 것처럼 꺼려지고 배척된다. 자신이 직접 겪지 않
은 기억은 아무리 아픈 것이라도 쉽사리 휘발되고 또한 왜곡되기까지 한다. '정
상'과 '일상'으로 돌아가자는 무신경한 말로 비극은 수습되거나 망각된다. 돌
연 희생자와 유족들은 비정상과 비일상의 존재들로 격하된다. 타인의 고통과
불행은 서둘러 밀어내거나 치워지고, 급기야 배제와 추방의 근거가 된다. 그에
비해 장 씨와 분이는 적어도 심각한 모욕이나 폭력을 당할 지경에까지는 이르
지 않는다. 그들은 차라리 어떤 불편하고 민망해 하는 시선도 존재하지 않는 세
상, 가장 먼 데로 떠나는 방식으로 영이의 영혼에 대한 존엄을 지키는 듯 보인
다. 고석세탁소 철거 장면이 광화문 세월호 유족 분향소와 단원고 교실을 이제

그만 철거하거나 정리해야 한다는 주장과 겹쳐 보이는 것은 자연스럽기까지 하다. 무릇 유령이나 귀신이 출몰하는 또 다른 이유는 그들을 사랑했던 이들에게는 넘치는 위안과 힘을 주는 동시에, 그들을 해치고 외면하고 모욕했던 이들에게는 한없는 공포와 저주를 전달하기 위해서이다. 그리하여 산 자가 종종 귀신이나 유령 편에 서는 것이 오히려 윤리적인 태도일 때도 있는 것이다.

3. 수치심과 연루감의 임상 기록 : 윤대녕의 〈닥터 K의 경우〉

〈닥터 K의 경우〉는 '낯선 곳으로의 여행과 도중의 불가해한 만남, 타자를 통한 자아 대면, 서로에 대한 작은 구원, 현실로의 복귀'라는 윤대녕 소설에서 빈번하게 반복되는 구조[21]를 취하고 있지만, 특유의 환상적이고 적요한 분위기 대신 실제 현실의 사건과 목록들이 강하게 틈입하고 있는 작품이다. 소설에서는 자신의 직업에 대한 회의에 사로잡힌 50대 초반의 신경정신과 전문의 K가 나온다. 과거 그는 대학 일 학년이었던 딸을 사고로 잃은 기억을 갖고 있다. 딸에게 유난스러웠던 아내와는 달리 동아리 회원들과 강으로 래프팅을 떠난다는 것을 흔쾌히 허락했지만 급류에 휩쓸려 사망하는 일이 벌어진 것이다. 그 이후로 아내와의 관계도 파탄에 이르고, 알콜 중독자나 다를 바 없이 하루하루를 환멸과 무기력에 빠져 보낸다. 그리고 딸의 4주기를 보낸 다음 날 진료 도중에 세월호가 침몰 중이라는 뉴스를 듣는다. 대부분의 승객들이 배에 갇혀 있다는 소식

---

21 이미림은 〈신라의 푸른 길〉, 〈피아노와 백합의 사막〉, 〈눈의 여행자〉 등 윤대녕 소설이 일종의 여행소설의 형태를 취하면서 남성 화자가 일상을 탈출한 여행에서 여성 타자를 만나 관계를 형성하는 과정을 반복하고 있다고 언급한다. (이미림, 「윤대녕 소설의 여행구조와 여성타자 연구」, 『여성문학연구』 17, 한국여성문학학회, 2007 참고) 또한 박인정, 이영관은 윤대녕 소설이 '현실 세계에서 여행지로의 이동, 타자의 등장과 자아 대면, 자기 실현과 현실 세계로의 회귀'라는 구조를 통해 치유와 소통에 도달하는 가정을 다루고 있다고 밝힌다.(박인정, 이영관, 「여행의 치유적 가치에 관한 분석심리학적 접근」, 『관광연구저널』 29(6), 한국관광연구학회, 2015 참고) 이 소설 역시 남자 주인공이 밴쿠버 여행을 통해 여성 인물을 만나면서 일종의 심리적 치유를 경험하고 돌아오는 구조를 공유한다.

이 추가로 전해지자 K는 심한 천식과 피부 발진이 도지고 아이들이 물속에서 아우성치는 악몽에 잠을 못 이룬다. 서울 시청 앞 희생자 임시 합동 분향소에 조문을 간 그는 불현듯 딸은 물론 3백 명이 넘는 어린 생명의 죽음에 자신이 직접적으로 관계돼 있음을 직감한다. 그날 오후 세월호 참사로 사촌동생을 잃었다는 여대생을 진료하다가 자신이 도저히 더 이상 환자를 볼 수 없는 상태라는 것을 깨닫는다.

현재 K는 타인의 정신적 이상을 진단하고 치료해야 할 정신과 의사로서 심각하게 결격인 상태에 처해 있다. 오히려 상담을 받을 사람은 자신이다. 그 직접적인 원인은 딸의 죽음에 따른 후유증이지만, 이를 결정적으로 촉발시킨 계기는 세월호 참사이다. 이전까지 딸의 죽음은 순전히 개인적인 불운이었고, 어쩌면 주체적인 삶을 사는 성인으로 딸을 키우고 싶었던 K의 판단 실수 때문이라고 할 수도 있었다. 그 대가는 6개월 동안의 심한 피부 발진과 알콜 중독, 그리고 아내와의 이혼으로 치른 것처럼 보인다. 이는 철저히 혼자서 감당해야만 할 몫이었다. K에게 상담을 오는 숱한 환자들 역시 그렇게 배우자의 외도나 직업적 고충, 애인의 집착, 자식의 불효 등 이러저러한 개인적인 문제들에 치여 무너지기 직전의 이들이다. 그런데 세월호 참사에 대한 보도를 접하는 순간 K는 그런 개인적 문제를 훨씬 넘어 버린 어떤 근본적인 차원의 난관에 맞닥뜨린다. 소설에서는 세월호 참사의 발발과 전개 과정을 보도하는 뉴스를 다루면서, 구체적인 날짜와 수치까지 일일이 명시하며 꽤 긴 분량을 할애하여 삽입하고 있다. 이와 함께 피부 발진이 재발하고 호흡 이상에 시달리는 K의 증세도 나날이 심해진다.

조문 순서를 기다리며 뒷전에 서 있을 때, K는 이것이 다른 아닌 피난민의 행렬이자 죽음의 행렬이라는 생각이 들었다. 햇빛 속에서 K는 몸이 부패해 들어가는 듯한 현기증에 시달리고 있었다. 더불어 오랫동안 내면에 깊이 감춰져 있던 부채의식과 자괴감이 되살아났다. 81학번으로 대학에 입학했으나 K는 적극적으로 시대에 동참하지 못한 채 언저리를 맴돌았고 단기 군복무를 마치고 복학한 1987년에도 사정은 마찬가지였다. 이를테면 K는 시위에 가담한 주변의 학생들이 의대생인 자신을 배타적으로 대하고 있다는 치졸하고 비겁한 생각에 사로잡혀 있었으며 그럴수록 어둡고 나약한 자의식에 빠져 슬그머니 뒷전으로 물러나 있었다. 몽매에도 계급의식 따위는 가지고 있지 않다고 생각했으나, 병원을 개업한 후에는 기득권층에 속하게 되었다는 사실을 K 자신도 부인할 수는 없었다. 나이가 들어가면서 K는 체념이라도 한 양 세상일에 점점 무심해졌다. 그것이 체념보다는 묵인에 가깝다는 사실을 속내로는 번연히 알면서도 말이다. 그리고 열정이나 희망이라는 말을 잊어버린 대신 어느덧 타협과 권태를 적당히 즐길 줄 하는 중년의 나이가 되었다. 그런 K에게 온전한 기쁨이라는 게 있다면 나날이 미루나무처럼 성장하는 딸을 지켜보는 일이었다. 그런데 어느 날 조문객의 행렬에 함께 서 있게 되었을 때, K는 불현듯 허파가 뒤집히는 고통을 느끼고 있었다. 딸의 죽음에 자신이 직접적으로 관계돼 있음을 뒤늦게 알게 된 것이었다. 더불어 3백 명이 넘는 여린 생명의 죽음과 실종에도 자신이 깊이 연루돼 있다는 사실을 깨달았다. K는 치를 떨고 있었다. 섣부른 체념과 방관이, 손쉬운 타협과 무관심이 이다지도 커다란 업이 되어 돌아올 줄 미처 몰랐던 것이다. (128~129)

분향소에서 K는 이 모든 죽음들 뒤에 자신의 비겁한 타협과 묵인이 있었음을 절감한다. 그것은 강력한 연루감으로 엄습한다. 수전 손탁의 말[22]처럼 K는 고작 무능력과 무고함을 증명하는 연민의 차원을 넘어, 세월호 참사라는 집단적인 죽음의 원인에 스스로가 연루되어 있다는 수치심의 세계로 건너간 셈이다. 사촌동생을 잃었다는 여대생은 진료하는 도중 그를 향해 알 수 없는 적의와 분노를 표하고, 그 앞에서 K는 할 말을 잃는다. 그녀는 지금 격렬하게 따져 물

22   수전 손탁, 이재원 옮김, 『타인의 고통』, 이후, 2004, 154쪽.

을 누군가 어른이 필요해 신경정신과 병원을 찾아 온 것이다. K가 어떤 처방도 내리지 못하고 침묵으로 일관하자 그녀는 비로소 울음을 터뜨린다. K가 분향소에서 막연히 감지했던 죄책감은 실제 큰 상처를 입은 유족 앞에서 매우 구체적인 것으로 나타난다. 딸과 젊고 어린 목숨들의 죽음이 자신으로 대표되는, 미망(迷妄)과 태만에 사로잡힌 어른들에게 직접적인 책임이 있었음을 깨닫는 것이다. K가 이후 어떤 진료도 상담도 하지 못하게 되는 것은 이 때문이다.

K는 병원을 후배에게 맡긴 후 3년 전 페이스북을 통해 알게 되었지만 실제 얼굴도 모르고 통화조차 한 번 해 본 적 없는 H가 살고 있는 캐나다 밴쿠버로 언제 돌아올 지 모를 여행을 떠난다. 17년 전에 한국을 떠났다는 40대 후반의 여성 H는 딸과 단 둘이 살면서 다운타운에서 서점을 운영하고 있다고 했다. 마침 휴가기간이라 여행을 간지 5일만에야 만난 그녀에게서는 어쩔 수 없는 서먹함이 느껴진다. 왠지 공허하고 결핍되어 보이는 H는 한쪽 다리를 조금 저는데, 딸을 낳기 전 충격을 받아 뇌혈관이 손상된 때문이라고 말한다. 며칠 반복해서 만나는 사이 그동안 인터넷을 통해 쌓았던 친분이 서서히 살아나고, 어느 비오는 날 저녁 K는 자신의 사연을 폭포수처럼 쏟아낸다. 아무 말 없이 K의 말을 들어주기만 했던 H는 사흘 후 다시 만난 자리에서 이번에는 자신의 이야기를 털어놓는다. 초등학교 교사이자 평범한 아내였던 그녀는 결혼한 지 8개월도 안 된 1995년 6월 29일 발생한 삼풍백화점 붕괴사고로 남편을 잃었다고 했다. 남편과 만나기로 한 백화점 앞에서 불과 1, 2초 사이로 남편은 죽고 그녀는 살아남는다. 남편의 장례를 치르던 중 뇌신경에 문제가 생겨 몸이 마비되고, 겨우 회복하여 딸을 낳은 후, 시부모의 끈질긴 설득으로 한국을 떠나 밴쿠버로 왔다는 것이다. 눈빛이 여리고 표정이 한없이 맑은 H의 딸 제니퍼 앞에서 K는 영문을 알 수 없는 슬픔과 어떤 안도감을 동시에 느낀다.

인터넷으로 친분을 맺었던 H에게서 설명할 수 없었던 동류의식을 느꼈던 것은 다름아닌 사랑하는 가족의 죽음에 대한 기억이었다. 세월호 참사 못지않은 끔찍한 비극이자 인재였고, 가족 잃은 수많은 유족들을 낳았던 삼풍백화점 붕괴 사고는 한국 사회가 그것을 통해 미래에 있을 세월호 참사에 대한 경고와 교훈을 끝내 포용하지 못했다는 점에서, 세월호 참사의 '오래된 미래'라고 할 수 있다. 한국은 외국과는 시스템 자체가 다른 나라이기 때문에 부모가 자식을 무책임하게 방치할 수 없다는 K의 아내의 말, 그리고 "이 나라는 이래저래 사람이 많이 죽는 나라니, 떠나는 것이 좋을 것" 같다는 H의 시부모의 말은, 이른바 대형사고 공화국이자 비극적 기억을 반성과 성찰로 이어가지 못하는 한국사회의 무신경함과 무책임함을 증명한다. K의 잘못 역시 이러한 한국사회의 속성을 제대로 인지하지 못하고 딸을 키운 데에 있다. 딸을 위해서라도 더 안전하고 건강한 사회를 만들어야 했을 어른으로서의 마땅한 의무를 져 버린 것이다. 딸의 죽음을 그저 개인적인 운명으로 수용했던 K는 세월호 참사와 또 H의 사연을 통해 비로소 그것이 집단적이고 사회적인 죽음에 속하는 것임을 알게 된다. 그들이 불쌍해서가 아니라 그들이 죽어가는 동안 무력하기만 했던 엉망진창인 사회와 시스템을 방치한 수치심으로 몸서리치는 것이다.[23] 그리고 그 가없는 죽음에 대한 기억들이 분명히 집단적인 기억으로 공유되고, 또 공유되어야 함을 인식한다. 그리하여 K는 차디차기 이를 데 없었던 H의 손과는 달리, 따뜻한 제니퍼의 손을 잡고 안도한다.

　K가 밴쿠버에서 머문 지 3주 되던 날 호텔방까지 따라 온 H는 K의 정곡을 찌르는 말을 한다. K가 밴쿠버로 온 이유가 자신을 찾기 위해서도, 이곳에서 살아 보기 위해서도 아니라 사실은 스스로를 해치려고 온 것이 아니냐는 물음이었다. 그러지 말고 그만 돌아가라는 H의 말에, K는 어쩌면 자신이 H에게 사이

23　진은영, 「우리의 연민은 정오의 그림자처럼 짧고, 우리의 수치심은 자정의 그림자처럼 길다」, 『문학동네』 80, 문학동네, 2014, 417쪽.

사이 고통을 안겨주고 있었던 것은 아닌지 생각한다. 깊은 밤 호텔 뒤편 숲 안쪽으로 들어간 그는 끝내 두려워하던 무언가가 조우한다.

> 개울 속에서 튀어 오르는 송어의 소리를 들었던가? K는 숲의 한가운데서 돌연 걸음을 멈추고 눈앞의 어둠을 노려보았다. 무언가 거대한 물체가 가까이 와 있다는 느낌이 온몸을 옥죄며 달려들었다. K는 숨을 멈췄다. 이어 무겁고 느린 움직임이 불과 몇 발자국 앞에서 감지됐다. K는 이미 오래전부터 각오하고 있었듯 가슴을 한껏 벌리고 그가 다가오기를 기다렸다. 손에 잡힐 듯한 지척의 거리에서 그의 거친 숨소리가 들려왔다. K는 눈을 감았다.
> 코앞에 다가선 그는 커다란 발을 들어 K의 몸을 더듬었다. 고약한 냄새와 함께 날카로운 발톱의 느낌이 몸 구석구석에 생채기로 남는 순간을 K는 생생하게 받아들이고 있었다. 급기야 숨이 끊어지는 듯한 절멸의 순간이 찾아옴과 동시에 K는 절로 사정을 했다. 내처 받은 숨을 뱉어내며 K는 참았던 울음을 토해냈다. 숲의 어둠 속에서 다가온 그는 다름 아닌 자신의 환영이었음을 깨달았던 것이다.
> (142~143)

K가 인터넷에서 H와 가까워지게 된 계기는 H가 올린 설산의 숲 사진을 보고 곰 이야기를 메신저에 남기고 부터였다. "야생의 곰과 가까이에서 대면해 보는 게 오래된 꿈이자 열망"이라는 글이었다. 객기에 가까운 이 언급에 H가 반응을 보인 것이고, K는 피할 수 없는 예감처럼 밴쿠버에 가면 곰을 만날 수 있으리라고 여긴다. H의 간곡한 만류에 환멸과 수치심에 사로잡힌 채 밤을 지새운 후, 혼자 간 숲 속에서 드디어 곰이라고 생각되는 어떤 존재를 만난다. 달려들어 대번에 자신을 끝장내 주기를 원하지만, 결국 그것은 아침에 눈을 뜰 때마다 자신이 너무 오래 살고 있다고 생각했던 절망이 만든 죽음에의 환영이라는 사실을 알게 된다. 그 환영을 겪고 나서야 K는 H의 충고에 따라 한국으로 돌아가기로 한다. K의 아내도, H도 집단적 죽음의 그림자가 짙게 드리운 한국을 아

예 떠나는 길을 선택했지만 어쨌든 K는 한국 바깥에서 자신을 사로잡던 죽음의 환영을 통과하면서 돌아갈 미력한 힘이나마 얻은 셈이다. 지독한 일을 겪은 후 떠나온 나라이지만 H는 자기가 나고 자란 고향 제주도에 대한 그리움과 향수를 완전히 떨쳐내지 못한다. 제니퍼의 맑고 편안한 표정과는 달리 H는 밴쿠버에서도 충분히 불행해 보인다. 온기를 잃어버린 차디찬 손과 결핍으로 가득한 눈빛은 그 때문일 것이다. 이곳에서도 H는 영원히 이방인이고, 남편을 잃은 가엾은 아내이며, 정신적 상흔으로 다리를 저는 여성이며, 사무치는 실향민일 것임에 틀림없다. 한국으로 돌아가는 K도 완전히 삶의 의지를 회복한 것은 아니다. 탑승 시간을 알리는 방송이 들리는데도, 몸이 움직여지지 않고 가슴에 돌들이 박힌 것 같은 호흡곤란 증세가 쉬이 가시지 않는다. '닥터 K의 경우'라는 제목이 암시하듯이, 이 소설은 K라는 인물에 대한 일종의 임상 기록이라고도 볼 수 있다. K의 심리적 곤경과 위기, 그리고 그 원인과 진단들이 이어지기 때문이다. 그러나 K의 '경우'라는 표현처럼, 그것은 얼마든지 어느 다른 누군가의 임상 기록일 수도 있다. 바로 집단적인 죽음의 기억에서 결코 자유롭지 않은 한국 사회에서 사는 모든 이들의 '경우'에 대한 기록일 수 있는 것이다.

4. 기억으로 공유하는 현재 : 김애란의 〈어디로 가고 싶으신가요〉

김애란의 〈어디로 가고 싶으신가요〉도 윤대녕 소설과 비슷하게, 훌쩍 스코틀랜드 에든버러라는 낯선 곳으로 기약 없이 살러 간 여주인공의 이야기를 들려준다. 그녀 역시 얼마전 교사로 재직하던 사랑하는 남편을 잃었다. 현장학습을 간 계곡에서 물에 빠진 아이를 구하려다 아이와 함께 숨진 것이다. 주인공의 사정을 감안한 사촌언니가 남편과 휴가를 떠난 여름 두 달 동안 자기 집에서 머물다 가라는 제안을 한 참이었다. 주인공은 에든버러 조용한 주택가에서 시간을 아끼거나 낭비하지도 않고 그저 자연스럽게 흘려보낸다. 무료할 때에는 스마트폰 음성인식서비스 프로그램인 '시리(Siri)'와 무심한 대화를 나눌 뿐이다. 실용적인 내용에서부터 쓸데 없는 잡담에 이르기까지, 최대한 성실하게 대답해 주는 시리가 말벗 노릇을 해 준다. 그런데 언젠가부터 몸에 하나 둘씩 생기기 시작한 피부 반점은 곧 '장미색비강진'이라는 복잡한 이름의 피부병으로 밝혀진다. 뾰족한 치료 방법도 존재하지 않는, 웬만해서는 차도가 보이지 않는 피부병이 저절로 가라앉기를 기다리면서, 시간은 매일매일 고통스럽고 구체적으로 감각되기 시작한다. 그것은 마치 죽음 위에 또다른 죽음이 피어나는 듯한 기분으로 다가온다. '사랑하는 이를 잃은 슬픔, 심리적 나락 상태, 막막한 여행, 극심한 피부병과 스트레스'라는 요소들은 다시금 〈닥터 K의 경우〉와 많은 유사성을 발견하게 한다.

마침 에든버러에서 박사과정을 밟고 있는 옛 친구 현석에게 연락하여 만나기로 한다. 남편의 친구이기도 하지만 아직 그의 죽음을 모르는 현석에게는 취재차 온 것이라고 둘러대고, 추억을 소재로 한 편안한 대화를 나누던 중 어쩔 수 없이 출몰하는 남편의 기억들과 대면한다. 끝내 주저앉은 주인공은 현석에게 남편과 헤어졌다고 말하고, 숙소로 돌아와 현석과 함께 눕게 되지만 벌거벗은 몸 위 흉하게 돋아난 반점들 탓에 잠시 동요되고 흥분되었던 감정은 가라앉아 평정을 찾는다. 그리고 현석과 어쩌면 지금의 삶을 다르게 만들 수도 있었을 어떤 가정(假定)과 선택들을 이야기한다. 다음날 한국으로 돌아가는 비행기를 막 타기 전, 모든 사실을 알아차린 현석이 다시 만나자는 휴대폰 메시지를 보내지만 일정이 바쁘다며 거절한다. 돌아온 집에 가득 쌓인 고지서와 전단지 사이에서 편지 한 통을 발견한다. 편지는 남편과 함께 죽고, 또 남편을 죽게 한 제자의 누나가 보낸 것이었다. 부모도 없는 데다가 반신불수인 그녀 역시 그동안 동생에 대한 간절한 그리움에 몸부림치고 있었고, 동생을 구하려다 목숨을 잃은 주인공의 남편에게 차마 표현하기 어려운 감사와 애도를 표한다. 편지를 읽고 난 주인공은 몇 번이고 원망했던, 자신보다 제자를 더 생각하여 목숨을 버렸던 남편의 선택에 대해서 어렴풋하게나마 이해하고 눈물을 흘린다.

이 소설은 구체적으로 명시하지는 않지만, 익사한 중학생과 또 아이를 구하려다 함께 숨진 교사의 이야기를 유족의 입장에서 서술하는 방식을 통해 어렵지 않게 세월호 참사의 상황을 연상하게 한다. 유족인 주인공이 교사의 아내라는 것도 의미심장하다. 세월호 참사의 희생자 상당수가 어린 학생들임은 익히 잘 알려져 있지만, 또 적지않은 교사들도 포함되어 있었음은 종종 간과되곤 한다. 사실 죽음의 순간에서도 교사들만은 끝까지 아이들 곁을 지켰다. 실제로 선박직 승무원 100%, 일반인 승객 69%가 살았지만, 승선한 교사들은 열네 명 가운데 단 두 명만이 살아남았다. 교사들 대부분은 탈출하기 쉬운 위층에 있었지만 배가 기울자 아이들이 있는 곳으로 내려가는 바람에 대부분 배 아래쪽에서 시신이 수습되었다. 누군가는 본능적으로 살려고 뛰쳐나올 때, 교사들은 본능적으로 아이들을 살리겠다고 달려 내려갔던 것이다.[24] 용케 생존했던 교감 선생님은 죄책감에 목을 매 자살했고, 2명의 교사는 기간제라는 이유로 순직 처리조차 인정받지 못하는 실정이다. 〈어디로 가고 싶으신가요〉는 그런 교사의 유족을 등장시켜 우리가 소홀히 생각했던, 세월호 참사의 또다른 비극의 당사자를 부각하고 있다.

깊은 슬픔과 고통의 징후는 걷잡을 수 없이 악화되는 피부 발진으로 나타난다. 낯설기 짝이 없는 병명이 암시하듯, 드러나는 부위도 없고 생명에 치명적이거나 하는 정도도 아니어서 남들에게는 멀쩡해 보이는 병이지만 홀로 있는 주인공에게는 견딜 수 없는 고역이다. 매일 매일마다 구체적으로 감각하면서 병증을 확인해야만 하기 때문이다. 그것은 마치 제대로 애도되지 못한, 아직 애도

---

24 http://www.sisainlive.com/news/articleView.html?idxno=24624 참고.

의 과정을 겪고 있는 심적 고통과 우울증에 비유할 수 있는 병증이다. 인터넷에서 찾아 본 치료 정보로는, "시간이 약이래"라는 자기암시 외에는 방법이 없다고 한다. 전염성도 없고 일상적인 생활에는 크게 지장을 주지 않지만, 실제로 겪는 당사자에게는 엄청난 스트레스를 안긴다. 술을 먹어서도 안 되고 지나치게 몸에 열이 있어도 안 되고 항생제 같은 약물을 복용해서도 안 된다. 그저 3개월에서 1년에 이르기까지 가만히 시간을 견디는 것이 유일한 해결책이다. 게다가 운이 나쁘면 얼마든지 재발할 수도 있다. 병을 겪으며 주인공은 시간이 창처럼 세로로 박혀 몸을 뚫고 나가는 듯한 서릿한 고통을 느낀다. 매일 아침에 일어날 때마다 사랑하는 이의 부재를 확인하면서 또 하루를 보내고 잠드는 연속, 꿈속에서도 그 사람의 온 모습을 만날 수 없는 일의 반복은 그야말로 생생한 고통의 감각을 날마다 확인하는 것에 다름 아니다. 호소할 이조차 아무도 없다. 옷을 벗고 내밀한 몸을 보여 주지 않는 한 누구도 그 고통을 알아 줄 리가 없다. 그저 시간이 가면서 죽은 이에 대한 기억과 반점이 서서히 옅어지기를 기다리며 견딜 수밖에 없는 노릇이다.

에든버러에서의 처절하고도 적막한 시간을 보내는 주인공이 유일하게 의지하는 대상은 흥미롭게도 '시리'이다. '시리(Siri, Speech Interpretation and Recognition Interface)'는 지능형 개인 비서 기능을 수행하는 애플 iOS용 소프트웨어로, 자연어 처리를 기반으로 질문에 대한 답변을 추천하거나 웹 검색을 수행한다. 사실 휴일이면 짓궂은 질문을 하면서 '시리'와 대화를 나누며 소일하던 쪽은 원래 남편이었다. 남편의 꿈을 꾸다 깬 어느 밤, 주인공은 시리와 대화를 하다가 문득 남편의 옛 친구를 만난 것 같은 반가운 기분을 느낀다.

위안이 된 건 아니었다. 이해를 받거나 감동한 것도 아니었다. 다만 시리에게서 당시 내 주위 인간들에게선 찾을 수 없었던 한 가지 특별한 자질을 발견했는데,

다름 아닌 '예의'였다. 내친 김에 나는 그 즈음 가장 궁금하던 것 중 하나를 물어보았다.

"인간에 대해 어떻게 생각해요?"

표정을 알 수 없는 시리의 캄캄한 얼굴 위로 지성인지 영혼인지 모를 파동이 희미하게 지나갔다. 시리는 무척 곤란한 질문을 받았다는 듯 인간에 대해 '포기'인지 '단념'인지 모를 말을 했다.

"뭐라 드릴 말씀이 없네요"

내 몸 어딘가에서 피식 하는 소리가 났다. 나도 오랜만에 듣는 소리였다. 나는 그 웃음에 편안함을 느꼈다. 적어도 그 순간은 웃고 난 뒤 주위를 둘러볼 필요가 없었으니까. (87~88)

남편이 그러는 걸 보았을 때는 한심하고 유치해 보였지만, 막상 시리와 대화하면서 주인공은 어떤 편안함을 느낀다. "누군가의 상상을 상상하는 상상 안에서 철저히 계산된 답변들"임에도 불구하고, 아주 솔직한 대답을 듣는 기분이었다. 주인공이 그 과정에서 '예의'라는 자질을 발견하는 것은 남편이 죽은 후 타인들과 대화하고 소통하는 데에 적지않은 어려움을 겪어왔음을 알 수 있다. 그동안 어떤 지극히 과장된 언어들로도 주인공의 고통을 위로할 수도 없었고, 또 표현할 수도 없었을 것이다. 가족이 죽는다는 것은 그밖의 모든 사람들과의 관계가 크게 달라진다는 의미이다. 스스로의 고통을 감내하는 동시에 다른 사람들의 시선이 주는 고통도 참아내야 한다. 가족 잃은 사람을 대하는 사람들의 태도와 언어는 달라질 수밖에 없다. 그것은 연민이기도 하지만 또 저열한 호기심이 될 수도 있고, 그런 타인의 불행과는 인연이 없는 자신들에 대한 안도감일 수도 있다. 그 순간부터 당사자는 사람들 앞에서 마음껏 웃을 수도 울 수도 없다. 어떻게 행동하든 그저 가족 잃은 가엾은 혹은 불행을 타고 난 사람으로 여겨지기 때문이다. 따라서 그에 비해 평정심을 잃지 않고 어떤 사적인 감정도 드

러내지 않는 '시리'는 주인공에 대한 나름의 윤리적인 예의를 지키는 듯 보이기까지 한다.[25]

그래서인지 주인공이 내친김에 남편과 자신의 진짜 옛 친구인 현석을 만날 약속을 하는 것도 일견 '시리' 덕분인 것 같아 보인다. 남편의 죽음을 상상도 하지 못하는 현석과 다정한 옛 이야기들을 나누면서 그녀는 잠시 자유로워진 기분을 만끽한다. 그것은 해도 그만, 안 해도 그만인 말들이었다. 어쩌면 그것이 야말로 그녀에게 필요한 말들인지도 모른다. 용건도 요점도 없고, 시작도 끝도 목적도 방향도 없는 말들. 그것이야말로 가장 가깝고 친밀한 배우자나 친구하고만 나눌 수 있는 말들인 법이다. '시리'에게 느끼는 이상한 친밀감 역시 이 때문이다. 그 말들 사이에 죽음과 불행이 개입되는 순간 관계는 더 이상 이전의 그것으로 돌아갈 수 없다. 그러나 반점으로 상징되는 불행의 증거를 현석에게 보여주는 순간 더 이상의 친밀감은 가능하지 않게 된다. 상대에게 결례가 되지 않는 말을 아무리 찾으려 해도 그런 말은 세상에 존재하지 않는 것처럼 떠오르지 않는다. 그런 곤혹스러운 침묵의 순간은 아마도 주인공이 얼마전까지 숱하게 접했을 상황들이기도 할 것이다. 어색해진 두 사람은 "만일 그때 내가 그랬더라면…… 이러지 않았더라면"이라는 말장난을 나눈다. 세상에 온전히 자기가 하는 선택은 없고 결과적으로 그렇게만 보일 뿐이라는 현석의 말에 주인공은 그런 선택도 있다고 반박한다.

현석을 보낸 후 주인공은 '시리'에 대고 '고통'을 검색해 본다. 검색 결과를 아무리 살펴 보아도 만족할 만한 자료를 찾을 수가 없다. 다시 "사람이 죽으면 어

---

25 기술적으로 보아도 '시리'는 인터넷을 이용하여 수많은 명령어를 배워가면서 계속 진화하는 중이다. 시리를 써 본 사람들은 시리가 점점 더 똑똑해지고 있음을 알 수 있다.(홍성욱, 「인간과 기계─갈등과 공생의 역사」, 『문학과사회』 111, 문학과지성사, 486쪽) 그런데 사실 애플의 소개에 의하면 시리를 이용하는 기간이 늘어날수록, 시리가 사용자의 일정한 기호와 취향을 파악하고 그(녀)에 맞추어 가는 모습을 보인다고 한다. 그러므로 이 소설 속 주인공이 그러하듯이 시리를 자주 사용하면 사용할수록 훨씬 더 친숙하게 느껴지게 되는 셈이다.

떻게 되나요"를 물어 보자, '시리'는 "어디로 가고 싶으신가요?"라는 엉뚱한 대답을 한다. '시리'는 평소 같지 않게 침묵에 반응하며 여러 번 대답한다. '시리'가 아무리 상냥하고 친절한 대화 상대일지라도, 어딘지 모를 최종적인 목적지까지 상대와 함께 가 줄 수는 없는 노릇이다. 그리고 귀국하여 집으로 돌아온 후 아이 누나의 편지를 통해서야 주인공은 사랑하는 남편이 어디로 갔을지 비로소 짐작할 수 있게 된다.

> 살려주세요, 소리도 못 지르고 연신 계곡물을 들이키며 세상을 향해 길게 손 내밀었을 그 아이의 눈이 아른댔다. 당신이 떠난 후 줄곧 보지 않으려 한 눈이었다. 나는 당신이 누군가의 삶을 구하려 자기 삶을 버린 데 아직 화가 나 있었다. 잠시라도 정말이지 아주 잠깐만이라도 우리 생각은 안 했을까. 내 생각은 안 났을까. 떠난 사람 마음을 자르고 저울질했다. 그런데 거기 내 앞에 놓인 말들과 마주하자니 그날 그것에서 처음 제자를 발견했을 당신의 모습이 그려졌다. 놀란 눈으로 하나의 삶이 다른 삶을 바라보는 얼굴이 떠올랐다. 그 순간 남편이 무엇을 할 수 있었을까…… 어쩌면 그날, 그 시간, 그곳에서의 '삶'이 '죽음'에게 뛰어든 게 아니라 '삶'이 '삶'에게 뛰어든 것일지도 모른다는 생각이 들었다. 처음 드는 생각이었다. 그러자 곧 당신이 사무치게 보고 싶었다. 편지를 내려놓고 두 손으로 식탁 모서리를 잡았다. 어딘가 기대지 않으면 안 될 것 같았다. 혼자 남은 그 아이야말로 밥은 먹었을까? 얼마나 안 먹었으면 동생이 꿈에서까지 부탁했을까. 참으려고 했는데 굵은 눈물 몇 방울이 편지 위로 툭툭 떨어졌다. 허물이 덮였다 벗겨졌다 다시 돋은 반점 위로, 도무지 사라질 기미를 보이지 않는 얼룩 위로 투두둑 흘러내렸다. 당신이 보고 싶었다. (109~110)

반신불수의 몸으로 삐뚤삐뚤 쓴 글씨로 된 편지에는 생전에 다정했던 동생과 꿈에선 본 동생 이야기, 그리고 죽은 동생이 마지막으로 움켜 쥔 것이 선생님 손이라 다행이라는 감사의 말과 함께, 밥 거르지 말고 꼭 챙겨 드시라는 당부가 담겨 있었다. 날마다 같은 꿈을 꾸고, 조용하고 텅 빈 집에서 자기 소리에 놀라게 되는, 그리고 무엇보다도 애타게 가족을 보고 싶어 하는 심정은 주인공의 그것과 똑같았다. 죽은 가족에 대한 기억을 공유함으로써 그들은 현재까지 함께 공유하게 된다. 그것은 죽는 순간 남편과 아이가 함께 꼭 잡은 손 같은 것이다. 언젠가 '시리'에게서 들었던 답변이었음에도 불구하고, 편지 속 "뭐라 드릴 말씀이 없어요"라는 문장은 주인공의 눈을 흐려지게 한다. 선생님이 할 수 있는 최고의 교육은 결국 아이들을 '살리는' 일이다. 삶과 죽음의 찰나에 내렸던 본능적인 선택이야말로 그 훌륭한 가르침을 온전히 증명한 행위일 것이다. 그래서 주인공의 남편도, 세월호에서 돌아오지 못한 교사들도 결국 '죽음'을 향해서가 아니라 '삶'을 향해서 뛰어들었을 것이고, 바로 그곳이 그들이 진정으로 가고 싶었던 곳이었음에 분명하다.

5. 소멸하고 소생(蘇生)하는 기억 : 김연수의 〈다만 한 사람을 기억하네〉

김연수의 〈다만 한 사람을 기억하네〉는 세월호가 침몰한 다음 날 주인공이 받은 이메일에서부터 시작된다. 주인공의 옛 연인이자 인디가수인 희진이 공연을 위해 간 일본 요쓰야에서 보낸 것이었다. 뜻밖에도 중년의 연장자들로 가득한 공연장에서 자작곡인 '다만 한 사람을 기억하네'를 부르던 중 희진은 갑자기 치밀어 오르는 울음을 참지 못하고 잠시 노래를 중지했다고 쓰고 있다. 공연을 마친 후, K-Culture 진흥회라는 단체 회원들과 저녁을 먹는 자리에서 이 공연을 주관했다는 오십대의 후쿠다 준 참의원을 만난다. 후쿠다는 어쩐 일인지 희진이 2004년 일본에 다녀왔던 사실을 알고 있었다. 2차 술자리에서 그는 아카이 토리의 '하얀 무덤'이라는 노래에 대해서 묻고 그에 대한 사연을 털어놓는다. 십 년 전인 2004년 후쿠다는 모든 일에 실패하고 낙망하여 자살을 하기 위해 고향인 사쿠라 시에 내려갔다고 했다. 마지막으로 시간을 보내기 위해서 한 카페에 들어갔다가 스피커에서 '하얀 무덤'이 흘러나오는 것을 들었다. 후쿠다가 중학교 시절부터 좋아했던, 흔치 않은 이 우울하고 슬픈 노래가 마치 그에게 안부를 묻고 위로하듯 나오는 것에 놀라 카페 주인에게 사정을 물으니 아까 한국에서 왔다는 남녀가 노래를 틀어달라고 시디를 주었다가 잊고 그냥 갔다는 대답을 들었다. 그러고는 그들이 남기고 간 노래 가사와 한글 문장이 적힌 카페 방명록 페이지를 찢어 고이 간직한 채 몇 년을 살았다는 것이다. 한국어를 알지도 못했지만 부적처럼 그 종이를 주머니에 넣고 다니며 재기에 성공했고, 이후 한국문화에 관심을 갖고 한국어도 배우고 종이의 'H.J.'라는 이니셜에만 의지해서 희진을 찾아냈다는 이야기였다.

2004년 희진과 주인공이 스물넷, 스물여섯이던 시절, 일본 여행 중 지바 현 사쿠라 시에 있는 DIC가와무라 기념미술관에 소장된 마크 로스코(Mark Rothko)의 시그램 벽화를 보러 간 적이 있었다. 그러나 희진은 카페와 '하얀 무덤' 노래에 대한 기억은 까맣게 잊고 있었다. 희진이 메일을 보낸 이유도 그때 일을 확인하려고 한 것이었고, 주인공은 카페에 대한 희미한 기억을 떠올리며 답장을 보낸다. 후쿠다가 희진에게 보여 준 십년 전의 그 종이에는 희진이 쓴 가사와 함께 주인공이 미래를 기약하며 쓴 문장이 있었다. 그렇게 희진은 세상에 존재하는지도 몰랐던 어떤 사람이 또한 얼굴도 모르는 어떤 사람을 기억함으로써 다시 살게 되고, 또 먼 후일 두 사람이 비로소 만나게 되는 일이 있을 수 있다는 사실을 알게 되었다고 말한다. 일년 전 희진도 바로 그 세월호를 타고 혼자 제주도로 간 적이 있었고, 창밖의 밤바다를 바라보면서 어쩐지 과거 가와무라 미술관에서 본 로스코 그림을 떠올렸다고 했다. 캄캄한 밤바다에 설핏 지나가는 빛을 보면서 어떤 한 사람을 기억했고 그렇게 '다만 한 사람을 기억하네'라는 노래를 만들었다는 것이다.

이 소설은 두 남녀의 실패한 연애담을 서술하는 방식[26]을 통해 기억과 인연에 대한 메시지를 전달한다. 궁극적으로 기억은 누군가와 그(녀)의 인생에, 그(녀)가 살고 있는 세상에 조금이라도 영향을 끼칠 수 있는가 하는 질문이기도 하다. 여기서 세월호 참사는 시간적 배경 정도로 슬쩍 물러서 있는 듯 보이지만, 결과적으로는 세월호 참사를 기억하는 방식을 강력히 일깨운다고 볼 수 있다. 소설 속 인물들 간의 기억은 종종 닿거나 연결되지 않고 또 아예 어긋나 있기도 하다. 먼저 십 년 전 사쿠라 시에서의 하루 일정에 대한 주인공과 희진의 기억이 그러하다. 한때는 두 사람에게 가장 찬란하고 행복한 순간이었을 터이지만, 세부적인 기억은 물론이고 카페와 '하얀 무덤'에 대한 기억도 대부분 잊혀진 상태이다. 도쿄에서 사쿠라 시까지 갔다 온 동선을 꼼꼼히 재고하고 두 사람의 기억을 비교한 후에야 비로소 과거의 그 하루가 복원된다. 그래서 그렇게 기억을 더듬으며 서로 메일을 주고받는 과정은 마치 "짧고 은밀했던 사랑의 종말기"를 완성하는 듯한 감회를 느끼게 한다. 또한 그들이 기억과 함께 잃은 중요한 것은 '약속'이다. 가와무라 미술관의 로스코 전시실에서 두 사람은 나머지 시그램 벽화 시리즈가 소장된 영국과 미국의 다른 두 미술관에도 함께 갈 약속을 했지만 끝내 지켜지지 않는다. 망각은 깨진 약속이기도 하다. 과거 주인공이 카페 방명록에 "우리에게는 아직 지켜볼 꽃잎이 많이 남아 있다. 나는 그 꽃잎 하나하나를 벌써부터 기억하고 있다는 걸 네게 말하고 싶었던 것일 뿐"이라고 쓴 후 무슨 일인지 '2014년 4월 16일'이라고 적은 것은 분명 십 년 뒤의 미래를 기약하는 프로포즈였을 테지만, 이 빛나는 약속조차 망각의 어둠 속으로 묻히고 말았던 것이다.

---

26   김연수 소설은 이와 같이 빈번하게 연애담의 형식을 빌어 "과거의 꿈도 사랑도 결코 사라지는 것이 아니"기에, "슬픔과 고통에 대해 말하기를 멈추지 말아야 한다"는 주제의식을 전달하곤 한다.(조연정, 「우리들 슬픔과 행복이 담긴 절박한 이야기들」, 『문학과 사회』 88, 문학과지성사, 2009, 450~452쪽 참고)

후쿠다의 경우에는 아예 희진과 주인공의 기억 속에 존재하지 않는, 기억 바깥의 사람이었다. 지옥 같은 절망 속에서 후쿠다가 유복한 어린 시절을 보냈던 고향을 찾은 이유는 누군가 한 사람이라도 자신을 기억해 주리라는 간절한 기대 때문이었다. 그의 고백처럼 그것은 죽으러 간 것이 아니라 죽기 싫어서 간 셈이었다. 하지만 자신을 기억해 줌으로써 자살을 막아 줄 단 한 사람이 없었고, 사실은 자신조차 스스로가 어떤 소년이었는지를 이미 까먹고 있었음을 깨닫는다. 그런데 어려서부터 유독 좋아했던, 슬프고 어두운 노래 '하얀 무덤'을 우연히 듣게 되고, 그 노래만이 자신을 기억해 준다는 생각에 젖는다. 그래서 그는 방명록에 적힌 한국어가 무슨 뜻인지 알 때까지는 일단 살아 있자고 결심한다. 나라도 다르고, 얼굴도 이름도 모르는 어떤 남녀가 두고 간 시디 한 장이 그를 다시 살게 하는 것이다.

> "그런데 그 노래는, 〈하얀 무덤〉만은 이렇게 중학교 시절의 나를 기억하고 있구나는 생각이 들었어요. 그때 내게는 날개가 필요없었지. 나중에 남자로서 죽을 일이 생긴다면, 4월의 사쿠라조시 공원의 벚꽃들을 바라보면서 죽겠다고 생각했었지. 맞아, 모든 게 다 생각나네. 이제 알겠네. 내가 왜 여기까지 왔는지. 우연히 흘러나온 노래 하나에 온갖 의미를 부여하는 걸 보니, 진짜 죽기 싫었던 모양이라고 생각할지도 모르겠어요. 맞아요, 어쩌면 전 죽기 싫어서 거기 고향까지 내려간 것인지도 몰라요. 거리를 걷다보면 누군가 한 사람이라도 나를 알아보고 '이보게, 후쿠다 준 아닌가! 고향에는 오랜만이네. 뭐라고? 자살이라고? 그게 무슨 소리야?'라고 말해주기를 바랐던 것인지도 모릅니다. 그래서 4월이면 늘 사람들로 북적대는 사쿠라조지 공원으로 가려고 했겠지요. 그런데 말입니다, 제게는 그 한 사람이 없었습니다. 한 사람만 있었으면 충분했는데 말입니다. 대신에 노래가 있었던 것이죠."(56~57)

사실 희진과 주인공은 기차역을 착각해 미술관 셔틀버스에서 내리는 바람에 우연히 그 카페에 들어간 것이었고 시디를 두고 온 것도 실수였다. 이런 거듭된 우연들이 마치 운명처럼 후쿠다에게 연결된다. '하얀 무덤'은 주인공과 사랑에 빠져 있던 시절, 희진이 틈만 나면 부르고 또 쓰던 곡이었다. 서로를 향해 뻗어 있던 마음이 전부였던 그 시절, 두 사람의 기억들이 순수하게 담겨 있는 노래이기도 했다. 주인공 역시 희진이 이메일로 보낸 노래 가사, "내 마음은 찢어질 듯하다, 사람을 사랑할 수 없는 까닭에"[27]와 함께 다시 기억을 되살린다. 두 사람에게는 온통 찬란했던 사랑과 원망스러운 이별의 기억이 집약된 노래인 데에 반해, 후쿠다에게는 다시 태어날 희망과 용기를 불어넣어 준 북받치는 기억이 새겨진 노래였다. 그렇게 같은 노래에 대한 기억이 후쿠다와 희진, 두 사람을 이어준 것이고, 기억의 자락을 끈질기게 잡아당김으로써 십 년의 시간을 넘어 기적적으로 둘을 만나게 하는 것이다.

'하얀 무덤' 못지않게 소설의 중요한 모티브로 사용된 것은 마크 로스코의 시그램 연작이다. 로스코 그림은 주인공과 희진의 깨어진 약속과 함께, 세월호 참사를 바라보는 특정한 태도를 드러낸다. 추상 표현주의의 선구자로 일컬어지는 그의 작품은 극도로 절제된 이미지 속에서 인간의 근본적인 감성과 내적 감흥을 불러일으키는 것으로 유명하다. 커다랗고 모호한 색면과 불분명한 경계선으로 이루어진 직사각형의 캔버스는 일종의 종교적 체험에 비유될 정도로 관람객들을 눈물 흘리게 하고 심지어 졸도까지 하게 만드는 특별한 위로와 치유력을 지닌 것으로 평가된다. 로스코 그림 중에서도 특히 시그램 연작[28]은 상대적으로

27 　실제 이 노래의 전곡 가사는 다음과 같다. '오늘도 미소가 나를 스쳤다/아무 일도, 아무 일도 없었던 것처럼/내 마음은 찢어질 듯했다/사람을 사랑할 수 없는 까닭에/과거는 부드럽게 나를 감쌌다/거짓을 감추는 것처럼/하지만 나의 마음은 죽어버렸다/사람을 용서하지 않는 까닭에/내일이여, 자유를, 자유를 다오/이 슬픔을 떠나게 해다오/고통 없는 자유로운 마음을/하얀 무덤처럼 사는 나에게.'

28 　평소 예술의 상업화를 극도로 혐오했던 로스코의 시그램 벽화 사건은 유명한 일화이다. 세계적 주류회사 시그램은 1958년 로스코에게 뉴욕 본사 1층에 있는 레스토랑 포시즌의 벽화 작업을 의뢰한다. 로스코는 이 의뢰를 예술과 탐욕, 정신과 물질, 그리고 마크 로스코와 맨해튼의 결투로 받아들였다. 그는 포시즌의 손님들이 껍질을 벗고 도덕적·정신적 변화를 맞을 수 있도록 문과 창을 다 막아버린 미켈란젤

더 어둡고 음울한 감성을 담아 인간 삶의 출구 없는 답답함을 표현하고자 했다고 알려져 있다. 이는 '하얀 무덤'은 물론 희진이 작곡한 노래 '다만 한 사람을 기억하네'와도 유사한 정서를 공유한다. 사실 후자는 희진이 로스코의 그림에서 느낀 감흥을 소재로 작곡한 노래이기도 하다. 세월호 침몰 다음날 공연에서, 희진은 아직 남들 앞에서 한 번도 부른 적 없는 이 노래를 꼭 부르고 싶어한다. 그리고 "그 밤, 바다에서 나는 마크 로스코의 빛을 보았네"라는 가사를 넘기지 못하고 눈물을 흘린다. 그 빛은 한 때 주인공과 함께 나란히 앉아 바라본 것이기도 하고, 제주도로 가는 세월호 안에서 어두운 밤바다를 보면서 떠올린 빛이기도 하다. 또한 아스라한 소멸과 죽음을 일깨우는 음산한 빛이기도 하다.

하나의 빛은 지나간 사랑과 함께 꺼졌고, 또 하나의 빛은 수없이 많은 생명들을 집어 삼킨 캄캄한 밤바다에 가라앉고 말았다. 〈다만 한 사람을 기억하네〉는 후쿠다의 사례처럼 누군가의 목숨을 살리기도 하는 기억의 힘이 무정한 바다에서 진 숱한 죽음들을 빛으로 다시 나오게 하는 일임을 명시한다. 희진의 공연을 본 한 일본인 관객은 영문을 모르겠다는 듯이 "배가 가라앉은 일 때문에 가수가 노래를 부르다가 우느냐"고 반문한다. 그에게는 다른 나라에서 일어난 집단적인 죽음이 기억될 여지도 없고 가치도 없을지도 모른다. 그러나 일 년 전 바로 그 배 위에서 누군가에 대한 간절한 기억 속을 헤매며 노래를 만들었던 희진에게는 기억하는 일이야말로 확고하고 필연적인 사명이 된다. 기억하려고 애를 쓸 때, 나와 타인과, 세상과 우주가 조금이라고 바뀔 수 있기 때문이다. 소멸

로의 라우렌치아 도서관 계단의 답답한 느낌을 작품에 담아내려 했다. "저는 그 레스토랑에서 식사하는 모든 개자식들의 식욕을 파괴해버릴 수 있는 그림을 그리고 싶었습니다. 만일 레스토랑이 제 벽화를 거절한다면, 그건 아마도 찬사일 것입니다. 하지만 그들은 그러지 않았습니다. 오늘날의 사람들은 어떤 가혹한 일도 견딜 수 있나 봅니다." 그러나 로스코는 포시즌 레스토랑에서 거들먹거리며 식사하는 사람들을 변화시키려 했던 것은 그저 자신의 호기였다는 것을 깨닫고 항복을 선언한다. 그는 결국 200만 달러짜리 계약을 파기했다. 작품은 1970년 자살하기 전 테이트 모던갤러리에 기증했다. 이에 대한 내용은 〈http://www.sisainlive.com/news/articleView.html?idxno=22884 참고〉

과 소생을 가르는 유일한 기준은 바로 기억하는 데에 있다. 따라서 우리가 '다만' 세월호를 기억해야 할 이유는 그렇게 때로는 기억하는 일이 무정하고 잔인한 '세월'을 진정으로 넘어설 수 있는 윤리적 가치이기 때문이다.

그러다가 나는 후쿠다 준이라는 사람이 이 세상에 살고 있어서, "날개를 주세요"라고 말할 필요도 없을 정도로 유복하게 살기도 하고, 고향에서 가장 행복했던 시절을 떠올리며 자살하려고 하기도 하면서도 살아남으려고 안간힘을 쓰다가 어느 시점부터인가 줄곧 나를, 한 번도 만나본 일도 없고 얼굴도 모르는 나를 기억하게 된 일에 대해서 생각했어. 나는 그런 사람이 이 세상에 살고 있다는 것조차 모르고 있는 동안에도 말이야. 그렇다면, 그 기억은 나에게, 내 인생에, 내가 사는 이 세상에, 조금이라도 영향을 끼칠 수 있을까? 우리가 누군가를 기억하려고 애쓸 때, 이 우주는 조금이라도 바뀔 수 있을까? 하이랜드에서 나와 후쿠다 씨의 자동차를 타고 다시 요쓰야의 호텔로 돌아가는 길은 비에 푹 젖어 있었지. 빗물이 흘러내리는 차창으로 스며든 빛들을 바라보며 나는 작년에 혼자서 제주도로 가던 밤을 떠올렸어. 그래, 바로 그 배야. 인천에서 출발해서 제주까지 가는 여객선, 난생처음 그렇게 오랫동안 배를 탄 것인데 출항 직후부터 멀미가 나기 시작하더라, 밤새 한잠도 못 자 정도로 고생했어, 속이 울렁거려서 누워 있을 수가 없었거든. 식당으로 가서 밤새 탁자에 몸을 기댄 채 둥근 창밖만 내다봤지. 거기에는 그저 어둠뿐이었어. 세상 누구도 기억하지 않을, 그저 캄캄한 밤바다. 그런데 가만히 바라보노라니까 그 어둠 속에도 수평선을 가운데 두고 서로 뒤섞이는 거었어. 제주 가는 길에 대한 기억이라면 그것뿐이야. 캄캄한 밤바다, 경계를 무너뜨리며 서로 뒤섞이는 두 개의 어둠, 그건 어쩐지 그해에 가와무라 미술관에서 우리가 함께 본 마크 로스코의 벽화 연작들을 떠올리게 하더라구. 그래서 흥얼흥얼 노래를 불러보았지. 멀미에 시달리면서. 그 밤, 바다에서 나는 마크 로스코의 빛을 보았네, 라고 한 번 불러보고 괴롭고 힘들어서 좀 쉬었다가 다시, 내가 눈을 떼면 그대로 사라져버리는 빛을 보았네, 라고 불러보고 음을 바꿔보기도 하고, 손으로 박자를 두들겨보기도 하고 그대로 두 팔에 얼굴을 파묻고 엎

드려 제발 멀미가 사라졌으면 하고 바랐다가, 다시 몸을 일으키고 앉아서 뒷부분을 불러봤지. 한 사람을 기억하네, 다만 한 사람을 기억하네, 라고 그러고 나니 그 부분이 마음에 들더라. 그래서 그 밤을 보낼 수 있었던 거야. 자는 듯 마는 듯, 웃는 듯 우는 듯, 한 사람을 기억하네, 다만 한 사람을 기억하네, 라고 흥얼거릴 수 있어서. (60~61)

6. 맺으며 : 기억의 윤리

아우슈비츠의 비극을 다룬 클로즈 란즈만(Claude Lanzmann)의 다큐멘터리 〈쇼아 *Shoah*〉(1985)는 당시의 기억을 간직한 사람들의, 끝이 없을 것 같은 인터뷰만으로 장장 9시간 30분 동안의 상영시간을 채운다. 즉 홀로코스트를 주제로 한 다큐멘터리라면 통상적으로 포함할만한 사진이나 영상 자료를 비롯하여, 어떤 설명적 내레이션이나 극화된 재현의 양식도 활용하지 않는다. 란즈만이 스스로 밝혔듯이 이유는 단순하다. 나치의 강제수용소에서 발생한 유태인 학살은 어떤 증거(필름이나 사진)도 남기지 않고 너무나 철저하게 진행되었기 때문이다. 대량학살의 핵심에 있었던 것은 기억의 철저한 말소이므로, 그것을 내부로부터 실증한다는 것은 근본적으로 불가능하다[29]는 것이다. '쇼아(shoah)'란 원래 '절멸(絶滅)'을 뜻하는 말이다. 그것은 기억의 절멸, 기억을 기록한 증거의 절멸, 기억을 지닌 존재이자 주체의 절멸을 동시에 함축한다. 란즈만의 입장은 명확하다. 홀로코스트의 참상과 폭력은 관습적인 이미지와 구성의 방식으로는 '재현 (혹은 표상) 불가능'하다는 것이다.[30] 차라리 역사적인 사건의 경험을 직접 증언하는 목소리들을 매개로 삼아 기억의 끈질긴 힘을 대안적으로 고양시키고자 한다. 복수의, 일련의 파편화된 기억들, 이러한 기억들을 체화해내는 다수의 목소리와

---

29   김성욱, 「영상, 역사, 기억: 표상의 아포리아」, 『영상예술연구』 12, 영상예술학회, 2008, 64쪽.

30   이기형, 앞의 글, 66쪽 참고.

체험들이 중심적인 구성요소로 작용한다. 어떤 역사적 사건을 명시하는 증거들이 전혀 없다는 것이 란즈만에게는 오히려 강력한 증거가 된다. 〈쇼아〉는 모든 증거가 사라져버려 사건의 실체를 제대로 증명할 만한 방법이 아무것도 남겨져 있지 않을 경우, 실존했던 역사를 말하기 위해 어떤 형식을 어떻게 구축해야 하는지에 대한 깊은 고민을 던진다.

세월호 참사는 현장 접근이 원천적으로 어려운 바다 위에서 발생했기 때문에 처음에는 항구와 진도체육관 근처에서 정보를 수집하거나 정부의 발표에 의존할 수밖에 없었다. 한국 언론 사상 최악의 오보라고 할 수 있는 전원 구조 뉴스도 이러한 와중에서 나온 것이었다. 상황이 달라지기 시작한 것은 침몰하는 배 안에서 촬영한 사진과 동영상들이 뉴스와 인터넷을 통해 보도되기 시작하면서부터였다. 배 안에 남아 있던 희생자들이 최후의 순간까지 가족에게 보낸 휴대폰 문자 메시지가 공개되어 많은 이들을 숙연케 했지만, 차츰 시신이 수습되는 과정에서 함께 발견된 휴대폰 안에 담겨 있던 사진과 동영상들이 현장 접근의 불가능을 대체해 주면서 희생자들의 마지막 상황을 가시적으로 증언해 주기 시작한 것이다. 2014년 4월 27일 JTBC의 'NEWS 9'에서 단원고 2학년 故 박수현 군의 휴대폰에 남겨져 있던 15분짜리 동영상을 공개한 것이 최초였다. 동영상 안에는 세월호가 침몰하는 15분 동안 선내에서 학생들이 주고받은 대화와 안내방송 등의 내용 등이 생생하게 담겨 있었다. 이어 5월 27일까지 '바다에서 온 편지'라는 이름으로 총 8명의 학생들의 휴대전화를 복원하여 재생한 사진과 문자, 동영상들을 전달하였고, 참사 100일째인 7월 24일 뉴스에서는 희생 학생들의 휴대폰 70여대를 분석한 결과를 보도하였다. 모든 영상들은 유가족들이 타 방송사들을 제치고 자발적으로 JTBC에 제공한 것이었다. 손석희 앵커는 "이 동영상을 저희한테 넘긴 부모님은 '이 동영상은 더 이상 우리의 것이 아니다. 우리 사회가 공유해야 한다'는 생각으로 건네주었습니다"고 언급하였다.[31] 여기서 JTBC가 사용한 '편지'라는 명명법은 매우 의미심장하다. 그것을 세월호에서 온 '편지'로 지칭하는 순간 정말 희생자들의 의도와 관계없이 하나의 편지로 작동하게 되고 궁극적으로 편지의 효과를 가지게 되기[32] 때문이다. 다시 말해 송신자들이 전원 사망한 이 편지는 살아 있는 모든 수신자에게 어떤 응답과 대응을 강하게 촉구하게 된다. 남은 자는 언제나 '무엇'과 '누구'에 대해서 남은 자이듯이, 수신자 역시 '무엇'과 '누구'에 대한 책임과 의무를 다해야 한다.

이 글에서 살펴본 네 편의 소설은 세월호 참사라는 미증유의 국가적 재난을 소설이 어떻게 다루고, 또 다루어야 하는지에 대한 첨예한 고민을 드러낸다. 그리고 〈쇼아〉와 마찬가지로 확실한 공식기록이 없는 세월호 참사에 대해서 우리가 어떻게 응답하고 대응할 것인가에 대한 문제를 '기억의 윤리'에서 찾는다. 대내외적인 망각의 강제력과 맞서 싸우면서 기록으로 틈입하기 위해 고투(苦鬪)를 벌이는 기억의 권리와 의무를 강조하는 것이다. 〈조침〉이 '사자의 귀환'이라는 환상적인 기법과 상상력을 통해서 이를 부각한다면, 〈닥터 K의 경우〉와 〈어디로 가고 싶으신가요〉, 〈다만 한 사람을 기억하네〉는 한국 바깥에 나갔던 인물들이 기억의 탐색과 복원을 통해서 다시 돌아오는 방식을 취한다는 점에서 공통점을 지닌다. 죽은 이와 유족들을 이어주는 기억의 당사자성과 더불어 타자들과의 공유를 추구하는 모습이 보이는 면면도 특징적이다. 결국 기억, 기억하는 일이야말로 지금은 '있지 않은' 그들, 존재하지 않음으로써 더 강력한 존재성을 보이는 그들에게 마땅한 답신을 보내는 것일 터이다. 희생자들의 부재를 끝내 견딜 수 없는 구멍과 공백으로 두고 끈질기게 기억하고 질문을 던짐으로

---

31 윤태진, 「방송사의 세월호 참사 보도: JTBC 뉴스를 주목해야 하는 이유」, 『문화현실분석』 79, 문화과학사, 2014, 207~208쪽.

32 이광호, 앞의 책, 326쪽.

써 그 안을 계속해서 보고 또 보아야 하는 것이다. 또한 우리의 미래적 삶을 바꾸는 기억으로 항상 현재화된 존재들, 기억을 지닌 타자이자 흔적, 죽지 않는 존재로 희생자들을 애도할 수 있는 방법은 말할 수 없는 것과 불가능한 것을 말해야 하는 문학의 본질적 운명과도 일맥상통한다.

4부

환상과 놀이

실존 배우의 소설적 형상화와 이미지
〈배삼룡 독트린〉, 〈변희봉〉, 〈나의 클린트 이스트우드〉

1. 시작하며 : 영화의 캐릭터와 배우의 상관관계

지극히 상식적인 말이겠지만, 모든 소설과 영화는 결국 어떤 '인물의 이야기'이다. '영(靈)'인 신(神)이 눈에 보이고 만져질 수 있도록 육체를 입고(肉化 incarnation) 세상에 왔듯이, 서사물의 영혼은 반드시 육체, 즉 인물을 통해서 발현되기 때문이다. 모든 서사물은 곧 인물과 사건 만들기에 다름 아니다. 그것은 인물과 인물이 만나고 헤어지거나, 인물과 사건이 만나고 헤어지는 과정이다. 작가와 감독은 항상 텍스트 바깥에 존재하면서, 직접 말하는 대신 다른 누군가를 내세워 그들이 말하게 하고 보게 하고 행동하게 한다. 따라서 자신이 구상한 이야기를 가장 효과적으로 전달해 줄 적임자가 누구인지를 결정하는 일은 그 이야기를 쥔 사람의 중요한 몫이기도 하다. 작가와 감독은 어떤 식으로든 인물 속에 끼어 들거나 숨기도 하고, 인물을 부각하거나 방치하면서 특정한 의도와 욕망을 드러낸다. 이 과정에서 매우 드물게 아무리 시간이 가도 지워질 수 없는 전무후무한 독창적인 인물이 창조되기도 한다. 그들은 시대와 장소를 뛰어넘어 계속해서 독자와 관객과 관계를 맺는, 영원히 '현재'를 사는 불멸의 존재가 된다.

대부분의 소설과 영화는 처음부터 완성된 인물들이 등장하여 벌이는 내용이라기보다는, 미완의 인물이 등장하여 완성된 인물이 되기까지의 과정을 다룬다. 즉 시간을 두고 성격을 형성해 나가는 것이다. 여기서 완성이란 어떤 인격적이거나 세속적인 성공이 아니라, 일종의 서사적 완결성을 뜻한다. 그것은 인물 개인에게 있어서는 해피엔딩이 될 수도 있는가 하면 또 무시무시한 비극이 될 수도 있다. 이 과정을 접하면서 독자와 관객은 인물과 일정한 정서적인 관계를 맺게 된다. 감정이입이라고도 말할 수 있는 이러한 심리적인 관계는 인물의 삶의 욕망을 정당화하게끔 만들기도 하고, 반대로 이를 부정하고 비난하게끔 만들기도 한다. 장르적 특성상 상대적으로 소설보다 인물의 내면에 덜 침투하고, '말하기'보다는 '보여주기'에 편중되는 경향이 강한 영화는 얼핏 인물에 대해서 충분히 알려주지 못한다는 인상을 주기 쉽다. 또한 비교적 인물과 직접적으로 만난다는 느낌을 받는 소설 독자에 비해서, 영화 관객들은 반드시 카메라라는 중개물을 통해서 인물을 접한다는 느낌이 강하기 때문에 상대적인 거리 두기가 가능해지기도 한다. 즉 영화 관객들은 카메라라는 (대개 은폐되어 있지만 때로는 누군가의 시선으로 전이되어 나타나기도 하는) 제 3의 인물의 눈을 통해서 해당 인물을 관찰하는 입장인 셈이다.[1]

---

1   이는 결국 시점에 대한 논의로도 이어진다. 그런데 애초 서사학에서 시점이라는 용어를 다루는 데에는 만만치 않은 어려움이 존재한다. 일단 시점이라는 용어 자체가 전혀 시각적이지 않은 문학을 시각적인 비유를 통해 이해하거나 설명하려 하기 때문이다. 따라서 문학에서 시점은 사건과 사물을 누가 어떤 눈으로 바라보는가의 문제를 이미지에 관련해서가 아니라 서술된 내용에 관련해서 다룰 수밖에 없다. 반면 영화의 시점은 곧바로 누구의 눈으로 보는가를 일컫는 말이다. 이는 카메라의 시점이 반드시 누군가의 시점을 대변한다는 전제에서 비롯된다. 누가 어디에서 어떻게 바라보는가는 관객들이 누구의 입장에서 볼 것인가를 고려하고 판단하는 일이다. 문학에서의 서술과 화자의 문제와도 연관되는 시점 논의는 이야기하고 있는 대상에 대해 어디에 위치해서 관찰하고 공감하고 판단하는지에 따라서 세상에 대해 어떤 입장을 취하는지를 드러내는 지표가 되기도 하고 특정한 세계관을 표현하는 방법론이 되기도 한다. 감독의 시선과 관객의 시선 혹은 등장인물의 시선과 관객 사이의 시선 사이에 다양한 상호작용을 유발할 수 있고, 세계에 대한 감독의 인식과 관객의 인식 사이에서도 다양한 관계를 형성할 수 있다. 카메라는 불특정

한편 영화와 연극의 인물이 소설 인물과 다른 결정적인 점은, 인물이 배우에 의해서 한 번 더 해석되는 과정을 거친다는 것이다. 시나리오와 극본 상의 인물을 감독이 해석하고, 또 이를 배우가 재해석한다. 따라서 영화는 필연적으로 배우의 영향을 고려해야만 한다. 인물에 영혼을 불어넣는 것은 현실과 허구의 경계에 선 존재인 배우의 몫이 크기 때문이다. 세르지오 레오네(Sergio Leone)나 클린트 이스트우드(Clint Eastwood)의 〈석양의 무법자 *The Good, The Bad And The Ugly*〉(1966)이지, 블론디[2]의 〈석양의 무법자〉는 아닌 것이다. 애초 인물은 시나리오의 지면에서 문자로만 존재한다. 인간으로서의 배우는 그 자신을 재료로 하여 인물을 만든다. 배우는 새로운 것을 창조하는 재료이자 동시에 창조자인 존재이다.[3] 따라서 배우의 인물 해석 작업은 영화 제작의 중요한 과정에 속한다. 실제로 삶을 산 적이 없는, 존재한 적 없는 인물은 흉내 자체가 불가능한 대상이다. 이처럼 실체를 가지지 못하는 존재로서의 인물은 배우의 몸과 마음을 빌어 항상 다시 태어나야 하는 존재이다.[4] 순전히 배우에 의해서 새로 만들어지는 셈이다.

흥미로운 문제는 특정한 배우와 특정한 인물이 만나서 이루어지는 관계성과 이를 대하는 관객의 태도이다. 원래 영화와 연극의 인물들은 끊임없이 재탄생하는 운명이다. 아무리 많은 배우들이 이미 연기한 인물일지라도 새로운 배우

한 시각 주체의 존재를 가정하면서 영화의 이미지와 논리적으로 연결되지만, 그와 동시에 관객은 바로 그 '주체'를 정의해야 하는 까다로운 의무를 지닌다. 시점 문제는 결국 관객의 영화보기-동일시 혹은 생소화에 영향을 끼칠 수밖에 없는 것이다(장우진, 「영화의 시점: 다성성과 수사학」, 『영화연구』 27호, 한국영화학회, 2005, 271쪽). 그러나 이 글이 집중하는 논의는 소설과 영화의 인물, 그리고 인물에 대해 독자와 관객들이 갖는 어떤 정서적·인지적 태도이기 때문에, 시점에 대한 언급은 이 정도에서 그치기로 한다.

2 〈석양의 무법자〉에서 클린트 이스트우드가 맡았던 주인공 떠돌이 건맨의 이름이다.

3 이진아, 「스타니슬랍스키 연극론에 있어서 배우와 역할의 관계」, 『드라마연구』 42호, 한국드라마학회, 2014, 213쪽.

4 김준삼·김학민, 「배우의 자아발견을 향한 여정과 인물 구축을 위한 도전」, 『한국콘텐츠학회논문지』 12권 9호, 한국콘텐츠학회, 2012, 59쪽.

의 육신과 영혼을 만나서 매번 처음으로 새롭게 태어나는 존재이기 때문이다. 셰익스피어의 햄릿은 시공을 초월하여 숱한 배우들에 의해 재연됨으로써 항상 동시대에 걸맞는 새로운 형상으로 재탄생한다. 그런데 간혹 특정한 배우와 특정한 인물이 결합하여 강

그림 1 : 보리스 칼로프가 연기한 '괴물'

렬한 화학반응이 발생하는 경우가 있다. 원칙적으로 보자면 배우는 자신의 인격과 개성을 드러내는 것이 아니라 역할의 성격, 역할의 진실된 형상의 창조를 표출[5]해야 한다. 그럼에도 불구하고 매우 인상적인 개성을 지닌 배우가 인물과 거의 혼연일체로 결합하는 상황이 일어난다. 오히려 배우의 짙은 개성이 인물에 틈입하여 뗄레야 뗄 수 없이 일체화되는 것이다. 그래서 때로 어떤 배우는 연기를 하는 것이 아니라 역할로 살아가기도 한다. 이는 배우의 탁월한 역할 몰입 능력 때문이기도 하다. 훌륭한 배우는 단순히 인물을 들여다보지 않고 인물 자체를 통해서 본다. 인물이 세상을 경험하듯이 경험하다 보면 어느덧 몸과 마음도 인물의 상태에 도달[6]하기에 이른다. 초창기 헐리우드 공포영화 〈프랑켄슈타인 *Frankenstein* 〉(1931) 시리즈에서 괴물 역할로 명성을 떨친 보리스 칼로프 (Boris Karloff)의 사례는 대표적이다. 그는 박사의 이름인 '프랑켄슈타인'과 쉽사리 오해되기도 하는, 원작 소설에서는 거의 묘사되지 않는 괴물의 이목구비와 생김새를 독창적인 상상력으로 구현하여 이후 결코 잊혀지지 않는 절대적인 형상을 만들었다. 납작한 머리와 두꺼운 눈꺼풀, 얼굴 군데군데 새겨진 바느질 자

5　이진아, 앞의 논문, 210쪽.

6　D. Donnellan, *The Actor and the Target*, TCG, 2006, p.57.

국, 목을 뚫고 나온 볼트, 구부정한 어깨와 껑충한 키 등 우리가 지금 〈프랑켄슈타인〉의 괴물이라고 알고 있는 거의 모든 이미지가 그에게서 비롯되었다고 할 수 있다.

이와 같은 양상은 인물 창조의 궁극적인 지향점이라고 할 수 있는 전형적 인물에 해당한다고도 간주할 수 있다. 그러나 이는 사실 전형이라고 하기보다는 '아이콘(icon)'에 더 가깝다. 전형은 구체적인 인간들의 모습에서 노출되는 보편적이고 일반적인 면을 포착하여 사회와 인간의 본질과 법칙을 드러냄과 동시에 개성을 잃지 않는 인간성도 보여주는 존재이다. 시공을 넘어 상호 역동적인 사회적 초상과 개인적 초상을 겸비하여 작가와 감독의 환경, 소설과 영화 픽션 속의 환경, 이를 읽고 보는 독자와 관객의 환경까지 아우르기 때문에 과거ㆍ현재ㆍ미래를 통합할 수 있다. 간혹 전형에서 훨씬 벗어나 보이는 인물이 가장 전형을 충족시키는 경우도 이 때문이다. 어떤 계층ㆍ세대ㆍ직업군을 통틀어서도, 그 공통된 자질이나 성격으로 묶을 수 없는 괴짜는 늘 있기 마련이다. 그것이 복잡한 인간세계이기에 오히려 더 자연스러운 것이다. 이에 비해 혼연일체로 인물화된 배우 혹은 배우화된 인물은 유연한 형상으로서의 자질을 잃어버리고 고정됨으로써, 의미와 형태 사이의 즉각적인 대응 관계로 이루어지는 아이콘이 된다. 강력한 아이콘으로 자리잡게 되는 배우/인물의 형상은 관객의 기억 속에서 반복적으로 각인됨으로써 밀접한 정서적ㆍ심리적 관계를 구축한다. 영화의 특정한 인물은 관객의 머릿 속에서 특정한 배우가 연기한 해당 인물의 이미지로 호출된다. 프랑켄슈타인의 괴물이 관객의 인지 체계 속에서 보리스 칼로프가 연기한 괴물로 자연스레 연상되는 것처럼 말이다. 이는 단순히 감정이입이나 호감과는 다른, 훨씬 근원적인 반응에 가깝다. 관객끼리 집단적으로 공유하고 있는 어떤 공인된 형상 같은 것이다. 반면 해당 배우가 영 다른 작품이나 다른 성격의 인물을 연기하려는 시도를 하는 경우 만만치 않은 심리적 반발감을 불러 일으키기도 한다. 어떤 고유한 인물이나 혹은 성격과 인물형으로 굳어진 배우가 연기 변신을 하기 어려운 이유가 여기에 있다. 최악의 경우 오직 단 한 작품의 인물로만 기억된 후, 끝내 그 이미지를 극복하지 못하고 소모되어 사라지는 배우들까지 생기게 된다.

　이 글은 영화 속 배우와 인물의 상관성에 대한 이러한 문제의식을 단서로 하여 한국 현대 소설에 나타난 실존 영화 배우의 형상과 이미지, 또한 소설 속에서 그를 인식하고 기능화하는 방식에 대해서 탐구하고자 한다. 대상은 소설 속에서 배우로 창조된 경우가 아니라, 현실에서 실제로 활동했거나 활동하는 실존 배우가 소설 속에서 등장하는 경우이다. 특히 하나의 아이콘처럼 굳어진 배우를 주된 탐구 대상으로 삼은 경우, 의식적으로 독자에게 특정한 정서적 개입을 전제하도록 유도한다는 것이 흥미로운 양상이다. 대체로 이미 현실에서 축적된 실존 배우의 이미지와 인상에 철저히 기대어 다루어진다는 점도 그렇다. 최근 영화 매체나 영화 보기, 특정한 영화를 소재로 한 소설들이 활발히 나오는 상황에서도, 배우와 배우가 연기한 인물 자체를 집중적으로 다룬 작품들은 매우 찾기 어렵다는 점[7]도 연구의 의의를 강화해 줄 수 있으리라 기대한다. 분명

7　이 글이 설정한 주제에 대한 선행 연구는 지극히 희소한 편이다. 즉 실존 배우가 한국 현대 소설 속에서 다루어지거나 등장하는 양상에 대한 분석은 비평적 차원에서도 아직 존재하지 않는다. 대중문화에서 유행하는 팩션(faction)이나 팬픽션(fan fiction), 판타지의 경우 실존 유명 인물들을 만나는 상황이 흔히 발견된다는 점을 감안한다면, 이러한 문화현상들에게서 직간접적으로 영향을 받았다고 볼 수 있다. 단, 해당 세 작품들은 가볍고 유희적으로 이를 다루지 않고, 실존 배우들을 통해 주인공의 정신세계와 실존적 상태를 문제시하고 있다는 점이 특별하다고 하겠다. 한편 박민규, 이장욱, 오한기 소설에 대한 비평적 논의는 산발적으로 존재하긴 하지만, 이 글에서 다루는 작품들에 대한 본격적인 분석이나 논의는 찾아보기 어렵다. 심지어 박민규의 〈배삼룡 독트린〉은 문예지에 발표한 이후 다시 단행본 작품집 안에 수록되지도 않은 소설이기도 하다. 이 글과 다소라도 연계 지점이 있는 연구들을 찾아 보면, 박민규의 원작 소설과 이를 각색한 텔레비전 드라마를 대상으로 상호적 읽기를 시도한 박기범과 이수현의 논의가 있는데, 모두 인물과 배우의 문제보다는 영화의 형식적인 차이 요소인 서술 매체와 시점 및 서술과 같은 담론 요소들을 대조하는 측면에 치우쳐 있다. 또한 배삼룡이라는 인물 형상화에 있어 참고할 수 있는 이소영의 논의는 박민규 소설을 사회적 약자의 내러티브를 담아내는 고유한 서사로 인식하고, 심각한 상황에서 엉뚱한 웃음으로 감정이입을 막아버리는 양상을 분석하고 있다. 안남연의 논의는 박민규 초기 단편 소설들의 주제의식을 IMF 구제금융으로 대표되는 거대 자본주의가 갖고 있는 힘의 논리와 그 힘에 짓눌리는 젊은이

히 이러한 유형의 작품들을 통해서도, 현재 영상 이미지의 압도적 우세 앞에서 문자 텍스트로서의 소설의 미학적 자의식을 유용하게 파악할 수 있으리라고 생각한다. 박민규의 〈배삼룡 독트린〉과 이장욱의 〈변희봉〉, 오한기의 〈나의 클린트 이스트우드〉를 대상으로 한다.[8] 세 작품은 발표 시기상으로는 다소 차이가 있긴 하지만 독자에게 익히 알려진 실존 배우 자체를 주요한 소재이자 주제로 삼고 있으며, 그것이 전체적인 서사적 흐름에서 중요하게 기여하고 있다. 특히 동시대의 독자들에게 '배삼룡, 변희봉, 클린트 이스트우드'는 단순히 유명 배우로서의 인지도를 넘어서 지극한 친밀감을 동반하며 하나의 즉각적인 아이콘의 의미로 수용되는 배우들이라는 점도 특징적이다. 앞의 두 배우가 한국 사회의 어리숙하고 무력한 서민에서부터 기괴하고 괴팍한 괴짜 캐릭터를 넘나드는 아이콘이라면, 클린트 이스트우드는 미국의 마초적인 남성성을 대표하는 아이콘으로 수용된다. 또한 〈배삼룡 독트린〉에서는 인물이 배삼룡 캐릭터를 흉내내고 연기하는 데에 비해, 〈변희봉〉과 〈나의 클린트 이스트우드〉의 인물은 실제 배우와 직접 만나고 교류하는 모습을 보인다. 심리적 위기 상태에 직면한 남성 주인공이 남성 유명 배우와 일정한 관계를 맺는다는 설정은 세 작품 모두 동일하다. 독자들이 각각의 배우들을 통해 공유하고 있는 기존의 의미상을 살펴 보고, 이것이 각 작품들 속에서 어떻게 변주되거나 혹은 전복되고 있는지를 확인하는 것도 의미있는 작업일 것이다.

와 서민들의 코믹한 절규를 다룬 것으로 보기도 했다. 이장욱 소설의 경우, 허구를 재매개하여 또다른 허구를 창조하는 그의 '인공적 허구'의 방법론을 분석하는 과정에서 단편적으로나마 〈변희봉〉을 언급하고 있는 강지희의 논의가 있고, 현실과 허구를 교차하는 이장욱 소설 인물들의 유령적 비존재성을 다룬 권희철의 논의도 참고할 수 있다. 반면 오한기의 경우 아직 작품집도 나오지 않은 가장 최근의 작가로, 참고할 만한 논의를 찾을 수가 없는 실정이다. 따라서 이 글에서는 이와 같은 몇몇 논의에 대해, 해당 소설을 분석하는 데에 공유할 수 있는 평가와 관점 정도의 수준에서만 적절히 참고하고자 하였다.

8 각 작품들의 출처는 각각 순서대로 '『동서문학』 여름호, 동서문화사, 2004/이장욱, 『고백의 제왕』, 창비, 2010/『문예중앙』 겨울호, 중앙북스, 2012'이다. 앞으로 본문을 인용할 때에는 해당 지면의 페이지를 명시하기로 한다.

2. 슬픈 바보의 가상 세계로의 체념적 도피 :
박민규의 〈배삼룡 독트린〉

단도직입적으로 나는 아버지의 문제점들을 조목조목 짚어나갔다. 복장과 스타일의 문제에서 근간의 '비실비실'까지. 아시겠습니까? 그래 잘 알고 있지. 아버지는 과연 잘 알고 계시단 표정으로 고개를 끄덕이셨다. 별 일 아니란다. 얘야. 나는 그저

> 배삼룡이 되기로 했을 뿐이란다.

> 배삼룡이라뇨?

> 글쎄다. 모르면 관두자꾸나. 그저 못내 궁금하다면 일종의 노선(路線)과 같은 거라고만 생각해 두렴. 자, 우리 집이 홍제동이다. 목동으로 가려면 어떻게 해야 하지? 물론 3호선을 타고 가다 을지로 3가에서 2호선으로 갈아타야겠지. 즉, 그런 거란다. 새로이 갈아탄 노선 말이다. 생각해 보려무나. 작년부터 외환위기와 구조조정의 여파가 계속 밀려왔지? 또 21세기에는 세계화가 우릴 기다리잖니. 나로선 이에 발맞춘 새로운 노선이 반드시 필요했던 거란다. 위험했어, 조금만 늦었더라면 자칫 큰일 날 뻔했지 뭐니. (181~182)

박민규의 〈배삼룡 독트린〉은 IMF 구제금융 직후 한 평범한 가정을 배경으로, 가장인 아버지가 어느날 갑자기 배삼룡이 되기를 선언하면서 시작된다. 이 소설은 총 7장으로 구성되는데, 각각 고교생 딸(1장, 5장, 7장), 취업 준비생 아들(2장, 4장, 6장), 어머니(3장)의 시점을 교차해 가면서 전개된다. 꽉 끼는 양복, 촌스러운 체크무늬, 부스스한 머리칼, 처량한 눈매를 한 아버지를 처음 발견한 것은 딸이다. 하지만 우스꽝스러운 외모와 복장 외에는 별다른 변화의 조짐이 없

어 보인다. 정리해고를 당한 것도 아니고 심리적으로 불안정한 것도 아니고 식욕이 현저하게 떨어진 것도 아니다. 이유를 묻는 아들에게 아버지는 그저 노선 변경이 필요했다고 대답할 따름이다. 더욱 이상한 건 딸과 아들을 제외한 주변의 반응이 그저 냉담하거나 무관심 자체라는 점이다. 누구 하나 아버지를 의심하거나 염려하지 않는다. 어머니 역시 마찬가지이다. "살다 보면 배삼룡이 되고 싶은 때도 있는 거겠지"라며 오히려 아버지가 속 깊은 사람이라고 말한다. 고민하다 못한 아들이 혼자라도 정신과 병원을 찾아가 아버지의 증세를 상담하려 하지만, 의사에게서 이는 국민 대다수가 선택하는 정신적 생활권에 불과하다는 답변을 듣는다. 결국 얼마 지나지 않아 아버지가 정말 회사에서 해고를 당하게 되자, 회사 관계자를 통해 배삼룡 충전을 권장받고 정신과에 가서 괴상한 심리 치료도 받는다. 세월이 흘러 여대생이 된 딸이 야근을 밥 먹듯이 하는 회사원 오빠를 걱정스럽게 바라보면서 소설은 마무리된다.

　이 소설은 그야말로 '배삼룡'이란 인물에서 모든 것이 시작되어 끝난다고 할 수 있다. 즉 독자들이 공유하고 있는, '배삼룡'이라는 아이콘의 의미에 철저히 의지하고 있는 셈이다. 배삼룡이 바보 연기 캐릭터로 최고 인기를 누리던 때가 1970년대이고, 1980년대 이후 내리막길을 걷게 된 것을 감안해 보면 소설의 배경인 IMF 구제금융 시대의 10대와 20대에게 배삼룡이라는 이름이 다소 낯설게 여겨지는 것은 당연해 보인다. 이에 비해 아버지와 어머니, 의사, 아버지의 직장 동료 등 4-50대 기성세대들에게 배삼룡은 유년기의 최고 스타이자 시대를 풍미했던 코미디언이자 배우였음이 분명하다. 배삼룡이 누구냐고 묻는 아들에게 어머니가 "옛날에 날렸던 코미디언이지"라고 대번에 대답하는 것은 이 때문이다. 배삼룡을 바라보는 그들의 태도가 상이한 것은 자연스러운 일인 것이다. 걱정스럽게 독대를 청한 아들에게 아버지는 뜨악하게도 남철·남성남 독트린을 권한다. 남철·남성남 역시 1970년대에 '왔다리 갔다리' 춤으로 큰 인기를 얻었던 콤비 코미디언이다. 우스꽝스러운 몸짓과 함께 수선스럽게 무대 양쪽을 왔다 갔다 하며 관객의 혼을 빼 놓던 그들을 취업준비생인 아들의 노선으로 권장하는 것은 어지간한 기업체들이 빈틈없이 정확히 왔다리 갔다리 하는 사람들에게 손길을 뻗치기 마련이라는 이유에서이다. 더욱 황당한 장면은 아버지의 증세를 상담하기 위해 찾아간 정신과에서 의사가 한국 국민의 정신적 생활권이라며 보여주는 통계 자료이다. 국감원에서 발표했다는 이 자료에는 국민들이 선택하는 정신적 생활권의 노선 비율이 가시화되어 있는데, '배삼룡〉남철 · 남성남〉이주일〉영구〉서영춘〉이기동〉구봉서〉맹구'의 순서이다. 알다시피 이들은 각 시대마다 갖가지 캐릭터로 바보 연기를 구사해서 인기를 얻었던 코미디언들이다. 그렇게 본다면 이른바 한국 코미디사에서 바보 캐릭터 계보의 인기 순위를 조사한 자료라고 보아도 무방할 정도이다. 실제로 1999년 MBC TV 〈대중문화 대장정〉이라는 프로그램에서 전문가들을 대상으로 TV 코미디 역사상 최고 코미디언을 선정한 적이 있었는데 배삼룡이 1위였고 그 다음으로 '서영춘-이주일-심형래-구봉서-이기동'의 순이었다.[9] 그래서 아버지가 선택한 노선은 단연 이 중 압도적인 순위를 기록한 배삼룡인 셈이다.

배창순이 본명인 배삼룡은 1926년 강원도 양구에서 출생하여 광복 후 유랑악극단의 단원으로 코미디언 생활을 시작하여 수많은 악극단을 거친 후, 1969년 MBC 개국과 함께 TV에 데뷔해 〈웃으면 복이 와요〉를 시작으로 슬랩스틱 코미디를 선보이며 전성기를 구가했다. 특히 1970년대 바보 연기와 개다리 춤으로 서영춘, 구봉서 등과 함께 코미디언 트로이카로 유명세를 탔다. 수많은 코미디 영화에도 출연하여 특유의 바보 연기를 선보여 흥행 배우로도 이름을 떨쳤다. 사실 배삼룡이라는 이름도 원래 악극단 무대에서 별명처럼 부르던 것이 그대로 굳어져 본명처럼 쓰였다고 한다. 악극단 배우에서 쇼 무대 사회, 영화와

---

9   손병우, 「대중문화와 생애사 연구의 문제설정」, 『언론과사회』 14권2호, 언론과사회학회, 2006, 49쪽.

라디오 출연, TV 출연으로 이어지는 경로는 한국 대중문화 초창기 코미디언들이 겪은 공통적인 경험이라고 할 수 있다. 악극단 무대에서 활동하던 코미디언들이 TV를 출연하면서 새롭게 느끼던 점은 대략 두 가지였다. 먼저 전문작가가 있어서 완전한 대본을 가지고 미리 연습하고 제작에 들어갔다는 점이다. 두 번째는 거의가 녹화 방송이라서 모니터를 통해 자기 모습을 뜯어보고 연기를 교정할 수 있었다는 점이다.[10] 사실 무대 코미디는 마이크 앞에서 두 사람이 적당한 이야깃거리를 만들어 우스개를 주고 받는 대화극 형식이었다. 아무래도 이런 경우 재미있는 우스갯소리를 늘어 놓아 관객들을 폭소케 하는 것에 주안점이 있었다. 그러나 TV 코미디의 경우 텔레비전에 적합한 표정과 동선, 목소리의 고저(高低)와 뉘앙스를 섬세하게 고려해야 한다. 이 과정에서 배삼룡은 철저한 계산에 의해서 독자적으로 TV 화면에 최적화된 바보 캐릭터를 고안해 냈고, 어딘지 맞지 않는 것 같은 허술한 복장과 흐트러진 외모는 이렇게 탄생하였다고 볼 수 있다. 비록 어디서도 정규 연기 교육을 받지 않았지만 악극단과 쇼단 생활을 통해서 대중들에게 소구할 수 있는 연기력과 무대 경험을 쌓았기 때문에 기민하게 텔레비전 코미디언으로 스스로를 시각화할 수 있었던 것이다. 〈배삼룡 독트린〉에서 아버지가 시도하고 있는 것도 바로 이런 배삼룡 코스프레에 해당한다.

배삼룡이 코미디의 황제라고 불릴 정도로 당대 대중에게 크나큰 사랑을 받았던 이유는 '비실이'란 별명에서 알 수 있듯이 그 특유의 어리숙하고 좌충우돌하는 바보 연기에서 비롯되었다. 항상 그는 신체적으로나 정신적으로나 약자 쪽에 속해 있는 캐릭터였고, 늘 영악한 다른 캐릭터에 의해서 당하는 역할을 도맡았다.[11] 이는 다음과 같은 그의 언급에서도 어렵지 않게 확인할 수 있다. "TV

---

10 손병우, 앞의 논문, 55쪽.
11 배삼룡은 구봉서와 명콤비를 이루면서 항상 똑똑하고 얌체 같은 그에게 당하는 어수룩한 캐릭터를 맡

는 가까운 거리에서 보는 것이기 때문에 화면 상에서 잘난 체를 한다든가 그러면 시청자들이 당시에는 저항을 느꼈어. 그래서 옷도 보통 사람들이 상상도 할 수 없을 정도로 허술하게 입었어. 다 이유가 있었던 거지. 만일 누구 편을 들어야 할 때 반드시 약자 편을 들 것이라는 게 내 전략이었던 거야."[12] 웃음의 원리가 상당 부분 웃음의 대상에 대한 상대적 우월감에서 비롯된다는 것은 상식에 가깝다. 좀 모자란 인물의 우스꽝스러운 행동을 보고 웃는 것은 인간의 매우 보편적인 감정이다. 대개의 웃음은 강자나 악인에 대한 풍자가 아니라 약자나 선인에 대한 우월감에서 발생하는 것이다. 간혹 웃음거리의 대상이 소수자나 사회적 약자가 되기도 하는, 윤리적으로 다소 곤란한 상황이 벌어지는 것은 이 때문이기도 하다.[13] 배삼룡은 우리 주위에서 흔히 접할 만한 익숙한 소재들을 자신의 바보 캐릭터로 잘 소화했기 때문에 시청자들 역시 그에게서 경멸감이나 불편함을 느끼기 보다는 친근함을 느끼면서 웃을 수 있었다.[14] 궁핍한 환경 속에서도 끊임없이 강도 높은 노동과 이념적 경직성을 강요받았던 당대의 고단했던 서민 대중들이 '비실비실'한 바보 배삼룡에게 일정한 우월감을 누리면서도 동시에 애틋한 친밀감을 느꼈다고 할 것이다. 이는 단순한 동일시로 환원할 수 없는 더 깊고 은근하고 일상적인 정감의 차원이다. 허문영의 언급[15]에서 알 수 있듯이, 이러한 친밀감은 영화사 초기의 헐리우드 코미디 영화들의 그것과 비슷하다고 볼 수 있다. 찰리 채플린(Charles Chaplin)과 버스터 키튼(Buster Keaton)

았는데, 주로 하층민이면서도 약자이고 비정상인 캐릭터로 스스로를 설정하여 대중의 사랑을 받았다.

12   최석우, 「코미디 황제 배삼룡 인생유전, 그것 모르면 정말 바보야」, 『말』 152호, 월간말, 1999, 192쪽.

13   배삼룡은 이러한 상황을 다음과 같이 설명하기도 했다. "남의 비극 앞에서 동정심을 발휘하기 이전에 조건 없이, 일말의 경계심도 없이 호탕하게 한 번 웃어 버리는 성향을 나는 우리들만의 독특한 민족성과 결부시켜 생각한 것이었다. 나는 이런 점을 겨냥해 '비실비실'을 나의 상표로 들고 나왔다."(배삼룡, 『한 어릿광대의 눈물젖은 웃음』, 다른 우리, 1999, 287~288쪽)

14   이홍우, 「천생(天生) 희극배우 배삼룡의 웃음 구현 방식과 웃음의 의미」, 『웃음문화』 5호, 한국웃음문화학회, 2008, 66쪽.

15   허문영, 「웃음과 놀이, 혹은 비예술에서 배우기」, 『문예중앙』 가을호, 중앙북스, 2011, 426쪽.

의 코미디가 일 년에 몇 번씩 찾아올 때, 관객들이 마치 절친한 친구를 만나러 가는 기분으로 극장을 향했던 것처럼 말이다. 채플린과 키튼 못지 않은 바보 연기의 달인 배삼룡에 대한 한국의 끈끈한 대중적 기억도 이와 크게 다르지 않을 것이다.[16]

그림 2 : 배삼룡의 바보 연기

1980년대 들어 정치적 격변과 함께 등장한 신군부 정권의 문화정화 정책에 따라 배삼룡은 저질 코미디언으로 매도되고, 코미디의 인기 하락과 사업 실패로 인해 내리막길을 걷기 시작했다. 1980년 미국행을 택했다가 1983년 귀국하여 다시 방송 연예계에 복귀하지만 예전의 인기를 회복하는 데에는 성공하지 못한다. 1990년대 중반부터 흡인성 폐렴으로 투병하고, 병원 입원비조차 내지 못할 정도로 생활고에 시달리다가 2010년 2월 사망한다. 〈배삼룡 독트린〉이 쓰여진 2004년에는 이미 배삼룡이 잊혀진 과거의 인물로 여겨질 때이다. 그럼에도 불구하고 이 소설은 배삼룡에 대한 대중적 집단 기억에 전적으로 의지하고 있다. 이들은 지극히 평범함을 자처하는 가족이었다. 그런데 어느 순간 아버지가 배삼룡 독트린을 선언하면서 딸의 말마따나 "쪽 팔려서" 괴로운 지경이 된다. 하지만 이것도 딸과 아들만의 생각에 불과하다. 어머니는 자식들의 걱정이 철없다 치부하고 대수롭지 않게 여긴다. 긴 인생에서 노선을 슬쩍 바꿀 수도 있고 배삼룡이 되고 싶은 때도 있다는 것이다. 소설에서 각각 세

---

16 다음과 같은 배삼룡의 바보 연기론은 새삼 흥미로운 구석이 있다. "진짜 바보는 바보 흉내를 낼 수 없다는 거야. 다만 천재가 바보 흉내를 내서 먹고 살았을 뿐이지. 그게 내 주장이지. 내 자기변명이고 희극배우란 바로 그런 거야… 그럼 왜 바보냐? 저 강원도 산골에서 오래 살던 사람을 갑자기 명동에다 갖다 놨다고 생각해 봐. 그게 바로 희극에서의 바보야. 어수룩하게 모르는 게 많아야 하거든. 근데 대사부터 목소리를 이상하게 변조시켜서 웃기려 든다면 그건 바보가 아니라 장애자지."(최석우, 앞의 글, 194쪽)

장씩 할애된 아들과 딸의 시점과는 달리, 오직 한 장만 어머니의 시점으로 구성되어 있는 것도 아버지의 배삼룡 독트린에 대한 어머니의 반응이 영 시원찮다는 사실을 보여준다. 어머니는 오히려 세상에 요긴한 게 배삼룡이라고 말한다. 배삼룡이라고 말하면 뭐든지 통하는 세상이자, "우리 외교의 전통, 오늘의 대한민국, 근대화된 조국은 배삼룡을 빼고는 안 된다"는 것이다.

　한석규나 최민수 독트린은 미국에서나 가능한, 그저 비실비실거리다가 배삼룡 마냥 바보가 되어 버린 시대와 사회상은 아버지의 해고 통지 후 정신과에서 치료 목적으로 시청하는 '배삼룡 ⓐ-1'이란 비디오 테이프에서 더 노골적이고 신랄하게 그려진다. 비디오 영상은 미국 대통령 내외의 방한 모습을 담은 자료 화면이다. 영접을 나온 한국의 대통령에게 미국 대통령은 느닷없이 한국말로 "이봐, 장님에게 칫솔 달라고 할 때 어떻게 하지?"라고 묻는다. 그러자 한국 대통령은 손으로 칫솔질하는 흉내를 내고, 다시 미국 대통령은 "그냥 칫솔 달라고 말로 하면 되는 거야, 이 맹추야"라고 덧붙인다. 실제 과거에 배삼룡과 구봉서가 출연했던 〈웃으면 복이 와요〉의 한 코너 대사를 조잡하게 더빙한 이 영상을 본 아버지는 슬피 울기까지 한다. 이 어처구니 없는 상황은 그야말로 부조리한 블랙 코미디를 보는 듯 하다. 여기선 한국 대통령이 비실비실 배삼룡이 된다. 장님은 눈이 안 보일 뿐 귀가 안 들리는 것이 아님에도 불구하고, 한국 대통령은 갑자기 수화(手話)를 시도하는 것이다. 상대가 지닌 장애를 결정적으로 착각하고 어리석기 짝이 없는 행동을 하는 것은 제대로 상대와 대화조차 하지 못하는 무능력한 모습인 동시에 강대국 미국의 눈치를 보느라고 과도한 액션을 취하는 구차한 태도를 암시한다.

　　평범한 인간들의 갈 길은 대충 정해져 있다고 생각한다. 딱히 대학 외에는 길이 없듯이 딱히 취직 외에는 방법이 없다. 즉, 바나나 이상으론 휘어지지 않는다.

이상해 오빠. 왜 정해져 있는 거지? 휴지를 말아주며 내가 묻자, 코피를 닦으며 오빠가 얘기했다.

분위기가 그런데 어쩌겠어.

세상은 과연 달라진 걸까? 나는 가끔 그런 생각을 가져보고는 한다. 아버지와 오빠가 자리를 바꾸었고, 고등학교가 대학교가 되었을 뿐인데, 또 엄마는 여전히 여행 중인데.

오빠는 정말 열심이다. 마치 한창 때의 아버지 같다. 자꾸 살이 찌나 봐. 운동을 못해서 그런가? 언제나 살이 쪘다고 투덜대지만, 또 한 편으론 옷이 줄어들었단 느낌도 나에겐 들기 마련이다. 아니, 어쩌면 오빠는-자신도 모르게 점점 작은 사이즈의 양복을 입는 훈련이라도 하고 있는 게 아닐까. (196-197)

3년 후 끝내 새 직장을 구하지 못하고 코스프레 수준이 아닌, 정말 어엿한 진짜 바보가 되어 버린 아버지는 폐(廢)건전지처럼 무기력하게 신문만 보고 있고 가장의 역할은 아들이 대신하고 있다. 아버지의 조언처럼 그는 지나칠 정도로 왔다 갔다 하면서 코피까지 흘릴 정도로 열심히 회사를 다닌다. 이제 대학생이 된 딸은 오빠를 따라 정해진 길을 걷고자 하지만, 3년 전 아버지의 배삼룡 독트린 같은 무서운 광경을 다시는 마주치고 싶지 않다고 토로한다. 그러나 자꾸만 오빠의 미래에 대해서도 불길한 마음을 감추지 못한다. 딸이 말하듯 평범한 인간들의 갈 길이 미리 정해져 있다면 결국 그 끝은 배삼룡이나 혹은 다른 바보 캐릭터 코미디언에 대한 독트린을 선언하는 종착점 밖에 없는 셈이다. 그것은 곧 배삼룡처럼 점점 더 작은 사이즈의 양복을 입는 훈련을 하는 일이기도 하다. 사실 딸은 흰 폴라에 올리브색 베네통을 받쳐 입으면 '청순가련'해 보인다는 소릴 듣기도 하고, 바나나우유만 즐겨 마시며, 연예인 팬클럽 간부도 맡는 등 나름 개성을 뽐내려 하지만 결국 이 모든 것이 역시 평범하기 짝이 없는 소녀의 모습에 불과하다는 사실을 은연 중에 깨닫게 된다. 대한민국의 모든 소녀들이 청순가련형이고 바나나우유를 즐겨 먹으며 연예인 팬클럽 회원인 것이다. 청순가련형이든 바나나우유든 팬클럽 간부이든 어쨌든 결국은 대학과 취직 외에는 다른 방법이 없는 삶이다. "다들 저렇게 살아야 한다는데 대다수의 분위기가 그렇다면 내심 억울한 기분이 들면서도 결국 별 수 없는" 노릇이다. "제 아무리 통뼈라도 분위기엔 이기지 못"하기 때문이다.

여고생 시절 팬클럽 간의 폭력 사태에 휘말려 경찰서에 가게 된 그녀는 국내 최대인 'S' 팬클럽 숫자보다 실직자 수가 몇 배나 더 많다는 사실에 큰 충격을 받는다. 취조하던 경찰은 다음과 같은 S의 노래가사를 읊는 그녀에게 측은한 눈길을 던진다. "겁내지 마. 비굴하지 마. 그건 내가 바라는 니 모습이 아니야. 물러서지 마. 도망치지 마. 온몸으로 부딪혀 세상을 바꿔봐. 할 수 있겠니? 할 수 있겠지. I believe You can do it!" 경찰의 말처럼 그것은 "어이가 없…을만큼" 현실에서는 통용될 수 없는 허무맹랑한 말이기 때문일 터이다. 〈배삼룡 독트린〉은 출구 없는 획일적인 평범함의 노선에 갇혀, 어떤 다른 선택의 여지도 없고 아무것도 변화시키는 꿈조차 꿀 수 없는 삶, 그리고 결국에는 스스로를 희화화하고 자조하면서 배삼룡화되는 공포스러운 세계를 냉소적으로 보여주고 있다. 박민규의 다른 소설 속 주인공들이 도저히 자신의 힘으로는 어찌 할 수 없는 현실 앞에서 카스테라로, 너구리로, 기린으로 변신함으로써 체념적으로 현실을 비약하는 것[17]처럼, 이 소설의 주인공 역시 도저히 세속과 어울릴 수 없을 정도로 비실거리는 슬픈 배삼룡이 됨으로써 현실을 뛰어넘는 가공의 세계로 도피하

---

17 안남연, 「현대소설의 현실적 맥락과 새로운 상상력-박민규의 소설을 중심으로」, 『한국문예비평연구』 21집, 한국현대문예비평학회, 2006, 168쪽.

는 것이다. 게다가 이제 한국 코미디사를 풍미해 왔던 슬랩스틱 바보 캐릭터 코미디언들도 자취를 감추고 세련된 말장난과 폭력적인 수사학으로 악명을 떨치는 미남미녀 캐릭터가 인기를 얻는 현재, 그나마 어수룩하고 정겨운 바보들을 통해 얻을 수 있던 소소한 위안조차 사라지고 있음을 우회적으로 엿볼 수 있다.

3. 현실과 가상의 누락된 틈새 : 이장욱의 〈변희봉〉

> 만기는 그날 술에 취해 지하철 계단을 내려가고 있었다고 한다. 부친이 입원해 있는 병원을 나와 혼자 술을 마신 뒤 집으로 돌아가는 길이었다. 자정을 넘겼기 때문에 지하철에는 인적이 드물었다. 막차를 타려는 사람들이 간간이 바쁘게 달려갈 뿐이었다. 만기는 제법 비틀거리기까지 하며 계단을 내려갔다. 입에서는 흥얼흥얼 노래가 흘러나왔을 것이다. 아마도 서른 즈음에나 사랑 그 쓸쓸함에 대하여 같은 노래였겠지. 그런데 계단을 다 내려오자 저 앞쪽에서 낯익은 어른이 걸어오고 있더라는 거였다. 만기는 이런 데서 고향 어른을 다 만나는구나 하는 생각에 넙죽 인사를 했다. 호기로운 자세였지만 목소리는 조금 풀어져 있었다.
>
> 어르신, 오래간만입니다.
>
> 마주 오던 양반은 인자한 미소를 지으며 정중하게 인사를 받았다. 하지만 별다른 말 없이 만기를 지나쳐 걸어갔다. 자연스러운 자세였다고 한다. 그런데 몇발짝 걷던 만기는 불현듯 뒤를 돌아 보았다. 술이 다 깨는 느낌이었다. 자기가 방금 인사한 사람이 고향 어르신이 아니라는 걸 깨달았던 것이다.
>
> 변희봉.
>
> 변희봉이라는 이름이 순간 만기의 뇌리를 스쳐갔다. 연기자 변희봉. 탤런트 변희봉. 명배우 변희봉. 나로서는 처음 듣는 이름이었지만, 어쨌든 만기의 머릿속에서는 변희봉이라는 세 글자가 금도금이라도 한 것처럼 빛났다. (49~50)

이장욱의 〈변희봉〉에서도 소설의 출발이자 끝은 실존 배우 '변희봉'으로 집약된다. 이 소설은 어느 비오는 하룻밤을 배경으로 동대문운동장 앞 포장마차에서 TV로 프로야구 경기를 시청하면서 화자가 친구 만기의 이야기를 듣는 방식으로 전개된다. 화제의 중심은 다름아닌 '변희봉'에 대한 것이다. 만기는 오랜 병수발 끝에 막 아버지를 여의고, 아내와도 이혼한 무명 연극배우로 이른바 "여러 모로 패색이 짙은 인생"이다. 그런데 어느 순간부터 지하철역, 시장, 결혼식장 등 일상의 곳곳에서 변희봉을 마주치는 일을 겪게 된다. 그런데 기묘하게도 만기를 제외하고는 아무도 배우 변희봉을 알지 못한다. 저 사람이 누구인지 아느냐고 아무리 물어도 오히려 만기를 미친 사람으로 취급할 뿐이다. 또한 만기가 반가워하며 아는 척을 하려 해도 변희봉은 순식간에 사라져버리기 일쑤이다. 만기는 답답한 마음을 화자에게 토로하지만 화자 역시 변희봉이 누군인지 전혀 알지 못하는 상태이다. 흥미로운 것은 소설에서 만기를 제외하고는 무효한 인물인 변희봉이, 소설을 읽는 독자의 현실에서는 엄연히 실존하는 배우 변희봉이라는 것이다. 가령 〈플란다스의 개〉와 〈괴물〉에서 변희봉이 실제 연기했던 역할을, 소설에서는 장항선, 김인문이 맡았다고 알고 있는 식이다. 현실에서는 당연히 존재하는 인물이며 꽤 유명인인 변희봉이 오히려 소설에서는 만기의 망상이나 허상 속의 존재가 된다. 독자들이 이 소설을 읽으며 알쏭달쏭한 착시 효과를 경험하는 것은 이 때문이다. 이와 같이 〈변희봉〉은 가상과 현실, 비존재와 존재, 앎과 무지를 넘나들며 당혹스러운 혼란감을 유도한다.[18]

사실 만기가 곳곳에서 마주치는 변희봉은 배우로서의 삶을 사는 그에게 하

---

18 이장욱의 다른 소설에서도 이처럼 사라지는 사람들, 즉 어느 순간부터 존재가 희미해지거나 유령 같은 존재가 되는 사람들의 이야기가 즐겨 등장한다. 작가 스스로도 소설을 쓰는 일은 끊임없이 무효의 인물들을 만들어내는 일이라고 설명한다. 〈변희봉〉이 수록된 소설집 『고백의 제왕』에 나오는 〈동경소년〉에서도, 한 남자가 도쿄 뒷골목의 허름한 여관에서 사랑하는 여인 유끼와 만나고 헤어진 이야기를 들려준다. 유끼 역시 남자의 눈에만 보이는 유령 같은 존재이다. 그리고 점점 희미해지다가 어느 순간 사라짐으로써 사랑도 끝난다. 다른 사람들의 눈에는 절대 보이지 않고 환영처럼 남자에게만 나타난다는 점에서, 남자와 유끼의 관계는 만기와 변희봉의 그것과 매우 유사하다.

나의 우상이기도 하다. 평범한 직장의 말단 사원으로 근무하던 만기는 대학로에서 연극 〈인형의 집〉을 관람한 후 갑자기 사표를 제출하고 연극을 하겠다고 나서서 주변 사람들을 경악케 한다. 게다가 만기의 아버지는 뇌의 신경세포에 문제가 생겨서 일 년째 병석에 누워 있는 형편이었다. 연극을 시작한 지 반년이 지나도 고작 대사 없는 단역 몇 번으로 출연했을 뿐 주로 하는 일은 막이 바뀌는 동안 캄캄한 무대 위에 세트를 설치하는 작업이었다. 이런 만기에게 변희봉은 일종의 지표이자, 자신의 삶에 대한 변명과도 같은 인물이다. 변희봉은 1960년대에 성우로 데뷔한 후 연극 연기를 시작하였으며, 1970년대 주로 단역이나 조역으로 출연하였다. 본명은 변인철이지만 악역으로 굳어진 이미지를 개선하려는 의미에서 1977년부터 변희봉이라는 예명을 사용하여 이 이름으로 알려졌다. 10여 년 동안 〈수사반장〉이나 〈113수사본부〉 같은 범죄극에서 잡범이나 악역을 맡는 것이 고작이었고, 1980년대에는 사극에 출연하여 개성적인 괴짜 캐릭터를 연기하면서 일정한 유명세를 얻었으나 이후 배역이 들어오지 않아서 경제적인 어려움을 겪은 끝에 낙향을 준비하기까지 했다고 한다. 그런데 2000년대에 들어서 그의 개인적인 팬이었던 봉준호 감독의 영화에 잇달아 출연하면서 인상적인 조연 배우로 각광을 받기 시작했다. 〈플란다스의 개〉에서는 보신탕을 좋아하는 아파트 경비원, 〈살인의 추억〉에서는 지방의 무능한 형사반장, 〈괴물〉에서는 주인공 가족의 정신적 지주인 할아버지 역할을 맡아 변희봉이라는 배우를 재발견하게 되는 계기를 얻게 되었다. 특유의 은근하고 천연덕스러운 표정과 쉰 듯한 목소리, 기괴한 익살 연기가 높이 평가되어 개성파 영화배우로서 확고한 전성기를 누리며 2006년 〈괴물〉로 청룡영화상 남우조연상을 수상하기에 이르렀다.

연극 무대에서 시작하여 텔레비전과 영화로 영역을 넓힘으로써 만년(晩年)에 만개한 배우인 변희봉의 이력은 만기에게 있어서는 그대로 따르고 싶은 전범

같은 것이다. 단역과 조역을 전전하며 계속 연기 생활을 했지만 세상은 한참 뒤에나 변희봉을 알아 봐 주었다. 쉬기를 밥먹듯 했고 오랫동안 밝은 조명을 받지 못했지만, 남에게 인정받지 못하는 상황에서도 그저 묵묵하게 꾹꾹 쌓아왔던 공력과 연륜이 뒤늦게나마 폭발한 것이다. 변희봉의 매력 중 하나인 독특한 마스크도 절반은 타고난 것이지만, 절반은 노력에서 비롯된 것이다. 입을 벌렸다가 다시 오무리고, 눈

그림 3 : 〈괴물〉의 변희봉

도 치켜떴다가 내리깔기도 하는 등, 눈동자 운동을 하루에 200-300번을 하면서 표정 연기를 연습했다고 한다.[19] 이러한 성실한 연습 과정을 통해서 배우로서 변희봉의 진정한 매력이라고 할 만한, 파격적인 캐릭터들을 소화하는 변화무쌍함을 터득한 셈이다.[20] "대본에 몇 개의 단어로 설정되어 있는 가상의 인물을 활활 살아 있는, 이 세상에 유일하게 존재하는, 그런 풍요로운 인간으로 만드는 몇 안 되는 배우"라는, 변희봉에 대한 만기의 예찬은 여기에서 비롯된다.

19 문석, 「특별한 배우, 변희봉」, 씨네21, 2006.8.1, 63쪽.

20 봉준호 감독의 다음과 같은 언급은 변희봉의 독특한 캐릭터를 이해하는 데에 흥미로운 시사점을 제공한다. "〈안동동 아씨〉의 점쟁이 역이나 〈조선왕조 500년-설중매〉의 유자광 역으로 출연하시기 전부터 변희봉 선생님의 팬이었다. 〈수사반장〉이나 〈113 수사본부〉에서 선생님은 범인이나 간첩으로 나오곤 했는데, 그게 그렇게 인상 깊었다. 가장 기억나는 에피소드는 〈수사반장〉의 '할렐루야 교주' 편이다. 변 선생님은 러시아 스타일의 모자와 두루마기 같은 것을 걸치고, "할렐루야, 렐루야, 렐루야"라는 노래를 부르면서 신도를 이끌었다. 좌우를 보면서 손을 가슴에 엑스자로 모으는 무용 동작을 하면서, 그때 형언할 수 없는 그 느낌에 압도당했던 것 같다. 사실 〈플란다스의 개〉 초고에는 경비원 역할이 없었다. 그러다가 어릴 때 좋아하던 변희봉 선생님이 경비원 옷을 입고 지하실을 왔다갔다 하는 모습이 갑자기 떠올랐다. 그래서 아예 변 선생님을 염두에 두고 경비원 캐릭터를 만들었다. '보일러 김'에 관한 이야기를 하는 장면도 처음부터 머릿속에 있었다. 변 선생님의 독특한 굴곡이 있는 얼굴에 아래에서 올려치는 조명을 하면 재미있겠다는 생각을 했다… 어릴 적부터 팬인 나로서는 변 선생님이 현장에 함께 계시는 것만으로도 좋다. 그리고 선생님을 보고 있으면 아이디어가 마구 떠오른다. 내게 변희봉 선생님은 창의적인 자극을 주시는 존재인 듯하다."(문석, 앞의 글, 65쪽)

아버지의 병원비를 대느라고 빚더미에 올라 앉고, 그 때문에 아내에게 이혼까지 당한 만기에게 유일한 희망은 연극 무대밖에 없는 상황이었다. 그런데 그렇게 만기가 절대적으로 흠모하는 대배우 변희봉을 주변 사람들이 아무도 모른다는 것은 당혹스럽기 그지 없는 일이다. 이는 만기의 유일한 욕망과 희망이 그 누구에게도 이해받지 못한다는 것을 암시한다. 변희봉이 누락되어 있는 세계란, 곧 그를 선망하는 만기조차 누락되어 버렸다는 말에 다름 아니기 때문이다.

흥미로운 점은 봉준호, 김인문, 장항선, 송강호, 프로야구팀 SK와 롯데, 이대호, 김광현, 박경완 등의 이름을 통해서 소설 속 세계는 지금 독자가 살고 있는 동시대의 현실과 매우 흡사한 것으로 설정되는 데에 비해, 오직 '변희봉'이라는 이름 하나가 소거됨으로써 갑자기 소설 세계 전체가 낯설어지는 기이한 느낌이 발생한다는 것이다. 변희봉은 소설 속에서는 만기를 제외한 모든 사람들이 모르지만, 현실에서는 독자 모두가 알고 있는 인물이다. 현실에서는 너무도 분명히 실재하는 존재가 텍스트 내부에서는 허무맹랑한 거짓이 되어버릴 때 소설은 독자들의 호기심을 자극하며 적극적으로 텍스트 속으로 끌어들이게 된다.[21] 더구나 왠만해서는 변희봉이라는 실존 배우의 이력을 알고 있는 독자의 입장에서는 소설 속에서 미친 사람 취급받는 만기에게 훨씬 더 짙은 동류의식을 느끼게 된다. 가령 소설에 등장하는 다른 이들은 모두 가공의 인물이라고 여겨지는 반면, 만기는 훨씬 더 현실에 근접해 있는 어떤 인물인 양 간주되는 것이다. 이른바 현실의 변희봉을 흠모하고 또 되고 싶어하는 소설의 인물인 만기가 현실과 가상의 경계에 묘하게 걸쳐 있는 존재가 된다. 만기가 고단한 일상인으로서의 삶과 연극배우로서의 삶을 동시에 산다는 설정도 그가 현실과 가상의 경계에 위치한 존재임을 입증한다. 아버지는 병석에 누워 있고 아내는 떠나는 식으

---

21   강지희, 「세계의 무표정, 회로 구성의 미학-최제훈과 이장욱의 소설」, 『문학과 사회』 봄호, 문학과지성사, 2014, 540쪽.

로 인생 자체가 찌들 대로 찌든 통속드라마 같은 주제에 연극 배우를 하려 한다고 만기에게 쏟아진 주변의 비난 역시 이러한 만기의 독특한 정체성과 연결지어 생각할 수 있다. 그래서 〈체험 삶의 현장〉을 찍는 것으로 착각할 정도로 재래시장 생선가게 좌판에서 능수능란하게 생선을 다듬고 포장하는 모습처럼, 너무나도 탁월한 연기력으로 허구의 캐릭터를 마치 현실의 생생한 그것으로 여겨지도록 혼연일체가 되는 진정한 프로 배우 변희봉을 만기가 존경하는 것은 어쩌면 매우 자연스러운 일 같기도 하다.

의사는 아버지의 MRI 사진을 보여주며 뇌에 문제가 생겨 만들어진 작고 검은 구멍이 정상적인 뇌세포들을 잡아먹는 것이라고 설명한다. 의식을 잃고 사경을 헤매는 아버지는 결국 그 작고 검은 구멍을 통해 영 다른 세상에 가 있는 셈이다. 아무도 변희봉을 알지 못한다는 뜻밖의 반응에 혼란스러워진 만기는 인터넷을 뒤져 '변희봉'을 검색해 보지만 검색결과가 없다는 메시지만 접한다. 〈플란다스의 개〉와 〈괴물〉을 검색하여 배우들의 명단을 확인해도 '장항선'과 '김인문'이 적혀 있을 뿐이다. 낙망한 만기는 혹시 자신의 기억에 어떤 착각이 있는 것인지, 아니면 "내 마음이 어딘지 삐끗해서, 쪼매 다른 세상으로 빠지들어간 기 아인가"라는 의구심에 사로잡힌다. 그리고 독자 역시 그 조금 다른 세상에 대한 위화감을 공유한다. 마치 만기가 빠져든 다른 세상은 소설 밖 변희봉이 실존하는 현실 세계이며, 독자가 빠져든 다른 세상은 소설 속 변희봉이 없는 세계 같다. 변희봉이라는 인물이 이 두 세계를 연결하는 하나의 징검다리 역할을 하는 것이다. 아버지의 뇌 속의 작고 검은 구멍은 바로 변희봉 같은, 두 세계를 연결해 주는 징후인 셈이다.

만기를 매료시켜 연극에 투신케 한 것은 〈인형의 집〉에 나오는 의미심장한 대사, "인생은 왜 빛이며 죽음은 왜 어둠인가. 삶은 오히려 어둠의 편에서 오는 것은 아닌가"였다. 여기서도 빛과 어둠, 삶과 죽음의 경계가 흐릿해 진다. 만기에게는 불 꺼진 무대의 어둠이야말로 그를 이끄는 삶의 근원적 동력이라고 할 수 있기 때문이다. 〈변희봉〉은 이 '어둠 안의 삶'에 주목한다. 우리의 삶은 그렇게 알 수 없는 어둠 속 무엇으로 현존하는 것인지도 모른다. 재래시장에서 생선 좌판을 펼친 변희봉, 새벽 지하철 역에서 신문지를 깔고 앉아 소주를 마시는 변희봉, 백화점 앞 길거리에서 기도문을 외우는 변희봉, 예식장에서 일당을 받고 주례를 서는 변희봉처럼 어둠 안의 삶은 일상 곳곳에 존재한다. 변희봉이 불현듯 만기 앞에 출현했다가 사라지는 설정도 이와 같은 어둠 안의 삶과의 돌연한 만남들에 다름 아니다. 아버지의 치유할 수 없는 병도, 아내가 갑자기 오타루에 가서 오르골을 만드는 삶을 살겠다고 이혼을 요구하는 것도 도무지 이해할 수 없는 어둠 같기는 마찬가지이다. 이는 인생에 과연 명백한 진실이란 있는가라는 심오한 의문으로까지 이어진다.

-하지만 이상한 거는⋯⋯⋯ 시간이 갈수록 그분이 자꾸 눈에 보이는 기라.
이대호가 친 공이 까마득하게 날아갔다. 펜스를 향해 둥근 궤적이 그려졌다. 만기도 말을 멈추고 화면을 바라보았다. 야간조명이 환하게 켜져 있었다. 조명 너머로 검은 하늘이 보였다. 빗줄기가 거세지고 있었다. 날아가던 공이 포물선의 정점에 오르는 순간, 화면 중앙에 몰려든 불빛들이 허공에서 부딪쳤다. 나는 눈을 깜빡였다. 공이 보이지 않았다. 카메라 역시 공을 놓친 모양이었다. 아나운서가 말했다. 아, 아, 공이 어디로 갔나요? 조명 속으로 들어갔나요?
-새벽에는 지하철역에 신문지 깔고 앉아가꼬 소주를 드시고⋯⋯ 낮에는 백화점 앞 길거리에 서서 혼자 두 팔을 이래 들고 기도문을 외우시고⋯⋯⋯
만기가 손바닥을 위로 한 채 두 팔을 치켜들었다. 텔레비전 카메라는 허공을 비추고 있다가 천천히 각도를 낮추어 필드의 외야수를 향했다. 외야수도 허공을 멍하니 바라보고 있었다. 조명등 불빛 때문에 공을 시야에서 놓친 거죠? 해설자가 이어서 말했다. 네, 이런 일은 주로 야수가 뜬공을 잡을 때 일어나는데요, 어쨌든 야간경기에서는 이런 일이 종종 있습니다. 관중들이 웅성거렸다. 약간 흥분한 목소리로 해설자가 덧붙였다. 외야에는 이천 럭스가 넘는 조명이 쏟아지거든요? 그래서 공이 조명등 불빛이 교차하는 한가운데로 들어가면 순간적으로 그렇게 돼요. 게다가 지금은 비가 오지 않습니까? 하지만 해설자의 말에는 어딘지 조리가 없었다. 아나운서가 말을 받았다. 시선과 불빛과 공이 일직선을 이루는 순간에 말씀이시죠? 아나운서가 주저하며 덧붙였다. 그건 그렇고……… 공이 어디로 사라졌나요? (69~70)

이 이해할 수 없는 어둠은 오히려 가장 환한 불빛들이 부딪치는 지점에서 생겨난다. 포장마차에 틀어놓은 TV 속 프로야구 경기에서 황당하게 공이 사라져 버리는 상황이 그러하다. 홈런타자가 쏘아 올린 공이 현란한 빛무더기 속에서 돌연 없어지는 것이다. 이 공 역시 빛 속에 도사린 작고 어두운 구멍을 통해 다른 세상으로 빨려들어가 버린 셈이다. 병수발에 지친 만기가 아버지의 산소공급기의 전원장치에 손을 대려는 순간 갑자기 아버지가 지그시 눈을 뜬다. 그제서야 만기는 자신이 어떤 행동을 하려 했는지 섬뜩하게 깨닫고 울먹인다. 그날 밤 아버지는 임종 직전 인공호흡기에 귀를 갖다 댄 만기에게 희미한 음정들로 "니 밴…… 히봉이라고……아나?"고 말한다. 뇌 속의 작고 어두운 구멍을 통해 변희봉이 존재하는 다른 세상에 속해 있던 아버지의 마지막 유언 같은 물음에 만기는 연신 고개를 끄덕거린다. 소설의 결말부 정적에 휩싸인 거리로 나온 화자와 만기 앞에 동대문운동장 쪽 하늘에서 날아온 야구공이 툭 떨어진다. 동대문운동장은 이미 거대한 구덩이가 파인 채 쇼핑몰 공사를 앞두고 있는 상황인데 말이다. 난데없이 어디선가 날아온 야구공은 마치 빛과 어둠, 현실과 가상, 삶과 죽음, 변희봉이 존재하는 세계와 존재하지 않는 세계 사이의 틈새를 비집고 출현한 비의(秘意) 같은 대상이라고 할 수 있다. 이처럼 〈변희봉〉은 변희봉이라는 인물의 존재와 비존재를 어그러뜨림으로써 독자와 등장인물 간의 미묘한 정서적 조응을 유도한다. 그리고 분명히 독자들은 지금 자신이 변희봉을 아는 사람들의 세계에 살고 있다는, 퍽 기꺼운 자족감까지 경험하게 되는 것이다.

4. 마초적 영웅과 서부극의 몰락 :
오한기의 〈나의 클린트 이스트우드〉

> 클린트 이스트우드가 처음 관리실에 들어왔을 때 나는 그가 한국전쟁에 관한 영
> 화를 찍기 위해 답사를 왔거나, 부인 몰래 한국인 유학생과 밀애를 즐기다 이곳
> 까지 따라왔을 거라고 생각했다. 선글라스로 얼굴을 가렸지만 나는 단번에 그가
> 클린트 이스트우드라는 것을 알아챘다. 수많은 여자들을 유혹한 그를 어찌 못
> 알아볼 수 있겠나.
> "방 있나?"
> 그가 특유의 가래 끓는 목소리로 물었다. 그리고 내가 자신을 알아 본 것을 이미
> 알고 있다는 듯 희미하게 웃었다.
> "돈만 있다면요"
> 내가 답했다. 솔직히 말해 나는 그에게 실망했다. 그는 영화에서 봤던 것보다 볼
> 품없었다. 노년의 멋을 풍기는 것도 아니었고 허리는 구부정했으며 온몸에 주름
> 이 가득했으니 말이다. (186-187)

앞의 두 작품과는 달리 오한기의 〈나의 클린트 이스트우드〉는 한국 배우가
아닌 헐리우드 배우인 클린트 이스트우드를 등장시킨다. 하지만 소설 전체가
실존 배우에 대한 언급과 해석으로 구성된다는 점에서는 동일하다고 할 수 있
다. 시나리오 작가 지망생인 화자 '나'는 암에 걸린 숙부를 대신하여 관광지 변
두리에 위치한 초라한 펜션을 관리하게 된다. 이곳에 갑자기 화자가 선망해 마
지 않아 왔던 배우인 클린트 이스트우드가 불쑥 나타나고, 한동안 펜션에 투숙
하여 함께 지내게 된다. 실망스럽게도 그의 실제 모습은 구부정한 허리에 온몸
에 주름이 가득한 볼품없는 노인인 데다가 제작자와 다투다 상해를 입히고 한

국에 숨어든 도망자이자 매사에 허세와 불평을 늘어놓는 허풍쟁이에 불과했다. 게다가 숙박비가 없어 펜션 서랍의 돈을 훔치거나 창녀를 데려와 노닥거리다가 폭행이나 저지르는 파렴치한 모습도 보인다. 숙부가 죽고 장례를 치르고 온 화자는 관리실 문이 부서져 있고 얼마간의 돈과 함께 클린트 이스트우드도 사라져 있음을 발견한다. 숙부의 유산을 정리한 화자는 휴가 삼아 서부극의 본고장 텍사스로 여행을 떠나고, 클린트 이스트우드가 가르쳐 준 펍 '올드 텍사스'를 찾아 헤맨다.

이 소설은 클린트 이스트우드와 함께 마틴 스콜세지, 이자벨 아자니, 크리스토퍼 놀란, 마이클 무어, 알랭 레네, 장 뤽 고다르, 자크 타티, 미키 루크, 알 파치노, 로버트 드니로, 찰스 브론슨, 리 마빈, 폴 뉴먼, 더스틴 호프만, 안소니 홉킨스, 존 웨인, 우디 앨런, 데이비드 린치, 샘 페킨파, 브라이언 드 팔마, 데이비드 크로넨버그, 조지 로메로 등 수많은 실존 감독과 배우들을 언급하면서 영화에 대한 각종 이야기들을 늘어 놓는다. 이는 화자가 영화 잡지 기자를 하다가 시나리오를 쓰고 있다는 설정에서 기인한 것이기도 하며, 클린트 이스트우드와 대화를 하는 과정에서 이들에 대한 논평과 견해가 스스럼없이 나오기도 한다. 일종의 영화와 영화광에 대한 소설이라고 할 수 있는 이 작품이 특히 주목하는 것은 퇴락한 서부극으로 대표되는 고전적인 세계관을 지닌 영화들이다. 한때는 강인한 마초성을 과시하던 클린트 이스트우드의, 이제는 늙고 쇠약한 육체와 정신이 이를 뒷받침한다. 화자는 엄연히 클린트 이스트우드의 고전적인 영화 시대를 옹호하는 인물이다. 클린트 이스트우드와 우디 앨런(Woody Allen)을 비교하는 부분은 특히 흥미롭다. 똑같이 늙어서도 우디 앨런은 전형적인 뉴요커답게 특유의 수다와 연애담으로 여전히 인기를 누리고 있지만, 클린트 이스트우드는 고리타분한 퇴물 취급을 받고 있는 처지이다. 화자는 클린트 이스트우드의 총알 하나가 우디 앨런의 수다보다 훨씬 많은 철학을 말하고 있다고 평가한

다. 하지만 지금은 젊은 창녀조차 우
디 앨런은 잘 알지만, 클린트 이스트
우드는 그저 괴팍한 꼰대 정도로 치
부하는 시대인 것이다.

〈나의 클린트 이스트우드〉는 전
적으로 클린트 이스트우드의 이력
과 영화 세계에 기대어 내용을 전개
하고 있다. 클린트 이스트우드는 과

그림 4 : 무법자 시리즈의 클린트 이스트우드

거 1960년대 마카로니 웨스턴(Macaroni western)이라고 불리는 서부영화의 부흥
기, 이름없는 사나이의 허무주의적 이미지와 컬트적 영웅으로 숭상받았던 아이
콘이자, 냉소적인 총잡이와 무표정하고 폭력적인 형사로 한 시대를 풍미했던
배우이다. 떠돌이 노동자의 아들로 태어나 젊은 날 벌목공, 주유소 종업원 등
의 일용직을 전전해 오다가, 그의 나이 34살에 마카로니 웨스턴의 거장 세르지
오 레오네 감독에게 전격 발탁되어 〈황야의 무법자 *A Fistful Of Dollars*〉(1964),
〈석양의 건맨 *For A Few Dollars More*〉(1965), 〈석양의 무법자〉(1966)의 무법자
3부작 시리즈에서 황량한 서부 사막 지대를 떠돌던 총잡이로 등장, 시가를 입
에 문 채 우수에 찬 반항적인 눈빛으로 강렬한 카리스마를 뿜어내면서 서부극
의 영웅으로 등극한다. 그가 영화에서 맡았던 역할들은 떠돌이 폭력배, 직업도
둑, 공군, 카우보이, 형사, 퇴물 우주비행사 등 황무지 무법 총잡이와 한 핏줄이
라고 할 수 있는 캐릭터들이었고, 이들은 모두 본능적으로 힘을 행사하여 세상
의 질서를 관장하고 지배하는 마초형 남성들이었다.[22] 이는 평생 공화당 지지파
라는 자신의 정치 성향과도 연관되어, 미국 사회의 힘을 과시하고 정의를 구현

---

22 정순영, 「〈밀리언달러 베이비〉를 중심으로 본 클린트 이스트우드의 영화 세계 총의 도덕에서 구원으
로」, 『공연과 리뷰』 49호, 현대미학사, 2005, 180~181쪽.

하려는 남성적 힘을 긍정하는 미국의 보수적 이데올로기를 반영하는 것이다.[23] 1970년대 인기를 끌었던 〈더티 해리 *Dirty Harry*〉 시리즈에서는 거의 파시스트에 가까운 냉혈 형사 해리 캘러헌 역할을 맡아 서부극 영웅들의 쌍권총의 현대판 무기라고 할 수 있는 '매그넘 44권총'으로 세상의 불의를 '더티'하게 바로잡는 모습을 보였다. 즉 '악을 진압하기 위해서는 악을 행할 수도 있다'는 신념 아래, 정당한 공권력의 행사가 아닌 과도한 폭력 행사도 불사하며 직접 범죄자들을 처형하는 일도 서슴지 않았던 것이다.

클린트 이스트우드는 배우로서의 인기 못지않게 감독으로도 성공한 인물로 꼽힌다. 1971년 〈어둠 속에 벨이 울릴 때 *Play Misty For Me*〉로 감독 데뷔하여 이후 왕성한 활동을 펼쳐 작가적 면모를 공인받다가 1992년 〈용서받지 못할 자 *Unforgiven*〉로 아카데미 작품상과 감독상, 편집상을 받았고, 2005년 〈밀리언 달러 베이비 *Million Dollar Baby*〉로 또다시 작품상, 감독상, 여우주연상을 수상했다. 특히 〈용서받지 못할 자〉는 클린트 이스트우드의 과거 영화와 캐릭터에 대한 자기반영적인 작품으로, 회한에 잠긴 늙은 총잡이의 회고를 통해 과거 자신의 살상의 과오가 '용서받을 수 없었던' 것이라고 고백함으로써, 살인에 대한 반성적인 성찰을 시도하고 있다. 과거 자신의 페르소나로 일관되게 내세우던 마초형 캐릭터를 스스로 해체하고 탈신화화함으로써 이른바 '서부극의 종말'을 선언한 것이다. 그리고 1990년대 이후 감독 대표작들은 주로 삶에 의욕을 잃고 쇠락해가는 중년이나 노년 남성들을 이야기하고 있다.[24] 그들은 대개 과거

---

23 사실 클린트 이스트우드는 1992년 『카이에 뒤 시네마』와의 인터뷰에서 자신은 공화당에 늘 표를 던지 긴 했지만, 어느 정파에도 잘 맞지 않으며, 차라리 '리버테리언(Libertarian)'에 가깝다고 말한 바 있다. 그는 특히 개인의 자유를 최우선으로 두고, 전쟁에 대해서도 명백한 반대 의사를 밝힌다. 〈밀리언 달러 베이비〉에서 여성과 흑인에 대한 시선, 가족보다 개인의 연대를 중시하는 시각과 안락사에서도 자기 결정권을 강조하는 모습은 이러한 정치적 관점과 어느정도 일맥상통하다고 볼 수 있다. 전쟁 영화인 〈아버지의 깃발 Flags Of Our Fathers〉(2006)과 〈이오지마로부터 온 편지 Letters From Iwo Jima〉(2006)에서도 전쟁이 인간에게 어떤 기억과 상처를 남기는지가 그의 주된 관심사이다.

24 정순영, 앞의 논문, 182쪽.

의 원죄의식에 만성화되어 있으며 점점 다가오는 죽음에 대한 자의식에 사로잡혀, 잊혀진다는 불안감에 빠져 있는 것이 보통이다. 이 작품들에서 공통으로 나타나는 주제의식은 정의의 개념이 흔들리고 희망도 불투명한 비정한 세계에서 명백히 응징할 악도 부재한 윤리적 딜레마에 처한 주인공들이 세대와 성별을 초월한 인류애와 사랑을 선택하는 과정이다. 가령 클린트 이스트우드의 후기 영화 중 최고 걸작 중 한 편으로 평가되는 〈그랜 토리노 *Gran Torino*〉(2008)에서는 유색인종 소년을 위해 자기 희생을 선택함으로써 인종과 국가의 경계를 넘어 인간과 인간이 서로를 믿고 구원해야 한다는 주제를 장엄하게 보여주기도 한다.[25]

　한편 〈나의 클린트 이스트우드〉에서 보여주고 있는 클린트 이스트우드는 아무래도 1990년대 이전 아직 힘과 행동성을 과시하는 마초적 캐릭터의 모습 그대로인 듯 하다. 〈용서받지 못할 자〉를 기점으로 변화한 그의 자기반성적 성향은 제대로 반영되지 못한다. 또한 우디 앨런이나 크리스토퍼 놀란(Christopher Nolan)과의 비교를 통해 헐리우드에서 밀려난 퇴물 늙은이 정도로 취급하고 있지만, 사실 그는 여든이 넘은 현재까지도 여전히 왕성한 창작욕을 보이며 배우와 감독으로 여전히 영화계에서 두각을 나타내고 있다. 무엇보다도 클린트 이스트우드는 '미국 영화의 기적'이라고 불릴 정도로 왕년의 액션 배우가 미국을 대표하는 영화감독이 되었다고 평가되는 것이 보통인데, 이 소설에서는 의도

---

25 〈그랜 토리노〉의 주인공 월터는 그동안 클린트 이스트우드가 맡았던 모든 캐릭터들이 나이 들어 늙은 존재 같은 인물이다. 그는 까탈스럽지만 정의가 무엇인지 알고 생각보다는 실천이 중요하다는 사실도 안다. 그런 그가 결말에서는 이웃인 유색인종 몽족 소년을 위해 자기를 희생하는 모습을 보인다. 변화된 미국의 현실을 수용하고 그 안에서 과거 미국이 표방했었던 (지금은 타락했지만) 선과 정의의 가치를 단호히 수호하는 길을 선택하는 것이다. 마치 클린트 이스트우드는 그동안 자신이 연기했던 그 폭력적 캐릭터들에 대한 회의와 성찰을 수행하는 것처럼 보인다. 그 캐릭터들이 현재의 세계와 미국 속에서 어떻게 종말을 맞아야 할 지를 잘 아는 것 같기도 하다. 사실 〈그랜 토리노〉 이전까지 클린트 이스트우드는 영화 속에서 딱 한 번 죽는 장면이 나왔으며 그것도 병사(病死)였다. 그러나 이 영화에서는 몽족 소년을 괴롭히던 갱들의 소굴에 혈혈단신 들어가 장렬히 죽음으로써 갱들을 소탕한다.

적으로 감독 클린트 이스트우드의 면모를 폄하하고 있는 양상을 보인다. 다시 말해 철저히 고집불통에다 무모하고 허풍스럽고 치졸한 마초 캐릭터 안에 그를 가두고 있다. 여기서 독자는 무언가 시대착오적인 느낌을 가질 수밖에 없다. 2012년의 클린트 이스트우드가 1960-1970년대의 무법자나 더티 해리 캐릭터를 뒤늦게 재연하고 있는 것처럼 보이기 때문이다. 물론 평소 그의 보수적 정치관이 과거 그가 연기했던, 미국식 힘을 주창한 마초 캐릭터들의 성향과 겹쳐진 것은 사실이지만 여전히 영화계에서 건재한 모습을 보이는 그를 과거에 매몰된 패배자 정도로 그리는 것은 편협하다는 느낌까지 들게 하는 것이 사실이다. 앞의 두 작품, 〈배삼룡 독트린〉과 〈변희봉〉이 독자와 공유하고 있는 두 배우의 역할과 이미지, 이력에 충실히 기대어 내용을 펼치고 있는 데에 비해, 〈나의 클린트 이스트우드〉는 배우의 역할과 이력 중 일부만을 임의적으로 취사 선택하여 전개하고 있다고 할 수 있다.

어쨌든 이 소설에서 묘사되는 클린트 이스트우드는 확실히 긍정적 아이콘과는 거리가 있어 보인다. 보수적 마초, 허풍스럽고 불평 많고 고집 센 성격, 말이나 논리보다는 폭력과 감정을 앞세우는 과격주의자, 과거의 고루하고 낡은 가치관을 상징하는 노인 정도를 연상시킨다. 다시 말해 지금은 사라져가는 어떤 존재이자 변화된 영화 환경과 시대에 적응하지 못하는 시대착오적인 모습으로 그려진다. 바야흐로 크리스토퍼 놀란과 3D의 시대에 촌스럽기 그지 없는 인물인 셈이다. 암으로 죽어가는 숙부 정도만이 유일하게 클린트 이스트우드를 자기가 아는 최고의 남자라고 말할 정도이다. 백인/인디언, 문명/자연, 선/악이라는 서부극의 명쾌한 선악구도와 신화주의, 영웅주의, 이분법적 세계관이 더 이상 유효하지 않은 것처럼, 클린트 이스트우드와 그가 연기했던 과거의 캐릭터들 역시 시대의 뒤안길로 사라져 갈 운명이다. 우디 앨런과의 비교에서 드러나듯이, 이는 어떤 시대 정신과 정서의 문제로 설명할 수 있을 터이다. 클린트 이스트우드를 시대적 아이콘으로 만들었던 냉전과 이념 갈등, 인종 갈등의 시대, 강한 미국을 선망하던 가치가 막을 내리고 이제 모든 것이 우디 앨런의 수다처럼 가볍고 유연해진 시대로 돌입한 조건에서, 폭력적이고 단순한 클린트 이스트우드 캐릭터가 각광 받지 못하는 것은 당연하다. 그래서 그가 한국의 변두리 관광지 추레한 펜션에 틀어 박혀, 과거의 영광스러운 시절을 그리워하고 온갖 영화계 인사들에 대한 험담과 뒷담화를 투덜거리는 것도 자연스러워 보인다.

텍사스에 도착한 뒤 며칠간은 관광을 했다. 첫 행선지는 독립전쟁의 격전지 알라모였다. 독립전쟁 당시 군복을 입은 노인들이 이목을 끌었지만 박물관의 전시된 박제처럼 생동감이 없어서 사진을 한두 번 찍으니 금세 흥미가 떨어졌다. 이튿날에는 리오그란데에 다녀왔다. 리오그란데에는 급류타기를 하러 온 관광객들과 특산품을 팔고 있는 메스티소 인디언들이 들끓었다. 쇼핑몰을 방불케 할 만큼 복잡하기 그지없어서 나는 리오그란데의 풍경도 제대로 보지 못하고 쫓기듯 숙소로 돌아왔다. 다음 날에는 샌안토니오 관광 목장 근처 사막에 갔다. 사막에는 수많은 건물들이 촘촘히 박혀 있었는데, 그에 비하면 모래는 한 줌도 안 돼 보였다. 사막 한쪽에는 영화 촬영이 한창이었다. 가이드는 서부극을 촬영하는 중이라고 설명했다. 그러나 거대한 카메라와 장비들만 보일 뿐 배우들은 보이지 않았다. 나중에서 한국에서 그 영화를 봤지만 이건 거의 서부극에 대한 반란이었다. 어린 여자아이가 주인공이었던 것이다…… 그 이후 나는 밤마다 '올드 텍사스'를 찾아 헤매기 시작했다. 클린트 이스트우드에게 텍사스에서도 글이 안 써지는 건 마찬가지라고 따져 묻고 싶었던 건지 단지 외로워서 그랬던 건지는 오랜 시간이 흘렀기 때문에 잘 모르겠다. 다만 '올드 텍사스'가 어디에도 없었다는 건 확실히 기억난다. 클린트 이스트우드가 나를 또 기만한 게 아닐까 라는 생각이 들 만큼 시내에는 온통 호텔과 카지노와 클럽뿐이었다. 광활한 사막은 콘크리트로 메워진 상태였고 현지인들은 한없이 친절했으며 경찰들은 관광객들의 안전을 챙기느라 과도한 신경을 쓰고 있었다. 소떼 대신 차들이 질서정연하게 차도를 오갔고 매춘도 합법이어서 돈만 있으면 죄책감을 느낄 필요도 없었다. 클린트 이스트우드의 말과 달리 텍사스도 숙부의 펜션만큼이나 심심하고 잔인하리만치 쾌적한 공간이었다. 내 상상의 텍사스는 무법의 공간이었기 때문에 정의와 영웅이 필요했다. 그러나 이제 텍사스에 영웅은 필요 없었다. 내가 아는 텍사스는 없었다. (208~209)

사실 클린트 이스트우드 뿐만 아니라 그를 영웅으로 추앙했던 노년 세대들의 시대 역시 저물어 가고 있다. 숙부가 위암에 걸려 죽어가듯, 서부극 장르가 더 이상 헐리우드에서 만들어지지 않는 것처럼 말이다. 화자는 서부극의 본고장에 가면 클린트 이스트우드의 조언대로 시나리오가 잘 풀릴 거라는 일말의 기대를 품고 텍사스로 떠난다. 그런데 현실의 텍사스는 과거 클린트 이스트우드의 본거지이자 정의로운 보안관과 무시무시한 무법자들이 활약하던 서부극의 무대와는 판이하게 달랐다. 박물관에 전시된 박제 같은 노인들만 그득하고, 호텔과 카지노와 클럽만 성황을 이루며, 고작 관광객의 주머니를 놓고 백인과 인디언이 다투고, 사막은 콘크리트로 메워진 상태이고, 소떼나 말 대신 차들이 질서정연하게 차도를 오가고 있었다. 텍사스에는 더 이상 무법자도 영웅도 필요없기 때문에 이제 진짜 텍사스는 존재하지 않는 것이나 마찬가지다. 화자는 클린트 이스트우드가 말해 준 펍 '올드 텍사스'를 찾아 헤매지만 번번이 허탕을 친다. 호텔에서 만난 노신사에게 겨우 도움을 받아 찾아간 곳은 거대한 클럽으로 바뀐 술집이었다. 그곳에서 만난 젊은이들 누구도 클린트 이스트우드를 제대로 아는 사람은 없다. 그러다가 우연히 옆 자리 건장한 흑인과 시비가 붙어 주먹질 직전까지 간 화자 앞에 악당과의 기나긴 추격전을 마치고 온 듯한 고단한 표정의 클린트 이스트우드가 나타나 "어때? 여기가 텍사스야"라며 웃음 짓는다.

이 소설이 굳이 현재의 클린트 이스트우드가 아니라 1960-70년대 과거 그의 캐릭터에 매달려 있는 이유는, 클린트 이스트우드보다는 클린트 이스트우드의 과거 캐릭터에 여전히 경도되어 있는 세대에 대한 냉소적 비판을 시도한 것으로 해석할 수 있다. 화자에게 '올드 텍사스'가 있는 장소를 가르쳐 준 노인은 "이곳은 이제 지옥이라오"라고 토로한다. 소설에서 인용된 칼럼에 따르면 이제막 청년이 된 텍사스의 젊은이들 중에는 유난히 클린트 이스트우드라는 이름을 가진 사람이 많은데, 이는 그를 흠모한 할머니들이 이름을 그렇게 지어주었기 때문이라고 한다. 그런 할머니들이 한창 때 열광했던 마초적 남성상은 더 이상 젊은이들에게 매력적이지도 흥미롭지도 않다. 젊은이들이 클린트 이스트우드라는 자신의 우스꽝스러운 이름을 하나같이 증오하는 것처럼, 그것은 자신들이 추구했던 가치와 삶의 방식을 다음 세대들도 그대로 답습하기를 원하는 그야말로 마초적인 의지의 산물이다. 1990년대 이후 클린트 이스트우드가 자기반성적인 영화들을 만듦으로써 마초적 보수주의와 편협적 정치관을 극복한 데에 비해, 아직도 노년 세대들의 좋았던 시절은 1960-70년대 무법자 시리즈와 〈더티 해리〉의 클린트 이스트우드에 맞추어져 있는 것이다. 동시에 클린트 이스트우드라는 영웅의 퇴락은, 테마공원처럼 변모한 텍사스처럼 철저한 자본논리에 복속된 헐리우드의 난감한 조건을 암시하기도 한다. 영웅과 정의와 악당과 총과 힘이 화끈한 드라마를 만들던 서부극의 시대가 이제는 철저한 상업논리에 밀려 영화사의 그늘로 사라지고 있는 현실을 스산한 시선으로 그려내고 있는 것이다.

5. 맺으며 : 집단 기억으로서의 배우 이미지

현대 대중문화의 강자로 부각된 영화는 이제 전문적인 고준담론에서부터 매우 일상적인 대화의 수준에 이르기까지 거의 상시적인 논의의 대상이 되었다. 영화가 우리의 일상과 지극히 밀착됨으로써, 미학적이고 예술적인 관심보다는 휴식과 사교의 차원으로 전락하고 영화를 통한 지적 갈구는 더 이상 찾기 힘들어졌다는 지적도 만만치 않다. 그러나 관객의 태도를 문제 삼기 이전에 영화를 선택하는 기준, 소비 환경, 영화 문화 전체가 상당히 달라진 것은 부인하기 어렵다. 감독, 배우, 배경, 사운드트랙, 의상, 소품 등에 이르기까지 영화의 매우 다양한 요소들이 대중의 커다란 관심을 받게 되면서, 이에 대해 동시대 대중이 일정하게 집단 기억을 공유할 수 있는 가능성도 열게 되었다. 소설 역시 이러한 집단 기억을 반복하여 재생산하거나 혹은 이에 의지하고 변주하는 모습을 보인다. 특히 강렬한 개성을 발산하여 인물과 혼연일체가 된 배우의 경우, 영화라는 픽션의 세계와 실제 그(녀)가 속해 있는 현실의 경계 자체를 무화시킬 정도로 인상적인 아이콘이 되기도 한다. 스타니슬라프스키[26]는 픽션의 "인물이라는 것은 한 개인으로서의 배우를 숨겨주는 가면 같은 것이다. 이 가면의 보호 하에서 배우는 자신의 영혼을 숨김없이 낱낱이 가장 사적인 디테일까지 담아서 표현할 수 있게 되는 것"이라고 말한 바 있다. 이른바 인물은 배우의 완전한 표현을 위한 안전장치 같은 것이나 다름없다는 말이다. 그러나 배우의 강렬한 개성 탓에 인물이 오히려 배우라는 가면을 쓰는 역설적인 상황도 가정해 볼 수 있을 것이다. 거꾸로 배우라는 가면을 미리 전제한 상태에서 인물을 구상하는 경우도 가능할 수 있다. 적지않은 감독들이 애초에 어떤 배우를 캐스팅할 목적으로 시나리오상의 인물을 만들었다고 말하는 것은 이러한 상황을 반영한 것이다.

이 글에서 다룬 세 편의 소설 속에서는 허구적 인물과 실제 육체를 지닌 배우와의 긴장관계에 대한 흥미로운 시사점을 발견할 수 있다. 세 소설에서 등장하고 있는 '배삼룡, 변희봉, 클린트 이스트우드'라는 배우는 영화적인 측면에서만 보아도 캐릭터와 배우가 그야말로 혼연일체가 되고 그러한 상황을 관객들조차

---

26   Konstantin Sergeevich Stanislavski, *Building a Character*, translated by Elizabeth Reynolds Hapgood, Routledge, 1989, p.30.

자연스럽게 받아들이게 되는 과정에서 배우가 영화에 얼마나 깊이 있게 스며들 수 있는가의 전범을 보여준다고 할 수 있다. 또한 독자들이 이미 공유하고 있는 배우에 대한 집단 기억과 접속하여 소설의 주제의식을 전개하는 데에 주요한 동력을 제공받고 있다. 실존 배우를 등장시켜 독자의 친숙함과 호기심을 강화하고 특정한 정서적 태도를 유도할 수 있기 때문이다. 소설 텍스트 바깥에 엄연히 실존하는 배우가 소설의 허구적 세계 속으로 들어옴으로써 현실과 가상의 경계를 전복하는 효과도 창출한다. 반면 다소 안이하게 이미 성립된 기존의 배우 이미지에 기대어 제한된 의미만을 추구한다는 비판도 존재할 수 있을 것이다. 실제 독자들의 마음 속에 재현되는 배우의 형상과 소설 속에서 재매개하고 있는 배우의 이미지를 꼼꼼히 비교하고 대조하는 작업은 좀 더 정교하고 세심한 분석이 필요하겠다.

한국 소설에 나타난 카메라와 사진의 상상력
〈빛의 호위〉, 〈댈러웨이의 창〉, 〈이창〉

1. 시작하며 : 자동기계 카메라와 사진의 사실성

버스터 키튼(Buster Keaton)의 마지막 무성영화 〈카메라맨 *The Cameraman*〉(1928)에 등장하는 삼류 스냅사진 기사 루크는 길거리에서 행인들을 대상으로 즉석 사진을 찍어 주고 돈을 번다. 그는 짝사랑하는 샐리가 비서로 일하는 MGM의 뉴스릴 부서에 입사하여 특종 기자를 꿈꾸지만, 매일 공상에 빠져 지내면서 제대로 카메라를 다루는 데에도 서툴러 쓸 만한 사진을 한 장도 찍지 못한다. 그러다가 우연히 엄청난 장면(뉴욕 차이나타운 중국인 조직 폭력배들간에 벌어진 싸움)을 찍어 특종을 거둔다. 하지만 알고 보니 카메라에 필름을 넣어 싸움이 벌어지는 동안 카메라를 작동시켰던 것은 루크의 애완용 원숭이였다. 또한 다른 남자와 물놀이를 갔다가 보트가 전복하여 물에 빠진 샐리를 목숨 걸고 구하지만, 잠시 자리를 비운 사이 혼자 도망쳤던 남자가 공을 독차지하고 샐리와 사라져 버린다. 이 모든 장면 역시 루크가 모르는 사이 원숭이에 의해 고스란히 찍힌다. 나중에 그 필름을 보게 된 샐리는 진실을 알게 되어 루크와 재회하고 영화는 해피엔딩으로 끝난다. 그런데 단숨에 특종과 사랑을 모두 얻었음에도 불구하고, 루크의 표정은 어쩐지 당혹스럽고 어색해 보인다. 원숭이도 능숙하게 다룰 수 있는 카메라라는 자동기계, 그리고 그렇게 얻은 특종과 사랑. 결국 껍데기뿐인 성공은 거두었지만 카메라맨으로서의 루크는 구제할 길이 없는 셈이다. 〈카메라맨〉은 이전까지 집, 배, 기구, 기차 등의 물리적인 기계에 맞서거나 그것을 활용하는 악전고투에서 오는 익살을 즐겨 추구해 온 버스터 키튼이 바로 영화를 만드는 기계, 카메라라는 영화기계 자체에 대한 성찰을 드러낸 영화라고 할 수 있다. '위대한 무표정(great stone face)'이라는 유명한 닉네임답게 차가운 얼굴과 초인적인 육체의 슬랩스틱 코미디로 흑백 무성영화 시대를 풍미했던 키튼은 곧 도래할 컬러 유성영화 시대에서의 자신의 몰락을 예견하듯 카메라와 영화의 미래에 대한 위악적인 냉소를 던지는 듯 보인다.

'카메라맨'으로서의 키튼의 우울한 자의식은, 원숭이도 조작할 수 있을 정도로 거의 완벽하게 균일한 결과를 만들어내는 간단한 자동기계인 카메라에 대한 인식과 직결된다. 이는 예술가의 육체가 아닌 '카메라가 만드는' 사진이라는 원리에서 비롯된다. 가령 회화나 조각 같은 장르의 예술(엄격한 통제와 균형을 바탕으로 한 키튼의 우아한 육체 역학을 포함하여)을 제작하기 위해서는 특별한 재주와 훈련, 그리고 남다른 발상이 필요하다는 인식이 강하다. 그렇기 때문에 감상자들은 이러한 작품들에 비교적 진지하게 접근한다. 반면 사진은 기술적으로 '좋은 카메라'에 필름을 넣고 손가락으로 셔터를 누르기만 하면 누구나(원숭이조차도) 어렵지 않게 만들 수 있다는 생각이 강하다. 이는 사진이 어떤 장르의 예술보다도 카메라라는 기계, 즉 제작 도구에 의지하는 부분이 많기 때문에 나올 수밖에 없는 통념[1]이다. 카메라 역시 인간의 손으로 조작하는 것이지만 그것은 단순한 기계적인 조작일 뿐 실질적인 창작 과정은 인간의 손을 떠나 카메라, 즉 기계의 능력에 의존하기 때문이다. 카메라는 사진을 찍는 사람이 사용하는 도구임과

1　정한조, 『사진 감상의 길잡이』, 시공사, 1997, 13쪽.

동시에 스스로 작품을 완성하는 도구이다. 사진이 수천 년 예술의 역사에서도 유례가 없이, 예술 작품과 도구의 문제를 근본적으로 재고하게끔 만든 것은 이 때문이다.

1888년 첫 선을 보인 코닥(Kodak)의 판촉 광고가 "버튼만 누르십시오. 나머지는 우리가 다 해드립니다"라는 문구를 앞세운 점[2]은 매우 흥미롭다.[3] 엔진을 시동하거나 방아쇠를 당기는 것처럼 금세 터득할 수 있는 기계조작기술은 별다른 실수 없이 누구든지 사진을 찍을 수 있음을 보장한다. 〈카메라맨〉에서 보이는 카메라에 대한 키튼의 불신이야말로, 예술 작품은 인간이 혼신의 힘을 기울여 만들어야 한다는 전근대적 사고의 소산이다. 사진의 초기 역사가 독창성이라는 기준을 획득하기 위한 험난한 싸움의 과정으로 점철된 것은 이와 같은 사정에서 기인한다.[4] 그리하여 사진 제작 과정에서 미학적 의미와 감정을 전달할 수

---

2 수전 손택, 이재원 옮김, 『사진에 관하여』, 시울, 2005, 91쪽.

3 수전 손택이 제시한, 다음 1975년 카메라 광고 문구는 이러한 카메라의 자기완결성을 여실히 드러내고 있다. "갑자기 어디에서든 당신은 사진을 보고 있습니다. 지금 당신은 빨간색 전자 버튼을 누릅니다. 윙……… 획……… 그러면 사진이 나오죠. 당신의 사진이 좀 더 생생해지고 상세해지고 생명력을 얻는 광경을 몇 분간 지켜보고 나면, 살아 있는 듯한 사진을 갖게 될 겁니다. 당신이 새로운 촬영 각도들을 찾아 그곳에서 사진을 찍고자 할 때에는 이제 곧 매 1.5초마다 찍을 만큼 빠른 촬영이 가능해질 겁니다. 별다른 노력 없이도 생명력 넘치는 사진이 미끄러져 나오면, 이제 SX-70은 당신의 일부가 될 겁니다."(수전 손택, 앞의 책, 274~275쪽)

4 파리에서 사진관을 열고 수많은 귀족과 예술계 인사들의 초상 사진을 찍어 인기를 얻은 에르네스트 마예르와 루이 피에르송 두 사람이 1861년 경쟁자와 벌인 사진 위조 소송은 사진의 독창성에 대한 최초의 법적 공방으로 기록되었다. 청구인들의 주장처럼 위조가 성립하려면 우선 사진이 예술이어야 했다. 그렇지만 당시 인간의 지적인 개입이 없다고 여겨지던 사진의 자동적이고 기계적인 면은 순수 예술로서 인정되는 수공 기법과 상반되었다. 원고 측 변호인은 사진이 예술이라는 주장을 옹호하면서 사진 예술가라는 말을 내세우며 사진가도 화가와 마찬가지 수법으로 사진을 제작한다는 점을 입증하려고 했다. 1862년 4월 10일 법정은 마예르와 피에르송의 손을 들어 주며, '사진 데생이 그 사진을 제작하는 사람의 사고와 정신, 또는 취미와 지성의 산물일 수 있'고 '수공과 독립적인 완성은 대체로 풍경의 재생이나 시점의 선택, 음영 효과의 대비에 의존하며, 초상에서는 인물의 자세와 의복 또는 장신구 배치에 기인하는데, 이 모든 것은 예술적 감정에 좌우되며 사진가의 작업에 그 개성의 자취를 새긴다'고 밝혔다. 그러나 최초의 법적 승리로 사진가를 법률적 예술가로 인정받게 했지만, 19세기는 물론이고 20세기까지도 많은 사진가들이 저작권의 침해를 보상받기는 쉽지 않았다. (다니엘 지라르댕·크리스티앙 피르케르, 정진국 옮김, 『논쟁이 있는 사진의 역사』, 미메시스, 2011, 30~31쪽)

있는 이지적 · 주관적 몫은 무엇인가 하는 숙고에서부터 '시선, 화면의 틀과 구성, 조명 처리, 인화 기법' 등이 독창적인 사진 작품을 구성할 수 있는 창작 행위의 요건으로 부각되었다. 기술 문명의 총아인 카메라는 예술에서 사람이 해야 할 일을 대신하였고 기계의 능력으로 탄생한 결과물도 예술이라는 점을 보여 주었다. 이는 앞으로도 꾸준히 발전할 기술과 함께 카메라를 포함한 예술의 도구가 새롭게 탄생하고, 다양한 형태의 예술을 창조할 수 있음을 시사한다. 궁극적으로는 인간이 손, 즉 자신의 능력으로 직접 해야 할 일을 기계에 맡김으로써 창작 과정에서 작품을 정신적으로 통제하는 '사고(思考)'의 중요성을 촉발시킨 것이다.[5]

  그런 면에서 〈카메라맨〉의 루크는 원숭이나 다를 바 없는 저급한 카메라맨이다. 그는 카메라 조작법도 잘 몰라 걸핏하면 필름을 망치는가 하면, 뚜렷한 뉴스 사진 한 장 건지지 못한다. 카메라와 삼각대는 그저 그를 육체적으로 괴롭히는 무거운 짐에 불과하다. 루크는 기본적으로 카메라라는 도구의 속성과 성질에 대해서 잘 파악하고 있지 못할 뿐만 아니라 카메라를 통해 찍는 피사체와 그 중요성에 대해서도 전혀 이해하지 못하고 있다. 그가 길거리에서 사람들 사진 찍어주는 일을 하는 이유도 단지 사람들 초상화를 잘 그려줄 그림 실력이 없기 때문이다. 그는 행인들 각각의 얼굴에도 전혀 관심이 없다. 행인들 얼굴을 찍는 것은 무인기계로서의 카메라이지 결코 루크 자신이 아니다. 그러다가 우연히 마주친 샐리에게 반해 우격다짐으로 사진을 찍게 하고는 사진 한 장을 갖고 그녀를 찾아 헤매게 된다. 샐리는 루크가 최초로 애정과 관심을 갖게 된 피사체이다. 그리고 나서야 루크가 다른 기자들의 좋은 카메라를 부러워하게 되고 적극적으로 사진을 찍으려고 돌아다니게 된다는 점은 의미심장한 설정이다. 영화에서는 샐리의 환심을 사기 위해 특종 사진을 찍으려는 것으로 그려지기는 하지

5 정한조, 앞의 책, 21~21쪽.

만, 큰 마음을 먹고 새 카메라를 구입하여 좋은 사진을 찍으려 하는 모습은 이전과는 상당히 달라 보인다. 그러나 그는 여전히 현장에서 좌충우돌하면서 무엇이 중요한 이미지이고 무엇이 그렇지 않은지를 제대로 판단하지 못한다. 아직 카메라와 사진에 대한 미학적 사고를 제대로 갖추고 있지 못한 것이다.

1839년 사진이라는 새로운 매체가 발명되면서 이제는 익숙해진 발터 벤야민(Walter Benjamin)의 표현대로 기계 복제의 시대가 도래했으며, 카메라를 통해 진실, 객관성, 사실성, 인간 등 대부분 서구 미술에서 가장 중요하게 여겨져 온 대부분의 문화적·미학적 가치들이 도전받게 되었다. 무엇보다도 카메라의 기계적·자동적 결과물로서의 사진이 지니는 가장 핵심적 속성은 바로 '사실성(reality)'이다. 사진이 어떤 장르의 예술보다도 대상을 사실적이고 객관적으로 재현하는 것은 대상을 바라보는 눈이 인간의 것이 아니라 정확도를 갖는 기계의 것이라는 데에 있다. 기계의 눈을 통해 들어온 상(象)은 카메라의 각종 메커니즘의 작동으로 사진에 정확하게 재현되기 때문이다. 그런데 사진의 사실성에 대한 가장 중요한 논점은 이 사실성이라는 용어가 어떤 대상이나 현상을 실재 그대로 복사·절취하거나 사람의 눈으로 직접 보는 그대로 재현하는 것이 아니라는 점이다. 사진은 단순히 현실을 퍼 오는 것이 아니다. 사각의 틀(frame) 안에서 그것은 현실의 사물이 아닌 다른 무엇인가가 된다. '똑같다'는 것이 아니라 카메라의 눈인 렌즈로 포착하여 카메라의 기계적 능력으로 정확히 재현할 때 나오는 사실성인 것이다. "나는 사물이 사진에 찍히면 어떻게 보일지 알기 위해 사진을 찍는다"는 게리 위노그랜드(Garry Winogrand)의 언급에서 알 수 있듯이, 그것은 '사진 예술만의 고유한 사실성'을 뜻한다. 현실의 사물에서 직접 느껴지는 이미지와 그것을 영상화한 것에 의해 유발되는 이미지는 다르기 때문이다. 즉 사진의 사실성이란 인간의 눈보다 더 많이 더 다르게 보는 것, 사진 속에 내재한 것처럼 보이는 시각적 기능들을 가장 잘 보여주는 것이라고 할 수 있다.

〈카메라맨〉의 후반부 물놀이 장면은 두 개의 카메라 렌즈로 구성되어 있다. 먼저 구사일생으로 샐리를 구출하지만 제대로 인정받지 못한 채 절망에 빠져 주저앉은 루크를 찍는 원숭이의 첫 번째 카메라가 있고, 또 이를 원경으로 찍는 두 번째

그림 1 : 〈카메라맨〉

카메라, 즉 영화 전체를 보여주는 카메라가 있다. 원숭이는 물가 쪽으로 고정된 카메라를 기계적으로 돌리고 있을 뿐이다. 그런데 사실 거리와 각도를 달리하면서 물놀이 장면을 전체적으로 보여주는 것은 두 번째 카메라의 몫이다. 첫 번째 카메라는 그저 샐리를 구한 사람은 루크라는 사실을 기록하고 있지만, 두 번째 카메라는 샐리와 다른 남자의 등장, 루크의 실망, 보트의 전복과 루크의 헌신, 다른 남자의 비겁함, 샐리의 오해, 루크의 낙담 등의 모든 과정을 극적으로 종합하여 보여주고 있다. 첫 번째 카메라와는 달리 이 두 번째 카메라는 고정된 신체에서 해방됨으로써 오히려 피사체로부터 멀어지는 것이 아니라 접근하는 셈이 된다. 다시 말해 카메라의 고유한 눈과 기계적인 능력을 최대한 발휘하여, 카메라만이 보여 줄 수 있는 사실적 세계를 창조하고 있다. 이에 비해 원숭이의 첫 번째 카메라는 인간의 눈과 하등 다를 바 없이 건조하게 상황을 기록하고 증언할 뿐이다. 관객이 이 장면을 훨씬 더 잘 보았다고 느끼게 만드는 것은 당연히 두 번째 카메라의 몫이다. 이에 비추어 볼 때 카메라라는 도구에 충실하여 그것만이 만들어 낼 수 있는 사실성이라는 특성을 나타내는 가장 사진다운 사진이 비로소 사진만의 고유한 미학을 보여 줄 수 있는 것이다. 사진이 궁극적으로 추구하는 것은 기록으로서의 사실성이 아니라, 표현으로서의 사실성이라고 말할 수 있다.

1970년대 이후 현대사진의 중요한 이슈 역시 사진이 담아내는 '현실(the real)'

이라는 개념에 대한 의문 제기로 시작한다. 사진은 그 이미지가 만들어지기 위해서 물질적인 대상 자체가 존재해야 한다는 데서 출발하기 때문에 오랫동안 경험주의와 물질주의와 긴밀한 연관을 가져왔다. 20세기를 지나오는 동안 이것은 스트레이트 사진의 개념으로 이어지면서 마치 사진의 틀(frame)이 사진에 재현된 시각적인 세상 너머를 보기 위해 사람이 들여다보는 창문인 것처럼, 사진에서의 대상은 사진으로 재현되는 현실과 같은 이미지들을 통해 강조되었다. 이와 같은 표면적인 대상성은 사진에게 과학과 기술의 믿음을 부여하였고 이때 사진은 기계에 의한 이미지에 불과하였다. 기계적 장치에 의한 대상의 정확한 묘사, 대상과 이미지가 물리적인 빛과 화학작용을 통해 물리적으로 결합되는 방식 등은 사진이 현실을 잡아두는 특별한 능력을 가진 것처럼 보이게 만들었다. 그러나 1970년대에 이르러 사진가들은 전통적으로 유일하다고 여겨졌던 카메라의 현실 재현에 맞서기 시작하면서 사진에 존재하는 현실과 그 진실성에 의문을 제기하기 시작한다. 사진 내에 어떤 측면이 현실적인가, 그리고 무엇이 현실을 표현하기 위해 간과되었는가에 대한 문제들이다.[6] 그들은 가공의 현실을 만들어내거나 현실에서 있을 수 없는 이미지들을 창조하거나 기존의 이미지를 차용하거나 하는 비전통적인 방법을 사용하면서 사진이 보여주는 '현실'에 대한 믿음에 도전하였다. 소위 스트레이트 사진이라고 하는 것조차 조명, 카메라 앵글, 프레이밍, 노출시간, 내용 등 사진을 찍을 당시 찍는 사람의 편집적 선택으로 만들어지기 때문에 역시 궁극적으로는 주관적이고 미학적인 이미지이다. 그럼에도 불구하고 스트레이트 사진은 명료함과 중립성에 대한 환상을 제공함으로써 그것이 지닌 분명한 목적성을 숨기는 것이다.

이제 디지털 시대가 도래하면서 사진은 또다른 역사 변동의 순간을 맞이하고 있다. 디지털 기술은 사진과 카메라 렌즈에 기반한 이미지들의 절대 우세 현

---

6   삼성미술관, 『미국현대사진 1970-2000』, 삼성문화재단, 2002, 41쪽.

상을 증폭시키며 사진 이미지의 대중화에 획기적으로 기여하는 동시에, 그동안 사진사 전반에서 대체로 의존했던 신념 체계를 급격히 해체하고 있다. 먼저 사진의 사실성이나 현실에 대한 개념에 더욱 강한 의구심이 개입된다. 악명 높고 공공연히 알려진 디지털 조작 기술의 남용으로 인해, 대중의 정서에 확고하게 자리잡은 사진의 신뢰성이 훼손되는 것은 자연스러워 보인다. 사진으로 대표되는 모든 시각적 재현이 철저히 의심받는 여건에서는 모든 이미지를 비난하기에 앞서, 조작이나 거짓을 어느 정도까지 수용할 것인지 그 수준을 결정하는 것이 합리적으로 보일 정도이다. 이와 함께 디지털 카메라와 포토샵이 일반화된 오늘날에는 경험한다는 것이 그 경험을 사진으로 찍는다는 것과 똑같아져 버렸다. 모든 것들이 결국 사진에 찍히기 위해서 존재하게 되었다.[7] 영상 이미지에 의한 정보 전달 방식을 가장 선호하는 디지털 환경에서 우리 지식의 대부분을 제공해 주는 것은 압도적인 사진 이미지들이다. 사진은 미학적인 작품이라기보다는 긴급히 수집해야 할 온라인 데이터에 가까운 무엇이 되어 버렸다. 이들은 세계와 인간을 보다 잘 알기 위한 것이라기보다는 그저 세상의 모든 경험을 포착하고 수집하여 전시하려는 듯 보이기까지 한다. 이러한 사진들은 루크가 기계적으로 생산하여 판매하는 거리의 즉석 사진처럼 즉각적으로 소비되고 또 금세 망각되는 운명에 처해 있다.

오늘날 사진 이미지는 결코 현실적이지 않다. 오히려 현실은 우리가 카메라를 통해서 보게 되는 이미지와 점점 더 닮아 가고 있다. 흥미롭게도 많은 사람들이 어떤 충격적인 사건을 겪고는 마치 한 편의 영화 같았다고 즐겨 말하곤 한다. 다른 식으로는 충분히 자신의 경험을 말할 수 없다는 듯이 사람들은 자신이 겪은 일이 얼마나 현실적이었는지 설명해 주려고 이런 말을 하는 것이다. 이제 모든 사람들이 카메라맨이 된 동시에, 또한 서로가 서로의 피사체가 되길 전혀

---

7   수전 손택, 앞의 책, 48쪽.

꺼리지 않는다. 사람들은 스스로 사진에 찍히고 싶어한다. 자신이 곧 이미지이고 자신이라는 존재는 사진을 통해서만 현실적이 된다고 느끼면서 말이다. 사진을 찍고 싶어 하는 충동은 무차별적이다. 왜냐하면 이제 사진을 많이 찍으면 찍을수록 우리가 살아가고 있는 이 세상이 흥미로운 사건들, 그래서 사진에 담길 만한 가치가 있는 사건들로 이루어져 있다는 사실을 우리에게 설득력 있게 보여주기 때문이다.[8] 카메라는 무엇인가를 경험하거나 무슨 일엔가 관여했다는 인상을 주는 데에 꼭 필요한 장비가 되어 버렸다.[9] 사진은 일단 찍히고 저장된다는 것이 중요하지, 그 안에 어떤 모습이 찍혀 있느냐는 별로 중요하지 않아진다. 그렇게 본다면 루크야말로 오늘날의 사진 애호가들과 매우 유사한 유형의 카메라맨이다. 루크는 무엇이 꼭 찍어야 할 좋은 이미지이고 무엇이 그렇지 않은지를 판단하는 기준을 갖추지 못했기 때문에 삼류 사진기사의 수준을 벗어나지 못한다. 특종을 올린 차이나타운 폭력 장면도 그저 원숭이가 우연히 돌린 필름에 찍혔을 뿐, 루크의 자발적인 판단과 의지로 찍은 것이 아니다. 그런데 무엇이든 찍기 때문에 그리고 찍고 나서야 비로소 흥미로운 사건이 되는 오늘날이라면 루크가 아무렇게나 무엇을 찍든 그것은 그만의 특종이 될 수 있을 것이기 때문이다.

---

8 2013년 4월부터 방영되었던 애플의 아이폰 5 광고는 이와 같은 인식을 흥미롭게 드러내고 있는 사례이다. 광고에서는 'Every day, more photos are taken with the iPhone than any other camera'라는 카피와 함께 아이폰으로 사진을 찍는 전세계 사람들의 영상을 나열하면서, 아이폰 사용자들은 다른 휴대폰 사용자들보다 훨씬 더 많은 사진을 찍고 있음을 강조한다. 더 많은 사진을 찍고 유통하는 것이 훨씬 더 특별하고 재미있는 삶을 살고 있다고 단언함으로써 아이폰 사용자들의 차별성을 부각하는 셈이다.

9 가령 여행과 사진의 관계를 살펴보면, 여행지에서 사진을 찍는 부차적인 행위가 여행의 본질적인 목적을 초과하게 되는 양상을 발견할 수 있다. 여행의 가장 중요한 동반자가 카메라라는 사실은 의심할 나위 없다. 여행지에서 찍은 사진들이야말로 자신이 진짜로 여행을 떠났고 일정대로 잘 지냈으며 정말 즐거웠다는 것을 확실히 증명해 줄 것이다. 하지만 이는 경험을 증명해주기보다는, 경험을 거부하는 방식이기도 하다. 사진으로 찍기 좋은 것들을 찾아다니는 일만을 경험이라고 생각하게 되거나 경험을 일종의 이미지, 일종의 기념품과 맞바꿔 버리려고 하게 되니까 말이다. 멈추고 사진을 찍고 다른 곳으로 이동한다. 여행이 고작 사진을 모으는 수단이 되어 버린다.

이 글은 카메라와 사진에 대한 이러한 문제의식을 단서로 하여 최근 한국 소설에 나타난 카메라와 사진에 대한 상상력과 인식을 탐구하고자 한다. 사진은 세계를 바라보는 방식 자체를 새로 제시하며 무엇이 볼 만한 가치가 있는가, 또 우리에게 관찰할 권리가 있는 것은 무엇인가 등을 둘러싼 관념 자체를 변화시키고 확장해 왔다. 카메라와 사진으로 대표되는, 보는 방식의 변화에 대한 소설적 인식을 살펴보는 일은 현재 영상 이미지의 절대적 우세 앞에서 문자 텍스트로서의 소설의 미학적 자의식을 파악하는 데에 유용하리라고 생각한다. 폴 발레리(Paul Valéry)는 "사진은 시각적 대상을 가리키는 관념을 정확하게 옮겨 준다는 '언어의 착각'을 폭로해 주기 때문에 글쓰기와 동일한 일을 한다"[10]고 언급한 바 있다. 사진이 카메라의 눈을 통해 인간의 눈으로 보는 것과는 다르고 인간의 눈이 경험할 수 없는 낯선 이미지의 세계를 보여 주는 것과 같이, 문학 역시 언어의 한계를 되새기고 초월함으로써 작가가 훨씬 더 효과적으로 자신의 과업을 행할 수 있도록 일상적 언어 너머의 표현 세계와 구조를 탐구한다는 점에서, 사진과 문학은 근본적인 미학적 지향성을 공유한다고 볼 수 있다.[11] 그러므로 앞에서 개괄한 카메라의 속성과 성질, 사진의 사실성과 현실성 및 미학적 가능성 등과 함께, 최근 디지털 환경에서 변화하고 있는 사진의 경향에 이르기까지 아울러 반영하고 있는 특징적 소설 텍스트들을 골라 이를 분석하고자 한다. 논의의 전개상 카메라와 사진 장르에 대한 포괄적인 접근도 다시 한 번 병행할 것이다. 조해진의 〈빛의 호위〉와 박성원의 〈댈러웨이의 창〉, 구병모의 〈이창〉을 대

---

10 수전 손택, 앞의 책, 209쪽에서 재인용.

11 우리는 나비를 본다. 그것을 '나비'라고 이름짓고 이해하지만, 불현듯 그것이 나비가 아닌 다른 무엇이라는 생각과 더불어 그 언어성은 상실된다. 사물은 항상 그것인 동시에 다른 무엇인가가 된다. 그것이 바로 존재의 불가사의함이며, 이것에 도전하는 것이 문학이다. 문학은 언어의 모험을 통해서 언어 너머의 세계를 꿈꾼다. 모든 존재는 자신의 본질을 감추려는 속성을 지니며, 예술작품은 이 존재의 본질적 목소리를 우리에게 열어 보여준다. 사진이 포착하는 피사체도 마찬가지이다. 문학이 언어의 모험이라면 사진은 이미지의 모험인 셈이다.

상으로 한다.[12] 세 작품은 발표 시기상으로는 다소 차이가 있긴 하지만 카메라와 사진, 사진 이미지를 본다는 것을 주요한 소재이자 주제로 삼고 있으며, 그것이 전체적인 사건의 흐름에서 중요하게 기여하고 있다. 즉 〈빛의 호위〉에서는 카메라가 생성하는 빛이 삶과 세계의 존재성을 긍정하고 수용케 하는 모습을 보인다면, 〈댈러웨이의 창〉과 〈이창〉에서는 카메라와 사진이 진실을 무언가 수상쩍고 의심스럽게 만들어 우리가 현실을 보는 방식에 대한 일정한 의문을 암시하는 양상을 담아낸다. 나아가 영화 매체나 영화 보기, 특정한 영화를 소재로 한 소설들은 적지 않은 데에 비해 카메라와 사진 자체를 주소재로 삼고 있는 소설들은 매우 찾기 어렵다는 점[13]도 연구의 의의를 강화해 줄 수 있으리라 기대한다.

2. 조해진 〈빛의 호위〉: 카메라의 빛으로 구원하는 삶과 세계

조해진의 〈빛의 호위〉의 핵심적인 상상력은 어두운 작은 방과 이를 관통하는 한 줄기 빛에 대한 것이다. 소설은 과거의 유럽과 현재의 한국을 오가며 두 여

---

12   각 작품들의 출처는 각각 『2014 이상문학상 작품집』, 문학사상, 2014/박성원, 『나를 훔쳐라』, 문학과 지
     성사, 2000/『자음과 모음』 18, 자음과모음, 2012이다. 앞으로 본문을 인용할 때에는 해당 지면의 페이지
     를 명시하기로 한다.

13   이 글이 설정한 주제에 대한 선행 연구 역시 상당히 희소한 편이다. 이에 해당하는 드문 논의로는 동일
     한 연구자가 쓴 두 편의 선행 논문이 있다. 최명익의 단편 〈비오는 길〉에 나오는 사진의 상징성을 벤야
     민의 아우라 이론과 결부지어 주인공 병일이 사진과 사진관을 통해 진지하게 시간을 탐구하고 있지만
     결국 근대적 시간체계에 대한 일방적 거부로 귀결됨을 해명한 논의(김효주, 「최명익 소설에 나타난 사
     진의 상징성과 시간관 고찰」, 『한민족어문학』 61 한민족어문학회, 2012)와 최명익의 〈무성격자〉의 주
     인공의 욕망과 문제의식을 롤랑 바르트의 푼크툼 이론을 적용하여 분석한 논의(김효주, 「'무성격자'에
     나타나는 푼크툼의 실현과 서사적 장치」, 『우리말글』 55, 우리말글학회, 2012)가 그것이다. 한편 프랑스
     작가와 작품을 대상으로 한 김현아의 논의(김현아, 「소설에 나타난 사진 이미지 고찰 : 로덴바흐와 미셸
     투르니에의 소설을 중심으로」, 『프랑스문화예술연구』 38, 프랑스문화예술학회, 2011)의 경우 소재로서
     가 아니라 직접 사진을 소설의 부가 이미지로 도입한 사례를 다루고 있다. 이는 소설과 사진을 접목한
     특수한 형태의 글쓰기라고 할 수 있으므로 소설 내에서 이루어지는 사진에 대한 평가와 관점 정도의 수
     준에서만 적절히 참고하였다.

성의 이야기가 플래시백처럼 교차하면서 진행된다. 잡지사 기자로 일하는 화자 '나'는 분쟁지역에서 보도사진을 찍는 젊은 여성 사진작가 권은을 인터뷰한다. 친구가 준 필름 카메라를 접하고 사진에 입문했다는 이야기나 분쟁지역에서 생사를 넘나드는 에피소드 등을 나누던 중 카페 창 밖에 눈송이가 날리는 게 보이자 권은은 작은 목소리로 '태엽이 멈추면 멜로디도 끝나고 눈도 그치겠죠'라는 알쏭달쏭한 말을 중얼거린다. 인터뷰 얼마 후 마트에서 쇼핑하던 중 우연히 스노우볼을 발견한 화자는 그제야 권은이 이를 두고 한 말이라는 것을 깨닫고 다시 연락하여 술자리를 갖는다. 며칠 후 내전 중인 시리아를 방문할 예정이라는 권은은 역시 분쟁지역 사진기자인 헬게 한센의 다큐멘터리 〈사람, 사람들〉과 그 속에 등장하는 알마 마이어라는 여성의 이야기를 한다. 권은은 자신과 비슷한 경험을 소유하고 있는 알마 마이어에게 강한 친근감을 느끼고 한 번도 만난 적 없는 그녀에게 계속 편지를 써 왔다고 말한다. 그날도 헤어지면서 권은은 화자에게 '고맙다, 카메라'라는 말을 조그맣게 건넨다. 이렇듯 소설은 권은의 수수께끼 같은 말과 행동을 통해 화자가 과거의 망각한 기억을 되짚고 힌트와 열쇠들을 하나씩 발견하는 과정으로 짜임새 있게 전개된다. 그리고 이는 사실 화자와 초등학교 동창이었던 권은의 삶을 재구성하는 과정이기도 하다. 두 번째 만남 이후 화자는 시리아에서 포탄을 맞은 권은이 치명적인 하반신 부상을 당했다는 기사를 읽고 잠시 착잡해 한다. 그러나 한참의 시간이 흐른 후 직접 권은의 병실을 찾아 가게 된 것은 뉴욕에서 열리는 다큐멘터리 영화제 취재를 준비하던 중 상영 목록에서 〈사람, 사람들〉을 발견하고 나서였다. 별안간 떠오른 섬광 같은 회상에 사로잡혀 권은에 대한 정보를 닥치는대로 찾던 화자의 머릿속으로 아주 먼 곳에서 오는 조각들처럼 기억이 흘러들어온다. 권은의 병실을 방문한 후에야 화자는 비로소 과거 권은에게 카메라를 건네 준 열세 살 소년이 자신이었음을 확실히 깨닫게 된다. 그리고 뉴욕에서 〈사람, 사람들〉을 직접 감상하던 화자는 아득한 기분에 사로잡힌다.

〈사람, 사람들〉은 2009년 이집트에서 팔레스타인으로 향하던 구호품 트럭의 피격으로 사망한 노먼 마이어란 미국의 유대계 의사의 마지막 열다섯 시간을 찍은 다큐멘터리이다.[14] 트럭에 실려 있던 대부분의 구호품도 노먼이 전 재산을 털어 구입한 것이고, 아무리 전시(戰時)라 해도 구호품 차량은 피격하지 않는다는 불문율이 깨졌기 때문에 더 화제가 된 사건이라고 했다. 그리고 노먼의 어머니 알마 마이어가 유일하게 인터뷰한 영상이 바로 〈사람, 사람들〉에 담겨져 있다. 젊은 시절 벨기에 브뤼셀 필하모닉 오케스트라의 바이올리니스트였던 알마 마이어는 2차 대전 중 나치의 유대인 탄압을 피해 무명 작곡가이자 연인인 장 베른의 도움으로 식료품점 지하창고에서 삼 년 동안 은신했던 적이 있다. 창문이 없어 밤낮이나 늘 깜깜하고 식량조차 극도로 부족했던 상황에서 그녀는 꿈처럼 달콤한 환영, 빛으로 에워싸인 허공의 악기상점을 떠올리며 고통스럽게 하루 하루를 견디어냈다. 장이 서투르게 작곡한 악보들을 가지고 필사적으로 상상의 연주를 하는 것만이 유일한 희망이었다. 그리고 어린 권은 역시 햇볕이 거의 들지 않는 작고 추운 방에서 오직 스노우볼의 멜로디를 위안 삼아 고아나 다를 바 없는 외로운 삶을 살던 시절이 있었다. 선생님의 지시로 권은을 방문했던 어린 화자는 설명할 수 없는 막막함을 품고 몇 번 더 그 황폐한 방을 드나들다가, 집에서 충동적으로 훔쳐 온 후지 카메라를 무작정 권은에게 건네주었다. 이십여 년의 세월이 흐른 후 뉴욕에서 〈사람, 사람들〉을 직접 보고나서야 화자는 카메라의 렌즈가 끌어 모으는 빛이야말로 결정적으로 권은을 구원했

---

14 이 소설에서 권은의 이야기와 교차하여 제시되는 헬게 한센, 노먼 마이어, 알마 마이어 등의 개인사는 매우 구체적인 시공간과 함께 공인된 역사적 사실을 기반으로 하고 있어서 마치 논픽션이나 역사적 기록물 같은 느낌을 주지만 실제로는 가공된 허구의 이야기이다. 이러한 설정에 대해 작가 조해진은 한 인터뷰에서 "시간 순으로 끌고 가는 것보다 두 이야기를 접목하는 서술방식을 좋아해요. 이번엔 다른 시공간에 있는 인물들의 유대, 연결 혹은 영원성에 대해 써보고 싶었어요."라고 언급한 바 있다. (중앙일보, 2013.8.27 참고)

음을 알게 된다.

> 안방 장롱에서 우연히 후지사의 필름 카메라를 발견했을 때 일말의 주저도 없이
> 그걸 품에 안고 무작정 권은의 방으로 달려갔던 건, 내 눈에는 그 수입 카메라가
> 중고품으로 팔 수 있는 돈뭉치로 보였기 때문이다. 권은은 내 기대와 달리 그 카
> 메라를 팔지 않았다. 그건, 당연한 일이었을 것이다. 그녀에게 카메라는 단순히
> 사진을 찍는 기계장치가 아니라 다른 세계로 이어지는 통로였으니까. 셔터를 누
> 를 때 세상의 모든 구석에서 빛 무더기가 흘러나와 피사체를 감싸 주는 그 마술
> 적인 순간을 그녀는 사랑했을 테니까. 그런데 셔터를 누른 직후 뷰파인더 속 그
> 빛이 한꺼번에 사라지고 나면 권은도 알마 마이어처럼 더 외로워지고 더 쓸쓸해
> 졌을까. 사진에는 담기지 않는 프레임 밖의 풍경처럼. 그 이야기는 지금 내가 확
> 인할 수 없는 영역 속에 있다. 어쩌면 영원히. 권은은 그 후지사의 필름 카메라
> 로 방 안의 사물들을 찍다가 카메라에 담을 만한 더, 더 많은 풍경을 찾기 위해
> 조금씩 집 밖으로 나오기 시작했고 학교도 다시 다녔다. 학교로 돌아온 그녀에
> 게, 하지만 나는 다가가지 않았고 말을 걸지도 않았다. (216~217)

〈빛의 호위〉는 한 인간이 다른 인간들에게 품어야 할 지고(至高)의 가치로서
의 구원이라는 주제를 제시한다. 권은이나 알마 마이어 모두 사람이 할 수 있는
가장 위대한 일은 바로 사람을 살리는 일이라고 말한다. 그리고 화자와 장 베
른이 권은과 알마에게 그 일을 해 냈듯이, 외딴 방과 지하창고를 관통한 한줄기
빛을 통해 그들 역시 타인을 구원하는 존재로 변모하게 된 것이다. 알마에게 악
기점이나 악보와 같은 음악이 빛의 역할을 했다면, 권은에게는 화자가 준 카메
라가 그러했다. 카메라가 손에 들어오기 전까지 권은은 스노우볼의 태엽이 멈
추는 순간 자신의 숨도 멎을 수 있게 해달라는 절망적인 기도만을 반복하는 처
지였다. 그러다가 그녀는 카메라를 통해서, 세상 곳곳에 숨어 있다가 셔터를 누
르는 순간 황홀하고 따스하게 세상과 피사체를 호위하고 감싸 주는 기적 같은

빛의 존재를 발견하게 된다. 원래 카메라는 예술가의 손을 빌리지 않고 빛의 작용과 화학적 반응에 의해 자동적ᆞ객관적으로 재현된 시각 이미지를 만들어내는 기계이다. 이른바 그것은 빛으로 그림을

그림 2 : 카메라 옵스큐라(어두운 방)

그리는 도구라고 할 수 있다. 회화에 비유하자면 빛과 어둠이 바로 카메라의 물감인 셈이다. 프랑스어로 '사진(photographie)'이 '빛의 작용에 의해 쓰인 글(écriture de la lumiere)'이라는 어원에서 비롯된 것[15]도 이와 일맥상통하다. 권은이 발견한 빛의 존재와 성질 역시 이러한 카메라의 메커니즘에서 비롯된다. 그렇게 본다면 어린 권은의 방이나 알마의 지하창고 자체가 어원적으로 '어두운 방'[16]의 뜻을 지닌, 르네상스 시대에 고안된 원시적인 형태의 카메라인 카메라 옵스큐라(camera obscura)의 구조를 연상케 한다. 어두운 방 한 면에 작은 구멍을 뚫어 놓으면 그곳을 통과한 빛이 그 빛과 함께 들어온 밖의 모습을 반대 면에 맺히게 하는 카메라 옵스큐라의 원리를 상기해 볼 때, 화자와 카메라가 빛이 들어오는 구멍처럼 권은의 밀폐된 방을 뚫고 들어가 다른 세계로 이어지는 통로를 만들어준 셈이다. 작은 구멍으로 들어온 빛이 바깥 세상의 영상을 그려내듯, 권은 역시 화자가 열어준 빛을 통해 자기 자신을 살리고 세상으로 나갈 수 있게 된 것이다.[17]

---

15 김현아, 앞의 책, 57쪽.

16 라틴어로 방을 뜻하는 '카메라'와 어둡다는 뜻의 '옵스큐라'의 합성어이다. 카메라를 하나의 '작은 방'으로 인식하는 것이다.

17 정약용의 《漆室觀畵說》에서는 카메라 옵스큐라와 매우 비슷한 원리를 아래와 같이 설명하고 있어서 그가 사진술의 기본적인 원리를 이미 오래 전부터 알고 있었음을 시사해 준다. 물론 이 방은 목적의식적으로 구성한 것이고 권은과 알마의 방은 타율적인 조건에서 강제된 것이지만 서로 비교해 보는 것도 흥미로울 듯 하다. '앞에 호수가 있고 뒤에 산이 있는 사이에 집을 지으니 물가와 바위, 산봉우리의 아름다움

사진을 찍는다는 일은 다름 아닌 사진에 찍힌 대상과 세계를 전유하는 것이다. 곧 사진 찍기는 사진가와 피사체, 자기 자신과 세계가 특정한 관계를 맺도록 만드는 일이기도 하며, 이 과정을 통해서 마치 자기가 어떤 지식을 얻은 듯, 그래서 어떤 힘을 얻은 듯 느낀다는 뜻이다.[18] 권은이 카메라를 통해 다양한 사물들을 찍기 시작하면서 더 많은 피사체를 찾아 방에서 바깥으로 나오는 모습은 고립된 상황을 극복하고 세계와 타인과 관계를 맺고자 하는 의지를 북돋우는 동력의 결과이다. 그 이전까지 권은은 외진 방에서 스노우볼의 둥글고 투명한 세계에만 마음을 의탁하고 숨이 멎기만을 고대하고 있었다. 지금 작동하는 스노우볼의 멜로디가 생애 마지막으로 듣는 그것이기를 바라면서 말이다. 짧은 패턴으로 작동하는 스노우볼은 반드시 오래지않아 멈추기 마련이며 권은은 무기력하게 이를 반복하여 돌린다. 권은이 스노우볼을 갖고 할 수 있는 것은 고작 태엽을 감는 일뿐이다. 하지만 화자가 준 카메라는 다르다. 스노우볼이나 카메라 모두 자동기계이지만, 전자의 빛이 기계 내부에서 명멸하는 데에 그친다면 후자는 외부의 빛을 발견하여 형상을 창조하는 기구이다. 카메라는 각각의 피사체들 안에 고유하게 숨어 있던 빛무더기들을 불러내고 마술처럼 그 존재성을 증명하게 만든다. 스노우볼처럼 언젠가는 종료되는 지루한 반복의 패턴이 아니라, 눈을 감았다가 다시 뜨면 언제나 다시 새로 존재하는 세계처럼 영원히 새

이 방안의 내 좌우로 비쳐 들었다. 대나무, 나무, 꽃, 돌 등이 첩첩이 포개지고 울타리의 모습이 구불구불 어리었다. 그래서 맑고 좋은 날을 택하여 밖에서 방안으로 빛이 들어올 수 있는 모든 창문, 지게문, 영창을 모두 막아 방안을 칠흑 같이 꾸몄다. 오직 하나의 조그만 구멍만을 뚫어 돋보기 한 개를 그 구멍에 고정시킨 다음 눈처럼 흰 종이판을 돋보기와 몇 척 되는 거리에 설치하여 돋보기의 두께에 따라 종이의 거리를 조정하면서 비치는 영상을 받게 하였다. 그랬더니 호숫가와 산봉우리의 아름다움, 대나무, 나무, 꽃, 돌 등의 포개진 모습, 누각 울타리의 구불구불한 모습들이 모두 종이판 위에 떨어졌다. 사물의 모습이 뒤집혀 박힌 것이 감상하기에는 오히려 황홀할 정도였다. 만약 어떤 사람이 실제의 참모습을 베껴내되 털끝만큼도 차이가 나지 않게 그대로 그리려 한다면 이것을 놔두고는 더 훌륭한 방법이 없을 것이다.'(정한조, 앞의 책, 206쪽에서 재인용)

18　　수전 손택, 앞의 책, 18쪽.

롭게 생성되는 빛의 발산인 것이다. 그래서 어떤 빛은 계속해서 그 세계에 남아 울리기도 하고, 또 간혹 다른 세계로까지 넘나들기도 한다. 소설의 마지막 부분은 이와 같은 빛의 신비한 속성을 여실히 표현하고 있다.

> 나는 빛으로 일렁이는 맨해튼 거리 속으로 천천히 스며들었다. 몇 개의 블록과 모퉁이를 지나자 그곳이 눈에 들어왔다. 벌어진 입을 다물지 못한 채 거리의 모든 햇빛을 빨아들이는 그곳, 악기상점의 쇼윈도 속으로 나는 한 발 한 발 걸어갔다. 악기상점 안에는 여러 악기들이 진열되어 있었고 그중엔 바이올린과 호른도 있었다. 권은이 옆에 있었다면, 그녀는 분명 알마 마이어와 장 베른이 각자의 악기를 들어 연주를 하는 상상에 빠져들었을 것이다. 아마도 눈을 한번 꾸욱 감았다 뜬 뒤, 빛의 호위를 받으며. 이상할 건 없었다. 태엽이 멈추고 눈이 그친 뒤에도 어떤 멜로디는 계속해서 그 세계에 남아 울려퍼지기도 한다는 걸, 그리고 간혹 다른 세계로 넘어와 사라진 기억에 숨을 불어넣기도 한다는 것 역시, 나는 이제 이해할 수 있었다……(중략)…… 얼떨결에 그녀 옆에 앉자, 테두리가 흐릿해지고 있는 발자국을 손가락으로 가리키며 그녀가 말했다. 발자국 안에 빛이 들어 있어. 빛을 가득 실은 조각배 같지 않아? 어, 그런가……… 여기에도 숨어 있었다니……… 뭐가? 셔터를 누를 때 카메라 안에서 휙 지나가는 빛이 있거든. 그런 게 있어? 어디에서 온 빛인데? 내가 관심을 드러내자 권은은 그때까지 내가 한 번도 본 적 없는 한껏 신이 난 얼굴로 날 바라봤다. 그녀의 이야기는 아직 시작되지 않았지만 아는 이미 알고 있었다. 평소에는 장롱 뒤나 책상서랍 속, 아니면 빈 병 속같이 잘 보이지 않는 곳에 얄팍하게 접혀 있던 빛 무더기가 셔터를 누르는 순간 일제히 퍼져나와 피사체를 감싸주는 그 짧은 순간에 대해서라면, 그리고 사진을 찍을 때마다 다른 세계를 잠시 다녀오는 것 같은 그 황홀함에 대해서라면, 나는 이미 모든 것을 기억하고 있었다. 권은이 내가 알고 있는 그 이야기를 시작한다. 악기상점의 쇼윈도에 반사되는 햇빛이 오직 그녀만을 비추고 있었다. (221~223)

권은에게는 결코 존재하지 않을 것 같았던 어떤 바깥의 세계가 카메라 속의 빛을 통해 비로소 존재하게 된다. 원래 사진 이미지는 존재를 증명하는 일종의 증거처럼 인지된다. 사진은 대상과 관계하면서 대상의 존재 자체를 시사한다. 따라서 사진을 찍는다는 것은 그 피사체를 지극히 중시한다는 것이다. "어떤 사물을 사진으로 찍어보기 전에는 그것을 진정으로 안다고 말할 수가 없다"는 에밀 졸라의 말은 사진의 이러한 속성을 통찰한 것이다. 피사체를 사진으로 찍음으로써 그것은 사랑스럽고 흥미로운 대상으로 변모한다. 사진이 등장한 초창기에는 사진이 이상화된 이미지가 될 것이라고 예견되었다. 확실히 아름다워질 수 없는 피사체란 존재하지 않는다. 설령 추하거나 기괴한 피사체조차도 사진가의 눈길이 닿으면 그때부터 고귀해지기에 특별한 감동을 줄 수도 있다. 게다가 피사체에 무언가 특별한 가치를 부여하려는 사진 고유의 경향을 막아낼 방법도 전혀 존재하지 않는다. 사진은 피사체를 자신의 의도에 따라 전환하는 일이며, 이를 통해 사진 속 대상은 세계의 연속이 아니라 비로소 세계 바깥에 자리한 존재가 된다. 카메라와 피사체의 이러한 관계성은 전쟁을 어떻게 카메라로 담아내야 하는지에 대한 권은의 생각과 일치한다. 그녀는 전쟁의 비극은 철로 된 무기나 무너진 건물이 아니라, 죽은 연인을 떠올리며 거울 앞에서 화장을 하는 젊은 여성의 젖은 눈동자 같은 데서 발견되어야 한다고 단호하게 밝힌다. 특별하게 거창하고 충격적인 대상이나 광경이 아니라, 가장 깊은 애정과 관심을 실어 화자나 자신과 그리 다를 바 없었던 평범한 사람들의 존재성 자체를 피사체로 삼을 때 비로소 전쟁의 비극성을 가장 잘 찍을 수 있다는 것이다. 결국 〈빛의 호위〉는 사람이 사람에게 전달할 수 있는 최대한의 선의가 타인의 삶을 빛처럼 충만하게 함으로써 개인과 세계를 구원할 수 있다는 주제를 빛과 어둠, 밀실과 카메라라는 상징을 통해서 효과적으로 그려내고 있다.

3. 박성원 〈댈러웨이의 창〉: 진실을 감금하는 카메라의 흐릿한 창

박성원의 〈댈러웨이의 창〉은 세계를 지각하고 이해하는 매개로서의 창(窓)과 뷰파인더의 상징을 통해 진실과 허위의 경계에 대한 문제의식을 드러내는 소설이다. 아마추어 사진작가인 화자 '나'가 사는 이층에 컴퓨터와 스캐너로 광고용 스틸 사진을 편집하는 직업을 가진 사내가 이사 온다. 사내의 집들이에 초대되어 간 화자는 사진과 관련된 일을 하는 사내의 친구들에게서 전설적인 사진작가 댈러웨이에 대한 이야기를 듣는다. 댈러웨이의 사진은 언뜻 보면 정물화나 인물화 같아 보이지만 사진 속 스푼, 안경, 눈동자, 병 같은 사물에 반사되는 형상을 통해서 또다른 세계를 보여주는 독특한 기법을 취하고 있다. 그래서 댈러웨이의 사진은 평범해 보이지만 고도의 기술과 주제의식이 들어간 최고의 걸작이라는 것이다. 화자 역시 댈러웨이의 사진세계에 매료되지만 이에 반하여 점점 더 자신의 보잘 것 없는 사진 작업에 실망하게 된다. 온 세상이 댈러웨이 열풍에 휩싸여 이구동성으로 상찬을 늘어놓을수록 화자는 진실이나 실제의 모습은 뷰파인더 밖에 있던, 찍으려고 마음먹던 그 순간 뿐, 실제로는 거짓투성이 사진만 찍는다는 절망감에 사로잡힌다. 그런데 사진에 대한 열망을 포기하고 예전에 다니던 사진아카데미에 자신이 사용하던 기자재를 기증하러 갔다가 놀라운 사실을 알게 된다. 사진아카데미 졸업생의 사진들이 전시되어 있는 벽에서 댈러웨이의 작품이라고 들은 사진을 발견했는데, 그 아래에 이층 사내의 이름이 적혀 있는 것이었다. 그러고 보니 댈러웨이에 대해서는 갖가지 소문만 무성할 뿐 정확하게 알려진 사실이 거의 없다는 점도 의심스러워진다. 결국 댈러웨이와 그의 사진에 관한 이야기는 모두 이층 사내가 지어낸 허구였다는 사실이 밝혀진다.

이 소설에서 '창'은 몇 가지 다양한 의미로 등장하고 있다. 먼저 화자가 어느 순간부터 하염없이 올려다보게 된 실제의 창, 사내의 방 창문이 있다. 미지의 여성이 사내를 찾아온 밤부터 화자는 기묘한 외로움에 사로잡혀 사내의 창문을 올려다보면서 창 안의 그림자 실루엣을 눈으로 좇는 습관을 갖게 된다. 그리고 불이 환하게 비치고 있는 창이 카메라의 뷰파인더 비슷한 것이라고 생각한다. 그러나 막상 자신의 창인 카메라 뷰파인더로는 전혀 새로운 이미지를 건져내지 못하는 슬럼프에 빠져 허덕거린다. 또한 댈러웨이의 기념비적인 작품이라는 〈미지의 창〉이 있다. 아직까지 해독되지 않은 유일한 사진이라는 이 작품은 피사체인 창 속에 무엇인가 보이기는 하지만 너무도 흐려서 정확히 알아보기가 어려운 탓에, 전세계의 사진 매니아들에게는 불가능한 도전의 대상이 된 사진이다. 얼마 전 사망한 댈러웨이가 남겼다는 다음과 같은 말 속에도 창이 등장한다. '창은 진실을 엿볼 수 있는 기회다. 만일 창이 없다면 사각의 벽 속에 갇혀 있는 진실을 어찌 구해낼 수 있단 말인가. 나는 그 창을 사진기에 있는 뷰파인더를 통해서 본다.' 여기서 창은 세계를 바라보고 이해하는 어떤 특별한 통로를 비유한다고 할 수 있다. 그리고 이는 댈러웨이의 사진 속에서 의미를 발견할 수 있는 부분, 즉 세부적 진실을 투영하고 있는 반사체들을 뜻하기도 한다.

가령 정물화 같은 〈식탁 위의 세상〉이라는 사진을 보면 어느 한가한 농가의 식탁을 그대로 찍은 듯하다. 아직도 뜨거운 김이 소락소락 올라오는 수프라든지, 막 베어먹은 듯한 빵과 노랗게 잘 익은 감자를 보면 누군가의 식사 도중에 잠시 양해를 구하고 찍은 것처럼 보인다. 그래서 몇 컷의 사진 찍기가 끝나면 이내 자리에 다시 앉아 빵을 수프에 찍어 먹을 것 같은. 하지만 식탁 위에 놓여 있는 스푼을 자세히 보면 무언가 희미하게 보인다. 그것을 확대하면 그 안에는 한 군인이 농부를 총으로 살해하는 모습이 담겨 있다. 댈러웨이는 그 사진을 유고 내전 당시에 실제로 찍었는데, 그는 그 순간에도 슬라브족 민간인을 학살하는 정부군의 사진을 직접 찍기보다는 반사되는 물체에 담아서 사진을 찍었다. 그래서 사진을 보는 사람에게 두 번 다시 식탁의 주인공은 돌아오지 않을 것이며, 또 막연히 평화롭고 한가롭게만 보이던 어느 농가의 식탁은 사실 죽음의 만찬과 같다는 공포감을 주게 만든다. 그의 사진은 대부분 그런 것이다. 사진 자체보다는 스푼이나 병, 그리고 안경이나, 눈동자처럼 사진 속에서 반사되는 또 다른 눈을 통해서 찍는다. (19)

"댈러웨이 사진 중에 한 사내가 그냥 웃고 있는 표정을 찍은 게 있어요. 그냥 함박웃음 같은 그런 표정으로 말이에요. 그런데 그 사내의 눈동자를 확대해서 자세히 보면 한 산모가 막 출산하는 모습이 있어요. 아마 사내의 아내겠죠. 그 모습을 보고 나서 사내의 웃는 모습을 다시 보면 소름이 쫙 돋죠. 그리고 사내의 웃음이 평범한 웃음이 아니라 얼마나 많은 감정을 담고 있는지도 새삼 느끼게 되고 말입니다." (23)

이처럼 댈러웨이의 사진을 볼 때에는 가장 먼저 작품 전체를 보고 다음에는 항상 반사되는 물체, 곧 사진에서 창 노릇을 하는 반사체들(스푼, 눈동자)을 찾아야 한다. 댈러웨이는 그렇게 간접적으로 그리고 의미를 찾으려는 사람에게만 말한다는 것이다. 게다가 댈러웨이의 사진은 항상 특별한 전시장이 아닌 불특정 장소에서만 전시된다. 이는 허위 의식에 길들여진 인간들을 혐오하기 때문이며, 의미를 찾으려고 하는 사람에게만 답을 보여주는 자신의 사진 기법을 반영한 방식이라고 알려져 있다. 그런데 댈러웨이가 실은 존재하지 않는 가짜 사진작가라는 사실이 밝혀지는 것과 동시에 '댈러웨이의 창' 역시 산산이 부셔져 버리고 만다. 댈러웨이의 진짜 정체는 디지털 광고 사진 작업을 하는 이층 사내였다. 그렇다면 댈러웨이의 사진이라고 하는 것들도 모두 사내가 디지털 기법으로 만든(찍은 것이 아니라) 그래픽 사진에 불과하다. 사실 댈러웨이의 사진은 일종의 이중 프레임 방식으로 작업한 것이라고 할 수 있다. 이른바 한 화면에 두 겹의 화면(소박한 식탁 풍경과 스푼 속 농부의 학살 장면, 남자의 눈동자와 여기 비친 산모의 출산

장면)을 겹쳐 편집한 것이다. 또한 이러한 이중 프레임 방식은 디지털 사진 작업에서 가장 흔히 사용하는 기법 중 하나이다. 사내는 처음 자신을 소개하면서 직업을 말하기가 가끔 부끄럽다고 고백한다. 컴퓨터로 작업한다는 게 원본 사진에 없는 사실을 덧붙이는 것, 진실을 외면하고 거짓을 만들어내는 일에 불과하다는 자조감 때문이다. 결국 댈러웨이의 사진 속 반사체도 덧붙여진 거짓 영상에 불과한 것들이다. 댈러웨이의 사진을 독해하는 가장 핵심적인 창 자체가 가짜인 것이다. 댈러웨이 열풍이 불자마자 광고나 영화들이 앞다투어 그의 사진 기법을 따라 하는 상황 역시 결과적으로는 이러한 가공의 영상이 지닌 속성과 가장 잘 부합되기 때문일 것이다.

〈댈러웨이의 창〉은 디지털 사진 기술에 대한 노골적인 불신의 눈초리를 거두지 못하는 것으로 보인다. 화자는 아직 수동 카메라와 아날로그 필름 작업을 하고 있지만 새로운 자극을 찾지 못하고 낙담에 빠져 있는 상태이다. 그는 자신의 창인 뷰파인더 속에서 어떤 뾰족한 돌파구를 발견하지 못한다. 진실이나 실제의 모습은 항상 찍으려고 마음먹는 순간 뷰파인더 바깥으로 훌쩍 빠져나가 버린다. 화자가 댈러웨이의 사진에 대해서 그토록 열패감을 느낀 이유는 그것이 순수 사진 기술로서 찍을 수 있는 극한의 수준이었기 때문이었다. 즉 이제 더 이상 새로운 사진 찍기란 불가능하다는 것이다. 하지만 이러한 아날로그 사진 기술이 처해 있는 곤경보다 더 신랄하게 표현되는 것은 디지털 사진 작업을 하는 사내의 자괴감이다. 그는 아예 카메라로 진실에 다가갈 수 있다는 신념 자체를 포기한다. 그래픽이나 몰핑 기법으로 만든 해괴한 합성사진을 보고 장난스럽게 깔깔댈 뿐이다. 사내는 화자에게 세상은 어차피 허위에 중독되어 있고, 이제는 거짓이 진실인지 아니면 진실이 거짓인지 누구도 알 수 없게 되었다고 위로 아닌 위로를 늘어놓는다. 댈러웨이에 대한 진실을 알게 된 후 화자는 사내의 그림자가 오가는 이층의 창이 마치 없는 사실을 실제처럼 만들어낸다는 커다란 컴퓨터 같다는 생각을 한다. 말 그대로 그것은 거짓과 가짜들이 부유하는 컴퓨터의 'window'인 셈이다.

디지털 카메라와 컴퓨터로 피사체를 변형할 수 있는 현재는 이미지를 완전히 새로운 방법으로 보여 줄 수 있는 가능성을 낳고 있다. 디지털 카메라는 플래시만 조절하는 것이 아니라 현실 자체를 조절하기에 이르렀다. 카메라는 과거 사진에서 가장 중요한 역할을 하던 기구에서 이제 컴퓨터에 정보를 공급하는 부수적인 역할을 하는 도구로 전락하였다. 사진의 도구가 바뀜에 따라 자신이 갖고 있던 특성이 변화하며, 이것이야말로 카메라로 만드는 기존의 사진과 근본적으로 다른 특징이다. 이제 아날로그 사진조차 사실주의적 특성이 점점 더 약화되고 표현주의나 형식주의적인 특성이 더욱 강화될 것이라는 전망도 힘을 얻는 실정이다. 그런 면에서 디지털 환경에서의 사진은 점점 더 '사진답지 않은 사진'이 되어 간다. 이층 사내가 만드는 종류의 사진들의 성공 여부는 얼마나 빨리 소비되고 얼마나 많이 꿈꾸게 하느냐에 달려 있다. 이제 사진을 천천히 살펴보고 충분히 느낄 수 있을 만한 차분한 환경이 전혀 조성되고 있지 못하다. 그저 모든 사진들이 즉흥적이고 피부 반응적으로 빠르게 소비된다. 또한 각고의 기다림과 노력을 동원하여 피사체를 발견하기보다는, 그것을 연출하는 것이 자연스러워진다. 작품의 주제를 외부 세계에서 발견하는 것이 아니라 사진을 찍을 목적으로 주제를 구성한다. 사진이 리얼리티를 담는 것이 아니라 리얼리티가 명백히 사진을 위해 만들어지며, 이러한 시각적 고안물에 대해 아무런 의심을 하지 않고 보았을 때만 보이는 하나의 환영을 제공한다. 그리하여 사진은 마치 깨어나면 사라지는 꿈과 같이, 일종의 쾌락의 기관, 혹은 도취적 환상이 된다. 이층 사내의 방을 출입하던 여성에 대한 화자의 환상도 이와 무관하지 않다. 컴퓨터 같다고 생각하는 사내의 창을 계속 훔쳐 보면서 화자는 한 번도 제대로 얼굴을 본 적 없는 그녀를 간절히 욕망한다. 마치 형체 없는 얼굴과 육체를 향한 몽정과도 유사한 욕망이다. 그것은 사내의 사진 작업, 쾌락과 도취를 도발하는 환상의 window에 대한 화자의 욕망에 다름 아니라고 할 수 있다.

> 창으로 사내의 그림자가 오가는 것이 보였다. 하지만 사내가 창으로 비칠 때 이에는 사내의 모습이 암갈색의 벽에 가려 있어 사내의 흔적을 확인할 수 없었다. 그래서 창으로 비친 그림자가 사내라고 단정할 그 무엇도 내겐 없었다. 어쩌면 지금 비친 그림자는 사내가 아니라 사내의 여자 친구일지도 모른다. 아니, 어쩌면 사내의 여자 친구는 창으로 볼 수 없는 암갈색의 벽돌 뒤에 숨어서 웃고 있는지, 아니면 울고 있는지도 모른다. 아니, 어쩌면 사내의 여인이 방안에 아예 없는지도 모른다. 아니다, 어쩌면 창으로 비친 그림자는 사내가 아니라 다른 사람일지도 모른다. 도둑일 수도 있고 아니면 사내의 남자 친구일 수도 있다. 아니 아니, 어쩌면 창으로 보이는 그림자는 안에 있는 것이 아니라 밖에서 만든 그림자일 수도 있다. 그러니까 아예 창문 안에는 애초부터 아무것도 없는지도 모른다.
> 창을 통해서 사각의 벽 속에 있는 실제를 엿볼 수 있다고 했지만 그것은 실제가 아닌 그림자일 뿐이다. 바로 빛이 만들어낸 그림자.
> 진실이 창을 향해 스스로 움직이지 않는 한, 우리는 그림자를 보고 생각할 수밖에 없다. 실제는 아직도 사각의 벽 안에 웅크리고 있는데 말이다. 결국 창은 진실을 보여주지 않는다. 실제는 사각의 벽 속에 온전히 있을 뿐이고, 창은 다만 진실을 향한 허망한 갈망일 뿐이다. (31~32)

소설의 결말부에서 사내는 이층 방을 비우고, 똘똘 뭉쳐 거짓을 믿는 도시로 홀홀히 사라져 버린다. 사내가 떠난 이층은 불이 꺼지자 그림자조차도 볼 수 없게 된다. 그리고 화자는 이제 창의 존재성 자체까지 회의하게 된다. 그것은 세계를 지각하고 이해하는 투명한 매개라기보다는, 오히려 근본적으로 불완전하고 왜곡되어 보는 이를 미혹시키는 대상으로 여겨진다. 그렇기에 댈러웨이의 말과는 반대로 어떤 방법으로든 사각의 벽 속에 갇혀 있는 진실을 구해 내기는 불가능하다. 사내의 방 창문을 아무리 올려다 보아도, 카메라 뷰파인더 안을 아무리 들여다 보아도 실제 그 안의 진실을 제대로 파악할 수는 없다. 그나마 빛이 만들어낸 그림자를 좇는 허망한 시선만이 교차할 뿐이다. 사실 사진의 속성 자체가 그러하다. 사진은 찍혀진 대상을 전제로 하지만, 대상 그 자체는 아니다. 대상으로부터 방출된 빛이 필름에 투사되어 남긴 흔적이며, 일종의 유령과 같은 존재이다. 그래서 사진은 정확하게 이미지이다. 그 이미지는 찍혀진 대상의 부재에 의해서만 존재한다. 그러므로 사진에 찍혀진 대상은 바로 여기에 없으며, 언제나 늘 비현실인 것이다. 그럼에도 불구하고 우리는 사진을 통해서 현실을 직시하고 세상을 이해한다고 생각한다. 심지어는 사진을 모든 증거의 자료로 믿어 의심치 않는다. 그러나 정말 사진은 믿을 만한 것인가? 사진은 아무 것도 설명해 주지 않는다. 그냥 몇 가지를 확인해 줄 뿐이다. 나아가 이는 모든 예술의 속성을 암시하기도 한다. 예술은 진실을 추구하는 작업이라지만, 애당초 진실이라는 것이 존재하는지조차 의문이다. 예술은 이른바 상식과 통념, 이데올로기에 갇혀 꽉 막힌 우리의 정신에 '창'을 내려는 고투(苦鬪)이지만, 이제 벽은 점점 더 견고해지고 겨우 뚫은 창조차 더욱 흐릿해지고 있는 실정이다. 댈러웨이가 그러하듯 세상은 원래 거짓을 진실로 알고 있고, 그것만이 우리가 알 수 있는 실제이기 때문이다.

4. 구병모의 〈이창〉: 프레임 안과 바깥에서 발생하는 착시

구병모의 〈이창〉은 직접적인 소재로서의 카메라나 사진은 등장하지 않는 소설이다. 그러나 이 소설에서 사용하는 보기의 차원과 방식, 그 시선의 성질과 대상이 카메라의 그것과 거의 유사하다고 할 수 있기 때문에 앞의 두 소설과 충분히 같은 맥락으로 접근할 수 있다고 판단된다. 또한 제목에서 쉽게 유추할 수 있듯이 이 소설은 알프레드 히치콕(Alfred Hitchcock) 감독의 유명한 미스터리 영화 〈이창 *Rear Window*〉(1954)의 모티브와 설정을 그대로 차용하고 있다. 즉 공동주택에서의 훔쳐보기, 보는 자와 보이는 자의 관계, 본다는 것과 안다는 것의 상관성이란 문제를 동일하게 다루고 있는 소설이다. 또한 두 작품 모두 범죄의 징후를 목격하고 이를 해결하는 이야기 구조로 전개된다는 점도 같다. 단, 영화 〈이창〉의 주인공이 카메라의 망원 렌즈로 맞은편 건물을 훔쳐 본다면, 소설에서는 화자인 주인공 여자가 맨 눈으로 맞은편 아파트를 관찰한다는 점에서 다소 차이가 있다. 영화 〈이창〉에서 사진작가인 제프리스는 촬영 도중 다리가 부러져 휠체어에서 꼼짝할 수 없는 처지이다. 무료함을 견디지 못하던 그는 자신의 독신자 아파트에서 뜰 건너편에 사는 사람들의 행동을 관찰하는 것으로 시간을 보낸다. 이동할 수 없는 상황에 있다는 사실이 그의 이 은밀한 행위를 더욱 부추긴다. 발레댄서 아가씨와 고독한 여자, 작곡가와 반목하는 부부에 이르기까지 각각의 특이한 점을 살려 제프리스는 별명까지 지어 가며 훔쳐보기를 즐긴다. 그러던 어느날 건너편 아파트에 사는 보석판매원 남자가 아내를 살해한 것으로 의심받을 만한 짓을 한 것을 본 그는 애인 리사와 친구인 형사에게 이를 말하지만 아무도 그의 말을 믿지 않는다. 그러자 그는 증거를 찾기 위해 남자의 일거수 일투족을 더욱 철저히 감시하기에 이른다. 공동주택의 다양한 사람들의 모습을 비추는 영화의 도입부는 '세계를 비추는 창'으로서 카메라의 역할을 충실히 보여주고 있다. 관객은 제프리스가 포착하는 피사체를 찬찬히 따라가면서 피관찰자들의 일상을 일별하게 된다. 제프리스는 당분간 움직일 수 없는 처지이기 때문에 자신이 목격한 일에 대해 아무런 행동을 취할 수 없고, 그래서 사진을 찍어놓는 것만이 의미가 있었다. 비록 몸으로 사건에 개입하지는 않았지만 카메라를 사용함으로써 그는 사건에 연루된다.

350　　현대소설에 나타난 한국인의 일상과 심성(心性)

소설 〈이창〉은 여성 화자가 마치 누군가에게 어떤 사건의 내막을 진술하고 있는 듯한 문체로 구성된다. 화자는 평소 유별난 정의감을 가지고 있다고 자처하는 인물이다. 그녀는 우연히 맞은편 아파트 창을 통해 한 여자가 거실 바닥에 엎드린 어린 아이를 발로 걷어차고 있는 광경을 목격한다. 부리나케 아동 학대 사실을 신고하고 그 집을 주시하지만 출동한 경찰은 형식적인 조사만 마치고 돌아간다. 이윽고 창문을 통해 이쪽을 쳐다보는 상대 여자와 눈이 마주치고 뜨끔 하지만, 여자는 차디찬 미소와 함께 버티칼을 펼쳐 창문을 완전히 가려 버린다. 이후에도 화자는 창문이 가려진 맞은편 집을 쳐다보면서 꺼림칙해 하지만 어쨌든 자신이 할 수 있는 최선은 다했다고 자위한다. 그러다가 마트에서 상대 여자와 마주치는 바람에 원치않는 대화를 나누던 중 자신이 신고한 것을 그녀가 알고 있다는 사실을 깨닫는다. 여자는 지난번에는 아이와 총싸움 놀이를 하던 중이었는데 아동학대 신고가 들어와서 황당해 했다며 언제 한 번 자신의 집으로 놀러 오라는 초대를 한다. 며칠 후 다시 개방된 앞집 창문을 바라보던 중 또다시 여자가 아이에게 발길질을 가하는 것을 보고 화자는 단숨에 앞 단지로 달려가 상대집 초인종을 누른다. 여자는 아무렇지도 않게 대하지만 아이의 표정과 상태를 살펴 본 화자는 학대가 분명하다고 확신한다. 나름대로 조언도 하지만 조롱 섞인 무시만 당하고 쫓겨나다시피 그 집을 나온다. 비분강개한 화자는 인터넷 엄마들 카페에 사연도 올려 보지만, 대부분의 반응은 오지랖을 넘어선 편집증이라며 오히려 화자를 비난하는 내용으로 도배된다. 그런데 뜻밖에 진짜로 앞집 아이가 갑자기 사망하는 사건이 벌어진다. 화장실에서 미끄러져 머리를 부딪쳐 뇌출혈이 일어났다는 것인데, 엄연히 사고임에도 불구하고 엉뚱하게도 화자가 사람들의 지탄을 받게 된다. 마치 화자가 얼토당토하지 않은 참견을 해서 재수 없게 아이의 죽음을 초래한 것으로 오해된 것이다.

영화와 마찬가지로 소설에서도 화자는 앞집 아이의 죽음과 일정하게 연루되어 있다. 무심코이든 의식적이든 어쨌든 보았기 때문에 연루된 셈이다. 사실 이 소설은 철저히 여성 화자 '나'의 시점을 통해서 진행되기 때문에 독자들은 당연히 그녀에게 정서 이입하여 그녀가 제기하는 의혹과 의문에 동조해야 할 것처럼 보인다. 그러나 독자들 역시 소설의 다른 인물들과 마찬가지로 화자의 왜곡된 정의감과 과대망상, 노파심을 탓하는 위치에 놓인다. 이는 소설 내내 각종 시민단체 활동과 사회운동, 봉사 활동 경력을 나열하는 화자의 젠체하는 발언과 생각, 과장스러운 정의감과 순교자연하는 자화자찬을 일관되게 반복하여 독자들이 거부감을 느낄 수밖에 없게 만드는 효과 때문이다. 남편, 딸, 경찰, 아파트 주민들, 인터넷 등 주변의 모든 반응이 하나같이 그녀를 비난함으로써 독자 역시 더욱 선뜻 그녀의 편을 들 수 없게 만든다. 결국 이 소설은 한 위선적인 중산층 여성의 호도된 정의감, 자기 만족감으로서의 타인에 대한 속단과 일방적인 가치 판단이 불가항력적인 비극으로 이어짐을 보여준다고 할 수 있다.

> 당신들이 나를 희대의 오지라퍼라고 불러도 좋다. 오지라퍼란 알다시피 우리말인 오지랖에다 '그 일을 하는 사람' 내지는 '직업'을 뜻하는 영어의 어미 '-er'를 붙인 신조어로, 생겨난 지 유구한 역사를 자랑하는 말은 아니지만 이와 유사한 수준의 인식은 도시화와 핵가족화가 진행되면서 이미 정착했다고 보는데, 이 낱말의 출현은 '만인이 만인의 일에 신경 끌 것'을 지향하는 세계관을 반영한다. 타인의 분노에 공감하고 그의 광기를 제어하려 해 보았자 개입한 사람만이 터진 새우 등처럼 만신창이가 되며 보상은커녕 피해나 받지 않으면 다행인 요즘, 누군가에 대한 동정은 시간과 비용 낭비에 불과하고 정의라곤 깨금발로 서 있을 자리조차 잃은 때 나는 보기 드문 오지라퍼일지 모른다. 그러나 역사적으로 기아와 질병을 없애고 폭력을 단죄하며 세상을 바꿔 온 많은 이들의 속성이 이를테면 오지라퍼 아니었던가. 그들은 모두 본인의 불편과 무고와 고통을 기꺼이 감당하도 남들의 손가락질을 개의치 않으면서 토대를 다지고 씨앗을 뿌려 싹을 틔워온 게 아니가. 나는 내가 본 것이 한 점 의혹의 여지도 없는 사실이라 믿고

사람들에게 진실을 알리려 했을 뿐이다. 나만이 유난스럽게 불의를 보고 참지 못하는 성격이라 주장할 마음은 없으며, 그것이 사람이라면 누구나 해야 할 도리라고 믿는다. (119)

그런데 화자의 위선적 태도를 일방적으로 조롱만 하고 끝내기에는 무언가 석연치 않은 구석이 남는다. 결정적으로 앞집 아이의 죽음은 매우 돌발적이고 의외의 사건이다. 그것이 정말 목욕탕 사고사인지, 아니면 주인공 화자의 말이 씨가 되어 재수없게 발생한 사고인지는 의문의 여지가 있다. 소설의 종반부에 이르자 그 이전까지 앞집 여성과 아이에게는 명백한 간섭자이자 참견꾼, 가해자였던 화자가 실은 앞집 아이의 죽음에 대해 도덕적인 비난과 매도를 당하고 있음이 밝혀진다. 궁극적으로 이 소설 전체가 이에 대한 화자의 항변과 자기 변호에 해당하는 진술이라고 할 수 있다. 이제 화자는 마녀사냥과 신상털기의 피해자로 변한다. 즉 지금 엄청난 궁지에 몰려 있는 사람은 다름 아닌 화자 자신인 것이다. 다시 영화 〈이창〉으로 돌아가 보자. 소설이 의도적으로 이 영화의 제목을 차용했다는 것은 의미심장하다. 제프리스의 의심에 대해 다른 모든 사람들은 이를 망상으로 치부한다. 심지어 관객조차 믿지 못한다. 하지만 영화는 결론적으로 반전을 통해 제프리스의 의심이 옳고 실제 살인이 일어났음을 폭로한다. 소설에서도 다른 모든 등장인물들과 독자조차 화자의 진술을 믿지 않고 그녀를 심리적으로 거부한다. 그런데 영화의 결론에 비추어 보면, 오히려 소설에서도 그녀가 옳았을 수도 있다는 가정이 가능하다. 사실 소설에서 위선적이고 가식적이라고 화자를 비판하는 지점들도 곰곰이 따져 보면 그렇게 명백하게 잘못된 태도라고 치부하기 어려운 것들이 많다. 화자는 곤경에 처한 타인들을 도와 주려다가 오히려 피해를 본 사람들 이야기를 한다. 정말 타인을 돕는 선의를 선뜻 발휘하기 어려운 것이 요즘의 현실임에는 분명하다. 어떤 보상도 바라지 않고 사소한 선의조차 베푸는 사람들이 너무나 없기 때문에 오히려 화자가 별나게 느껴지는 것이라고 볼 수도 있다. 그리고 보면 위 인용문에 나오는 화자의 언급은 구구절절 옳은 것이기도 하다. '타인을 신경 쓰고 염려하는 게 사람답게 사는 것'이라는 화자의 말을 저도 모르게 조롱하게 되는 상황이 더 문제일지도 모른다. 앞집 아이를 걱정하는 화자에게 남편은 쓸데없이 유난 떨지 말라고 신경질을 부린다. 이에 화자가 한때 남편도 단대 학생회장이 아니었냐고 구차하게 말해 보지만, "그 때 마음하고 똑같이 살았다면 지금 회사에서 과장까지 올라갔겠냐"는 비웃음만 받는다. 결국 남편의 말은 자신이 철저하게 타인이나 공동체보다는 자기 자신과 가족만을 생각하고 살아왔음을 인정하는 꼴이다. 그런데도 불구하고 도리어 어리석고 잘못했다고 힐난당하는 쪽은 화자인 것이다.

영화 〈이창〉에서 관객은 제프리스가 장치해 놓은 카메라 시선에 한정된 채 그가 바라보는 것만 볼 수 있다. 즉 제프리스의 시선 바깥, 그가 구성한 카메라 프레임 바깥의 광경은 볼 수 없다. 그래서 한동안은 관객 역시 제프리스와 함께 실제 살인사건이 일어났다는 추측을 공유한다. 그런데 결정적인 장면이 하나 있다. 영화에서 유일하게 제프리스의 시선을 벗어난 장면이기도 하다. 제프리스가 잠든 사이 보석판매원 부부가 외출하는 장면인데, 이는 관객에게만 노출된다. 제프리스가 이 장면을 보았다면 아파트 안에서 살인사건이 일어났다는 생각을 접을 가능성이 크다. 보석판매원 아내가 다시 집에 들어오는 장면이 나오지 않기 때문이다. 그래서 이때부터 관객은 제프리스의 의심이 틀렸다고 생각하고 동조하기를 멈추게 된다. 이 장면으로 인해 관객은 제프리스에 대해 시각적 우월감을 갖게 된다. 즉 제프리스보다 더 많이 보았기 때문에 더 잘 알고 있다고 생각한다. 그러나 히치콕은 이 관계를 또 한 번 비튼다. 실제 살인은 발생했고 제프리스의 판단이 옳았다. 결국 많이 본다고 더 잘 아는 것은 아니게 된다. 오히려 많이 볼수록 더 알지 못하게 되는 것이 있을 수 있다. 그렇다면 이를 소설 〈이창〉에도 적용해 볼 수 있다.

> 이제는 거의 습관처럼 무심코 넘겨다보았을 때 그 집 베란다는 외부 새시뿐만
> 아니라 그전까지 굳게 쳐져 영원히 열리지 않을 것 같았던 버티컬에다 거실 창
> 문까지, 몸속 장기를 꺼내놓고 말리기라도 할 것처럼 활짝 개방되어 있었기 때
> 문이다. 딱 좋은 가을바람이 불던 무렵 오후 5시였다. 거실 창 양쪽에서는 예의
> 그 모자가 서로 꼬리물기 놀이라도 하듯 뛰어 다니고 있었다. 엄마고 아이고 간
> 에 꼬리를 잡힐 듯 말 듯 도망 다니다 가끔 뒤돌아서 서로를 향해 두 손을 모아
> 올리고 상하로 흔들어대는 모습이 정말로 평범한 총싸움 놀이 동작으로 보여서,
> 정말 내가 그동안 오해한 것일지도 모른다는 생각마저 들었는데, 다음 순간 아
> 이가 바닥에 나동그라지자 그녀는 기대를 저버리지 않고 아이를 발로 걷어차지
> 시작했다. 그러니까 그녀가 걷어차기 시작했기 때문에 아이가 바닥에 넘어져 구
> 르는 것인지, 아니면 아이가 총 맞은 시늉을 하느라 드러눕고 나서야 그녀의 발
> 길질이 시작된 것인지 선후 관계를 미처 확인하지 못했을 만큼 눈 깜짝할 새 일
> 어난 일이었으나, 분명한 건 지난번보다 발길질이 좀더 빠르고 리드미컬해졌으
> 며 목표물을 정확히 가격하는 것 같다는 느낌이었다. 당신들은 이조차도, 그녀
> 를 반드시 범죄자로 몰아가고 싶은 나의 강박에서 비롯된 착시라 말할 것이다.
> 그러나 내 인생과 무관한 여인을 어째서 내가 그렇게 만들고 싶어 한다는 말인
> 가. (123~124)

이 소설에서 영화 〈이창〉의 카메라 렌즈에 해당하는 시선은 인용문에서 확
인할 수 있듯이 네모난 베란다 창문이다. 이것은 카메라와 사진의 프레임으로
대체해도 무방할 것이다. 화자는 마치 카메라의 프레임을 바라보듯 앞집의 창
을 주시하고 있다. 문제는 이 프레임이 전체적인 진실을 제시하기에는 한계가
있다는 점이다. 특히 베란다 창문은 일종의 고정된 프레임을 유지한다. 피사체
를 따라 움직이지 못하고, 움직이는 피사체가 프레임의 안과 밖을 드나든다. 화

자가 보는 것은 프레임 안의 피사체일 뿐이다. 영화에서 제프리스가 보석판매원 부부의 외출 장면을 놓친 것처럼, 소설 속에서도 프레임 바깥으로 놓치는 요소들이 너무 많다. 또한 아무리 해당 장면을 꼼꼼히 보았더라도 필연적으로 놓치는 것들이 생기기 마련이다. 흔히 우리의 뇌는 현실을 그것의 시청각적인 이미지의 배열로 구성해 지각한다. 그것은 마치 프레임처럼 배열된다. 하나의 입방체로 구성된 매개체를 인간의 시각으로 인지하는 과정에서 매개체는 반드시 '보이는 면'과 '보이지 않는 면'으로 구분된다. 그런데 보이는 것과 보이지 않는 것은 능력의 문제라기보다는 선택의 문제가 되기도 한다. 다시 말해 현실의 지각에서 그것이 어떤 사건인가, 혹은 어떤 이야기인가의 문제보다 더 중요한 건, 우리가 그것에서 무엇이 있는데도 보지 않으려 하는가, 그리고 거기 없는 그 무엇을 보았다고 믿으려 하는가의 문제이다.[19] 그렇다면 제프리스와 소설의 화자가 보고 싶었던, 혹은 보았다고 믿은 것은 사진으로 찍어 놓아야 할 만큼 그 피사체를 흥미롭게 만들어 주는 그 무엇인가라고 할 수 있다. 그것은 남에게는 고통이나 불행이더라도 자신에게는 흥미로움을 주는 상황일 수도 있고, 다이앤 아버스(Diane Arbus)의 말처럼 사람을 볼 때 제일 먼저 눈에 들어오기 마련인 그 사람의 약점[20]일 수도 있다. 처음에 제프리스가 보인 것은 인도적인 관심이었지만, 차츰 그의 시선은 타인의 치부를 발가벗기는 충혈된 시선으로 바뀌게 되며 소설의 화자 역시 이와 다르지 않다. 프레임을 가득 채운 과도한 폭로의 욕망이 착시와 오인을 가중시킬 수 있는 것이다.[21]

---

19 허문영, 「아덴만의 미혹-영화, 폭력, 폭력 이미지에 대한 단상」, 『문예중앙』 125, 중앙북스, 2011, 546쪽.

20 수전 손택, 앞의 책, 64~65쪽.

21 어쩌면 카메라의 심리적 메커니즘 자체가 이와 같은 집요한 감시와 폭로의 시선을 생산한다고도 볼 수 있다. 벤야민은 카메라가 '시각의 무의식적 세계'를 다룬다고 지적하면서, 사물을 대하는 카메라맨의 눈(기계의 눈)과 화가의 눈(자연적 눈)을 대조하여 설명한다. 둘은 대상을 바라보고 파악하는 방식에서 본질적으로 다르다. 카메라맨의 눈은 외과 의사의 눈과 비슷하다. 외과의사가 환자를 치료하기 위해 환자의 몸에 깊숙이 침투하는 것처럼 대상에 거리를 두기보다는 대상에 침투해 들어간다. 반면 화가의 눈

소설 〈이창〉에서 독자들은 화자를 통해서만 사건의 면모를 접할 수 있다. 역시 화자가 바라보는 프레임을 그대로 따라가고 있는 셈이다. 화자는 상대적으로 앞집 여자와 아이에 대해서 누구보다도 많이 보고 많이 알고 있다. 화자의 가족, 인터넷에서 화자를 마녀사냥하는 이들이나 그녀를 비난하는 이웃들은 화자만큼 앞집의 상황을 전혀 보지도 못했고 알지도 못했다. 가장 근접한 거리에서 관심을 갖고 직접적으로 앞집을 관찰할 수 있었던 사람은 화자임에 분명하다. 그럼에도 불구하고 화자는 거짓이고 다른 이들이 참이 된다. 그렇다면 화자가 본 것을 믿지 못하는 만큼이나 다른 이들의 판단도 쉽사리 수긍하기 어렵다. 사정없는 발길질, 아이를 다루는 앞집 여자의 태도, 아이의 주눅 든 표정과 숨겨진 멍 자국, 화자를 능숙하게 조롱하는 여자의 여유, 궁극적으로 아이의 의문사에 이르는 모든 과정에 대한 보기와 판단이 그러하다. 결말부에서 굳이 남편의 반대를 무릅쓰고 아이의 장례식장을 찾아 간 화자는 손님맞이를 하던 여자가 섬뜩한 조소를 짓는 것을 목격한다. 그것은 아무래도 고통과 슬픔의 여진으로 화자라도 탓하고 싶은 심정이라기보다는 '내가 이겼다'는 확신 같아 보인다. 화자의 이러한 느낌이 사실이라면 지금까지 화자가 본 장면들도 모두 사실이라고 할 수 있을 것이다. 결국 소설 〈이창〉은 영화 〈이창〉에 나타난 프레임 안팎의 관계성을 차용하여, 제대로 보기의 곤혹스러움과 실패를 이야기하고 있는 작품이다.

은 무당이나 주술사가 환자를 치료할 때 몸에 직접 침투해 들어가기보다는 거리두기를 하는 것처럼 대상과 일정한 거리를 둔다. 화가는 대상에 대해 전체적인 이미지를 취한다면 카메라맨은 대상에 대해 부분적인 이미지를 취한다. 파파라치의 그것이 연상되듯 카메라의 눈은 항상 집요하며 탐욕적이고 호기심으로 넘쳐난다. 그것은 장막을 들추고 그 안의 대상과 광경을 드러내고자 하며, 이는 사적 공간에 대한 과도한 침범으로 이어진다. (Walter Benjamin, *Das Kunstwerk im Zeitalter seiner technischen Reproduzierbarkeit*, IN: BD. Ⅰ.2, S. 1936, pp. 496~500)

5. 맺으며 : 사진 이미지의 미혹성

"나는 그리고 싶지 않은 것을 사진에 담고, 사진에 담고 싶지 않는 것을 그린다"는 만 레이(Man Ray)의 언급[22]은 단순히 회화와 사진이 세계를 재현하는 장르적 변별성을 지적하는 것을 넘어서, 시각 이미지로서의 사진이 갖고 있으며 또 지향하는 성질에 대한 독창적인 숙고를 담고 있다. 주목할 만한 사실은 온갖 사진 이미지들이 가득한 세계를 살고 있는 오늘날에도 사진을 평가하는 언어들이 의외로 극히 빈약하다는 점이다. 즉 훌륭한 사진을 평가하는 기준, 더 범박하게 말하면 사진이 잘 나왔는지 아닌지를 판단하는 기준을 설명하는 언어적 수사학들이 그다지 풍부하지 못한 것이 사실이다. 가령 구성이나 빛의 효과 같은 회화의 어휘를 빌려다 쓰거나, '흥미롭다, 선명하다, 정밀하다, 실감난다, 간결하다, 섬세하다' 같은 모호하기 짝이 없는 말로 사진을 칭찬하는 것이 예사이다. 이는 단순히 주로 거친 상상력과 취향에 호소하는 아마추어 사진가들의 급증 현상만으로 설명하기는 어려운 현상이라고 볼 수 있다. 특정한 장르에 대한 비평적 언어가 빈곤하다는 것을 들어 그 장르를 평가절하하는 결정적인 증거로 삼는 것은 바람직하지 않겠지만, 어쨌든 사진의 경우에는 지나치게 범람하는 현실적 용례들이 장르에 대한 미학적 자의식을 압도하는 것만은 사실이라고 할 수 있다.

한편 사진 이미지들의 홍수가 우리의 삶을 구성하는 다양한 이야기성을 약화시키는 반증이라고도 간주하는 경향도 만만치 않다. 오늘날 사람들은 자신의 온전한 지각을 신뢰하기보다는 카메라와 같은 시각기계를 더 신뢰하는 쪽을 택한다. 따뜻한 홍차에 작은 마들렌 한 조각을 한 입 베어 무는 순간 과거 잊혀진 어느 시기의 삶을 불러내고 비로소 잃어버린 시간을 찾아 떠나는 여행의

---

22   수전 손택, 앞의 책, 263쪽에서 재인용.

실마리가 되는 프루스트(Marcel Proust)의 마법, 즉 물질적 대상(프티 마들렌)을 물질적 황홀로 승화하여 잃어버린 기억을 복원하는, 그 유명한 마들렌 효과는 이제 더 이상 유효해 보이지 않는다. 스쳐 지나가면서 언뜻 보았던 누군가의 모습과 풍경, 들리는 소리, 혀에 닿는 감촉과 맛, 찰나적인 미세한 움직임 대신 몇 장의 사진만이 단호할 정도로 간명하게 기억을 호출해 내는 것이다. 사진은 회상을 불러 일으킨다기보다는 회상을 창조하거나 대체한다. 사진은 시간과 기억의 어느 한 순간을 정확히 베어내어 깔끔하게 꽁꽁 얼린 후 압축·포장해 놓는다. 그것은 어떤 시간과 기억을 특권화하여 계속 간직한 채 몇 번이고 다시 볼 수 있는 얇은 사물(이제는 몇 바이트의 컴퓨터 폴더로)로 뒤바꿔 버린다. 시간이 흐를수록 기억한다는 것은 어떤 이야기를 떠올린다는 것이 아니라 어떤 사진을 불러낼 수 있다는 것이 되어 버렸다.[23][24]

사진 장르에 대한 비평적 언어의 빈곤함, 또한 사진 이미지의 득세로 인한 이야기성의 약화라는 현상은 곧 사진으로 대표되는 영상 이미지에 대한 문학의 곤혹스러운 자의식과 직결되는 맥락이라고 볼 수 있다. 그리고 이 글에서 분석한 세 편의 소설은 이와 같은 카메라와 사진에 대한 다양한 접근 방식과 해석을 통해서, 사진 이미지를 바라보는 소설적 인식의 흥미로운 양상을 드러내고 있다. 그것이 단순한 소재의 차원에 그치지 않고, 우리가 타인과 세계를 직접적으로 보는(see) 방식에 대한 관심과 성찰을 담고 있다는 점도 특기할 만하다. 또한

---

23 수전 손택, 이재원 옮김, 『타인의 고통』, 이후, 2004, 135쪽.

24 오늘날 각종 카메라를 비롯한 시각 테크놀로지에 의한 시각의 강화를 폴 비릴리오(Paul Virilio)가 그리스 신화에 나오는 외눈 거인인 키클로페스(Kyklopes)에 비유하는 것은 매우 독창적이다. 그것은 "외눈의 증가로, 즉 완전한 시각이 증가한 것이 아니라 편협된 시각의 증가"라는 것이다.(폴 비릴리오, 배영달 옮김, 『정보과학의 폭탄』, 울력, 2002, 23쪽) 즉 이와 같이 시각기계에만 의존하면서 간접적으로 세계와 사물을 감지하면서 인간의 직접적인 감각은 퇴화되고 수동적인 삶을 영위하게 된다. 이는 진정한 의미에서 감각의 확대가 아니라 오히려 감각의 쇠퇴를 초래한다. 많은 경험들이 기계에 의해 매개된 지각방식으로 간다는 것은 진짜 지각은 쇠퇴한다는 말에 다름 아니며, 각종 시각기계들의 난립과 함께 시각적 주체성이 급격히 해체된다고 본다.

이들이 제시하는 진지하고 다양한 진술들은 포토샵이란 단어가 출현하기 훨씬 전부터 존재했었던 진지한 사진작가들의 그것 못지않게 사진의 속성과 진실에 관해 의미있는 질문을 던지고 있다는 사실을 증명한다. 즉 1장에서 개괄한 사진 장르의 사실성과 현실 개념에 관한 논점들이 소설 속에서 자연스럽게 환기되고 있는 것이다. 사실 〈빛의 호위〉와 〈댈러웨이의 창〉, 〈이창〉이 카메라와 사진에 대해 취하는 태도는 상대적으로 다르다. 〈빛의 호위〉가 마치 카메라 옵스큐라를 연상케 하는 밀실의 구조를 통해 카메라와 사진이 세상을 형상화하는 방식, 사진가(예술가)와 피사체(세계)를 관계맺게 하는 기능, 그리고 이러한 과정을 통해 삶을 긍정하고 인간적인 진실을 발견하는 주인공의 모습을 인상적으로 그려내고 있는 데에 비해, 〈댈러웨이의 창〉에서는 디지털 기술로 대표되는 새로운, 혹은 의심스러운 창으로서의 사진이 처한 딜레마를 범람하는 거짓과 환상의 형상들에 맞서 고투를 벌이는 탐색의 과정으로 제시하고 있다. 〈이창〉의 경우에는 같은 제목의 영화에서 차용한 훔쳐보기라는 설정을 통해 프레임 안과 바깥에서 동시에 이루어지는 착시를 다룸으로써 본다는 것과 안다는 것의 괴리와 함께 제대로 보기의 난망함을 표현하고 있다. 세 소설은 카메라와 사진이라는 영상 기술과 이미지의 속성을 민감하게 포착하여 형상화하는 한편, 역설적으로는 우리 시대 가장 지배적인 보기의 방식이라고 할 만한 사진 이미지의 미혹성에 대한 통찰도 병행하는 셈이다. 이러한 관점이 단순히 영상 이미지에 대한 문자 텍스트의 인식적 우월성을 내세우는 결론으로 귀결되지 않고, 실제 영상 이미지가 생산되고 유통되며 수용되는 메커니즘에 대한 진지한 숙고를 강조하는 방식으로 이루어지는 것도 시사적이다.

소설 속 놀이공간과 '재현의 공간'
인문지리학과 르페브르의 공간생산이론

1. 시작하며 : 여가공간의 왜곡과 장소상실

디즈니월드는 폭력 · 대립 · 이데올로기나 인종적인 충돌도, 정치도 없는 세계
이다. 그곳은 백인 · 앵글로색슨 · 청교도, 가끔은 카톨릭의 세계로서 다른 민족
적 특색도 없다. 일단 아메리카의 개척의 땅과 자유광장을 떠나 마술왕국을 지
나 환상의 나라를 헤매다 보면, 당신은 영국이나 유럽을 모방한 구역에 들어서
게 된다…. 미래의 세계를 떠나면 다시 아메리카로 돌아오게 된다…. 모험의 나
라는 당신이 오래된 B급 영화에서 수도 없이 보았던 그런 장소들 가운데 하나
이다…. 그리 멀지 않은 미래에 부유하거나 회사원 정도만 되면 디즈니월드를
방문할 수 있을 뿐만 아니라 미래의 실험적 모범 사회(Experimental Prototype
Community of Tomorrow)란 가칭으로 불리는 실험적으로 완벽하게 계획되고
자동차가 없는 도시에서 살 수도 있을 것이다.[1]

현대 도시의 중요한 특징 중 하나는 여가공간의 조직적 분리이다. 현대 도시

---

1 Ferritti F, *A few words on Disney World: bad adjectives, good verb-enjoy*, New York Times Sunday
February 11 1973, Section 10, p.4.

공간은 자본주의 경제가 전개되는 장이자 자본 축적의 물적 토대이며, 자본주의 경제 체제와 활동의 배경으로서 생성·발전한다. 공단이나 주거 단지, 그 외의 다양한 사회 간접 시설과 인공적으로 조성된 새로운 물리적 환경, 즉 건조 환경의 구축을 통해 도시화가 실현되고 규정된다. 회색 콘크리트 더미에 불과한 고층 빌딩촌과 천편일률적으로 조형된 아파트 단지들, 시야를 폭력적으로 압도하는 도로들. 이와 같이 건조한 도시 환경은 무미건조하면서도 억압적인 위압감을 발산한다. 특히 주거공간(집)과 노동공간(일터), 그리고 두 곳을 잇는 동선(動線)을 최대한 효율적으로 배분·조정하는 것이 필수적이다. 도시학자들은 시민의 활동 동선의 흐름도표, 동선 교차로 형성되는 매듭, 유동률 등을 분석하여 도시의 기능과 상황을 점검하고 발전 잠재성을 측정한다. 활동의 동선이 단순한 일직선이거나 매듭이 너무 얽혀 유동성이 빈약하다면, 그곳 시민의 삶은 집과 일터를 반복하는 무기력한 것이 된다. 원래 도시 근접성의 논리는 주거공간과 노동공간을 기계적으로 연결하는 것이 아니라, 모든 사회 분야의 다양하고도 활발한 활동을 형성하는 장소들을 구성하는 데에 주안점을 둔다. 집과 일터 사이에 **교육**(학교·도서관·체육시설 등), **문화**(극장·연극·음악·전시장 등), **상가**(쇼핑·음식점·카페 등), **복지**(노인정·병원·진료소 등), **사회성**(광장·놀이터·산책로·공원 등)의 장소들이 골고루 분배되어야 한다. 그러나 기능적으로 획일화되고 표준화된 도시일수록 시민들이 생활세계의 공감대를 형성할 만한 여가공간은 위축되기 마련이다.

그러다 보면 시간이 아니라 공간이 부족해서 여가를 즐길 수 없는 상황이 벌어진다. 집과 일터 중심으로만 구획되는 현대 도시에서 여가공간은 두 가지 방향으로 재편된다. 먼저 도시 바깥으로 밀려나가는 경우이다. 도시는 점점 더 번잡해지고 대기는 탁해진다. 그래서 모처럼 휴식을 취하기 위해서는 멀리까지 나가야 한다. 주말이나 휴가철마다 도시를 빠져나가는 자동차 행렬의 장사진은 우리가 그동안 얼마나 도시를 빈곤하게 경영해왔는가를 단적으로 보여준다. 운동을 하거나 가볍게 산보를 할 만한 공간이 턱없이 부족하다. 그나마 얼마 남지 않은 녹지들도 점점 사라져간다. 두 번째로 진짜 여가공간을 대체하는 가짜 여가공간들이 조성되는 경우이다. 그곳은 차라리 소비공간으로 변질된, 매우 인공적인 성격을 띤다.[2] 놀이나 휴식조차 하나의 상품처럼 취급된다. 미학적 세련미와 거짓 환상, 감각적 이미지를 판매하는 공간 스펙터클이 대량으로 생산되며 그 자체를 하나의 이미지 소비공간으로 구성한다. 여가는 곧 소비와 동일시된다. 도시인들의 여가는 점점 더 고비용 구조로 변화되는데, 이른바 '공간을 사용하는' 비용이 적지않은 비중을 차지한다. 귀를 거슬리는 소음들로 가득한 밀폐된 실내 헬스클럽과 수영장, 억지로 찾아가야 하는 일회성 이벤트 공간, 시민들의 정서와 감수성이 배제된 채 활기와 개성을 잃은 박제화된 공간, 고작 몇 개의 벤치와 가로수, 생경한 조각품이 버려진 듯 방치된 공원 등이 그러하다.

위의 지문에서 묘사하고 있는 거대한 오락공원 디즈니랜드야말로 대표적인 가짜 여가공간이다. 디즈니랜드는 기존 질서의 통제에서 벗어나는 일탈과 흥분을 제공하며 거대한 놀이공간을 형성하는 것으로 여겨진다. 그곳은 실제 지리 환경과 거의 관련이 없는 부조리하고 인공적인 장소가 역사·신화·현실과 환상의 초현실적인 조합으로 생겨난 가짜 장소이다. 세계 곳곳에서 보아온 역사와 모험을 가장 상상력이 풍부하고 조형적으로 만들어 내보이며, 미리 보장된 흥분·오락·흥미를 제공하는 유토피아를 어느 정도까지는 진짜처럼 보여준다. 그러나 우리가 직접 여행을 해 보거나 상상해 볼 기회나 노력을 소용없게 만들어버린다. 관객들은 방향감각의 상실이라는 초공간(hyperspace)적 경험에 빨

---

2 현대 자본주의 사회에서 자본의 끊임없는 이윤 창출의 도구로서 공간이 이용되는 '공간의 상품화'는 보편적인 현상이라고 할 수 있다. 단순히 상품의 소비를 촉진하는 수준을 벗어나 직접 공간 자체가 소비되기 시작한다. 자본의 새로운 고안전략은 물리적 자본축적환경을 구축해 공간을 생산할 뿐만 아니라 공간 자체를 상품화해 소비하도록 함으로써 이윤의 확대 재생산을 꾀하는 것이다.

려들어, 안정감을 잃고 텅 빈 공간에 선 듯한 현기증을 느낀다. 구체적인 장소 감이 결핍된 환상 속의 공간을 경험하게 되는 것이다.[3] 무엇보다도 디즈니랜드는 공간과 시설을 판매하는 소비산업에 다름 아니다. 여가 역시 노동과 마찬가지로 소외당하고 소외시키며 그저 회유될 뿐이다. 고된 노동 후의 보상물이었던 여가가 곧 산업 자체가 되어 자본주의의 노획물이 되는 셈이다. 이렇게 통제되며 관리되는 공간은 특별한 제한을 강요한다. 이를테면 특별한 의식과 몸짓 (박수나 환호, 침묵 등), 담론형태(시트콤의 웃음 효과음처럼 웃어야 할 때와 웃지 말아야 할 때를 기계적으로 구분하는 것) 등이 여기에 해당한다. 놀이공원이라는 단어에서 자연스럽게 연상되는 롤러코스터의 비명 소리나 퍼레이드의 과장된 걸음걸이, 솜사탕과 비눗방울의 감각적 느낌 등도 포함된다. 놀이공원 바깥으로 나왔을 때 갑자기 후련한 해방감이 엄습하는 것도 통제의 또다른 측면이라고 할 수 있다.

경제성장과 개발지상주의의 근대화 담론 속에서 '불편, 불안, 불쾌'라는 3不의 삭막한 콘크리트 공간문화[4]가 지배적으로 형성되어 온 서울 역시 여가공간의 축출이나 왜곡에서 자유로울 수 없다. 급속하게 진행된 근대화와 도시화 과정에서 물리적 공간은 생활을 담는 그릇이 아니라 재산 증식의 수단으로 도구화되었고, 그 결과 공공공간(public space)이 황폐하게 방치되었다. 일상의 억눌린 욕구와 피로를 해소하고 새로운 삶의 활력을 회복할 수 있는 공공공간이 자본의 사적 공간(private space)에 의해서 침탈되면서 공간의 상품화를 가중시킨다. 편안히 쉬고 사색하고 사람들과 함께 마음을 터놓고 소통할 수 있는 공간이 현저하게 부족하다. 그나마 돈을 지불해야, 즉 자본의 순환망에 포섭되어야만 제한된 휴식의 장을 일시적으로나마 점유할 수 있다. 오래된 공원과 도시공간들이

---

3 권정화, 「미로 속의 사회-공간이론과 대중문화 연구의 유혹」, 『공간과 사회』 5호, 한국공간환경연구회, 1995, 204쪽.

4 이무용, 『공간의 문화정치학』, 논형, 2005, 182쪽.

매우 훼손되어 사회문화적 상호작용을 어렵게 하며, 상업적 개발로 인해 도시경관이 파편화·사유화되고, 도심 내에 사치공간이 중점적으로 제공된다. 허울 좋은 공공공간들의 대부분이 상품화·테마화되어 개발되면서 그 안에서 일어날 일과 그곳을 방문할 수 있는 사람들이 예정되고 소비행위로만 점철된다. 사실 공공공간은 누구에게나 열린 공간으로 받아들여진다. 그러나 열려있다는 것 자체가 말 그대로 개방성과 공공성, 다양성을 보장하지는 않는다. 그 열린 공간을 누가 장악하는가 하는, 또 다른 차원의 문제가 존재하기 때문이다. 자본에게는 끊임없는 이윤의 창으로 열려있고, 국가권력에게는 지배질서를 공고히 하는 수단으로 열려 있다면 상황은 다를 수밖에 없다. 미술관, 박물관 등의 고급문화공간은 누구에게나 자유로이 출입이 허용된 열린 공간처럼 보이지만 이러한 문화공간의 출입은 특정계층에게만 실질적으로 열려 있다. 작품을 전유할 수 있는 능력을 부여받고, 이 자유를 만끽할 수 있는 이들에게만 열린 공간인 것이다.

이와 함께 공공공간과 사적공간의 구별이 모호해지는, 이른바 사적인 공공공간(private public space), 즉 공공공간이면서 사적으로 소유되고 관리되는 공간들이 빈번하게 등장한다.[5] 역공간(liminal space)이라고 명명되는 이곳은 모든 사람들에게 열려 있지만 어떤 지침 없이는 쉽게 이해되지 않는, 어느 누구의 영역도 아닌 곳[6]이다. 역공간은 공적인 것과 사적인 것, 문화와 경제, 시장과 장소를 가로지르고 결합하는 공간이다. 노동의 공간도, 문화공간도, 완전한 소비공간도 아닌 이상한 공간인 것이다. 소비공간에 문화공간이라는 이미지가 덧씌워지는 거리축제나 지하철역과 연계된 백화점, 상업적 성격의 행사가 반복되는 광장이나

---

5   Graham, S. and Marvin, S, *Telecommunication and the city: electronic spaces, urban places*, Routledge Univ. 1996.

6   Zukin, S, *Landscape of power: from Detroit to Disney Land*, Univ of California Press, 1991, p.269.

공원, 자가용으로 뒤덮인 도로 등을 들 수 있다.[7] 이처럼 역공간은 공공영역과 상업영역을 동일화시키면서 공공공간과 사적공간을 혼란시키고 모두에게 열린 중립적인 사회공간이라는 이데올로기를 그 이면에 숨기고 있다.

　도시의 인구 밀도가 높아지고 그 인구 구성 및 그에 따른 생활양식이 이질화됨에 따라 한정된 공간에서 충족시켜야 하는 요구의 양은 그 절대 수용능력을 훨씬 넘어선다. 자연스럽게 공간에 대한 감수성과 기대도 다양해진다. 그러나 다양성보다는 획일적 기능성을, 문화적 목적보다는 소비적 메커니즘을, 공공의 요구보다는 사적인 이해관계를 중심으로 도시가 통제·운영되는 한, 온전한 여가공간을 확보하는 일은 요원하다. 만지고 느끼고 체험하면서 심미적 고양감과 친밀감을 북돋울 수 있는 공간은 턱없이 부족하다. 일상의 탈출과 다양한 만남 및 소통, 그 신명을 통해 새로운 삶의 활력을 획득하는 공간이 필요하다. 그러기 위해서는 물리적 시설 조성에만 급급할 것이 아니라 그 공간을 이용할 사람과 그 공간에서 이루어질 활동, 즉 콘텐츠를 보다 더 중요하게 고려해야 한다. 사람들의 라이프스타일이나 삶의 입장에서 그 시설이나 공간들이 어떤 작용을 할지를 구상해야 하는 것이다. 그리고 이러한 논의를 효과적으로 포용하고 추동할 수 있는 것이 인문지리학의 '장소성' 개념이다. '장소성'은 공간을 효율성과 통제, 조정의 대상으로 보지 않고, 그곳을 영위하는 인간의 정서와 태도에 주목한다. '장소성'은 도시와 공간, 사회적 문화적 공동체의 환경에 대한 인문사회과학적인 관심을 표방한 인간주의 지리학의 핵심개념[8]이자 지리학의 상

7　가령 롯데월드도 일종의 역공간적인 특성을 포함한다. 롯데월드는 2호선 잠실역과 연계되어 있다. 롯데월드와 같이 중요한 문화공간과 공공 교통망이 연결되는 것은 시민생활의 편리만으로 설명하기에는 부족하다. 현재 롯데월드 자리가 위치한 시유지는 서울시가 애초에 '도심 속의 공원 마련'과 '전통문화의 보존'을 위해 석촌호수와 서울놀이마당을 만들었다가 롯데월드가 들어선 후 호수 일대에 매직아일랜드를 건설하도록 허용하고, 향후 20년 동안의 사용권을 독점 사용하도록 행정조치한 바 있다.

8　인간주의 지리학은 도시공학, 건축공학, 토목공학 등 기능적 공간 조직과 관련된 공학적 차원보다 철학, 역사학, 인류학, 사회학, 지리학, 행정학, 문화학 등 인문사회과학적 차원의 접근을 중시한다. 1970년대 초반부터 본격적으로 부각된 인간주의 지리학은 논리실증주의적인 공간지리학에 대한 반발로서, 인간의

상력의 토대를 강조할 수 있는 중요한 키워드이다. 일반적으로 지리학에서는 '공간(space)'과 '장소(place)'를 서로 대립적인 개념으로 인식한다. 공간은 말 그대로 텅 비어 있지만, 여기에 인간에 의해 의미가 채워지면 장소가 된다. 장소가 특수하고 예외적인 속성을 가지며 주관적이고 개성적이고 독특한 것을 담고 있는 개념이라면, 공간은 보편적이고 일반적인 것을 담아내는 개념이다. 가령 우리가 일상적으로 지나다니는 공원은 산책 나온 사람에게는 유희의 '공간'이지만, 그곳에서 헤어진 연인과의 기억을 지니고 있는 사람에게는 추억의 '장소'가 되는 셈이다. 장소는 무기질이나 균질공간이 아니며, 사람들의 감성과 결부되어 의미로 가득한 공간이다.

장소에 관한 연구는 공간에 관한 기존의 연구가 일상생활 공간에서의 인간의 이성이나 감정, 구체적 실천과 경험의 문제를 무시했음을 비판한 데에서 비롯되었다. 공간이 어떻게 강한 인간적인 장소가 되는 것인가를 연구하는 것이 인간주의 지리학의 임무이다. '장소성' 개념에 대한 집중적인 논의는 인간주의 지리학의 대표적인 학자로 꼽히는 투안(Yi-Fu Tuan)과 에드워드 렌프(Edward Relph)에 의해서 이루어졌다. 투안은 '장소애(topophilia)'라는 용어로 일상인들의 감성과 결부된 공간 체험을 설명한다.[9] '공간'은 움직임·개방·위협으로, '장소'

가치와 자유 등의 문제를 지리학의 궁극적인 지향점으로 삼아야 한다고 보는 인간 중심주의적 연구 경향을 말한다. 계량적인 수학적 사고로 공간적 조직을 모형화하고 규칙성을 발견하고자 했던 실증주의 지리학과는 달리, 인간주의 지리학은 지리학이 인간에 대한 성찰을 담고 있어야 한다고 주장한다. 인간의 느낌, 감정의 총체로서의 지리학을 표방하여, 특히 장소에 대한 의미와 느낌을 중요시한다. 객관주의적 실증주의 지리학의 공간 개념에 대응하여, 주체적·주관적으로 파악하고 경험하고 또 살아 있는 존재로서의 공간, 즉 실존적 공간 개념을 제시한 데에서 인간주의 지리학의 성과를 들 수 있다. 한편 상대적으로 우리 사회에서는 공간과 환경에 대한 인문사회과학적 시각의 중요성과 필요성에 대한 인식론적 기초가 아직 확고히 형성되지 못한 것도 사실이다. 인간주의 지리학의 대두 배경은 '최병두 외, 『인문지리학 개론』, 한울, 2008, 66~70쪽'과 '전종환 외, 『인문지리학의 시선』, 논형, 2008, 76~81쪽', '도시사연구회, 『공간 속의 시간』, 심산, 2007. 7, 260~262쪽' 참고.

9 투안에 대해서는 'Yi-Fu Tuan, 구동회·심승희 옮김, 『공간과 장소』, 대윤, 1995', '신명섭, 「투안의 문화적 공간론」, 『공간이론의 사상가들』, 한울, 2001' 참고.

는 정지 · 안전 · 안정 · 애정으로 비유된다. 무차별적인 공간에서 출발하여 우리가 공간을 더 잘 알게 되고 공간에 가치를 부여하게 됨에 따라 공간은 장소가 된다. 공간은 장소보다 추상적인 것이고, 인간의 경험이 녹아들 때 장소가 되는 것이다. 그리고 어떤 지역이 친밀한 장소로서 우리에게 다가올 때 우리는 비로소 그 지역에 대한 느낌, 즉 장소감(sense of place)을 가지게 된다. 투안은 인간의 육체가 공간감과 장소감을 형성하는 토대라고 간주한다. 따라서 그는 인간의 생물학적 사실들에서 기인하는 공간과 장소의 경험을 기술하고, 인간이 공간과 장소에 의미를 부여하고 그것을 조직하는 방식을 이해하고자 한다.

에드워드 렐프(Edward Relph)가 주장하는 핵심적인 문제의식은 '장소의 진정성(authenticity)'이다.[10] 그는 장소와 장소경험의 주체인 사람의 상호성을 통해 만들어지는 고유한 특성을 '장소의 정체성(identity)'이라고 부른다. 장소 연구란 곧 장소의 정체성을 연구하는 일이다. 또한 진정한 장소감을 일으키는 장소와 비진정한 장소감을 일으키는 장소의 두 유형을 구분한다. 이 둘을 나누는 기준은 인간이 장소와 맺는 관계, 즉 장소 경험이 능동적이고 주체적인가 아니면 수동적이고 강제적이거나 관습화된 것인가, 다시 말해서 인간이 장소로부터 소외되어 있는가의 여부이다. 장소를 내부인으로 경험할수록, 그것도 의식적으로 경험하기보다는 무의식적으로 경험할수록 진정한 장소 정체성이 된다. 반면 매스미디어에 의해 만들어져 일방적으로 주입된 피상적이고 대중적인 장소경험일수록 비진정한 장소의 증거이다. 렐프는 장소가 진정성을 상실했거나, 심각하게 훼손된 상태를 '장소상실(placelessness)'이라고 명명한다. 그는 오늘날의 장소와 장소 경험의 특징을 이 장소상실로 규정한다. 특히 이는 '장소의 획일화'와 '상품화된 가짜 장소의 생산'의 두 가지 양상을 보인다. 전자는 장소를 기능성, 효율성,

---

10   이에 대한 보다 자세한 설명은 'Edward Relph, 김덕현 외 옮김, 『장소와 장소상실』, 논형, 2005', '심승희, 「에드워드 렐프의 현상학적 장소론」, 『현대공간이론의 사상가들』, 한울, 2005' 참고.

공공성의 입장에서만 바라보는 것이다. 주로 기술과 계획 부문에서 두드러지게 나타나는데, 여기서 장소는 의미가 제거된 균질적이고 등질적인 공간으로, 오로지 효율성 측면에서만 측정되고 평가될 뿐이다. 두 번째는 대중소비사회에 의해 조장되는 무의식적인 태도로서 상품화된 장소에 대한 대중적 소비 욕망이다. 가령 키치화된 장소로서 관광지나 박물관, 디즈니화된 장소들이 그러하다.

결국 여가공간의 축소와 왜곡 현상도 장소상실의 차원으로 해명이 가능하다. 랠프의 견해를 따르자면 디즈니랜드는 대표적인 '가짜 장소'이자, 타자 지향적 장소의 극치이다. 타자 지향 장소는 의도적으로 외부인, 구경꾼과 통행인, 무엇보다도 소비자들을 지향해서 지은 곳이다. 이런 장소들은 그 안에서 살아가고 일하는 사람들에 대해서는 거의 아무 것도 말해 주지 않는다. 그 대신 이국적인 장식, 저속하고 화려한 색깔, 그로테스크한 장식을 사용하고, 전세계에서 가장 인기 있는 장소의 스타일이나 이름을 무차별적으로 빌어옴으로써 꺼릴 것 없이 자신을 휴가지나 소비지로 선전하는 장소가 된다.[11] 이탈리아의 '힐 타운'처럼 보이도록 설계된 미국의 쇼핑플라자, 브라질에 있는 가짜 게르만 마을, 인공적으로 1년 내내 열대기후를 보여주는 프랑스의 테마 공원, 라스베거스의 가짜 피라미드[12][13] 등도 장소성이 상실된 타자 지향 장소의 전형이다. 그는 서구 근대화 과정에서 급속하게 진행된 시공간적 압축으로 인해 장소의 파괴 및 소멸 또

---

11 Edward Relph, 김덕현 외 옮김, 『장소와 장소상실』, 논형, 2005, 202~216쪽 참고.

12 Edward Relph, 앞의 책, 6쪽.

13 랠프는 과거의 장소를 복원하려는 박물관적인 시도 역시 장소상실의 사례로 분석한다. 가령 '뉴 그러스'는 미국 위스콘신주에 있는 작은 마을로 백여 년 전 스위스 이민들이 세운 곳이다. 언제부턴가 이주민의 후손들은 자신들의 전통을 강조하기 시작했는데, 스위스 전통 의상을 입은 가두 행진과 스위스 오페라 공연 등 특별한 축제를 고안해냈다. 이 행사는 매우 매력적인 관광 자원이 되었으며 지역민들의 호응도 긍정적이다. 하지만 랠프에 따르면 이는 장소의 회복이라기보다는 장소의 상실에 가깝다. 거짓 정체성보다는 정체성이 없는 편이 더 낫다. 직접적이고 단순한 복제를 통해 과거의 장소를 복원한다는 것을 명백히 불가능하다. 복원 이전에는 과거의 어떤 삶이 어떠며 했으며 무엇을 잃었는지에 대한 신비스러운 설명이 덧붙여지게 된다. 하지만 거짓 기술은 그러한 신비스러움조차 말살시키는 것이다. (Edward Relph, 앞의 책, 220쪽 참고)

는 탈귀속화가 급속하게 촉진되고 장소 정체성이 상실하게 되었음을 지적한다. 일상생활이 이루어지는 장소는 이제 지역(국가)간 거리를 초월한 다국적 자본의 침투와 대중매체를 통한 획일적 상품 문화의 확산으로 그 특수성을 잠식당하고 이로 인해 정체성을 형성할 힘을 잃어버릴 위기에 처하게 되었다. 이에 대한 렐프의 대안은 의미 있는 장소들의 생활 세계를 설계하는 접근을 공식화하고 응용해서 장소상실을 극복하는 것이다. 인간에게 생활리듬과 방향성, 그리고 정체성을 부여하는 다양한 장소를 창조해내는 일이 구체적인 실천 방안이 된다.

이 글은 인문지리학의 방법론을 바탕으로 하여 김중혁 소설에 나타난 특징적인 공간 인식과 체험 양상을 분석하고자 한다. 그동안 김중혁 소설은 대중문화와 미디어에 대한 독특한 상상력과 자의식, 예술론과 문학 창작론, 특정 사물에 대한 신매니아적 취향, 호모 루덴스적 인물의 본격적인 형상화 등의 관점으로 다루어졌으나, 아직은 현장비평식의 접근들이 대부분이다.[14] 특히 마지막 관점의 경우 김중혁 소설의 대부분의 인물들에게서 여실히 드러나는데, 여기서는 그 양상이 특정 공간에 어떻게 투영·발현되는지를 중점적으로 살펴보고자 한다. 공간과 장소의 측면에서 김중혁 소설을 조명한 논의는 아직 존재하지 않는 실정이다. 〈에스키모, 여기가 끝이야〉(2006), 〈유리방패〉(2008),

---

14 첫 번째 관점의 논의로는 '이수형, 「미디어의 환상을 넘어서 : 김중혁·한유주·김애란의 소설」, 『문학과 사회』 70호, 문학과지성사, 2005', '우찬제, 「접속 시대의 사회와 탈사회」, 『문예중앙』 113호, 랜덤하우스중앙, 2006', '이경재, 「SF적 상상력의 실상」, 『리토피아』 34호, 리토피아, 2009', 두 번째 관점으로는 '심진경, 「소설 혹은 상상력의 지도」, 『현대문학』 611호, 현대문학사, 2005', '김영찬, 「상상과 현실의 틈새」, 『한국문학』 260호, 한국문학사, 2005', '심진경, 「소설의 재구성, 소설을 이야기하는 소설들」, 『문예중앙』 115호, 랜덤하우스중앙, 2006', '정여울, 「전위적 단편의 미학적 실험을 꿈꾸다」, 『한국문학』 275호, 한국문학사, 2009', 세 번째 관점으로는 '김예림, 「하이테크 세계의 부서진 사이보그 혹은 사소한 잡동사니들」, 『문예중앙』 115호, 랜덤하우스중앙, 2006', '김남혁, 「나선운동을 이끄는 명사들의 비트 : 김중혁 소설 읽기」, 『문예연구』 61호, 문예연구사, 2009' 등을 들 수 있다. 이밖에도 대안의 지도와 공간을 탐구하여 인식의 지평을 확대하는 양상을 언급한 논의(박진, 「이상한 지도 제작소」, 『문예중앙』 116호, 랜덤하우스중앙, 2006/김중혁, 함성호, 「지나간 것과 새로운 것들의 공간」, 『기획회의』 195호, 한국출판마케팅연구소, 2007) 등을 참고할 수 있다.

⟨C1+y=:[8]:⟩(2009), ⟨1F/B1⟩(2010)의 네 작품을 대상으로 한다. 해당 소설들은 공간과 장소에 대한 민감한 자의식과 더불어, 인문지리학의 '장소성'에 대한 지향을 다양한 양상으로 표출하고 있다. 이는 인문지리학과 문학의 학제간 논의의 형태로 전개될 것이다. 즉 투안과 렐프의 '장소애'와 '장소성' 개념을 적용하는 데에서 출발하여, 르페브르의 공간생산이론이 소설 안에서 어떻게 실천적으로 구현되는지를 규명하고자 한다. 김중혁 소설은 능률적이고 타율적인 공간인식을 거부하는 동시에, 다양한 장소성을 복원하고 창조하려는 의지를 여실히 드러내고 있다고 판단하기 때문이다. 특히 일종의 틈새 공간으로서 놀이공간의 미덕을 부각하거나, 기능적 공간을 의외의 방식으로 전유하여 새로운 장소성을 창출하는 모습을 두드러지게 보인다. 또한 다양한 장소성을 창조하는 과정에서 장소가 가지는 특수성에 기초하여 '차이'와 '타자'에 대한 이해를 강조한다. 여기서 '차이'는 배타적 대립이나 양적 격차를 의미하는 것이 아니라, 특수성 · 다원성 · 이질성 등을 의미하는 다원주의적 관점을 말한다. 그리고 이러한 차이에 대한 주장은 파편화되고 탈중심화된 주체의 회복과 더불어 타자와 그들의 장소에 대한 인정과 올바른 인식을 강조하는 데에 기여한다.[15] 2장에서는 ⟨에스키모, 여기가 끝이야⟩에 나타나는 장소성에 대한 인식과 복원 방식 및 ⟨유리방패⟩의 공간 전유 양상을 논의할 것이다.

2. 장소성의 복원과 공간의 전유

사람들은 동물세계에서는 상상할 수 없는 복잡한 방식으로 공간과 장소에 반응한다. "자신의 주변세계를 관찰하는 사람은 누구나 어느 정도는 지리학자[16]"

---

15 최병두, 『근대적 공간의 한계』 삼인, 2002, 184~185쪽.

16 David Lowenthal, *Geography, experience and imagination*, Annals(Association of American

라는 데이비드 로웬탈(David Lowenthal)의 발언은 주목할 만하다. 지리학은 사람들에게 그들이 속한 세계에 대한 짜임새 있는 서술을 제공한다. 모든 사람은 태어나고, 자라고, 지금도 살고 있는, 또는 특히 감동적인 경험을 가졌던 공간과 깊은 관련을 맺고 있으며 그곳을 의식하고 있다. 이러한 관계가 개인의 정체성과 문화적 정체성, 안정감의 근원이자, 세계 속에서 우리 자신을 외부로 지향시키는 출발점을 구성한다. 개인은 자신의 공간과 별개가 아니라, 그가 바로 공간[17]인 셈이다. 대개 인간이 특정한 공간과 관계를 맺고 의미를 부여하는 방법에는 두 가지가 있다. 첫 번째는 공간에 이야기를 덧붙이는 방법이다. 모든 특별한 공간에는 어떤 이야기가 있다. 공간을 자궁 삼아 다양한 이야기들이 탄생하고 그것이 모여서 우리의 삶을 이룬다. 두 번째는 몸과 공간이 밀착되는 양상이다. 몸과 구체적으로 감응하지 않는 공간은 추상화된다. '지금-여기-몸'이 일체되어 결합할 때 비로소 온전한 삶의 정체성이 수립된다.

〈에스키모, 여기가 끝이야〉의 주인공은 지형 연구소 측량팀에서 지도와 실제 지형 사이의 오차를 찾아 수정하는 일을 한다. 어렸을 때부터 유난히 지도에 관심이 많던 그는 주위의 세상과 친해지는 방법으로 지도 그리기를 선택했다. 오차 측량원이라는 말에서 무언가 정의롭고 올바른 어감을 발견하고, 또 세상을 안전하게 보호하는 직업이라고 생각했지만, 오차 측량원은 말 그대로 오차를 측량할 뿐이지 오차를 되돌릴 수도 수정할 수도 없다. 지도를 만든다는 것은 지도의 대상이 되는 공간이나 지형과 직접적으로 관계맺고 그것을 의미화한다는 일이다. 그것은 특정한 공간을 이해하고 재구성하는 작업, 즉 공간을 자신이 이해할 수 있는 기호로 변환시켜 일정한 의미를 확정하는 일인 셈이다. 그런데 오랜 병마에 시달리던 어머니의 죽음과 병원비를 감당하느라고 눈더미처럼 늘

Geographers) 51, 1961, p.242

17   Matore G, *Existential space*, Landscape 15(3), 1966, p.6.

어난 빚은 주인공의 지도 작업에까지 악영향을 미친다. 극심한 피로와 공허감이 지도에 대한 주인공의 태도에까지 잠식해 온다. 지도 만들기가 무언가 생산적인 일이라기보다는 부질없는 흔적들만 좇는 데에 불과하다는 회의감에 사로잡히는 것이다. 산이나 건물, 강 같은 현실의 지형들이 거꾸로 기호나 표식처럼 보이는 환각에도 시달린다. 그러다가 어느 순간 지리감각조차 상실해 버린다.

> 지도를 한 장씩 들춰보다가 나는 이상한 사실을 하나 알아냈다. 모든 지도에는 공통점이 있었다. 모든 지도의 중심에는 내가 살고 있던 집이 그려 있었다. 어찌 보면 당연한 일이었다. 나를 먼저 그리고 내 주위의 것들을 그리는 게 당연하지, 라고 생각해 봐도 이상한 공통점이었다. 커다란 빌딩을 한가운데 그릴 수도 있을 것이고 동네에서 가장 큰 학교를 중심에 둘 수도 있었을 텐데 지도 한가운데는 언제나 내가 살던 집이 있었다. 모든 골목이 우리 집에서 뻗어나갔고 거리를 측정하는 기준점 역시 우리집이었다. 세계의 중심은 언제나 나였다……… 나는 책상 앞에 앉은 다음 새하얀 종이 한 장을 펼쳤다. 원룸으로 이사 온 다음에는 지도를 그린 적이 없었다. 지도를 그려야겠다는 생각도 나지 않았고, 생각이 났다 하더라도 그릴 시간이 없었을 것이다. 나는 머리 속에 동네의 윤곽을 떠올려보았다. 머리 속에 펼쳐진 지도의 중심에는 역시 내가 있었다. 나는 머리 속에 펼쳐진 지도를 모두 지웠다. 그리고 종이 위쪽 귀퉁이에다 내가 살고 있는 원룸을 표시했다. 자, 이젠 어쩌지? 나는 원룸을 표시한 다음에는 아무것도 그릴 수가 없었다. 원룸에서 뻗어 나가는 길을 그리고 싶었지만 도대체 어떤 방향으로, 어느 정도의 길이로 선을 그어야 할지 알 수 없었다.[18]

그는 집과 동네라는 가장 친숙한 장소성마저 상실한다. 장소의 정체성은 '나는 어디에 있는가? 혹은 나는 어디에 소속되어 있는가?'라는 질문을 통해서 '나는 누구인가?'를 대답한다. 대부분의 인간은 자신이 거한 위치를 세계의 중심으

18 김중혁, 〈에스키모, 여기가 끝이야〉, 『펭귄뉴스』, 문학과지성사, 2006, 90~91쪽.

로 간주하는 경향을 보인다. 천문학적 으로 결정된 공간체계의 중심에 자신 이 있다. 그 중심에서 세상을 내다보는 안전지대를 가지며, 사물의 질서 속에 서 자신의 입장을 확고하게 파악하고, 특정한 어딘가에 의미있는 심리적 애 착을 가지는 것이다.[19] 그러나 그 중심

그림 : 에스키모 지도

적 공간과 진정한 관계를 맺지 못하자 정체성과 방향감각을 상실한다. 질서 잡 힌 장소의 안정감으로부터 텅 빈 공간의 현기증을 느끼는 세계로 추방된다. 고 정된 자리가 없이 부유하는 공간들은 위치(location)가 결여되어 있기 때문이다. 주인공의 정체성 혼란은 이와 같은 방향감각과 장소성의 상실로 극명하게 나타 난다.

그런데 주인공의 당혹스러운 상태를 타개하도록 돕는 것은 캐나다의 삼촌이 보낸 소포이다. 울퉁불퉁한 나무조각으로만 보였던 물건은 다름아닌 에스키모 의 지도이다. 그것은 에스키모들의 고래잡이에서 사용하는 해안선의 입체지도 로, 손으로 더듬으면서 해안선의 윤곽을 알아낸다. 즉 인쇄된 평면지도와는 완 전히 다른 방식으로 지형을 감지하는 것이다. 에스키모들은 우리가 상상하기 어려운 방식으로 지형을 이해하고 접촉한다. 그것은 눈을 감고 기억을 더듬으 로써 만드는 지도, 촉감과 기억과 상상력이 완벽하게 일치하는 지도로서 항공 사진 지도와도 거의 일치할 정도로 정교하다. 에스키모 지도에 대한 삼촌의 다 음과 같은 말들은 매우 직관적이다. 어떤 존재는 어떤 목적에서가 아니라 그저 그 자체로 존재할 뿐이기에 인위적 의미를 덧붙이는 것 자체가 무의미하다, 그 것이 존재 자체의 위대한 힘이며, 자침을 붙드는 강력한 힘이라는 것이다. 어떤

---

19 Edward Relph, 앞의 책, 95쪽.

기능적 목적을 갖고 세계를 재단하려 들지 말고, 있는 그대로의 존재를 느끼고 자연스럽게 이해하고 수용하라는 충고이다. 결말부에서 주인공은 흔들리는 나침반의 자침을 바라보며 자신을 이끄는 힘에 대해서 숙고한다. 그리고 불현듯 자신의 고민에 해답을 얻은 듯한 느낌을 받는다.

> 이것은 눈으로 보는 지도가 아닙니다. 이것은 상상하는 지도입니다. 손가락을 나무 지도의 틈새에 놓은 다음 그 굴곡을 느껴야 합니다. 그 굴곡을 느낀 다음에는 깜깜한 어둠 속에서 해안선의 굴곡을 상상해야 합니다. 촉각과 상상력이 완벽하게 일치해야만 당신은 당신의 길을 찾을 수 있을 것입니다……… 에스키모들은 해변의 지도를 그리기 위해 눈을 감습니다. 그리고 해변에 부딪히는 파도 소리에 귀를 기울입니다. 그리고 그들은 지도를 그리기 위해 자신의 기억을 모두 동원합니다. 소리와 기억으로 지도를 만들지만 그들이 제작한 지도는 항공사진으로 제작한 지도와 거의 차이가 없습니다. 에스키모들은 언제나 자신들이 어디에 있는지를 잘 알고 있습니다.[20]

   사실 어떤 지역의 지도를 살펴본다는 것은 그 지역을 잘 알지 못한다는 것, 즉 미지의 지역이라는 사실을 증명한다. 지도는 낯선 지역에 대한 일종의 길잡이 노릇을 한다. 지도는 공간과 지형을 기능적으로 다룬다. 지도를 통해서는 공간을 추상적으로 경험하지만 구체적으로 지각하지는 못한다. 하나하나 고유한 풍경으로서가 아닌, 추상적인 기호로 공간을 인지하기 때문이다. 그러나 에스키모들의 지도와 공간인식은 완전히 다르다. 그들은 주변 세계와 총체적이고 직접적인 관계를 맺는다. 에스키모처럼 특정한 장소의 내부에 감정 이입적으로 들어간다는 것은 그 장소를 의미가 풍부한 곳으로 이해하며 그곳과 자신을 동일시하는 것이다. 장소의 정체성은 위치나 외관상의 특성일 뿐 아니라, 내부자

---

20   김중혁, 앞의 책, 95~96쪽.

가 긴밀하게 연관된 하나의 완벽한 개성이다. 그러한 장소의 정체성은 자동적으로 나타나는 것이 아니라, 장소의 본질을 관찰하고 이해할 수 있도록 스스로를 훈련시킴으로써 성취될 수 있다. 장소의 인상에 대해 마음을 열고 심정적으로 공감한다면, 그 장소는 활짝 열리면서 진짜 본질을 드러내는 것이다. 그러기 위해서는 뚜렷한 지리적 능력을 개발하는 것이 필요하다.[21] 지리적 능력이란 특정 장소에 존재하는 개인이며, 동시에 광범위한 환경적 · 사회적 힘으로 이루어진 네트워크의 한 부분으로 존재하는 우리가 삶의 직접성(immediacies)을 깨닫는 능력을 말한다. 여기서 직접성이란 관찰자가 세계의 중심에 서며, 매개를 거치지 않고 대상을 직관하는 것을 말하고, 특히 이성보다는 감수성을 통한 생명 현상에 대한 체험적 관찰을 의미한다.

익숙하고 자연스러운 방향감은 확신의 근본적인 원천이다. 익숙한 장소에서 우리는 우리가 어디에 있는지, 어디로 가야 하는지를 잘 알고 있다. 그것은 우리의 총체적 존재, 우리의 모든 감각과 관련되어 있다. 시간이 지나면서 우리는 나름대로 몇몇 이정표와 그것들을 연결하는 경로를 알게 된다. 지도를 보지 않고도 어디든 찾아간다. 사람과 장소를 알아보는 능력은 인간에게서 가장 고도로 발달되어 있으며 그 학습은 잠재의식 수준에서 이루어진다. 우리는 이러한 능력을 어떤 체계적인 방식으로 응용할 필요를 거의 느끼지 않는다. 친구나 고향에 대한 연구를 해 본 적은 없지만 우리는 친구나 고향을 잘 안다고 주장한다. 예를 들어 에스키모 족 아이들은 어른들이 일하는 것을 보고 또 스스로 해 봄으로써 사냥꾼이 된다. 이는 마치 물리학 교본 없이도 자전거 타는 법을 배우는 일과 같다. 힘의 균형에 관한 공식적 지식은 오히려 장애가 될 수 있다. 인간 경험의 대부분은 분명하게 말하기 어려운 것이다. 그리고 우리는 개인적이고 미묘한 경험과 정서들을 만족스럽게 측정할 수 있는 도구를 찾아내지 못하고

---

21   Edward Relph, 앞의 책, 7~8쪽.

있다. 책, 지도, 항공사진, 조직적인 현장조사라는 분석적 사유로도 역부족이다. 투안의 말[22]처럼 어느 해변의 가족 소풍을 제대로 기억하게 하는 것은 컬러 사진의 시각적 진부함보다는 발가락 사이에 느껴지던 따뜻한 모래의 느낌 같은 것이다.

　에스키모의 지도는 물리적 지도라기보다는 차라리 마음 속의 지도, 심상지도에 가깝다. 사람들이 주변 환경을 어떻게 인지하는지에 대한 관심이 지리학에 인지연구를 접목함으로써 나온 개념이 심상지도(mental map)이다. 심상지도는 인간이 주변 공간 또는 장소에 대해서 마음속에 가지고 있는 지도 형태의 구조화된 이미지 내지는 정보, 또는 그러한 지도를 말한다.[23] 이는 우리의 마음속에 간직하고 있는 지도이며, 환경지각이나 인지지도와 유사한 의미로 사용된다. 사람들은 주변의 환경에서 얻게 되는 시각적 요소를 마음속에 지도의 형태로 정리하는 것이다. 동일한 환경적 자극에 대해 개인에 따라 다른 반응이 이루어지며 각자가 자신만의 세계에서 효과적으로 살 수 있도록 해 준다. 그러나 한편으로 사회화 과정, 과거의 경험, 현재의 환경의 유사성 때문에 집단에 따라 상당한 공통성도 가지고 있다. 또한 사람들이 심상지도를 그리는 데에 중요한 요소 중의 하나는 인지거리이다. 인지거리는 사람들이 그들의 심상지도에 포함되는 요소들을 배열하는 기반이 된다. 일반적으로 인지거리는 주로 사용하는 통로를 따라 만나게 되는 자극의 수, 다양성, 친숙감과 관련이 있다. 예를 들어 쾌적하고 안온한 곳 같은 유인력 있는 장소에 대한 인지거리는 실제 물리적 거리보다 가깝게 느껴지지만, 혐오스러운 장소에 대한 인지거리는 실제 거리보다 멀게

22　Yi-Fu Tuan, 구동회 · 심승희 옮김, 『공간과 장소』, 대윤, 2007, 320쪽.

23　심상지도가 1960년대 후반과 1970년대 전반에 걸쳐 지리학에서 다양하게 연구된 것은 굴드(Gould)의 업적이 크다. 굴드는 인간의 공간행위에 대한 구조, 패턴 및 과정을 이해하기 위해서는 인간이 공간에 대하여 가지는 이미지를 연구해야 한다고 주장하였으며, 심상지도라는 개념은 이러한 이미지를 분석하기 위하여 제안된 것이다. 심상지도에 대한 더 자세한 설명은 '신용철, 「도시와 이미지」, 『도시 해석』, 푸른길, 2006, 247~261쪽 참고'

느껴지는 것이다. 심상지도는 지역에 대한 정보가 모아짐에 따라서 점차적으로 구축되지만, 시간이 지남에 따라 점차 안정된다. 즉 한 개인이나 집단이 오래 거주한 곳일수록 심상지도는 크게 변화하지 않는다. 결국 거의 체화된 것과 다를 바 없는 에스키모들의 지도는 장소에 축적된 오랜 시간과 내력이 깃든 결과물이기도 한 것이다.

한편 〈유리방패〉에서는 단순히 장소성을 복원하거나 재생하는 차원을 넘어, 아예 새로운 장소성을 창출하려는 시도가 등장한다. 두 주인공인 나와 M은 무려 서른 번째 입사시험 면접에서 낙방한 처지이다. 그들은 동성애자로 오해될 정도로 동전의 앞뒷면처럼 꼭 붙어 다니면서 모든 입사시험과 면접시험을 함께 치른다. '면접시험의 역사를 새롭게 쓰자'는 각오 아래, 매 면접마다 기상천외한 퍼포먼스를 준비하지만 늘 반응은 냉담하거나 개그맨 시험이나 보라는 조롱을 받을 뿐이다. 회사들마다 상상력과 아이디어 능력을 요구하지만 도무지 그것이 어떤 종류의 상상력과 아이디어인지 납득하지 못한다. 그런데 끈기와 인내력을 보여 줄 작정으로 헝클어진 실뭉치 풀기를 선보였다가 실패한 서른 번째 면접날, 지하철에서 실뭉치 푸는 놀이를 했다가 뜻밖에 유명인사가 된다. 실을 풀며 지하철 안을 돌아다니던 사진이 인터넷에 업로드되자 온갖 추측성 댓글들이 몰리면서 거리의 예술가로 지칭된 것이다. 게다가 그들의 면접 퍼포먼스가 화제가 되면서 오히려 몇몇 회사의 면접관으로 기용되는 역설적 상황이 벌어진다. 사실 주변의 온갖 거창한 평가와는 상관없이 그들은 그저 어린아이처럼 재미있게 놀고 싶었을 뿐이었다. 진지해야 할 면접을 가벼운 유희처럼 대하는 태도가 그러했다. 면접과 입사라는 상징적인 통과의례를 통해서 기존의 사회에 진입하는 과정을 의식적으로 거부하고 영원히 피터팬처럼 놀고 싶었던 것이다. 이윽고 면접 시험관 일에도 회의를 느끼고, 한 시절이 마감된 듯한 느낌에 사로잡히는 것도 이 때문이다.

"저희가 가장 좋아하는 건 면접장에서 노는 겁니다. 취직할 생각은 없었지만 면접을 자주 봤죠. 면접관들을 앞에 두고 마술쇼도 하고 만담도 하고 실을 이용한 이벤트도 했어요. 그거 정말 재미있습니다."

"……… 그러니까 딱딱하게 경직돼 있는 조직사회에 대한 야유를 예술적으로 표현하신 거군요. 면접 퍼포먼스는 얼마나 하셨어요?"

"한 서른 번 했죠. 매번 다른 걸로."

우리는 신이 나서 면접에 대한 이야기를 했다. 면접에 대해서라면 할 말이 많았다. 우리는 처음부터 회사에 들어갈 생각이 없었다, 라는 거짓말로 시작을 하고 보니 정말 우리가 예술을 한 것 같은 기분이 들기도 했다.[24]

그들은 아직 놀이와 삶을 명백히 구분하려 들지 않는다는 점에서 소년 티를 벗어나지 못한 존재들이다. 결말 부분에 엄습하는 불길한 예감처럼, 어른의 세계로 진입하기 위해서는 '놀이의 세계'를 졸업할 수밖에 없다. 흥미로운 것은 그들의 놀이가 현실과 충돌하는 공간적 지점이다. 세상 사람들이 그들에게 가장 관심을 보였던 것이 면접 놀이였다. 엄숙하고 권위적이며 타산적인 입사 면접장의 분위기와는 도무지 어울리지 않는 황당한 태도가 흥미를 끈 것이다. 면접장은 그야말로 놀이와는 가장 상관없을 것 같은 공간이기 때문이다. 이는 면접장이라는 공간을 지배하는 암묵적인 규칙과 규범을 위반하는 일이기도 하다. 면접장이라는 기능적인 공간에서 마땅히 기대되는 태도와 반응을 전복함으로써, 급기야 예술가로까지 추켜세워지는 것이다. 기업들이 요구하는 상상력과 아이디어라는 것도 사실은 상업적 효용성이나 생산성을 극대화할 수 있는 그것이지, 면접 퍼포먼스와 어울릴만한 재미있고 즐거운 상상력과 아이디어와는 거리가 먼 것처럼 말이다.

"지하철 바닥에다 실을 깔아놓는 게 예술이라는 얘깁니까?"

"조각나 있는 현대인의 마음을 하나의 실로 이어주고 싶다는 메시지가 담긴 이 벤트라고 할 수 있지요. 현대인의 삶을 가장 잘 반영해주는 공간이 지하철이잖 습니까."

M은 옆에서 계속 키득거리고 있었지만 역무원은 진지하게 내 얘기를 들었다. 역무원은 무슨 얘기를 해야 할지 망설이고 있는 것 같았다. '예술'이라는 단어를 들었기 때문인지, 내 태도가 너무나 예의바르게 보였기 때문인지 역무원의 태도 는 많이 수그러들었다.

"무슨 얘긴지 알겠습니다만, 지하철에서는 그런 걸 하시면 안 됩니다."

"그런 거라뇨?"

"예술 같은 거 말입니다."

"아, 예, 예술요. 알겠습니다."

"여기는 공공장소입니다. 무슨 일이 일어날지 모르는 곳이잖습니까."

"예. 다른 곳을 찾아볼게요. 죄송하게 됐습니다."[25]

지하철 실뭉치 놀이에 대한 역무원의 당혹스러운 반응도 마찬가지이다. 역무 원의 말처럼 지하철은 예술을 하면 안 되는 공간이기 때문이다. 지하철은 무슨 특별한 일이 일어나서는 안 되는, 그저 목적지로 이동하는 기능만 이상 없이 수 행하면 되는 공간이다. 놀려면 다른 곳을 찾아보아야 한다. 하지만 지하철 바깥 에서도 실뭉치 놀이를 할 만한 공간을 찾기란 쉽지 않을 게 분명하다. 고작 실 뭉치 놀이를 하려고 도시 바깥으로 나가는 건 어불성설이다. 그렇다고 도로나 인도, 놀이공원이나 미술관에서도 가능할 것 같지 않다. 두 주인공이 계속 도시 에서 살기 위해서는, 더구나 어른의 삶을 영위하기 위해서는 실뭉치 놀이 따위 는 기대하기 어렵다. 아니, 실뭉치 놀이를 할 만한 공간을 찾는 것이 더 불가능 할지도 모른다. 이제 그들이 마감해야 할 '놀이하는 소년의 세계'는 소설의 제

---

25   김중혁, 앞의 책, 153~154쪽.

목인 '유리방패'의 성질과 일맥상통하다. "떨어뜨리기만 해도 깨지는 방패, 앞은 환하게 볼 수 있지만 적의 공격을 막을 수 없는 방패, 매일매일 깨끗하게 닦아줘야 하는 방패"로는 현실의 삶과 대항할 수 없는 법이다. 어른이 되기 위해서는 면접장과 지하철이 요구하는 공간적 룰을 준수해야만 한다.

〈유리방패〉의 주인공들이 시도한 공간의 기능적 전복은 르페브르의 '재현의 공간' 및 '전유' 개념과 유사하다. 앙리 르페브르(Henri Lefebvre)는 항상 공간적인 것이 시간적인 것보다 우세하다고 보았다. 공간은 정치적인 것의 바깥에서 하나의 이데올로기로 작용한다. 지배계급들에게 공간은 여러 가지 목적을 가진 수단으로 기능하며, 자본주의적 생산관계를 유지하면서 공간을 권력에 복종시킴으로써 사회 전체를 기술적으로 지배하고자 한다[26]는 것이다. 자본주의 사회에서 공간이 어떻게 생산되고, 그 생산과정에서 어떤 모순이 발생하는지를 밝히는지가 그의 핵심적인 문제의식이다. 그는 자본주의 사회에 대한 이해가 그 자체로 지리적인 프로젝트가 될 수 있다고 주장한다. 르페브르는 공간의 생산이 근대자본주의 사회를 지탱해 왔던 공업자본생산을 대신해서 사회의 기반을 형성한다고 명시한다. 그는 "생산수단은 물론이고 생산관계의 재생산이 이루어지는 곳은 사회 전체일 뿐만 아니라 공간 전체다[27]"라고 주장한다. 공업화시대 상품 생산에 있어서의 가치 증식과정과는 달리, 도시화 사회에서는 공간 그 자체가 생산되고 교환된다. 자본주의는 공간 전체로 확장되고 세계시장을 형성함에 따라 유지되는 것이며, 공간은 자본주의의 생존의 장이라는 것이다.[28]

주목할 만한 것은 르페브르의 공간생산이론이 장소애 및 장소의 진정성을 회복하려는 시도에 실천적인 시사점을 제공해준다는 점이다. 르페브르는 공간

---

26 Henri Lefebvre, 양영란 옮김, 『공간의 생산』, 에코리브르, 2011, 17쪽.

27 Henri Lefebvre, *The Survival of Capitalism: Reproduction of the Relation of Production*, St. Martin's, 1976, p.19.

28 미즈우치 도시오 외, 심정보 옮김, 『공간의 정치지리』, 푸른길, 2010, 221~229쪽 참고.

의 생산과정을 '공간적 실천, 공간의 재현, 재현의 공간'이라는 세 가지 계기의 변증법적 작용으로 설명한다.[29] 이 계기들이 서로 흡수하고 제한하거나 대립하는 상호작용 속에서 공간은 생산, 재생산된다. 첫째, '공간적 실천(spacial practice)'의 경우 서로 다른 공간적 실천이 독특한 공간을 만들어내며, 이렇게 만들어진 공간은 세대를 거쳐 사회적으로 지각되어 새로운 공간 실천 양태를 낳게끔 추동한다. 가령 자본주의 고유의 일터와 집, 여가공간의 분리는 이전 시대와는 다른 시공간 경로를 조직한다. 이것이 일상의 공간적 실천의 범위와 형태를 조정하고, 일상을 통해 반복되는 이 실천을 통해 자본주의적 공간이 끊임없이 재생산된다. 두 번째, '공간의 재현(representations of space)'은 실제 물리적 공간틀을 만들어내고 거기에 특정 권력의 이데올로기와 담론을 덧붙이게끔 기능한다. 이는 공간을 구획 짓고 배열하는 학자들이나 계획 수립자들, 도시계획가들, 기술관료들의 공간을 의미한다. 계획가나 사회공학자는 일상인과 다른 시각으로 근대공간을 주무른다. 이런 공간의 재현 모델들은 권력집단, 즉 국가와 자본의 주문에 종사한다. 여기서 권력은 노골적인 폭력이 아니라 정교하고 세련된 지식 구조에 의해 여과된 형태로 나타난다. 세 번째, '재현의 공간(representational spaces)'은 위로부터 부과된 규범과 규칙들에 반항하여 '살아있는 공간(lived space)'을 도모하고 만들려는 온갖 시도들을 일컫는다. 그것은 복잡한 상징을 포함하며 사회생활의 이면과 은밀하게 연결되어 있는 동시에 예술과도 연결되어 있다. 르페브르는 이를 작가들과 철학자들의 공간이라 규정하며, 상상력이 변화시키고 자신의 것으로 길들이려고 시도하는 공간이라고 본다. 공간생산과정은 아무 저

---

29 이에 대한 보다 자세한 설명은 'Henri Lefebvre, 양영란 옮김, 『공간의 생산』, 에코리브르, 2011', '박영민, 「르페브르의 공간변증법」, 『공간이론의 사상가들』, 한울, 2001', '노대명, 「앙리 르페브르의 공간생산 이론에 대한 고찰」, 『공간과 사회』 14호, 한울, 2000', '서우석, 「앙리 르페브르가 바라본 공간」, 『월간 국토』 12월호, 국토지리원, 1999', 'Rob Shields, 조명래 옮김, 「앙리 르페브르: 일상생활의 철학」, 『공간과 사회』 14호, 한울, 2000' 참고.

항 없는 순탄일로가 아니며, 모순과 갈등으로 가득 찬 과정이다. 진부한 일상의 반복이나 성문화 · 규범화된 지배 코드에 맞서, 흔히 비언어적 상징의 형태를 띠는 갖가지 대항 공간 실험들이 시도된다. 새로운 가능성의 공간은 머리속의 상상력에서도 나오지만(대항예술이나 문학 등) 몸으로 부딪쳐 체득되는 상상력의 비중도 크다. 르페브르는 그 예로 스케이트보더들이 점유하는 도시의 놀이공간과 같은 반규범적 대안공간을 든다.

　'재현의 공간'과 관련지어 르페브르가 제시하는 개념이 공간의 '전유'이다. 그는 '지배를 받는 공간(espace domine)'과 변별적인 대립관계를 취하는 '전유된 공간(espace approprie)'을 언급한다. 지배를 받는 공간은 기술과 실천에 의해서 매개된 자연적인 공간을 가리킨다. 가령 하나의 공간을 지배하기 위해서 기술은 이전부터 존재하던 공간에 하나의 형태를 도입한한다. 이때 직선적이거나 사각형인 형태(그물 무늬, 바둑판 무늬)가 가장 빈번하게 도입된다. 가령 고속도로는 풍경과 지역에 폭력을 행사한다. 날선 칼처럼 공간을 절단하기 때문이다. 이와 같이 지배받는 공간은 일반적으로 닫혀 있고 살균처리되어 있다. 반면 전유는 특정한 필요와 가능성을 위해 의식적으로 공간을 변화시키고자 하며, 특히 기존의 그것과는 다른 용도를 추구하고자 한다. 이는 직접적인 공간적 실천으로 이어짐으로써 모순을 낳고 갈등으로 가득 찬 움직임을 낳는다. 르페브르는 1969년부터 1971년 사이 원래 식료품 공급을 위한 도심지 시장이었던 파리 레알 지역을 젊은이들이 만남과 축제, 놀이의 공간으로 전유한 사례를 든다. 대개의 사회적 공간은 금지의 장이다. 금지와 그 보완물인 각종 지시 규정 등이 이 공간을 메우고 있다. 하지만 공간은 '아니오'의 공간이기만 한 것이 아니라 '예'의 공간, 삶의 공간이기도 하다. 이는 의미를 반전시키고 율법 판을 깨뜨리는 파괴의 문제이기도 하다. 르페브르는 결국 공간의 학문은 '사용'에 대한 학문이라고 말한다. 그것은 지배공간이 지니는 억압적이고 동질화된 방법과는 다르게 그 공간을 사용하는 일이기도 하다. 이러한 차이는 동질화의 주변에서, 동질화에 대한 저항으로서 시작되거나 유지된다. 외곽이나 빈민가, 금지된 장난이 행해지는 공간 등이 그 사례이다.[30] 〈유리방패〉에서 이루어지는 지하철 놀이와 면접 놀이 역시 원래의 목적과는 다르게 그 공간을 사용하는 방식이라고 할 수 있다. 놀아서는 '안 되는' 공간을 놀아도 '되는' 공간으로 전유하려는 시도이기도 하다. 그리고 3장의 〈C1+y=:[8]:〉과 〈1F/B1〉에서는 이보다 훨씬 더 강렬하고 적극적인 전유가 행해진다.

3. 모순의 공간에서 재현의 공간으로

과거 공중파 음악프로그램 생방송에서 한 인디밴드가 공연 중 바지를 내리고 성기를 노출하여 시청자들을 경악에 빠뜨린 해프닝이 벌어졌다. 그런데 이후 사태는 기묘하게 흘러갔다. 해당 인디밴드나 음악프로그램에 대한 징계에 그치지 않고 인디밴드문화 자체가 격렬한 비난의 대상이 되는가 하면 그들의 주된 활동무대인 홍대 클럽촌까지 도덕적으로 매도되는 결과로 이어진 것이다. 난데없이 홍대 앞 클럽들이 퇴폐문화의 온상으로 취급되면서 법적 제재와 감시의 필요성이 제기되고, 홍대 지역 복합문화공간의 정체성까지 심각하게 위협되기에 이르렀다. 이러한 일종의 보수적 문화 공세들이 계속되면서 대안문화적인 자생성과 독자성, 잠재력이 풍부한 홍대 앞 공간문화가 한동안 크게 위축된 것도 사실이다. 이는 공간을 사용하는 주체들에 대한 비판이나 비난이 자연스럽

---

30 가령 라틴 아메리카 곳곳에 형성된 거대한 빈민가들(파벨라, 바리오, 란초 등)은 도시의 부르주아 지역
    에 비해서 훨씬 밀도 높은 사회적 삶을 유지하고 있다. 가난에도 불구하고 공간의 배치(주택, 벽, 광장)
    는 우려 가득한 찬탄을 자아낸다. 이곳에서 전유는 놀라운 수준에 도달한다. 자발적(혹은 무허가라고 하
    는) 건축과 도시계획은 관계당국의 주문을 이행하는 데에 급급한 전문가들이 실행하는 공간의 조직보
    다 훨씬 우월하다. (Henri Lefebvre, 양영란 옮김,『공간의 생산』, 에코리브르, 2011, 530쪽 참고)

게 해당 공간 자체로 이어진다는 의미심장한 사실을 보여준다. 사용주체와 공간의 정체성이 뗄레야 뗄 수 없게 일치하는 셈이다. 또한 전복적이고 실험적인 문화공간에 대한 자본권력의 견제 역시 만만치 않음을 입증한다. 편리성·효율성·단순성·획일성을 의식적으로 거부하는 문화공간들은 필연적으로 도시를 관리·통제하는 권력과 충돌할 수밖에 없다.

김중혁의 〈C1+y=:[8]:〉는 지배적 도시 공간논리를 저항적으로 전유하는 유희적인 탐구로 나아간다. 즉 "재미있게 노는 것이야말로 평범한 진실[31]"이라던 김중혁 소설의 인물들은 이제 바야흐로 도시를 갖고 노는 모습을 보인다. 제목인 'C1+y=:[8]:'는 일종의 상형문자로, '도시(city)는 곧(=) 스케이트보드(:[8]:)다'라는 명제이다. 이 소설은 도시연구가인 주인공이 지구 최후의 날을 대비해서 스케이트보드를 연마한다는 '숏컷라이더즈'라는 단체를 만나서 스케이트보드와 도시의 상관성을 깨닫게 된다는 이야기이다. 흥미로운 부분은 주인공의 정글체험이다. 그는 정글의 원리를 서울에 적용하는 프로젝트를 실현하기 위해 진짜 정글에 갔다가 벼랑에 떨어져 죽을 뻔하고 어처구니없게도 긴허리아기말원숭이의 도움으로 가까스로 목숨을 구한다. 서울에 돌아온 그가 연구하는 주제는 '정글의 일방통행연구—정글의 미로는 어떻게 동물들의 움직임을 부드럽게 만드나'였다. 서울에 좀 더 많은 일방통행로를 설계해야 쾌적한 도심을 만들 수 있다는 결론이다. 그것은 길과 길이 미로처럼 얽힌, 정글 같은 도시에 대한 갈망에 다름 아니다.

하게트는 공간 조직의 모형들을 다음과 같이 제시한다.[32] 지리공간상에는 인간의 활동에 의해 흐름(movement)이 발생하게 되고, 이러한 흐름들로 이루어진 망(network)이 형성되며, 흐름들의 상호 교차지에는 결절(node)이 생성된다. 결절

31 김중혁, 〈유리 방패〉, 『악기들의 도서관』, 문학동네, 2008, 173쪽.

32 Haggett, *Geography: A Modern Synthesis(3rd edn)*, New York: Harper & Row, 1979.

의 상대적 위치에 따라 차별적으로 성장한 결절들의 계층(hierarchy)이 구성되고, 이러한 결절지역은 하나의 통합된 공간으로서 특정한 영향면(surface)을 형성하고, 시공간상의 확산을 통해 발전해 나간다. 중심지 도시체계는 이동의 효율성에 근거하여 철저히 자동차 도로를 위주로 망, 결절, 계층을 구성하는 방식을 취한다. 반면 네트워크 도시체계는 매우 다양하고 유연한 소통과 접속을 목적으로 구성된다. 중심지 도시체계가 중심성·종속성·수직적 접근성·일방 흐름을 원칙으로 한다면, 네트워크 도시체계는 결절성·유연성·보완성·수평적 접근성·양방향 흐름을 지향한다.[33] 아무래도 현대도시가 삭막하고 날카로운 격자형 도로와 육면체 건물, 둔중한 담장으로 채워진 중심지 도시체계를 선호한다면, 전통적인 주거공간은 내외부가 열린 구조를 취하면서 거미줄 같은 모습을 띠는 네트워크 도시체계와 닮아 있다.[34] 김중혁의 〈C1+y=:[8]:〉은 기꺼이 중심지 도시체계에 균열을 가하면서 도시의 새로운 지도를 작성하려는 재기발랄한 시도를 담아낸다. 인공적인 질서나 능률적 이동성 따위와는 전혀 거리가 먼 정글이야말로 가장 극단적인 네트워크 체계라고 할 수 있기 때문이다. 그리고 그것은 도시에 새로운 길 내기라는 행위로 이어진다.

주인공의 또 다른 관심사는 낙서 연구이다. 그는 도시의 온갖 낙서를 찾아 기록하다가 담벼락의 맨 아랫부분에서 스케이트보드의 낙관이 찍혀진 일련의 낙

---

33 최병두·홍인옥, 「도시와 사회문화」, 『도시해석』, 푸른길, 2006, 188~189쪽.

34 르페브르도 중심지 도시체계에 대해 비판적으로 언급한다. 그는 프랑스의 불균등한 발전, 그러니까 파리와 그 주변 지역 간의 대립을 강조한다. 수도는 결정을 내리는 곳이며 여론을 주도하는 중심이다. 파리 주변으로는 파리에 복종하는 서열화된 공간들이 퍼져나간다. 이러한 공간들은 파리의 지배를 받는 동시에 파리에 의해서 착취당한다. 프랑스 제국주의는 해외 식민지는 잃었으나, 자신의 내부에 신식민주의를 정착시킨다. 현재의 프랑스는 과도하게 발전되고 산업화되고 도시화된 지역을 가지는 반면 저개발이 심화되는 지역도 너무나 많다는 것이다. 지배계급의 전략적 공간은 불안감을 자아내는 집단, 특히 노동자 집단을 외곽으로 밀어내면서 동시에 중심 주변에 사용 가능한 용적을 희귀재로 만들어버림으로써 더 값을 올리며 결정권과 부·세력·정보가 집결되는 장소로서의 중심을 조직한다. (Henri Lefebvre, 앞의 책, 17쪽 참고.)

서들을 발견한다. 그것은 스케이트보드 위에 누운 채 머리를 처박고 이동하면서 끄적였을 법한 낙서들이었다. 이처럼 스케이트보더들은 낙서들을 통해서 자신들의 이동방향과 함께 새로운 지도, 나름의 패턴을 구성한다. 주인공은 무심코 스케이트보드에 배를 깔고 엎드린 채 낙서의 방향을 따라가 보았다가 뜻밖의 경험을 한다.

> 나는 계속 낙서를 따라갔다. 낙서 끝에 뭐가 있을지 궁금했다. 단 한 번의 신호등도 만나지 않고 계속 스케이트보드를 탈 수 있을까. 골목과 골목으로 스케이트보드 길은 계속됐다. 전에도 낙서를 따라가 본 적이 있지만 전혀 다른 길을 가고 있다는 기분이었다. 내가 한 번도 가보지 못한 길이었다. 서울 한복판에 아직도 이런 곳이 존재한다는 사실이 놀라울 정도로 좁은 골목이 많았다. 울퉁불퉁했지만 그래서 오히려 스케이트보드 타는 재미가 있었다. 나는 계속 스케이트보드를 밀고 나갔다.
> 내가 만들고 싶은 도시가 있었다. 모든 골목과 골목이 이어져 있고, 미로와 대로의 구분이 모호하고, 골목을 돌아설 때마다 사람들이 깜짝 놀랄 만한 또 다른 풍경이 이어지며, 자신이 찾아온 길을 되돌아가기도 쉽지 않을 정도로 무수히 많은 갈래길이 존재하는 도시를 만들고 싶었다. 도시의 외곽에는 바다가 있어 아무런 기대도 하지 않다가 문득 코끝으로 비린내가 훅 끼치는 순간 파도가 자신에게 몰려드는 풍경을 사람들에게 선사하고 싶었다. 몇 시간 동안 스케이트보드 낙서를 따라다니다 '보드빈터'와 처음 마주쳤을 때 나는 내가 만들고 싶었던 도시의 모습을 보았다. 보드빈터는 갑자기 나타난 바다와 같았다.[35]

그는 도시에서 지나쳐 버린, 엄청난 '사이'를 발견한다. 어떤 장애나 정지신호도 받지 않고 물 흐르듯 도시의 이곳저곳을 배회하다가 바다처럼 확 트인 보드빈터를 만나는 것이다. 스케이트보드, 그리고 그것을 타고 유영하듯 이동하

---

35 김중혁, 〈C1+y=:[8]:〉, 『문학과 사회』 86호, 문학과 지성사, 2009, 112쪽.

는 길과 길들, 정글의 미로와 서울의 골목들. 이는 도시를 지배하는 능률적이고 타율적인 메커니즘과는 전혀 다른 것이다. 작가는 도시의 진면목은 스케이트보더들이 그려놓은 낙서 같은 것에 있다고 말한다. 그것은 스케이트보더들이 직접 도시와 육체적으로 교감하면서 만든 지도이다. 공식적인 지도가 아닌, 비주류 스케이트보더들의 자유롭고 유희적인 지도야말로 도시를 그럴듯한 곳으로 만든다. 르 꼬르뷔제는 전통적인 '흐름의 공간(space of flow)'이 근대적인 '머뭄의 공간(space of stock)[36] 위주로 재편되는 과정을 언급한다. 전통적인 공동체 생활에서 주거공간으로서의 집은 대문을 열어 놓은 채 동네의 일상과 소통되어 있었다. 주거공간은 마을 속 일상공간의 일부였다. 그러나 근대적 주거생활은 개인을 좁은 일상공간에 유폐한다. 삶은 더욱 깊숙이 내부화되고, 물적 공간 속에서 몸의 접촉을 통해 이루어지는 삶은 더욱 위축되거나 사라진다. 〈C1+y=:[8]:〉은 이러한 머뭄의 공간으로서의 도시를 다시 흐름의 공간으로 뒤바꾸려는 시도를 보여준다.

토드 스노우(Todd Snow)의 말처럼 "옛 길은 기본적으로 장소가 연장된 것이기 때문에, 길이 통하는 모든 장소의 성질을 나누어 가지고 있었다[37]". 그런 면에서 옛 길은 하나의 장소라고 할 수 있다. 그러나 장소와 장소간의 사이 공간이 확장되면서 길은 장소의 영역을 벗어나 공간으로 흡수되어 버렸다. 현대 도시의 길은 경관과 함께 발전하기보다는 오히려 경관을 위압하고 가로질러서 경관을 토막내기 때문에 그 자체로 장소상실의 표현이다. 길은 휴식과 놀이공간, 소통의 커뮤니티의 공간이 아니라 원자화된 개개인들의 단순한 통과 공간이 되었다. 도로는 사람의 안전보다는 자동차의 속도를 중시하는 교통담론으로 규정된다. 도시의 새로운 길은 인간의 교통수단이 연장된 것에 불과하며, 온통 자

---

36   조명래, 『현대사회의 도시론』, 한울, 2002, 262, 289쪽 참고.

37   Todd Snow, *The New Road in the United States*, Landscape 17, 1967, p.15.

동차를 위한 도로가 되어 버렸다. 이동의 편리함과 효율을 위해 고안된 자동차와 도로가 거주 공간의 조용한 분위기를 해치고 안전한 보행을 위협한다. 자동차는 도시가 존재하기 위해 꼭 필요한 사회공동체의 기능과 역할을 오히려 방해한다. 자동차 증가에 따른 교통체증을 해결하기 위해 더 넓은 도로와 주차장을 건설하지만, 공해, 오염, 환경 파괴, 교통사고 등은 오히려 더 증가할 뿐이다. 무엇보다도 모든 도시가 자동차를 중심으로 바둑판 모양으로 마구 잘려버린다. 마차길, 골목, 동네마당, 뜰, 돌담, 공원 등의 문화와 생태계가 자동차 일직선 도로의 아스팔트와 콘크리트 포장으로 매장되어 무참하게 사라져 버렸다.

　주인공이 주목하는 골목길이 바로 대표적인 흐름의 공간이라고 할 수 있다. 삶의 공간을 크게 사유 공간과 공유 공간으로 나눈다면 그 사이에 연속성이 존재하는 것이 골목길이다. 심상지도의 차원에서도 번지나 호수 같은 추상적인 기호가 아니라 하나하나 고유한 풍경으로 대상을 인지할 수 있어서 골목에서는 쉽게 자기 집을 찾는다. 골목길은 너무 넓지도 좁지도 않으며, 사람들을 압도하지도 가두어 놓지도 않는다. 적당하게 닫혀 있으며 적당하게 열려 있다. 너무 광활하고 거대한 공간 속에서 왜소해져 있고, 다른 한편 너무 옹색한 개인공간에 억류되어 지내는 현대 도시인들의 삶에서 골목은 몸에 적절하게 어울리는 공간으로 재인식된다.[38] 자체로 하나의 완결적인 공간으로서 그 안에 있는 사람들을 감싸 안으며 동시에 자연스럽게 다른 공간으로 이어진다. 골목길은 다양한 감각적 재료들을 선사하며 다니는 재미를 더해 준다. 꼬불꼬불하고 좁은 길의 움직임에 따라서 눈앞에 펼쳐지는 광경이 다채롭다. 저 어귀를 돌아서면 어떤 장소가 나를 기다리고 있을까 하는 기대감으로 발걸음이 가벼워진다. 사람의 얼굴이 보이고 체취가 느껴지는 안온한 구석 같다. 그 공간을 통해서 마을의 소식들이 소통되고 공유되기도 한다는 점에서 일종의 미디어 기능도 한다. 이

38　김찬호, 『도시는 미디어다』, 책세상, 2002, 125쪽.

동하는 동시에 머물러 쉬는 마당이며, 거기서 많은 일들이 일어나고 사람들간의 만남이 일어난다. 몸과 몸이 부딪혀 삶의 다채로운 사연들을 만들어내는 만남, 그리고 그 만남을 북돋우는 공간인 것이다.[39] 그러나 현대도시에서 골목들은 점점 사라지고 지워진다. 더 이상 골목은 그 길을 끼고 살아가는 주민들이 편안하게 머무는 공간이 아니라 외부인들이 어느 목적지를 향해 재빠르게 가로질러 가는 지름길이 되어 버린다. 골목이 담고 있는 정서적 자원들을 우리는 부동산의 가치로만 평면화하여 큰 도로와 높은 건물로 덮어버렸다.

〈C1 +y=:[8]:〉에서 이러한 골목길의 미덕을 온몸으로 체화하는 도구가 스케이트보드이다. 스케이트보드가 아름다운 이유는 애초부터 완벽한 형태였기 때문이라고 언급한다. 널빤지에 바퀴 네 개, 하나의 사각형과 네 개의 원, 그것으로 충분하다. 이 단순함이 가장 완벽함을 구현한다는 것이다. 사실 스케이트보드의 신선함은 바퀴에 대한 이중적 심리와도 관련된다. 바퀴는 아득한 옛날, 인간 문명을 순식간에 업그레이드시킨 놀라운 발명품이다. 이동의 속도를 엄청나게 높일 수 있었고 행동반경을 크게 넓힐 수 있었다. 그런데 산업화 시대에 접어들어 바퀴는 산업화 기계들과의 결합을 통해서 저주스러운 흉기로 돌변했다. 엔진과의 결합이 이루어지면서부터이다. 그 결과 인류가 구사할 수 있는 힘과 속도는 비약적으로 늘어났지만, 그 부산물인 파괴력을 우리의 몸은 도저히 감당할 수 없게 되었다. 스케이트보드는 다시금 몸과 바퀴를 조화롭게 결합시킨 이동양식이다. 자동차나 오토바이, 기차에서 인간의 몸은 수송되는 객체이지

---

39 그런 면에서 골목길은 일종의 '제 3의 장소' 역할을 수행한다고 해도 과언이 아니다. 레이 올덴버그(Ray Oldenburg)의 분류에 의하면 도시인들에게 제1의 장소는 집, 제2의 장소는 일터로 구분되며, 여기 추가되는 제 3의 장소는 다양한 계층의 사람들과 네트워킹할 수 있고 스스로 재미를 느끼고 다시 일상으로 돌아갔을 때 창조성을 발휘할 수 있는 상호작용이 가능한 곳이다. 가장 중요한 것은 서로간의 신뢰를 바탕으로 하는 사람들과의 만남이며 독립적인 문화를 가지고 있는 중소규모 장소들이 주류를 이룬다. 광장, 서점, 카페, 바 등과 같은 곳으로 이른바 "사회적 활력을 제공하는 공동체의 심장"으로 구성되는 곳이다. (유승호, 『문화도시』, 일신사, 2008, 205~206쪽/유승호, 『디지털 시대의 영상과 문화』, 미술문화, 2006, 42~43쪽 참고)

만, 스케이트보드나 자전거에서 몸은 동력의 원천이 된다. 특히 스케이트보드는 인간의 몸이 충분히 감당할 수 있는 범위 안에서 타인을 위협하지 않는 안전한 속도감을 만끽한다. 도시 공간에서 그토록 힘차게 몸을 움직일 수 있다는 것은 거의 혁명적이다. 연약한 바퀴와 최소한의 보호기구만으로 막강한 자동차들을 몰아내는 힘을 발산하는 것이다. 이는 지배공간에 대한 몸의 복수라고 할 만하다. 몸이 공간적인 갑옷을 깨고 나오면서 자신의 존재를 인정받고 싶어한다. 몸이 주체로서 대상으로서 스스로를 확인한다. 그런 면에서 스케이트보드는 공간을 전복하여 공간의 틈을 찾고 공간 속에서 새로운 장소를 발견한다.

공간에 있어서도 자본의 상품화 논리가 일방적으로 관철되지는 않는다. 대중주체들의 행위들이 단순히 자본에 의한 욕망의 지배전략에 휩쓸리기만 하는 것이 아니라, 나름대로의 의미 부여와 즐거움의 생산행위로 자리매김한다. 이는 곧 문화산물에 부여된 지배적인 의미에 대한 저항적 실천으로 작용할 수 있다. 이안 보든(I Borden)은 도시공간과 건축 장치들의 기능적 사용 코드들을 단숨에 전복하면서 가로질러가는 스케이트보딩을 통해 살아있는 몸의 경험이 지배적 공간을 색다르게 전유해내는 방식을 적극적으로 평가한다.[40] 가령 런던의 리버풀 스트리트 오피스 블록의 길가를 장악한 스케이트보더가 몸으로 느끼는 공간의 사용가치와 오피스의 시장 교환가치는 늘 충돌할 수밖에 없다. 이안 보든은 이를 두고 르페브르가 "여기선 안 돼"라고 못박힌 'No'의 공간을 "안 될 거 뭐 있어"라고 살아있는 몸으로 확인하는 'Yes'의 공간으로 바꿔놓은 일을 떠올린다. 이는 몸에 체화된 상징의 힘으로 순수하고 강렬한 대안의 이미지를 남긴다는 점에서 르페브르의 '재현의 공간'에 해당한다. 도시인들의 서로 다른 육체

---

40   Borden, I, *An Affirmation of Urban Life: Skateboarding and Socio-Spatial Censorship in the Late Twentieth Century City*, Archis 1998/5, 1998, pp.46~51.

적 실천과 정체성의 추구가 새로운 도시성을 형성하는 것이다.[41] 스케이트보딩처럼 공간을 이용하는 주체가 새로운 공공 공간을 확보하거나 새로운 대항이미지와 스타일을 산출한다. 사람들은 단순히 주어진 공간을 수동적으로 소비만하는 것이 아니라 공간을 재현하고 장소를 주체적으로 생산할 수 있다. 도시는자본 축적을 추동시키는 지배집단들의 힘의 재현만을 위한 공간이 아니며, 이를 거부하고 이에 대항하여, 인간적 삶의 회복을 위한 종속적 집단들의 힘이 가시적 혹은 상징적으로 실현될 수 있는 공간이기 때문이다.

〈1F/B1〉에서도 '도시 공간의 새로운 길 내기, 공간의 틈을 비집고 들어가 새로운 장소 찾기, 공간을 유희적으로 전유하기'라는 주제의식은 반복되어 변주된다. 네오타운이라는 거대 상가의 건물관리자연합은 일종의 지하조직으로, 건물의 곳곳을 세심하게 관리하고 통제하는 일을 도맡아 한다. 지하조직답게 건물 지하에 만들어놓은 미로 같은 비밀통로들을 활보하면서 회합도 갖는다. 도시 관리에 관한 명저라고 일컬어지는《지하에서 옥상까지》라는 책 제목처럼, 그들은 누구보다도 공간과 건물의 구석구석과 직접적이고 육체적으로 접촉하는 존재들이다. 그들은 자신의 몸이 아닌 건물의 리듬에 자신을 맡기고 "건물을 만졌을 때 느껴지는 진동만으로 어디에 문제가 있는지 알아낼 수 있는[42]" 원초적인 공간 감각을 지닌다. 그러나 시간이 지날수록 컴퓨터와 CCTV가 역할을 대행하면서 건물 관리자들의 지위도 급격하게 하락하게 된다. 공간과 건물을 총체적으로 조정하고 관리하는 입장에서, 고작 형광등이나 에어컨디셔너의필터를 교체하거나 막힌 배관을 뚫어주는 사람으로 전락한 것이다. 그러던 중재개발을 노리는 세력들이 네오타운 곳곳에 침투하여 시스템을 파괴하는 사건

---

41 Simmonsen, K, *The embodied city*, Paper presented at the inaugural conference of Association of Critical Geographers, 1997.

42 김중혁, 〈1F/B1〉, 『2010 젊은 작가상 수상작품집』, 문학동네, 2010, 20쪽.

이 발생하고, 이에 대항하는 건물관리자연합의 필사적인 사투가 벌어진다.

> 저는 늘 계단을 이용합니다. 5층이든 10층이든 언제나 계단으로 올라갑니다. 처
> 음에는 운동을 목적으로 시작했지만 이제는 계단을 밟지 않으면 마음이 불안합
> 니다. 계단을 올라가고 내려갈 때마다 저는 늘 층을 알리는 작은 표지판을 봅니
> 다. 표지판은 층과 층 사이에 있습니다. 1층과 2층 사이, 2층과 3층 사이, 3층과
> 4층 사이…… 저는 그 표지판들을 볼 때마다 우리의 처지 같다는 생각을 하곤
> 합니다. 특히 숫자와 숫자 사이에 있는 슬래시 기호(/)를 볼 때마다 우리의 처지
> 가 딱 저렇구나 하는 생각을 합니다. 사람들은 각자의 층에서 행복하게 살고 있
> 지만 우리는 언제나 끼어 있는 사람들입니다. 이곳도 저곳도 아닌, 그저 사이에
> 있는 사람들입니다. 지하1층과 1층 사이, 1층과 2층, 2층과 3층…… 층과 층 사
> 이에 우리들이 살고 있습니다. 하지만 우리는 기억해야 합니다. 슬래시가 없어
> 진다면 사람들은 엄청난 혼란을 겪을 것입니다. 우리는 아주 미미한 존재들이지
> 만 꼭 필요한 존재들인 것입니다. 누군가 저의 직업을 물어본다면 저는 자랑스
> 럽게 슬래시 매니저(Slash Manager)라고 얘기할 것입니다. 여러분도 여러분의
> 직업을 자랑스럽게 얘기하시길 바랍니다.[43]

　주인공의 말처럼 관리자연합은 스스로를 층과 층 사이에 끼어 있는 존재들,
즉 '1F/B1'에서 '슬래시(/)' 같은 '사이 존재'들이라고 자처한다. 그래서 스스로
를 SM(Slash Manager)이라고 부른다. 네오타운의 오십 개가 넘는 모든 빌딩들의
관리실과 연결되는 지하 비밀관리실이야말로 그들의 정체성을 집약한 장소이
다. 비밀관리실로 이어지는 비밀통로는 1F/B1의 표지판 아래에 위치한다. 즉
비밀관리실은 숫자로는 존재하지 않는 공간이다. 1층과 지하1층 사이의 어떤
곳이고, 슬래시(/)처럼 아무도 존재를 눈치채지 못하는 아주 얇은 공간인 것이
다. 그래서 그들에게는 1층이나 지하1층 표시보다 슬래시가 오히려 더 크게 보

43　김중혁, 앞의 책, 42~43쪽.

인다. 그들이 네오타운을 쓸어버리고 80층짜리 초현대식 복합상가로 재개발하려는 음모세력들과 맞서 싸운다는 설정도 흥미롭다. 재개발은 네오타운에서 사람들이 힘들게 만들었던 다양한 이야기들을 간단하게 지워버리는 매우 폭력적인 행위로 묘사된다. 그리고 SM들의 저항 때문인지는 확실치 않지만 실제로 재개발사업이 중단되는 결과를 낳는다. 소설의 결말부는 주인공이 비밀관리실의 통로를 열어놓고 바람을 쐬면서 글을 쓰는 장면으로 마무리된다. 어두운 통로에 머리를 들이밀고 소리를 지르면서, 모든 건물의 지하와 이어진 통로에서 불어오는 바람에게 위로를 받는 모습은 거의 숭고하기까지 할 정도로 묘사된다. 〈1F/B1〉의 지하통로와 비밀관리실 역시 네트워크식 흐름의 공간을 지향하면서 지배적 공간에 반하는 대항공간이라고 할 수 있다. 거대한 도시 공간에 숨어 있는 이 낯선 사이 공간을 재현 · 생산하여, 육체적 실천과 정체성 추구로 이어지는 장소로 전유하는 태도를 보여주는 것이다.

4. 맺으며 : 몸으로 즐기고 생성하는 도시의 가능성

의미 있는 장소와 관련 맺고자 하는 것은 인간의 뿌리 깊은 욕구이다. 사람들은 평상시에는 공간과 장소를 잘 의식하지 않고 살아간다. 공기를 의식하지 않으면서 살아가지만 갑자기 공기가 오염되거나 탁해질 때 그 강렬한 존재성을 각성하는 것처럼, 공간과 장소를 소거시킨 채 인간의 삶을 이야기하는 것은 불가능하다. 수많은 실존철학자들이 사용하는 비유처럼, 현대인을 집 잃은 존재로 묘사하는 것은 정서적이고 실존적인 장소의 맥락을 상실한 처지를 적나라하게 표출하기 위해서이다. 삶의 본질적인 부분과 맞닿아 있으면서도 일상적으로는 잊혀져 있던 장소성을 들추어냄으로써 우리가 미처 보지 못했던 삶의 본질을 목격할 수 있다. 인문지리학은 지리학의 오랜 관심의 대상이었던 인간-자연관계와 더불어 사회적으로 구축된 공간과 장소를 통해 인간 생활의 구성이 도출될 수 있다고 본다. 요컨대 공간적 상호관계에 관하여 서술, 해석 또는 설명함으로써 궁극적으로 인간 삶의 터전인 지역 환경을 개선하고 현실 세계의 사회공간적 발전에 기여하고자 하는 것이다.[44] 어떤 지역이나 도시의 전체적인 격조는 행정적 의지나 자본의 힘만이 아니라 시민들의 구체적인 행동과 윤리에 의해 만들어진다. 현명한 공간인식은 물론이거니와 따뜻한 장소 사랑이 필요하다.

결국 도시에서 장소성을 복원하는 것은 일상적 경험과 구체적 실천에 기초하여 생활 세계를 둘러싼 이해의 응집에 기초한 '삶의 정치'를 통해 정체성을 되찾고자 하는 매우 실천적인 운동으로 확장된다. 그것은 단순히 물리적 디자인이 아니라 관계의 디자인, 즉 도시를 둘러싼 다양한 입장과 이해관계를 조정하고 종합하는 일이다. 또한 도시 공간에 범람하는 정체불명의 이미지들을 거두고 인간적인 장소성을 심어가는 시도이기도 하다. 장소의 정체성과 진정성, 장소애와 장소감을 복원하기 위해서는 장소가 가지는 특수성에 기초하여 '차이'와 '타자'에 대한 이해를 강조해야 한다. 장소에 근거한 '차이'는 한편으로 지배적 권력에 의해 생산, 재생산되지만 다른 한편으로 이러한 권력에 저항할 수 있는 힘을 제공한다. 이는 순수하고 강렬한 '재현의 공간'으로서 아래로부터 새로운 공간질서를 추구하여 공간을 비판과 저항의 장소로 재구성하는 일이다.[45] 문제는 어떻게 그러한 상징적 저항을 구체화하는가 하는 실천의 문제이다. 도시 공간의 상징적 조작과 그 이데올로기를 파악하는 통찰력과 상상력, 이른바 지리적 능력을 키워야 한다. 도시가 개개인들에게 어떻게 해석되고 그 의미가 어

---

44   최병두 외, 『인문지리학개론』, 한울, 2008, 29쪽.

45   이는 소외되고 거부된 공간에 대한 시선을 전경화함으로써 이루어질 수도 있다. 즉 시선을 끄는 공간의 이면에 은폐되어 있는, 시선을 끌지 못하는 공간을 드러내는 것이다. 획일화된 아파트 경관 이면에서 이루어지는 폭압적인 철거현장과 같은 소외공간을 의식적으로 노출하는 방식이 그러하다.

떻게 개인의 일상적 경험 속에 각인되는지에 초점을 두는 접근은 개개인의 도시 인식 속에 담겨 있는 환상과 희망의 과정, 꿈 등을 탐구하는 일과 직결된다.

도시는 현대사회의 총체적 삶의 양식이며, 사람들의 숨결과 욕망·정서·감수성이 담긴 일상공간이다. 따라서 도시를 문화적으로 분석한다는 것은 풍요롭고 다양한 삶의 질과 결을 추구하고, 의미있는 삶터를 만들기 위한 실천적 함의를 도출하는 문화정치적 공간으로 도시를 사유하는 일이다.[46] 벤야민은 19세기 파리를 걸으면서 느끼는 도취감을 언급한 바 있다. 삶에 있어서 가장 큰 즐거움 중 하나가 '플라너리(flanerie)', 즉 걸으면서 도시를 배회하는 것이라고 말한다. 이 플라너리가 의미하는 것은 거리가 주는 모든 풍경을 향유하면서 뜻하지 않은 발견의 기쁨을 느끼는 순간을 말한다. 도시에서 산책을 한다는 것은 도시가 풍경으로 펼쳐지고 방으로 감싸는 것이다.[47] 몸이 도시를 지각하는 근거이며, 세계에 대해 열린 구조로 관계한다. 따라서 우리가 도시를 걷는다는 것은 몸의 감각으로 도시를 알아가는 것이라고 할 수 있다. 길을 걷는 사람이 자신과 도시, 혹은 가로나 동네와 맺게 되는 관계는 무엇보다도 먼저 어떤 정서적인 관계인 동시에 신체적 경험이다. 도시를 걷는 경험은 우리의 몸 전체의 반응을 촉발하기 때문이다.[48] 산책, 뜻밖의 일, 발견을 위하여 개방된 불확정의 공간들은 아름답다. 그것은 광폭한 속도에 몸을 맡기는 것이 아니라 우아하고 느린 속도감을 만끽하는 것이다. 느림과 기억, 빠름과 망각은 정비례한다. 시각적으로 아름다운 도시만이 아니라, 청각·후각·미각·촉각의 감수성이 자유롭게 펼쳐지고 재현되는 오감의 도시, 즉 온 몸으로 느끼고 부대낄 수 있는 육체적 도시의 생성이 필요하다.[49]

---

46 이무용, 「도시와 문화」, 『도시해석』, 푸른길, 2006, 281쪽.

47 Walter Benjamin, 조형준 옮김, 『아케이드 프로젝트 1』, 새물결, 2005, 965쪽.

48 David Le Breton, 김화영 옮김, 『걷기 예찬』, 현대문학, 2005, 187쪽.

49 이무용, 『공간의 문화정치학』, 논형, 2005, 127쪽.

최근 10여년 동안 시행된 프랑스 파리의 도시 사업은 '플라너리'의 기쁨을 복원하려는 이상적인 시도를 보여준다. 1998년 프랑스는 월드컵 대회를 치르면서 19세기부터 추진되어 온 파리 대개조와 파리 박람회에서 시작된 하드웨어의 대대적인 구축을 일단락짓고, 21세기를 향해 부드러운 도시성(soft urbanism)이라는 문맥에서 도시 정비 사업으로 전환하였다.[50] '다이내믹 도시의 재창조'란 슬로건 아래 2011년부터 계속된 그랑파리 프로젝트의 일환으로, 현재 파리시청은 시민들의 편안한 보행을 위해 시내 차도의 넓이를 줄이는 인도 확장 공사를 시내 전역에서 추진하고 있다. 자동차가 가장 많은 유럽 제1의 도시가 자동차의 운행을 강제로 줄이고 인도를 4미터에서 6미터까지 확장하여 '걷는 도시, 산책하는 도시, 걸어서 아름다운 도시'로 만들겠다는 의지이다.[51] 김중혁 소설에 등장하는 급진적 만보객(漫步客)들 역시 기능적 공간을 정서적 문화장소로 전유하거나 상징적 사이공간들을 적극적으로 생산하여 '즐기고 생성하는 도시'의 저항적 주체로 자리매김하고자 한다.

50　김찬호, 앞의 책, 165쪽.

51　테오도르 폴 김, 『도시 클리닉』, 시대의 창, 2011, 218쪽.

참고문헌

1부 자본주의의 소외와 공황

O 2020년대 한국 소설에 나타난 가난의 심성구조 : 〈반려빛〉, 〈은의 세계〉, 〈미조의 시대〉

강지나, 『가난한 아이들은 어떻게 어른이 되는가』, 돌베개, 2023.

권희철, 「틈새 찾기」, 『조금 망한 사랑』, 문학동네, 2024.

기리오 나쓰오, 「아름다운 것만 보이려는 데 대한 문제의식, 데뷔작부터의 고민이다」, 씨네21, 2016.7.21.

김관욱, 『몸, 살아내고 말하고 저항하는 몸들의 인류학』, 현암사, 2024.

김유라, 「삶에 먹혀버릴 때, 체념 증후군의 기록」, 아트인사이트, 2020.12.30.

김지연, 『조금 망한 사랑』, 문학동네, 2014.

김지연, 「작가노트: 운칠기삼」, 『2024년 젊은 작가상 수상 작품집』, 문학동네, 2024.

라즈 파넬 · 제이슨 W.무어, 백우진 · 이경숙 옮김, 『저렴한 것들의 세계사』, 북돋움, 2020.

매슈 데즈먼드, 성원 옮김, 『미국이 만든 가난』, 아르테, 2023.

무라카미 하루키, 유유정 옮김, 『상실의 시대』, 문학사상사, 2000.

박장례, 「현대소설의 서울 옥탑방 표상」, 『서울학연구』 90, 서울시립대학교 서울학연구소, 2023.

반기웅, 「삶의 질 올랐다지만⋯지갑 얇아지고 상대적 빈곤 늘었다」, 경향신문, 2024.2.22.

백지은, 「부정도 탐색도 없이」, 『은의 세계』, 문학동네, 2022.

서영채, 「이청준의 소설에 나타난 가난과 부끄러움의 윤리성-단편 〈키 작은 자유인〉을 중심으로」, 『민족문학사연구』 62, 민족문학사연구소, 2016.

소유정, 「시대의 초상」, 『미조의 시대』, 은행나무, 2023.

오스카 루이스, 박현수 옮김, 『산체스네 아이들』, 이매진, 2013.

오연희, 「한국 근대소설에서 무능력자의 형상화 양상과 그 의미-1910년대와 1920년대 대표 소설의 비교를 중심으로」, 『비평문학』 52집, 한국비평문학회, 2014.

위수정, 「은의 세계」, 『문학동네』 27권 4호, 문학동네, 2020.

위수정, 『소설 보다: 봄 2021』, 문학과지성사, 2021.

유하영, 「이자도 못 갚아요, 석 달 이상 연체자만 20만 명, 빚에 갇힌 청년」, 이투데이, 2024.12.24.

이서수, 『젊은 근희의 행진』, 은행나무, 2023.

이주희, 「부러진 계층 사다리, 빈곤층 10명 중 7명은 가난 지속」, 시사저널, 2024.12.18.

이현정, 「청년 3명 중 1명 "나는 교육 · 주거 빈곤층"」, 서울신문, 2023.5.15.

임일환, 「굶주림의 일상화와 모멸감의 내면화-최서해 소설을 중심으로」, 『어문학논총』 36, 국민대학
　　교 어문학연구소, 2017.

임지훈, 「한국소설에 나타나는 '가난'의 의미」, 『글로벌 거버넌스와 문화』 4(1), 한양대학교 유럽아프
　　리카연구소, 2024.

전청림, 「망한 삶의 천재」, 『2024년 젊은 작가상 수상 작품집』, 문학동네, 2024.

정희진, 「체념의 힘」, 경향신문, 2024.10.22.

조문영, 『빈곤 과정』, 글항아리, 2022.

조미희, 「박완서 소설에 나타난 가난의 기원과 도시빈민의 양상」, 『한국언어문화』 62, 한국언어문화
　　학회, 2017.

최정희, 「'대출나라' 아시나요?…이창용 "빚 상환 위해" vs 장혜영 "절박해진 것"」, 이데일리,
　　2022.10.7.

한남진, 「팬데믹 속 필수노동자, 열악한 근무조건에 재해·과로 위험 '수두룩'」, 내일신문, 2021.7.27.

황영경, 「김숨 소설 속에 나타난 노인 거주 불안 양상」, 『인문사회21』 12(5), 인문사회21, 2021.

황임경, 「몸은 곧 드라마다」, 제주의소리, 2024.12.30.

Douglas, Mary, *Implicit Meaning: Selected Essay in Anthropology*, London: Psychology Press, 1999.

Gerald Davis, T*he Vanishing American Corporation: Navigating the Hazards of a New Economy*,
　　Oakland, Calif: Berrett-Koehler, 2016.

O '자본주의 리얼리즘'과 한국 소설의 상상력 : 윤고은 소설 세 편 읽기

강지희, 「낭만적 거짓과 잉여적 진실」, 『알로하』, 창비, 2014, 288~307면.

권오룡, 「파도가 된 '당신'을 위한 헌사 – 윤고은의 '알로하'에 대하여」, 『본질과 현상』 33호, 본질과현
　　상사, 2013.

김　녕·안지영·이지은·한설, 「소복한 밤과 우정의 동상이몽」, 『문학동네』 94호, 문학동네, 2018.

김세정, 「외부 없는 세계의 여행 서사 – 2000년대 해외여행서사에 나타나는 억압과 탈주」, 『현대소설
　　연구』 76집, 한국현대소설학회, 2019.

김지혜, 「재난 서사에 담긴 종교적 상징과 파국의 의미」, 『현대문학이론연구』 70집, 현대문학이론연
　　구학회, 2017.

김현예, 「벼락 부자, 벼락 거지」, 중앙일보, 2021.2.5.

류수연, 「이상한 나라의 그녀들」, 『실천문학』, 실천문학사, 2014.8.

마크 피셔, 박지철 옮김, 『자본주의 리얼리즘 – 대안은 없는가』, 리시올, 2018.

박인성·이재원·황현경·신샛별, 「그래도 소설은 계속된다 – 2012년 겨울의 한국소설」, 『문학동네』
　　74호, 문학동네, 2013.

서재정, 「포스트 코로나19, '멋진 신세계 2.0'?」, 창비주간논평, 창비, 2020.5.6.

손미정, 「코로나 격차, 부자들 곳간은 넘치는데…팬데믹이 낳은 '빈익빈 부익부'」, 헤럴드경제,

2021.2.1.

슬라보예 지젝, 이현우 외 옮김, 『폭력이란 무엇인가』, 난장이, 2011.

슬라보예 지젝, 강우성 옮김, 『팬데믹 패닉』, 북하우스, 2020.

오혜진, 「출구없는 재난의 편재, 공포와 불안의 서사 : 정유정, 편혜영, 윤고은 소설을 중심으로」, 『우리문학연구』 48집, 우리문학회, 2015.

울리히 벡, 홍성태 옮김, 『위험사회』, 새물결, 2014.

유발 하라리, 조현욱 옮김, 『사피엔스』, 김영사, 2015.

윤고은, 『밤의 여행자들』, 민음사, 2013.

윤고은, 『알로하』, 창비, 2014.

윤고은, 『부루마불에 평양이 있다면』, 문학동네, 2019.

이택광, 「자본주의 리얼리즘에서 애시드 공산주의까지 - 마크 피셔의 문화비평」, 『오늘의 문화비평』, 오늘의문예비평사, 2020.12.

임정연, 「여행서사의 재난 모티프를 통해 본 포스트모던 관광의 진정성 함의」, 『비교한국학』 27집, 비교한국학회, 2019.

전성욱, 「'세계의 끝'에 관한 인식과 그 서사화의 유형학 - 2000년대 이후 한국소설의 재난·종말 서사」, 『동남어문논집』 38집, 동남어문학회, 2014.

정실비, 「쓰나미, 쓰레기, 그리고 이야기」, 『실천문학』, 실천문학사, 2014.2.

정은경, 「자본주의 리얼리즘과 문학 - 임성순의 '회사 3부작'을 중심으로」, 『비평문학』 73집, 한국비평문학회, 2019.

한만수, 「'카지노 세계'에 연민은 없다 - 2000년대 금융자본주의와 한국소설의 대응」, 『현대소설연구』 68집, 한국현대소설학회, 2017.

한영인, 「잔존하는 잔열」, 『부루마불에 평양이 있다면』, 문학동네, 2019.

한영인, 「세계의 불안을 견디는 두 가지 방식」, 『창작과비평』 172호, 창비, 2016.

2부 노동과 사랑

O 2010년대 후반 소설에 나타난 여성 회사원 생활기 : 김세희와 장류진 소설 읽기

김경은·최라영, 「비정규직 사원 직업적응과 갈등 과정의 자기성찰적 의미 드라마 〈미생〉 내레이션 중심 탐구」, 『공공사회연구』 7권1호, 한국공공사회학회, 2017.

김녕·안지영·이지은·한설, 「우리 시대의 악: 또 하루, 날이 저물고」, 『문학동네』 25권4호, 문학동네, 2019.

김녕·안지영·이지은·한설, 「재현, 그리고 그밖의 다른 것들」, 『문학동네』 26권1호, 문학동네, 2019.

김미라, 「포스트페미니즘 드라마의 서사와 정치적 함의-TV드라마 〈검색어를 입력하세요 WWW〉를 중심으로」, 『한국극예술연구』 65집, 한국극예술학회, 2019.

김세희, 『가만한 나날』, 민음사, 2019.

마크 피셔, 박진철 역, 『자본주의 리얼리즘』, 리시올, 2018.

백수진, 「청첩장 줄까 말까, 커피값 아낄까 말까… 다 내 얘기네」, 조선일보, 2019.10.28.

에리크 쉬르데주, 권지현 옮김, 『한국인은 미쳤다!』, 북하우스, 2015.

오길영, 「합당한 수상작인가? : 김세희 소설집 《가만한 나날》과 이소호 시집 《캣콜링》」, 『황해문화』 105호, 새얼문화재단, 2019.12.

우석훈, 『민주주의는 회사 문 앞에서 멈춘다』, 한겨레출판, 2018.

이병국, 「지금, 이곳의 우리는」, 『문학동네』 26권2호, 문학동네, 2019.

이혁, 「직장인 10명 중 6명 직장 내 괴롭힘 경험, "그래도 참고 견딥니다"」, 파이낸셜뉴스, 2018.5.1.

이현정, 「병 얻어오는 직장인들, 산재 68%가 '정신적 질병'」, 서울신문, 2019.12.10.

임나리, 「'판교 리얼리즘' 장르의 개척자 등판, 장류진 인터뷰」, 『채널예스』, 예스24주식회사, 2019.

장류진, 『일의 기쁨과 슬픔』, 창비, 2019.

장희권, 「회사원 이야기의 원형(原型)으로서의 카프카의 〈변신〉」, 『독어독문학』 151집, 한국독어독문학회, 2019.

정영희 · 장은미, 「흔들리는 젠더, 변화 중인 세상」, 『미디어, 젠더 & 문화』 30권3호, 한국여성커뮤니케이션학회, 2015.

정은경, 「자본주의 리얼리즘과 문학-임성순의 '회사 3부작'을 중심으로」, 『비평문학』 73집, 한국비평문학회, 2019.

조한렬, 「1930년대 직장 생활기로서 한스 팔라다의 소설 소시민, 이제 어떻게 하지?」, 『카프카 연구』 41집, 한국카프카학회, 2019.

조규희, 「노동을 통한 자기실현이 불가능한 세대의 문학: 독일 현대소설 〈파저란트〉, 〈미래의 젊은 역군들〉의 예」, 『세계문학비교연구』 47집, 세계문학비교학회, 2014.

크리스티안 마이어호퍼, 「돈의 가치와 신즉물주의: 1930년경 회사원소설에 대한 소론」, 『독일어문화권연구』 24집, 서울대학교 독일어문화권연구소, 2015.

한병철, 『피로사회』, 문학과지성사, 2012.

한영준, 「명절도 못 쉬고.. 임원은 다른 나라 얘기」, 파이낸셜뉴스, 2020.1.30.

황진미, 「'오피스', 성실하면 없어 보이는데 괴물조차 될 수 없는」, 엔터미디어, 2015.9.14.

○ 세 가지 연애담, 이성애와 나르시시즘 : 〈무정〉 새롭게 다시 읽기

김경욱, 「〈라라랜드〉, 망가진 삶을 위로하다」, 프레시안, 2011.1.12.

김남천, 「춘원 이광수 씨를 말함」, 『김남천 전집』 1, 박이정, 2000.

김동인, 「춘원 연구」, 『김동인 전집』 16, 조선일보사, 1988.

김영민,『한국근대소설사』, 솔, 1997.

김윤식,『이광수와 그의 시대 1』, 솔, 1999.

김윤식 · 김현,『한국문학사』, 민음사, 1991.

김준,「하인즈 코헛의 인간이해와 기독교상담」,『복음과 상담』 20집, 한국기독교상담학회, 2013.

김현주,「1910년대 '개인', '민족'의 구성과 강점의 정치학」,『현대문학의 연구』 22집, 한국문학연구학
　　　회, 2003.

김혜신,「자기심리학에 의한 자기애적 인격장애 사례 연구」,『한국기독교상담학회지』 24권4호, 한국
　　　기독교상담학회, 2013.

대리언 리더, 구계원 옮김,『사랑할 때 우리가 속삭이는 말들』, 문학동네, 2016.

리처드 체식, 임말희 옮김,『자기심리학과 나르시시즘의 치료』, 눈, 2008

박상준,「〈무정〉의 계몽주의 재고」,『동남어문논집』 38집, 동남어문학회, 2014.

박중렬,「〈무정〉의 계몽담론과 대중문학적 시학」,『한국문학이론과비평』 16집, 한국문학이론과 비평
　　　학회, 2002.

안인숙 · 이지영 · 유희주 · 최은영,「Kohut의 자기심리학과 Hoekema의 인간 이해」,『한국기독교상
　　　담학회지』 23권1호, 한국기독교상담학회, 2012.

이광수, 김철 책임 편집,「무정」, 문학과지성사, 2005.

이만홍,「정신분석적 자기심리학에서의 나르시시즘 이해」,『정신병리학』 4권1호, 한국정신병리진단
　　　분류학회, 1995.

이수형,「1910년대 이광수 문학과 감정의 현상학」,『상허학보』 36집, 상허학회, 2012.

이영아,「이광수의 〈무정〉에 나타난 '육체'의 근대성 고찰」,『한국학보』 106집, 일지사, 2002.

이철호,「〈무정〉과 낭만적 자아」,『한국문학연구』 23집, 동국대학교 한국문학연구소, 2000.

정한석,「그 (여)자는 무엇을 원하는가」, 씨네21, 2014.11.13.

정혜영,「근대를 향한 시선-이광수 〈무정〉에 나타난 '연애'의 성립과정을 중심으로」,『여성문학연구』
　　　3집, 한국여성문학학회, 2000.

제레미 홈즈, 유원기 옮김,『나르시시즘』, 이제이북스, 2002.

지그문트 프로이트, 윤희기 옮김,「나르시시즘에 관한 서론」,『무의식에 관하여』, 열린책들, 1997.

최혜실,「〈무정〉에 나타난 근대성, 사랑, 성」,『여성문학연구』 1집, 한국여성문학학회, 1999.

하인즈 코헛, 이재훈 옮김,『자기의 분석』, 한국심리치료학회, 1999.

하인즈 코헛, 이재훈 옮김,『정신분석은 어떻게 치료하는가』, 한국심리치료학회, 2007.

한승옥,「동성애적 관점에서 본 〈무정〉」,『현대소설연구』 20집, 한국현대소설학회, 2003.

홍이화,「나르시시즘, 지독한 자기사랑?」,『기독교사상』 618집, 대한기독교서회, 2010.

홍이화,『하인즈 코헛의 자기심리학 이야기』, 한국심리치료연구소, 2011.

홍이화,「자기사랑을 위하여: 건강한 나르시시즘」,『기독교사상』 628집, 대한기독교서회, 2011.

Kohut H, *The search for the self*, ed. by Orn-stein P, New York, International Universities Press, Inc, 1978.

3부 상실과 애도

○ 환대의 존재론과 장소의 윤리 : 〈첫사랑〉, 〈상류엔 맹금류〉, 〈당신이 그동안 세계를 지키고 있었다는 증거〉

김대군, 「경계윤리 정립을 위한 소고」, 『윤리연구』 91, 한국윤리학회, 2013.

김연숙, 「〈토지〉의 영산댁이 보여주는 관계적 사유와 환대의 윤리」, 『아시아여성연구』 57(2), 숙명여자대학교 아시아여성연구원, 2018.

김현경, 『사람, 장소, 환대』, 문학과지성사, 2015.

박신영, 「고통에서 벗어나는 언어행위」, 『한국학논집』 69, 계명대학교 한국학연구원, 2017.

복도훈, 「유머와 기적, 환대와 사상」, 『실천문학』, 실천문학사, 2006 여름호.

백수린, 〈첫사랑〉, 『본질과 현상』 41, 본질과현상사, 2015.

서유석, 「공포와 혐오, 환대의 가능성으로 읽어보는 유랑민 서사」, 『우리문학연구』 60, 우리문학회, 2018.

서윤호, 「난민의 몸: 현실, 규범, 환대」, 『건국대학교 몸문화연구소 학술대회 자료집』 22, 건국대학교 몸문화연구소, 2018.

손종업, 「김수영 시에 나타난 주체와 환대의 양상」, 『국어국문학』 169, 국어국문학회, 2014.

신샛별, 「공화적 개인주의자를 위하여」, 『오늘의 문예비평』, 오늘의 문예비평, 2017년 가을호.

신성환, 「인문지리학의 시선에서 본 새로운 도시 인식과 상상력」, 『한국언어문화』 45, 한국언어문화학회, 2011.

안상원, 「지금 여기에 '사람이 있는가」, 『이화어문논집』 40, 이화어문학회, 2015.

연남경, 「한국현대소설에 나타난 접경지대와 구성되는 정체성」, 『현대소설연구』 52, 한국현대소설학회, 2013.

이경진, 「외국어로 말 걸기」, 『창작과비평』 42(2), 창작과비평사, 2014.

이종산, 〈당신이 그동안 세계를 지키고 있었다는 증거〉, 『문학동네』 86, 문학동네, 2016.

차미령, 「2010년대 소설의 사회적 성찰」, 『문학동네』 82, 문학동네, 2015.

채석진, 「미디어, 일상, 환대-매개된 타자와 적절한 거리 만들기」, 『문화와 정치』 4(3), 한양대학교 평화연구소, 2017.

최병두, 「다문화 사회의 윤리적 개념들과 공간」, 『한국지역지리학회지』 23(4), 한국지역지리학회, 2017.

한지혜, 「황정은 소설의 작중 인물 연구」, 고려대학교 석사학위논문, 2017.

홍태영, 「타자의 윤리와 환대, 그리고 권리의 정치」 『국제지역연구』 27(1), 서울대학교 국제학연구소, 2018.

황정은, 〈상류엔 맹금류〉, 『제5회 젊은 작가상 수상작품집』, 문학동네, 2014.

Butler, Judith, Giving an Account of Oneself. New York: Fordham University Press, 2005.

Butler, Judith, Precarious Life: The Powers of Mourning and Violence, Verso, 2006.

Couldry, Nick. Why voice Matters: Culture and Politics after Neoliberalism, Los Angeles: Sage, 2010.

Derrida, Jacques, 남수인 옮김, 『환대에 대하여』, 동문선, 2004.

Douglas, Mary, 유제분·이훈상 옮김, 『순수와 위험』, 현대미학사, 1997.

Goffman, Erving, 윤선길·정기현 옮김, 『스티그마』, 한신대학교출판부, 2009.

Hall, Edward, 최효선 옮김, 『숨겨진 차원』, 한길사, 2017.

Kearney, Richard, 이지영 옮김, 『이방인, 신, 괴물』, 개마고원, 2004.

Silverstone, Roger, "Proper Distance: Towards an Ethics for Cyberspace." Gunnar Liestol, Andrew Morrison and Terje Rasmussen eds. Digital Media Revisited: Theoretical and Conceptual Innovations in Digital Domains. Cambridge, MA: MIT Press, 2003.

○ 편혜영 소설에 나타난 '장소상실'과 의미 : 집, 일터, 길의 공간 구조 및 인식

강유정, 「체제의 음모를 누설하는 악취의 세계」, 『오늘의 문예비평』 62호, 세종출판사, 2006.

김아름, 「2000년대 한국소설에 나타난 환상적 상상력」, 조선대 석사학위논문, 2011.

김예림, 「두 도시 이야기: 김애란과 편혜영 읽기」, 『오늘의 문예비평』 68호, 산지니, 2008.

김청우, 「드러남과 회귀에 관한 지형학적 상상력」, 『어문논총』 21호, 전남대학교 한국어문학연구소, 2010.

김형중, 「동일성의 지옥에서」, 『저녁의 구애』, 문학과 지성사, 2011.

남진우, 「세계의 일식 : 편혜영 소설의 상상세계」, 『문학동네』 52호, 문학동네, 2007.

류보선, 「침묵하는 주체, 말하는 시체」, 『문학동네』 제45호, 문학동네, 2005.

박진, 「달아나는 텍스트들 : 김중혁, 편혜영, 김유진의 소설」, 『문예중앙』 111호, 랜덤하우스중앙, 2005.

박혜경, 「문명의 심연을 응시하는 반문명적 사유: 천운영·윤성희·편혜영의 소설」, 『문학과 사회』 70호, 문학과 지성사, 2005.

신명섭 외, 『공간이론의 사상가들』, 한울, 2001.

신용철, 「도시와 이미지」, 『도시 해석』, 푸른길, 2006.

신형철, 「섬뜩하게 보기」, 『사육장 쪽으로』, 문학동네, 2007.

심승희, 『현대공간이론의 사상가들』, 한울, 2005.

이무용, 『공간의 문화정치학』, 논형, 2005.

전종환 외, 『인문지리학의 시선』, 논형, 2008.

전종한, 「역사지리학 연구의 고전적 전통과 새로운 노정-문화적 전환에서 사회적 전환으로」, 『지방사와 지방문화』 5호, 학연문화사, 2002.

최병두, 『근대적 공간의 한계』, 삼인, 2002.

최병두 외, 『인문지리학개론』, 한울, 2008.

편혜영, 『사육장 쪽으로』, 문학동네, 2007.

편혜영, 〈서쪽으로 4센티미터〉, 『2011 작가가 선정한 오늘의 소설』, 작가, 2011.

편혜영, 『저녁의 구애』, 문학과 지성사, 2011.

Amos Rapoport, Australian aborigines and the definition of place, Environmental Design, 1972.

Banham R, Los Angeies: The Architecture of Four Ecologies, 1973.

Briggs A, A sense og place, in The Fitness of Man's Environment Smithsonian Annual Ⅱ, 1968.

Camus A, Noces suivi de L' Ete, 1959.

Clarence R. Bagley, Chief Seattle and Angeline, The washington Historical Quarterly, vol. 22, no. 4.

David Le Breton, 김화영 옮김, 『걷기 예찬』, 현대문학, 2005.

David Lowenthal, Geography, experience and imagination, Annals(Association of American Geographers) 51, 1961.

Edward Relph, 김덕현 외 옮김, 『장소와 장소상실』, 논형, 2005.

Elliade M, The Sacred and the Profane, Harcourt, Brace and World, 1959.

Freya Stark, Perseus in the Wind, John Murray, 1948.

Hoggart R, The Uses of Literacy, 1959.

Jackson J. B. Other-directed architecture, in Landscape: Selected Writings, 1970..

Lewis Mumford, The City in History, London: Secker & Warburg, 1961.

Matore G, Existential space, Landscape 15(3), 1966.

Michel Foucaul, Of other spaces, Diacritics vol. 16, 1986

Todd Snow, The New Road in the United States, Landscape 17, 1967.

Vance Packard, The Waste Makers, Harmondsworth, Penguin, 1961.

Walter Benjamin, 조형준 옮김, 『아케이드 프로젝트 1』, 새물결, 2005.

Yi-fu Tuan, Topophilia, Landscape 11, 1961.

Yi-Fu Tuan, 구동회 · 심승희 옮김, 『공간과 장소』, 대윤, 1995.

○ 말할 수 없는 것과 불가능한 것을 말하기 : 4 · 16 세월호 참사를 다룬 네 편의 소설 읽기

고명철, 2014, 「세월호 참사 이후 한국문학의 불온한 정치사회적 상상력을 위해」, 『계간 시작』 50, 천년의시작.

권창규, 「어떤 죽음을 어떻게 슬퍼할 것인가」, 『진보평론』 61, 진보평론, 2014.

김성욱, 「영상, 역사, 기억: 표상의 아포리아」, 『영상예술연구』 12, 영상예술학회, 2008.

김애란, 〈어디로 가고 싶으신가요〉, 『21세기문학』 70, 21세기문학, 2015.

김연수, 〈다만 한 사람을 기억하네〉, 『문학동네』 81, 문학동네, 2014.

김진영, 「정치적 애도가 본질이다」, 『나들』, 한겨레신문사, 2014.

박인정 · 이영관, 「여행의 치유적 가치에 관한 분석심리학적 접근」, 『관광연구저널』 29(6), 한국관광연구학회, 2015.

발터 벤야민, 반성완 옮김, 『발터 벤야민의 문예이론』, 민음사, 1983.

서영인, 「세월호 이후, 작가가 보는 한국 사회」, 『실천문학』 115, 실천문학사, 2014.

수전 손탁, 이재원 옮김, 『타인의 고통』, 이후, 2004.

심상대, 노경실 외, 『우리는 행복할 수 있을까』, 예옥, 2015.

우찬제, 「애도의 윤리와 소통의 아이러니」, 『문학과사회』 108, 문학과지성사, 2014.

윤대녕, 〈닥터 K의 경우〉, 『문학과 사회』 110, 문학과지성사, 2015.

윤태진, 「방송사의 세월호 참사 보도: JTBC 뉴스를 주목해야 하는 이유」, 『문화현실분석』 79, 문화과
　　　학사, 2104.

이경률, 「으젠 앗제 사진에 나타난 기록과 창작의 딜레마」, 『프랑스문화예술연구』 18, 프랑스문화예
　　　술학회, 2006.

이광호, 「남은 자의 침묵-세월호 이후에도 문학은 가능한가」, 『문학과사회』 108, 문학과지성사,
　　　2014.

이기형, 「영상미디어와 역사의 재현, 그리고 '기억의 정치학'」, 『방송문화연구』 22(1), KBS 방송문화
　　　연구소, 2010.

이미림, 「윤대녕 소설의 여행구조와 여성타자 연구」, 『여성문학연구』 17, 한국여성문학학회, 2007.

장경렬, 「현실과 환상 사이에서」, 『아름다운 나의 귀신』, 문학과지성사, 1999.

전성원, 「애도의 정치학 혹은 정치의 부재에 대하여」, 『플랫폼』, 인천문화재, 2014.

조연정, 「우리들 슬픔과 행복이 담긴 절박한 이야기들」, 『문학과사회』 88, 문학과지성사, 2009.

진은영, 「우리의 연민은 정오의 그림자처럼 짧고, 우리의 수치심은 자정의 그림자처럼 길다」, 『문학동
　　　네』 80, 문학동네, 2014.

최인석, 〈조침〉, 『자음과 모음』 27, 자음과모음사, 2015.

함돈균, 「불가능한 몸이 말하기-세월호 시대의 '시적 기억'」, 『창작과비평』 169, 창비, 2015.

홍성욱, 「인간과 기계-갈등과 공생의 역사」, 『문학과사회』 111, 문학과지성사, 2015.

4부 환상과 놀이

O 실존 배우의 소설적 형상과 이미지 : 〈배삼룡 독트린〉, 〈변희봉〉, 〈나의 클린트 이스트우드〉

강지희, 「세계의 무표정, 회로 구성의 미학-최제훈과 이장욱의 소설」, 『문학과 사회』 봄호, 문학과지
　　　성사, 2014.

권희철, 「불면의 잠, 익명의 중얼거림」, 『고백의 제왕』, 창비, 2010.

김준삼·김학민, 「배우의 자아발견을 향한 여정과 인물 구축을 위한 도전」, 『한국콘텐츠학회논문지』
　　　12권 9호, 한국콘텐츠학회, 2012.

문석, 「특별한 배우, 변희봉」, 씨네21, 2006.8.1.

박기범, 「소설과 영화의 상호적 읽기-HD TV문학관 와 박민규의 원작 소설」, 『청람어문교육』 48집, 청람어문교육학회, 2013.

박민규, 〈배삼룡 독트린〉, 『동서문학』 여름호, 동서문화사, 2004.

배삼룡, 『한 어릿광대의 눈물젖은 웃음』, 다른 우리, 1999.

손병우, 「대중문화와 생애사 연구의 문제설정」, 『언론과사회』 14권2호, 언론과사회학회, 2006.

안남연, 「현대소설의 현실적 맥락과 새로운 상상력-박민규의 소설을 중심으로」, 『한국문예비평연구』 21집, 한국현대문예비평학회, 2006.

오한기, 〈나의 클린트 이스트우드〉, 『문예중앙』 겨울호, 중앙북스, 2012.

이길성 · 공영민 · 김한상, 『김승호: 아버지의 얼굴, 한국영화의 초상』, 한국영상자료원, 2007.

이소영, 「법문학비평과 소수자의 내러티브-박민규, 윤성희, 김애란의 단편소설에 대한법문학비평」, 『법철학연구』 14집, 한국법철학회, 2010.

이수현, 「전자문화시대 소설의 TV 영상화 연구」, 『한국문학이론과 비평』 60집, 한국문학이론과 비평학회, 2013.

이장욱, 〈변희봉〉, 『고백의 제왕』, 창비, 2010.

이진아, 「스타니슬랍스키 연극론에 있어서 배우와 역할의 관계」, 『드라마연구』 42호, 한국드라마학회, 2014.

이홍우, 「천생(天生) 희극배우 배삼룡의 웃음 구현 방식과 웃음의 의미」, 『웃음문화』 5호, 한국웃음문화학회, 2008.

장우진, 「영화의 시점: 다성성과 수사학」, 『영화연구』 27호, 한국영화학회, 2005.

정순영, 「〈밀리언달러 베이비〉를 중심으로 본 클린트 이스트우드의 영화 세계 총의 도덕에서 구원으로」, 『공연과 리뷰』 49호, 현대미학사, 2005.

최석우, 「코미디 황제 배삼룡 인생유전, 그것 모르면 정말 바보야」, 『말』 152호, 월간말, 1999.

허문영, 「웃음과 놀이, 혹은 비예술에서 배우기」, 『문예중앙』 가을호, 중앙북스, 2011.

D. Donnellan, *The Actor and the Target*, TCG, 2006.

Konstantin Sergeevich Stanislavskii, *Building a Character*, translated by Elizabeth Reynolds Hapgood, Routledge, 1989.

○ 한국 소설에 나타난 카메라와 사진의 상상력 : 〈빛의 호위〉, 〈댈러웨이의 창〉, 〈이창〉

구병모, 〈이창〉, 『자음과 모음』 18, 자음과모음, 2012.

김현아, 「소설에 나타난 사진 이미지 고찰 : 로덴바흐와 미셸 투르니에의 소설을 중심으로」, 『프랑스문화예술연구』 38, 프랑스문화예술학회, 2011.

김효주, 「최명익 소설에 나타난 사진의 상징성과 시간관 고찰」, 『한민족어문학』 61, 한민족어문학회, 2010.

김효주, 「'무성격자'에 나타나는 푼크툼의 실현과 서사적 장치」, 『우리말글』 55, 우리말글학회, 2012.

박성원, 〈댈러웨이의 창〉, 『나를 훔쳐라』, 문학과 지성사, 2000.

삼성미술관, 『미국현대사진 1970-2000』, 삼성문화재단, 2002.

정한조, 『사진 감상의 길잡이』, 시공사, 1997.

조해진, 〈빛의 호위〉, 『2014 이상문학상 작품집』, 문학사상, 2014.

허문영, 「아덴만의 미혹-영화, 폭력, 폭력 이미지에 대한 단상」, 『문예중앙』 125, 중앙북스, 2011.

다니엘 지라르뎅 · 크리스티앙 피르케르, 정진국 옮김, 『논쟁이 있는 사진의 역사』, 미메시스, 2011.

롤랑 바르트 · 수전 손택, 송숙자 옮김, 『사진론』, 현대미학사, 1994.

수전 손택, 이재원 옮김, 『타인의 고통』, 이후, 2004.

수전 손택, 이재원 옮김, 『사진에 관하여』, 시울, 2005.

폴 비릴리오, 배영달 옮김, 『정보과학의 폭탄』, 울력, 2002.

Walter Benjamin, *Das Kunstwerk im Zeitalter seiner technischen Reproduzierbarkeit*, IN: BD. Ⅰ. 2, S, 1936.

○ 소설 속 놀이공간과 '재현의 공간' : 인문지리학과 르페브르의 공간생산이론

권정화, 「미로 속의 사회-공간이론과 대중문화 연구의 유혹」, 『공간과 사회』 5호, 한국공간환경연구회, 1995.

김남혁, 「나선운동을 이끄는 명사들의 비트 : 김중혁 소설 읽기」, 『문예연구』 61호, 문예연구사, 2009.

김영찬, 「상상과 현실의 틈새」, 『한국문학』 260호, 한국문학사, 2005.

김예림, 「하이테크 세계의 부서진 사이보그 혹은 사소한 잡동사니들」, 『문예중앙』 115호, 랜덤하우스중앙, 2006.

김중혁, 〈에스키모, 여기가 끝이야〉, 『펭귄뉴스』, 문학과지성사, 2006.

김중혁, 〈유리방패〉, 『악기들의 도서관』, 문학동네, 2008.

김중혁, 〈C1+y=:[8]:〉, 『문학과 사회』 제86호, 문학과지성사, 2009.

김중혁, 〈1F/B1〉, 『2010 젊은 작가상 수상작품집』, 문학동네, 2010.

김중혁 · 함성호, 「지나간 것과 새로운 것들의 공간」, 『기획회의』 195호, 한국출판마케팅연구소, 2007.

김찬호, 『도시는 미디어다』, 책세상, 2002.

노대명, 「앙리 르페브르의 공간생산이론에 대한 고찰」, 『공간과 사회』 14호, 한울, 2000.

도시사연구회, 『공간 속의 시간』, 심산, 2007.

미즈우치 도시오 외, 심정보 옮김, 『공간의 정치지리』, 푸른길, 2010.

박영민, 「르페브르의 공간변증법」, 『공간이론의 사상가들』, 한울, 2001.

박진, 「이상한 지도 제작소」, 『문예중앙』 116호, 랜덤하우스중앙, 2006.

서우석, 「앙리 르페브르가 바라본 공간」, 『월간 국토』 12월호, 국토지리원, 1999.

신명섭, 「투안의 문화적 공간론」, 『공간이론의 사상가들』, 한울, 2001.

신용철, 「도시와 이미지」, 『도시 해석』, 푸른길, 2006.

심승희, 「에드워드 렐프의 현상학적 장소론」, 『현대공간이론의 사상가들』, 한울, 2005.

심진경, 「소설 혹은 상상력의 지도」, 『현대문학』 611호, 현대문학사, 2005.

심진경, 「소설의 재구성, 소설을 이야기하는 소설들」, 『문예중앙』 115호, 랜덤하우스중앙, 2006.

우찬제, 「접속 시대의 사회와 탈사회」, 『문예중앙』 113호, 랜덤하우스중앙, 2006.

유승호, 『디지털 시대의 영상과 문화』, 미술문화, 2006.

유승호, 『문화도시』, 일신사, 2007.

이경재, 「SF적 상상력의 실상」, 『리토피아』 34호, 리토피아, 2009.

이무용, 『공간의 문화정치학』, 논형, 2005.

이무용, 「도시와 문화」, 『도시해석』, 푸른길, 2006..

이수형, 「미디어의 환상을 넘어서 : 김중혁 · 한유주 · 김애란의 소설」, 『문학과 사회』 70호, 문학과지
　　성사, 2005.

전종환 외, 『인문지리학의 시선』, 논형, 2008.

정여울, 「전위적 단편의 미학적 실험을 꿈꾸다」, 『한국문학』 275호, 한국문학사, 2009.

조명래, 『현대사회의 도시론』, 한울, 2002.

최병두, 『근대적 공간의 한계』, 삼인, 2002.

최병두 · 홍인옥, 「도시와 사회문화」, 『도시해석』, 푸른길, 2006.

최병두 외, 『인문지리학개론』, 한울, 2008.

테오도르 폴 김, 『도시 클리닉』, 시대의 창, 2011.

David Le Breton, 김화영 옮김, 『걷기 예찬』, 현대문학, 2005.

Edward Relph, 김덕현 외 옮김, 『장소와 장소상실』, 논형, 2005.

Henri Lefebvre, 양영란 옮김, 『공간의 생산』, 에코리브르, 2011.

Rob Shields, 조명래 옮김, 「앙리 르페브르: 일상생활의 철학」, 『공간과 사회』 14호. 한울, 2000.

Walter Benjamin, 조형준 옮김, 『아케이드 프로젝트 1』, 새물결. 2005.

Yi-Fu Tuan, 구동회 · 심승희 옮김, 『공간과 장소』, 대윤, 1995.

Borden, I, An Affirmation of Urban Life: Sketeboarding and Socio-Spatial Censorship in the Late
　　Twentieth Century City, Archis 1998/5, 1998.

David Lowenthal, Geography, experience and imagination, Annals(Association of American
　　Geographers) 51, 1961.

Ferritti F, A few words on Disney World: bad adjectives, good verb-enjoy, New York Times Sunday
　　February 11 1973, Section 10, 1973.

Graham, S. and Marvin, S, Telecommunication and the city: electronic spaces, urban places, Routledge
　　Univ, 1996.

Haggett, Geography: A Modern Synthesis(3rd edn), New York: Harper & Row.

Henri Lefebvre, The Survival of Capitalism: Reproduction of the Relation of Production, St. Martin's,
　　1979.

Matore G, Existential space, Landscape 15(3), 1966.

Simmonsen, K, The embodied city. Paper presented at the inaugural conference of Association of Critical Geographers, 1997.

Todd Snow, The New Road in the United States, Landscape 17, 1967.

Zukin, S, Landscape of power: from Detroit to Disney Land, Univ of California Press, 1991.

현대소설에 나타난 한국인의 일상과 심성(心性)

초판인쇄 2025년 02월 28일
초판발행 2025년 02월 28일

지은이   신성환
펴낸이   채종준
펴낸곳   한국학술정보(주)
주 소   경기도 파주시 회동길 230(문발동)
전 화   031-908-3181(대표)
팩 스   031-908-3189
홈페이지 http://ebook.kstudy.com
E-mail   출판사업부 publish@kstudy.com
등 록   제일산-115호(2000. 6. 19)

ISBN   979-11-7318-242-6 93800